Zum Buch:

Obwohl die Frau, die sein Vater als PR-Chefin für das Wellness-Resort der Familie eingestellt hat, noch sehr jung ist, weiß Justus, dass sie die Beste auf ihrem Gebiet ist. Doch als sie mit Lizzy auf dem Arm, der kleinen Terrierhündin seiner Mutter, vor der Tür seines Elternhauses steht, spürt Justus sofort Lauras Zögern. Die Zuneigung und Vertraulichkeit, mit der seine Familie sie überschüttet, scheinen Laura zu überrumpeln. Warum sträubt sie sich so gegen alles, was mit Weihnachten, Familie und Geborgenheit zusammenhängt? Mit jedem weiteren Tag erkennt Justus: Nichts wünscht er sich dieses Weihnachten mehr, als hinter die harte Schale dieser eigentlich so sensiblen Frau sehen und ihr Herz erobern zu können.

»Mit großen Gefühlen und einem Hund als Weihnachtsengel sorgt Petra Schier für beste Unterhaltung an gemütlichen Winterabenden.«

Tanja Janz

Zur Autorin:

Seit Petra Schier 2003 ihr Fernstudium in Geschichte und Literatur abschloss, arbeitet sie als freie Autorin. Neben ihren zauberhaften Weihnachtsromanen schreibt sie auch historische Romane. Sie lebt heute mit ihrem Mann und einem deutschen Schäferhund in einem kleinen Ort in der Eifel.

Lieferbare Titel:

Kleines Hundeherz sucht großes Glück
Körbchen mit Meerblick
Kleiner Streuner – große Liebe

Petra Schier

Vier Pfoten für ein Weihnachtswunder

Roman

MIRA® TASCHENBUCH

4. Auflage: September 2020
Originalausgabe
Copyright © 2018 by MIRA Taschenbuch, Hamburg
in der HarperCollins Germany GmbH

Umschlaggestaltung: büropecher, Köln
Umschlagabbildung: Shutterstock/naten, s_photo, savitskaya iryna
Lektorat: Christiane Branscheid
Satz: GGP Media GmbH, Pößneck
Printed in Germany
Dieses Buch wurde auf FSC®-zertifiziertem Papier gedruckt.
ISBN 978-3-95649-835-0

www.mira-taschenbuch.de

Werden Sie Fan von MIRA Taschenbuch auf Facebook!

1. Kapitel

»Huch! Du liebe Zeit, hast du mich jetzt aber erschreckt!«
Hektisch griff Santa Claus, auch als Weihnachtsmann bekannt,
nach mehreren Papieren, die auf seinem Schreibtisch umher-
flatterten, als ein Luftzug durchs Zimmer fuhr.

»Oh, entschuldige vielmals, das war nicht meine Absicht.«
Das Christkind war zur Tür hereingeschwebt und schloss sie
jetzt schnell wieder. »Ich wollte nur mal kurz bei dir herein-
schauen und fragen, wie es dir geht.«

»Das ist aber nett von dir.« Santa Claus hörte auf, die
Schriftstücke zu sortieren, und lehnte sich in seinem Schreibtischstuhl zurück. »Nimm doch bitte Platz.« Er deutete auf
den Besuchersessel. »Kann ich dir etwas anbieten? Meine Frau
probiert schon wieder neue Rezepte aus, diesmal für Honig-
kuchen. Der ist ganz hervorragend, sage ich dir. Ich esse ihn
am liebsten mit Butter bestrichen.«

»Das hört sich verführerisch an, aber nein, danke, vielleicht
ein andermal.« Das Christkind ließ sich auf dem Sessel nieder
und faltete die Hände im Schoß. »Es geht dir also gut?«

»Aber sicher doch. Weshalb sollte es das nicht?« Der Weihnachtsmann legte den Kopf ein wenig schräg. »Hier ist alles
beim Alten, würde ich sagen. Wir haben Anfang November,
und das bedeutet, die heiße Vorbereitungsphase auf das Weihnachtsfest steht uns bevor. Ich habe schon eine beachtliche Anzahl von Wunschzetteln erhalten und auch schon meine Elfen
darauf angesetzt, die schwierigsten Fälle auszusortieren, damit
wir sie gesondert bearbeiten können. Elfe-Sieben hat sich da
ein neues System ausgedacht, damit alles rechtzeitig erledigt
wird. Sie ist wirklich sehr fleißig und einfallsreich.«

»Das ist schön.« Das Christkind lächelte erfreut. »Du hast also keinen Einbruch in der Zahl der Wunschzettel beobachtet?«

»Nein, überhaupt nicht. Du etwa?« Nun beugte sich der Weihnachtsmann neugierig vor. »Du siehst ein wenig besorgt aus. Stimmt etwas nicht?«

»Nein, ich meine: ja.« Umständlich räusperte das Christkind sich. »Ist dir noch nicht aufgefallen, dass immer weniger Menschen an uns glauben? Sogar die ganz kleinen manchmal schon nicht mehr. Ich habe bisher noch vergleichsweise wenige Wunschzettel erhalten, dabei trudeln sie bei mir meistens schon ab Oktober massenweise herein. Und dann fängt auch noch fast jeder zweite Wunschzettel an mit *Ich weiß, dass es dich in Wahrheit gar nicht gibt, aber …* Das lässt mich schon ein wenig besorgt zurück. Ist das bei dir nicht so?«

»Jetzt, wo du es sagst …« Nachdenklich rieb sich Santa Claus über den dichten weißen Rauschebart. »Es stimmt schon, auch bei mir kommen oft Wunschzettel an, in denen die Verfasser solche Worte benutzen. Ich habe mir nie etwas dabei gedacht, denn wenn sie nicht tief in ihrem Herzen doch an mich glauben würden, wäre es ja Unsinn, mir einen Wunschzettel zu schreiben.« Er hielt kurz inne. »Worauf willst du denn hinaus? Glaubst du, wir haben ein ernsthaftes Problem?«

Nach einem Moment des Schweigens nickte das Christkind. »Ja, das glaube ich. Die Welt wird immer schnelllebiger, die Menschen halten nur noch selten inne, um das Leben wirklich zu genießen. Und weil sie immer und überall Zugriff auf Daten und Informationen haben, hören sie allmählich auf, an das Magische zu glauben.«

»Das ist sehr traurig«, befand der Weihnachtsmann.

»Finde ich auch.« Das Christkind richtete sich ein wenig auf und ließ den hellen Kranz um seinen Kopf aufscheinen. »Ich fürchte, wenn das so weitergeht, wird es eines Tages niemanden mehr geben, der an das Christkind oder den Weihnachtsmann glaubt. Und was sollen wir dann tun? Kannst du dir eine Welt ohne uns vorstellen?«

»Nein.« Nun ebenfalls besorgt stand Santa Claus auf und ging neben seinem Schreibtisch auf und ab. »Was können wir dagegen unternehmen?«

Auch das Christkind erhob sich. »Ich habe, ehrlich gesagt, keine Ahnung. Wenn schon die Kinder von ihren Eltern nicht mehr angehalten werden, an uns zu glauben, wird es schwierig, das Rad zurückzudrehen.«

»Das Rad zurückzudrehen ist gar nicht möglich«, erklang von der Tür her die Stimme von Santas Frau. »Entschuldigt bitte, dass ich mich einmische, aber ich bin zufällig am Büro vorbeigekommen und habe gehört, worüber ihr sprecht. Guten Tag, liebes Christkind, ich freue mich, dich zu sehen.«

»Guten Tag, meine Liebe.« Erfreut stand das Christkind auf und umarmte Santas Frau. »Hast du vielleicht eine Idee, wie wir das Problem lösen könnten?«

»Nicht direkt.« Bedauernd schüttelte sie den Kopf. »Ich finde nur, ihr solltet nicht zurückblicken. Die Dinge sind, wie sie sind, und die Welt dreht sich weiter. Ihr könnt die aktuellen Entwicklungen bei den Menschen nicht rückgängig machen, aber vielleicht gibt es ja einen Weg, sie allmählich wieder an das Magische und den wahren Sinn der Weihnacht glauben zu lassen. Denn dass dieser nicht allein in den Geschenken besteht, die ihr alljährlich verteilt, und auch nicht aus den Wünschen, die ihr erfüllt, dürfte uns doch allen klar sein, nicht wahr?«

»Selbstverständlich ist das nicht der wahre Sinn der Weihnacht«, pflichtete der Weihnachtsmann ihr sofort bei. »Geschenke und erfüllte Wünsche sind nur schönes Beiwerk.«

»Aber wie«, mischte das Christkind sich ein, »sollen wir die Menschen dazu bewegen, wieder an die Magie und das wahre Weihnachten zu glauben ... und damit auch wieder an uns? Wenn sie es nicht bald lernen, werden ihre Kinder und Kindeskinder uns bald ganz vergessen haben. Dann bleibt womöglich nichts mehr von uns übrig als irgendwelche bunten Werbe-spots im Fernsehen.«

»Das ist natürlich eine Herausforderung.« Santas Frau lehnte sich gegen die Kante des Schreibtischs. »Lasst mich überlegen … Also wenn das Problem ist, dass die Menschen nicht mehr an das wahre Weihnachten und seine Glücksboten glauben, dann müssen sie vielleicht etwas erleben, was sie in ihrem Glauben bestärkt.«

»Und was soll das sein? Ich meine, wir können doch jetzt nicht anfangen, mit Wundern um uns zu werfen.« Santa Claus zog die Stirn in Falten. »Das kann nicht Sinn der Sache sein.«

»Nein, auf keinen Fall.« Seine Frau tippte sich nachdenk-lich mit dem Zeigefinger an die Lippen. »Aber wenn ihr klein anfangt? Also vielleicht die ganz schwierigen Fälle findet und versucht, ihnen zu helfen?«

»Du meinst, so richtige Weihnachtshasser?« Die Miene des Christkinds hellte sich auf. »Das könnte funktionieren. Denn wenn die Menschen sehen, dass sogar diejenigen, von denen sie es am wenigsten erwarten, sich vom Geist der Weihnacht an-stecken lassen, dann sind sie vielleicht bald selbst auch wieder bereit, uns eine Chance zu geben.«

»Und für die Weihnachtshasser selbst wäre es natürlich auch schön, wenn sie erkennen, dass Weihnachten auch etwas Schö-nes bedeuten kann. Menschen, die Weihnachten nicht mögen, sind oftmals nicht glücklich, fühlen sich einsam oder haben etwas Schlimmes erlebt, was ihnen den Glauben an uns oder an die Liebe genommen hat.«

»So etwas macht mich immer ganz traurig.« Verlegen wischte das Christkind sich eine Träne aus dem Augenwinkel. »Die Frage ist jetzt nur, wie finden wir solche Weihnachtshas-ser und überzeugen sie vom Gegenteil?«

Santas Frau lächelte leicht. »Das kann doch nicht so schwie-rig sein. Santa, du schickst deine Elfenbrigade zum Kundschaf-ten aus und du, liebes Christkind, deine Engelchen. Ich bin überzeugt, dass sie alle zusammen ganz rasch die passenden Kandidaten für euch finden werden. Aber übertreibt es nicht. Ihr müsst das Blatt nicht in einem einzigen Jahr wenden. Sucht euch lieber nur ein paar wenige Personen heraus, von denen ihr auch wirklich sicher seid, dass ihr ihnen helfen könnt, sonst verzettelt ihr euch noch. Denn immerhin habt ihr ja trotz allem eine Menge andere Arbeit. Es gibt immer noch genügend Wünsche zu erfüllen.«

»Du Vernünftige.« Das Christkind umarmte Santas Frau herzlich. »Selbstverständlich hast du recht. Aber trotzdem können wir doch versuchen, schon dieses Jahr so viele Weihnachtshasser wie nur möglich umzustimmen. Das ist wirklich eine ganz ausgezeichnete Idee, die ganz bestimmt funktionieren wird. Ach, wird das schön, wenn wieder mehr Menschen an die wahre Botschaft des Weihnachtsfestes glauben! Und wer weiß, vielleicht greift die Liebe dann ganz bald weiter um sich! Ich glaube, ich mache mich gleich mal auf den Heimweg, um mit meinen Engelchen einen Plan auszuarbeiten.«

»Das werde ich mit meinen Elfen ebenfalls tun, und dann treffen wir uns in ein paar Tagen wieder hier und beraten uns. Einverstanden?« Santa hielt dem Christkind die rechte Hand hin.

Das Christkind schlug ein. »Einverstanden.«

**

Mit einiger Anstrengung wuchtete Laura den riesigen Koffer aus dem Kofferraum ihres neuen schneeweißen SUVs und blies sich dabei eine Strähne ihres welligen roten Haars aus dem Gesicht. Das Ungetüm von Koffer knallte auf den geschotterten Zufahrtsweg zu ihrem vorübergehenden Zuhause, und eine Ecke erwischte Lauras Schienbein. »Aua! Verflixt.« Stöhnend rieb sie sich über die schmerzende Stelle. »Blödes Ding.«

Mehr schlecht als recht zog und zerrte sie den Koffer hinter sich her auf die Tür des Blockhauses zu. Die Rollen knirschten und blockierten immer wieder auf dem unebenen Untergrund. »Nun komm schon, ich will bei diesem Mistwetter keine Wurzeln hier draußen schlagen.« Mit zusammengebissenen Zähnen hievte sie den Koffer schließlich die drei Stufen hinauf bis vor die Tür, machte kehrt und schnappte sich den zweiten, etwas kleineren, aber nur unwesentlich leichteren Koffer und eine große Tasche und brachte sie ebenfalls bis zur Tür. Auch auf der Rückbank und auf dem Beifahrersitz stapelte sich Gepäck, doch jetzt wollte sie erst einmal ins Warme. Es regnete und stürmte bereits seit dem frühen Nachmittag bei Temperaturen nur unwesentlich über dem Gefrierpunkt. Auf der Autobahn hierher waren die Straßenverhältnisse alles andere als angenehm gewesen. Doch von Köln aus war es zum Glück nicht allzu weit. Allerdings war Laura viel zu spät aus ihrer alten Wohnung weggekommen. Bis zum letzten Moment hatte sie sich nicht entscheiden können, was sie von dort alles mitnehmen und was sie zurücklassen sollte. Sicher, sie konnte später immer noch Sachen holen, schließlich gehörte ihr die Wohnung, und sie hatte sich noch nicht nach einem Mieter umgesehen, aber allzu rasch wollte sie nicht in die Großstadt zurückkehren.

»Du willst dich verkriechen«, hatte es ihre Freundin und ehemalige Assistentin Angelique auf den Punkt gebracht, und sie hatte auch gar nicht vor, das zu leugnen. In Köln gab es zu viel verbrannten Boden für sie, zumindest in den Kreisen, in denen sie sich zuletzt bewegt hatte.

Gerechterweise musste Laura zugeben, dass sie selbst an ihrer Misere schuld war. Man ließ sich eben als stellvertretende Geschäftsführerin einer der führenden Marketingfirmen Deutschlands nicht auf eine Affäre mit dem Sohn des Inhabers ein. Auch nicht, wenn man wirklich glaubte, dass er es ernst meinte. Dass er das ganz offensichtlich nicht getan hatte, war ihr nach einem halben Jahr nur allzu bewusst geworden, als sie ihn, ganz klischeehaft, mit seiner Sekretärin in der Besenkammer erwischt hatte.

Leider konnte Laura nicht einmal öffentlich wütend auf ihn sein, weil sie selbst darauf bestanden hatte, die Beziehung zwischen ihnen geheim zu halten. Zufällig war deren Beginn nämlich strategisch ungünstig mit ihrer Beförderung zusammengefallen. Sie hatte die Karriereleiter einzig durch harte Arbeit und Können erklommen und sich die Beförderung ernsthaft verdient. Ganz sicher hatte sie es nicht nötig, dafür den Juniorchef zu umgarnen. Aber wie die Menschen nun einmal waren, hätten sie trotzdem die falschen Schlüsse gezogen. Laura war klar gewesen, dass ihre älteren und überwiegend männlichen Kollegen, die sich ohnehin schon übergangen fühlten, ihr Berechnung und den skrupellosen Einsatz der Waffen einer Frau vorgeworfen hätten. Dass Carlo, ihr nunmehr Ex-Geliebter, ihr jetzt vorwarf, sie habe sich nur auf ihn eingelassen, um den Posten der stellvertretenden Geschäftsführerin zu ergattern, machte die Situation nicht besser. Er war außerdem so unverschämt gewesen, ihr die Schuld für seine Affäre zu geben. Sie habe sich angeblich zu wenig um ihn gekümmert.

Laura konnte die gehässigen Kommentare beinahe hören, sich die Gemeinheiten bestens vorstellen, die sie erwartet hätten, wenn sie jetzt, wo alles raus war, nicht die Notbremse gezogen hätte.

Trotz allem war es Wahnsinn, diesen Posten so Knall auf Fall aufzugeben, das war ihr durchaus bewusst. Rodrigo Callas, Carlos' Vater, hatte versucht, Laura mit allen Mitteln zum Bleiben zu bewegen. Er hatte ihr sogar eine beachtliche Gehaltserhöhung angeboten. Doch auch er hatte zu jenem Zeitpunkt noch nichts von Lauras Beziehung zu seinem Sohn gewusst, und sie war sich nicht sicher, ob er ihr jetzt noch genauso positiv gesinnt war, nachdem er vermutlich ebenfalls davon erfahren hatte.

Von außen sah es alles wirklich viel zu eindeutig aus, und Laura hatte in ihrer beruflichen Laufbahn schon genug erlebt, um zu wissen, dass sie dem Sturm, der sie in der Firma erwarten würde, nicht gewachsen wäre. Oder vielleicht war sie es, aber zu welchem Preis? Die Chefetage wurde von Männern dominiert, und alles, was sich auf den Ebenen darunter befand, war ein Haifischbecken voller ehrgeiziger jüngerer Kolleginnen, die ihr den Erfolg neideten. Da wollte sie gar nicht überleben. Das war es ihr nicht wert.

Als sie vor drei Wochen die Stellenausschreibung des Hotels und Wellness-Resorts Sternbach in der Zeitung entdeckt hatte – absolut zufällig beim Stöbern nach dem aktuellen Sudoku –, hatte sie sich spontan beworben. Der Job würde sie zwar in eine Kleinstadt führen, etwas, was sie leicht verunsicherte. Schon immer war sie ein Großstadtmensch gewesen, hatte in Berlin, Hamburg und zuletzt Köln gewohnt, aber das Sternbach besaß überregional einen ausgezeichneten Ruf.

Vier Sterne im Hotel- und zwei im Gastronomiebereich. Ein solides, erfolgreiches und immer noch aufstrebendes Familienunternehmen – und die Bezahlung stimmte ebenfalls. Zwar kannte sie sich nicht mit den spezifischen Anforderungen des Hotelgewerbes aus, aber neue Herausforderungen hatten sie in der Vergangenheit auch nicht aufgehalten. Laura hatte bereits Marketingkampagnen für einen Süßwarenhersteller, eine Firma für vegane Lebensmittel – und sie war weit davon entfernt, selbst vegan zu leben –, einen Regionalpolitiker und eine Schiffsbaugesellschaft gestaltet und war dann vor zweieinhalb Jahren bei *Callas Marketing* untergekommen. Ihre vielfältigen Erfahrungen, Fleiß und Ehrgeiz hatten ihr dort alle Türen geöffnet. Weshalb sollte es im Sternbach nun anders sein?

Falls sich herausstellen sollte, dass der Job doch nicht ihren Vorstellungen entsprach, würde sie sicherlich anderswo eine Anstellung finden. Seit bekannt geworden war, dass sie *Callas* verlassen hatte, waren ihre Mailbox und ihr E-Mail-Account beinahe von Jobangeboten übergelaufen. Sie hatte sich dieses Mal ganz bewusst für eine Stellung entschieden, die außerhalb ihres bisherigen Lebenskreises lag, um Abstand zu gewinnen und zur Ruhe zu kommen.

Dass ihre Entscheidung, in diese sicherlich hübsche Kleinstadt zu ziehen, auch einen großen Schritt aus ihrer Komfortzone bedeutete, schien ihr das ekelhafte Wetter heute mit Macht unter die Nase reiben zu wollen. Vielleicht hätte sie doch zunächst in ihrer Wohnung bleiben und jeden Tag die Dreiviertelstunde Fahrt auf sich nehmen sollen. Dann hätte sie jetzt keine ruinierte Frisur, von ihren schmutzigen Pumps ganz zu schweigen, und auch der blaue Fleck an ihrem Schienbein wäre ihr erspart geblieben.

Hans Sternbach, der Hotelinhaber, hatte ihr jedoch gleich beim Vorstellungsgespräch eine Wohnung ganz in der Nähe des Resorts angeboten. Oder vielmehr ein Haus, denn es handelte sich um eine massive und nicht gerade kleine Blockhütte. Sie sollte der Prototyp für eine von ihm geplante Ferienhauskolonie sein.

Nur aufgrund der Bilder, die er ihr gezeigt hatte, hatte Laura den Mietvertrag unterschrieben. Vielleicht hätte sie sich doch vorher hier umsehen sollen, denn so romantisch die Fotos von der Hütte auch ausgesehen hatten, waren sie doch irgendwann im Sommer aufgenommen worden. Davon, dass der Weg hierher nur geschottert war und durch einen dichten Wald führte, hatte sie nichts geahnt und auch nicht davon, dass sie hier wirklich mutterseelenallein und ohne jegliche Nachbarn wohnen würde.

Eilig schloss Laura auf und zerrte ihre Koffer über die Schwelle und sperrte dann schnell das schlechte Wetter aus, indem sie die Tür wieder hinter sich zu zog. Zumindest sollte es eine Zentralheizung, fließend Wasser und Strom und sogar ein gut funktionierendes WLAN geben. Ein Blick auf ihr Handy zeigte Laura, dass es sich bereits mit dem Internet zu verbinden versuchte. Hans Sternbach hatte ihr versprochen, die Zugangsdaten sowie alle wichtigen Unterlagen auf den Esstisch zu legen. Eigentlich hatte er darauf bestanden, sie persönlich zu begrüßen, aber da sie nicht sicher gewesen war, wann sie eintreffen würde, hatte sie sein Angebot freundlich abgelehnt.

Sie wollte ihm nicht unnötig Zeit stehlen, sicherlich hatte er viel um die Ohren. Außerdem wollte sie erst einmal ihre Ruhe haben, sich umsehen und eingewöhnen. Später würde sie Angelique anrufen, ihre einzige verbliebene Verbindung in ihr altes Leben. Sie hatte zwar viele Bekannte, jedoch keine engen Freunde – bis auf Angelique.

Angelique war bei Callas Marketing ihre Assistentin gewesen. Eine Seele von Mensch – und was das Organisieren selbst kompliziertester Terminkalender anging, einfach unschlagbar. Außerdem war sie jung, frech, temperamentvoll und stets gut gelaunt. Es war einfach unmöglich, Angelique nicht zu mögen. Es hatte nicht lange gedauert, bis die beiden Freundinnen geworden waren. Da Angelique obendrein einen sechsten Sinn besaß, was zwischenmenschliche Beziehungen anging, war ihr Lauras Verhältnis mit Carlo Callas nicht lange verborgen geblieben, auch wenn Laura versucht hatte, es auch ihr zu verheimlichen. Angelique hatte Stillschweigen gewahrt – und Laura gratuliert. Es gab kaum eine Frau innerhalb und außerhalb Kölns, die nicht scharf auf Carlos war. Er war unbestritten einer der begehrtesten Junggesellen weit und breit: gut aussehend, reich und charmant. Laura hatte mit ihm praktisch den Jackpot geknackt. Dass er vor allem aber ein gemeiner Betrüger war und seinen Status bedenken- und völlig herzlos ausnutzte, hatte Laura auf die harte Tour lernen müssen. Carlos war es nicht wert, ihm auch nur eine Träne nachzuweinen – und sie hatte es nicht getan. Auf keinen Fall würde sie sich von dieser Sache unterkriegen lassen. Niemals.

Seit achtzehn Jahren hatte Laura alle Schicksalsschläge tapfer und hocherhobenen Hauptes allein gemeistert. Sie vermied

14

den Gedanken an jenen Tag, an dem sich ihr Leben für immer verändert hatte. Nicht zum Besseren, nein, ganz bestimmt nicht. Zumindest nicht, bis sie in der Lage gewesen war, das Zepter in die Hand zu nehmen und selbst zu bestimmen, wie es mit ihr weitergehen würde.

Sie hatte es aus eigener Kraft geschafft, und niemand, schon gar nicht ein Mann, würde jemals so viel Macht über sie gewinnen, dass sie von ihrem klar geplanten und vorgezeichneten Weg abweichen würde.

Jetzt sah sie sich erst einmal gründlich in ihrem neuen Zuhause um. Wenn sie es recht bedachte, war es ein Vorteil dieses Blockhauses, dass es so weit weg vom Ort lag. So musste sie zumindest nicht ständig weihnachtliche Lichter oder Dekorationen ertragen, wenn sie Feierabend hatte. Tagsüber kam sie meistens ganz gut damit zurecht, in der Vorweihnachtszeit überall fröhliche Gesichter, glückliche Familien, Lichterketten, Weihnachtsbäume, Glitzer und den ganzen Kitsch zu sehen. Doch wenn sie in ihren eigenen vier Wänden war, wollte sie davon nichts wissen. Seit jenem Tag, als sie gerade zwölf Jahre alt gewesen war, konnte sie all diese Dinge in ihrem eigenen Leben nicht mehr ertragen.

»Hübsch hier.« Sie sprach ihre Gedanken absichtlich laut aus. Auf andere wirkte diese Angewohnheit vielleicht etwas verrückt, doch sie half ihr, die Stille zu ertragen, die so oft in ihrem Leben herrschte.

Die Einrichtung gefiel Laura tatsächlich sehr gut. Rustikale Holzmöbel, vielleicht ein wenig klobig, aber doch gemütlich. Rechter Hand befand sich eine offene Küchenzeile mit Kochinsel, ein wenig seitlich davon stand ein großer Esstisch mit Eckbank und vier massiven Stühlen. Die Bank hatte es ihr gleich auf den ersten Blick angetan. Sie besaß eine besonders tiefe Sitzfläche und eine hohe Lehne. Die mit keltisch anmutenden Ornamenten bestickten und berüschten Kissen machten sie noch einladender und weckten in Laura den Wunsch, es sich sofort gemütlich zu machen. Die Vorhänge an den Fenstern waren mit demselben Muster verziert wie die Kissen.

Links von der Eingangstür gab es einen großzügigen Wohnbereich mit dunklen Ledersofas und einem schweren Couchtisch aus Eichenholz. Niedrige Schränke und ein überdimensionaler Flachbildschirm zierten die linke Wand. Zwischen den beiden Raumteilen führte eine breite Wendeltreppe ins obere Geschoss. Laura ließ die Koffer vorerst stehen und folgte ihr, um sich auch den ersten Stock anzusehen. Hier befanden sich neben einem Badezimmer auch zwei Schlafräume. Hans Sternbach hatte ihr versichert, dass es kein Problem war, wenn sie den kleineren davon als Arbeitszimmer nutzte. Er hatte ihr sogar angeboten, das Bett und den Kleiderschrank durch einen Schreibtisch und Aktenregale zu ersetzen.

Wieder unten angekommen, drehte Laura sich einmal um die eigene Achse und entdeckte dabei neben der Eingangstür den Zugang zum Keller, wo sich die Heizung sowie Waschmaschine und Trockner befinden sollten, und zu guter Letzt einen Wandschrank, der als Garderobe diente. Nahezu perfekt. Jetzt musste sie nur noch ihren restlichen Krempel aus dem Auto hereinbringen und sich einrichten.

Das unüberhörbare Rauschen eines schweren Regengusses vor den Fenstern hielt sie davon ab, den ersten Teil dieses Plans sofort in die Tat umzusetzen. Stattdessen knipste sie überall das Licht an und überlegte, ob sie die schweren Koffer wohl die Treppe hinaufschleppen konnte oder vorher teilweise ausleeren musste. Jetzt fiel ihr auch erst auf, dass es in der Hütte recht kühl war. Also drehte sie die Heizkörper auf und trat an den Esstisch. Wie versprochen fand sie dort das WLAN-Passwort, Schlüssel für die Garage und laut Anhänger ein Gartenhäuschen, das sich wohl auf der Rückseite der Hütte befinden musste. Außerdem auch noch einen Schlüsselbund für das Hotel in der Stadt und das Resort, Namensschilder und einige weitere Dinge, die sie bei ihrer Arbeit brauchen würde.

Obwohl sie direkt neben einem Heizkörper stand, spürte sie nicht, dass er wärmer wurde. Sie stutzte. »Oh nein, bitte nicht! Hoffentlich ist die Heizung nicht kaputt! Das wäre kein schöner Einstand.« Sie entdeckte eine handschriftliche Notiz, die unter dem Zettel mit dem WLAN-Passwort hervorlugte. Hans Sternbach hatte ihr in kantigem Schriftzug einen Willkommensgruß hinterlassen und wies sie außerdem darauf hin, dass die Zentralheizung des Blockhauses wie bereits in einer seiner letzten E-Mails beschrieben mit Scheitholz befeuert wurde. Er habe am Vormittag den Ofen für sie angemacht und bat sie, bei ihrer Ankunft Scheite aufzulegen, damit das Wasser im Pufferspeicher auf der erforderlichen Temperatur gehalten wurde.

»Ein Ofen?« Leicht irritiert runzelte Laura die Stirn und ging nach unten in den Keller, der aus einem Heizungsraum und einer Waschküche bestand, ganz wie sie es erwartet hatte. Aber sie war davon ausgegangen, dass hier mit Öl oder Gas geheizt wurde. Wie hatte sie den Hinweis auf den Holzofen übersehen können? Anscheinend hatte sie Sternbachs E-Mails nicht aufmerksam genug gelesen.

Laura hatte nicht die geringste Ahnung, wie man diesen Ofen zum Laufen brachte. Es handelte sich um ein fast mannshohes Ungetüm mit zwei Türen, mehreren Reglern und einem riesigen Pufferspeicher für Wasser auf der linken Seite.

Ratlos starrte sie auf den Ofen, an dem seitlich ein Metallkorb angebracht war, der Grillanzünder und Feuerzeuge enthielt. Links neben dem Pufferspeicher stand eine große Kiste mit Holzscheiten, die offenbar durch eine Klappe in der Wand von außen befüllt werden konnte.

»Wunderbar, jetzt muss ich erfrieren.« Leicht verzweifelt sah Laura sich weiter um und entdeckte neben der Tür ein kleines Regal, in dem Papiere lagen. Als sie näher inspizierte, stellte sie fest, dass es Bedienungsanleitungen für Waschmaschine und Trockner waren und – welch ein Glück – auch für den Ofen. Eifrig blätterte sie sie durch, musste jedoch feststellen, dass hier zwar die Funktionsweise des Ofens bis ins Detail beschrieben war, nicht jedoch, wie man das Feuer entzündete. Zumindest begriff sie, dass die Holzscheite wohl in das obere Fach gehörten und durch die untere Tür die Asche entfernt werden konnte. So weit, so gut.

Als sie die obere Tür öffnete, entdeckte sie Aschereste und verspürte eine leichte Wärme, weil der Ofen früher am Tag ja schon mal an gewesen war. Beherzt stapelte sie mehrere Holzscheite in das geräumige Fach, legte ein Stück von den Grillanzündern darauf und entzündete es mit einem der bunten Feuerzeuge. Dann schloss sie die Tür wieder und drehte, wie sie es auf den Abbildungen in der Bedienungsanleitung gesehen hatte, an einem der Regler, bis sie hörte, dass der Lüftungsventilator auf der Rückseite ansprang. Das klang vielversprechend, also nickte sie sich selbst zu und begab sich zurück nach oben, um sich erneut ihrem Gepäck zu widmen.

***

Hm, also mal sehen: Die Haustür steht offen, weil Elke irgendwelche komischen Sachen hereingetragen hat. Das Gartentörchen ebenfalls, wahrscheinlich weil Elkes Auto direkt davor parkt und sie die Sachen damit hergebracht hat. Eigentlich soll ich ja nicht raus, wenn niemand dabei ist, aber mein Frauchen Margit ist vom Einkaufen noch nicht zurück, und ich musste doch mal so schrecklich dringend. Ich übe zwar schon fleißig, es einzuhalten, weil die Menschen gar nicht glücklich sind, wenn man ihnen auf den Teppich oder in einen Schuh macht, aber hey, ich bin doch noch klein. Gerade mal sieben, jawohl, sieben Monate auf der Erde. Da kann doch wirklich niemand verlangen, dass ich es länger als zwei Stunden aushalte, bis jemand mit mir rausgeht, oder? ODER? Eben.

Außerdem muss ich zugeben, dass mich plötzlich die Neugier gepackt hat, als ich das offene Törchen gesehen habe. Es ist immer so aufregend, wenn Frauchen oder jemand anders aus der Familie mit mir da hindurchgeht, um einen Spaziergang zu machen. Da gibt es so viel zu entdecken und zu schnüffeln, und manchmal trifft man auch andere Hunde. Bloß vor den Autos muss ich mich in Acht nehmen. Frauchen hat immer große Angst, dass eines davon mich überfahren könnte, und so ganz geheuer sind diese riesigen rollenden Dinger mir auch nicht. Ich fahre zwar ganz gerne mit ihnen mit, das ist spaßig, aber wenn ich mir vorstelle, dass eines davon auf mich zukommt …

Nein, das macht mir eindeutig zu viel Angst. Deshalb passe ich immer ganz doll auf, dass ich ihnen nicht zu nahe komme, wenn sie in Bewegung sind.

Bei uns hier draußen fahren allerdings gar nicht so viele Autos, da ist die Gefahr überschaubar. Wenn Frauchen mich mit in die Stadt nimmt, sieht das schon ganz anders aus. Da fahren so viele von diesen rumpelnden Gefährten, und manche sind geradezu so riesig, dass mir schon mal richtig angst und bange werden kann.

Nun ja, wie gesagt, hier draußen bei uns ist das nicht so schlimm, deshalb habe ich mich einfach mal getraut, mich ein Stückchen vom Haus zu entfernen und den spannenden Spuren zu folgen, die andere Hunde überall hinterlassen haben. Aber jetzt ist es schon ganz dunkel geworden, und es regnet. Warum ist mir das nicht eher aufgefallen? Ein ziemlich kalter Wind weht auch, und es ist total ungemütlich, und ich weiß, ehrlich gesagt, nicht mehr, wo ich bin. Irgendwo im Wald, so viel ist mal sicher, aber es ist so finster, und ich finde meine eigene Spur nicht mehr, weil der Regen sie weggewaschen hat. Ich bin sowieso noch nicht so richtig gut im Fährtenfinden. Wie gesagt, ich bin noch ganz klein.

Also was mache ich denn jetzt? Einfach so lange weiterlaufen, bis ich einen Menschen finde, der mich zurück nach Hause bringt? Ja, ich glaube, das mache ich, denn dann wird mir wenigstens nicht so schrecklich kalt.

Das Problem ist, dass hier gar kein Weg mehr ist. Irgendwann scheine ich davon abgekommen zu sein, und jetzt muss ich durch nasses, piksendes Gestrüpp kriechen. Das gefällt mir gar nicht, und irgendwie habe ich jetzt auch ein bisschen Angst. Was, wenn dieser Wald hier nie aufhört und ich niemals wieder einen Menschen zu Gesicht kriege? Muss ich dann etwa verhungern? Ich bin so allein! Kann mir nicht jemand helfen? BITTE!

Mist, mein Bellen hört doch bei dem Wind auch niemand. Was mache ich denn nur?

Halt, was ist das? Habe ich da etwa den Hauch von Abgasen in die Nase bekommen? Dann ist hier irgendwo ein Auto. Und wo ein Auto ist, da ist auch eine Straße, und dann sind da hoffentlich auch Menschen. Ja, ich glaube, ich wittere Menschen. Aber wo? Irgendwo dahinten? Oh ja, ich glaube, da ist ein Lichtschimmer. Ein Haus! Sehr gut, da muss ich hin, aber schnell.

✶✶✶

Nach einem langen Blick auf die bleischweren Koffer entschied Laura, es lieber doch erst einmal mit dem schlechten Wetter aufzunehmen und den Kleinkram von der Rückbank zu holen. Der Regen hatte etwas nachgelassen, und es tröpfelte nun wieder nur noch leicht.

Also eilte Laura zu ihrem Auto, öffnete die hintere Tür auf der Beifahrerseite und zerrte den unhandlichen Karton hervor, in dem sie ihre Büroutensilien und Steuerunterlagen verstaut hatte. Warum sie Letztere überhaupt mitgebracht hatte, fragte sie sich mit zusammengebissenen Zähnen beim Schleppen. Um diese Jahreszeit würde sie sie doch sowieso noch nicht benötigen. Aber sie hatte wichtige Unterlagen immer gerne in Reichweite, und sie wollte nichts Wichtiges mehr in Köln wissen. Ihr Leben sollte sich dort nicht mehr abspielen und auch nichts davon mehr in ihrer Wohnung lagern. Deshalb hatte es ja so lange gedauert, bis sie sich entschieden hatte, worauf sie für eine Weile verzichten konnte, wenn sie es in der Wohnung zurückließ.

Am Ende war es nicht viel gewesen, was sie nicht mitgenommen hatte. Ihr Geschirr, Gläser, Töpfe und Pfannen zum Beispiel. Sie kochte sowieso nicht allzu oft, weil ihr die Zeit dazu fehlte, und die Küche in der Hütte war ja bereits voll ausgestattet. Das Einzige, was ihr in diesem Metier zuverlässig gelang, waren Aufbackbrötchen aus dem Supermarkt, und das auch nur, wenn sie nicht vergaß, die Eieruhr zu stellen. Deshalb hatte sie die auch noch schnell als Letztes mit in den Karton geworfen. Man konnte ja nie wissen.

Alle ihre Möbel waren ebenfalls in Köln geblieben, und ihre wenigen Grünpflanzen hatte sie Angelique geschenkt. Ihre Abendkleider wollte sie nicht mehr tragen, die würde sie bei Gelegenheit bei eBay verkaufen. Wenn es hier Abendveranstaltungen gab, konnte sie sich etwas Neues anschaffen. Deshalb waren auch etliche ihrer Schuhe und Handtaschen zurückgeblieben. Auch ihre DVD-Sammlung hätte sie beinahe dort gelassen, es aber dann doch nicht übers Herz gebracht. Auch auf ihre Bücher konnte Laura nicht verzichten. Die hatte sie dem SUV dann doch nicht zumuten wollen und sie deshalb zu Paketen verpackt und per Post hierhergeschickt. Vermutlich würden sie am kommenden Montag hier eintreffen. Alles andere steckte in Taschen und Kartons, die sich, ineinander verkeilt, auf der Rückbank und dem Beifahrersitz zusammendrängten. Eine Menge Zeug, aber am Ende doch nicht so viel, wie sie gedacht hatte. Sie mistete regelmäßig aus, deshalb gab es in ihrem Leben kaum überflüssige Dinge.

Die Kiste mit den Bürosachen knallte unsanft auf den Fußboden. Laura war versucht, ihr einen wütenden Tritt zu versetzen, stattdessen eilte sie rasch zurück zum Auto und zog den nächsten Karton zu sich heran.

Ein seltsames Geräusch hinter ihr ließ sie innehalten und sich umdrehen. Als sie den winzigen, vollkommen nassen weißen Hund zu ihren Füßen erblickte, erschrak sie dermaßen, dass sie zurückwich und beinahe rücklings in ihr Auto gefallen wäre. »Himmel!« Sie fasste sich an ihr heftig pochendes Herz. »Was ist das denn?«

Nicht was, sondern wer. Ich bin Lizzy. Hilfst du mir bitte, zu meinem Frauchen zurückzukehren? Mir ist so kalt, und ich bin nass und habe Angst. Du siehst wie ein netter Mensch aus, und ich weiß wirklich nicht mehr weiter.

Der Hund, es schien sich um einen dieser West Highland White Terrier zu handeln, die Laura aus der Fernsehwerbung für ein teures Hundefutter kannte, stieß ein klägliches Fiepen aus, bellte kurz und wedelte dann heftig mit dem Schwanz. Er schien noch jung zu sein, denn selbst für diese Rasse war er recht klein.

»Was willst du denn hier?« Laura trat vorsichtig zur Seite, weil sie nicht wusste, ob das Tier beißen würde. »Geh mal schnell nach Hause.«

Das würde ich ja gerne, aber ich weiß nicht, wo ich lang muss. Bitte zeig mir den Weg, oder sag meinem Frauchen Bescheid, dass sie mich holen kommen soll. Bitte, bitte!

Das erneute Fiepen ging in ein lautes Jammern über.

Lauras Herz zog sich mitfühlend zusammen. Suchend blickte sie sich um. »Bist du ganz allein hier unterwegs? Das kann doch gar nicht sein. Du gehörst doch bestimmt jemandem. Oder hat dich etwa so ein böser Mensch einfach hier draußen ausgesetzt?«

Was? Nein, ganz bestimmt nicht. Lizzy bellte empört. *So was würde mein Frauchen niemals tun. Ich bin selbst schuld daran, dass ich mich verlaufen habe. Ich bin einfach losgesaust und habe nicht aufgepasst, wohin ich laufe. Und jetzt bin ich ganz allein.*

Vorsichtig ging Laura in die Hocke, als der kleine Hund

erneut jaulte. »Das ist ja so was von gemein! Wie kann man so etwas nur tun! So ein hilfloses winziges Wesen einfach hier draußen alleinlassen. Solche Leute gehören eingesperrt!«

Nein, nein, du verstehst nicht. Mein Frauchen ist total lieb, deshalb will ich ja wieder zu ihr zurück. Und zu meiner ganzen Familie. Bitte hilf mir, ja?

Beinahe wäre Laura erneut zurückgewichen, als das Hündchen auf sie zutappte und an ihrem Knie schnüffelte. »Ich hoffe, du beißt nicht.«

Was, ich? Nein, überhaupt nicht. Warum auch? Du bist doch nett. Hoffe ich jedenfalls.

Das Hündchen reizte Laura zum Lachen, als es versuchte, an ihr hochzukrabbeln. Gleichzeitig spürte sie aber die Nässe an ihrem Knie. »Igitt, du bist ja klitschnass!«

Sag ich doch. Und kalt. Ich will nach Hause!

»Nicht weinen.« Instinktiv streichelte Laura den Hund, als dieser wieder fiepte. »Weißt du was, ich nehme dich mal mit ins Haus und trockne dich ab, sonst erfrierst du mir am Ende noch!«

Gute Idee!

»Komm mal mit.« Laura erhob sich und klatschte leicht in die Hände. Als das Hündchen nur freudig mit dem Schwanz wedelte, runzelte sie die Stirn. »Mitkommen sollst du. Komm, komm!«

Kannst du mich nicht tragen? Ich werde so gerne getragen. Das Hündchen sprang an Laura hoch und hinterließ schlammige Pfotenabdrücke auf deren dunkelblauen Hosenbeinen.

»Och nö, nicht doch.« Laura seufzte. »So wird das wohl nichts. Lässt du dich vielleicht tragen?«

Ja, ja, ja!

Wieder musste Laura kichern, weil das Tier ihr praktisch in die Arme hüpfte, als sie versuchte, es hochzuheben. »Na toll, jetzt sehe ich aus, als hätte ich beim Schlamm-Catchen mitgemacht. Mein guter Pullover.« Leicht frustriert zupfte sie an der feinen hellblauen Wolle herum, musste sich dann aber ganz auf den Hund konzentrieren, der in ihren Armen zappelte und versuchte, ihr übers Gesicht zu lecken. »Halt, nicht so wild, sonst lasse ich dich noch fallen.«

Oh, entschuldige, natürlich. Ich halte still.

»So ist es besser.« Erleichtert eilte Laura in die Blockhütte zurück und warf die Tür hinter sich ins Schloss, damit der Hund nicht weglaufen konnte. Suchend sah sie sich um und entschied sich dann, das Tier nach oben ins Badezimmer zu bringen. Vorher zerrte sie noch ein Handtuch aus dem kleineren ihrer Koffer, weil sie nicht wusste, ob das Badezimmer ebenso gut ausgestattet war wie die Küche.

Sie stieß einen überraschten Laut aus, als sie das geräumige Badezimmer betrat. Zwar hatte sie auch von diesem Raum Fotos gesehen, aber vorhin nicht genauer hinschaut, nachdem sie erkannt hatte, wie die Aufteilung der Räume hier oben war. In Wirklichkeit wirkte es noch viel schöner als auf den Bildern. Cremeweiße Fliesen, unterbrochen von roten und gelben Mustern, ließen das Bad hell und freundlich wirken. Es gab eine riesige, ergonomisch geschwungene Wanne mit diversen Sprudeldüsen, eine separate Dusche mit Regenkopf und einen breiten Waschtisch mit zwei Becken. Die Toilette war durch eine halbhohe Trennwand vor Blicken geschützt. LED-Spots, die wie ein Sternenhimmel in die Deckenpaneele eingebaut waren, ließen den Raum in warmem Licht erstrahlen. Das Dachfenster befand sich direkt über der Badewanne, sodass man, wie Laura vermutete, abends die Sterne betrachten konnte, während man sich im warmen Wasser aalte. Ein verlockender Gedanke, doch im Augenblick musste sie erst einmal dafür sorgen, dass ihr kleiner Findelhund versorgt wurde. Vorsichtig setzte sie ihn in der Wanne ab und begann, mit ihrem Handtuch sein Fell trocken zu reiben.

Hach, tut das gut! Endlich nicht mehr so nass. Danke, danke, danke! Freudig leckte Lizzy über Lauras Hände.

»Warte mal, du hast ja ein Halsband mit einer Marke um, und … da ist ja auch ein Anhänger zum Öffnen!« Laura warf das Handtuch zur Seite und tastete nach der kleinen ovalen Kapsel. »Wurdest du vielleicht doch nicht ausgesetzt, sondern bist einfach nur deinem Herrchen ausgebüxt?«

Ja, ähm, bin ich, also meinem Frauchen. Tut mir jetzt auch total leid, aber hey, woher sollte ich denn wissen, dass ich mich verlaufe und der Regen meine Spuren wegspült?

Laura schmunzelte, als der Hund – oder vielmehr die Hündin, wie sie mittlerweile festgestellt hatte – leise bellte und wieder heftig mit der kleinen Rute wedelte. »Halt doch mal still, dann kann ich die Kapsel öffnen. Hoffentlich ist da die Adresse deiner Besitzer drin.«

2. Kapitel

»Oh nein, oh Gott, wie schrecklich! Was machen wir denn jetzt bloß? Margit wird mich umbringen. Oje, die arme Lizzy. Ich weiß nicht, was ich tun soll. Justus, du musst kommen und mir helfen. Ich bin vollkommen verzweifelt.«

Justus Sternbach hielt sein Smartphone ein Stück von seinem Ohr weg. »Das höre ich, Elke. Beruhige dich bitte erst mal – und dann noch mal von vorn. Was ist mit Lizzy passiert?« Während er sprach, war er bereits auf dem Weg zu seinem Auto. Er benutzte das Treppenhaus des Wellness-Resorts, um nicht noch auf den Lift warten zu müssen.

»Lizzy ist verschwunden!« Seine Tante, Elke Sternbach-List, klang hysterisch. »Ich habe bloß die beiden neuen Stehlampen vom Auto hereingetragen, und bei der Gelegenheit muss sie durch die Tür entwischt sein. Normalerweise läuft sie ja nicht weg, aber diesmal eben doch. Ich habe schon überall gesucht, kann sie aber nirgendwo finden. Margit bringt mich um!«

»Das hast du schon erwähnt.« Justus bezweifelte, dass seine Mutter gleich einen Mord begehen würde, aber erfreut wäre sie ganz bestimmt nicht, wenn sie erfuhr, dass ihr geliebter West Highland White Terrier ausgebüxt war. Die kleine Lizzy war erst sieben Monate alt, und das nasse, kalte Wetter bekam ihr ganz bestimmt nicht gut. Also beeilte er sich. »Ich bin schon auf dem Weg, Elke. Bitte schau sicherheitshalber noch einmal überall nach – und ruf sie. Nimm ihre Lieblingshundekuchen mit. Und schimpf nicht mit ihr, wenn du sie findest, sondern lock sie zu dir – und lobe sie, damit sie keine negativen Eindrücke …«

»Ja, ja, natürlich. Ich weiß schon, dass man einen Hund nicht ausschimpfen darf, wenn man ihn anlocken möchte. Ich bin ja nicht dumm.«

»Das hat ja auch niemand behauptet, Elke.« Seine Tante war in solchen Situationen manchmal ein wenig übertrieben aufgeregt, aber er wusste, wenn er jetzt nichts unternahm, würde sie sich noch mehr hineinsteigern. Am Hinterausgang angekommen, lockerte Justus ein wenig seine Krawatte und fluchte, als ihn draußen schwere Regentropfen trafen und ihm gleichzeitig auffiel, dass sein Auto nicht auf dem Parkplatz stand. Anscheinend hatte eine seiner Schwestern, vermutlich Viola, sich den Wagen für eine Besorgung ausgeliehen. Also blieb ihm nichts anderes übrig, als den kurzen Weg zu seinem Elternhaus zu Fuß zurückzulegen. »Hör zu, es dauert nur ein paar Minuten, bis ich da bin.«

»Joggst du etwa durch den Regen?«

Er verdrehte die Augen. »Nein, Elke, ich renne durch den Regen. Viola hat sich schon wieder mein Auto geliehen, ohne mich vorher zu fragen.«

»Du ruinierst dir aber doch deinen guten Anzug!«

»Willst du, dass ich dir beim Suchen helfe, oder nicht?«

Elke seufzte theatralisch. »Ja, natürlich. Danke, Justus, du bist ein Engel. Bitte beeil dich. Ich weiß nicht mehr, wo ich noch nach ihr schauen soll. Was, wenn der Kleinen etwas passiert? Wenn sie angefahren wird oder von einem wilden Tier gerissen …«

»In unseren Wäldern gibt es keine wilden Tiere, Elke. Zumindest keine, die einen kleinen Westie fressen wollen.«

»Aber es heißt doch, dass der Wolf zurückkehrt und so, und ich dachte …«

»Soweit ich weiß, gibt es hier noch keine Wölfe, und selbst wenn, würden die sich bei dem Wetter garantiert irgendwo verstecken, wo es trocken und warm ist. Wahrscheinlich tut Lizzy das auch gerade.«

»Aber wie sollen wir sie finden, wenn sie sich versteckt?«

»Das überlegen wir uns, sobald ich bei dir bin.« Justus sah sein Elternhaus bereits in wenigen Hundert Metern Entfernung vor sich liegen. »Hol die Hundekuchen, und schau noch mal überall nach. Vielleicht kommt sie ja von selbst zurück, wenn es ihr draußen zu ungemütlich wird. Ich kann …«

»Warte mal, Justus, da klingelt gerade das Festnetztelefon.«

Justus schüttelte resigniert den Kopf, als seine Tante die Verbindung einfach unterbrach. Er legte die letzten Meter in einem Sprint zurück und erreichte gerade die offen stehende Haustür, als aus der anderen Richtung der Wagen seiner Mutter in den Kiefernweg einbog und nur Augenblicke später hinter dem Wagen seiner Tante hielt.

Margit Sternbach stieg aus und eilte mit fragender Miene auf ihn zu. »Justus? Was machst du denn um die Zeit hier? Warum steht unsere Haustür offen? Und warum bist du ganz nass? Bist du zu Fuß hier?« Sie schüttelte in der für sie typischen Art ihr gepflegtes dunkelblondes Haar, das ihr in ordentlichen Wellen bis auf die Schultern fiel und sich weigerte, auch nur eine graue Strähne vorzuweisen.

Seine Mutter war mit ihren einundsechzig Jahren eine sehr attraktive, schlanke und elegante Frau. Schaudernd zupfte sie an ihrem hellen Kaschmirmantel, den sie über ihrem maß-geschneiderten Businesskostüm trug. »So ein ungemütliches Wetter! Wer das bestellt hat, gehört mit einem nassen Handtuch erschlagen.«

Beinahe hätte er gelacht, doch eingedenk der Tatsache, dass sie drinnen die hysterische Elke erwartete, riss er sich zusammen. »Hallo Mama. Warte mal.« Er hielt sie zurück, bevor sie eintreten konnte. Im Hintergrund hörte er Elke reden und … lachen? Er runzelte die Stirn.

»Was ist denn? Stimmt etwas nicht?« Margit sah sich um. »Wo ist denn mein kleines Schätzchen? Lizzy? Komm zu Frauchen, meine Süße.«

»Ja, äh, Mama, wir haben ein kleines Problem.« Justus wusste, dass es am sinnvollsten war, mit seiner Mutter gleich Klartext zu reden. »Lizzy ist Elke ausgebüxt. Deshalb bin ich hier. Sie rief mich eben an und bat mich, ihr beim Suchen zu helfen.«

»Was?« Margit sah ihn erschrocken an. »Meine Lizzy ist weggelaufen? Oh nein. Die arme Kleine. Bei dem Wetter. Meine Güte, warum hat Elke nicht besser aufgepasst? Wo …?«

»Oh, Justus, da bist du ja.« Das Telefon noch am Ohr, kam Elke aus der Küche. Die jüngere Schwester seines Vaters war ein wenig rundlich und trug zu schwarzen Designerjeans eine schreiend bunte Bluse. Ihr dunkelbraunes Haar fiel in einer perfekten Dauerwelle bis auf ihre Schultern. Als sie ihre Schwägerin erblickte, blieb sie wie angewurzelt stehen. »Margit! Du bist ja schon zurück.« Die Person am anderen Ende der Leitung schien etwas zu sagen, denn Elke hob beschwichtigend ihre Hand in Richtung Margit. »Ja, natürlich. Ganz, ganz herzlichen Dank. Sie sind ein Engel. Wir werden die Ausreißerin gleich bei Ihnen abholen. Dauert nur ein paar Minuten.« Mit einem strahlenden Lächeln schaltete sie das Telefon aus. »Hach, was bin ich erleichtert! Margit, es tut mir ganz furchtbar leid, aber mir ist Lizzy vorhin ausgebüxt, als ich die neuen Stehlampen für mein Zimmer hereingetragen habe. Ich bin untröstlich deswegen. Du kannst dir nicht vorstellen, wo ich überall gesucht habe. Aber die Kleine war wie vom Erdboden verschluckt.«

»Schon gut, schon gut.« Nun war es an Margit, beide Hände beschwichtigend zu heben. »Anscheinend hat jemand sie gefunden, oder wer war das am Telefon?«

»Was? Ja, natürlich. Das war Laura Stahlhoff, unsere neue Marketingchefin. Sie ist heute in Patricks Blockhaus eingezogen und rief eben an, um uns mitzuteilen, dass ihr Lizzy zugelaufen ist. Zum Glück habt ihr diesen Anhänger mit der Adresse an ihrem Halsband befestigt. Frau Stahlhoff sagt, der Kleinen geht es gut, sie sei nur ein bisschen nass geworden. Justus, wärst du so nett, sie abzuholen? Mein Auto muss leider in die Werkstatt. Das Ölkontrolllämpchen hat vorhin aufgeleuchtet.«

Justus bemühte sich, weder zu seufzen noch die Augen zu verdrehen. Eigentlich hatte er noch einen Berg Arbeit im Hotel. »Mein Auto ist mit Viola irgendwo auf Tour. Mama, willst du Lizzy nicht lieber selbst abholen?«

»Ja, selbstverständlich.« Margit nickte, schüttelte dann aber den Kopf. »Ich habe das Auto voller Einkäufe, die dringend in den Kühlschrank und die Eistruhe müssen. Könntest du nicht … Nimm einfach Patricks Wagen. Er braucht ihn ja doch nicht, solange er sich in seinem Arbeitsstudio einigelt.« Sie legte ihm eine Hand an die Wange. »Das ist furchtbar lieb von dir. Ich würde wirklich lieber selbst fahren …«

»Fahr doch mit Justus mit. Ich kümmere mich um die Einkäufe«, schlug Elke eifrig vor.

»Würdest du?« Margit lächelte erfreut, als Elke nickte. »Dann nichts wie los. Komm, Justus, ich will die arme Frau Stahlhoff nicht unnötig lange mit Lizzy belasten. Sie hat an ihrem ersten Tag hier sicher anderes zu tun, als auf einen kleinen Hund aufzupassen. Andererseits ist es ein netter Zufall, dass wir sie jetzt schon heute Abend kennenlernen können. Ich bin schon so gespannt auf sie. Dein Vater war ja sehr angetan. Sie muss sensationell in ihrem Job sein. Sehr intelligent, tough und elegant. Und jetzt auch noch tierlieb. Besser kann es ja kaum werden«, fügte Margit mit einem Augenzwinkern an.

***

»Deine Leute kommen dich gleich holen, Lizzy.« Erleichtert ließ Laura sich auf einen Sessel sinken und stellte fest, dass er sehr bequem gepolstert war. »Es dauert nicht mehr lange.«

Wunderwunderwunderbar! Ich freue mich auf mein Frauchen. Obwohl du auch sehr nett bist. Ich mag dich.

»Huch!« Laura kicherte, als Lizzy die Gelegenheit nutzte und mit Anlauf auf ihren Schoß hüpfte. »Du kannst ja ganz schön hoch springen.«

Aber hallo, meine leichteste Übung.

»Nicht schon wieder ablecken!« Vergeblich bemühte Laura sich, die feuchte Hundezunge abzuwehren. »Das kitzelt.«

Das scheint dir ja Spaß zu machen, weil du so lachst. Ich kann gerne noch ein bisschen mehr knutschen. So nennt mein Frauchen das immer. Lizzy wedelte eifrig mit der Rute und schleckte über Lauras Kinn, ihren Hals und ihre Hände.

»Nicht doch, Schluss jetzt!« Japsend wischte Laura sich eine Lachträne aus dem Augenwinkel. »Was bist du doch für eine Süße!«

Oh, vielen Dank!

»Als Kind hatte ich auch mal einen Hund, der hieß Barney. Aber der war ein bisschen größer als du. Ein Beagle.« Laura schluckte, als die Erinnerung sie zu überwältigen drohte. »Leider konnte ich ihn nicht behalten, als … Sie haben ihn ins Tierheim gebracht, und ich weiß nicht mal, ob er eine neue nette Familie gefunden hat.« Sie hatte das Gefühl, als würde ihr die Luft abgeschnürt. Ehe sie jedoch weiter darüber nachdenken konnte, vernahm sie das Geräusch eines Automotors vor der Hütte.

Wie erlöst nahm sie Lizzy auf den Arm und erhob sich, um die Außenbeleuchtung einzuschalten. Zu ihrer Überraschung sah sie durch das Küchenfenster einen ziemlich verschlammten und nicht mehr ganz neuen Pick-up hinter ihrem SUV halten. Noch verblüffter war sie, als auf der Beifahrerseite eine ausgesprochen schicke Frau in einem hellen Kaschmirmantel ausstieg. Der heftige Wind zauste ihre Frisur leicht, doch das tat ihrer eleganten Erscheinung nicht den geringsten Abbruch. Den Fotos nach, die auf der Homepage des Hotels zu finden waren, handelte es sich um die Ehefrau des Inhabers, Margit Sternbach.

»Da ist dein Frauchen, Lizzy.« Rasch öffnete Laura die Haustür und musste prompt achtgeben, dass die Hündin ihr nicht herunterfiel, weil diese wieder heftig zu zappeln begann.

Mein Frauchen? Oh ja, ich rieche sie. Frauchen, Frauchen, Frauchen. Ja, ja, wiff, ich will zu ihr!

»Hey, hey, Kleine, nicht so wild!«

Doch, doch, doch, lass mich zu meinem Frauchen!

Lizzy stieß ein helles, lang gezogenes Fiepen aus.

»Lizzy, meine freche, kleine Lizzy!« Margit Sternbach hastete die letzten Schritte auf Laura zu und nahm ihr das zappelnde Bündel lachend ab. »Da ist ja meine kleine Ausreißerin. Wie bist du denn bloß hierhergekommen? So weit darfst du nie wieder weglaufen, versprochen? Schon gar nicht bei solchem Ekelwetter. Ach, du süße Maus. Bin ich froh, dass die liebe Frau Stahlhoff sich deiner angenommen hat.« Sie küsste die kleine Hündin mehrmals und wandte sich dann erst mit einem dankbaren Lächeln an Laura. »Entschuldigen Sie, Frau Stahlhoff. Guten Abend. Mein Name ist Margit Sternbach, und eigentlich hatte ich gedacht, dass wir uns unter formelleren Umständen vorgestellt werden. Aber unverhofft kommt oft, nicht wahr?« Während sie Lizzy im linken Arm hielt, reichte sie Laura ihre Rechte.

Laura ergriff die Hand automatisch und schüttelte sie. »Guten Abend, Frau Sternbach. Freut mich, Sie kennenzulernen. Lizzy stand einfach plötzlich hinter mir, als ich mein Auto ausladen wollte. Erst habe ich schon befürchtet, jemand könnte sie ausgesetzt haben, aber dann habe ich glücklicherweise den Anhänger mit der Adresse gefunden.«

»Ausgesetzt? Um Himmels willen, das würden wir niemals tun. Dazu haben wir Lizzy viel zu lieb. Eine alte Dame aus der Nachbarschaft, die kürzlich verstorben ist, hat mich gebeten, mich um Lizzy zu kümmern, als sie ins Krankenhaus kam, und, nun ja, jetzt haben wir die Kleine einfach geerbt. Aber das ist vielleicht ganz gut so, weil ich dadurch wieder jemanden zum Verhätscheln habe, nachdem mittlerweile alle meine Kinder erwachsen und aus dem Haus sind. Nun ja, ›aus dem Haus‹ nur technisch gesehen, denn irgendwie treiben sie sich doch dauernd bei uns herum.« Sie lachte herzlich. »Enkelkinder sind bei uns leider noch nicht in Sicht, deshalb ist es schön für mich, wieder jemanden zu haben, um den ich mich kümmern kann.« Sie warf einen kurzen Blick über Lauras Schulter. »Wie es scheint, hat Lizzy Sie jetzt ganz von Ihrer Arbeit abgehalten. So ein Umzug muss anstrengend sein. Ich hatte den letzten glücklicherweise vor etlichen Jahrzehnten, als wir in unser Haus eingezogen sind. Wenn Sie Hilfe benötigen, sagen Sie es ruhig. Wir haben genügend starke Männer zur Verfügung, die Ihnen beim Tragen helfen können.«

»Nein, schon gut. Das ist sehr nett, aber so viele Sachen habe ich gar nicht mitgebracht. Damit werde ich schon allein fertig«, wehrte Laura rasch ab.

»Wie Sie meinen. Ich danke Ihnen noch einmal von ganzem Herzen, dass Sie meine Lizzy aus der Kälte gerettet haben.«

Laura bemerkte, wie der Blick der eleganten Frau neugierig an ihr hinab- und wieder hinaufwanderte, und sie wurde sich der Tatsache bewusst, dass ihre Kleider ganz verdreckt und ihre Pumps schlammverkrustet waren. Mit einem Mal fühlte sie sich in Gegenwart ihrer neuen Chefin – denn nichts anderes war Margit Sternbach – äußerst unwohl und verlegen. »Ich fürchte, ich muss mich umziehen und frisch machen. Lizzy war ziemlich schmutzig, als ich sie hereingeholt habe, und …«

»Ach was!« Das herzliche Lächeln blieb unvermindert auf Margit Sternbachs Lippen bestehen. »Wenn man einen Hund besitzt, weiß man um die Malheurs, die einen bei solchem Wetter heimsuchen können. Machen Sie sich mal keine Gedanken darüber. Tatsächlich überlege ich gerade, ob es nicht nett wäre, wenn Sie gleich mit uns einen Kaffee trinken oder sogar zu Abend essen würden. Mein Mann musste vorhin noch mal ins Hotel in der Stadt, wird aber bestimmt bald zurückkommen und sich sicherlich freuen, Sie heute noch persönlich begrüßen zu dürfen.«

Laura wand sich. Mit so einer Einladung hatte sie nicht gerechnet, schon gar nicht am ersten Abend. »Ich wollte eigentlich …«

»Sagen Sie mal, haben Sie die Heizung noch gar nicht an? Aus dem Schornstein kommt kein Rauch«, wechselte Margit Sternbach unvermittelt das Thema. »Es muss doch kalt im Haus sein. Hans wollte den Ofen heute Morgen anmachen, aber wenn Sie erst so spät hier waren, ist er bestimmt wieder ausgegangen. Kennen Sie sich mit dem Holzofen aus? Warten Sie.« Sie drehte sich um. »Justus, komm mal bitte her!« Sie winkte dem hochgewachsenen braunhaarigen Mann im maßgeschneiderten grauen Anzug zu, der gerade aus dem Pick-up ausgestiegen war.

**

Insgeheim hatte Justus gehofft, seine Mutter würde sich beeilen, aber natürlich musste sie Lizzys Retterin noch in ein Gespräch verwickeln. Wenn sie eines konnte, dann war es reden, und das ziemlich viel und schnell. Er trommelte ungeduldig mit den Fingern aufs Lenkrad ein. Seine liegen gebliebene Arbeit im Büro konnte er wohl vergessen. Andererseits war natürlich auch seine Neugier geweckt, denn auch er war Laura Stahlhoff noch nicht persönlich begegnet. Als sein Vater sie so spontan eingestellt hatte, war er auf einer Tagung gewesen. Die Entscheidung, fürs Hotel und Resort zukünftig eine eigene Marketingchefin zu beschäftigen, begrüßte er sehr, und ebenso, dass sein Vater diesen Posten an jemand Fremdes vergeben hatte, der mit frischem Blick auf die Problemstellungen der Sternbach-Hotels blickte.

Selbstverständlich hatte er sich im Internet über Laura Stahlhoff informiert und dabei festgestellt, dass sie ausgesprochen hübsch war mit ihren leuchtend roten Haaren, dem hellen Porzellanteint und den katzenhaft grünen Augen. Wie er nun feststellte, besaß sie darüber hinaus auch noch einen ausgesprochen reizvollen Körper – schlank, aber dennoch an den richtigen Stellen verführerisch gerundet. Seinem Kennerblick entging nicht, dass das, was sich da unter dem hellblauen Pullover wölbte, in etwa Körbchengröße C war. Hier im Lichtschein der Außenbeleuchtung erkannte er auch, dass ihre Haare nicht einfach nur rot waren, sondern leicht golden schimmerten.

Um sie aus der Nähe in Augenschein nehmen zu können und weil er außerdem nicht unhöflich sein wollte, stieg er rasch aus dem alles andere als sauberen Pick-up seines Bruders aus. Er versuchte, darauf zu achten, sich neben dem durchnässten Anzug nicht auch noch seine Schuhe im Schlamm des aufgeweichten Weges zu ruinieren. Im selben Moment, als er die Tür ins Schloss drückte, drehte seine Mutter sich zu ihm um und winkte ihm zu. »Justus, komm mal bitte her! Sei so nett, und schau nach dem Ofen. Laura – ich darf doch Laura zu Ihnen sagen? Und bitte nennen Sie mich Margit! –, Laura hat es noch ganz kalt in ihrem neuen Zuhause. Ich bin nicht sicher, ob sie auf Anhieb mit der Feuerung zurechtkommen wird. Sieh mal bitte nach, ja? Ich fahre inzwischen mit Patricks Wagen voraus und kümmere mich um den Kaffee und das Abendessen.«

»Ich dachte, du fährst nicht gerne mit dem Pick-up.« Verwundert sah Justus seine Mutter an.

»Tue ich ja auch überhaupt nicht, aber wenn es denn sein muss … Ich wusste doch nicht, dass es in der Hütte noch so kalt und ungemütlich ist. Da fühlt man sich doch gar nicht willkommen. Also bis später dann. Komm, Lizzy, wir fahren mit dem großen dreckigen Auto nach Hause.« Sie winkte und drückte der Hündin gleichzeitig einen Kuss auf den Kopf.

Justus sah ihr leicht indigniert hinterher und schüttelte den Kopf, als sie sehr umständlich auf den Fahrersitz des Pick-ups kletterte. Dann wandte er sich endlich Laura zu, die etwas verwirrt und verunsichert wirkte. »Entschuldigen Sie bitte, Frau Stahlhoff. Meine Mutter ist … nun ja, meine Mutter, und wenn sie erst einmal loslegt …« Er streckte ihr lächelnd die Hand hin. »Justus Sternbach. Es freut mich, Sie kennenzulernen.«

Laura ergriff sie und drückte sie gerade fest genug, um ihm zu signalisieren, dass sie keineswegs schüchtern oder zurückhaltend war. »Guten Tag oder vielmehr guten Abend.« Sie blickte dem davonrollenden Pick-up nach. »Tut mir leid, ich bin ein bisschen …«

»Überwältigt?« Er lachte. »Diese Wirkung hat meine Mutter auf uns alle, das ist ganz normal. Das Wörtchen Nein existiert in ihrem Wortschatz nicht, weder dem aktiven noch dem passiven und ganz bestimmt dann nicht, wenn sie sich etwas in den Kopf gesetzt hat.«

»Nein, ich meinte«, sie blickte an sich hinab, »ich war nicht auf eine Einladung vorbereitet und bin leider auch überhaupt nicht präsentabel. Außerdem wollte ich eigentlich …«

»Vergessen Sie es.«

»Was?« Verblüfft hob sie den Kopf.

Er schmunzelte. »Was Sie eigentlich vorhatten. Vergessen Sie es. Meine Mutter wird mir die Hölle heißmachen, wenn ich Sie nicht innerhalb der nächsten halben Stunde zu uns nach Hause bringe.« Er hielt kurz inne und musterte sie eingehend und mit Wohlgefallen. »Abgesehen davon finde ich, dass Sie durchaus präsentabel wirken. Nun ja, bis auf das etwas eigenwillige Schlammpfotenmuster auf Ihrer Hose. Da es sich aber auf Ihrem Pullover wiederholt, könnten wir es als neuesten Modegag ausgeben.« Entzückt stellte er fest, dass ihre Wangen sich leicht rosig färbten.

»So kann ich unmöglich unter Leute gehen. Ich müsste mich erst umziehen und frisch machen, aber ich habe meine Koffer noch nicht einmal ausgepackt.« Ihr Blick wanderte zu ihrem Gepäck, das mitten im Wohnbereich stand.

»Tut mir leid, aber Sie müssen Ihre Pläne wirklich ändern, wenn Sie nicht wollen, dass meine Mutter mich über dem offenen Feuer brät. Wie wäre es mit folgender Vorgehensweise: Wir sehen jetzt erst einmal nach dem Ofen, danach trage ich die Koffer nach oben und die Kisten, die sie noch in Ihrem Auto haben, ins Haus. Währenddessen können Sie sich rasch umziehen. Damit ist uns allen geholfen, und Sie kommen noch dazu in den Genuss Ihrer ersten Sternbach-Familiensitzung.«

»Familiensitzung?« In Lauras Augen trat ein skeptischer Ausdruck. »Was muss ich mir denn darunter vorstellen?«

»Genau das, was Sie jetzt vermutlich befürchten. Mama wird innerhalb von fünf Nanosekunden die gesamte Familie zusammentrommeln und zum Abendessen einladen. Ein Wort des Weisen: Bringen Sie es am besten gleich heute hinter sich. Es wird nicht besser, wenn man es vor sich herschiebt. In der Firma Sternbach verschwimmt die Grenze zwischen Privatem und Beruflichem ein bisschen. Gehören Sie zum Unternehmen, dann gehören Sie auch automatisch zur Familie.« Er zwinkerte Laura schalkhaft zu und schob sich einfach an ihr vorbei ins Haus. Die Tür zum Keller war nur angelehnt, also war sie offenbar schon unten gewesen.

»Ich habe den Ofen angemacht.« Sie schloss die Haustür, und er hörte, wie sie hinter ihm eilig die Treppe hinabstieg. »Sie brauchen sich wirklich nicht extra …« Sie verstummte, als er die obere Tür des Ofens öffnete.

Er warf einen Blick in die Brennkammer und schmunzelte. Sie war bis zu drei Vierteln mit Holzscheiten gefüllt, von denen das oberste leicht angekokelt war. »Sie haben noch nie ein Ofenfeuer angezündet, oder?«

»Ich komme schon zurecht.« Ihre Stimme klang jetzt abweisend und leicht defensiv, was ihn noch mehr amüsierte. Er deutete auf das nicht vorhandene Feuer. »So wird das aber nichts.« Umstandslos begann er, die Holzscheite wieder aus der Brennkammer zu entfernen, bis nur noch zwei übrig waren.

Laura sah ihm mit verschränken Armen zu. »In meinen bisherigen Wohnungen gab es nur ganz normale Zentralheizungen.«

»Dies hier ist auch eine normale Zentralheizung, nur mit dem Unterschied, dass Sie sich täglich darum kümmern müssen, dass sie am Laufen bleibt. Kommen Sie her, und schauen Sie mir genau zu. Es ist ganz einfach.«

Zögernd machte sie ein paar Schritte in seine Richtung.

Er zeigte ihr, wie sie die unteren Scheite zurechtlegen, kleinere Holzstücke über den brennenden Grillanzünder schichten und schließlich noch weitere Scheite hinzufügen sollte. »Den Schieber haben Sie schon ganz richtig geöffnet, und der Regler ist auf der richtigen Position. Damit der Ofen anfangs richtig zieht, können Sie nachhelfen, indem Sie die untere Tür einen Spalt offen lassen. Sie müssen nur daran denken, sie wieder zu schließen, ebenso wie den Schieber, sobald der Ofen richtig brennt und Sie ihn ganz mit Scheiten befüllt haben. Bis dahin dauert es etwa zwanzig bis dreißig Minuten.« Er sah sie von der Seite an. »Die Zeit dürfte Ihnen zum Frischmachen ausreichen, oder?«

＊

»Ja, selbstverständlich.« Laura trat ein Stück zur Seite. Irgendwie hatte sie das Gefühl, dass Justus Stahlhoff gerade überlegte, was sich in einer knappen halben Stunde sonst noch alles anstellen ließe. Sein Blick war vorhin schon in recht eindeutiger Weise über ihre Figur gewandert. Sie kannte den Ausdruck in seinen Augen. Er begegnete ihr unwillkürlich überall, wo sie sich in männlicher Gesellschaft befand. Schon als junges Mädchen hatte sie die Natur verflucht, die ihr einen in ihren Augen viel zu üppigen Busen beschert hatte. Ihre Oberweite zog nun einmal die Aufmerksamkeit auf sich und heizte die männliche Fantasie an. Immer wieder musste sie hart daran arbeiten, die Welt, insbesondere den männlichen Teil, davon zu überzeugen, dass sie aus mehr als einer pornofilmtauglichen Figur mit einem hübschen Gesichtchen bestand. Ihr leuchtend rotes Haar erschwerte die Sache noch um einiges. Sie hatte schon zur Genüge die entsprechenden anzüglichen Sprüche über sich ergehen lassen müssen. Bisher war es ihr jedoch stets gelungen, sich den Männern gegenüber zu behaupten und ihnen zu beweisen, dass mehr in ihr steckte. Justus Sternbach würde in dieser Hinsicht ganz sicher keine Ausnahme bleiben.

»Also, wollen wir?«

Irritiert sah sie ihn an. »Was?«

In seinen Augen glitzerte es amüsiert. »Wollen wir nach oben gehen und dafür sorgen, dass Ihre Habe den Weg aus Ihrem Auto ins Haus findet? Mit den Koffern fangen wir an, damit Sie an Ihre Sachen kommen. Die sehen nämlich auch aus, als wären sie nicht gerade Leichtgewichte.

»Ähm, ja, danke, das wäre sehr freundlich. Die sind wirklich schwer.« Laura hätte sich am liebsten geohrfeigt. Was war denn los mit ihr? Sie klang wie ein hilfloses Weibchen, das auf den großen, starken Mann angewiesen war. Vielleicht lag es daran, dass ihr Justus Sternbachs rein physische Präsenz bereits auf den Magen zu schlagen begann. Etwas an ihm veranlasste ihre Nackenhärchen, sich aufzurichten. Er war einen guten halben Kopf größer als sie, hatte dichtes mittelbraunes Haar, graue Augen und eine sportliche Figur. Mit dem kantigen, energisch wirkenden Kinn und den hohen Wangenknochen ähnelte er stark seinem Vater, der jedoch insgesamt weniger dominant und um die Körpermitte etwas rundlicher wirkte. Justus Sternbach war zwar kein klassisch schöner Mann, trotzdem aber hochgradig attraktiv. Er erinnerte sie von Gesicht und Ausstrahlung her ein wenig an einen keltischen Krieger. Wie genau sie auf diesen Vergleich kam, konnte sie sich selbst nicht erklären. Der maßgeschneiderte dunkelgraue Anzug mit der weinroten Krawatte hätte diesem Eindruck eigentlich entgegenwirken müssen, doch genau das Gegenteil war der Fall. Vielmehr wirkte er damit wie ein zwar gebändigter Krieger, bei dem die Gefahr eines temperamentvollen Ausbruchs jedoch ganz dicht unter der geschliffenen Oberfläche lauerte.

Laura beschloss, dass es ratsam war, einen solchen Ausbruch tunlichst zu vermeiden. Das letzte Mal, dass sie auf die Ausstrahlung eines Mannes hereingefallen war, lag schließlich noch nicht allzu lange zurück, und sie hatte ganz sicher nicht vor, diese unerfreuliche Erfahrung zu wiederholen.

Entschlossen wandte sie sich ab und stieg die Treppe wieder hinauf. Justus Sternbach folgte ihr rasch und schnappte sich ohne ein weiteres Wort den großen Koffer und eine ihrer Taschen, um sie ins obere Geschoss zu tragen. Mit einem Anflug von Neid bemerkte Laura, dass es aussah, als trage er ein Federgewicht. Rasch schnappte sie sich den kleineren Koffer und verdrehte die Augen, weil er kein Gramm leichter geworden war.

»Ich stelle Ihnen das Ding neben Ihr Bett«, rief er über die Schulter. »Was haben Sie da eigentlich eingepackt? Ziegelsteine?«

»Tut mir leid.« Laura schleppte ihren Koffer mit zusammengebissenen Zähnen Stufe um Stufe die Wendeltreppe hinauf. Als sie die Hälfte geschafft hatte, tauchte Justus vor ihr auf. »Doch wohl hoffentlich nicht zweihundertdreißig Paar Schuhe aus Gold.« Ohne auf ihren giftigen Blick zu achten, nahm er ihr lachend die schwere Last ab und trug sie ebenfalls ohne ersichtliche Anstrengung in ihr Schlafzimmer.

Sie beeilte sich, ihm zu folgen, und wäre in der Schlafzimmertür beinahe mit ihm zusammengestoßen. »Verzeihung.« Sie räusperte sich. »Danke. Fürs Tragen.« Wenn sie jetzt auch noch nur in Ein- und Zweiwortsätzen mit ihm kommunizierte, würde er sie vermutlich niemals für eine denkende, vernunftbegabte Person halten! »Das … ist ein sehr schönes Zimmer ... und Haus.« Ihr Gehirn schien die Absicht zu haben, sie vollkommen dämlich dastehen zu lassen. »Ihr Vater hat mir erzählt, dass es ein Prototyp ist.« Erleichtert, dass sie endlich einen zusammenhängenden Satz von sich gegeben hatte, und mit ehrlicher Bewunderung ließ sie ihren Blick über das zwei Meter breite Boxspringbett mit der gequilteten Tagesdecke wandern. Der Kniestock war hier hoch genug, dass man trotz der Dachschräge fast im gesamten Zimmer aufrecht stehen konnte. Auch hier gab es zwei große Dachfenster, von denen das eine sich direkt über dem Bett befand, sodass man auch von dort aus den Sternenhimmel bewundern konnte. Natürlich nur, wenn es nicht gerade in Strömen regnete, so wie heute. Eine zweiflüglige Terrassentür führte auf einen großzügigen Balkon hinaus. Für die Kleidung war ein großer Einbauschrank mit verspiegelten Schiebetüren vorgesehen, außerdem gab es noch eine rustikale Kommode mit großen Schubladen und eine Tür, die direkt ins angrenzende Bad führte. Auf einem der Nachttische stand ein Strauß aus Strohblumen, und als Bettvorleger dienten helle gewebte Teppiche.

»Mein Bruder hat es gebaut«, erklärte Justus. »Er ist dabei, sich als Bauunternehmer zu etablieren. Das Hotelgewerbe liegt ihm nicht sehr. Er ist eher der handwerklich begabte Typ und will sich auf Holz- und Blockhäuser spezialisieren. Unser Vater hat nun die Idee, westlich vom Resort eine kleine, aber gediegene Ferienhauskolonie aufzubauen. Viel Komfort zu erschwinglichen Preisen, hauptsächlich für Familien mit Kindern und Haustieren. Er hat bereits alle verfügbaren Wald- und Wiesengrundstücke hinter dem alten Campingplatz gekauft. Der Spatenstich soll kommendes Jahr im Mai sein. Dieses Haus hier«, er machte eine ausholende Bewegung, »ist sein Pilotprojekt – und vor allem das meines Bruders. Patrick wollte unbedingt beweisen, dass er in der Lage ist, allen Ansprüchen unserer Eltern gerecht zu werden. Ich schätze, die Aufgabe hat er mit Bravour gemeistert. Wenn man ihn kennt, überrascht das aber auch nicht. Er ist sehr ehrgeizig und kann stur wie ein Panzer sein, wenn er sich etwas in den Kopf setzt. Darin ähnelt er unserer Mutter sehr.«

Laura runzelte die Stirn. »Ist Ihr Bruder Patrick nicht adoptiert?« Sie erschrak, sobald sie die Worte ausgesprochen hatte. »Entschuldigen Sie, das geht mich gar nichts an. Ich meine nur, es irgendwo gelesen zu haben.«

»Das ist richtig. Wir machen gar keinen Hehl daraus. Patrick und seine Zwillingsschwester Ricarda sind adoptiert. Sie kamen zu uns, als sie zwölf waren. Na und?« Fragend blickte er auf sie hinab, und sie begann, sich unbehaglich zu fühlen.

»Nichts. Ich meine ja nur, weil Sie sagten, er würde Ihrer Mutter ähneln.«

»Im Verhalten, ja. Finden Sie das ungewöhnlich? Wie ich schon sagte, Margit Sternbach übt eine nicht geringe Wirkung auf die Menschen in ihrer Umgebung aus. Für Patrick war es in gewisser Weise die Rettung, dass er sich an ihr orientieren konnte.«

Überrascht lauschte Laura seinen Worten. Als er jedoch nicht weitersprach, hüstelte sie. »Ich denke, ich sollte mich rasch umziehen.«

»Ja, natürlich. Ihre Autoschlüssel?« Er streckte die Hand aus.

»Oh, ja.« Sie zog den Schlüsselbund aus ihrer Hosentasche und reichte ihn ihm. »Aber es ist gar nicht nötig, dass Sie mir helfen, die Sachen hereinzutragen. Das schaffe ich schon selbst.«

»So wie bei dem Koffer?« Spöttisch hob er die Augenbrauen, dann grinste er. »Ist schon in Ordnung, ich helfe Ihnen gerne. Und anschließend sehen wir noch einmal gemeinsam nach dem Ofen. Denken Sie daran, regelmäßig Holz nachzulegen. Etwa alle sechs Stunden, sodass ständig Glut übrig bleibt, dann müssen Sie ihn nicht immer wieder neu anmachen. Sobald der Pufferspeicher voll durchgeheizt ist, können Sie ihn auch etwas herunterregeln, dann müssen Sie noch seltener Holz nachlegen. Den Dreh haben Sie schnell heraus.«

»Ja. Danke.« Sie kam sich unsagbar unbeholfen vor, dass sie nicht einmal ohne Hilfe diesen verdammten Ofen anbekommen hatte, aber das war nun leider nicht mehr zu ändern.

»Bis gleich.« Er zwinkerte ihr noch einmal zu und lief dann die Treppe hinab zurück ins Erdgeschoss.

Laura hörte, wie er die Haustür öffnete, und beeilte sich, in ihrem Koffer nach einem passenden Outfit für den bevorstehenden Abend zu suchen.

3. Kapitel

»Oyoyoyoyoy, was ist denn das für ein Lärm hier?« Elfe-Sieben, die Assistentin des Weihnachtsmanns, legte rasch den Stapel Post, den sie aus dem Briefkasten geholt hatte, auf dem Schreibtisch ab und hastete zum Gefühlsradar in der Zimmerecke, das ein ohrenbetäubendes Schrillen von sich gab. Eilig regelte die Elfe die Lautstärke herunter und warf einen Blick über die Schulter auf die große Wand mit den unzähligen Videobildschirmen, um zu prüfen, welcher der darauf angezeigten Wunscherfüllungsvorgänge den Alarm ausgelöst hatte. Überrascht, weil sie keinen Anhaltspunkt finden konnte, wandte sie sich erneut dem Gefühlsradar zu. »Was ist denn los? Was zeigst du uns denn hier an? Da ist doch gar nichts los auf der Erde …« Sie tippte auf dem Bedienfeld herum, richtete das Radar neu aus, was aber nur dazu führte, dass der Alarm wieder lauter wurde. Elfe-Sieben setzte sich an den Schreibtisch des Weihnachtsmanns und schaltete dessen Computer ein. Sobald sie per WLAN das Gefühlsradar mit der Arbeitssoftware verbunden hatte, poppte ein neuer Videostream auf, den sie noch nicht kannte. »Nanu, wen haben wir denn da?« Sie sah sich die Vorgänge auf dem Video-Livestream eine Weile an und überprüfte die Verknüpfung mit der Software. Dabei stellte sie fest, dass Santa Claus offenbar eine Suche gestartete hatte. Prompt ging ein Strahlen über das Gesicht der Elfe, und sie drückte den Knopf der Gegensprechanlage. »Santa Claus? Bist du noch in der Geschenkefabrik?«

Es knisterte in der Leitung, dann erklang die Stimme des Weihnachtsmanns. »Ja, Elfe-Sieben, ich bin hier. Wir sind gerade dabei, die Laufbänder neu zu justieren.«

»Können das nicht Elf-Vier und Elf-Fünf allein machen? Du musst unbedingt ins Büro kommen. Es wurde ein neuer Weihnachtshasser gefunden. Oder vielmehr eine Weihnachtshasserin, und soweit ich es auf den ersten Blick beurteilen kann, dürfte sie ein besonders lohnendes Ziel für deine Bemühungen sein.«

»Tatsächlich? In Ordnung, ich bin gleich da.« Wieder knackte es in der Leitung, als der Weihnachtsmann die Verbindung unterbrach.

Elfe-Sieben wandte sich erneut dem Videostream zu und legte ihn auf einen der verbliebenen freien Bildschirme an der Wand. »Das ist ja wirklich hochinteressant«, murmelte sie dabei vor sich hin. »Lass mal sehen, wen wir da überhaupt haben.« Mit ein paar Klicks hatte die Elfe sämtliche verfügbaren Hintergrundinformationen zu der jungen Frau, die die Software entdeckt hatte, in einer Datei zusammengefasst. Elfe-Sieben druckte sie aus und speicherte sie zusätzlich in dem Ordner ab, den Santa Claus für sein neuestes Projekt angelegt hatte. Dann begann sie zu lesen.

»Nanu, was ist denn mit dir los?«, fragte der Weihnachtsmann verblüfft, als er nur wenige Minuten später sein Arbeitszimmer betrat. »Du weinst ja, Elfe-Sieben!«

»Ja, entschuldige, aber ich kann nicht anders. Das ist so eine furchtbar traurige Geschichte, da muss ich einfach weinen.« Verlegen wischte die Elfe sich über ihre Augen, dennoch rollten weitere Tränen ihre Wangen hinab. »Sieh nur mal, was das Gefühlsradar zusammen mit deiner Suchsoftware zutage gefördert hat.«

»Was haben wir denn da?« Nachdem die Elfe ihm Platz gemacht hatte, setzte Santa Claus sich auf seinen Bürostuhl und betrachtete eine Weile den Videostream, dann die Daten auf dem Ausdruck. Seine Miene wechselte von neugierig zu betroffen. »Das ist ja entsetzlich.«

»Na, das sag ich doch.« Elfe-Sieben nickte so heftig, dass

ihre spitze Mütze ins Rutschen geriet. Hastig rückte sie sie wieder zurecht. »Ich kann kaum glauben, dass wir nicht schon früher auf die Idee gekommen sind, nach Weihnachtshassern zu suchen. Wenn da nur solche traurigen Geschichten dahinterstecken, werden wir eine halbe Ewigkeit damit zu tun haben, diesen Menschen zu neuer Hoffnung und Liebe in ihrem Leben zu verhelfen.«

»Nun ja, aus nichtigen Gründen werden die Menschen ja wohl nicht zu Weihnachtshassern.« Nachdenklich strich der Weihnachtsmann sich durch den Bart.

»Aber!« Auf dem Gesicht der Elfe erschein plötzlich ein strahlendes Lächeln.

»Was aber?« Santa Claus sah sie verwundert an.

»Aber«, die Elfe hüpfte mit neu erwachter Freude auf und ab, »es braucht vielleicht nur die allereinfachsten Mittel, um diesem Menschenkind hier zu helfen. Nun ja, ein Kind ist sie nicht mehr, aber du weißt schon, was ich meine.«

»Na, na, sei mal nicht zu zuversichtlich.« Santa Claus sah sich erneut den Livestream an. »Immer wenn wir glauben, irgendwas würde ganz sicher einfach laufen, gibt es die allergrößten Komplikationen.«

»Jetzt klingst du schon wie deine Frau.« Elfe-Sieben kicherte. »Normalerweise ist es doch immer sie, die uns skeptisch zurückpfeift.«

»Ganz unrecht hat sie ja meistens nicht.«

»Aber sieh doch nur mal.« Die Elfe deutete aufgeregt auf das, was sich auf der Erde tat. »Die Voraussetzungen könnten besser nicht sein. Hast du schon bemerkt, wo diese Laura sich gerade befindet? Kommt dir der Ort nicht bekannt vor?«

»Sicher kenne ich diese kleine Stadt. Dort haben wir immerhin schon sehr viele Wünsche erfüllt.«

»Siehst du, und deshalb eignet sie sich geradezu perfet für dein Weihnachtshasser-wird-Weihnachtsliebhaber-Projekt. Das Christkind wird dir ganz bestimmt zustimmen, sobald wir ihm die Bilder und Daten gezeigt haben.« Die Elfe hüpfte erneut auf und ab. »Überhaupt, hast du die hier schon gesehen? Ist das nicht eine absolut Süße?« Sie spulte das Video ein Stück zurück und deutete auf einen winzigen weißen Hund. »Wenn eine Fellnase im Spiel ist, kann doch eigentlich gar nichts mehr schiefgehen.«

»Ha, das ist ja wirklich ein toller Zufall.« Nun erschien auch auf dem Gesicht des Weihnachtsmanns ein hoffnungsvolles Lächeln. »Also gut, dann lauf mal los, und such Elf-Zwei und Elfe-Acht. Die beiden sollen sich sofort auf den Weg machen und die Sache bis ins Detail auskundschaften. Ich schreibe derweil eine Textnachricht an das Christkind. Wir wollten sowieso bald eine Lagebesprechung einberufen. Da passt es doch perfekt, wenn wir gleich eine weitere Weihnachtshasserin präsentieren können, die wir vom Gegenteil überzeugen wollen.«

»Alles klar, Santa.« Elfe-Sieben salutierte zackig und lachte dabei fröhlich. »Bin schon unterwegs. Hach, wird das schön, wenn wir dieser Laura das wahre Weihnachten und die Liebe in ihr Leben zurückbringen. Sie wird so was von glücklich sein!«

»Na, hoffentlich.« Während seine Assistentin davonstob, beobachtete Santa Claus mit gerunzelter Stirn, was sich bei dieser Laura auf der Erde tat. Ganz so überzeugt wie die Elfe war er noch immer nicht, dass dies ein einfacher Fall werden würde. Doch das hatte ihn in der Vergangenheit noch nie davon abgehalten, eine Herausforderung anzunehmen. Diesmal hatte er ja immerhin auch noch die Unterstützung durch das Christkind. Gemeinsam würden sie es doch ganz bestimmt schaffen, Laura davon zu überzeugen, dass es sich lohnte, an die Magie der Weihnacht und der Liebe zu glauben. Als er den Videostream neu justierte, um ein klareres Bild hereinzubekommen, entdeckte er einen auffällig bunten rechteckigen Gegenstand auf Lauras Bett. Als er ihn heranzoomte, stieß er einen überraschten Laut aus, und seine Miene hellte sich auf. »Das ist doch etwas«, murmelte er bei sich. »Damit kann ich arbeiten.«

***

Den kurzen Weg vom Blockhaus zum Anwesen der Sternbachs legten Justus und Laura überwiegend schweigend in Lauras SUV zurück. Nur hin und wieder gab Justus ihr Anweisungen, in welche Richtung sie abbiegen sollte. Er tat, als blicke er geradeaus, musterte sie jedoch sehr eingehend aus den Augenwinkeln. Sie trug jetzt einen edlen dunkelblauen Business-Hosenanzug mit cremeweißer Bluse. Den Blazer hatte sie zugeknöpft, die Bluse ebenfalls bis auf den obersten Knopf. Zusammen mit dem einfachen Goldkettchen mit Sternzeichenanhänger und den winzigen goldenen Ohrsteckern wirkte ihr Auftreten nun deutlich strenger und abweisender. Ihr wunderschönes rotes Haar hatte sie zu einem einfachen Knoten aufgesteckt, aus dem sich leider bisher noch keine Strähne gelöst hatte, die den Gesamteindruck abgemildert hätte.

»Sie brauchen sich nicht zu verkrampfen.« Als sie vor dem Haus anhielt, wandte er sich ihr endlich wieder voll zu. »Ganz so schrecklich, wie Sie vielleicht nach meiner Beschreibung vermuten, ist meine Familie nicht. Ein bisschen gewöhnungsbedürftig vielleicht, vor allem, wenn sie im Rudel auftritt.« Er deutete auf die Autos, die bereits an der Straße parkten. »Wie ich vermutet hatte – Mama hat die Horden bereits zusammengetrommelt.«

»Gibt …« Laura räusperte sich. »… gibt es ein Fettnäpfchen, in das ich unbedingt zu treten vermeiden sollte?«

»Ein Fettnäpfchen?« Er lächelte. »Nicht dass ich wüsste. Solange Sie das Sternbach nicht beleidigen, sind Sie auf der sicheren Seite. Allerdings nur, solange meine Großeltern mütterlicherseits nicht anwesend sind. Die haben die Fettnäpfe in überdimensionaler Größe immer gleich massenhaft im Gepäck. Aber keine Sorge, die beiden werden erst zu Weihnachten erwartet.«

»O…kay.« Laura erwiderte seinen Blick leicht befremdet, woraufhin er leise lachte.

»Kommen Sie, alles wird gut.« Rasch stieg er aus und eilte um das Auto herum, um ihr die Tür aufzuhalten. Sie war jedoch schneller gewesen und stand ebenfalls bereits neben dem Auto, sodass er nur noch die Fahrertür hinter ihr schließen konnte. Kam es ihm nur so vor, oder wich sie ihm absichtlich aus? Der Eindruck verhärtete sich, als sie entschlossenen Schrittes und ohne auf ihn zu warten auf die Haustür zuging.

Gerade in dem Moment, in dem sie die Hand nach dem Klingelknopf ausstreckte, flog die Tür auf, und Elke eilte mit ausgestreckten Armen auf Laura zu. Ohne Umstände zog sie sie in eine liebevolle Umarmung. »Hallo, hallo, meine liebe Frau Stahlhoff. Oder darf ich Laura sagen? Margit hat eben ständig von Ihnen als Laura gesprochen. Ich bin Elke. Herzlich willkommen. Sie glauben gar nicht, wie froh ich bin, dass Sie unsere kleine Lizzy gerettet haben!« Zwei schallende Luftküsse landeten links und rechts von Lauras Wangen. »Und was sind Sie doch für ein hübsches Geschöpf! Diese roten Haare, umwerfend!«

Hinter ihnen tauchte Margit auf und rieb sich über die Oberarme. »Nun kommt doch herein, ihr drei. Es ist eisig kalt draußen. Ach, Laura, Sie hätten sich doch nicht extra in Schale werfen müssen. Heute geht es ganz familiär bei uns zu. Justus, sei so lieb, und begleite Laura ins Wohnzimmer. Elke, du musst mir in der Küche helfen. Huch, aber nicht doch, Lizzy, nicht Lauras Hosenbeine ansabbern.« Sie gluckste. »Entschuldigen Sie bitte, Laura, das ist nun schon die zweite Hose, die unsere Kleine Ihnen einschmutzt. Ich bringe Ihnen gleich ein feuchtes Tuch.«

»Nein, nein, nicht nötig«, wehrte Laura ab, doch Margit war bereits in der Küche verschwunden.

Laura, Laura, Laura, hallo! Willkommen in meinem Zuhause. Na, habe ich es nicht schön hier? Und so warm und trocken und überhaupt. Ach, wie schön, dass du uns besuchen kommst! Die kleine Westie-Hündin hüpfte wie ein Derwisch um Laura herum und bellte fröhlich.

Während Elke ihrer Schwägerin in die Küche folgte, berührte Justus Laura sanft am Ellenbogen und deutete auf die nächste Tür, die halb offen stand. »Kommen Sie, gehen wir in die Höhle der Löwen.«

Der Anblick, der sich ihnen bot, als Justus die Wohnzimmertür weit aufstieß, war absolut typisch für seine Familie. Seine Geschwister hatten sich um den großen Couchtisch versammelt. Seine jüngeren Schwestern Viola und Ricarda waren in irgendeine hitzige Diskussion verwickelt, die sich offenbar gleichzeitig um Männer, Klamotten, das neueste Kinoprogramm und einen Artikel im Magazin *Zeitschritte* über die neuesten Buchtrends drehte. Dabei warfen sie immer wieder abwechselnd Spielkarten auf die Tischplatte, in dem Versuch, Patrick beim Skatspiel zu schlagen. Sein Bruder hatte sich auf der Couch ausgestreckt, die Schuhe von den Füßen gestreift und ein angebrochenes Bier in einer Hand. Im Fernsehen lief irgendeine Serie, in der amerikanische Goldgräber mit überdimensionalen Maschinen ganze Landstriche umgruben, um an das begehrte Edelmetall zu gelangen.

Sein Vater hatte es sich mit der Tageszeitung am Esstisch bequem gemacht, ohne darauf zu achten, dass seine Frau bereits den Tisch gedeckt hatte.

Zu Justus' grenzenloser Überraschung waren allerdings noch zwei weitere Personen anwesend, mit denen er nicht gerechnet hatte. Bei seinem Eintreten erhoben sie sich und kamen lächelnd auf ihn zu. Er blieb überrascht stehen. »Oma, Opa, das ist ja eine Überraschung! Wo kommt ihr denn her?«

»Na woher schon, von zu Hause!« Theo Sternbach klopfte ihm kräftig auf die Schulter. »Du kannst vielleicht Fragen stellen.«

»Margit hatte uns doch schon lange für heute Abend zum Essen eingeladen«, fügte Iris Sternbach hinzu und trat auf Laura hinzu. »Sie müssen Frau Stahlhoff sein. Laura, nicht wahr? Ich bin Iris, das ist mein Mann Theo. Wir nehmen es nicht so förmlich, also bleiben wir am besten gleich bei den Vornamen, nicht wahr? Ich freue mich sehr, dass Sie unsere Runde heute bereichern werden, und bin ja schon so gespannt darauf, was Sie sich in Sachen Marketing für die Hotels meines Sohnes ausdenken werden. Kommen Sie, setzen Sie sich doch, dann können wir gleich ein wenig plaudern.«

Laura ließ sich sichtlich überrascht zum Tisch führen, kam aber nicht dazu, sich zu setzen, denn nun hatten auch Justus' Geschwister die Neuankömmlinge bemerkt und erhoben sich, um Laura zu begrüßen.

Der Versuch endete in einem wilden Stimmengewirr und Händegefuchtel, bis Justus einen lauten Pfiff ausstieß. Sofort war Ruhe.

»Gut.« Er lächelte. »Und jetzt schön nacheinander, Kinder.«

»Musst du immer den Vernunftsbolzen raushängen lassen? Wir wollten Laura doch nur willkommen heißen.« Viola stieß Justus den Ellenbogen in die Seite. Sie war zwar die Kleinste und Zierlichste der vier Geschwister, doch ihr Äußeres – Jeans, einfaches T-Shirt und ein pfiffiger Pixiecut mit hellen Strähnchen im mittelbraunen Haar – täuschte nur darüber hinweg, dass sie erstaunliche Kräfte besaß. Als Physiotherapeutin musste sie sie nicht selten anwenden, wenn ein wesentlich größerer und schwererer Patient oder vielmehr Gast im Wellness-Resort ihre Dienste in Anspruch nahm. Sie leitete die Wellness-Abteilung in beiden Hotels, betreute aber auch hin und wieder Gäste in der nicht weit entfernt gelegenen Kurklinik. Nun schüttelte sie Laura kräftig die Hand, bis Patrick sie energisch zur Seite schob.

»Nun lass mich doch auch mal ran, du Zwerg.« Er musterte Laura wohlwollend, ohne auf Violas prompten Protest ihrer Körpergröße wegen zu achten. »Alle Achtung, Papa, du hast aber eine gute Wahl getroffen. Klug und gut aussehend, diese Mischung muss man erst mal finden.« Auch er ergriff Lauras Hand und schüttelte sie kurz, aber herzhaft. »Willkommen in unserem Irrenhaus. Ich hoffe, zu Ihrer Grundausstattung gehören auch gute Nerven. Die werden Sie brauchen, wenn Sie die Sternbachs überleben wollen.« Grinsend zog er sich wieder auf die Couch zurück, sodass Ricarda an seine Stelle treten konnte. Da die beiden zweieiige Zwillinge waren, konnte man zwar eine gewisse Ähnlichkeit in den Gesichtszügen ablesen, ansonsten waren sie jedoch grundverschiedene Typen. Während Patrick groß, breitschultrig und muskulös war, sein dunkelbraunes lockiges Haar bis zum Kragen trug, Anzüge mied wie der Teufel das Weihwasser und beinahe in allen Lebenslagen in Jeans, Holzfällerhemd und Lederjacke anzutreffen war, wirkte seine Schwester mit ihrer schlanken Figur, die meistens in Jeans und einfachen Shirts steckte, dem glatten, brünetten schulterlangen Haar und der dunkel gerahmten Brille fast schon unscheinbar. Allerdings nur, bis sie entweder lächelte oder, was selten vorkam, wütend wurde, denn in beiden Fällen trat ihr verborgenes Temperament zutage, das ihre grauen Augen Funken sprühen und jeden potenziellen Gegner entweder dahinschmelzen oder die Flucht ergreifen ließ, je nach Anlass.

Auch Patrick besaß diese Gabe und die magischen grauen Augen, wie Viola sie immer nannte, doch sein Temperament war ihm in der Vergangenheit schon mehr als einmal zum Verhängnis geworden. Er hatte mühsam lernen müssen, es zu kontrollieren. Ein Kunststück, dessen Beherrschung seiner Zwillingsschwester offenbar in die Wiege gelegt worden war. Ricarda auf die Palme zu bringen gelang nur wenigen Menschen. Sie war stets ausgeglichen, ruhig und besonnen, konnte aber auf Menschen, die sie nicht kannten, kühl und gefühlsarm wirken, weil sie ihre wahren Empfindungen gerne hinter einer hohen Mauer aus Unnahbarkeit verbarg. Justus war der Ansicht, dass nur der Richtige kommen musste, der sich die Mühe gab, durch diesen Schutzschild hindurchzublicken oder ihn vielmehr zu überwinden. Er war gespannt, welchem Mann diese Glanztat wohl eines Tages gelingen würde.

»Guten Abend, Laura. Bitte hören Sie nicht auf Patrick. Wir sind kein Irrenhaus. Das war nur seine etwas unsensible Art, Sie willkommen zu heißen. In Wahrheit sind wir eine sehr nette und friedliebende Familie.« Ricarda nickte Laura freundlich zu.

»Ach ja? Seit wann denn friedliebend?« Patrick winkte mit seinem Skatblatt. »Jetzt kommt schon, und lasst euch von mir die Hosen ausziehen, bevor das Essen fertig ist.« Er grinste in Lauras Richtung. »Die beiden haben im Skat keine Chance gegen mich.«

Justus rückte Laura einen Stuhl zurecht. »Ignorieren Sie ihn einfach. Am besten alle drei.« Ihm war aufgefallen, dass Laura selber während der gesamten Begrüßung fast kein Wort gesagt hatte und nun ein wenig verunsichert wirkte. »Keine Sorge, sie werden zahmer, sobald sie abgefüttert sind.«

»Sagten Sie nicht, dass Ihre Großeltern erst zu Weihnachten erwartet würden?«, raunte sie ihm zu.

Er schüttelte den Kopf. »Meine Großeltern mütterlicherseits. Theo und Iris sind die Eltern meines Vaters und leben nur zwei Querstraßen weiter. Opa hat einst mit einem einfachen Gasthof in Köln die Grundlage für das Sternbach-Imperium gelegt. War es nicht so, Opa?«

»Allerdings ist das wahr, Junge.« Theo Sternbach, ein wenig korpulent und mit eisgrauem schütterem Haar, nickte seinem Enkel grinsend zu. »Ich hatte eine wirklich gut laufende Kneipe, das war in den Sechzigerjahren, aber dann wurde der ganze Block von so einem Immobilienhai aufgekauft und plattgemacht. Aufstrebendes Deutschland, Mädchen, davon haben Sie bestimmt schon mal was gehört«, wandte er sich an Laura. »Bloß für unsereins war da kein Aufstreben mehr möglich, also bin ich mit meiner Iris und den Kindern hierhergekommen und hab noch mal ganz von vorn angefangen. Damals war es noch ein kleiner Gasthof mit vier Fremdenzimmern. Erst im Lauf der Jahre haben wir dann immer wieder erweitert …«

»Bis Hans übernommen und beschlossen hat, dass wir expandieren müssen«, übernahm Iris den Faden. Sie war ebenfalls ein wenig rundlich mit fast weißem lockigem Haar, einem herzförmigen Gesicht und entzückenden Apfelbäckchen. »Hans hat den alten Gasthof abreißen lassen. Meine Güte, war das vielleicht ein Aufstand damals. Ich dachte, Theo erschlägt seinen Sohn. Aber dann hat Hans ein tolles Hotel bauen lassen mit siebzehn Zimmern. Alles auf dem modernsten Stand der damaligen Zeit.«

»Das Hotel wurde vor einigen Jahren erneut teilweise abgerissen und mit einer erheblichen Erweiterung wiederaufgebaut«, fügte Justus hinzu. »Das neue Sternbach ist jetzt das beste Hotel am Platz – nun ja, mal abgesehen vom Sternbach Resort – und auch das größte.«

»Ach, die beiden Hotels kann man doch gar nicht so wirklich miteinander vergleichen«, unterbrach Iris ihn. »Das eine ist ein schickes Stadthotel, das andere ein komfortables Wellness-Resort mitten in der schönsten Natur.«

»Und dennoch erkennt man in beiden die Handschrift der Sternbach-Sippe«, fügte Elke hinzu, die gerade den Raum betreten hatte. »Wie ich sehe, gebt ihr unserer neuen Marketingchefin bereits eine erste Einführungsstunde in die sternbachsche Familiengeschichte.«

»Und das ganz ohne mein Zutun.« Hans Sternbach faltete gemächlich seine Zeitung zusammen und legte sie zur Seite.

»Oh, verzeihen Sie, ich habe Sie noch gar nicht begrüßt!«
Sichtlich erschrocken sprang Laura auf und eilte zu ihm.

Das Familienoberhaupt erhob sich ebenfalls und drückte mit einem amüsierten Lächeln ihre Hand. »Machen Sie sich mal keine Gedanken, Laura. In dieser wilden Horde werde ich leicht übersehen. Das liegt allerdings nur daran, dass ich immer erst einmal warte, bis die vorlaute Bande sich ausgetobt hat, bevor ich einschreite.«

Lauras Wangen hatten sich tiefrot verfärbt. »Tut mir wirklich leid, das war sehr unhöflich von mir, Herr Sternbach.« Sie schluckte und räusperte sich umständlich. »Es ist sehr freundlich von Ihrer Frau gewesen, mich für heute Abend zum Essen einzuladen.« In Justus' Ohren klang es eher, als sei ihr die Einladung alles andere als recht, und ein wenig konnte er sie verstehen. Immerhin war sie gerade erst eingetroffen und kannte darüber hinaus niemanden aus der Sternbach-Familie.

»Na, das ist doch das Mindeste, wenn man bedenkt, dass die wirtschaftliche Zukunft unseres Unternehmens nun zu einem guten Teil auf Ihre Schultern geladen wird.« Justus' Vater tätschelte Lauras Arm und bedeutete ihr mit einem Lächeln, sich wieder zu setzen. »Marketing ist heutzutage das A und O. Was das angeht, habe ich mich zwar schlau gelesen, bin aber wohl trotz allem noch von der alten Schule. Ganz sicher werden Sie unserem Betrieb zu neuem oder vielmehr weiterem Glanz verhelfen, nicht wahr?«

Es wirkte, als atmete Laura endlich auf; ein Lächeln erschien auf ihren Lippen. »Was das angeht, so bin ich hoch motiviert, alles in meiner Macht Stehende zu tun, um beide Sternbach-Hotels an die Branchenspitze zu bringen.«

»Da haben Sie sich ja etwas vorgenommen«, rief Patrick feixend von der Couch herüber und warf seine vorletzte Karte ab. Prompt stöhnte Viola theatralisch auf, und Ricarda verzog missbilligend die Lippen.

»Du schummelst schon wieder. Woher kommt denn jetzt noch dieser König?«

Patrick winkte halbherzig ab. »Man muss immer ein Ass im Ärmel haben.«

»Ja, ein Ass.« Viola warf mit ihren verbliebenen beiden Karten nach ihm. »Vom König im Ärmel war keine Rede, du Falschspieler.«

»Mal im Ernst.« Patrick achtete gar nicht auf Violas Ausbruch, sondern richtete sich auf und stützte sich auf die Rücklehne der Couch, um Laura besser ansehen zu können. »Haben Sie sich mal die Homepage der Hotels angesehen? Da ist ja meine noch um Längen moderner. Von den Auftritten in den sozialen Netzwerken ganz zu schweigen.«

»Das sind natürlich sehr wichtige Pfeiler eines neuen Marketingkonzepts.« Mit einem Mal schien Laura ganz in ihrem Element zu sein. »Aber gerade bei Hotels ist es auch ganz wichtig, die klassischen Werbekanäle nicht aus dem Auge zu verlieren, ebenso wie die Mund-zu-Mund-Propaganda. Zwar hatte ich noch keine Gelegenheit, mich mit den Details vertraut zu machen, aber trotzdem sind mir schon einige Ideen gekommen, wie man kurz- und mittelfristig gute Effekte erzielen und neue Gäste anlocken kann. Einen langfristigen Plan werde ich natürlich ebenfalls noch erstellen, um …«

»Aber bitte nicht heute Abend«, unterbrach Margit sie, die in diesem Moment mit einer Platte voll aufgeschnittenem, dampfendem und himmlisch duftendem Braten aus der Küche hereinkam. »Viola, Ricarda, holt mal bitte die gekühlten Getränke. Justus, Patrick, ihr tragt das Essen auf. Hopp, hopp, die Herren. Einen Schritt schneller!« Nachdem sie die Platte auf den Tisch gestellt hatte, klatschte sie zur Unterstreichung ihrer Anordnungen in die Hände.

✳✳✳

Zu Lauras Erstaunen sprangen alle vier Sternbach-Kinder umgehend auf und gehorchten ihrer Mutter, die daraufhin mit Genugtuung nickte. »Na bitte, geht doch.« Dann schnappte sie sich die Zeitung vom Tisch. »Hans, was soll das? Du weißt genau, dass die Zeitung nichts am Esstisch zu suchen hat. Genau wie Smartphones«, rief sie so laut, dass es ganz sicher auch noch in der Küche zu hören war. »Lasst sie draußen, oder schaltet sie aus.« Sie wandte sich lächelnd an Laura. »Das ist eine feste Regel in unserem Haus. Zu den Mahlzeiten wird weder gechattet noch telefoniert oder im Internet gesurft. So, das Fleisch hätten wir schon einmal. Ach, ich habe ganz vergessen zu fragen: Essen Sie überhaupt Fleisch? Ich könnte Ihnen schnell noch etwas anderes zaubern – hach, daran habe ich gar nicht gedacht. So ein Ärger.«

»Nein, schon gut, ich bin keine Vegetarierin.« Laura hob beschwichtigend die Hände. »Machen Sie sich also bitte keine Umstände.«

»Dann habe ich ja noch einmal Glück gehabt. Wenn Sie zu den fleischfressenden Pflanzen gehören, ist ja alles in Ordnung.«

»Ich esse im Grunde fast alles – außer Fisch.« Laura erhob sich. »Kann ich Ihnen vielleicht auch irgendwie helfen?«

»Nein, nein, auf gar keinen Fall. Sie sind heute unser Gast.« Rigoros schüttelte Margit den Kopf. »Genau wie meine Schwiegereltern. Macht es euch bequem, hier kommt auch schon das gute Essen.«

Tatsächlich trugen Justus und Patrick weitere Schüsseln und Platten herein, von denen vielversprechender Duft aufstieg. Ihnen folgten die beiden Frauen mit Karaffen voller Saft und Wasser sowie zwei Weinflaschen.

Zuletzt kam Elke mit zwei Soßenterrinen herein, umtänzelt von Lizzy, die immer wieder an ihr hochhüpfte. »Na, na, du Süße, nun lass mich mal, sonst verschütte ich noch alles. Das ist doch bloß Soße, die kriegst du nicht.«

Ha, das wollen wir doch erst mal sehen!

»Habt ihr das gehört?« Margit blickte eindringlich von einem zum anderen. »Lizzy kriegt nichts vom Tisch.«

Doch, bitte, bitte!

»Ja, ja.« Patrick grinste.

»Andernfalls ist für euch alle der Nachtisch gestrichen.«

Das ist gemein. Oder bleibt dann einfach mehr für mich?

»Okay, okay.« Patrick zog den Kopf ein. »Ich hab der Kleinen noch nie was vom Tisch gegeben.«

»Du vielleicht nicht, aber ich kenne meine Pappenheimer.« Margit warf Justus und Hans bedeutsame Blicke zu. »Und nun setzt euch alle, damit wir anfangen können.«

4. Kapitel

»Das Essen war ganz ausgezeichnet, Frau Sternbach.« Laura gab ihren leeren Teller samt Besteck an Viola weiter, die das Geschirr zusammenstellte.

»Danke sehr.« Margit strahlte. »Aber bitte, nennen Sie mich Margit, da redet es sich doch viel angenehmer.«

»Die Kartoffeln hast du wirklich ausgezeichnet gekocht. Auf den Punkt.« Grinsend reichte auch Patrick seiner Schwester seinen Teller.

»Hältst du wohl deinen vorlauten Schnabel!« Margits strafender Blick traf ihn, doch sie schmunzelte dabei. »Wissen Sie, Laura, mir ist mal ein ganzer Topf Kartoffeln ganz fürchterlich angebrannt, ausgerechnet am Heiligen Abend, wo es doch Kartoffelsalat und Würstchen geben sollte. Das ist zwar schon fünfzehn Jahre her …«

»Sechzehn«, korrigierte Justus lachend.

»Meinetwegen. Noch schlimmer! Dieser Vorfall müsste längst verjährt sein. Aber wenn es darum geht, ihre Mutter mit einem Malheur aufzuziehen, sind die vier hier ganz groß.« Laura spürte kein bisschen echten Vorwurf in diesen Worten mitschwingen. Vielmehr das Wissen darum, dass diese kleinen Neckereien der Ausdruck tiefster Liebe der Kinder für ihre Mutter waren. In Wirklichkeit genoss die Hausherrin es. »Passen Sie bloß auf, dass Sie sich nicht bei irgendwas Peinlichem erwischen lassen. Das wird Ihnen für den Rest Ihres Lebens unter die Nase gerieben.«

»Du musst aber doch zugeben, dass es ein Happening war.« Patrick feixte noch immer. »Die Rauchentwicklung war enorm. Ich wusste gar nicht, dass Kartoffeln derart gut brennen – oder vielmehr kokeln. Die Nachbarn wollten schon die Feuerwehr rufen, weil sie dachten, wir hätten den Weihnachtsbaum angezündet.«

»Das habt ihr zwei Jahre später fast geschafft«, mischte Hans sich ein.

»Aber doch nur wegen dieser defekten Lichterkette.« Viola kicherte bei der Erinnerung. »Woher sollten wir denn wissen, dass sie einen Kabelbruch hatte?«

»So, Schluss jetzt mit den alten Geschichten. Patrick, Justus, Küchendienst!« Margit Sternbach warf ihren Söhnen einen auffordernden Blick zu, auf den hin die beiden Männer sogleich aufstanden und das Geschirr und die geleerten Platten und Schüsseln abtrugen. »Mädels, ihr holt den Nachtisch.« Als Laura sich erheben wollte, hielt Margit sie jedoch sofort zurück. »Halt, Sie nicht, meine Liebe. Sie brauchen heute keinen Finger zu rühren, das habe ich doch schon gesagt. Immerhin habe ich Sie zu diesem Familiendinner genötigt. Wenn Sie demnächst öfter bei uns essen, werden Sie noch früh genug zum Sklavendienst verdonnert.«

»Das kann sie gut«, raunte Justus ihr zu, und Laura erschauderte leicht, als sein warmer Atem ihren Nacken streifte. Sie hatte nicht bemerkt, dass er direkt hinter sie getreten war. »Mama ist die geborene Sklaventreiberin.«

»Das habe ich gehört!« Margit drohte ihm amüsiert mit dem Zeigefinger. »Aber recht hast du.« Sie beugte sich ein wenig zu Laura herüber. »Ziehen Sie mal vier Rabauken groß, einer wilder als der andere.«

»Ich stelle es mir sehr schwierig vor, vier Kinder zu erziehen.« Laura sah den Geschwistern zu, wie sie ganz selbstverständlich die verschiedenen Aufgaben übernahmen, das Geschirr wegräumten, die Schokoladenmousse verteilten und leere Gläser auffüllten.

»Es ist eine Herausforderung«, bestätigte Margit. »Aber eine sehr schöne. Haben Sie Geschwister?«

»Nein.« Laura bemühte sich um eine neutrale Miene, so wie immer, wenn das Gespräch auf ihre Familie kam. Sie hatte gelernt, dass es am einfachsten war, die Tatsachen stets möglichst bald und umfassend auszusprechen, damit später nicht mehr das Gespräch darauf zu kommen brauchte. »Meine Eltern starben, als ich zwölf war.« Obwohl sie sich dagegen wappnete, schnürte es ihr für einen Moment die Kehle zu. »Ich hätte beinahe einen kleinen Bruder gehabt, aber … Sie hatten auf dem Weg ins Krankenhaus einen tödlichen Unfall.«

»Oh, mein Gott!« Margit wurde blass. »Das ist ja entsetzlich.«

Ringsum herrschte betroffenes Schweigen.

»Fürchterlich!«, pflichtete Elke ihrer Schwägerin bei und ergriff über den Tisch hinweg Lauras Hand. »Das tut mir unsagbar leid für Sie. Sind denn wenigstens …? Ich meine, haben Sie noch weitere Familie?«

»Nein.« Laura presste kurz die Lippen zusammen. »Zumindest keine, die erwähnenswert wäre.«

»Sie haben Verwandte, die sich aber nicht um Sie gekümmert haben?« Margit starrte sie vollkommen entsetzt an. »Wie herzlos!«

»Ich habe es überlebt.«

»Das sieht man.« Margits Miene wurde wieder weich. »Sie haben sich ein erfolgreiches Leben aufgebaut. Darf ich fragen … hatten Sie das Glück, in eine Pflegefamilie zu kommen?«

»Nein. Als Zwölfjährige war ich schon zu alt. Die meisten wollten lieber jüngere Kinder aufnehmen oder adoptieren. Ich habe bis zu meinem achtzehnten Geburtstag in diversen Kinderheimen gelebt. Dann bin ich in eine winzige Einzimmerwohnung gezogen, und seither sorge ich für mich selbst.«

»Das alte Lied.« Hans Sternbach drehte sein Dessertschälchen hin und her, ohne von der Süßigkeit zu kosten. »Ältere Waisen werden viel zu häufig abgelehnt. Es ist traurig und sehr kurzsichtig. Hätten wir damals so gedacht, wären uns die beiden besten Adoptivkinder entgangen, die wir uns hätten wünschen können.« Er warf erst Ricarda, dann Patrick einen Blick zu, aus dem Stolz und Liebe sprachen. »Nun denn.« Jetzt tauchte er seinen Löffel doch in die Mousse. »Lasst uns das Thema wechseln. Laura, erzählen Sie uns doch lieber, was Sie bewogen hat, aus der großen Stadt hier zu uns zu kommen. Bei Ihrem Vorstellungsgespräch erwähnten Sie Differenzen mit Ihrem Vorgesetzten und eine fehlende berufliche Perspektive. Wie kommen Sie nun darauf, dass ausgerechnet wir Ihnen diese Perspektive bieten können? Im Übrigen hat Ihnen die Firma Callas ein mehr als ausgezeichnetes Arbeitszeugnis ausgestellt. Daran lassen sich die erwähnten Differenzen nicht erkennen. Außerdem waren Sie stellvertretende Geschäftsführerin. Wie weit nach oben hatten Sie denn vor, die Karriereleiter zu erklimmen? Die unsere ist, was das angeht, ganz sicher nicht so lang wie die einer international agierenden Marketingfirma.«

»Hans, das ist doch kein Thema fürs Abendessen!«, schalt Margit, doch er winkte ab.

»Warum denn nicht? Immer noch besser, als traurige Familienschicksale auszugraben.«

Laura schluckte den Kloß in ihrem Hals hinunter und überlegte verzweifelt, wie sie am sinnvollsten antworten konnte, ohne den wahren Grund für ihre Kündigung bei Callas zu nennen.

»Sie müssen nicht darauf antworten.« Justus lächelte ihr aufmunternd zu. »Jedenfalls nicht, wenn Sie damit Leichen aus dem Keller zerren müssen.«

»Ich habe keine Leichen im Keller.« Irritiert musterte sie ihn, wohl wissend, dass er der Wahrheit viel zu nahe gekommen war. Wenn auch ihre Leichen vielleicht nicht ganz so aussahen, wie die Sternbachs es vermuten würden. »Es … hatte sich einfach herausgestellt, dass die Zusammenarbeit in der Chefetage nicht ganz so ist, wie ich mir das erhofft hatte.«

»In so großen Firmen ist das bestimmt ein ständiger Spießrutenlauf, oder?« Viola hing interessiert an Lauras Lippen. »Ich könnte in so einer großen Firma nicht arbeiten.«

»Ich auch nicht«, pflichtete Elke ihr bei. »Überall nur Neid und Missgunst. Ist es nicht so?«

Laura nickte zögernd. »Ich möchte nicht schlecht über meine ehemaligen Kollegen reden, aber ... nun ja, es war nicht ganz einfach.«

»Als Frau ganz sicher erst recht nicht.« Iris seufzte. »Da kämpfen und kämpfen wir für die Gleichberechtigung, aber so wirklich sind wir immer noch nicht da angekommen, wo wir hinwollen.«

»Außer in unserer Familie.« Justus kratzte die letzten Reste seines Desserts aus dem Schälchen. »Bei uns hatten schon immer die Frauen die Hosen an.«

Margit lachte. »So ein Unsinn. Wir wissen nur, wie man sich durchsetzt. Ansonsten herrscht bei uns gleiches Recht für alle – und gleiche Pflichten.«

»Yes, Ma'am.« Justus salutierte lässig und legte den Löffel beiseite. »Das war ein ausgezeichnetes Abendessen.«

»Lenkt nicht ab.« Hans Sternbach musterte Laura aufmerksam. »Sie fühlten sich dem ständigen Wettbewerb nicht gewachsen? Meiner Meinung nach sind Sie nicht der Typ Frau, der sich leicht unterkriegen lässt. Andernfalls hätten Sie es nicht in so jungen Jahren bereits so weit geschafft.«

»Ich war diesem Wettbewerb, wie Sie es nennen, ganz sicher gewachsen.« Sie zögerte, suchte nach den rechten Worten. »Aber ich hatte keine Lust mehr darauf.« Noch während sie sprach, wurde ihr bewusst, dass es die Wahrheit war. Sie war den ewigen Kampf um den besten, lukrativsten Auftrag, die höchste Rendite und die Anerkennung des Chefs satt. »Ab einem gewissen Punkt gibt es auch in einer so großen Firma nichts Neues mehr zu erreichen, dann muss man nur noch das, was man erreicht hat, verteidigen. Das ist an sich kein Problem für mich, aber wenn … wenn man keinen Rückhalt von … den Kollegen erhält, ist es besser, wenn man sich eine neue Aufgabe sucht.«

»So.« Hans Sternbach nickte vor sich hin. »Dann können wir uns ja glücklich schätzen, dass Sie unser Unternehmen als eine neue Herausforderung betrachten. Wenn ich mir auch nicht vorstellen kann, dass diese Stellung dauerhaft mit dem, was Sie bisher leisten mussten und konnten, mithalten kann. Dazu sind wir hier zu provinziell aufgestellt.«

»Gerade dieses Setting finde ich sehr reizvoll.« Laura lächelte ihr geschäftsmäßiges Lächeln. Endlich fühlte sie sich wieder auf sicherem Boden. »Hotels wie die Ihren in eher kleineren Städten sind groß im Kommen und ziehen ganz besonders die Leute an, die nicht ständig auf der Überholspur leben möchten, sondern Ruhe und Entspannung in der Natur suchen, ohne auf den Komfort verzichten zu müssen, den sie in großen Ketten geboten bekommen. Sicherlich ist auch der familiäre Führungsstil bei Ihnen ein großer Pluspunkt. Ich habe mir die bisherigen Bewertungen beider Hotels im Internet bereits angesehen und bin zu dem Schluss gekommen, dass dies einer der Punkte ist, den wir bei unserem zukünftigen Marketing besonders hervorheben sollten.«

»Sie wollen also aufs Familiäre setzen.« Theo Sternbach hatte die Hände über seinem Bauch gefaltet und sich in seinem Stuhl zurückgelehnt. Die entspannte Haltung stand jedoch im Gegensatz zu seinem skeptischen Blick. »Das ist interessant. Wie wollen Sie das denn anstellen, wenn Sie selbst offenbar nie ein funktionierendes Familienleben kennengelernt haben? Oder zumindest nicht nach Ihrem zwölften Lebensjahr.«

»Theodor!« Iris stieß ihren Mann empört an. »Was soll das denn?«

»Warum, ist die Frage etwa nicht legitim?«

»Sie ist absolut unsensibel! Entschuldigen Sie bitte, Laura. Mein Mann ist manchmal schlimmer als die Axt im Walde.«

»Nein, schon gut.« Laura behielt ihr Lächeln bei, obwohl die Worte des alten Mannes sie an ihrem wunden Punkt getroffen hatten. »Ich muss selbst keine Expertin in Sachen Familienleben oder des entsprechenden Führungsstils einer Firma sein, um deren Vorteile herausarbeiten zu können. Ich habe schon Marketingkampagnen für Delikatess-Tiefkühlfisch ausgearbeitet, obwohl ich selbst keinen Fisch esse.«

»Sind Sie allergisch, meine Liebe?«, mischte Elke sich überraschend ein.

Laura hielt kurz inne, weil die Frage sie aus dem Konzept gebracht hatte. »Nein, bin ich nicht. Ich mag nur nichts, was Gräten hat, die einem im Hals stecken bleiben können.«

»Sie vergleichen also die Werbung für unsere Hotels mit der für Tiefkühlfisch?« Theo blieb unbeirrt beim Thema. Bei seinen Worten hatte er die Augenbrauen nach oben gezogen, und Laura konnte nicht ausmachen, ob er amüsiert oder verärgert war.

»Nun dreh dem Mädchen doch nicht die Worte im Mund herum!«, schalt Iris aufgebracht. »Du hast doch in unserer alten Kneipe auch Pils ausgeschenkt, obwohl du selbst nur Kölsch trinkst. Man muss etwas weder kennen noch mögen, um sich professionell damit auseinandersetzen zu können.«

Theo erwiderte ihren Blick ungehalten. »Ich will ja bloß verhindern, dass sie mit irgendwelchem künstlichen Familien-Getue anfängt. Du weißt schon, so wie diese überkandidelten Typen in der Fernsehwerbung, wo alle auf Hochglanz poliert sind und bloß oberflächlichen Unsinn von sich geben. So was liegt uns allen nicht.«

»Davon hat sie aber doch auch gar nicht gesprochen.«

Ohne dass Laura es beeinflussen konnte, entspann sich aus dieser kleinen Meinungsverschiedenheit zwischen den Großeltern Sternbach eine Diskussion, in die sich leidenschaftlich alle Familienmitglieder einklinkten. Sprachlos beobachtete Laura, wie die vielstimmige Debatte über die Verlogenheit der

Werbung im Allgemeinen und die Verfälschung von Werten von Minute zu Minute hitziger wurde.

Sie erschrak, als Justus sie sanft an der Schulter berührte. »Ich würde sagen, das ist der perfekte Zeitpunkt für Sie, sich aus dem Staub zu machen. Kommen Sie, bevor die Meute auf Sie losgeht. Ich fürchte, einer sternbachschen Diskussion sind Sie noch nicht gewachsen.«

»Aber … ich kann doch jetzt nicht einfach gehen, ohne mich zu verabschieden.«

»Das müssen Sie auch nicht.« Justus erhob sich. »Leute, Laura muss jetzt gehen. Sagt artig Auf Wiedersehen.«

Für einen Moment verstummten alle. »Oh, ja, natürlich, es ist schon spät.« Iris lächelte Laura zu. »Machen Sie es gut, Kindchen. Fahren Sie vorsichtig, um diese Zeit sind oft Rehe auf der Straße unterwegs.«

»Man sieht sich.« Theo nickte ihr zu. »Und nichts für ungut. Sie werden Ihren Job schon machen … hoffe ich.«

»Bis Montag.« Ricarda hob kurz die Hand, und auch Viola und Patrick nickten Laura freundlich zu. Im nächsten Moment waren alle wieder in das Streitgespräch verwickelt.

Nur Margit und Hans erhoben sich und traten auf Laura zu. »Entschuldigen Sie bitte das Durcheinander.« Margit seufzte. »Ich sage es nur ungern, aber an so etwas müssen Sie sich gewöhnen.« Sie ergriff Lauras Hand und drückte sie herzlich. »Es war mir eine Freude, Sie heute bei uns begrüßen zu dürfen. Justus, du begleitest Laura doch noch nach Hause, nicht wahr, und schaust nach dem Ofen?«

»Das ist nicht nötig«, wehrte Laura entschieden ab. »Er hat mir doch schon gezeigt, worauf ich achten muss. Das schaffe ich schon allein.« Bloß raus hier, war ihr einziger Gedanke.

»Sind Sie sicher?« Margit blickte ihr prüfend ins Gesicht. »Sie sind ein bisschen blass. Kein Wunder, so wie die Sippe sich mal wieder benimmt. Nehmen Sie es leicht, denn morgen ist schon wieder alles vergessen. Ich hoffe, Sie beehren uns bald wieder mit Ihrem Besuch.«

»Das hoffe ich ebenfalls. Nutzen Sie das Wochenende, um sich erst einmal richtig einzuleben«, fügte Hans Sternbach hinzu und drückte ebenfalls Lauras Hand. »Am Montag sehen wir uns gegen acht in meinem Büro im Hotel in der Stadt.«

»Ja, selbstverständlich.« Laura nickte ernst. »Ich werde pünktlich sein.«

»Das bezweifle ich nicht.« Er nickte ihr noch einmal zu und trat dann an den Tisch, um sich in dem Stimmengewirr Gehör zu verschaffen.

Laura bekam nicht mehr mit, ob es ihm gelang, denn Justus führte sie mit leichtem Nachdruck aus dem Zimmer. »Na los, flüchten Sie. Das hier wird nicht mehr schöner, nur noch lauter.« Er lächelte sie verschmitzt an. »Fürs erste Mal haben Sie sich tapfer geschlagen. Nur an Ihrer Geschichte über den Weggang von Callas müssen Sie noch ein bisschen feilen, wenn sie glaubhaft sein soll. Mit wem haben Sie sich denn heimlich eingelassen und dann auf seinen Rückhalt verzichten müssen? Doch wohl nicht mit dem alten Callas höchstselbst?«

Laura erschrak. »Das … geht Sie überhaupt nichts an.«

»Kommen Sie, das war doch wohl mehr als offensichtlich. Also?« Er hob die Augenbrauen. »Vergessen Sie nicht, ich bin Ihr Chef. Mich anzulügen wäre nicht die feine englische Art.«

Widerwillig musste sie zugeben, dass er recht hatte. »Mit Callas' Sohn.«

»Oha, dem Firmenerben also.«

»Seien Sie sicher, dass ich solch einen Fehler niemals wieder begehen werde.« Abrupt drehte sie sich um, riss die Haustür auf und ließ ihn einfach stehen. Sie eilte zu ihrem Auto, klemmte sich hinters Steuer und atmete erst einmal tief durch, sobald die Fahrertür ins Schloss gefallen war und sie von der Welt da draußen trennte.

5. Kapitel

Es war kurz vor halb drei und stockfinster, als Laura mit einem erstickten Schrei aus ihrem Traum hochfuhr. Ihr Herz raste, sie atmete viel zu schnell, und auf ihren Wangen spürte sie Nässe, die davon zeugte, dass sie im Schlaf geweint hatte. Nach einem Blick auf die Leuchtziffern ihres Weckers tastete sie nach dem Schalter der Nachttischlampe, fand ihn aber nicht gleich. Regen prasselte auf das Dachfenster über ihr, und das noch unvertraute Bett, der fremde Raum und der ungewohnte Duft des Holzes, aus dem das Haus erbaut war, verunsicherten sie.

Als endlich das gedämpfte Licht der Nachttischlampe aufflammte, drehte Laura sich auf den Rücken und starrte hinauf zum Fenster. Es wirkte beinahe, als läge sie unter einem reißenden Fluss, so stark war der Regen. Das monotone Pladdern des Regens beruhigte zwar nach einer Weile ihre Nerven, doch die Tränen hörten immer noch nicht auf, über ihre Wangen und Schläfen zu rinnen. Schon seit einer gefühlten Ewigkeit hatte sie nicht mehr diesen Traum gehabt. In ihrer Kindheit war er mit schöner Regelmäßigkeit aufgetreten, sodass sie jenen Tag, an dem zwei freundliche Polizistinnen versucht hatten, ihr schonend beizubringen, dass ihre Familie nicht mehr existierte, wieder und wieder durchleben musste.

»Warum heute?« Sie setzte sich auf und sprach absichtlich laut und deutlich, um sich nicht mehr so entsetzlich verlassen vorzukommen. »Sagt man nicht, dass das, was man in der ersten Nacht in einem neuen Heim träumt, in Erfüllung geht? Wäre da nicht ein deutlich angenehmerer Traum angemessen?« Sie schluckte an dem Kloß in ihrem Hals, der sich jedoch nicht auflösen wollte. Umständlich setzte sie sich im Bett auf. »Irgendetwas Fröhliches wäre nett gewesen, du blödes Unterbewusstsein. Mehr als einmal kann ich meine Eltern nicht verlieren, also lass mich endlich mit diesem Albtraum in Ruhe. Das ist doch schon so lange vorbei, dass es dir allmählich langweilig werden müsste, immer den gleichen Mist auszugraben.«

Sie konnte sich nicht erklären, warum sie ausgerechnet heute wieder so schlecht geträumt hatte. Doch wohl nicht wegen ihres Besuchs bei den Sternbachs. Sie hatte dort zwar über ihre Familie gesprochen, aber das führte schon lange nicht mehr dazu, dass ihr Albtraum getriggert wurde. Sie hatte sogar für eine Weile eine Therapie gemacht und dort regelmäßig über ihre schlimmen Erfahrungen als Kind gesprochen, damit so etwas nicht wieder passierte. Es hatte funktioniert – bis heute.

Unwillkürlich griff Laura nach dem silbern gerahmten Foto auf ihrem Nachttisch. Es zeigte sie mit ihren Eltern etwa vier Monate vor deren Unfalltod. Ein Schnappschuss, der während eines Ausflugs ins *Phantasialand* entstanden war. An den netten älteren Herrn, der das Foto gemacht hatte, konnte Laura sich noch ganz genau erinnern. Ihre Mutter hatte auf dem Bild einen bereits sehr gut erkennbaren Babybauch, den sie mit einer Hand streichelte, während sie Laura mit der anderen an sich zog. Lauras Vater stand hinter ihnen und hatte seine Arme um sie beide gelegt. Sie lachten alle unbeschwert und glücklich in die Kamera. Laura konnte beinahe noch die Geräusche der Achterbahn hören, die im Hintergrund zu erkennen war, und das Kreischen und Lachen der Mitfahrenden.

Prompt flossen die Tränen heftiger. Mit der Vorderseite nach unten legte sie das Bild wieder auf den Nachttisch. Es half ihr jetzt auch nicht weiter, sich tiefer in die Erinnerungen und ihre Trauer hineinzusteigern. »Ich glaube, ich sehe mal nach dem blöden Ofen.« Entschlossen schwang sie die Beine über die Bettkante, warf sich ihren seidenen Morgenmantel über und schlüpfte in die Birkenstock-Schlappen, die sie stets als Hausschuhe trug. Auch so eine Angewohnheit aus ihrer

Kindheit. Ihre Mutter hatte Birkenstocks geliebt.

Im Keller war es sehr warm, wärmer noch als im übrigen Haus, da der Ofen Hitze abstrahlte. Vorsichtig öffnete Laura den Schieber, so wie Justus es ihr empfohlen hatte, und dann erst die Tür. Das Holz, das sie am Abend nachgelegt hatte, war fast heruntergebrannt, laut Anzeige am Pufferspeicher hatte dieser die erforderliche Höchsttemperatur erreicht. Also regelte sie den Ofen etwas herunter und hoffte, dass sie das Richtige tat, schloss Tür und Schieber wieder und kehrte ins Erdgeschoss zurück. Sie wusste, sie würde nicht mehr einschlafen können, wenn sie ins Bett zurückkehrte, also wanderte sie etwas ziellos durch Küche und Wohnzimmer. Dabei fiel ihr Blick auf die uralte Videokassette mit dem lustig bunten Cover, auf dem mehrere Zeichentrick-Dinosaurier zu erkennen waren. *In einem Land vor unserer Zeit* war der Lieblingsfilm ihrer Mutter gewesen. Er war im selben Jahr erschienen, in dem Laura geboren worden war, und ihre Mutter hatte ihr erzählt, dass sie ihn oft angesehen hatte, während sie Laura stillte.

Laura selbst liebte den Film ebenfalls. Die alte Videokassette stammte noch von ihrer Mutter, doch sie benutzte sie nicht mehr. Sie war ihr Schatz, den sie nicht riskieren wollte, durch ständige Nutzung zu verlieren. Inzwischen hatte sie den Film auf DVD, aber auch die hatte sie schon lange nicht mehr eingelegt. Die Kassette hatte Laura am vergangenen Abend nur auf den Couchtisch gelegt, weil sie sie in ihre DVD-Sammlung einsortieren wollte, die noch in einem der Kartons darauf wartete, ausgepackt zu werden.

Als sie nun das Cover betrachtete, flossen schon wieder Tränen über ihre Wangen. Was war heute nur los mit ihr?

Obwohl sie nicht das Gefühl hatte, vernünftig und rational zu handeln, wie es sich für eine gestandene erwachsene Frau gehörte, riss sie den Karton mit den DVDs auf und suchte darin nach dem Film.

Es dauerte einen Moment, bis sie sich mit den Funktionen

von Fernseher und DVD-Player vertraut gemacht hatte, doch dann flimmerten bald schon die ersten Bilder aus dem Land vor unserer Zeit über das Display. Rasch schaltete sie den Player auf Pause und holte eine Wolldecke aus dem Schlafzimmer, die sie auf die Couch legte. Dann ging sie in die Küche und suchte nach den Zutaten für heiße Schokolade. Sie hatte die wenigen Vorräte aus ihrer Wohnung noch am Abend in die Schränke geräumt und war froh, dass sie zwei Tetrapacks H-Milch und zwei Päckchen lange haltbare Sahne mitgebracht hatte. Sie waren ihre Ration für absolute Notfälle, und Laura beschloss, dass heute ein solcher vorlag.

Das Rezept für die heiße Schokolade, die sie bereits aus ihrer Kindheit kannte, stammte von ihrer Großmutter mütterlicherseits. Leider war sie schon verstorben, als Laura gerade sechs Jahre alt gewesen war. Trotzdem konnte sie sich noch gut an Oma Finchen erinnern. Eine mollige Frau mit enormem Busen, roten Wangen und einem scheppernden Lachen, das durch Mark und Bein ging. Papa hatte immer gescherzt, wie froh er sei, dass weder seine Frau noch seine Tochter diese gruselige Lache geerbt hatten, weil er sie sonst zum Lachen in den Keller schicken müsste. Doch Oma Finchen hatte er gemocht. Jeder hatte sie geliebt. Sie war offen und liebevoll gewesen und hatte nie ein Blatt vor den Mund genommen. Seltsamerweise hatte ausgerechnet der alte Theo Sternbach mit seinen kritischen Bemerkungen Laura an ihre Großmutter erinnert.

Vielleicht war es also doch der Besuch bei den Sternbachs gewesen, der ihren bösen Traum ausgelöst hatte. Sie fühlte sich sogar jetzt noch deplatziert, als sie daran zurückdachte. Zwar waren alle Familienmitglieder sehr freundlich zu ihr gewesen, aber dennoch war sie sich wie ein Fremdkörper vorgekommen. Sie war als Marketingleiterin eingestellt worden, und als solche wollte sie ausgezeichnete Arbeit leisten. Möglicherweise war es üblich, dass eine Familie wie die des Hoteldirektors neue Mitarbeiter herzlich begrüßte. Das war ja gerade das Besondere an einem familiengeführten Betrieb. Das, was Laura im Großkonzern vermisst hatte: die Herzlichkeit und Ehrlichkeit, mit der man miteinander umging, am selben Strang zog und ein gemeinsames Ziel erreichen wollte. Aber ganz sicher war ein Familienessen nicht die übliche Vorgehensweise, mit der man eine neue Mitarbeiterin begrüßte. Laura nahm sich fest vor, dass sie versuchen würde, es zukünftig auf gelegentliche Einladungen zu beschränken – wenn überhaupt. Aber weshalb sollten die Sternbachs sie überhaupt mehr als unbedingt nötig in ihre familiären Aktivitäten einbinden wollen? Offensichtlich hatten sie mit sich selbst schon genug zu tun.

Das Gefühl der Erleichterung, als Laura endlich wieder im Auto gesessen hatte und nach Hause gefahren war, kannte sie. Sie empfand es immer, wenn sie in Gesellschaft vieler Menschen und gezwungen war, Gespräche zu führen, die sich nicht ausschließlich um ihren Job drehten. Solch große, laute Familien wie die Sternbachs war sie nicht gewohnt, und sie wollte möglichst wenig mit ihnen zu tun haben.

Beruflich konnte sie jede noch so große und schwierige Herausforderung meistern, davon war sie überzeugt, und das hatte sie auch schon mehrfach bewiesen. Ihr Privatleben hingegen war schon immer auf das Nötige und Sinnvolle reduziert gewesen. Zunächst, weil ihr nichts anderes übrig geblieben war, und nun schon seit vielen Jahren, weil sie es nicht anders kannte und wollte.

Ihr Leben verlief in geordneten Bahnen, sie hatte alles, was sie brauchte. Ein Dach über dem Kopf, einen Job, der ihr Spaß machte, und genug Geld auf dem Konto, um sich auch mal einen größeren Wunsch zu erfüllen. Auf Dauer mit so vielen unterschiedlichen Menschen auskommen zu müssen, wenn es dabei nicht um rein berufliche Belange ging, würde sie nur überfordern, da war sie sich sicher.

Das schmerzhafte Gefühl der Einsamkeit, das sie im nächsten Moment unvermittelt überkam und das sie seit dem Tod ihrer Eltern verfolgte, strafte ihre Gedanken Lügen. In Wirklichkeit sehnte sie sich nach jemandem, der sie in den Arm nahm und ihr Mut zusprach. Doch so jemanden gab es nicht in ihrem Leben – hatte es seit dem Tod ihrer Eltern nicht mehr gegeben. Die Männer, mit denen sie hin und wieder zusammen gewesen war, waren da keine Ausnahme gewesen. Selbst Carlo nicht. Sie hatte geglaubt, ihn zu lieben, doch wenn sie jetzt darüber nachdachte, war es immer sie gewesen, die ihn aufgebaut hatte. Wenn er Probleme hatte, ihm etwas gegen den Strich ging oder nicht so gelang, wie er es geplant hatte, war sie für ihn da gewesen. Sie war gut darin, andere Menschen zu motivieren. Doch manchmal wünschte sie sich nichts mehr, als sich einmal fallen zu lassen und auf jemand anderen stützen zu können.

Doch sie hatte früh gelernt, sich nur auf sich selbst zu verlassen, hatte sich selbst motiviert und angespornt. Anders hätte sie nicht mit dreißig bereits die meisten Karrierestufen erklommen, für die andere mindestens zehn Jahre länger benötigt hätten. Ihre Gefühle durfte sie dabei nicht ins Spiel bringen, sie brachten sie nicht weiter.

Jetzt, nachts um kurz vor drei in einem ihr noch weitgehend fremden Haus und abgeschnitten von allem, was ihr vertraut gewesen war, sah die Sache jedoch anders aus. Hier prasselten ihre Gefühle wie der Regen gegen das Dachfenster auf sie herab. Ganz kurz erwog Laura, bei Angelique anzurufen, verwarf die Idee jedoch gleich wieder. Sie wollte ihre Freundin nicht aus dem wohlverdienten Schlaf reißen. Bestimmt hatte sie wieder Überstunden gemacht, um ihrer neuen Chefin alles recht zu machen.

Als die Schokolade endlich in dem Gemisch aus Milch und Sahne geschmolzen war, gab Laura etwas Zimt und Muskat hinzu sowie eine Prise Salz – Oma Finchen zufolge das wahre Geheimnis einer guten heißen Schokolade –, goss das Getränk in einen großen Kaffeebecher und trug diesen zum Couchtisch. Normalerweise gehörte auch noch eine Sahnehaube auf die Schokolade, doch sie hatte keine Lust, den Mixer anzuwerfen. Stattdessen wickelte sie sich fest in die Decke, nahm die Fernbedienung und drückte auf Play.

**

Als Laura erwachte, war es draußen bereits hell. Nachdem sie sich während der ersten Hälfte des Films noch die Augen ausgeweint hatte, war sie, vielleicht durch die beruhigende Wirkung der heißen Schokolade und ihre Erschöpfung, während der zweiten Hälfte eingeschlafen. Obwohl die Couch durchaus bequem war, fühlte sie sich wie gerädert.

»Warum tue ich mir das bloß immer wieder an?«, murmelte sie missmutig vor sich hin, während sie sich nach oben ins Bad schleppte und die Dusche aufdrehte. Die Haut in ihrem Gesicht spannte leicht und fühlte sich etwas stumpf an wegen der vielen Tränen, die darüber geflossen waren. Ihre Augen waren gerötet. Ja, sie liebte den alten Zeichentrickfilm, aber sie musste auch jedes Mal schrecklich heulen, wenn sie ihn ansah. Als Kind hatte sie sich so sehr gewünscht, nach dem Verlust ihrer Familie doch zumindest so eine Gruppe von Freunden zu finden wie der kleine Langhals Littlefoot. Doch es war ihr schwergefallen, Freundschaften zu schließen, hauptsächlich, weil man sie von Kinderheim zu Kinderheim geschoben hatte.

Wenn sie doch einmal längere Zeit an einem Ort geblieben war, konnten die anderen Kinder oder Jugendlichen nicht viel mit ihr anfangen. Sie war immer sehr darauf bedacht gewesen, sich möglichst mustergültig zu verhalten, hatte kaum einmal über die Stränge geschlagen, sondern viel gelesen, sich um gute Noten bemüht. Als sie alt genug gewesen war, hatte sie nach der Schule Aushilfsjobs angenommen und sich Geld dazuverdient. Nur auf diese Weise hatte Laura es geschafft, kurz nach ihrem achtzehnten Geburtstag bereits auf eigenen Füßen zu stehen. Ihre Kindheit hatte an jenem Wintermorgen geendet, als die Polizei vor ihrer Tür gestanden hatte, und auf ihre Jugend oder zumindest die verrückten Seiten derselben hatte sie größtenteils freiwillig verzichtet.

Manchmal, ganz zu Anfang, hatte sie sich gewünscht, mit im Auto ihrer Eltern gesessen zu haben. Sie war nur deshalb zu Hause geblieben, weil jemand auf Barney hatte aufpassen müssen. Ihr Vater hatte versprochen, sie alle halbe Stunde aus dem Krankenhaus anzurufen. Das war das Letzte gewesen, was er zu ihr gesagt hatte.

Die heiße Dusche belebte Laura. Es kam ihr fast so vor, als spüle das Wasser die dunkle Wolke fort, die sich über ihr zusammengezogen hatte. Erleichtert hielt sie ihr Gesicht in den Wasserstrahl. Diesen seltsamen Effekt hatte sie schon oft erlebt, nachdem sie den alten Zeichentrickfilm gesehen hatte. Zuerst weinte sie sich die Augen aus, doch kurz darauf verspürte sie neuen Lebensmut. »Deshalb also«, sagte sie zu sich als Antwort auf ihre Frage von zuvor. »Deshalb tue ich mir das immer wieder an.«

Als Laura zehn Minuten später ein Handtuch um ihr nasses Haar wickelte, summte sie die Titelmelodie des Zeichentrickfilms vor sich hin: *If we hold on together* von Diana Ross. Zwar verspürte sie noch immer den Schmerz in ihrem Herzen, der vermutlich nie verschwinden würde, doch ihre Tatkraft und der Wille weiterzumachen waren wieder zurückgekehrt. Beides würde sie umgehend umsetzen, endlich ihre Sachen auspacken und sich richtig einrichten. Außerdem musste sie noch zum Einkaufen fahren, wenn sie das restliche Wochenende nicht hungern wollte.

***

»War das mit dem Film deine Idee, Santa?« Das Christkind wandte sich mit neugieriger Miene von der Videowand ab. »Das scheint ja gut funktioniert zu haben.«

»Nein, war es nicht.« Auch der Weihnachtsmann wandte

seinen Blick von dem Livestream ab und lächelte leicht. »Zwar habe ich mir einen schönen Plan zurechtgelegt, wie man den Film nutzen könnte, um Laura zu helfen, aber die Idee, ihn sich mitten in der Nacht anzusehen, hatte sie von selbst. Das bestätigt mich jedoch darin, dass wir damit gut arbeiten können. Oder doch zumindest mit der Grundidee.«

»Ich bin ja noch nicht ganz sicher, ob das wirklich so funktionieren wird, wie du glaubst.« Skeptisch verzog das Christkind die Lippen. »Ich würde da doch lieber zu altbewährten Mitteln greifen. Zumindest für dich altbewährt. Wollen wir nicht versuchen, diesen kleinen Hund mit in unsere Arbeit einzubeziehen? Mir erscheint das vielversprechender als so etwas Kompliziertes wie dieser Film.«

»Das ist überhaupt nicht kompliziert«, widersprach Santa Claus fast ein wenig beleidigt. »Laura verbindet mit dem Film Erinnerungen an schöne Zeiten.«

»Aber hast du nicht gesehen, wie sehr sie geweint hat, als sie ihn anschaute? Das sieht für mich nicht so aus, als könnte er uns helfen. Vor allen Dingen deshalb nicht, weil das nicht einmal ein Weihnachtsfilm ist.« Das Christkind klang verärgert und verschränkte die Arme.

»Aber es ist ein Film über Familie und Freundschaft, und dieser Littlefoot – oder wie der kleine Dino heißt – verliert ebenfalls seine Mutter ... Ach, wart's doch einfach ab, Christkind.« Santas Stimme wurde lauter. »Du wirst schon sehen, dass ich recht habe. Außerdem müssen wir mit allen Mitteln arbeiten. Noch ist die Adventszeit ja nicht einmal angebrochen, also können wir mit weihnachtlichen Mitteln überhaupt noch nicht arbeiten.« Nun verschränkte auch der Weihnachtsmann die Arme und setzte eine entschlossene Miene auf.

»Aber was genau willst du denn mit diesem Film erreichen? Dass Laura noch trauriger wird?« Nun war das Christkind sichtlich verärgert. »Damit machst du alles nur schlimmer, nicht besser. Ich sage, wir setzen auf den Hund.«

»Und ich sage, wir sollten uns mehrere Wege offen halten. Meine Pläne haben bisher noch immer zum gewünschten Resultat geführt.«

»Du liebe Zeit, streitet ihr etwa?« Santas Frau betrat mit besorgter Miene das Büro. »Ich war gerade dabei, den Rentieren etwas vorzulesen, solange mein Punschkuchen im Ofen ist, weil sie sonst wieder keine Ruhe gegeben und um Teigreste gebettelt hätten. Sie stehen schon wieder alle vor dem Küchenfenster und machen lange Nasen. Ich dachte, ich lenke sie mit einer lustigen Geschichte ab, damit sie nicht auf die Idee kommen, heimlich in der Vorratskammer nach den Lebkuchen zu suchen, aber eure lauten Stimmen haben sie und mich ganz aus der Ruhe gebracht. Rudolphs Nase fing auch schon an, rot zu leuchten, weil er so erschrocken war, dass ihr euch zankt. Also, was geht hier vor? Warum seid ihr nicht dabei, fleißig Wünsche zu erfüllen oder Weihnachtshasser umzustimmen, wie ihr es vorhattet?«

»Das tun wir doch.« Mit betretener Miene zog das Christkind den Kopf ein. »Wir sind nur nicht immer der gleichen Ansicht darüber, wie das am besten zu bewerkstelligen ist.«

»Und deshalb müsst ihr so laut werden?« Tadelnd schüttelte Santas Frau den Kopf. »Ein schönes Vorbild seid ihr für die Elfen … und die Rentiere.«

»Schon gut, schon gut.« Santa spielte verlegen an seiner Computermaus herum. »Wir sind schon wieder ganz friedlich.«

»Ich muss jetzt sowieso los.« Das Christkind erhob sich aus dem Besuchersessel. »Es wartet noch eine Menge Arbeit auf mich. Ich übernehme aber lieber die einfacheren Fälle von Weihnachtshassern. Das mit dem Film ist mit zu knifflig.«

»Meinetwegen, ich komme schon zurecht.« Santa erhob sich und begleitete das Christkind nach draußen. »Aber du hast ja recht, die kleine Lizzy sollten wir auch mit einspannen. Nur zur Sicherheit. Ich werde gleich mal Elf-Siebzehn Bescheid sagen, dass er mit Elfe-Acht und Elf-Zwei zusammen loszieht, um mit der Hündin zu sprechen.«

»Nun, das ist doch endlich mal eine gute und nachvollziehbare Idee.« Erfreut winkte das Christkind ihm noch einmal zu. »Bis bald, Santa Claus! Ich bin schon gespannt, was du mir bei unserem nächsten Treffen über Laura zu berichten hast. Ich für meinen Teil werde von den Menschen, um die ich mich kümmere, nur gute Nachrichten zu überbringen haben, darauf kannst du dich verlassen.«

»Keine Sorge, das wird bei mir nicht anders sein«, rief der Weihnachtsmann dem Christkind nach.

»Das wird doch nicht schon wieder auf einen Wettstreit hinauslaufen?« Santas Frau tauchte neben ihm auf und blickte dem Christkind nach. »Ich finde nicht, dass ihr bei so etwas rivalisieren solltet.«

»Ach was, ein bisschen Ansporn tut uns beiden gut, da ist nichts Schlimmes dabei! Du wirst schon sehen.« Santa Claus wandte sich ab und ging in sein Büro zurück. »Ich hoffe bloß, dass das Christkind nicht doch recht behält und mein Plan zu weit hergeholt ist«, murmelte er, als er sah, was sich auf dem Bildschirm tat, der Lauras Livestream zeigte. Sie war gerade dabei, mit entschlossener Miene den Inhalt eines Kartons – lauter DVDs – in einen Schrank einzuräumen. Auch die DVD mit dem Zeichentrickfilm verstaute sie ordentlich dort, ebenso wie die uralte Videokassette. »Vielleicht sollte ich mein Augenmerk doch ein bisschen mehr auf die kleine Lizzy legen.« Er drückte den Knopf der Gegensprechanlage. »Elfe-Sieben, bist du irgendwo im Haus?«

»Im Keller«, kam kurz darauf die Antwort. »Ich habe gerade die Ordner mit den erledigten Wunschzetteln vom vergangenen Jahr ins Archiv gebracht.«

»Gut, sobald du fertig bist, mach dich bitte auf die Suche nach Elf-Siebzehn. Ich benötige umgehend seine Hilfe.«

6. Kapitel

»Ja, ja, alles okay hier.« Laura wechselte ihr Smartphone vom linken Ohr ans rechte und wühlte gleichzeitig im Garderobenschrank nach den Wanderboots, die sie sich vor einigen Monaten gekauft hatte, weil Carlo sie zu einem Urlaub in die Berge eingeladen hatte. Zum Wandern waren sie vor lauter Lunches, Dinners und Partys allerdings gar nicht gekommen. »Tut mir leid, dass ich mich jetzt erst melde, aber die Zeit ist mir nur so durch die Finger geronnen.«

»Mach dir mal keine Gedanken.« Angelique lachte fröhlich. »Das ist doch ganz normal bei einer neuen Arbeitsstelle. Ich hatte, ehrlich gesagt, noch gar keine Zeit, dich so richtig zu vermissen, weil meine neue Chefin mich bis zur Oberkante Unterlippe mit Arbeit eingedeckt hat. Ich musste sogar am Sonntag in die Firma. Die Frau ist tatsächlich noch ehrgeiziger als du, das will schon was heißen. Wenigstens gibt das einen ordentlichen Sonntagszuschlag. Ich hoffe bloß, das wird jetzt nicht zur Gewohnheit, denn meine Sonntage sind mir heilig. Sag mal, was machst du da eigentlich gerade? Das poltert, und du ächzt, als würdest du einen Berg erklimmen.«

»Entschuldige bitte.« Laura bemühte sich verzweifelt, den linken Stiefel mit einer Hand festzuhalten, während sie hineinschlüpfte. Schließlich gab sie es auf und klemmte sich das Telefon zwischen Schulter und Ohr, um beide Hände frei zu haben. »Ich ziehe mich gerade um. Mein neuer Chef hat vorgeschlagen, mir die Umgebung und die landschaftlichen Schönheiten zu zeigen, damit ich einen Eindruck davon bekomme, was ich zukünftig bewerben soll.«

»Aber es ist saukalt!«

Laura seufzte erleichtert, als ihr Fuß in den Stiefel glitt. »Ich weiß, aber wenigstens regnet es nicht mehr. Hans hat gemeint, heute sei der beste Tag für so einen Ausflug, weil der Boden gefroren ist und die Sonne scheint und so.«

»Hans?« Angeliques Stimme verriet, wie überrascht und zugleich skeptisch sie darauf reagierte, dass Laura ihren Chef mit dem Vornamen benannte.

»Ich weiß.« Laura stieß die Luft aus, als auch ihr anderer Fuß in den Stiefel glitt. »Ich fühle mich auch nicht ganz wohl dabei, ihn mit dem Vornamen anzusprechen, aber das tun hier irgendwie alle.«

»Amerikanische Verhältnisse.« Angelique klang beruhigt. »Das kommt wohl allmählich in Mode. Wie ist dein Chef denn so? Und deine neue Stelle?«

»Bisher ist alles sehr ruhig und angenehm. Ich habe ein schönes Büro im Hotel in der Stadt, wenn natürlich auch nicht so groß wie das bei Callas, aber vollkommen ausreichend. Die Hotelmitarbeiter scheinen alle nett zu sein. Es ist aber schon eine Umstellung, in so einem kleinen, familiären Betrieb zu arbeiten, in dem jeder jeden nicht nur kennt, sondern auch zu mögen scheint. Die Leute wohnen so gut wie alle hier in der Stadt oder nicht weit außerhalb und scheinen alles über jeden zu wissen und auch in ihrer Freizeit oft miteinander zu tun zu haben.«

»Oh mein Gott, wie gruselig.« Angelique lachte. »Genau deshalb bin ich damals aus meiner Heimatstadt weggegangen. Die war auch nicht viel größer als die, in der du jetzt gelandet bist. Hast du übrigens schon meine Tante Inge getroffen? Falls nicht, besuch sie doch bitte irgendwann mal, und grüß sie lieb von mir.«

Inzwischen hatte Laura die Stiefel geschnürt und griff nach dem dunkelgrünen Parka, den sie, ebenso wie die Stiefel, für die Berge gekauft und nie getragen hatte.

»Du bereust es also noch nicht, in die Provinz gezogen zu

sein? Hier rufen immer noch täglich Leute an, die dich abwerben wollen«, kam Angelique zurück zum Thema.

»Ich glaube, es ist noch zu früh, um ein erstes Fazit zu ziehen. Die ersten beiden Arbeitstage habe ich ja hauptsächlich dazu genutzt, mich in den Hotels umzusehen, die Mitarbeiter kennenzulernen und mir die bisherigen Marketingmaßnahmen zu Gemüte zu führen. Da ist einiges dabei, was ausbaufähig wäre. Als Erstes müssen wir aber die Homepage angehen. Das Design ist sechs oder sieben Jahre alt und vollkommen überholt. Ich habe schon überlegt, ob ich Kim damit beauftragen soll. Sie ist die beste Webdesignerin, die ich kenne.«

»Und ausgebucht bis zum Sankt Nimmerleinstag«, fügte Angelique hinzu.

»Versuchen kann ich es doch trotzdem. Wir brauchen hier etwas, was perfekt aussieht, aber im Backend kinderleicht zu bedienen ist. Hier bestücken mehrere Leute parallel die Internetseite. Solange das so bleibt, und ich nehme an, das will sich niemand nehmen lassen, muss dafür gesorgt sein, dass es nicht wegen eines blöden Fehlers oder falschen Klicks gleich zu einem Komplettausfall kommt.«

»Dann frag Kim, die ist auf solche Fälle spezialisiert. Vielleicht hast du ja Glück. Ich hab mir übrigens mal aus Neugier die Facebook-Seite des Hotels angeschaut. Da wurde im September der letzte Beitrag gepostet.«

»Ich weiß. Die nächste Baustelle.« Während sie sprach, bewegte Laura vorsichtig die Zehen in den nagelneuen Boots. Hoffentlich war es eine gute Idee, sie zu dem Ausflug zu tragen. Noch fühlten sie sich zwar bequem an, doch wenn sie womöglich eine weitere Strecke zurücklegen würden, wären eingetragene Schuhe sinnvoller. Leider besaß sie keine, die für das hiesige Gelände passend gewesen wären. »Darum werde ich mich wohl allein kümmern müssen. Aber das ist wahrscheinlich sinnvoll, weil viele Köche den Brei bekanntlich leicht verderben.«

»Und wie ist dein neues Zuhause? So ein Blockhaus stelle ich mir ja romantisch vor.«

»Das ist es auch, mal abgesehen vom Ofen.«

»Was für ein Ofen?« Angelique gluckste. »Musst du etwa jeden Morgen Holz hacken?«

»Nein, das nicht, aber die Zentralheizung wird über einen Holzofen befeuert, mit dem ich mich erst anfreunden musste.« Bei der Erinnerung daran, wie sie am Wochenende mehrmals vergessen hatte, Holz nachzulegen, sodass das Feuer ausgegangen war, verzog sie verärgert die Lippen.

»Ist das nicht furchtbar lästig?«

»Ja, anfangs schon. Inzwischen habe ich, glaube ich, den Dreh heraus, aber eine Umstellung ist es schon.«

»Aber sonst ist alles schön? Du musst mir unbedingt ein paar Fotos schicken.«

»Klar, das mache ich bald.« Laura sah sich in dem offenen Wohnbereich um. »Ich glaube, hier würde es dir auch gefallen. Ein bisschen rustikal zwar, aber sehr gemütlich. Und das Beste überhaupt: Hier kriege ich von Weihnachten absolut nichts mit. Das Blockhaus liegt nämlich so weit vom Ort entfernt, und dazwischen liegt auch noch ein Waldstück, dass ich von all dem Licht und Schmuck und was weiß ich nichts zu sehen kriege.«

Angelique schwieg einen Moment, bevor sie antwortete. »Aber im Hotel wird doch bestimmt das volle Programm aufgefahren.«

»Von mir aus, das ist beruflich, das kann ich verkraften.« Laura fuhr mit der Fingerspitze über das Türblatt. »Aber hier in meinem neuen Zuhause hab ich endlich Ruhe vor dem ganzen Brimborium. Keine Nachbarn mit Lichterketten im Fenster, keine Weihnachtsbäume, keine Dauerbeschallung mit Weihnachtsmusik aus der Wohnung unter mir, keine Einladungen zu lästigen Partys. Einfach perfekt.«

»Wenn du es sagst.«

Laura seufzte, als sie Angeliques skeptischen Tonfall hörte. »Du weißt, dass ich mit Weihnachten nichts am Hut habe. Du kannst es ja meinetwegen in vollen Zügen genießen, aber mir bereitet allein der Gedanke daran Bauchweh, also ist es doch wohl nachvollziehbar, dass ich mein Privatleben weihnachtsfrei gestalte.«

»Schon gut, schon gut, ich sag ja gar nichts.« Angelique räusperte sich. »Mach es einfach so, wie du es für richtig hältst.«

»Das werde ich. Dieses Haus hier ist eine weihnachtsfreie Zone, genau wie mein Leben. Die paar Wochen mit Gedudel und Lämpchengeflimmer auf der Arbeit werde ich schon überstehen. Überhaupt, wie schlimm kann es schon werden? Sie werden einen Baum in der Hotellobby aufstellen und vielleicht ein paar kitschige Accessoires vor dem Eingang und auf den Restauranttischen platzieren. Mehr wäre doch vollkommen übertrieben.« Laura hob den Kopf, als sie draußen ein Auto vorfahren hörte. »Ich glaube, da kommt Hans Sternbach, um mich abzuholen. Ich muss Schluss machen. Telefonieren wir die Tage wieder?«

»Na klar. Ich muss doch wissen, wie es dir ergeht. Halt die Ohren steif!« Angelique machte Kussgeräusche und unterbrach die Verbindung.

Laura schob das Handy in ihre Gesäßtasche und sah sich noch einmal im Haus um. Es gefiel ihr mittlerweile richtig gut. Keine Schnörkel, nur ein einzelner Blumenstrauß aus dem Laden in der Annastraße auf dem Esstisch. Nichts Übertriebenes und ganz sicher nichts mit weihnachtlichem Flitterkram, obwohl die Floristin bereits erste Adventsgestecke im Schaufenster ausgestellt hatte. Jawohl, ihre Wohnung und ihr Leben waren weihnachtsfreie Zonen. Mit allem, was sich um diesen Feiertag drehte, wollte sie nichts mehr zu tun haben. Niemals wieder.

Warum sie ihrer Freundin nichts von dem Albtraum erzählt hatte, wusste sie selbst nicht. Es war zu wenig Zeit dazu gewesen, redete sie sich ein, während sie in den Parka schlüpfte, den Reißverschluss hochzog und sich einen weiß-gelb gemusterten Schal um den Hals schlang.

Als es an der Tür klopfte, warf sie rasch einen Blick in den Spiegel an der Innenseite der Schranktür. Eigentlich hatte sie ihr Haar noch zu einem praktischen Zopf flechten wollen, aber dazu war nun keine Zeit mehr. Beim Öffnen der Tür hätte sie beinahe einen überraschten Laut ausgestoßen. Nicht Hans Sternbach stand vor ihr, sondern sein Sohn Justus in Jeans und schwarzer wattierter Winterjacke, und neben ihm an der Leine hüpfte die aufgeregte Lizzy.

Hallo, hallo, hallo, Laura! Na, ist das eine Überraschung oder was? Ich freu mich ja so, dich zu sehen. Wir machen einen Ausflug, Ausflug, Ausflug. Das hat Justus zumindest gesagt. Ich bin schon sooo gespannt, wohin es geht. Du auch?

»Guten Morgen, Herr … äh, Justus.« Leicht irritiert strich Laura sich eine Locke hinters Ohr.

»Herr Justus?« Er grinste. »Na, so altbacken-förmlich muss es aber wirklich nicht sein. Guten Morgen, Laura.«

»Entschuldigen Sie bitte, ich kann mich noch nicht ganz daran gewöhnen, alle Kollegen und Vorgesetzten mit Vornamen anzusprechen. Was tun Sie denn hier? Ich meine«, sie fluchte innerlich, weil sie schon wieder Unfug redete, »ich hatte Sie gar nicht erwartet, sondern …«

»Meinen Vater, ich weiß. Er hatte heute früh einen Gichtanfall im großen Zeh und kann nicht richtig auftreten. Deshalb hat er mich gebeten, ihn zu vertreten.«

»Oh, das tut mir aber leid.« Besorgt runzelte Laura die Stirn. »So einen Gichtanfall stelle ich mir sehr schmerzhaft vor. Ich hoffe, es geht ihm bald wieder besser.«

»Das wird es. Ich nehme an, er hat gestern zu viel von Elkes Schweinesülze gegessen. Das rächt sich eben schnell. Mama hat ordentlich mit ihm geschimpft und ihn mit Schmerzmittel und einem guten Buch auf die Couch verfrachtet.« Er lächelte unternehmungslustig. »Mir kommt diese Vertretung gerade recht, denn sie hält mich von langweiliger Büroarbeit ab. Ein Tag an der Wintersonne ist mir eindeutig lieber, noch dazu in so netter Gesellschaft.«

Laura hüstelte. »Woher wollen Sie denn wissen, dass meine Gesellschaft nett ist?«

»Ich gehe einfach mal ganz optimistisch davon aus. Falls Sie mich jedoch vom Gegenteil überzeugen möchten, dann lieber jetzt gleich, denn noch sind Sie ja in der Probezeit. Sollten wir nicht gut miteinander auskommen, dürfte unsere Zusammenarbeit schwierig werden, meinen Sie nicht auch?«

»Da haben Sie vermutlich recht.« Da Lizzy immer noch fröhlich um sie herumhopste, bückte Laura sich und streichelte sie zur Begrüßung. »Na, du Süße, du bist ja ganz aufgedreht.«

Und wie! Schließlich geht es auf einen Ausflug. Und … hach, ja, streicheln gefällt mir gut!

»Nur vermutlich?« Justus lachte. »Kommen Sie, wir fangen mit einem kleinen Rundgang durch die zukünftige Ferienhauskolonie und über den Campingplatz an.«

Laura sah sich nach ihrer Handtasche um, hängt sie sich schräg über die Schulter und schob ihren Schlüsselbund in die Jackentasche. »Also gut.« Sie tastete nach ihrem Handy, zog es umständlich aus ihrer Hosentasche und verstaute es ebenfalls in ihrer Jackentasche. »Ich will ein paar Schnappschüsse machen, die sich gut für die sozialen Netzwerke eignen. Später sollten wir dann einen professionellen Fotografen beauftragen, eine Fotoserie für die neue Homepage anzulegen.« Sie zog die Haustür hinter sich ins Schloss.

»Es gibt ein sehr gutes Fotostudio in der Stadt.« Justus ging ihr voraus bis zum Gartentor, ließ ihr dort den Vortritt und wandte sich dann nach links. »Gehen wir hier entlang, das ist der kürzeste Weg. Ich hoffe, Sie tragen bequemes Schuhwerk. Die Stiefel sehen ziemlich neu aus.«

»Das sind sie auch.« Laura zuckte die Achseln. »Ich weiß, das ist nicht optimal, aber ich habe keine anderen, die für solches Gelände taugen.«

Justus grinste. »Nicht dass ich Sie irgendwann huckepack tragen muss.«

Laura räusperte sich, musste dann aber ebenfalls lachen. »Nein, keine Sorge, die Stiefel sind ziemlich bequem.«

»Warten wir ab, ob Sie das nach unserem Gewaltmarsch immer noch sagen.«

»Gewaltmarsch, ja?«

Er blinzelte vergnügt. »Keine Müdigkeit vortäuschen!« Es klickte leise, als er die Sperre der ausziehbaren Leine öffnete. Prompt sauste Lizzy die acht Meter voraus, die die Leine ihr an Vorsprung bot.

Yippie, spazieren! Lizzy bellte auffordernd.

Für eine Weile gingen sie schweigend nebeneinander her durch den zunächst lichten, dann immer dichter werdenden Wald. Nachdem sie zweimal eine Weggabelung passiert hatten, sah Laura sich unsicher um. »Ich hoffe, Sie kennen sich hier aus.«

Amüsiert sah Justus sie von der Seite an. »Haben Sie Angst, dass ich Sie in den großen bösen Wald entführen und dann allein zurücklassen könnte?«

»Nein.« Laura ignorierte das eigentümliche Kribbeln, das sein Blick in ihr auslöste. »Mein Orientierungssinn ist bloß in der freien Natur nicht wirklich gut ausgebildet. Wenn wir uns verlaufen sollten, weiß ich nur, dass man die Himmelsrichtung anhand der Bäume erkennen kann, weil das Moos immer auf der Nordseite der Stämme wächst.«

»Na, das ist doch schon mal etwas.«

»Nur wenn man weiß, in welche Himmelsrichtung man sich darauf fußend dann wenden muss.«

Justus lachte wieder. »Das wäre ein Vorteil, da haben Sie recht. Keine Sorge, ich bin hier aufgewachsen und kenne jeden dieser Waldwege wie meine Westentasche. Sehen Sie zum Beispiel den alten Bauwagen dort drüben? Den haben vor vielen Jahren mal Waldarbeiter als Unterstand und Pausenraum benutzt. Das Ding steht schon so da, seit ich denken kann. Als Junge habe ich darin gerne mit meinen Freunden gespielt.« Er steuerte auf den rostigen und etwas windschiefen Bauwagen zu, an dem die blaue Außenfarbe großflächig abgeblättert war, und öffnete die Tür. »Da liegt sogar noch ein altes Kartenspiel, sehen Sie?« Er deutete auf den Tisch in der hinteren Ecke des Wagens.

Laura trat neben ihn und warf einen kurzen Blick hinein. »Nicht sehr gemütlich.«

»Für Zehnjährige muss es nicht gemütlich sein, nur spannend.«

Sie beäugte die karge Einrichtung und rümpfte die Nase, weil es in dem Wagen muffig roch. »Spannend?«

»Ja, klar. Man kann sich hier wunderbar Geschichten ausdenken, von Piraten zum Beispiel.«

»Hier gibt es nicht mal ein Schiff, geschweige denn ein Meer, auf dem es fahren könnte.«

»In unserer Fantasie gab es das schon. Haben Sie sich als Kind nie Abenteuerspiele ausgedacht?«

»Ganz früher? Ja, wahrscheinlich schon. Aber nie etwas mit Piraten. Außerdem habe ich immer in der Stadt gelebt, da ist es mit solchen natürlichen Abenteuerspielplätzen nicht weit her.«

»Stimmt, in der Großstadt sind solche Plätze eher selten.« Sorgsam verschloss Justus die Tür des Bauwagens wieder und sicherte sie mit dem rostigen Riegel, der daran angebracht war.

Laura sah sich auf der kleinen Lichtung um, an deren Rand der Bauwagen stand. »Mit meinen Eltern bin ich zweimal in den Sommerferien an der Nordsee gewesen. Das war für mich wie Abenteuerurlaub. Wir hatten eine Ferienwohnung in einem kleinen wunderschönen Touristenörtchen. Lichterhaven heißt es, das liegt nicht allzu weit von Cuxhaven entfernt. Da gab es einen riesigen Spielplatz gleich am Deich, mit

Klettergerüsten und Schaukeln aus Traktorreifen … Nicht zu vergleichen mit den Spielplätzen in einer Großstadt. Das fand ich damals ganz toll.«

»Wattwanderungen, Schiffstouren …« Er lächelte ihr zu.

»Ja, genau. Einmal sind wir nach Helgoland rübergefahren und mehrmals zu den Seehundbänken. Ich weiß noch genau, wie stolz ich war, dass ich nie seekrank geworden bin. Damals waren diese Urlaube für mich ein regelrechter Naturschock. Wenn man mitten in Berlin aufwächst, kann man zwar ab und zu Ausflüge in die Umgebung machen, aber das ist trotzdem nicht vergleichbar mit einer Kindheit auf dem Land.«

»Wären Sie gerne auf dem Land aufgewachsen?«

Laura überlegte kurz. »Ich weiß es nicht. Die Großstadt war immer mein Zuhause. Ich fand es damals toll in Lichterhaven, weil es so neu und anders war. Meinen Eltern gefiel es auch sehr gut dort, deshalb hatten sie auch schon den nächsten Urlaub dort gebucht, aber dann …« Sie schwieg und blickte in eine unbestimmte Ferne.

»Tut mir leid.« Justus ließ seinen Blick in die gleiche Richtung wandern. »Ich kann mir kaum vorstellen, was der Tod Ihrer Eltern für Sie bedeutet haben muss.«

»Er hat mein Leben … grundlegend verändert.«

Jetzt sah er sie direkt an. »Sie wollten ›zerstört‹ sagen.«

»Das wäre nicht richtig, denn mein Leben ist ja nicht zerstört worden.«

»Ich glaube doch. Für eine Zwölfjährige muss es wie ein Weltuntergang sein, wenn sie ihre Eltern so plötzlich verliert.« Er zögerte. »Und einen Bruder, auch wenn er noch nicht geboren war.«

»Es war nicht einfach, aber ich habe es überlebt.«

»Wie man sieht.« Er blickte wieder geradeaus. »Sind Sie danach noch einmal nach Lichterhaven gefahren?«

»Nein.« Sie schluckte. »Ich konnte die schönen Erinnerungen lange Zeit nicht ertragen.«

»Vielleicht sollten Sie noch einmal einen Urlaub dort verbringen.«

»Ja, vielleicht … irgendwann.«

Wau. Hey, was ist denn, wollt ihr hier Wurzeln schlagen? Ich dachte, wir machen einen Spaziergang und stehen nicht bloß langweilig herum. Lizzy bellte und rannte ungeduldig hin und her.

Justus schnalzte mit der Zunge. »Schon gut, Lizzy, du hast ja recht.«

Na klar, hab ich immer. Zumindest wenn es sich ums Spazierengehen dreht.

Er winkte Laura, ihm zu folgen. »Kommen Sie, gehen wir weiter. Bis zum Campingplatz ist es nicht mehr weit. Ich glaube aber nicht, dass Sie dort Fotos machen wollen. Da muss noch eine Menge erneuert und modernisiert werden, bevor er wieder ansehnlich ist.«

Froh, das Thema »Vergangenheit« wieder fallen lassen zu können, schloss Laura zu ihm auf. Obwohl sie nicht allzu gerne über ihre Kindheit sprach, hatte sie der alte Bauwagen auf eine Idee gebracht. »Hier in der Stadt gibt es auch nur ganz normale Spielplätze, nicht wahr?«

»Drei«, bestätigte Justus. »Und einen Bolzplatz in der Nähe des Waldstadions.«

»Da Sie ja mit dem Campingplatz und der Ferienhauskolonie auf Familien als Zielgruppe aus sind, sollten wir uns vielleicht überlegen, ob sich nicht irgendwo ein etwas größerer Abenteuerspielplatz anlegen ließe.«

»Hat Sie meine Erzählung über die Piratenspiele inspiriert?« Justus nickte anerkennend. »So etwas war tatsächlich schon mal im Gespräch. Das sollten wir im Auge behalten.«

»Am besten in Kombination mit speziell auf Kinder ausgelegte Freizeitangebote. Es gibt doch sicherlich in der Nähe einen Kletterpark und ähnliche Einrichtungen, oder?«

»Wir haben ein Familienpaket bereits im Portfolio.«

»Ich weiß, aber das enthält nur sehr klassische und vergleichsweise wenige Angebote.« Sie zögerte, weil sich ihre Gedanken gerade überschlugen. »Vielleicht könnte man diese mit ein paar spezielleren und ungewöhnlicheren Attraktionen mischen.«

»Was genau meinen Sie?« Ihm war anzusehen, dass sein Interesse geweckt war.

»Nun ja, es gibt ja auch bei Kindern und Jugendlichen die verschiedensten Neigungen, also würde ich etwas für die Abenteurer anbieten, aber vielleicht auch etwas für die Forscher, die Leser, die Sportler. Auch vom Resort aus könnte man da verschiedene Pakete schnüren, vom Schwimmunterricht bis zum begleiteten Waldlauf. Wir könnten versuchen, Kooperationen mit dem örtlichen Hallen- und Freibad einzugehen.«

»Unsere Gäste können jetzt schon zum ermäßigten Preis das Freibad nutzen, wenn ihnen unser eigenes Hallenbad nicht ausreicht.«

»Ja, aber vielleicht könnte man noch weitergehen und tatsächlich spezielle Kurse anbieten, damit die Kids beschäftigt sind, während die Eltern ihre Wellness-Anwendungen erhalten. Transport inklusive. Natürlich sollen die Familien auch Dinge zusammen unternehmen, aber wenn man eine gewisse Balance finden könnte aus gemeinsamem Urlaub und einigen getrennten Aktivitäten …«

»Ich sehe schon, Ihr Kopf ist die reinste Ideenschmiede.« Anerkennend nickte Justus.

»Dafür bezahlen Sie mich schließlich.« Sie lächelte leicht, weil sie sich jetzt wieder in ihrem Element fühlte.

»Das ist auffallend richtig.«

»Ich habe mir gestern Abend die Angebote einiger anderer Hotels in der näheren Umgebung angesehen, die den Ihren ziemlich ähneln. Wir sollten uns zukünftig deutlich von der Konkurrenz abheben, indem wir mit mehr und differenzierteren Freizeitaktivitäten locken. Ich kann mich gerne mit diversen Anbietern und Einrichtungen kurzschließen und eine Übersicht über die verfügbaren Möglichkeiten und die dadurch entstehenden Kosten sowie den zu erwartenden Nutzen zusammenstellen.«

»Wie Sie schon sagten, dafür werden Sie bezahlt.« Er deutete auf ein weit offen stehendes Eisentor in etwa dreißig Metern Entfernung, über dem in altmodischen Lettern *Waldtal-Camping* stand. »Da wären wir. Den Namen werden wir nicht übernehmen. Mein Vater will die Corporate Identity beibehalten und Sternbach-Camping daraus machen. Da wir uns hier auch gar nicht in einem Tal befinden, halte ich das auch vom geografischen Aspekt her für sinnvoll. Außerdem muss der Zufahrtsweg von der Hauptstraße aus erneuert und besser befestigt werden, wie Sie sehen.« Er deutete auf den Querweg, den sie gerade passiert hatten und dessen Schotterbelag bereits stark verschlammt und von tiefen Fahrrillen durchzogen war.

»Wie lange wird der Campingplatz schon nicht mehr bewirtschaftet?« Neugierig trat Laura durch das Tor und sah sich um. Linker Hand stand ein Kassenhäuschen, dahinter ein größeres Gebäude, das einmal einen kleinen Laden mit Kiosk und ein Restaurant beherbergt hatte.

»Seit fünf oder sechs Jahren. Der ehemalige Besitzer ist verstorben, und die Erben wollten den Platz nicht weiterbetreiben und haben ihn an uns verkauft.« Justus blickte an dem Gebäude empor. »Im oberen Geschoss sind die sanitären Anlagen, Duschen und so weiter. Das muss alles von Grund auf saniert werden. Die Installationen sind zum Teil noch aus den Siebzigerjahren.«

»Viel Arbeit.« Laura runzelte die Stirn und berührte mit den Fingerspitzen einen Riss im Gemäuer. »Wäre es nicht kostengünstiger, alles abzureißen und neu zu bauen? Vielleicht könnte man den Blockhausstil hierher übertragen. Das würde der Corporate Identity zusätzlich entgegenkommen.«

»Mein Bruder wird Sie lieben.« Justus lächelte. »Er hat bereits einen ähnlichen Vorschlag gemacht.«

»Halten Sie die Idee denn nicht auch für gut?« Mit fragendem Blick drehte Laura sich zu ihm um.

»Doch, sehr sogar. Aber mein Großvater ziert sich. Er hält nach wie vor dreißig Prozent der Anteile an unserem Gesamtbetrieb und weigert sich noch, seine Zustimmung zu einer derart hohen Investition zu geben. Der Campingplatzbesitzer war ein alter Freund von ihm, und er scheut sich, hier alles von Grund auf zu verändern.«

»Aber im Hinblick auf den zu erwartenden Profit, ganz zu schweigen von der Zufriedenheit Ihrer Gäste, müsste er doch begeistert sein.«

»Vielleicht können Sie ja diese Begeisterung in ihm entfachen.«

Skeptisch verzog Laura die Lippen. »Ich hatte nicht den Eindruck, dass Ihr Großvater von meinen Ideen sonderlich angetan ist.«

»Er ist Neuem gegenüber immer sehr kritisch eingestellt, das dürfen Sie nicht persönlich nehmen. Ich bin sicher, dass Sie ihn, wenn er Sie erst besser kennenlernt, mit Leichtigkeit um den Finger wickeln werden.«

»Jemanden aus Ihrer Familie um den Finger zu wickeln gehört wohl eher nicht zu meiner Jobbeschreibung.«

Justus schmunzelte. »Doch, bei den Sternbachs schon. Speziell, wenn es um Opa geht. Aber keine Sorge, in Ihrem Fall bin ich mir ganz sicher, dass Ihnen das gelingen wird.«

Unwillkürlich stellte Laura die Stacheln auf. »Warum?«

»Weil Sie … klug sind und argumentieren können.«

Sie zog die Augenbrauen zusammen. »Sie wollten hübsch sagen.«

»Und charmant, aber ich habe die Kurve gerade noch mal gekriegt.« Er blinzelte schalkhaft. »Tut mir leid, Sie sind nun mal hübsch, und ich bin sicher, mein Opa mag Sie. Andernfalls hätte er nicht versucht, sie aus der Reserve zu locken. Das tut er nur bei Leuten, für die er sich wirklich interessiert.«

»Und jetzt soll ich mich geschmeichelt fühlen?«

»Dürfen Sie, müssen Sie aber nicht, wenn Sie nicht möchten. Ich wollte Sie nicht in Verlegenheit bringen.«

»Haben Sie auch nicht.« Laura verschränkte die Arme vor der Brust.

»Aber auf die Palme gebracht. Oder doch zumindest auf einen hohen Busch.« Er deutete auf einen gekiesten Weg. »Wenn wir da entlanggehen, können wir durch das hintere Tor das Areal der zukünftigen Ferienhauskolonie erreichen, ohne noch einen Umweg machen zu müssen.«

Laura ließ die Arme wieder sinken und ging schweigend in die Richtung, die er ihr gewiesen hatte.

Justus schloss rasch wieder zu ihr auf, immer darauf achtend, dass Lizzy sich nicht mit der Leine verhedderte oder ihnen in die Quere kam, sprach Laura aber zunächst nicht erneut an.

Laura nahm jedes Details der alten Campinganlage in sich auf. Die Stellplätze für Campinganhänger und Wohnmobile waren großzügig geschnitten, weiter hinten gab es eine Wiese, auf der gezeltet werden konnte. Hier und da standen noch verlassene Campingwagen, deren Besitzer offenbar keinen Wert mehr darauf legten, sich ihr Eigentum zurückzuholen. Einige waren von Efeu bewachsen, andere wiesen deutliche Wasser- und Windschäden auf.

»Hier gibt es eine Menge Schrott und Unrat, der noch beseitigt werden muss.«

»Wem sagen Sie das! Einen Teil haben wir bereits entsorgt. Hier standen sogar mehrere alte Autos und ein Traktor zwischen den Wohnwagen.«

»Eine Frechheit, dass die Leute ihre Sachen einfach hier stehen und verrotten lassen.« Kopfschüttelnd schritt Laura voran, blieb dann aber kurz vor dem von Justus erwähnten hinteren Tor stehen. »Ein offener Bücherwohnwagen.«

»Was meinen Sie?« Auch Justus blieb stehen. »Halt, Lizzy, nicht um Laura herum im Kreis laufen, sonst wickelst du sie doch mit der Leine ein!« Lachend versuchte er, die eifrig am Boden schnüffelnde Hündin davon abzuhalten, Laura zu fesseln. Es gelang ihm nicht ganz.

Laura schmunzelte, als die Hundeleine sich zweimal um ihre Knöchel wickelte. »Hey, Kleine, ich bin doch kein Paket!«

Was denn? Lizzy blieb stehen. *Ach, die Leine stört dich? Moment, ich wickele sie wieder ab.* Fröhlich rannte sie weiter um Laura herum, jedoch in der falschen Richtung, sodass die Leine sich noch mehr um Lauras Füße verhedd*erte*.

»Halt, stopp!« Justus versuchte, die Westie-Hündin aufzuhalten, und wäre, als er sich dabei bückte, beinahe in Laura hineingelaufen.

»Vorsicht!« Laura versuchte, einen Schritt zurückzuweichen, was in ihrem leinengefesselten Zustand jedoch dazu führte, dass sie strauchelte und beinahe gefallen wäre.

»Hiergeblieben!« Justus hielt sie geistesgegenwärtig am Arm fest und zog sie zu sich heran, sodass sie gegen ihn prallte und sich an ihm festhalten musste, um nicht erneut das Gleichgewicht zu verlieren.

Für einen kurzen Moment blickten sie einander lachend in die Augen. Laura spürte ein alarmierendes Ziehen in der Magengegend. Justus hatte nicht nur eine sehr sympathische, sondern auch eine für ihren Hormonhaushalt deutlich zu männliche Ausstrahlung, deshalb versuchte sie rasch, sich von ihm zu lösen. Doch das war gar nicht so einfach.

»Warten Sie, ich helfe Ihnen. Bleiben Sie einfach stehen.« Justus arretierte die Leine und ging um Laura herum, um sie von der Leinenschnur zu befreien.

Au ja, ein neues Spiel! Ich laufe um Laura herum, und du fängst mich! Lizzy bellte vergnügt und sauste erneut im Kreis herum.

»Nein, stehen bleiben!« Instinktiv beschleunigte Justus seinen Schritt, was dazu führte, dass er hinter Lizzy her im Kreis um Laura herumrannte.

Laura gluckste erst, dann lachte sie schallend, weil der Anblick einfach zu ulkig war. »Bleiben Sie doch stehen, sonst denkt sie, Sie würden mit ihr Fangen spielen.«

»Sie haben recht.« Auch Justus lachte, ging vor ihr in die Hocke und musste prompt Lizzy abwehren, die mit Schwung an ihm hochsprang.

Küsschen, Küsschen! Wiff. Das ist ja lustig mit euch.

»Bleib stehen, du kleines Untierchen!« Entschlossen klemmte Justus sich den Hund unter den Arm und versuchte dann mit der anderen Hand, die Leine von Lauras Knöcheln zu wickeln. Es dauerte einen Moment, bis er es geschafft hatte, weil Lizzy immer wieder versuchte, sein Gesicht abzulecken. »Wie ein ganzer Sack Flöhe«, schimpfte er, lachte aber immer noch.

Laura hielt indes still und bemühte sich, das Gespann aus Mann und winzigem Hund nicht anbetungswürdig zu finden.

»Okay, Sie sind wieder frei.« Justus setzte Lizzy zurück auf den Boden und erhob sich. Offenbar bemerkte er ihren Gesichtsausdruck, denn er neigte den Kopf leicht zur Seite. »Was?«

Rasch riss Laura sich zusammen. »Nichts, gar nichts. Danke fürs Entfesseln.«

»Was machen Ihre Füße?« Er deutete auf ihre Stiefel. »Noch bequem verpackt?«

»Alles paletti.« Sie nickte und wandte sich rasch dem Tor zu. *Alles paletti?* Was für eine Antwort war das denn? Fing sie etwa schon wieder an, Unsinn von sich zu geben? Zum Glück erinnerte sie sich daran, was sie vorhin hatte sagen wollen. »Wir könnten auf dem Campingplatz einen offenen Bücherwohnwagen einrichten. Sie wissen schon, wie die offenen Bücherschränke, die es oft in der Stadt gibt. In Lichterhaven gab es etwas Ähnliches, aber in Strandkörben. Die Leute konnten dort ihre ausgelesene Ferienlektüre abgeben und sich dafür etwas Neues aussuchen. Ich kann mich noch genau erinnern, wie begeistert ich davon war.«

Justus nickte beifällig. »Eine hervorragende Idee. Wenn Sie noch mehr davon haben, sind Sie Ihr fürstliches Gehalt wert.«

»Ich gebe mir Mühe.« Laura deutete auf das Tor. »Dort geht es also zur zukünftigen Ferienhaussiedlung.«

»Öffnen Sie es ruhig, es ist nicht verschlossen.«

Laura folgte seiner Anweisung und ging ihm voraus den sich dahinter befindenden Weg entlang, der direkt auf eine Baumschneise zuführte. Wieder ging es für etwa hundert Meter durch den Wald, dann lichtete sich der Baumbestand und gab den Blick auf ein großes, leicht hügeliges und ansteigendes Gelände frei, in dessen Mitte sich ein See von etwa zweihundert Metern Durchmesser befand. Linker Hand ging der Wald weiter, wurde aber mehrmals von geschotterten Wegen unterbrochen, die man von ihrem Standpunkt aus in den Baumreihen verschwinden sah.

»Oh. Wow.« Beeindruckt von dem Anblick der herrlichen Landschaft, die von der Novembersonne ins beste Licht gerückt wurde, blieb Laura einfach stehen und nahm die Eindrücke in sich auf.

»Das denke ich auch jedes Mal, wenn ich hier stehe.« Justus trat dicht hinter sie und blickte über ihre Schulter hinweg ebenfalls auf das Areal. »Das waren alles mal überwiegend Pferdeweiden rund um den See. Der Reiterhof, von dem wir sie gekauft haben, konnte auf der anderen Seite der Stadt ein größeres, zusammenhängendes Gelände pachten, das näher an den Stallungen liegt und sich leichter bewirtschaften lässt.« Die plötzliche Nähe zu Justus und seine tiefe ruhige Stimme jagten Laura eine Gänsehaut über den Nacken und den Rücken hinab. Sie musste sehr an sich halten, um nicht zu erschaudern. Sie war sich nicht sicher, ob Justus ihre Reaktion bemerkt hatte. Er blieb weiterhin dicht hinter ihr stehen, ohne sie jedoch zu berühren. »Als Jugendliche sind wir im Sommer immer hierhergekommen, um im See zu baden«, erzählte er. »In der Mitte ist er etwa fünf Meter tief, an den Ufern kann man überall sehr gut stehen. Wir hatten uns gedacht, dass zumindest auf einer Seite einige Blockhütten direkten Anschluss an das Gewässer und einen Steg erhalten sollten. Im vorderen Bereich sollen ein kleiner Strand und ein Café entstehen.« Er deutete auf eine Stelle direkt vor ihnen. »Vielleicht auch ein kleiner Tretbootverleih.«

»Das ist ein traumhafter Ort für eine Ferienhaussiedlung.« Da ihr Herzschlag ein wenig aus dem Tritt geraten war, wollte sie schon weitergehen, spürte im selben Moment aber seine Hände auf ihren Schultern. »Wollten Sie nicht Fotos machen?«

Sie hielt inne und versteifte sich ein wenig. Fahrig tastete sie nach ihrem Smartphone. »Das … ist keine gute Idee, Justus.«

»Was, Fotos zu machen?« Seine Hände verschwanden von ihren Schultern, und er trat neben sie.

»Nein.« Sie hantierte an ihrem Handy, bis die Kamera aufgerufen war. »Das andere. Für so etwas stehe ich nicht zur Verfügung.«

»Weil Sie denselben Fehler nicht zweimal begehen wollen.«

»Ja.« Verdammt! Sie atmete tief durch und wiederholte noch einmal mit Nachdruck. »Ja.«

»Verstanden.« Er deutete auf den See. »Vielleicht könnten wir von jetzt an alle paar Wochen Bilder von diesem Standpunkt aus machen, bis die Siedlung fertiggestellt ist, und auch danach noch, wenn hier hoffentlich irgendwann richtig viel Leben herrscht. Wäre das nicht eine schöne Serie für die Facebook-Seite?«

Laura atmete auf, weil er überhaupt nicht beleidigt oder verärgert klang. Gleichzeitig spürte sie einen seltsamen Anflug von Enttäuschung. War sie verrückt geworden? »Das ist eine fantastische Idee.« Rasch hob sie das Smartphone und machte die ersten Fotos. »Man könnte daraus eine Serie zu allen Jahreszeiten machen. Erst die einzelnen Bauabschnitte, danach dann Urlaub rund ums Jahr. Dazu brauchen wir auch keinen Profifotografen. Schnappschüsse passen da viel besser.« Sie überlegte kurz. »Vielleicht könnte man daraus sogar einen Blog machen.« Es tat ihr gut, sich wieder auf den Job konzentrieren zu können.

»Das Hotel besitzt derzeit noch keinen, weil sich bei uns niemand zutraut, gut genug zu schreiben.«

»Wenn man einmal den Dreh heraushat, ist es gar nicht so schwierig. Ich habe mal für eine Linsenfabrik einen Blog ins Leben gerufen, der heute noch super läuft.«

»Linsen?«

»Ja, die zum Essen. Sie würden sich wundern, was man darüber thematisch alles schreiben kann.« Sie knipste noch weitere Bilder von der Umgebung. »Und das hier, zusammen mit dem Campingplatz, den Plänen für ein erweitertes Freizeitprogramm … Daraus ließe sich etwas Großartiges und Einzigartiges machen.«

»Trauen Sie sich denn zu, so einen Blog zu schreiben?«

Laura hielt kurz inne. Die Idee fühlte sich richtig gut an. »Warum nicht? Zumindest anfangs könnte ich das übernehmen. Ich setze es mal auf meine To-do-Liste und werde mir ein paar Gedanken über die Umsetzung machen, wenn es Ihnen recht ist.«

»Mir ist alles recht, was unserem Unternehmen zugutekommt. Vor allem, wenn es mit so vergleichsweise geringem Aufwand zu bewerkstelligen ist.«

»Oh, täuschen Sie sich nicht. So ein Blog kann viel Arbeit verursachen. Den ersten Aufbau des Blogs für die Erhöhung der Sichtbarkeit des Hotels im Netz kann ich anstoßen. Wenn man mit so einem Blog allerdings tatsächlich etwas erreichen und die Leser halten will, muss dort wirklich lesenswerter, interessanter Inhalt stehen. Das werde ich auf Dauer vermutlich nicht allein und zusätzlich zu meinen anderen Aufgaben bewerkstelligen können. Aber vielleicht kann man ja langfristig noch jemanden dafür ins Boot holen.« Laura ließ das Handy sinken. »Zuerst müssen wir ohnehin das neue Homepage-Design angehen. Ich kenne eine Webdesignerin aus Köln, die ich gerne damit beauftragen würde.«

»Tun Sie es. Sie haben als Marketingchefin weitgehend freie Hand.«

»Kims Arbeit ist nicht ganz billig.«

»Wenn Sie sagen, dass sie gut ist, vertraue ich Ihnen.«

»Sie ist die Beste.«

»Damit wäre für mich die Sache erledigt.«

Laura nickte und suchte den Rand des Geländes mit den Augen ab. »Wo ist denn der Zuweg zur Ferienhaussiedlung? Liegt das Resort nicht irgendwo hinter uns?«

»Südöstlich, ja. Ihr Orientierungssinn ist also doch nicht so schlecht.« Er lächelte ihr zu und deutete nach rechts. »Da drüben verläuft eine asphaltierte Zuwegung, die wir noch etwas ausbauen werden. Für das Gelände hier sind zwölf, maximal fünfzehn Blockhäuser geplant, und dann noch einmal fünf oder sechs da drüben im Wald.« Er wies nach links. »Sehen Sie die Schotterwege? Die führen zu einzelnen Lichtungen, für die wir die romantische Variante vorgesehen haben.«

»Die romantische Variante?«

»Blockhaus im Wald mit offenem Kamin, Panoramafenster mit Blick auf Bäume und Natur. Sie wissen schon. Die Baupläne kann ich Ihnen morgen im Büro zeigen.«

»Gerne.«

»Möchten Sie mal einen der Waldbauplätze sehen? Kommen Sie.« Zu Lauras grenzenloser Überraschung fasste er sie einfach bei der Hand und zog sie mit sich den leicht abschüssigen Weg bis zum See hinab. Erst als sie das Ufer erreichten, ließ er sie wieder los, so als sei nichts gewesen, und steuerte den dritten der abzweigenden Waldwege an. »Ich hoffe, der Boden ist überall so hart gefroren wie hier, sonst könnte es rutschig sein. Die Wege müssen unbedingt noch besser befestigt werden, damit man sie bei jedem Wetter begehen und befahren kann. Da wir sowieso noch Kanal- und Telefon- sowie Stromanschlüsse legen müssen, werden wir das natürlich alles in einem Aufwasch erledigen.«

Etwas konfus wegen seines eigenartigen Verhaltens lief sie neben ihm her und bemühte sich, einen kühlen Kopf zu bewahren. »Dagegen hat Ihr Großvater aber nichts einzuwenden?«

»Gegen die Ferienhaussiedlung? Nein, davon ist er begeistert. Er will sich nur nicht von dem alten Campingplatz trennen. Erinnerungen können manchmal ein ziemlicher Klotz am Bein sein.«

»Ja.« Tief atmete Laura die würzige Waldluft ein und blieb stehen, als sie die kleine Lichtung erblickte, auf der mit Absperrband der Grundriss des zukünftigen Ferienhauses abgesteckt war. »Das können sie sein, aber manchmal sind sie das Einzige, was einem bleibt.«

»Ich wollte Ihnen nicht zu nahe treten.« Justus blieb dicht neben ihr stehen und ließ den Arretierknopf der Hundeleine mehrmals klacken.

Lizzy beachtete ihn allerdings nicht weiter, denn sie war damit beschäftigt, im Gebüsch am Wegesrand den Spuren anderer Tiere nachzuschnüffeln.

»Ich habe lediglich eine Tatsache festgestellt.« Er sah Laura von der Seite an.

Mit neutraler Miene, wie sie hoffte, erwiderte sie seinen Blick. »Ich ebenfalls.«

Er nickte leicht. »Was halten Sie von der Lage?«

»Romantisch, wie Sie schon sagten. Sehr ruhig und abgelegen. Ideal für junge Paare. Man könne das als Flitterwochen-Unterkunft anpreisen.«

»Weil die Stelle hier so abgelegen ist, dass keine Nachbarn durch etwaigen Lärm gestört werden könnten?« Auf Justus'

Lippen erschien ein anzügliches Grinsen. »Das könnte funktionieren.«

»Ich hatte eher daran gedacht, dass die Atmosphäre hier zum Träumen und Kuscheln einlädt.«

»Nicht zu heißem Sex?« Sein Grinsen verbreiterte sich noch. »Ich glaube, wir haben eine sehr unterschiedliche Vorstellung davon, wozu Flitterwochen gedacht sind.«

Laura räusperte sich, musste dann aber doch lachen. »Das eine schließt das andere ja nicht aus.«

»Na, so ein Glück.« Vergnügt wandte er sich ab und warf dabei einen raschen Blick auf seine Armbanduhr. »Halten Ihre Füße noch einen kleinen Umweg aus? Dann zeige ich Ihnen einen unserer historischen Wanderwege, der gleich hinter Ihrem Haus endet. Von dort aus können wir mit meinem Wagen in die Stadt fahren, im Hotel einen Happen essen, und anschließend kriegen Sie noch eine Stadtführung und, wenn Sie dann immer noch nicht schlappgemacht haben, eine kleine Rundfahrt durch die Umgebung.«

Eilig schoss Laura noch mehrere Fotos von der Lichtung und dem abgesteckten Grundriss. »Mal sehen, ob Sie nicht zuerst schlappmachen.«

»Im Leben nicht. Ich habe genaue Anweisungen von meinem Vater erhalten, was Sie alles zu sehen bekommen sollen, und solange Sie mir nicht zusammenbrechen, klappern wir jede einzelne Sehenswürdigkeit ab, die auf meiner Liste steht.«

»Sie haben eine Liste?« Amüsiert musterte Laura ihn.

Er tippte sich an die Schläfe. »Hier drin, ja.«

»Dann mal los. So schnell machen Sie mich nicht müde.«

»Das werden wir ja sehen.« Justus schnalzte mit der Zunge. »Komm, Lizzy, los geht's. Wir müssen Laura so lange durch die Gegend scheuchen, bis sie kapituliert.«

Was, herumscheuchen? Ist das so was wie ganz viel laufen und Spaß haben? Da bin ich sofort mit dabei. Lizzy bellte hell und wedelte heftig mit der Rute.

»Dass ich kapituliere, werden Sie so bald nicht erleben, Justus. Ich habe einen langen Atem.« Sie verschränkte die Arme vor der Brust und lächelte mutwillig.

Er blinzelte schalkhaft. »Das werden wir ja sehen.«

»Werden wir auch.«

Er legte den Kopf leicht schräg. »Sie müssen wohl auch noch ständig das letzte Wort haben, was?«

Laura zuckte mit den Achseln. »Wenn es sich einrichten lässt.«

7. Kapitel

»Nein.« Laura blickte sich sehr streng im Badezimmerspiegel an und schüttelte vehement den Kopf. »Nein, auf keinen Fall!« Wie immer, wenn sie sich selbst von etwas überzeugen wollte, redete sie laut und deutlich. »Das wäre das Schlimmste, was dir jetzt passieren kann, also vergiss es gleich wieder.«

Dumm nur, dass genau dieses Vergessen alles andere als einfach war. Sie hatte einen wunderbaren Tag an Justus' Seite verbracht. Er eignete sich perfekt als Fremdenführer, hatte ihr eine Menge über die Geschichte der kleinen Stadt erzählt und über die Sehenswürdigkeiten, die sie tatsächlich alle der Reihe nach abgeklappert hatten, nachdem sie im Sternbach zum Mittagessen eingekehrt waren. Er besaß einen angenehmen Sinn für Humor, war witzig, intelligent. Allerdings auch sehr direkt, anscheinend hatte er das von seinem Großvater geerbt. Ihm würde sie so leicht nichts vormachen können. Wenn er eine Frage stellte, erwartete er eine unmittelbare und aufrichtige Antwort. Zwar bohrte er nicht nach, wenn sie ihm auswich, doch sie hatte das ungute Gefühl, dass er sich jedes Manöver ihrerseits, um eine Antwort zu umgehen, ganz genau merkte und womöglich zu einem späteren Zeitpunkt darauf zurückkommen würde.

Dass sie ihm gefiel, stand außer Frage; sein kurzer Annäherungsversuch hatte eine eindeutige Sprache gesprochen. Da er jedoch auf ihre Zurückweisung umgehend reagiert und den Flirtversuch auch nicht wiederholt hatte, war sie sich nicht ganz sicher, ob er so etwas nicht einfach nur gewohnheitsmäßig bei jeder hübschen Frau tat. Er war ein Mann mit viel Sex-Appeal und Single, also war es nicht allzu ungewöhnlich, dass er seine Grenzen austestete. Unprofessionell zwar, denn eine neue Mitarbeiterin anzubaggern konnte ihm durchaus als sexuelle Belästigung ausgelegt werden. Laura hatte schon Kolleginnen gehabt, die wegen einer weniger eindeutigen Anmache auf die Barrikaden gegangen waren. Sie selbst sah dies allerdings bei Justus nicht als notwendig an. Vielmehr war sie froh, dass er den Rückzug angetreten hatte, denn andernfalls hätte sie womöglich erneut einen großen Fehler begangen. Sie fühlte sich eindeutig zu ihm hingezogen, rein körperlich ebenso wie auf zwischenmenschlicher Ebene. Auch wenn sich dieses Gefühl anders anfühlte als das, was sie bei Carlo empfunden hatte, lief es doch auf dasselbe hinaus: Der Firmenerbe war tabu. Kein Mann aus der Familie Sternbach hatte in ihrem Privatleben etwas zu suchen.

Besser wäre es, sich von Justus fernzuhalten, doch leider war dies in ihrer Position und mit ihm als direktem Vorgesetztem keine Option. Sie hatten den Nachmittag damit verbracht, einige Pläne hinsichtlich neuer Marketingstrategien zu schmieden, ab und zu ein wenig gestritten, sich aber im Großen und Ganzen auf einer Wellenlänge befunden. Als stellvertretender Geschäftsführer, der in absehbarer Zeit den gesamten Betrieb übernehmen würde, lag ihm viel daran, eng mit ihr zusammenzuarbeiten und sich auch mit seinem Wissen und seinen Erfahrungen in ihre Arbeit einzubringen. Was also tun?

»Reiß dich zusammen.« Sie starrte ihrem Spiegelbild fest in die Augen. »Man sollte meinen, du würdest deutlich mehr Verstand besitzen.«

Ihre Gedanken wanderten unweigerlich zu Carlo zurück. Er war so charmant und lebensfroh gewesen, so spontan und auf im Nachhinein ärgerliche Weise in der Lage, ihre Bedenken zu zerstreuen. Dennoch war er zu ihrer Erleichterung bereit gewesen, ihre Beziehung – Affäre, korrigierte sie sich – geheim zu halten, um keinen unguten Tratsch zu provozieren. Sie hatten eine schöne Zeit miteinander verbracht, schön, aber auch anstrengend, denn bald schon hatte Laura sich zu Recht gefragt, wohin die Sache führen sollte. Wenn sie sich öffentlich zueinander bekannt hätten, wäre sie angreifbar geworden. Carlo hatte immer so getan, als ob er sie genau davor schützen wollte. Vielleicht hatte ihm die Geheimniskrämerei auch einfach nur gefallen, ihm den gewissen Kick gegeben. Nach einer Weile hatte er dann zunehmend verschnupft reagiert, weil sie ihm nicht zu jeder von ihm gewünschten Zeit zur Verfügung stand, und behauptet, sie würde ihm die Arbeit vorziehen. Dass er sie am Ende so klassisch betrogen hatte und noch dazu behauptete, sie habe ihn nur als Karrierestufe benutzt, schmerzte nach wie vor und machte sie wütend, denn so etwas hätte sie niemals auch nur in Erwägung gezogen, und das wusste er genau. Inzwischen fragte sie sich ernsthaft, was genau sie wohl für ihn gewesen sein mochte.

Sie war dumm gewesen, hatte sich von in die Irre geleiteten Gefühlen bestimmen lassen, die sie im Nachhinein nicht einmal als Liebe identifizierte, sondern nur als geschmeicheltes Ego. Natürlich hatte sie insgeheim gehofft, dass es Carlo ernst war und dass sie, wenn genügend Zeit verstrichen war, sich offen zueinander bekennen konnten. Nun fragte sie sich, ob es jemals so weit gekommen wäre oder ob sie nicht auch ohne seinen Betrug irgendwann gemerkt hätte, dass sie auf dem falschen Dampfer gewesen war.

Vielleicht war es ein Fehler, dass sie so lange allein gelebt hatte und engen Beziehungen und sogar Freundschaften aus dem Weg gegangen war. Das hatte sie offenbar empfänglich für Fehlentscheidungen gemacht. Wie sonst war zu erklären, dass sie, kaum dass sie den Ort des Geschehens gewechselt hatte, sich prompt erneut zum vollkommen falschen Mann hingezogen fühlte? Hatte sie am Ende so etwas wie einen Chef-Komplex?

Stöhnend rieb sie sich übers Gesicht und wandte sich vom Spiegel ab. Am besten hörte sie einfach damit auf, an ihn zu denken. Sie entschied sich dafür, eine E-Mail an Kim wegen der neuen Homepage zu schreiben, und vertiefte sich danach in das Konzept für ein Hotelblog, listete mögliche Themen für Artikelreihen auf, sichtete die Fotos, die sie während des Ausflugs gemacht hatte, und verschob sie in thematisch organisierte Ordner, um sie später bei Bedarf leichter wiederzufinden. Erst gegen Mitternacht schaltete sie ihren Laptop aus und ging zu Bett, müde, aber zufrieden, dass sie sich selbst nun für einige Tage, wenn nicht Wochen mit einem zusätzlichen Berg Arbeit eingedeckt hatte, der sie hoffentlich zuverlässig vom Grübeln oder irgendwelchen unguten Gefühlswallungen abhielt.

✳✳✳

Es war bereits kurz nach Mitternacht, als Justus sich mit einem Bier aus der Bar auf einem der Ledersessel in der Lobby des Sternbach niederließ und die langen Beine von sich streckte. Nachdem er Laura am frühen Abend zu Hause abgesetzt hatte, war er noch einmal in die Stadt gefahren, um in seinem Büro die wichtigsten liegen gebliebenen Arbeiten nachzuholen. Zwar hatte sein Vater ihn gebeten, Laura einen weiten Überblick über die Umgebung, die Stadt und die Möglichkeiten von Hotel, Resort und den geplanten neuen Ferienanlagen zu geben, doch er hatte die Sache zugegebenermaßen absichtlich in die Länge gezogen. Ihre Gesellschaft war ganz nach seinem Geschmack gewesen, anregend, unterhaltsam. Dass sie darüber hinaus auch noch unglaublich hübsch und sexy war, empfand er als Tüpfelchen auf dem I. Ein ärgerliches Tüpfelchen, weil er sich fast zum Narren gemacht hätte. Natürlich war es absolut unprofessionell, sie anzubaggern, noch dazu so plump und direkt. Für einen Moment hatte ihre Nähe ihm tatsächlich die Sinne vernebelt. Es war ein Glück, dass sie ihn sofort in seine Schranken gewiesen hatte. Ruhig, bestimmt.

Wütend war sie nicht geworden, obgleich es ihr gutes Recht gewesen wäre.

Erstaunlicherweise hatten sie sich hinterher besser verstanden, waren lockerer miteinander umgegangen. Hier und da hatte sich ihr Zusammensein sogar ein wenig nach unverbindlichem Flirt angefühlt.

Laura war klug, engagiert, sympathisch und lag mit ihrer geradlinigen Art genau auf seiner Wellenlänge. Verdammt! Justus trank sein Bier direkt aus der Flasche und leerte diese in einem Zug bis zur Hälfte.

»Was ist denn mit dir los? Bist du unter die Landstreicher gegangen?« Mit einem bedeutsamen Blick auf seine Jeans und die Wanderschuhe ließ sich Ricarda ihm gegenüber in einen Sessel fallen. »Oder nimmst du jetzt Modetipps von Patrick an? Ein guter Rat: Lass es. Die Gäste könnten sich vor dir erschrecken, wenn sie dich nicht im Maßanzug sehen.«

Justus schnaubte halb amüsiert, halb sarkastisch. »Ich hatte keine Zeit, mich extra noch mal umzuziehen.«

»Du warst heute mit Laura unterwegs.« Ricarda lehnte sich zurück und rieb sich über die Augen. »Ziemlich lange.«

»Die Stadt und die Umgebung bieten nun mal eine Menge Sehenswürdigkeiten.«

»Ah ja.« Mit einem süffisanten Lächeln richtete sie sich wieder auf. »Sie ist hübsch.«

»Unbestreitbar.«

»Aber ein bisschen unterkühlt.«

»Das sagt ausgerechnet die Queen der eisigen Schulter?« Justus zog die Augenbrauen hoch.

»Ich zeige nur denen die kalte Schulter, die es nicht besser verdient haben. Oder die mich nicht interessieren.«

»Soso.«

»Mal im Ernst, wie ist sie denn so unter vier Augen?«

»Sehr nett.« Er räusperte sich. »Kompetent, engagiert, sie wird eine Bereicherung für unsere Hotels sein.«

»Nett, aha. Mehr nicht?«

Stirnrunzelnd trank Justus einen weiteren Schluck. »Hatte ich nicht eben noch eine Reihe weiterer Adjektive aufgezählt?«

»Du hast sie neulich Abend kaum aus den Augen gelassen, Brüderlein fein.« Ricarda lächelte erneut vielsagend. »Sie gefällt dir.«

»Damit dürfte ich wohl nicht allein dastehen. Es wäre allerdings nicht sehr professionell, mich mit ihr einzulassen.«

Ricarda nickte leicht. »Du hast es also schon bei ihr versucht und bist abgeblitzt. Dann besitzt sie eindeutig ausreichend Verstand, um mir sympathisch zu sein.«

»Was soll das denn heißen?« Nun richtete auch Justus sich auf und stellte die Bierflasche auf den gläsernen Beistelltisch.

Ricarda bedachte ihn mit einem weiteren bezeichnenden Blick. »Na, wie du schon sagtest: Wie sähe es wohl aus, wenn sie sich gleich in der ersten Woche an den zukünftigen Firmenchef heranmachen würde? Abgesehen davon hat sie ja vielleicht schon einen festen Freund.«

»Das glaube ich eher weniger.«

»Ach?« Neugierig musterte Ricarda ihn.

»Sie kommt gerade aus einer gescheiterten … Beziehung.«

»Das hat sie dir anvertraut?«

Er hob die Schultern. »Mehr oder weniger.«

»Erst recht ein Grund, sich nicht gleich auf etwas Neues einzulassen, schon gar nicht auf den direkten Vorgesetzten. Vermutlich leidet sie noch an Liebeskummer.«

»Wohl kaum«, murmelte er.

Leider hatte Ricarda sehr gute Ohren. »Ihr scheint euch ja einiges erzählt zu haben. Erstaunlich.«

Er seufzte. »Manche Dinge müssen nicht gesagt werden.« Nach kurzem Zögern setzte er hinzu: »Sie scheint einsam zu sein.«

»O…ha.« Ricarda beugte sich in seine Richtung und musterte ihn eingehend. »Irre ich mich, oder hat sie es dir ein bisschen mehr angetan, als du zugibst?« Sie griff nach der Bierflasche und leerte sie in einem Zug. »Brrr.« Sie schüttelte sich. »Lauwarm. Lass die Finger von ihr.«

»So lautet der Plan.«

Ricardas aufmerksamer Blick ruhte einen langen Moment auf ihm. »Pläne sind dazu da, geändert zu werden, wie Opa so gerne sagt. Überleg dir aber gut, was du tust, Justus. Sie ist gerade erst hier angekommen – und was, wenn es nicht funktioniert? Das würde auf Dauer die Atmosphäre vergiften. Sie ist doch gerade aus einem Betrieb raus, in dem sie sich wegen Querelen mit Kollegen nicht mehr wohlgefühlt hat. Sie hat eine verdammt gute Position aufgegeben. Tu ihr das jetzt nicht gleich noch mal an.«

»Ich habe nicht vor, ihr irgendetwas anzutun, Ricarda. Für wen hältst du mich?« Empört runzelte Justus die Stirn.

»Für einen Mann. Wenn ihr eine hübsche Frau seht, noch dazu eine mit so einer Figur, hört ihr auf, mit eurem Gehirn zu denken, und lasst euren besten Freund das Ruder übernehmen. Wenn du ihr bloß an die Wäsche willst, nimm eine kalte Dusche, oder pack dir Eiswürfel in die Unterhose.«

»Du scheinst ja keine allzu gute Meinung von mir zu haben.«

»Doch, die habe ich. Aber ich weiß auch, was für verheerende Wirkungen Hormone auf das klare Denkvermögen haben können.«

»Meine Hormone sind vollkommen unter Kontrolle, keine Sorge.« Zumindest hatte er vor, sie zukünftig an die kurze Leine zu legen.

»Na hoffentlich.« Ricarda erhob sich. »Ich muss ins Bett. Bin nur noch hier, weil ich alles für die Inventur vorbereiten musste.« Sie ließ die Schultern rollen und verzog das Gesicht. »Autsch. Ich glaube, Viola muss mich mal wieder für ein paar Massageanwendungen eintragen.« Sie wandte sich zum Gehen, drehte sich aber noch einmal um. »Du magst Laura also?«

Justus stand ebenfalls auf. »Was dagegen einzuwenden?«

»Nicht im Geringsten.« Ricarda ging vor ihm her bis zum Portal. »Falls da möglicherweise noch etwas mehr als das sein sollte …«

»Was dann?«

Sie sah ihn ernst über die Schulter an. »Dann lass dich nicht so einfach abwimmeln.«

»Jetzt auf einmal doch nicht?«

»Ich meine ja nur.«

***

»Na, wie weit bist du mit deinen Plänen?« Das Christkind ließ wieder einmal die Flügel flattern, als es das Büro des Weihnachtsmanns betrat. Interessiert betrachtete es die Videowand, auf der inzwischen alle Bildschirme belegt waren und Bilder der verschiedenen Wunscherfüllungsprojekte zeigten. »Du scheinst ja ganz schön beschäftigt zu sein.«

»Das bin ich allerdings.« Santa Claus hob seinen Kopf und lächelte etwas angespannt. Bis eben hatte er seine Nase in die neuesten Wunschzettel gesteckt sowie in die Berichte, die die Kundschafterelfen ihm über den aktuellen Stand der Dinge zusammengestellt hatten. »Mir scheint, dieses Jahr wird ganz besonders stressig, auch ohne unser zusätzliches Projekt.«

Das Christkind nickte zustimmend. »Da hast du allerdings recht. Meine Engelchen und ich sind rund um die Uhr im Einsatz. Ich werte es als positives Zeichen, denn es ist doch schön, dass wenigstens die Menschen, die noch an uns glauben, es mit so viel Enthusiasmus tun. Ich habe inzwischen sogar schon von einigen Kindern gleich mehrmals Wunschzettel erhalten. Offenbar wollen sie sichergehen, dass mich ihre Wünsche auch wirklich erreichen. Zwei meiner Engelchen habe ich jetzt dazu abgestellt, diese Duplikate auszusortieren, damit ich nicht durcheinandergerate.«

»Das kommt bei mir auch recht häufig vor«, gab Santa Claus lachend zu. »Elfe-Sieben hat ein neues Ablagesystem entwickelt, wodurch wir auch gleich merken, wenn ein Wunschzettel, den wir bereits per Post erhalten haben, noch mal per E-Mail eingereicht wird.«

»Sonst läuft aber alles nach Plan?« Das Christkind setzte sich auf einen Besuchersessel. »Ich will ja nicht angeben, aber ich habe tatsächlich schon eine beachtliche Anzahl von Weihnachtshassern vorzeitig vom Gegenteil überzeugen können. Schau mal, ich habe dir eine Liste ausgedruckt.« Das Christkind reichte dem Weihnachtsmann ein dicht bedrucktes Blatt Papier.

Stirnrunzelnd überflog Santa Claus die Liste und gab dann ein paar Befehle in seinen Computer ein. Augenblicke später spuckte sein Drucker ebenfalls eine Aufstellung aus. »Bitte sehr.« Er reichte das Blatt an das Christkind weiter. »Ich stehe dir in dieser Hinsicht in nichts nach. Meine Elfen und ich waren fleißig.«

»Und trotzdem wirkst du ein bisschen ungehalten«, bemerkte das Christkind mit besorgter Miene. »Oder soll ich lieber sagen: nervös? Stimmt etwas nicht?«

»Doch, doch.« Nachdenklich zupfte der Weihnachtsmann an seinem weißen Bart. »Alles in Ordnung. Ich bin nur sehr gespannt, ob das, was ich mir für Laura ausgedacht habe, so funktionieren wird, wie ich mir das erhoffe. Sie ist ein ganz außerordentlich schwieriger Fall, aber das ist auch verständlich, wenn man bedenkt, was sie alles durchmachen musste.«

»Ja, stimmt, ich habe sie auch immer im Auge.« Das Christkind faltete die Hände im Schoß. »Falls du Unterstützung benötigen solltest, sag mir ruhig Bescheid. Ich helfe gerne.«

»Das ist nett von dir, liebes Christkind.« Dankbar lächelte Santa Claus. »Aber erst einmal muss ich, wie gesagt, abwarten, ob mein Plan funktioniert. Elfe-Sieben war ganz begeistert davon, und Elf-Siebzehn fand sogar, dass der Plan ein Geniestreich sei.« Er lachte leise. »Nun ja, wir werden wohl bald sehen, ob dem wirklich so ist. Auf jeden Fall stehen wir jetzt auch mit der kleinen Lizzy in Kontakt, du weißt schon, der süßen Westie-Hündin. Sie ist übrigens sehr angetan von Laura und will kräftig mithelfen, sie umzustimmen.«

»Das hört sich ja vielversprechend an«, befand das Christkind. »Aber jetzt hast du mich sehr neugierig gemacht. Was für einen Plan habt ihr denn da ausgeheckt, dass du so nervös bist?«

Der Weihnachtsmann beugte sich ein wenig vor und senkte die Stimme. »Ich musste ein bisschen in die Geschehnisse auf der Welt eingreifen, aber selbstverständlich nur zu Lauras Bestem, auch wenn sie das vielleicht erst mal nicht so schön finden wird.«

»Warum flüsterst du denn plötzlich?« Überrascht sah das Christkind ihn an.

Santa Claus seufzte. »Weil meine Frau nichts davon mitkriegen soll. Ich könnte mir vorstellen, dass sie schimpft, wenn sie erfährt, was wir uns ausgedacht haben.«

»Warum denn das? Ist es so schlimm?«

»Nein, nicht schlimm, aber es könnte eben auch ins Auge gehen, wenn nur ein Detail nicht so funktioniert, wie meine Elfen und ich uns das ausgedacht haben.«

»Erzähl!« Nun beugte sich auch das Christkind vor und lächelte verschwörerisch. »Ich sag's auch niemandem weiter.«

»Also gut.« Santa Claus senkte die Stimme noch weiter zu einem geheimnisvollen Raunen. »Wir haben uns Folgendes ausgedacht ...«

8. Kapitel

»Mist, Mist, Mist.« Gerade noch konnte Laura sich fangen, nachdem sie beim Aussteigen aus ihrem Wagen beinahe auf einer glatten Stelle ausgerutscht wäre. Sie schnappte sich ihre Aktentasche, die ihr aus der Hand gerutscht war, knallte die Autotür ins Schloss und eilte über den Angestelltenparkplatz auf der Rückseite des Hotels auf den Hintereingang zu. Dieser wurde allerdings von mehreren großen Kartons und einer Leiter versperrt. »Och nö! Ich bin sowieso schon zu spät dran.«

»Tut mir leid.« Mustapha, einer der drei Hausmeister, tauchte hinter einem der Kartonstapel auf und lächelte schief, was seinem Gesicht einen jungenhaften Ausdruck verlieh. »Der Chef hat mich angewiesen, heute die Sachen aus dem Lager zu holen. Hier geht nix durch. Nur der Haupteingang ist frei.«

Laura seufzte. »Jetzt ist es eh schon egal. Die Sitzung hat vor fünf Minuten angefangen, also komme ich so oder so zu spät.« Und alles nur, weil sie heute Morgen einen verstörenden Anruf erhalten hatte, der sie vollkommen aus der Bahn geworfen hatte.

»Tut mir echt leid.« Zerknirscht zog der junge Mann den Kopf ein.

»Schon gut, Sie tun ja nur Ihre Arbeit.« Laura warf ihm ein leicht gequältes Lächeln zu und spurtete rechts um die Hotelanlage herum. Gerade als sie den Haupteingang erreichte, piepste ihr Handy. Mit einer Hand angelte sie es aus ihrer Manteltasche hervor und warf einen Blick aufs Display. Justus fragte via WhatsApp, wo sie blieb. Sie versuchte, mit einer Hand eine kurze Antwort zu verfassen.

»Vorsicht, Laura, der Baum!« Die Stimme von Regina, der Empfangschefin, ließ Laura zusammenzucken. Sie hob den Kopf und erschrak, denn mitten in der Lobby stand eine riesige Nordmanntanne. Sie schaffte es nur mit einer filmreifen Seitwärtsdrehung, einem Frontalzusammenstoß zu entgehen. Dabei rutschte ihr die Aktentasche erneut aus der Hand. Da der Verschluss nicht eingerastet war, fielen sämtliche Unterlagen heraus und verteilten sich quer über den Boden.

»Schei...benkleister!« Verärgert schob Laura das Handy zurück in ihre Manteltasche, ging in die Knie und klaubte die Papiere zusammen.

»Verzeihung.« Tilo, der Vorarbeiter der Hausmeister, kam auf sie zugeeilt und raufte sich dabei das weißgraue Haar. »Ich musste nur eben da vorn Platz für den Baum machen, und Heiko sollte ihn solange an die Seite rücken. Haben Sie sich wehgetan? Ist alles in Ordnung? Kommen Sie, ich helfe Ihnen.« Er hockte sich hin und sammelte ebenfalls Papiere auf. »Heiko!«, rief er über die Schulter. »Wo steckst du denn schon wieder? Der Baum muss hier weg. Die arme Laura ist mitten reingerannt. Tut mir wirklich leid. Hier.« Er reichte Laura einen Stapel Unterlagen. »Um alles muss man sich selbst kümmern.«

»Was ist denn?« Heiko, ein junger blonder Mann Mitte zwanzig, kam mit einem Werkzeugkoffer angerannt. »Oje, was ist denn hier passiert? Alles okay?« Er streckte Laura die Hand entgegen und half ihr aufzustehen.

»Ja, ja, schon gut. Heute scheint nicht mein Tag zu sein.« Laura strich ihre Haare zurück und bemühte sich, alle Akten wieder in ihre Tasche zurückzubefördern, ohne sie zu zerknicken.

Tilo schüttelte mit verärgertem Blick den Kopf. »Du solltest den Baum doch zur Seite schieben, Heiko.«

»Ja, aber ich musste auch den Werkzeugkasten holen.« Heiko hob die Schultern. »Beides gleichzeitig geht nun mal nicht.«

Laura hörte nicht mehr weiter zu, was Tilo dazu zu sagen hatte, sondern eilte weiter, wurde aber an der Rezeption erneut aufgehalten. Regina trat ihr in den Weg. »Alles in Ordnung mit Ihnen?«

»Ja, ja, schon gut.« Laura winkte ab. »Ich hab es bloß ein bisschen eilig. Hans hat für neun Uhr eine Sitzung anberaumt, und jetzt ist es schon fast zehn nach …«

»Keine Sorge, er wird Ihnen schon nicht den Kopf abreißen.« Die Empfangschefin, eine kleine grauhaarige Frau kurz vor dem Rentenalter, tätschelte ihr beruhigend den Arm. »Atmen Sie erst mal tief durch. Sie haben ganz hektische rote Flecke im Gesicht.«

»Auch das noch!« Entsetzt fasste sich Laura mit der freien Hand an die Wange.

»Na, na, alles nicht so schlimm.« Regina strich ihr erneut beruhigend über den Arm, dann führte sie sie zu den beiden Aufzügen und ließ einen davon per Knopfdruck kommen. »Manche Tage sind einfach hektischer als andere.«

»Ja, wahrscheinlich.« In Wahrheit hatte Laura einfach zu lange über den Anruf nachgegrübelt und dabei die Zeit vergessen. Erleichtert vernahm sie das leise *Pling*, als die Aufzugtür sich öffnete. »Ich muss weiter.«

»Tief durchatmen, dann wird alles gut.« Regina zwinkerte ihr zu und begab sich zurück an die Rezeption.

Du hast gut reden, dachte Laura, bemühte sich aber dennoch, dem Rat der Empfangschefin zu folgen. Im Spiegel an der Rückseite des Lifts sah sie, dass ihre Wangen tatsächlich etwas unregelmäßig gerötet waren. Verärgert stellte sie die Aktentasche ab und klopfte sich mit den flachen Händen gegen das Gesicht. »Komm schon, nun sieh nicht auch noch aus wie ein hysterisches Hühnchen!«

Der Aufzug erreichte sein Ziel in kürzester Zeit, also griff Laura erneut nach der Tasche, deren Schloss aber defekt zu sein schien. Erneut hätte sie den Inhalt beinahe über den Flur verstreut. »Verflixtes Ding!« Wütend klemmte sie sich die Tasche unter den Arm und wäre beinahe in Justus hineingelaufen, der soeben aus der Tür des kleinen Konferenzraums getreten war.

»Hoppla.« Justus hielt sie fest, damit sie nicht ins Straucheln geriet. »Da sind Sie ja. Ich dachte schon, Sie wären auf und davon.«

»Warum das denn?« Verwirrt sah sie zu ihm auf.

»Na, weil Sie meine WhatsApp-Nachricht zwar gelesen aber nicht beantwortet haben.« Er lachte. »Kommen Sie, Sie sehen etwas gestresst aus. Alles okay?«

»Wenn mich das jetzt noch mal jemand fragt, ist es definitiv nicht mehr okay.« Entschlossen, sich zu beruhigen, atmete sie noch einmal tief ein und wieder aus und betrat dann vor Justus den Konferenzraum mit dem ovalen Tisch, an dem bis zu zehn Personen Platz fanden. Heute waren jedoch nur Hans, Justus, Elke und Ricarda anwesend. Laura zwang sich zu einem unverbindlichen Lächeln. »Entschuldigen Sie bitte meine Verspätung. Ich hatte ein … unliebsames privates Telefonat, das mich leider länger aufgehalten hat.«

»Na, dann setzen Sie sich mal und verschnaufen ein bisschen.« Hans deutete auf einen der Stühle. »Möchten Sie einen Kaffee?«

Inzwischen war Elke bereits aufgesprungen und zu der Anrichte gegangen, auf der neben der Kaffeemaschine auch noch ein Wasserkocher stand. »Ich kann Ihnen auch einen beruhigenden Tee aufgießen, meine Liebe.«

»Nein danke, ein Wasser ist vollkommen ausreichend.« Laura schälte sich aus ihrem Mantel, hängte ihn über die Rückenlehne ihres Stuhls und kramte dann in ihrer Aktentasche. »Tut mir leid, ich bin heute nicht gut organisiert.«

Justus, der auf dem Platz neben ihr saß, beäugte das Durcheinander in der Tasche neugierig und zupfte einen vertrockneten Grashalm zwischen zwei Dokumentenmappen hervor.

Laura räusperte sich verlegen. »Ich hatte einen Zusammenstoß mit dem Ungetüm von Baum in der Lobby. Dabei ist mir die Tasche runtergefallen.«

Schmunzelnd legte Justus den Halm auf den Tisch. »Ungetüm?«

»So große Tannenbäume sollten verboten werden. Vor allem, wenn sie mitten im Weg stehen.« Laura hatte mehr zu sich selbst gesprochen, jedoch offenbar laut genug, dass alle sie gehört hatten.

Hans musterte sie eingehend. »Sie sind keine Freundin von Weihnachtsbäumen?«

»Nein.« Sie zog die Schultern hoch.

»Gibt es dafür einen besonderen Grund?«

»Ja.« Sie hielt ihren Blick fest auf die Aktentasche gerichtet. Endlich hatte sie gefunden, wonach sie suchte, und legte die Dokumente auf den Tisch. »Ich habe erste Entwürfe für die neue Homepage. Kim hat sich selbst übertroffen, wie ich finde.« Als sie kurz den Kopf hob, sah sie, dass Justus und Hans einander einen kurzen Blick zuwarfen. Sie hatte jedoch keine Lust, weiter auf das Thema »Weihnachten« einzugehen. Je weniger sie darüber sprechen musste, desto besser. »Auf meinem Laptop kann ich Ihnen eine Live-Vorschau zeigen.« Sie zog auch noch das Notebook aus der Tasche hervor und klappte es auf. »Außerdem habe ich jetzt ein vollständiges Konzept für den Hotelblog für Sie sowie erste Statistiken zu unserem generalüberholten Facebook-Auftritt. Die neue Strategie kommt gut an.« Sie setzte sich endlich und verteilte diverse Ausdrucke. »In den vergangenen zwei Wochen konnten wir die Anzahl der Likes auf der Facebook-Seite deutlich erhöhen und auch die Interaktionen allmählich in Gang bringen. Sehr gut kommen die Fotos der Umgebung an, und ich gehe davon aus, dass zukünftig auch die verlinkten Blogartikel über die geplanten Bauarbeiten auf Interesse stoßen werden.«

»Wir haben laut unserer Buchungssoftware mehrere neue Anmeldungen für Dezember, die über die Facebook-Anzeigen zustande kamen«, mischte Ricarda sich ein. »Speziell das beworbene Kuschelwochenende mit Kutschfahrt und Candle-Light-Dinner kommt gut an.«

»Darauf wollte ich gleich auch noch zu sprechen kommen.« Erfreut lächelte Laura Ricarda zu. »Wir sollten vielleicht ein ähnliches Angebot in regelmäßigen Abständen je ein- oder zweimal verlosen. Gerade auf Facebook ist das ein einfaches Mittel, Aufmerksamkeit zu erregen. Ich dachte an einen ersten Versuch am ersten Adventswochenende, denn zu dem Datum sind die Leute statistisch gesehen ganz besonders scharf auf so etwas. Deshalb sollten wir auch die saisonalen Kurztrip-Pakete noch einmal gesondert bewerben. Auch als Verschenk-Pakete dürfte so etwas gut ankommen. Je näher an den Feiertagen, desto häufiger sollten wir die Aufmerksamkeit darauf lenken, um die genervten Weihnachtsgeschenkesucher möglichst deutlich mit der Nase auf unsere Angebote zu stoßen.«

»Das klingt so kämpferisch.« Elke stellte ein gefülltes Wasserglas vor Laura ab und setzte sich zurück auf ihren Platz. »Wo bleibt denn da der Weihnachtszauber?«

»Das Vorweihnachtsgeschäft ist heiß umkämpft.« Laura schob das Glas ein wenig zur Seite. »Die Konkurrenz schläft nicht und wird sich sicherlich ebenfalls etwas ausdenken, also sollten wir versuchen, mit besonderen Attraktionen die Nase vorn zu behalten. Eigentlich sind wir schon ein bisschen spät dran, aber ich kann noch eine entsprechende Strategie ausarbeiten, sowohl für Facebook als auch für die klassischen Marketingkanäle.«

»Tun Sie das.« Hans nickte ihr beifällig zu.

»Da wir gerade von der Vorweihnachtszeit sprechen.« Justus klappte seine eigene Dokumentenmappe auf. »Ihr Einfall, aus den Bauarbeiten eine Artikelserie zu machen, hat mich auf die Idee gebracht, so etwas auch für den Alltag im Hotel oder im Resort anzubieten.« Er reichte Laura ein Blatt. »Ich habe ein paar Ideen zusammengestellt und würde gerne Ihre Meinung dazu hören.«

Laura überflog die Aufstellung. »Gute Themen. Einige davon überschneiden sich mit meinen eigenen Ideen.« Ihr Blick blieb an einer Zeile hängen. »Sie wollen eine Fotoserie über das Anbringen des Weihnachtsschmucks machen?«

»Viola hat bereits versprochen, drüben im Resort heute ausgiebig mit ihrer Kamera Fotos zu schießen«, bestätigte Justus. »Da Sie mit den Fotos vom Campingplatz und dem Gelände am See ein gutes Auge für Motive bewiesen haben, würde ich vorschlagen, dass Sie diese Aufgabe heute hier im Hotel übernehmen. Tilo hat bereits Anweisungen erhalten, erst mal nur die große Tanne in der Lobby aufzustellen, aber noch mit dem Schmücken zu warten, bis wir hier durch sind.«

»Ich soll die Fotos machen?« Wenig begeistert spielte Laura an ihrem Laptop herum.

»Spricht etwas dagegen?« Aufmerksam musterte Justus sie. »Sie haben ja, wie man sieht, schon so viel Vorarbeit für die angelaufenen Projekte geleistet, dass es nicht schadet, wenn Sie mal ein paar Stunden mit der Kamera herumlaufen. Außerdem finde ich, dass Ihre Art, die Leute in den sozialen Netzwerken anzusprechen, erfrischend einzigartig ist. Wenn Sie das im neuen Blog ebenso fortführen, bin ich davon überzeugt, dass das ein großer Erfolg wird. Sie verstehen es, mit wenigen Worten eine sehr schöne Wohlfühlatmosphäre zu erschaffen. Ihre Fotos passen einfach perfekt dazu, finde ich. Ganz sicher werden Sie Ihren Blickwinkel auch bei dieser Deko-Aktion ganz wunderbar in Wort und Bild übertragen.«

Innerlich wand Laura sich, doch natürlich konnte sie nicht einfach diesen Auftrag ablehnen. »Wenn Sie meinen, dass ich dafür geeignet bin.«

»Weshalb sollten Sie das nicht sein?« Ricarda sah sie erstaunt an. »Ich finde die Fotos, die Sie bisher gemacht haben, auch klasse. Außerdem sind Sie die Marketingchefin und damit bei uns in diesem Bereich das Mädchen für alles.« Sie grinste schief. »Chefin und ausführendes Organ in Personalunion.«

Laura räusperte sich. An diese Situation hatte sie sich tatsächlich noch nicht ganz gewöhnt. Bei Callas hatte sie zuletzt einen ganzen Mitarbeiterstab unter sich gehabt, der ihre Anweisungen ausgeführt hatte, noch dazu natürlich in einem ganz anderen Umfang und wesentlich unpersönlicher als hier. Etwas anderes jedoch machte ihr noch mehr zu schaffen, deshalb sträubte sie sich ein wenig. »Ich bin nicht gerade ein … Weihnachtsfan.«

»Ach was, Sie haben ein gutes Auge und wirklich eine tolle Art zu schreiben!« Elke nickte ihr enthusiastisch zu. »Weihnachten ist doch das perfekte Thema. Das machen Sie schon.«

»Da das nun geklärt ist, sollten wir mit der Besprechung fortfahren«, schlug Hans Sternbach vor, »damit der arme Tilo nicht zu lange warten muss.«

»Richtig.« Justus händigte Laura ein weiteres Blatt aus. »Hier ist übrigens die Auswertung zu den letzten beiden Werbekampagnen in überörtlichen Zeitungen, um die Sie gebeten hatten. Ich habe die Datei auch per Mail an Sie versendet.«

»Danke.« Laura schob das Blatt in einen ihrer Hefter. »Ich werde die Daten mit meinen Prognosen für die nächste Kampagne abgleichen.«

»Gut.« Er deutete auf den Laptop, der inzwischen hochgefahren war und eine Vorschau der neuen Homepage anzeigte. »Dann lassen Sie mal sehen, was diese Kim sich für unsere neue Internetpräsenz ausgedacht hat.«

***

Eine Stunde später stand Laura leicht verzweifelt in der Hotellobby und fotografierte den inzwischen bereits halb geschmückten Weihnachtsbaum sowie Mustapha, der gerade dabei war, eine Girlande aus täuschend echt aussehendem künstlichen Tannengrün zusammen mit einer LED-Lichterkette rund um das Eingangsportal anzubringen. Wesentlich lieber hätte sie sich um die neue Anzeigenkampagne gekümmert oder mit Kim die Änderungswünsche von Hans und Justus Sternbach durchgesprochen. Entgegen Justus' Einschätzung fand sie, dass sie überhaupt kein Auge für das richtige Motiv hatte. Nicht wenn es um Weihnachtsdekorationen ging.

Seit einer Weile saßen zwei kleine Jungs von vielleicht drei oder vier Jahren auf einem der Ledersessel und sahen dem Hausmeister mit großen Augen beim Schmücken der Tanne zu. Die Mutter stand ein paar Schritte abseits und telefonierte mit ihrem Handy.

Seltsamerweise wurde Lauras Blick immer wieder von den beiden Kindern angezogen, die so andächtig auf den immer bunter werdenden Baum blickten. Die zwei waren dermaßen fasziniert, dass sie ein wunderbares Motiv abgegeben hätten, doch das war selbstverständlich nicht möglich. Zwar hätte sie die Mutter um ihr Einverständnis bitten können, aber bei Kindern war sie immer besonders vorsichtig.

Sie erinnerte sich, dass sie als kleines Mädchen ähnlich begeistert von Weihnachtsbäumen gewesen war, doch inzwischen hatte sich das so grundsätzlich geändert, dass es ihr schwerfiel, die beiden Jungen länger anzusehen, ohne einen Knoten in der Magengrube zu verspüren. Am liebsten hätte sie sich gänzlich andere Motive gesucht, doch etwas in ihr sagte ihr, dass die Perspektive der Kinder geradezu ideal war. Also ging sie neben dem Sessel der beiden in die Hocke und versuchte sich vorzustellen, wie der halb geschmückte Baum auf die beiden wirken musste und wie man das fotografisch einfangen könnte.

»Machst du Bilder von dem Tannenbaum?« Der eine Junge, offenbar der ältere Bruder, sah sie neugierig von der Seite an. »Der ist riesig.«

»Das ist er wirklich.« Von hier unten betrachtet wirkte die Tanne tatsächlich sehr groß. Laura nickte dem Jungen freundlich zu. Immerhin konnte er nichts dafür, dass sie sich mit ihrer derzeitigen Aufgabe alles andere als wohlfühlte. »Gefallen dir die bunten Weihnachtskugeln?«

»Ja.«

»Mir auch. Ich mag die roten«, antwortete nun auch der andere Junge und grinste sie an. »Rot ist nämlich meine Lieblingsfarbe.«

Laura lächelte. »Na, so ein Zufall, meine ebenfalls.«

»Papa hat gesagt, dass wir auch so einen Baum kriegen, genau wie letztes Jahr«, erzählte der etwas Ältere der beiden. »Aber nicht so groß wie der da. Er holt gerade unsere Koffer. Wir fahren nämlich gleich nach Hause.«

»Freust du dich schon auf zu Hause?« Versuchsweise knipste Laura ein paar Bilder.

»Ja, schon. Aber hier ist es auch schön, und die Regina ist voll lieb. Sie heißt genauso wie unsere Kindergärtnerin, aber die ist ganz anders und hat keine grauen Haare, sondern schwarze. Aber lieb ist sie auch.«

»Ganz lieb«, bestätigte der jüngere Bruder. »Ich will auch so rote Kugeln an unserem Baum. Mama?« Er drehte sich um und winkte seiner Mutter, die daraufhin näher kam und ihr Gespräch kurz unterbrach. »Was denn, mein Schatz?«

»Kriegen wir auch rote Kugeln am Weihnachtsbaum, so wie die da? Ich will nur rote.«

»Ich will aber lieber welche in Gold. Und silberne auch«, protestierte der Ältere.

»Ich glaube, wir haben Kugeln in allen Farben.« Die Mutter lächelte leicht. »Lasst mich mal eben kurz fertig telefonieren. Omi lässt euch grüßen.«

»Ich hab Omi lieb«, rief der jüngere Bruder. »Sagst du ihr das?«

»Ich auch!« Sein Bruder nickte heftig und setzte dann großzügig hinzu: »Rote Kugeln sind okay, wenn ich meine silbernen kriege und die goldenen.«

»Aber auch ganz viele rote!«

Beide Jungen blickten wieder andächtig auf die Tanne.

Laura drehte ihren Kopf ein wenig und bemühte sich, genau aus dem Blickwinkel der Kinder an dem Baum hochzuschauen. Einzelne Kugeln fielen ihr ins Auge, dazu die LED-Kerzen der Lichterkette, die Tilo bereits eingeschaltet hatte. Deren Licht spiegelte sich hie und da in einer Kugel oder einem der silberweißen Zapfen. Sie zoomte einen der Zapfen heran und fotografierte ihn, dann auch eine der Kerzen. Dabei fing sie versehentlich auch Tilos Hand ein, als er die Kerze zurechtrückte. Ohne nachzudenken, knipste sie gleich eine ganze Serie davon.

»Wusste ich doch, dass Sie die Richtige für den Job sind.« Justus war hinter ihr aufgetaucht und hockte sich neben sie, um die Tanne ebenfalls aus dieser Perspektive zu betrachten. »Von hier unten aus wirkt die Tanne geradezu imposant.«

»Ich habe nur versucht, den Blickwinkel der Jungen einzufangen.« Etwas verlegen rappelte Laura sich wieder auf.

»Welche Jungen?«

Auf Justus' verwunderte Frage hin blickte Laura zu dem Sessel, doch die beiden Brüder waren verschwunden. Ebenso wie ihre Mutter. Anscheinend war sie derart in ihre Arbeit vertieft gewesen, dass sie gar nicht bemerkt hatte, wie die junge Familie das Hotel verlassen hatte. »Da waren zwei kleine Jungs, noch im Kindergartenalter …« Sie zuckte mit den Achseln. »Nicht so wichtig.«

»Doch, wenn die beiden Sie zu schönen Fotos inspiriert haben, sind sie definitiv wichtig.«

»Sie sind weg.« Immer noch etwas irritiert suchte Laura mit den Augen die Lobby und durch die gläserne Schiebetür des Eingangs auch den Platz draußen ab, konnte die Kinder jedoch nirgends entdecken.

»Ich hab hier noch mehr Sachen.« Mustapha kam mit einem Korb voller künstlicher Tannengirlanden und Lichterketten aus dem Durchgang hinter der Rezeption.

Entsetzt starrte Laura auf die Dekorationen. »Soll das etwa alles noch hier in der Lobby angebracht werden?«

Justus lachte. »Haben Sie noch nicht die Fotos aus den vergangenen Jahren gesehen? Zu Weihnachten wird das Sternbach regelmäßig zum Weihnachtswunderland. Ab dem ersten Adventswochenende wird zudem die Hintergrundmusik komplett auf Weihnachten umgestellt. Ich habe sogar entsprechende Fahrstuhlmusik besorgt. Elke hat darauf bestanden, weil sie fand, dass sonst das Gesamtbild leiden würde. Oder vielmehr der Gesamtton. Sie ist unsere Weihnachtskitschfürstin, und wagen Sie es bloß nie, ihr hinsichtlich der Deko zu widersprechen.«

»O…kay.« Laura schluckte, als Heiko mit einer weiteren riesigen Kiste hereinkam. »Das kann ja heiter werden.«

»Heiko, warte mal.« In diesem Moment kam Elke ebenfalls in die Lobby gehastet. »Hast du schon die Tannenzweige aus der Gärtnerei Kilian abgeholt?«

»Nein, wollte ich nach der Mittagspause machen.« Der junge Hausmeister stellte die Kiste auf dem Boden ab.

»He, nicht mitten in der Lobby«, protestierte Tilo sofort und gab Heiko mit wedelnden Händen zu verstehen, dass er die Kiste zur Seite rücken sollte. »Einen Beinaheunfall hatten wir heute schon mit der armen Laura. Das reicht doch wohl, oder?«

»Schon gut.« Heiko schob die Kiste mit den Füßen aus dem Weg.

Elke hatte mittlerweile Justus und Laura erreicht. »Na, haben Sie schon ein paar hübsche Fotos geschossen? Ich bin ja schon gespannt. Heiko kann Ihnen übrigens auch ein paar Tannenzweige mitgeben für Ihr Haus. Er bringt sie auch für Sie an, wenn Sie möchten.«

»Nein!« Laura erschrak selbst, weil sie ihre Ablehnung viel zu laut hervorgestoßen hatte. »Nein, das ist nicht nötig. Ich schmücke meine Wohnung nicht.«

»Gar nicht?« Elke musterte sie zweifelnd.

»Nein. Wie ich schon sagte, ich bin kein Weihnachtsfan.«

»Darf ich mal?« Justus nahm ihr das Smartphone aus der Hand und blätterte durch die Fotos, die sie von den Deko-Arbeiten gemacht hatte. »Interessant, dafür haben Sie aber ausgesprochen schöne Bilder gemacht. Richtig romantisch und festlich.«

»Habe ich das?« Sie warf selbst einen Blick auf die Bilder und musste zugeben, dass sie gut geworden waren. Vor allem die, auf denen Tilos Hand zu sehen war, und die Nahaufnahmen von Mustapha auf der Leiter mit der Girlande. Auch die Fotos aus dem Blickwinkel der Kinder waren sehr stimmungsvoll geworden.

»Na ja.« Sie zuckte mit den Schultern. »Nur weil ich Weihnachten nicht mag, bedeutet das ja nicht, dass ich nicht weiß, welche gängigen Erwartungen an weihnachtliche Stimmung erfüllt werden müssen, um die breite Masse anzusprechen. Ein bisschen Flitter und Glitzer, Tannengrün und bunte Glaskugeln, und alle sind glücklich und zufrieden. Die passenden Posts für die sozialen Netzwerke kann ich gerne später noch zusammenstellen. Zu dieser Jahreszeit ziehen möglichst romantisch verklärte Familienthemen am besten.«

Justus hüstelte. »Das klingt ziemlich zynisch.«

»Es ist realistisch. Weihnachten ist die Zeit für Schneeflocken und Glitzerkram, im wörtlichen wie im übertragenden Sinne. Das werden wir uns selbstverständlich zunutze machen.«

Mit hochgezogenen Augenbrauen sah Justus sie an. »Wer sind Sie? Der Grinch?«

Laura wandte sich ab. »Vielleicht. Aber das wird meine Arbeit für Sie nicht beeinträchtigen, das versichere ich Ihnen.« Plötzlich hatte sie das dringende Bedürfnis wegzulaufen.

»Wenn Sie es sagen.« Justus trat einen Schritt auf sie zu.

»Sie können sich darauf verlassen.« Laura wich zurück. »Entschuldigen Sie mich bitte, ich muss mich jetzt um die Fotos und meine übrige Arbeit kümmern.« Hastig stürzte sie davon, hatte Glück, dass der Aufzug gerade unten angekommen war, und trat rasch durch die Tür. Im dritten Stock angekommen, rannte sie zu ihrem Büro, stieß die Tür auf und warf sie hinter sich wieder ins Schloss.

Einen derartigen Panikanfall hatte sie lange nicht gehabt. Als junges Mädchen war es ihr manchmal so gegangen, wenn sie durch die adventlich geschmückten Straßen Berlins gegangen war oder später einer anderen Stadt, in die sie das Jugendamt verfrachtet hatte. Jedoch nicht mehr, seit sie erwachsen war und sich beherrschen konnte.

Laura versuchte, tief durchzuatmen. Doch genau in dem Moment sah sie die hölzerne Weihnachtspyramide auf ihrem Fensterbrett und den leuchtend roten Weihnachtsstern im bunten Motivübertopf auf ihrem Schreibtisch. Daneben stand ein Windlicht mit einer Kerze, die mit tanzenden Weihnachtswichteln verziert war. Auf dem halbhohen Aktenschrank neben der Tür stand ein klassischer Adventskranz mit dicken roten Kerzen.

»Nein«, stieß sie hervor und schluckte hart. »Nein, nein, nein!« Verzweifelt, weil sie den Anblick der Dekoration nicht ertragen konnte, und wütend, weil es offenbar niemand für nötig gehalten hatte, sie zu fragen, ob sie damit einverstanden war, schnappte sie sich die Pyramide und den Weihnachtsstern, um beides hinaus in den Flur zu stellen. In ihrer Hast fegte sie das Windlicht zu Boden, wo es auf den Fliesen klirrend in hundert Scherben zersprang.

Ohne weiter darauf zu achten, riss sie die Tür auf und knallte Pyramide und Pflanze einfach auf den Boden, der Adventskranz folgte nur Augenblicke später. Zornig warf Laura die Tür wieder zu und sah sich mit klopfendem Herzen nach einem Kehrblech um. Hatte sie nicht irgendwo eines hier? Sie fand es nicht, also verließ sie das Büro erneut, um im Putzmittelraum nachzusehen. Dabei stolperte sie beinahe über den Weihnachtsstern und war kurz davor, ihm einen Tritt zu versetzen, entschied sich aber doch dafür, schnell zur Putzkammer zu kommen. Wütend durchforstete Laura den kleinen Raum, fand endlich, was sie suchte, und kehrte ins Büro zurück. Sie war gerade dabei, auf allen vieren die Scherben unter dem Schreibtisch hervorzukehren, als es leise klopfte und die Tür geöffnet wurde. »Ich bin beschäftigt«, knurrte sie ungehalten.

»Das sehe ich.« Justus ging neben ihr in die Hocke und legte eine Hand auf ihre, mit der sie den Handbesen viel zu fest umklammert hielt. »Ganz ruhig. Die Kerze kann Ihnen nichts tun.«

»Was?« Unwillig entzog sie ihm ihre Hand wieder.

Er lächelte leicht und deutete auf die Kerze, die gegen ihr Knie gerollt war. »Die Kerze wird Sie nicht angreifen. Sie brauchen nicht mit dem Besen nach ihr zu schlagen.«

»Sehr witzig.« Unbeirrt kehrte Laura weiter Scherben und Deko-Sand aufs Kehrblech.

»Was ist denn los?« Justus legte ein paar größere Scherben dazu. »Warum sind Sie so aufgebracht?«

»Ich bin nicht …«, seufzend brach sie den Satz ab, erhob sich und hätte sich beinahe den Kopf an der Tischkante gestoßen. Mit einem erbosten Schnauben schüttete sie die Überreste des Windlichts in den Papierkorb und wollte sich nach der Kerze bücken, um sie ebenfalls wegzuwerfen. Justus hatte sich auch erhoben und gleichzeitig nach der Kerze gegriffen, ließ sie aber nicht los, als Laura sie umfasste. So standen sie einander für einen langen Moment schweigend gegenüber, bis sie ihre Finger widerwillig von der Kerze löste.

Bedächtig legte Justus die Kerze auf den Schreibtisch und ergriff Lauras Hände. »Möchten Sie mir erzählen, weshalb Sie wegen ein bisschen Weihnachtsdeko dermaßen von der Rolle sind?«

»Nein.«

»Warum nicht?«

Sie wandte sich ab. »Weil es Sie nichts angeht.«

»Okay.«

»Ich bin nicht von der Rolle.« Abrupt drehte sie sich wieder zu ihm um. »Ich bin nur …«

»… der Grinch.« Um seine Mundwinkel zuckte es leicht.

»Das ist meine Sache. Ich muss mich jetzt um die Bilder kümmern und die passenden Texte und …« Sie tastete nach ihrem Smartphone, fand es jedoch nicht in ihrer Hosentasche.

Lächelnd hielt Justus es ihr hin. »Sie haben es unten vergessen.«

»Oh.« Verlegen schnappte sie sich das Handy und riss die Schreibtischschublade auf, um ein Verbindungskabel herauszunehmen.

»Waren die Weihnachtsfeste im Kinderheim so schrecklich?«

»Ja.« Sie verband das Handy mit ihrem Laptop. »Nein. Es ist nicht so übel, wie man oft in Filmen sieht. Die Betreuer geben sich viel Mühe, es den Waisen so angenehm wie möglich zu machen.« Sie vermied es, ihn anzusehen, und konzentrierte sich ganz darauf, die Fotos auf die Festplatte des Computers zu kopieren.

»Aber trotzdem ist es etwas anderes als in einer Familie.«

»Weil man keine Familie hat. Nur gutmeinende Erwachsene und andere Waisen, denen es auch nicht besser geht als einem selbst.«

»Deshalb mögen Sie Weihnachten also nicht.«

»Ja.« Sie hörte, dass ihre Stimme leicht schwankte, und ärgerte sich maßlos darüber.

»Ist das alles?«

»Ja.«

Justus trat nah an den Tisch heran und stützte sich mit beiden Händen auf der Platte ab. »Ganz sicher?«

Sie sah ihn noch immer nicht an. »Ich muss arbeiten. Entschuldigen Sie mich jetzt bitte.«

»Na gut.« Er wandte sich ab und ging zur Tür. Ehe sie jedoch aufatmen konnte, drehte er sich noch einmal zu ihr um. »Laura?« Erst als sie den Kopf hob, sprach er weiter. »Ich dachte, wir wären uns einig, dass es nicht von Vorteil ist, wenn Sie Ihren Chef anlügen.« Ohne auf eine Reaktion ihrerseits zu warten, verließ er den Raum und schloss leise die Tür hinter sich. Sie konnte hören, dass er offenbar die ausgesetzten Dekorationen aufhob und mitnahm.

Unglücklich und innerlich aufgewühlt presste sie die Handballen gegen ihre Augen. Sie hatte überreagiert wie schon lange nicht mehr. Vollkommen irrational und nur wegen ein paar kitschiger Deko-Artikel. Ab sofort würde sie sich zusammenreißen. Am besten fing sie gleich damit an, indem sie die passenden Texte zu den Fotos verfasste und zu einem Fotoalbum für Facebook und etwas ausführlicher für den Blog zusammenstellte.

9. Kapitel

Stöhnend massierte Laura sich zwei Stunden später die Schläfen, hinter denen es unheilvoll pochte. Sie hatte mehrere kurze Postings und zwei Blogartikel verfasst und die heutigen Fotos zusammen mit denen, die Viola ihr über die Firmencloud übermittelt hatte, zu ansprechenden Galerien zusammengestellt. Inzwischen war die Mittagszeit längst vorbei, und in ihrem Magen hatte sich ein Gefühl gähnender Leere breitgemacht. Sie wusste jedoch aus Erfahrung, dass ihr nur schlecht werden würde, wenn sie etwas aß, solange sie mit dieser hinterhältigen Art von Kopfschmerz kämpfte. Das Einzige, was dagegen half, war Yoga, und sie überlegte bereits, ob sie sich zu ein paar Übungen auf dem Fußboden durchringen sollte. Ein kurzes Pochen an ihrer Tür und das Eintreten der ausgesprochen gut gelaunten Elke ließ sie den Plan wieder verwerfen.

»Laura? Oh, gut, Sie sind da. Ich hoffe, wir stören Sie nicht … Halt, Lizzy, Stopp! Nicht so wild.«

Hallo, hallo, hallo, liebe Laura. Das ist aber schön, dass ich dich endlich mal wiedersehe. Ich hab dich schon vermisst, jawohl. Magst du mich mal streicheln? Moment, mit ein bisschen Anlauf schaffe ich es sogar …

»Huch!« Laura hatte sich aufgerichtet und war mit ihrem Bürostuhl ein wenig rückwärtsgerollt. Prompt sprang Lizzy ihr mit Anlauf auf den Schoß, stützte sich mit den Vorderpfoten an ihrer Brust ab und leckte ihr mit der nassen rosa Zunge übers Kinn. »Wo kommst du denn her, Kleine?« Vergeblich versuchte sie, die quirlige und heftig wedelnde Hündin abzuwehren.

Na woher schon? Von zu Hause natürlich. Aber da soll ich nicht allein bleiben, also bin ich mit Elke hergekommen. Na, freust du dich genauso, mich zu sehen wie ich dich?

»Schon gut, schon gut!« Laura kicherte, als die kleine Hündin nun auch noch auf ihrem Schoß auf und ab zu hopsen begann. »Das ist ja vielleicht eine Begrüßung.«

»Entschuldigen Sie bitte, die kleine Maus sollte eigentlich nicht gleich einen frontalen Überfall auf Sie verüben.« Elke schnalzte mit der Zunge, lächelte dabei aber amüsiert. »Komm, Lizzy, runter da.«

»Nein, schon gut.« Unwillkürlich hatte Laura begonnen, die Hündin zu streicheln und hinter den Ohren zu kraulen, was Lizzy offensichtlich gut gefiel, denn sie stieß fröhlich fiepende Laute aus.

Das tut guuut. Das ist sooo schööön. Bitte nicht aufhören!

»Na gut, da hast du ja noch mal Glück gehabt, Lizzy.« Elke schüttelte vergnügt den Kopf. »Die Maus ist wirklich eine Menschenfreundin. Ich wette, sie würde sogar einen Einbrecher mit Freude und vollem Hundecharme begrüßen.«

Nein, würde ich nicht. Ich bin doch ein Wachhund. Na ja, zugegebenermaßen ein ziemlich kleiner, aber trotzdem. Ich bin total mutig! Also, wenn es sein muss. Muss es das? Ich hoffe nicht. Hach, ich lass mich lieber knuddeln!

»Kann ich etwas für Sie tun?« Laura blickte fragend zu Elke auf, die sich daraufhin auf den Besucherstuhl setzte.

»Ja, deshalb bin ich hier. Ich hätte eine kleine Bitte an Sie, aber Sie dürfen auch ablehnen, wenn es Ihnen nicht passt oder zu viel ist.«

»Worum geht es denn?« Laura hoffte nur, dass es nicht wieder etwas mit Weihnachtsdekorationen zu tun hatte.

»Ja, wissen Sie, ich bin heute Abend mit Otto zu einem Konzert in Köln verabredet, und Hans hat eine Stadtratssitzung. Na ja, und weil Margit sich heute mit einigen Damen aus dem Komitee des St.-Martins-Wohltätigkeitsbasars trifft, um die Verwendung der Erlöse der Veranstaltung von vergangener Woche zu besprechen, wäre Lizzy den ganzen Abend allein. Deshalb dachten wir uns, dass Sie sich vielleicht ein paar Stunden um sie kümmern könnten. Selbstverständlich nur, wenn Ihnen das nichts ausmacht.«

»Oh.« Damit hatte Laura überhaupt nicht gerechnet. Unsicher blickte sie auf die Hündin, die sich inzwischen auf ihrem Schoß zusammengerollt hatte und mit erwartungsvollem Blick zu ihr aufsah.

Sag Ja, Laura, bitte, bitte. Das wird bestimmt lustig mit uns beiden!

Laura zögerte. »Ja, also, das ist …«

»Sie würden uns einen großen Gefallen tun. Natürlich könnte ich auch Ricarda fragen oder Viola oder die Jungs, aber die Mädels wollten heute, glaube ich, auch noch irgendwohin, und Patrick hat so viel mit seiner Firma zu tun …«

»Na gut, einverstanden.« Sachte strich Laura Lizzy über den Kopf. »Ich habe heute Abend nichts Besonderes vor, also warum nicht?«

»Ah, gut.« Erleichtert atmete Elke auf. »Die Maus wird sich auch ganz bestimmt gut benehmen. Das wirst du doch, nicht wahr, Lizzy?«

Tue ich das nicht immer? Na gut, außer wenn mich mal der Schalk reitet. Aber bitte sehr, ich bin noch klein und verspielt und hecke gerne lustige Streiche aus. Lizzy bellte kurz und hell und wedelte wieder so heftig mit der Rute, dass ihr gesamter Körper in Bewegung geriet.

»Darf ich Lizzy gleich bei Ihnen lassen? Die Leine können Sie ihr hier drinnen abnehmen, und unten an der Rezeption steht eine kleine Tasche mit Futter, Leckerlis und etwas Spielzeug. Ich danke Ihnen vielmals. Wissen Sie, Otto hat mich mit den Karten für das Konzert vollkommen überrascht. Ich wusste nicht einmal, dass es stattfindet. Rock-Klassiker, die vom Philharmonie-Orchester klassisch interpretiert werden.

Ich liebe so was. Das wusste Otto natürlich, aber der verrückte Kerl hat mir bis eben nichts davon gesagt. Ich hätte ihm am liebsten die Ohren lang gezogen, denn was wäre gewesen, wenn ich heute schon etwas anderes vorgehabt hätte? Männer!« Lachend winkte sie ab. »Alle gleich.«

»Sie haben ein Date mit Otto, unserem Oberkellner?« Überrascht musterte Laura ihr Gegenüber.

»Ein Date? Ach was, natürlich nicht!« Mit einem noch etwas lauteren Lachen hob Elke abwehrend die Hände. »Nein, wo denken Sie denn hin? Wir sind bloß gute Freunde, und das schon seit einer Ewigkeit. Genau genommen seit unserer Schulzeit. Er war schon immer ein furchtbar aufmerksamer Mensch und natürlich ein Charmeur, wie Sie bestimmt schon bemerkt haben werden. Nach dem Tod meines Mannes hat er sich sehr um mich gekümmert, und seither gehen wir ab und zu gemeinsam zu Konzerten oder ins Theater. Sie wissen schon: was Freunde eben miteinander unternehmen.«

»Aha.« Laura fragte sich, ob Elke bewusst war, dass sich ihre Wangen gerötet hatten und dass sich ihre Zunge beinahe überschlug, während sie sprach. »Na, dann wünsche ich Ihnen einen schönen Abend.« Sie blickte erneut auf Lizzy hinab. »Und wir beide werden es uns dann wohl bei mir zu Hause gemütlich machen, was?«

Oh ja, sehr gerne! Lizzy stieß ein kurzes, freudiges Bellen aus.

Elke gluckste. »Die Kleine versteht jedes Wort, ich schwöre es.«

»Ich fürchte übrigens, dass der Holzvorrat für meinen Ofen bald aufgebraucht ist. An wen muss ich mich denn wenden, damit er aufgefüllt wird?«

»An Patrick am besten. Aber lassen Sie mal, das erledige ich rasch für Sie. Ich muss ihn sowieso noch kurz anrufen, dann sage ich ihm Bescheid, dass er Ihnen eine neue Fuhre bringt.«

»Danke, das ist nett.« Laura warf einen Blick auf den Bildschirm ihres Laptops, weil ihr E-Mail-Programm einen Signalton abgegeben hatte. Als sie den Absender der eingegangenen Nachricht erkannte, schluckte sie hart.

»Stimmt etwas nicht?« Elkes Blick entging so leicht nichts, und sie lehnte sich prompt ein wenig vor. »Sie sind ja ganz blass geworden. Schlechte Nachrichten?«

»Nein. Ja.« Laura fuhr sich mit der Hand über die Stirn. »Es ist etwas Privates, darum muss ich mich später kümmern. Das hat hier bei der Arbeit nichts zu suchen.«

»Es scheint aber etwas sehr Wichtiges zu sein, das Sie belastet.« Besorgt streckte Elke die Hand aus und berührte Laura am Arm. »Wir sind hier wie eine große Familie, das sollten Sie doch schon bemerkt haben. Wenn es also etwas gibt, wobei ich oder jemand anderer hier Ihnen helfen kann …«

»Nein.« Laura presste kurz die Lippen zusammen. »Oder … gibt es hier im Ort eine Möglichkeit, Sachen einzulagern? Möbel, Hausrat und so etwas?«

»Solche mietbaren Lagerräume, meinen Sie?« Überrascht zog Elke die Stirn in Falten und lehnte sich wieder in ihrem Stuhl zurück. »Nein, hier in der Stadt nicht. Jedenfalls ist mir davon nichts bekannt. In Köln gibt es so etwas aber ganz bestimmt. Warum? Müssen Sie Ihre alten Möbel irgendwo einlagern? Ich dachte, Sie hätten in Köln eine Eigentumswohnung. Oder möchte Ihr Mieter lieber seine eigenen Sachen mitbringen? Das wäre natürlich verständlich.«

»Nein, es geht nicht um meine Möbel, sondern um die …« Laura spürte, wie sich in ihrem Magen ein schmerzhafter Ball formte. »Es sind die Möbel meiner Eltern und alles, was sonst noch aus unserer alten Wohnung in Berlin übrig ist. Man hat mir damals einen Vormund vom Jugendamt bestellt, und der hat dafür gesorgt, dass alle Sachen, die meinen Eltern gehörten, eingelagert wurden. Rechtlich gesehen gehörten sie ja mir, aber als minderjährige Waise …«

»Ich verstehe. Und nun wollen Sie die Sachen gerne hierherholen, damit Sie sie näher bei sich haben?« Ein mitfühlender Ausdruck erschien auf Elkes Gesicht.

»Nein!« Wieder musste Laura sich zügeln, weil sie die Antwort zu schnell und laut ausgestoßen hatte. »Nein, die Sache liegt anders.« Sie war schon seit einer Ewigkeit nicht mehr in dem Lagerhaus in Berlin gewesen, hatte es tunlichst vermieden, überhaupt nur daran zu denken. »Ich habe heute Morgen erfahren, dass das Lagerhaus abgerissen werden soll. Offenbar wird es einem Einkaufszentrum weichen. Alle Mieter von Lagerräumen in dem Gebäude sind aufgefordert, ihre Sachen innerhalb von vier Wochen anderswo unterzubringen.«

»Oh, aha.« Elke verzog die Lippen zu einem verständnisvollen Lächeln. »Das klingt, als wären Sie alles andere als glücklich darüber. Mal abgesehen von dem Aufwand ist es sicherlich auch nicht ganz einfach, sich mit den Sachen Ihrer Eltern zu befassen, oder?«

Laura atmete hörbar aus. »Dieser Teil meines Lebens ist lange vorbei. Vielleicht hätte ich die Sachen längst entsorgen sollen.«

»Ach nein, keinesfalls!« Vehement schüttelte Elke den Kopf. »Das sind doch alles Erinnerungsstücke an Ihre Eltern. Es ist doch nur natürlich, dass Sie daran hängen, auch wenn es schwerfällt, sich damit zu beschäftigen. Aber vielleicht können wir Ihnen ja auch damit helfen. Ich rede mal mit Hans, vielleicht fällt ihm etwas ein. Und falls nicht, können Sie immer noch eine Räumlichkeit in Köln mieten.« Elke erhob sich und ging zur Tür. »Ich sage Ihnen Bescheid, wenn uns etwas einfällt, und nochmals danke, dass Sie sich um Lizzy kümmern. Sie sind ein Schatz.«

***

Das war aber nett, dass du mit mir noch mal so schön spazieren gegangen bist. Dabei ist es schon ganz dunkel und auch ziemlich kalt. Ich glaube, ich rolle mich jetzt mal irgendwo zusam-

men, wo es schön weich und kuschelig warm ist. Zum Beispiel hier auf der Couch.

»Halt, warte mal, Lizzy!« Laura schaffte es gerade noch, der kleinen Westie-Hündin das Geschirr abzunehmen, als diese auch schon wie der Blitz in den Wohnbereich sauste und mit einem Satz auf das Sofa sprang. Dort drehte sie sich mehrmals um sich selbst und ließ sich dann mit einem zufriedenen Schnauben zwischen zwei Kissen nieder.

»Du bist ja ganz schön verwöhnt, was?« Schmunzelnd hängte Laura die Leine samt Geschirr an den Griff des Garderobenschranks.

Ach, nur ein wenig. Weißt du, das ist der Vorteil, wenn man so klein ist wie ich. Da stört es niemanden, wenn man sich ein Plätzchen auf der Couch aussucht. Setz dich aber bitte nicht versehentlich auf mich drauf. Lizzy sah sie mit wachem Blick an und wedelte leicht mit der Rute.

Laura lachte. »Du verstehst wirklich alles, was wir sagen, oder?«

So ziemlich alles, ja. Warum denn auch nicht? Ich bin schließlich nicht dumm. Nur manchmal begreife ich euch Menschen nicht, weil ihr hin und wieder Dinge tut, die vollkommen seltsam sind. Aber vielleicht komme ich ja eines Tages dahinter, was ihr damit bezweckt. Ich bin ja noch jung und habe viel Zeit zum Lernen. Lizzy hielt den Kopf ein wenig schräg und hechelte, sodass es aussah, als lächle sie.

»Ich muss jetzt mal nach dem Ofen sehen. Halt hier solange die Stellung, ja?«

Klar, kein Problem. Ich bin jetzt eh müde und werde eine Runde schlafen.

Als Lizzy den Kopf auf ihren Pfoten ablegte, schmunzelte Laura und begab sich rasch hinunter in den Keller. Irgendwie war es angenehmer als gedacht, einen Hund um sich zu haben. Sie hatte seit Barney nie wieder ein Haustier besessen, es auch gar nicht gewollt. Die Verantwortung für ein Tier hatte sie abgeschreckt, und außerdem hätte sie überhaupt keine Zeit für einen Hund gehabt. Ihre Karriere war ihr wichtiger gewesen als die Gesellschaft einer Fellnase.

Der Ofen war heute ausnahmsweise ganz ausgegangen, also schichtete sie frisches Holz in die Brennkammer und gab ein Stück Grillanzünder dazu, so wie Justus es ihr gezeigt hatte. Inzwischen kam sie ganz gut mit dieser Heizmethode zurecht. Allerdings würden die wenigen Scheite, die noch in der Kiste lagen, nicht mehr ausreichen, um den Pufferspeicher voll durchzuheizen. Patrick hatte ihr am späten Nachmittag eine WhatsApp geschickt, in der er ihr versprochen hatte, noch am Abend eine neue Fuhre Scheitholz zu bringen. Sie hoffte, dass er es nicht vergessen hatte.

Noch während sie überlegte, ob sie sich zum Abendbrot nur ein Brötchen aufbacken oder lieber eine Tiefkühlpizza in den Ofen schieben sollte, hörte sie von oben Lizzys Gebell und gleich darauf das Brummen eines starken Automotors. Vermutlich Patricks Pick-up. Laura kontrollierte noch einmal die Regler am Ofen und eilte dann ins Erdgeschoss, um Patrick falls nötig beim Abladen zu helfen.

Lizzy wuselte zwar bellend um ihre Füße herum, blieb aber brav im Haus, als Laura sich eine Jacke überwarf und nach draußen trat.

Zunächst sah sie nur die Schnauze des Pick-ups seitlich vom Haus, dann hörte sie ein metallisches Ratschen und Knirschen. Als sie den Wagen erreichte, polterte etwas. »Guten Abend, Patrick. Danke, dass Sie das Holz heute noch gebracht haben. Der Vorrat ist so gut wie alle – und ich …« Sie stockte, als nicht Patrick, sondern Justus hinter der Ladefläche des Pick-ups hervortrat. Er trug nicht mehr den schicken grauen Anzug von tagsüber, sondern Bluejeans und ein dunkelblaues Sweatshirt. Darüber eine gefütterte dunkelbraune Cordjacke.

Lächelnd trat er auf sie zu. »Hallo Laura. Patrick musste

noch mal weg, irgendwas mit dem Sägewerk klären, deshalb bin ich eingesprungen. Ich hoffe, das stört Sie nicht.«

»Weshalb sollte es?« Laura ignorierte standhaft ihren leicht aus dem Takt geratenen Herzschlag, den sie sowieso nur der Erinnerung an das etwas unangenehme Gespräch vom Vormittag zuschrieb. »Kann ich Ihnen irgendwie helfen?«

»Nicht nur irgendwie. Hier.« Er reichte ihr ein Paar Arbeitshandschuhe, die ihr zwar zu groß waren, jedoch ihren Zweck erfüllten. »Ich habe die Klappe schon geöffnet, jetzt können wir das Holz unten in die Box werfen. Zu zweit geht das deutlich schneller als allein.«

»Okay.« Sie folgte ihm und begann, einzelne Scheite von der Ladefläche durch die Öffnung zu werfen. Justus nahm immer gleich mehrere; die fallenden Holzstücke produzierten einen Höllenlärm beim Aufprall in der Gitterbox. »Das dürfte man in der Stadt so aber nicht machen«, rief sie über den Krach hinweg.

Justus hielt für einen Moment inne. »Stimmt, das ist eher etwas für abgelegenere Wohnhäuser. Obwohl man natürlich auch ein anderes System zum Befüllen des Lagers benutzen könnte. Dieses Haus ist ja nur ein Prototyp und liegt natürlich weitab von den nächsten Nachbarn. Ich nehme an, dass Patrick für die Ferienhaussiedlung etwas anderes plant. Vermutlich wird er dort auf automatisch befeuerte Pelletheizungen oder Hackschnitzel setzen. Die meisten Urlauber haben ja wahrscheinlich keine Lust, sich um den Ofen zu kümmern. Zumal diese Öfen ja auch nicht ganz intuitiv zu bedienen sind und das ein erhebliches Beschwerderisiko birgt, wenn ständig irgendwo die Heizung ausfällt.«

»Ja, das stimmt vermutlich. In einer einsamen Berghütte in den Alpen wäre das wohl etwas anderes.« Versuchsweise nahm Laura diesmal zwei Scheite, danach drei, doch mehr konnte sie beim besten Willen nicht mit ihren kleinen Händen festhalten. »Ich schätze, morgen habe ich Muskelkater.«

Justus griff wieder nach vier Scheiten gleichzeitig und warf sie durch die Klappe. »So unsportlich sehen Sie gar nicht aus, dass das bisschen Holzheben Ihnen gleich zusetzt.«

»Ich mache täglich Yoga, aber das hier ist doch ein bisschen anders.« Beim Gedanken an die Übungen, die sie eigentlich gleich noch machen wollte, meldete sich prompt erneut der Kopfschmerz vom Nachmittag zurück.

»Geht es Ihnen nicht gut?« Justus warf die nächste Ladung in die Box. »Sie haben gerade das Gesicht so verzogen, als hätten Sie Schmerzen.«

»Nur ein bisschen Kopfweh.« Energisch zerrte Laura zwei weitere schwere Scheite aus dem allmählich kleiner werdenden Haufen auf der Ladefläche. »Das vergeht schon wieder.«

»Vielleicht sollten Sie sich mal von Viola massieren lassen. Sie besitzt regelrechte Zauberhände, die jede noch so hartnäckige Verspannung mit Leichtigkeit in die Flucht schlagen.«

»Ja, vielleicht sollte ich mir das wirklich mal vornehmen.«

»Und danach eine Runde in den Whirlpool oder unsere Salzgrotte. Danach fühlen Sie sich wie neugeboren.«

»Klingt verlockend.« Laura wuchtete zwei weitere Scheite durch die Klappe.

»Haben Sie überhaupt schon mal eines unserer Angebote im Hotel oder drüben im Resort ausprobiert?«

»Nein.« Laura hielt inne. »Das wäre wohl nicht sehr angemessen.«

»Warum nicht?« Verblüfft wandte er sich ihr zu.

»Weil Sie mich nicht fürs Faulenzen oder Massiertwerden bezahlen, und in meiner Freizeit habe ich anderes zu tun.«

»So, was denn zum Beispiel?« Er schüttelte leicht den Kopf und begann erneut, Scheite in die Box zu werfen. »Wie wollen Sie denn effektiv Werbung für uns machen, wenn Sie nicht mal alle unsere Wellness-Angebote ausprobiert haben?«

»Das Thema hatten wir an meinem ersten Abend doch bereits. Ich muss keinen Fisch mögen, um für Fisch zu werben.«

»Mag sein, aber im Fall unserer Hotels bestehe ich darauf, dass Sie sich einen persönlichen Überblick über alles verschaffen, was wir in puncto Wellness-Anwendungen zu bieten haben. Vielleicht sollten Sie sogar mal ein paar Nächte im Hotel und im Resort übernachten.«

»Das geht ja wohl doch ein bisschen weit, finden Sie nicht?«

»Überhaupt nicht. Aus meiner Familie haben das alle schon gemacht.«

»Ihnen gehören die Hotels ja auch. Ich bin fürs Marketing angestellt und …«

»Und ich halte es für unerlässlich, dass Sie sich genau darüber informieren, was Sie für uns vermarkten sollen.« Er lehnte sich weit über die Ladefläche und zog die restlichen Holzscheite näher heran. »Keine Widerrede, das ist eine Anordnung Ihres Chefs. Oder wollen Sie mich jetzt nicht nur anlügen, sondern auch noch an Sie gerichtete Anweisungen verweigern?«

Laura erstarrte mitten in der Bewegung und ließ das Holzstück, das sie gerade angehoben hatte, zurück auf die Ladefläche fallen. »Ich habe Sie nicht angelogen.«

»Nicht?«

»Nein.« Sie streifte erbost die Handschuhe ab und warf sie neben das Holz.

»Zumindest haben Sie mir einen Teil der Wahrheit absichtlich verschwiegen.« Unbeeindruckt griff Justus nach den restlichen Scheiten und warf sie in die Box, dann schloss er die Heckklappe und verriegelte sie.

Laura trat an die Luke und wollte sie schließen, merkte aber, dass sie ihr zu schwer war, und fluchte.

Justus tauchte neben ihr auf und ließ die Klappe mit wenigen Handgriffen einrasten, dann streifte auch er seine Handschuhe ab und warf sie zu ihrem Paar auf die Ladefläche. »Haben Sie Hunger?«

»Was?« Irritiert hob sie den Kopf.

Er lächelte friedfertig. »Sie sehen aus, als ob Sie etwas zu essen vertragen könnten. Sie haben den ganzen Tag keine Pause gemacht. Glauben Sie nicht, dass mir so etwas entgeht.«

»Ich war beschäftigt.«

»Pizza?«

»Pizza?« Verständnislos starrte sie ihn an. Hinter ihrer Stirn und den Schläfen pochte es wieder schlimmer. »Danke für das Holz. Ich nehme an, dass ich von Patrick eine Rechnung erhalte? Ich muss jetzt wieder ins Haus und …«

»Etwas essen.« Er hielt sie am Arm fest, bevor sie die Flucht ergreifen konnte. »Vertrauen Sie mir?«

»Warum fragen Sie das?« Die Berührung ließ sie kribbelig werden, deshalb entzog sie sich ihm rasch wieder.

Justus fischte sein Handy aus der Innentasche seiner Jacke und wählte eine Nummer im Kurzwahlspeicher. »Luigi? Hier ist Justus Sternbach. Bitte zweimal Pizza Mexicana zu Patricks Blockhaus.« Er musterte Laura lächelnd. »Ja, ruhig zweimal die große. Aber lass die Peperoni weg und bitte auch den Knoblauch, sonst werden uns die Hotelgäste morgen hassen.« Er lachte. »Ja, pack was Süßes dazu, wir lassen uns überraschen. – Was heißt hier, ich habe mich verraten? Ich habe nie behauptet, mit Patrick hier zu sein. In seinem Haus wohnt jetzt unsere neue Marketingchefin. – Na, na, nur keine voreiligen Schlüsse. Eine Pizza ist nur eine Pizza. – Halbe Stunde? Perfekt. Mach's gut!« Er wandte sich wieder Laura zu. »In einer halben Stunde werden Sie die beste Pizza kosten, die Sie jemals außerhalb Italiens gegessen haben.«

»Werde ich das?« Wenig begeistert verzog sie die Lippen.

»Und wie Sie das werden! Und bis das Essen geliefert wird, gehen wir ins Haus, und Sie erzählen mir, weshalb Sie heute so kratzbürstig sind.«

10. Kapitel

»Das ist also dein Plan, Santa?« Die Ehefrau des Weihnachtsmanns stand mit in die Hüften gestemmten Händen vor der
Videowand und kräuselte skeptisch die Lippen. »Bist du sicher, dass das gut geht?«

»Das werden wir sehen, wenn sich die Dinge weiterentwi-
ckeln.« Santa Claus gesellte sich zu ihr und beobachtete ebenfalls interessiert, was auf dem Bildschirm vor sich ging, der
Laura und Justus vor dem Blockhaus zeigte.

»Ja, falls sie sich entwickeln. Da sehe ich aber im Moment
nicht einmal die allerkleinsten Ansätze.«

»Doch, doch, du musst nur genau hinsehen. Lizzy ist bei
Laura im Haus, das ist immer gut, obwohl es nicht mein Ver-
dienst ist. Elke hatte diese Idee. Die Frau ist wirklich patent.
Und jetzt ist auch noch Justus dort, das halte ich sogar für eine
recht vielversprechende Entwicklung.«

»Nicht wenn Laura sich weiterhin gegen seine Freundlichkeit sperrt. Verständlicherweise, wie ich hinzufügen möchte.«
Streng sah Santas Frau ihn von der Seite an. »Wie hast du das
mit dem Lagerhaus überhaupt hinbekommen?«

»Oh, das war einfach. Ich musste nur ein paar Strippen ziehen. Die Firma, die es kaufen wollte, um dort dieses Einkaufszentrum zu bauen, bemüht sich schon sehr lange darum, bisher
aber ohne viel Erfolg. Meine Elfen haben dem Lagerhauseigen-
tümer ein bisschen Mut zugeflüstert, sich von dem Objekt zu
trennen. Für die Mieter ist es nicht allzu schlimm, weil es rund
um Berlin mehrere deutlich günstigere Lagerstätten gibt.«

»Laura hätte aber doch auch beschließen können, dass sie
die Sachen ihrer Eltern einfach ins nächstbeste Lagerhaus

überführen lässt.« Die Frau des Weihnachtsmanns tippte sich besorgt gegen die Unterlippe. »Diese Möglichkeit steht immer noch im Raum.«

»Nein, tut sie nicht. Bei Laura liegt die Sache ganz anders. Sie hängt sehr an den Sachen, und ich bin ganz sicher, dass sie sich danach sehnt, sie etwas näher bei sich zu haben. Sie gibt es bloß nicht zu, weder sich selbst noch anderen gegenüber.«

»Ja, weil die damit verbundenen Erinnerungen schmerzhaft sind.«

»Schmerzhaft, aber auch schön. Das Schöne muss nur endlich wieder zutage treten.« Santa Claus setzte eine zuversichtliche Miene auf. »Wenn sie noch ein wenig mehr dem unwiderstehlichen Einfluss der Sternbachs ausgesetzt wird, wird ihre Sehnsucht nach Familie und Zusammenhalt von ganz allein erwachen.«

»Wenn du es sagst. Ich fürchte eher, dass sie sich noch mehr zurückzieht, um sich genau davor zu schützen.«

»Nein, Schatz, das wird sie nicht.« Der Weihnachtsmann legte seiner Frau einen Arm um die Schultern. »Sie muss nur wieder lernen, ihren Gefühlen zu trauen … und anderen Menschen.«

»Dazu braucht es aber ein bisschen mehr als Pizza mit Justus.«

»Aber es ist ein guter Anfang.« Santa Claus lachte. »Keine Sorge, die Elfen und ich haben alles weitgehend im Griff und werden dafür sorgen, dass Laura ihr ganz persönliches kleines Weihnachtswunder erlebt.«

»Nur ein kleines? Ich fürchte, da braucht es ein richtig ausgewachsenes Weihnachtswunder.« Santas Frau seufzte.

»Falls nötig auch das, mein Schatz.« Der Weihnachtsmann küsste sie auf die Wange. »Das kriegen wir schon hin.«

✻✻✻

»Ich bin nicht kratzbürstig.« Empört starrte Laura Justus an und ging, da er offenbar nicht vorhatte, sie in Ruhe zu lassen, ihm voran zur Haustür. »Was ist das überhaupt für ein Ausdruck?«

»Der passende für Ihr Verhalten heute.« Justus schloss zu ihr auf und trat dann hinter ihr ins Haus. »Gut, vielleicht nicht ganz das Vokabular, das ein Chef seiner Angestellten gegenüber verwenden sollte, aber mir fiel nichts anderes ein, was eleganter geklungen hätte«, fügte er hinzu.

Nanu, das ist ja Justus. Ach, wie schön, dass du da bist! Ich mag dich, weil du so groß und nett bist und man sich als kleine Hündin in deiner Gegenwart so schön sicher fühlen kann. Komm, streichle mich doch mal, bitte, bitte! Lizzy wuselte um Justus' Füße herum und stieß fröhliche Laute aus, die irgendwo zwischen Bellen und Fiepen lagen.

Sofort ging er in die Hocke und strich ihr sanft übers Fell. »Na, du kleiner Wuschel, geht es dir gut bei Laura?«

Und wie! Sie ist richtig lieb zu mir. So ein Glück, dass sie jetzt hier wohnt und sich um mich kümmern kann, wenn sonst niemand Zeit hat. Lizzy bellte wieder und leckte ihm begeistert über den Handrücken.

Justus erhob sich wieder und lächelte Laura zu. »Lizzy scheint sich ja bei Ihnen wohlzufühlen.«

»Obwohl ich eine Kratzbürste bin?« Laura ging in die Küche und nahm eine Flasche Wasser aus dem Kühlschrank. »Kann ich Ihnen etwas anbieten?«

»Gern.« Er war ihr gefolgt und so dicht bei ihr stehen geblieben, dass ihre Körper sich beinahe berührten, als sie sich zu ihm umdrehte. »Ein Glas Wasser würde ich jetzt auch nehmen.«

In Lauras Magengrube machte sich ein flaues Gefühl breit. Rasch ging sie um ihn herum und entnahm dem Hängeschrank neben der Spüle zwei Gläser. »Sie hätten nicht extra Pizza bestellen müssen. Zwar habe ich heute noch nichts gegessen, aber ein einfaches Brötchen hätte es auch getan.«

»Für Sie vielleicht.« Justus nahm ihr die Wasserflasche ab und öffnete sie. »Ich für meinen Teil habe großen Hunger. Ich bin nämlich seit kurz nach unserer Sitzung auch nicht mehr zum Essen gekommen. Wenn ich Ihnen etwas von den beiden Pizzen übrig lasse, haben Sie Glück.«

»Ach ja?«

»Ich gehöre zur Sorte ausgehungerter Wolf, wenn es um Pizza geht.« Er füllte beide Gläser mit Wasser und verschloss die Flasche wieder. »Unter anderem.«

Eine verräterische Gänsehaut breitete sich über Lauras Rücken aus. Sie reichte Justus etwas zu hastig sein Glas und floh mit ihrem in den Wohnbereich. Lizzy sprang erneut auf die Couch, als Laura sich setzte, und rollte sich neben ihr zusammen.

Justus ließ sich in einem Sessel nieder und streckte lässig die Beine aus, ganz so, als wäre er hier zu Hause. »Sie haben tatsächlich nicht einen Fitzel Weihnachtsdekoration am oder im Haus.« Ehe sie etwas erwidern konnte, fuhr er fort: »Aber mir gefällt die persönliche Note, die Sie der Einrichtung gegeben haben.« Er deutete auf den Strauß Strohblumen auf dem Esstisch. »Der ist aus Tessas Laden, nicht wahr? Dem Blumenladen in der Annastraße.«

»Ja, die Inhaberin hat immer sehr hübsche Gestecke im Angebot.«

»Sie ist eine Künstlerin«, bestätigte Justus. »Ebenso wie ihre Auszubildende. Kati heißt sie, glaube ich. Sehr talentiert.« Er sah sich neugierig weiter um. »Auch die Bilder an den Wänden gefallen mir. Sie mögen Landschaften.« Er wandte sich ihr wieder zu. »Keine Familienfotos.«

»Ich habe keine Familie.« Laura hielt ihr Glas mit beiden Händen fest umfasst, damit er nicht sah, dass ihre Hände leicht zitterten.

»Mehr. Sie haben keine Familie mehr. Das ist an und für sich kein Grund, nicht alte Fotos aufzuhängen.« Er trank einen

Schluck von seinem Wasser. »Die bunten Teppiche sind sehr schön.« Er wies auf die vielfarbigen geknüpften Teppiche, die sie im gesamten Erdgeschoss ausgelegt hatte. »Handgearbeitet?«

»Ja, ich habe sie übers Internet bei einer Teppichknüpferin aus Österreich bestellt. Sie fertigt alles in althergebrachter Handarbeit an, auch richtig große Teppiche und, wenn man möchte, auch mit Wunschmotiv.«

»Interessant.« Er bückte sich und berührte den Läufer neben dem Sessel mit den Fingerspitzen, hob ihn etwas an und betrachtete ihn sehr genau. »Erstklassige Verarbeitung und Qualität. Vielleicht wäre das etwas für unsere Ferienhäuser. Was meinen Sie?«

»Oh, ich weiß nicht.« Laura musterte den Läufer ebenfalls. »Über solche Details habe ich bisher nicht nachgedacht. Es fällt ja auch nicht in meinen Entscheidungsbereich.«

»Aber in den Bereich Ihres guten Geschmacks.« Er lächelte leicht und lehnte sich erneut bequem im Sessel zurück. »Was halten Sie von der Idee?«

Laura entspannte sich etwas und begann, das Glas zwischen ihren Händen zu drehen. »Je nach Farbgebung können Teppiche die Atmosphäre eines Hauses oder einer Wohnung beeinflussen. Wenn die Qualität dieser Teppiche Ihren hohen Ansprüchen genügt, sehe ich kein Hindernis, welche für die Ferienhäuser anfertigen zu lassen. Das wäre ein großer Auftrag. Die Künstlerin dürfte sich sehr darüber freuen, wird aber sicherlich einige Zeit für die Herstellung benötigen. Und ich vermute, dass es auch nicht ganz billig wird. Sie sollten sich vielleicht zuvor einen Kostenvoranschlag geben lassen.«

»Da der Spatenstich erst in einem knappen halben Jahr stattfindet, dürfte das wohl das geringste Problem sein.« Sein Lächeln vertiefte sich. »Sie haben immer noch das Visier heruntergeklappt.«

»Was habe ich?«

»Sie haben keine Lust, mit mir zu reden. Ihre Wortwahl ist hölzern und wenig enthusiastisch. Soll ich gehen?«

Unbehaglich blickte sie zur Seite. »Tut mir leid. Ich bin nicht in der besten Stimmung. Sie wegzuschicken wäre wohl nicht sehr höflich, da Sie immerhin Abendessen für uns bestellt haben.«

»Sie dürfen es aber trotzdem tun, Laura. Ich will mich Ihnen nicht aufdrängen.« Er hielt kurz inne. »Also gut, vielleicht ein kleines bisschen, aber nur, weil ich den Eindruck habe, dass Ihnen etwas zu schaffen macht, und es mir wichtig ist, dass es meinen Angestellten gut geht.«

Verlegenheit ergriff Laura, und sie spürte, wie sich ihre Wangen erhitzten. »Es geht mir gut. Es ist nur ...«

»Die Sache mit dem Lagerhaus, in dem die Erinnerungsstücke Ihrer Eltern untergebracht sind?« Justus stellte sein Glas auf dem Couchtisch ab. »Elke hat mir davon erzählt.«

»Bleibt in Ihrer Familie je etwas geheim?«

Justus lachte. »Selten. Aber Sie hatten meine Tante doch nicht zur Verschwiegenheit verpflichtet, oder? Sie kam nämlich zu mir, um mich in dieser Sache um Rat zu fragen, und für mich klang es so, als wären Sie über ein wenig Unterstützung in dieser Sache ganz froh.«

Laura schüttelte den Kopf. »Ich hatte nicht um Hilfe gebeten, lediglich um eine Auskunft.«

»Lagerhäuser mit mietbaren Abteilen gibt es hier im Ort leider nicht, aber Sie können die Sachen gerne im alten Werkstattgebäude meines Bruders unterbringen. Seit er seine Firma vergrößert hat, ist das Gebäude für ihn zu klein und unpraktisch geworden. Er nutzt es inzwischen selbst hauptsächlich als Lagerraum für altes Werkzeug und Holz. Ihre Sachen wären trocken und sicher untergebracht, und ich glaube kaum, dass Patrick Ihnen viel für die Miete berechnen würde. Wenn Sie möchten, fahren wir morgen mal dort vorbei, damit Sie sich alles ansehen können. Über wie viel Frachtgut reden wir denn eigentlich?«

»Fast alle Möbel aus unserer Wohnung, bis auf die Küche, die war fest eingebaut und wurde vom Nachbesitzer der Wohnung übernommen. Und natürlich all unsere alten Einrichtungsgegenstände und Sachen. Der Lagerraum in Berlin hatte knapp fünfundvierzig Quadratmeter und steht ziemlich voll.«

»Dann könnten wir den hinteren Raum der Werkstatt dafür nutzen, der hat in etwa diese Maße.« Justus nickte ihr zufrieden zu. »Damit wäre das doch schon geklärt. Kein Grund mehr, Trübsal zu blasen.«

»Ich blase keine Trübsal!« Erneut reagierte Laura ungehalten auf seine unverblümte Art. Normalerweise mochte sie Menschen, die geradeheraus ihre Meinung sagten, aber bei ihm fühlte sie sich wie entblößt, weil sie das Gefühl hatte, dass er sie vollkommen durchschaute, ganz gleich, wie sehr sie sich bemühte, sich vor ihm zu verschließen.

»Nun gut, ›Trübsal blasen‹ ist vielleicht der falsche Ausdruck«, gab er zu. »Aber es belastet Sie, dass Sie sich mit den Sachen Ihrer Eltern befassen müssen. Die Wohnung wurde damals verkauft?«

»Ja, mein Vormund hat sich darum gekümmert und das Geld für mich angelegt.« Sie zögerte. »Ich habe es bis heute nicht angerührt.«

»Dann sind Sie also auch noch eine gute Partie?«

Ihre Miene verfinsterte sich. »Wenn Sie so wollen. Ich habe es für Notzeiten zurückgelegt, aber es kommt mir nicht richtig vor, es überhaupt zu besitzen.«

»Sie sind die rechtmäßige Erbin Ihrer Eltern, Laura.«

»Ja, aber es erinnert mich nur immer daran, dass die beiden nicht mehr da sind und dass ich von dieser Tatsache finanziell profitiere.«

Schweigend musterte Justus sie eine geraume Weile, bis ihr sein intensiver Blick immer unangenehmer wurde und sie am liebsten die Hände vors Gesicht geschlagen hätte. »Laura …

ich bin sicher, dass Ihre Eltern nicht wollen würden, dass Sie so denken oder fühlen. Sie waren eine glückliche Familie?«

»Ja, sehr.«

»Warum glauben Sie dann, Ihre Eltern würden nicht wollen, dass Sie Ihr Glück finden?«

Erstaunt sah sie ihn an. »Das habe ich nie gesagt!«

»Sie denken, dass es falsch ist, das Geld für etwas Schönes zu verwenden.« Er beugte sich ein wenig vor. »Damit würden Sie aber weder ihre Eltern noch deren Liebe zu Ihnen verraten.«

Abrupt stand sie auf und ging zur Kellertür. »Ich muss nach dem Ofen sehen, damit er nicht wieder ausgeht.«

***

Für einen langen Moment sah Justus Laura nach, doch dann stand auch er auf und folgte ihr hinab in den Keller. Sie floh vor ihm, und obgleich er genau wusste, dass er sich unprofessionell verhielt und ihren Standpunkt verstehen konnte, fühlte er sich geradezu magnetisch zu ihr hingezogen. Sein erster Eindruck von ihr, dass sie einsam und vielleicht sogar ein klein wenig verbittert war, erhärtete sich immer mehr.

Nicht einmal im Traum konnte er sich vorstellen, wie es wäre, ganz allein und ohne Familie dazustehen. Was sie als Kind und Jugendliche durchgemacht hatte und wie erfolgreich sie daraus hervorgegangen war, beeindruckte ihn, machte ihn aber auch ein wenig traurig. All das, was sie erreicht hatte, schien sie mit niemandem teilen zu können. Es gab niemanden, der sich mit ihr darüber freute. Sie schien mit vielem hinterm Berg zu halten, verbat sich sogar die einfache Freude eines besinnlichen Weihnachtsfestes.

Natürlich gab es viele Menschen, die dem Advents- und Weihnachtstrubel nur wenig oder gar nichts abgewinnen konnten, doch Lauras strikte Weigerung, auch nur den Hauch von Weihnachtsstimmung zuzulassen, beschäftigte ihn. Er konnte sich beim besten Willen nicht vorstellen, was sie antrieb, und argwöhnte, dass mehr dahintersteckte als nur eine generelle Abneigung gegenüber Lichterketten und Weihnachtssternen.

Als er den Heizungsraum betrat, war Laura gerade dabei, frische Holzscheite in den Ofen zu legen. Rasch trat er an die große Box und entnahm ihr ebenfalls zwei große Stücke. Ohne auf ihren abweisenden Blick zu achten, half er ihr, die Brennkammer zu befüllen, und schloss danach die Tür. Laura drehte den Regler hoch und wollte sich schon wieder abwenden, doch er hielt sie sanft an der Schulter zurück. »Sie kommen inzwischen gut mit der Heizung zurecht, wie ich sehe.«

»Es ist nicht so kompliziert, wie es anfangs ausgesehen hat.« Sie verschränkte die Arme vor der Brust, ein deutliches Zeichen an ihn, auf Abstand zu gehen.

Er trat einen halben Schritt zurück, ließ sie jedoch nicht aus den Augen. »Das trifft auf die meisten Dinge im Leben zu, würde ich sagen.«

»Mag sein, aber einige Dinge sind einfach zu kompliziert, um sich damit auseinandersetzen zu können.«

»Vor allem wenn man glaubt, ganz allein zu sein.« Er neigte den Kopf ein wenig zur Seite. »Das meinten Sie doch, oder?«

»Ich *bin* ganz allein.«

Er schüttelte den Kopf. »Nein, das sind Sie nicht. Oder nur so lange, bis Sie es jemandem erlauben, Ihnen nahezukommen.«

Sie wich ein Stück vor ihm zurück, ihre Miene verschloss sich noch mehr. »Ich werde nicht mit Ihnen ins Bett gehen.«

»Hatte ich darum gebeten?« Er schmunzelte, spürte aber gleichzeitig einen gefährlichen Mix aus Enttäuschung und Vorfreude in sich aufsteigen, den er tunlichst zu unterdrücken versuchte, damit er ihm nicht in die Quere kam. »Sie machen sich zu viele Gedanken, Laura. Ich respektiere Sie und habe nicht vor, Sie zu irgendetwas zu drängen, was Sie ablehnen.«

»Entschuldigen Sie.« Lauras Wangen färbten sich tiefrot. »Ich bin wohl ein wenig empfindlich, was diese … Sache angeht. Ich dachte nur … Entschuldigen Sie, dass ich Ihre Signale falsch gedeutet habe.«

Er schmunzelte. »Das haben Sie nicht.«

»Das ist mir sehr peinlich«, fuhr sie fort, offenbar ohne seine Worte vernommen zu haben. »Ich hatte wirklich den Eindruck, Sie wollten …«

»Ja.« Er lachte leise. »Wollte ich. Will ich immer noch, aber das bedeutet nicht, dass Sie das auch wollen müssen oder dass diese Sache zwischen uns stehen muss.«

»Was?« Sie starrte ihn erschrocken an.

»Ich habe weder vor, Ihre Position als meine Angestellte auszunutzen, noch Ihnen einen Strick daraus zu drehen, wenn Sie nicht auf meine Versuche, Ihnen näherzukommen, eingehen. Für den Anfang können wir auch einfach Freunde sein, was meinen Sie?«

Argwöhnisch zog sie die Stirn in Falten. »Für den Anfang?«

»Mit irgendetwas muss man doch wohl beginnen, oder? Eine Freundschaft ist meiner Meinung nach die beste Grundlage jeglichen zwischenmenschlichen Kontakts. Was die Zukunft bringt, weiß niemand von uns.« Er grinste siegesgewiss. »Kommen Sie, gegen einen guten Freund können selbst Sie nichts einzuwenden haben. Viele scheinen Sie ja nicht zu haben, also fülle ich in dieser Hinsicht einfach nur Ihren Vorrat auf.«

»Freunde.« Sie räusperte sich verhalten. »Glauben Sie nicht, das wäre unangemessen?«

»Warum? Weil ich gleichzeitig Ihr Chef bin?« Er wurde wieder ernst. »Sie scheinen mehr als nur eine schlechte Erfahrung mit Ihren Vorgesetzten gemacht zu haben. Inzwischen müssten Sie doch bemerkt haben, dass die Belegschaft unserer beiden Hotels wie eine große Familie zusammenhält. Wir sind alle Freunde; das macht die Zusammenarbeit viel einfacher.«

»Oder komplizierter.«

»Nein, einfacher und schöner. Freunde helfen einander, sind füreinander da – auch außerhalb der Arbeitszeit.« Er hielt kurz inne. »Wenn Sie möchten, können Sie die Sachen Ihrer Eltern schon kommende Woche bei Patrick unterstellen.«

Erleichtert konstatierte er, dass Laura sich wieder etwas entspannte. »Können Sie das so einfach über seinen Kopf hinweg entscheiden?«

»Nein, aber er hat mir bereits seine Zusage gegeben. Wir reden ja schließlich hin und wieder miteinander.«

»Über mich.« Sie warf ihm einen lakonischen Blick zu.

»In diesem Fall, ja. Es wurden nur freundliche Dinge über Sie gesagt.« Er zwinkerte ihr zu. »Und vorteilhafte von meiner Seite.«

»Hören Sie auf damit.« Um ihre Mundwinkel zuckte es, obwohl sie sichtlich bemüht war, es nicht zu zeigen.

»Was wahr ist, bleibt wahr.« Er hob lächelnd die Schultern. »Das gehört auch zur Abmachung.«

»Welche Abmachung?«

»Freunde sagen einander stets die Wahrheit.«

»Fangen Sie schon wieder damit an?« Auf ihrer Miene zeichnete sich Ärger ab. Sichtlich wütend machte sie sich auf den Weg zurück nach oben.

Justus blieb ihr dicht auf den Fersen. »Das ist eine meiner weniger angenehmen Eigenschaften.« Auf halbem Weg zur Couch überholte er sie und stellte sich ihr in den Weg. »Was war heute Vormittag mit Ihnen los? Weshalb haben Sie beinahe einen unschuldigen Weihnachtsstern ermordet und die Dekoration aus Ihrem Büro verbannt? Verstehen Sie mich nicht falsch, es steht Ihnen selbstverständlich vollkommen frei, Ihren Arbeitsplatz kitschfrei zu halten, aber Ihre harsche Reaktion passte so gar nicht zu Ihrem bisher so ausgeglichenen Wesen.«

»Dann gewöhnen Sie sich lieber daran. Ich kann Weihnachten nicht ertragen.« Laura wandte ihm den Rücken zu und trat ein paar Schritte zur Seite. Mit hochgezogenen Schultern und vor der Brust verschränkten Armen starrte sie auf eines der schwarz-weißen Landschaftsfotos an der Wand.

Vorsichtig näherte Justus sich ihr. »Es ist also der Feiertag an sich, nicht das bunte Geflitter drumherum? Und es hat nichts mit Ihrer Kindheit in Heimen zu tun. Ich habe mich selbst ein wenig schlaugemacht. Die Zeiten, in denen Heimkinder grundsätzlich von der Welt vergessen und vernachlässigt wurden, sind lange vorbei – zumindest in unserem Land. Was hat Sie heute also wirklich so in Angst und Schrecken versetzt?«

Laura versteifte sich noch mehr. »Ich habe keine Angst. Ich war ...«

»Ja?«

»Wütend. Wer auch immer die Sachen in meinem Büro platziert hat, hätte mich vorher fragen müssen.«

»Ich nehme an, Tilo und seine beiden Assistenten hatten von Elke den Auftrag, alles zu schmücken, und sind davon ausgegangen, dass mit ›alles‹ auch Ihr Büro gemeint ist. Ich gebe ihm gleich morgen Bescheid, dass dieser Raum zukünftig für ihn hinsichtlich jeglicher Dekoration Sperrgebiet ist.«

»Machen Sie sich nicht über mich lustig!«

»Laura.« Er trat noch näher hinter sie und umfasste sanft ihre Schultern. Sie fühlte sich an, als vibriere sie vor Anspannung. »Das tue ich gar nicht. Was macht Sie so wütend und hilflos?«

»Ich bin nicht ...«

»Hilflos?« Er lachte trocken. »Na gut, aber wütend auf jeden Fall. Wenn Sie mir sagen, wo das Problem liegt, kann ich zukünftig viel besser entsprechend reagieren.«

Die Art, wie sie scharf die Luft einsog, alarmierte ihn. Im nächsten Moment drehte sie sich ruckartig zu ihm um. »Es war Heiligabend. Sie sind am Vormittag des Heiligen Abends gestorben.« Die Röte von zuvor hatte einer geisterhaften Blässe auf ihren Wangen Platz gemacht. In ihren Augen blitzte Zorn, kämpfte aber deutlich sichtbar mit tief sitzendem Schmerz. »Reicht das, um dieses verdammte Fest zu hassen?«

Entgeistert starrte er sie an. »Weihnachten? Du hast deine Eltern an Weihnachten verloren?« Er bemerkte gar nicht, dass er ins vertrauliche Du gerutscht war, und sie offenbar ebenfalls nicht.

»Willst du mir jetzt erklären, dass ich irrational reagiere und das Weihnachtsfest nichts dafür kann, dass ein betrunkener Fahrer meine Eltern gerammt und ihr Auto mit voller Wucht in den Gegenverkehr geschoben hat? Das weiß ich selbst.« Nun erschienen doch wieder rote Flecke auf ihren Wangen, die aber alles andere als gesund wirkten. »Aber kein noch so vernünftig vorgebrachtes Argument kann etwas daran ändern, dass ich mit zwölf am angeblich schönsten Tag des Jahres plötzlich allein dastand, ohne irgendjemanden, und dass ich jenes Weihnachtsfest unter mir fremden Menschen verbringen musste, wissend, dass sich dieser Zustand niemals wieder ändern würde.« Ihre Stimme schwankte und erstarb kurz. Ihre Augen glänzten, doch sie verstand es, die Tränen zurückzudrängen. »An diesem Heiligabend wurde mir alles genommen. Alles. Sie haben sogar meinen Hund ins Tierheim gebracht, weil in einem Kinderheim keine Haustiere erlaubt sind. Ich habe nie erfahren, was aus Barney geworden ist. Wenn ich jetzt also nicht bereit bin, mich mit Weihnachtsgeflitter und festlichen Chorälen zu umgeben, nur weil es alle anderen tun, ist das ganz allein meine Sache. Ich bin damit zufrieden und glücklich.«

»Nein, das bist du nicht.« In Justus' Magen hatte sich ein heißer Ball gebildet. Mitleid für das kleine Mädchen, das sie gewesen war, mischte sich mit etwas anderem, noch Undefinierbarem, als er den Schmerz in ihren Augen sah. »Komm her.«

»Nein.« Sie wehrte sich, als er sie sanft an sich zog.

»Komm her«, wiederholte er etwas bestimmter und ließ es nicht zu, dass sie ihn von sich stieß. »Es tut mir leid.«

»Das sagt jeder, der davon hört.« Sie machte sich ganz steif in seinen Armen und sprach wütend gegen seine Brust. »Aber es ändert nichts. Ich will es nicht hören, deshalb rede ich nicht darüber. Ist es vielleicht nicht erlaubt, dass ich um Weihnachten einen weiten Bogen machen will? Muss alle Welt nachbohren? Was ändert es, dass du jetzt davon weißt? Nichts, weder für dich noch für mich. Du kannst für mich auch mit noch so vielen klugen Worten Weihnachten nicht schönreden.«

»Das will ich nicht.« Obwohl sie sich ihm hartnäckig widersetzte, hielt er sie weiter fest und strich sanft über ihr weiches, rot glänzendes Haar. »Das sollte niemand tun. Nur du selbst kannst entscheiden, was dieses Fest für dich bedeutet.«

»Das habe ich.« Sie entspannte sich eine Spur. »Ich hasse es.«

»Das tust du nicht.« Versuchsweise und obwohl er wusste, dass es unvernünftig und sogar gefährlich war, drückte er seine Lippen gegen ihre Schläfe. »Du hasst, was dir damals widerfahren ist, und das ist nur verständlich.«

Sogleich versteifte sie sich wieder. »Doch, ich hasse Weihnachten. Ich will mit dem ganzen Fest nichts mehr zu tun haben.«

Er fuhr trotz allem fort, ihr übers Haar zu streicheln. »Wettest du gerne?«

»Was?« Vor Überraschung vergaß sie, sich ihm weiterhin zu widersetzen, sodass er sie noch etwas fester an sich ziehen konnte. Das Gefühl ihrer weichen weiblichen Rundungen an seinem Körper ließ seinen Pulsschlag gehörig aus dem Takt geraten, doch er riss sich zusammen, um sie nicht wieder gegen sich aufzubringen.

»Ich wette, ich könnte dich vom Gegenteil überzeugen.«

»Nein.«

»Nein, das schaffe ich nicht, oder nein, du wettest nicht gerne?«

»Beides.« Ihre Stimme zitterte leicht, und sie schien Mühe zu haben, sich zu beherrschen.

Fast wünschte er, sie würde zu weinen beginnen. Durch seine beiden Schwestern, insbesondere die sehr sensible Viola, hatte er früh gelernt, dass Tränen heilsam sein konnten. Doch auch in dieser Hinsicht war Laura eine harte Nuss. »Aber einer Herausforderung wirst du dich doch wohl stellen?«

»Nein.«

»Ich verlange auch nicht, dass du Weihnachten zukünftig zu deinem Lieblingsfest machen sollst. Ich möchte nur versuchen, dir zu zeigen, dass diese Feiertage nicht deine Feinde sind.«

»Das weiß ich selbst.«

»Nein, weißt du nicht, sonst würdest du nicht behaupten, sie zu hassen. Aber wenn ich dich davon überzeugen soll …«

»Sollst du nicht.« Sie versuchte, sich von ihm loszumachen, doch er ließ es nicht zu.

»Mh, mh, hiergeblieben. Weglaufen gilt nicht.«

»Lass mich los.«

»Kommt ja gar nicht infrage. Erst musst du dir anhören, was der Wetteinsatz ist.«

Laura hielt inne und drehte den Kopf ein wenig zur Seite. »Ich will nichts davon hören.«

»Okay. Also, wenn ich es nicht schaffe, dich zu überzeugen, dass Weihnachten gar nicht so schlimm ist, darfst du genau das mit mir tun, was dir gerade durch den Sinn geht, ganz egal, wie schmerzhaft das für mich sein wird.« Er lachte leise. »Und ich werde dafür sorgen, dass niemand aus meiner Familie oder von den Mitarbeitern der Hotels dich jemals wieder mit einem Wort über das Weihnachtsfest behelligen wird, was nicht rein beruflich veranlasst ist. Auf ewige Zeiten.«

»Woher willst du wissen, dass ich für ewige Zeiten bei euch arbeiten werde? Ich bin noch in der Probezeit.«

»Ich bin dein Chef und habe ein gutes Händchen beim Aussuchen des Personals.«

»Dein Vater hat mich eingestellt, nicht du.«

Wieder lachte er. »Glaubst du, mein Vater würde sich nicht mit mir beraten?« Er wurde wieder ernst. »Also … Bleibt noch dein Einsatz, wenn es mir doch gelingen sollte, dich zu überzeugen.«

Nun entspannte sie sich ganz deutlich und atmete hörbar aus. »Meinetwegen kann der Einsatz so hoch sein, wie du willst. Ich werde ihn doch niemals zahlen müssen.«

»Ich wusste, dass du das sagen würdest.« Er ließ seine Hand vorsichtig in ihren Nacken wandern und spürte erfreut, dass sie leicht erschauerte. Sehr sachte strich er mit den Fingerspitzen über die warme weiche Haut direkt unterhalb ihres Haaransatzes. »Deshalb werde ich es schamlos ausnutzen.«

»Na klar, was sonst« Sie seufzte, und es sollte wohl sarkastisch klingen, doch ihm blieb nicht verborgen, dass sie auf ihn reagierte. Standhaft kämpfte er gegen seine Hormone an, die beschlossen hatten, dass dies ein guter Zeitpunkt war, ihm einen Strich durch die wohlkalkulierte Rechnung zu machen.

Er trat eine Winzigkeit zurück, gerade so viel, dass er ihr ins Gesicht sehen konnte. Sie war sichtlich nervös, ihr Blick irrte rechts und links an ihm vorbei. Lächelnd tat er, als bemerke er es nicht. »Wie wäre es mit …?«

»Nein.«

»Du weißt doch gar nicht, was sich sagen will.« Er grinste sie schalkhaft an, und nun blickte sie ihm zum ersten Mal direkt in die Augen.

»Doch, ich weiß es. Und ich bleibe beim Nein.«

»Ich dachte, der Einsatz darf so hoch sein, wie ich will? Wenn du so sicher bist, die Wette zu gewinnen, kann es dir doch gleich sein, was ich sagen wollte.«

»Es geht ums Prinzip. Deshalb nein.«

»Schade, also keine gemeinsame Schlittenfahrt um den See herum.«

Vor Verblüffung weiteten sich ihre Augen. »Das wolltest du eben ganz sicher nicht sagen.«

»Nicht? Das kannst du nicht beweisen.« Vergnügt zupfte er an einer ihrer roten Locken. »Da du also die Schlittenfahrt nicht willst, nehme ich B.« Da ihn inzwischen viel zu sehr danach verlangte, strich er zärtlich mit dem Daumen über ihren Wangenknochen. »Du wirst mir einen Kuss geben. Wohin, darfst du zu gegebener Zeit selbst entscheiden.«

In einer Mischung aus widerwilliger Belustigung und Empörung verzog sie den Mund. »Du hast mich hereingelegt.«

Er lächelte nur, trat einen Schritt zurück und entließ sie damit aus der Umarmung. Auffordernd streckte er ihr die rechte Hand hin. »Gilt die Wette?«

Wieder seufzte sie, diesmal resignierend. »Du gibst vermutlich sonst keine Ruhe, oder?«

»Könnte sein.«

»Gehst du allen deinen Angestellten derart auf die Nerven?«

Sein Lächeln vertiefte sich. »Nur meinen besten Freunden.«

»Wir sind keine besten Freunde.«

»Noch nicht, aber daran lässt sich arbeiten.«

»Du bist mein Chef.«

»Hatten wir das nicht eben schon?«

»Ach, vergiss es!« Schnaubend schlug sie ein.

»Da wäre noch etwas.« Er ließ ihre Hand nicht so schnell los, sondern zog sie wieder näher zu sich heran.

»Noch eine Wette?«

»Nein, ein Hinweis.« Er lächelte verschmitzt. »Vielleicht hätte ich den geben sollen, bevor du eingewilligt hast.«

Sie zog die Schultern leicht hoch. »Nachkarten gilt nicht.«

»Doch, in diesem Fall schon. Du musst dich darauf einstellen, dass die Familie Sternbach mit gezinkten Karten und unfairen Mitteln spielt. Nicht nur ich, wir alle. Wenn wir etwas erreichen wollen, ist uns jedes Mittel recht.«

»Ach.« Sie lächelte grimmig zurück. »Das kann ich auch.«

»Kann sein, aber wir sind besser darin.«

»Das werden wir ja sehen.« Sie hob den Kopf. »Ich glaube, da kommt unsere Pizza.«

»Da hast du ja noch mal Glück gehabt.«

Erstaunt richtete sie ihren Blick von der Haustür zurück auf sein Gesicht. »Warum?«

»Weil sonst …« Er beugte sich zu ihr hinab und streifte ganz sacht mit seinen Lippen ihren Mundwinkel. »Das.«

Ehe sie reagieren konnte, klopfte es an der Tür, und er zog sich rasch zurück. »Ich mache dem Pizzaboten auf, du suchst uns einen Film aus.«

»Einen Film?«, rief sie ihm irritiert nach, als er auf die Haustür zustrebte.

»Nichts Rührseliges. Das vertrage ich so früh am Abend noch nicht.«

***

»Also gut, ich gebe zu, das scheint doch ganz gut zu funktionieren«, gab Santas Frau zu, nachdem sie später am Abend ihrem Mann einen Teller Lebkuchen ins Arbeitszimmer gebracht und dabei einen Blick auf die Videowand geworfen hatte. »Obwohl es doch ein sehr ungewöhnlicher Zufall ist, dass Justus sich das gleiche Ziel gesetzt hat wie du.«

»Na, klar läuft das gut«, antwortete an seiner Stelle Elfe-Sieben, die gerade die fertig bearbeiteten Wunschzettel des Tages lochte und in einem Aktenordner abheftete. »Wir haben uns das schon ganz genau zurechtgelegt. Ein bisschen verzwickt ist die Sache zwar, aber ich bin sicher, dass wir einen tollen Plan ausgeheckt haben.«

»Ihr wisst aber auch, wie leicht so etwas schiefgehen kann.« Santas Frau nahm sich selbst einen der sternförmigen Lebkuchen und knabberte daran. »Wenn ihr mich fragt, liegt da viel zu viel im Argen, als dass ihr das vor Weihnachten noch in Ordnung bringen könntet.«

»Laura ist ein schwieriger Fall«, gab Elfe-Sieben zu. »Sie tut mir schrecklich leid. Was sie alles durchgemacht hat, und wir erfahren erst jetzt davon, weil sie sich mit ihrem Elend nie an uns gewandt hat.«

»Sie war schon zu alt, um aktiv an mich oder das Christkind zu glauben, als sie ihre Eltern verloren hat«, gab Santa Claus zu bedenken. »Und auch vorher haben weder das Christkind noch ich einen Wunschzettel von ihr erhalten, das haben wir schon überprüft. Trotzdem hat sie mit ihren Eltern Weihnachten immer glücklich verbracht. Jede Familie hat in dieser Hinsicht andere Traditionen.«

»Stimmt.« Die kleine Elfe stellte den Ordner ins Regal und tippte sich dann nachdenklich mit dem Zeigefinger gegen die Nase. »Mir geht da dauernd etwas im Kopf herum, was mich nicht mehr loslassen will. Santa, darf ich in dieser Sache noch eine Kleinigkeit auf eigene Faust versuchen?«

»Was denn?« Überrascht hob der Weihnachtsmann den Kopf.

»Das will ich erst mal noch für mich behalten, wenn ich darf. Ich weiß ja gar nicht, ob es funktioniert. Erst muss ich ein paar Nachforschungen anstellen.«

»Na gut, von mir aus. Wenn es unserem Hauptplan nicht in die Quere kommt.« Gutmütig nickte Santa Claus seiner Assistentin zu.

»Das wird es nicht, im Gegenteil. Ich verspreche es.« Strahlend wandte Elfe-Sieben sich ab, um das Zimmer zu verlassen, hielt aber erschrocken inne, als das Gefühlsradar plötzlich einen schrillen Ton von sich gab und gleichzeitig zu rattern begann. »Was ist denn jetzt los?«

»Keine Ahnung, aber es klingt entsetzlich.« Auch der Weihnachtsmann war erschrocken zusammengefahren. Er erhob sich von seinem Stuhl und eilte in die Ecke, in der das Gefühlsradar aufgebaut war. Seine Frau und die Elfe gesellten sich nur einen Moment später zu ihm. »Oje, was ist das denn?« Er drückte ein paar Tasten und sorgte dafür, dass das laute Schrillen nachließ, weil es in den Ohren wehtat. »Da passiert etwas, und es ist nichts Gutes.«

»Bei Laura?« Erschrocken trat Elfe-Sieben einen Schritt vor und beäugte die Ausschläge des Radars mit Besorgnis.

»Nein, nicht direkt bei ihr.« Santa drückte ein paar weitere Tasten. »Aber es muss etwas mit ihr zu tun haben – oder mit ihrer direkten Umgebung.

»Santa?« Seine Frau war zurück zur Videowand gegangen und deutete auf den Bildschirm, der eben noch das Blockhaus gezeigt hatte. »Ich glaube, ich weiß, was hier los ist. Sieh dir das an. Oje, das sieht nach einer Katastrophe aus.«

»Was meinst du?« Hastig lief der Weihnachtsmann auf den Bildschirm zu und blieb stocksteif stehen, als er erkannte, wovon seine Frau sprach. »Oh. Oh nein. Oje. Das gibt es doch nicht. Damit hatte ich nun gar nicht gerechnet.«

»Wie denn auch? Du kennst die Familie Sternbach noch gar nicht lange genug, um so etwas vorhersehen zu können.« Betrübt strich seine Frau mit den Fingerspitzen über den Rand des Bildschirms. »Das könnte alte Wunden wieder aufreißen und alles noch viel schlimmer machen.«

»Da hast du recht.« Sorgenvoll ging der Weihnachtsmann zum Gefühlsradar zurück und besah sich erneut dessen Ausschläge. Aber …« Seine Miene hellte sich etwas auf. »Vielleicht auch nicht.« Er wandte sich an seine Assistentin. »Elfe-Sieben, ruf die Elfen-Brigade zusammen, wir müssen sofort eine Krisensitzung abhalten.«

11. Kapitel

Also ganz ehrlich, ich mag ja mein Frauchen Margit total gern,
aber wenn ich es mir so überlege, könnte ich mich ziemlich
schnell daran gewöhnen, bei Laura zu wohnen. Ich habe näm-
lich bei ihr übernachtet, weil es schon fast Mitternacht war, als
Justus nach Hause gefahren ist. Er hat gemeint, dass es zu spät
sei, mich zu Margit zurückzubringen, also durfte ich bei Laura
bleiben. Das war schön, weil sie mir nämlich erlaubt hat, am
Fußende ihres Bettes zu schlafen.

Na gut, ich gebe es zu: Als sie eingeschlafen war, bin ich ganz
vorsichtig zu ihr hochgerobbt und habe mich in ihrer Arm-
beuge zusammengerollt. Ihr glaubt gar nicht, wie kuschelig
das ist. Sie hat mich auch nicht weggeschickt, obwohl sie dann
doch mal aufgewacht ist. Sie hat so komisch geschnieft und mir
eine Hand auf den Rücken gelegt. Ich glaube, sie hat geweint.

Natürlich wollte ich sie nicht traurig machen, und ich weiß
auch gar nicht, ob sie das wirklich meinetwegen war oder ob
sie wegen etwas anderem geweint hat.

Wie auch immer, jetzt ist es Morgen, und sie ist wieder total
gut drauf. Ich auch, aber das bin ich eigentlich immer. Das Le-
ben ist doch sooo schön!

»Na, dann komm mal mit, Süße. Wir müssen allmählich
los.« Laura schob sich den letzten Löffel Müsli mit Joghurt in
den Mund und stellte die Schüssel in die Spüle. »Dein Frauchen hat mir gerade eine WhatsApp geschrieben. Sie meint,
ich soll dich einfach mit ins Hotel nehmen. Ich hoffe, da gefällt es dir.«

Warum nicht? Mir gefällt es überall, wo nette Menschen
sind. Und du bist auf jeden Fall ganz furchtbar nett. Freu-

dig wedelnd folgte Lizzy Laura zum Garderobenschrank und ließ sich das Geschirr mit der Leine anlegen. *Fahren wir mit dem Auto, oder gehen wir zu Fuß? Ich mag ja beides, aber ich glaube, es regnet, und da wäre mir ein fahrbarer Untersatz lieber.*

»Ich muss mir noch überlegen, wie ich dich am besten transportiere. Vielleicht im Kofferraum, wenn ich die Abdeckung abmache. Auf dem Rücksitz ist es zu gefährlich. Für unseren Barney hatten wir damals so eine Transportbox fürs Auto.«

Wer ist denn Barney? Auch ein Hund? Margit hat sonst immer so eine Box für mich, aber ich setze mich auch einfach so in den Kofferraum, wenn du willst.

Als Laura die Haustür öffnete, strebte Lizzy wie selbstverständlich auf den SUV zu und setzte sich erwartungsvoll hinter den Wagen.

»Nanu, du hast mich wohl schon wieder verstanden.« Lachend öffnete Laura die Kofferraumklappe und hob Lizzy ins Innere des Wagens. »Tut mir leid, das ist nicht wirklich bequem und sinnvoll, aber anders geht es nicht. Wenn wir gestern schon gewusst hätten, dass du über Nacht bleibst, hätte dein Frauchen mir bestimmt eine Box mitgegeben.«

Schon gut, ist doch alles in Ordnung hier drinnen. Bloß die Abdeckung … Ja, genau, mach die mal weg, sonst ist es hier drinnen ja stockfinster.

Rasch montierte Laura die Abdeckung des Kofferraums ab und legte sie auf die Rückbank. »Voilà, es werde Licht. Ich hoffe, du bleibst ganz brav hier hinten.«

Klar doch. Lizzy wedelte heftig mit ihrem Schwänzchen.

»Keine Kletterpartien.« Streng blickte Laura auf die Hündin hinab.

Würde mir doch nie einfallen.

»Ich fahre auch ganz langsam und vorsichtig, damit du hier hinten nicht herumgeschleudert wirst.«

Das ist nett von dir. Komm, lass dich mal abschlecken.

»Huch.« Laura kicherte, als Lizzy ihr eifrig über die Hand leckte. »Wofür war das denn?«

Ach, einfach so, weil ich dich gernhabe. Mit großen runden Augen und entzückendem Hundeblick sah Lizzy zu Laura auf, die ihr daraufhin durchs Fell wuschelte.

»Du bist schon eine, was?«

Das klingt, als würdest du mich auch mögen. Wie schön! Meine Welt ist in Ordnung. Wiff!

Schmunzelnd, weil das helle Bellen, das Lizzy ausstieß, wie eine Zustimmung klang, schloss Laura die Kofferraumklappe und setzte sich hinters Steuer. Sie kam allerdings nicht dazu, den Motor anzulassen, weil Justus' Wagen die Straße heraufkam und gleich vor ihrem SUV anhielt. Bei seinem Anblick zuckte es verdächtig in ihrer Herzgegend.

Der vergangene Abend war wider Erwarten sehr angenehm und sogar lustig gewesen. Sie hatten sich auf einen Actionfilm mit Bruce Willis geeinigt, der gerade auf Netflix angeboten wurde, und hatten am Ende dann auch noch die Fortsetzung angeschaut. Deshalb war es ziemlich spät geworden, sodass sie beschlossen hatten, dass Lizzy die Nacht bei ihr verbringen sollte.

Jetzt saß sie in der Zwickmühle. Justus hatte mit keinem Wort und keiner Geste noch einmal darauf angespielt, dass er mehr als nur Freundschaft von ihr wollte, und trotzdem – oder gerade deswegen – fühlte sie sich jetzt unsicher. Sie hatten sich köstlich über die Filme amüsiert, zwischendurch auch einige Szenen verpasst, weil sie heftig über den Sinn und Unsinn von explodierenden Autos oder Maschinengewehrsalven, die niemanden je wirklich trafen, debattiert hatten. Dies, zusammen mit hervorragender Pizza und einer Flasche Wein, die sie allerdings mit Wasser zu Schorle verdünnt hatten, war der Garant für einen schönen Abend gewesen – und jetzt fühlte sie sich noch mehr zu Justus hingezogen als vorher. Lizzy hatte das Ihre dazu beigetragen und sich abwechselnd auf Lauras und Justus' Schoß zu einem Fellball zusammengekringelt und damit einen Hauch von familiärer Gemütlichkeit verbreitet.

Sie waren jedoch keine Familie, sondern bestenfalls so etwas wie Freunde, und auch das nur probeweise, weil Laura dieses Arrangement merkwürdig vorkam. Vor allem anderen waren sie Kollegen oder vielmehr Chef und Angestellte, deshalb staunte sie nicht schlecht, als Justus nun aus seinem Wagen stieg und wie selbstverständlich eine Hundetransportbox aus dem Fond holte.

Zögernd stieg auch sie wieder aus. »Justus, was machst du denn hier? Ich bin gerade auf dem Weg ins Hotel.«

»Kleine Planänderung. Außerdem kannst du die hier bestimmt gut gebrauchen, nicht wahr?« Er hob die Hundebox leicht an, während er auf sie zuging. Dicht vor ihr blieb er stehen. »Guten Morgen, Laura.«

Sie räusperte sich und richtete ihren Blick auf die Box. »Guten Morgen. Was für eine Planänderung?«

»Ich muss heute Nachmittag weg, deshalb habe ich mit Patrick verabredet, dass wir den Lagerraum in der alten Werkstatt jetzt gleich alle zusammen anschauen. Dann kannst du entscheiden, ob du deine Sachen dort unterbringen willst, und gegebenenfalls alles in die Wege leiten. Je schneller, desto besser, oder? Ich habe dich im Hotel bereits entschuldigt.«

»Danke.« Unschlüssig sah sie sich um. »Ich habe Lizzy in den Kofferraum gesetzt.«

»Gute Idee.« Er nickte beifällig. »Aber diese ist besser.« Er hob noch einmal kurz die Transportbox, ging an Laura vorbei und öffnete den Kofferraum. Als Lizzy ihn freudig ansprang, lachte er. »Langsam, Kleine, nicht dass du mir aus dem Auto fällst. Laura, würdest du mir kurz helfen?«

»Selbstverständlich.« Laura gesellte sich zu ihm und nahm die Hündin auf den Arm, während er die Box in den Kofferraum stellte und mit einem Transportgummiband sicherte, damit sie nicht hin- und herrutschen konnte. Sie setzte Lizzy in die Box und schloss die Gittertür.

Als sie sich wieder aufrichtete und sich umdrehte, stockte ihr kurz der Atem, denn Justus stand dicht vor ihr. Sein Lächeln veranlasste ihr Herz, sich einmal zu überschlagen und dann unruhig in ihrer Brust zu klopfen. Er hob die Hand, wie um ihr eine Haarsträhne aus dem Gesicht zu streichen, zupfte stattdessen jedoch nur ein Hundehaar von ihrem Mantel. »Lizzy scheint sich ja bei dir schon häuslich eingerichtet zu haben.« Vielsagend drehte er das Haar zwischen Daumen und Zeigefinger und ließ es dann fallen. »Hat sie sich heute Nacht gut benommen?«

»Ja.« Laura ging rasch um ihn herum und öffnete die Fahrertür. »Sie ist ganz lieb und brav. Ein richtiger Schatz.«

Oh, das habe ich gehört. Vielen Dank! Wau.

Kurz blickte Justus auf die Hündin in der Box. »Hast du sie in dein Bett gelassen?«

»Äh …« Sie spürte, wie sich ihre Wangen verräterisch röteten.

Justus lachte. »Die Kleine ist pfiffig und zieht alle Register, wenn es um einen gemütlichen Schlafplatz geht. Neulich habe ich mal eine Nacht bei meinen Eltern auf der Couch geschlafen, und da hat sie sich mitten in der Nacht heimlich auf meinen Bauch gelegt und ist nicht mehr weggegangen, bis ich aufgestanden bin. Du brauchst kein schlechtes Gewissen zu haben. Lizzy kann kaum jemand widerstehen.«

Braucht ihr doch auch gar nicht.

Erleichtert atmete Laura auf. »Sie ist so eine Süße, und sie hat mich an Barney erinnert. Er hat immer in meinem Bett geschlafen.« Sie war froh, dass weder ihre Stimme zitterte noch sich der heiße Knoten in ihrem Magen meldete, den sie in der Nacht noch verspürt hatte, als die Erinnerung an den Beagle in ihr hochgestiegen war und sie zum Weinen gebracht hatte.

»Wir sollten uns beeilen«, wechselte Justus nach einem Blick auf seine Armbanduhr das Thema. »Patrick wartet sicher schon auf uns.« Er ging an ihr vorbei zu seinem Wagen. »Ich fahre voraus. Folge mir einfach unauffällig.« Er zwinkerte ihr gut gelaunt zu und klemmte sich hinters Steuer.

Laura tat es ihm gleich und ließ den Motor an. So ganz sicher war sie sich nicht, ob es wirklich eine gute Idee war, die Sachen ihrer Eltern in einem Gebäude der Sternbachs unterzustellen. Machte sie sich damit nicht zu abhängig von ihnen? Andererseits konnte sie ja immer noch nach einem besseren Lagerraum Ausschau halten. Vielleicht sollte sie sich auch endlich mal dazu durchringen, die Sachen zu ordnen und auszumisten. Manches konnte vielleicht einer neuen Verwendung zugeführt werden. Vielleicht sollte sie sich mal nach Secondhandläden umsehen oder herumfragen, ob es bedürftige Menschen gab, die das eine oder andere Möbelstück gebrauchen konnten.

Andererseits widerstrebte es ihr zutiefst, sich auch nur von einer einzigen Wäscheklammer zu trennen. Symbolisch gesprochen. Sie wusste nicht einmal, ob sich in den Kisten mit den Haushaltsgegenständen auch Wäscheklammern befanden. Ihr Vormund hatte damals veranlasst, dass ein Umzugsunternehmen alles sicher verpackte und einlagerte. Sie selbst hatte in den Jahren seither nur ab und zu nach dem Rechten gesehen, jedoch kaum mehr getan, als ein paar Kisten oder Stühle hin und her zu rücken. Vielleicht war es wirklich an der Zeit, die Sachen durchzusehen und zu sortieren. Allerdings fürchtete sie sich sehr davor, es allein tun zu müssen.

***

»Samstagnachmittag gegen fünfzehn Uhr? Ja, ich schätze, das lässt sich einrichten. Danke, dass Sie so kurzfristig einen Transporttermin frei haben.« Laura atmete tief durch, als der Mann von dem Umzugsunternehmen sich freundlich und zuvorkommend bei ihr verabschiedete und ihr noch einmal versprach, dass die Sachen aus dem Lagerraum sicher bei ihr ankommen würden. »Auf Wiederhören, Herr Schattke. Danke nochmals.« Sie schaltete ihr Handy aus und warf einen Blick auf die Wanduhr. Es war fast fünf Uhr nachmittags; eigentlich hätte sie längst Feierabend, doch sie wollte die verlorene Zeit vom Vormittag noch nacharbeiten, denn die Besichtigung des Lagerraums hatte doch länger gedauert als gedacht – nicht zuletzt, weil die beiden Brüder sie überredet hatten, die neuen Gebäude von Patricks Holzhaus-Baufirma auch noch anzusehen. Diese lagen zwar in unmittelbarer Nachbarschaft zu der alten Werkstatt, waren aber bedeutend größer, und dahinter befanden sich noch ein eigenes kleines Sägewerk und ein riesiger Platz, auf dem ganze Häuser zusammengebaut werden konnten.

Es war interessant gewesen, Patrick in seinem Element zu erleben. Er hatte bei dem Familienessen etwas flapsig, jedoch durchaus charmant gewirkt. Nun wusste sie, dass er außerdem hochintelligent war und sich mit Händen und Füßen dagegen sträubte, sich in einem verstaubten Büro, wie er es nannte, einsperren zu lassen. Er war nicht nur klug, sondern auch ein hervorragender Handwerker, der sich, wann immer möglich, selbst an den zum Teil körperlich anspruchsvollen Tätigkeiten beteiligte, die beim Bau von Holzblockhäusern anfielen. Wo Justus' durchtrainierte Form wohl hauptsächlich von regelmäßigem Sport herrührte, war Patricks muskulöse Gestalt ganz sicher das Ergebnis jahrelanger harter körperlicher Arbeit. Er wirkte rauer, ungeschliffener als Justus, besaß jedoch einen unwiderstehlichen jungenhaften Charme, sodass Laura für sich beschloss, ihn zu mögen. Das schadete schließlich nicht, und außerdem war sie ihm inzwischen tatsächlich dankbar, dass er ihr den großen Raum zur Verfügung stellte – noch dazu zu einem Spottpreis, den zu akzeptieren beinahe schon eine Frechheit ihrerseits war.

Patrick bestand jedoch darauf, dass ein paar alte Möbel und Kisten mit was auch immer an Inhalt nicht rechtfertigten, ihr das hart verdiente Geld gleich in Unsummen abzuknöpfen. Dabei waren sie schließlich verblieben.

Laura öffnete ihr E-Mail-Programm und begann, eine Nachricht an den Berliner Notar zu schreiben, dem sie einen Schlüssel für ihren Lagerraum anvertraut hatte. Sie teilte ihm mit, dass die Firma Schattke & Schattke sich in den nächsten Tagen bei ihm melden würde, um Zugang zum Lager zu erhalten, die Sachen ihrer Eltern zu verladen und hierher zu bringen. Erst hatte sie erwogen, selbst nach Berlin zu fahren, dann jedoch davon abgesehen, denn so eine lange Fahrt war wohl etwas übertrieben, nur um der Umzugsfirma eine Tür aufzuschließen.

»Laura?« Die Tür hatte sich leise geöffnet, und Elke trat ein. »Haben Sie noch lange zu tun?«

Überrascht hob Laura den Kopf. »Nein, also … Doch, eigentlich schon. Ich wollte noch ein paar Dinge fertig machen, die heute Morgen liegen geblieben sind.«

Elke nickte verständnisvoll. »Ich möchte Sie auch gar nicht lange aufhalten, sondern frage nur, weil Margit Sie gerne heute Abend zum Essen einladen würde – als Dankeschön dafür, dass Sie sich gestern und heute Nacht so gut um Lizzy gekümmert haben.«

»Das ist doch nicht nötig.« Verlegen lächelte Laura. »Ich habe gerne auf Lizzy aufgepasst. Sie ist so lieb … Das war doch selbstverständlich.«

»Ja, nun, sagen Sie das mal Margit. Sie hat bereits Roastbeef eingekauft und mich angewiesen, keine Ausrede Ihrerseits gelten zu lassen, es sei denn, Sie würden den Kopf unter dem Arm tragen. Ihre Worte, nicht meine.« Elke lachte. »Kommen Sie, das wird nett. Bei der Gelegenheit können Sie uns auch gleich erzählen, wie es mit dem Blog vorangeht. Ach, übrigens, wann werden denn die Möbel und all die anderen Sachen Ihrer Eltern geliefert? Haben Sie schon einen Termin?«

»Am Samstagnachmittag.«

»Oh, das ist ja perfekt.«

»Perfekt wofür?« Verständnislos sah Laura Elke an, die jedoch nur abwinkte. »Später. Ich muss jetzt wieder los. Hans braucht dringend noch ein paar Akten aus dem Resort, und wer anders als seine treu sorgende Sekretärin wird sie ihm wohl im Überschallflug holen?« Sie lachte wieder. »Es wird Zeit, dass die ganzen Daten mal digitalisiert werden, damit wir immer und überall Zugriff darauf haben.« Achselzuckend wandte sie sich zum Gehen. »Aber wer soll das wohl machen? Dazu hat ja niemand Zeit, deshalb hetzen wir mit den Akten immer schön hin und her.« In der Tür drehte sie sich noch einmal um. »Also – sehen wir uns heute Abend bei Margit und Hans? So gegen halb acht. Bis später!« Ohne auf eine Antwort zu warten, verließ sie das Büro. Die Tür klappte leise hinter ihr zu.

Leicht konsterniert lehnte Laura sich in ihrem Stuhl zurück und rieb sich die Schläfen. Schon wieder ein Abendessen mit den Sternbachs? Elke hatte ihr nicht einmal die kleinste Möglichkeit gelassen abzusagen. Ob diesmal auch wieder die gesamte Familie anwesend sein würde? Laura konnte es sich kaum vorstellen. Sicher hatten Justus' Geschwister auch noch ein Privatleben – und er ebenfalls. Er schien mit keiner Frau fest zusammen zu sein, aber sicher hatte er Besseres zu tun, als alle paar Tage bei seinen Eltern zu Abend zu essen.

Ein wenig erleichterte sie der Gedanke, diesmal in etwas kleinerer Runde den Abend zu verbringen, wenn sie schon nicht absagen konnte. Wenn Justus nicht dort war, brauchte sie sich auch nicht unwohl zu fühlen, weil etwas zwischen ihnen vorging, wovon sie nicht recht wusste, wie sie es einordnen sollte. Hatte er seinen Eltern erzählt, dass sie den vergangenen Abend miteinander verbracht hatten – und falls ja, wie würden Margit und Hans darauf reagieren?

Seufzend schüttelte sie über sich selbst den Kopf. Am besten wäre es, wenn sie sich zukünftig von Justus fernhielt. Wenn er doch nur nicht so offensichtlich darauf bedacht gewesen wäre, genau dies zu verhindern, und wenn sie sich nicht so gut mit ihm verstehen würde.

Da Elke auf den neuen Hotelblog angespielt hatte, beschloss Laura, sich mit den aktuellen Besucherstatistiken zu bewaffnen und auch noch die neuesten Daten der sozialen Netzwerke sowie der Anzeigen in diversen Zeitschriften zusammenzustellen.

Gegen sechs Uhr dreißig verließ sie ihr Büro, fuhr nach Hause, duschte und zog sich eilig um und schaffte es gerade pünktlich um drei Minuten vor halb acht, ihren Wagen vor dem Haus der Sternbachs zu parken. In der Zufahrt standen bereits die Autos von Viola und Ricarda, also wurde es offenbar doch wieder eine größere Runde. Allerdings war weder Patricks Pick-up noch Justus' Wagen zu sehen. Verärgert bemühte sie sich, den leichten Anflug von Enttäuschung mit bloßem Willen in Erleichterung zu verwandeln. Sie schnappte sich ihre Handtasche und die Aktenmappe und rannte damit durch den Regen, der schon seit Stunden anhielt, auf die Haustür zu. Diese öffnete sich wieder in dem Moment, als sie auf die Klingel drücken wollte.

»Laura, wie schön, dass Sie schon da sind!« Margit fasste sie sanft, aber bestimmt am Arm und zog sie ins Haus. »Kommen Sie herein. Es ist scheußlich da draußen, und der Wetterbericht hat frostige Temperaturen gemeldet, also könnte es auch noch glatt werden. Hoffentlich nicht, andernfalls lasse ich Sie auf keinen Fall wieder nach Hause fahren. Nein, keine Widerrede. Wir haben ein wunderschönes Gästezimmer. Bis zu Ihrem Haus mag es vielleicht nicht weit sein, aber Eisregen ist unglaublich gefährlich.« Sie half Laura aus dem Mantel und hängte ihn an die Garderobe. »Kommen Sie ins Wohnzimmer. Das Essen ist in wenigen Minuten fertig. Aber lassen Sie sich nicht auf ein Skatspiel mit Ricarda, Hans und Viola ein. Die drei haben es heute mal wieder faustdick hinter den Ohren.«

»Ich kann gar nicht Skat spielen.«

»Umso besser. Dann haben Sie eine perfekte Ausrede.« Lachend verschwand Margit in der Küche.

Verunsichert, weil sie nun allein vor der halb offenen Wohnzimmertür stand, strich Laura sich das Haar zurück, warf einen kurzen Blick in den Flurspiegel und trat dann ein. Sie hatte bereits Gelächter, vermischt mit scherzhaftem Schimpfen, vernommen, als sie das Haus betreten hatte, und sah jetzt auch, woher es rührte. Hans und seine beiden Töchter saßen um den Couchtisch und waren augenscheinlich voll und ganz in ihre Skatpartie versunken. Jede Karte wurde mit einem klatschenden Geräusch auf die Tischplatte gepfeffert, begleitet von lautem Schnauben oder Ausrufen der Empörung. Dazwischen diskutierten die drei eifrig darüber, warum Hans so weit gereizt habe, was auch immer das zu bedeuten hatte, und ob der Grand dem Nullspiel vorzuziehen sei. Es ging hoch her, sodass die Spieler ihr Eintreten zunächst gar nicht bemerkten.

Laura legte ihre Aktenmappe auf einem der Stühle ab und trat näher an die Spielrunde, dann räusperte sie sich. »Guten Abend.«

Die drei hoben gleichzeitig die Köpfe. Viola lächelte ihr zu. »Hallo Laura.«

Ricarda fügte ein leicht abwesendes »Abend« hinzu und fluchte im nächsten Moment. »Papa! Das gibt es ja wohl nicht. Woher hast du denn jetzt das Pikass? Du bist ja noch schlimmer als Patrick, und das will schon was heißen. Der ist schließlich unser Falschzocker vom Dienst.«

»Du hast bloß nicht richtig aufgepasst.« Hans grinste jungenhaft und ähnelte damit Justus noch mehr als sonst. »Ich spiele nicht falsch. Hier geht alles mit rechten Dingen zu.«

»Wohl eher mit linken«, knurrte Ricarda.

»Guten Abend, Laura.« Hans lächelte kurz in Lauras Richtung. »Spielen Sie Skat? Dann setzen Sie sich und spielen mit.«

»Leider kenne ich die Regeln nicht. Ich habe noch nie Skat gespielt.« Bedauernd schüttelte Laura den Kopf. Seltsamerweise wünschte sie sich fast, das Spiel zu kennen. Die drei schienen sich köstlich zu amüsieren.

»Schade.« Hans blickte wieder auf seine Karten und legte eine weitere ab.

»Poker?«, fragte Ricarda in Lauras Richtung.

»Nein, leider auch das nicht.«

»Papa!« Viola kreischte beinahe vor Entrüstung. »Du hast uns reingelegt. Zeig sofort deine Karten.«

»Den Teufel werde ich tun.« Hans lachte nur und wich der Hand seiner Tochter geschickt aus, mit der sie nach seinen Karten greifen wollte.

»Was können Sie denn sonst? Jetzt sagen Sie nicht Mau-Mau.« Ricarda sprach, während sie ihre eigenen Karten studierte und dann ebenfalls eine ablegte.

Laura lachte. »Ich fürchte, ich kann nicht mal das. Als Kind habe ich nur Schwarzer Peter geliebt.«

»Oy.« Ricarda und Viola verdrehten gleichzeitig die Augen.

Verlegen hob Laura die Schultern. »Tut mir leid. Ansonsten kann ich nur verschiedene Brettspiele. In Monopoly bin ich sogar richtig gut.«

»Ha!« Ricarda warf ihre letzte Karte auf den Tisch. »Gerade noch mal die Kurve gekriegt. Papa, du bist ein Schurke. Aber ein besiegter.«

»Das wollen wir erst mal sehen. Los, zählen.« Hans deutete auf die Karten und begann, die Werte der eigenen zusammenzurechnen.

Viola tat das Gleiche, zählte dabei aber absichtlich immer lauter, um ihren Vater aus dem Konzept zu bringen.

»Ruhe da drinnen!«, rief Margit aus der Küche. »Man könnte meinen, ihr wärt eine Horde Hottentotten.«

Viola verstummte, lachte dann aber und wandte sich wieder an ihren Vater. »Siehste, du hast ganz knapp verloren.«

Hans nickte mit gespielt verärgerter Miene. »Das schreit nach einer Revanche.« Er schob Viola die Karten zu. »Du gibst.«

»Sie glauben, Sie seien gut in Monopoly?« Ricarda drehte sich interessiert zu Laura um. »Das sollten wir nach dem Essen gleich mal testen, finde ich. Was meinst du, Papa?«

»Von mir aus gerne.« Hans lächelte breit. »Das letzte Mal habe ich euch beide ins Armenhaus geschickt, wenn ihr euch erinnern möchtet. Das können wir gerne noch mal wiederholen.« Er zwinkerte Laura zu. »Ich bin nicht umsonst Hoteldirektor. So leicht kommt bei Monopoly niemand an mir vorbei. Parkstraße und Schlossallee sind grundsätzlich fest in meiner Hand, und meine Hotelketten sind legendär.« Da Viola die Karten bereits neu ausgeteilt hatte, griff er nach seinem Blatt, sortierte es und stöhnte laut auf. »Was ist das denn? Hast du die Karten überhaupt gemischt?«

Sogleich waren die drei erneut in ein hitziges Spiel verwickelt und schienen Laura vollkommen zu vergessen.

Laura stand daneben und sah für eine kurze Weile fasziniert zu. Da sie aber kaum die Hälfte von dem verstand, was die drei einander zuriefen, wandte sie sich schließlich ab und ging durch die Verbindungstür in die Küche. Sogleich wurde sie von angenehmen Gerüchen eingehüllt. Margit stand am Herd und hantierte mit verschiedenen Töpfen und Pfannen. Im Ofen brutzelte ein großes Roastbeef.

Staunend sah Laura sich in dem hellen, annähernd quadratischen Raum um. Die Einbauküche in Cremeweiß war im Landhausstil gehalten und offensichtlich noch ganz neu. Es gab große Arbeitsflächen aus grauem Granit und eine Arbeitsinsel mit an zwei Seiten angeschlossenem Frühstückstresen. Auf den beiden Fensterbänken reihten sich Töpfe mit frischen Kräutern aneinander, dazwischen waren mehrere lachende Wichtelfiguren aus Keramik verteilt. Auf dem Tresen stand ein Tablet, auf dem irgendeine Serie abgespielt wurde.

»Laura, nanu.« Margit hatte sich umgedreht und lächelte sie überrascht an. »Sind Sie vor den Zockern geflüchtet?«

»Gewissermaßen.« Laura lächelte verhalten. »Sie haben ja eine wunderschöne Küche.«

»Danke.« Geschmeichelt lächelte Margit. »Wir haben sie uns erst im vergangenen Sommer gegönnt, nachdem unsere alte doch schon sehr verlebt war.« Sie trat an den Tresen und tippte das Video an, sodass der Ton verstummte. »Entschuldigen Sie, aber bei der Küchenarbeit liebe ich es, meine Lieblingsserien im Hintergrund laufen zu lassen. Ist es nicht praktisch, dass man sie jetzt überall per WLAN streamen kann? Ich liebe ja *Sex and the City* und *Friends*, aber Letztere kennt ja heute kaum noch jemand.« Sie hielt kurz inne. »Möchten Sie mir vielleicht zur Hand gehen? Ich bin fast fertig, aber wenn Sie schon mal hier sind, kann ich Sie genauso gut zum Sklavendienst einteilen. Im Kühlschrank stehen eine Schüssel mit Schokoladenpudding und eine mit Sahne. Wären Sie so lieb, beides in Dessertschälchen zu füllen? Hier.« Sie ging zu einem der Hängeschränke und entnahm ihm sechs Porzellanschalen. »Ich hoffe, Sie mögen Roastbeef? Es gibt selbst gemachtes Kartoffelpüree dazu und Schmorgemüse.«

»Das klingt himmlisch.« Zögernd stellte Laura die Schälchen nebeneinander und holte die beiden Schüsseln aus dem Kühlschrank. Margit reichte ihr zwei Portionierlöffel und wandte sich dem Ofen zu. Ein betörender Bratenduft entströmte ihm, als sie die Tür öffnete und den Braten herausnahm. Lauras Magen begann prompt zu knurren, weil sie wieder einmal seit dem Mittag nichts gegessen hatte. Sie tauchte den einen Löffel in den Pudding und überlegte dabei, wie sie ihn mit der Sahne möglichst ansprechend anrichten könnte.

»Ich soll Sie übrigens von meinen Schwiegereltern grüßen«, plauderte Margit weiter. »Sie wären gerne heute hergekommen, aber Theo hat seinen Stammtisch, der ist ihm heilig, und Iris ist bei ihrer Häkelgruppe. Aber nicht dass Sie glauben, die würden Handarbeiten verrichten. Nein, heute gehen sie ins Kino, in irgend so einen Actionstreifen.«

»Ach ja?« Verblüfft hob Laura den Kopf.

»Oh ja, sie lieben so was. Schauen sich einen Film an, der möglichst gruselig oder aufregend ist, und setzen sich hinterher in ein Fast-Food-Restaurant und diskutieren darüber. Häkeln tun sie eigentlich nur noch einmal im Monat.« Margit lachte vor sich hin. »Einmal bin ich mitgegangen, aber das tue ich mir nicht mehr an. Stellen Sie sich lauter Frauen über achtzig vor, die bei McDonald's oder Burger King um einen Tisch sitzen, Burger und Fritten in sich hineinstopfen und dabei lauthals über die schlechte Schauspielleistung von Tom Cruise oder die nicht zumutbare Frisur von Keira Knightley debattieren. Ja, schauen Sie nicht so verblüfft. Ich hätte mich fast unter dem Tisch verkrochen, so peinlich war das. Aber es macht ihnen viel Spaß, also soll es mir recht sein.«

»Ich finde es schön, wenn man auch noch im fortgeschrittenen Alter so viel Spaß am Leben hat.« Laura entschied, keine Experimente zu versuchen, und füllte einfach den Pudding in die Schälchen, strich ihn glatt und setzte dann jeweils eine gute Portion Sahne obenauf.

»Absolut.« Margit schnitt das Roastbeef in Scheiben. »Seien Sie ruhig großzügig mit der Sahne. Meine Mädels machen genug Sport, da dürfen sie auch mal sündigen.« Sie musterte Laura kurz. »Sie sind ebenfalls sportlich, nicht wahr?«

»Ich mache regelmäßig Yoga.« Kritisch beäugte Laura die sechs Schälchen und gab bei einem noch etwas Sahne hinzu. »Außerdem wandere ich gerne und gehe im Sommer oft ins Schwimmbad. Allerdings«, sie blickte an sich hinab, »ist das immer ein wenig unangenehm, weil … nun ja.«

»Die Männer starren Sie gerne an?« Verständnisvoll nickte Margit. »Sie haben eine sehr schöne, weibliche Figur.«

»Weiblich, ja, aber schön?« Skeptisch verzog Laura die Lippen. »Ich weiß, dass die Männerwelt darauf steht. C-Körbchen sind ein Hingucker, nur …«

»Wurden Sie schon belästigt?«

»Verbal, ja. Physisch glücklicherweise noch nicht. Ich habe vor Jahren mal einen Kurs in Selbstverteidigung absolviert.«

»Das ist immer eine gute Idee. Meine Mädchen haben das auch gemacht.« Margit trat neben sie und legte ihr eine Hand auf den Arm. »Nehmen Sie es nicht so schwer. Solange die Kerle nur gucken, kann man sie doch weitgehend ignorieren. Sie sollten sich nicht die Freude an Ihren Lieblingsbeschäftigungen verderben lassen, nur weil ein paar Neandertaler auf unserem Planeten übrig geblieben sind. Ich finde Sie übrigens wirklich wunderhübsch. Auch Ihr Haar. So ein Rot mit goldenem Schimmer habe ich noch nie zuvor gesehen.«

»Meine Mutter hatte auch diese Haarfarbe. Ihre Vorfahren kamen aus Irland, aber das ist schon ziemlich lange her.«

»Ach, und ich dachte, dort gäbe es nur Schwarzhaarige mit blauen Augen.« Margit lachte. »Sind wir so weit?« Prüfend sah sie sich um und nickte. »Alles klar. Dann lassen Sie uns mal das Menü auffahren. Die Dessertschalen stellen Sie bitte in den Kühlschrank, ja?«

»Selbstverständlich.« Laura gehorchte. »Wo ist eigentlich Lizzy?«

»Mit Elke unterwegs. Ich habe meine Schwägerin rausgeworfen. Sie war heute besonders aufgeregt und hat ununterbrochen geredet. Als sie keine Ruhe gab, habe ich sie mit Lizzy auf einen Spaziergang geschickt. Sie müssten aber allmählich wieder zurückkommen.« Während sie sprach, hatte Margit eine Schüssel mit Püree und eine mit Gemüse ins Esszimmer hinübergetragen. Nachdem Laura alle Dessertschalen sicher im Kühlschrank untergebracht hatte, schnappte sie sich die Platte mit dem Braten und brachte sie ebenfalls zum Tisch.

Die drei Skatspieler waren nach wie vor in ihre Partie vertieft, inzwischen aber deutlich leiser.

»Sie haben sich ausgetobt«, raunte Margit Laura mit einem Blinzeln zu. »Das ist gut, dann ist während des Essens wenigstens Ruhe.« Sie schob einen Teller zurecht und rückte ein Glas zur Seite, damit Laura die Bratenplatte auf dem Tisch abstellen konnte. »Schluss jetzt, ihr drei.« Sie wandte sich dem Wohnbereich zu. »Essen ist fertig. Packt die Karten weg, und setzt euch an den Tisch.«

Laura schmunzelte, als Viola und Ricarda maulten wie zwei Teenager.

»Nur noch dieses Spiel zu Ende. Papa pfuscht schon wieder.« Ricarda klatschte eine Karte auf den Tisch. »Da hast du's.«

»Und?« Ohne mit der Wimper zu zucken, legte Hans ebenfalls eine Karte ab. Viola und Ricarda stöhnten. Viola warf ihre letzte Karte auf den Tisch. »Dir ist nicht mehr zu helfen.«

»Wohl eher euch.« Hans grinste breit und erhob sich. »Legt die Karten in den Schrank, bevor eure Mutter uns die Ohren lang zieht.«

»Schon gut.« Ricarda war bereits dabei, die Karten einzusammeln. »Aber nach dem Essen gibt es eine Partie Monopoly. Ich brenne darauf, Laura abzuzocken.«

Laura lachte. »Seien Sie mal nicht so sicher, dass Ihnen das gelingt. Als Teenager habe ich mal eine Zeit lang mit ein paar anderen Jugendlichen um echtes Geld gespielt.«

»Ihr habt Monopoly um Geld gespielt? Wo gibt es denn so was?« Viola starrte sie ungläubig an.

»Im Kinderheim. Wir hatten nur Brettspiele, weil die Betreuer alle Spielkarten wegen heimlicher Glücksspielabende einiger Jungs bereits einkassiert hatten.«

»Ist ja verrückt. Und?« Ricarda sah sie neugierig an.

»Sagen wir mal so, ich konnte mir hinterher neue Jeans und Schuhe kaufen.« Laura grinste. »Markenklamotten. Die Betreuer fanden das nicht so toll und haben dann auch das Monopolyspiel einkassiert, aber gewonnen ist gewonnen.«

»Recht haben Sie.« Hans nickte ihr erheitert zu und setzte sich auf seinen Platz am Esstisch, stand aber gleich wieder auf. »Wir haben ja noch gar keine Getränke.« Schon war er zur Tür hinaus.

Einen Moment später ging die Haustür, und Elkes Stimme war zu vernehmen, gleich darauf bellte die Hündin und kam im nächsten Augenblick auch schon ins Wohnzimmer gesaust.

Hier riecht es aber lecker nach Essen. Kriege ich auch was ab? Und oooooh, da ist ja Laura! Laura, Laura, hallo, hallo, oh, wie freue ich mich, dich zu sehen. Bitte, bitte, streichle mich. Hach, schön!

Wie verrückt hüpfte Lizzy um Lauras Beine herum, sprang sie an, und ihr wildes Wedeln brachte ihren gesamten Körper in Bewegung. Dabei stieß sie immer wieder ein helles Bellen und Fiepen aus.

»Na, da haben Sie aber einen großen Fan.« Margit schmunzelte. »So hat sich die Kleine ja noch nie wegen eines Besuchers aufgeführt.«

»Hallo Lizzy.« Kichernd ging Laura in die Hocke und ließ es zu, dass die Hündin ihr über die Hände leckte und mit der Nase gegen das Kinn stupste. »Pass auf, sonst wirfst du mich ja um!« Sie strich über das weiche weiße Fell, und sofort wurde Lizzy ruhiger.

Hm, ja, das fühlt sich gut an. Und du riechst gut. Hattest du eben Pudding oder Sahne in der Hand? Ach, am liebsten würde ich gar nicht mehr von dir weg. Ich mag dich so!

Gerührt, weil Lizzy sich vertrauensvoll an ihr Knie drückte und es sichtlich genoss, von ihr gekrault zu werden, blieb sie noch einen Moment länger in der Hocke. »Du bist ja so eine Süße!«

Ja, stimmt, bin ich. Aber du bist auch nicht ohne! Lizzy bellte kurz und hechelte dann, sodass es wieder einmal wirkte, als grinse sie verschmitzt.

»Sie antwortet auf alles, was man zu ihr sagt.« Elke war in der Tür erschienen. Sie richtete ihren Rollkragenpullover und warf einen Blick zum Tisch. »Ach, schon alles fertig? Ich hätte doch nicht die große Runde nehmen sollen. Jetzt musstest du die ganze Arbeit allein machen, Margit.«

»Ich hatte Hilfe von Laura.« Margit deutete auf den Tisch. »Nun setzt euch endlich alle.«

»Ich wasche mir nur rasch die Hände.« Laura erhob sich und eilte in die Küche.

»Na bitte, nehmt euch ein Beispiel an Laura«, hörte sie Margit zu ihren Töchtern sagen. »Wo hattet ihr zuletzt eure Pfoten?«

»Schon gut, schon gut.« Zu Lauras grenzenloser Belustigung kamen auch Viola und Ricarda in die Küche. Dort war Hans gerade dabei, eine Flasche Wein zu entkorken.

Auf dem Rückweg ins Esszimmer brachte Viola außerdem noch zwei Flaschen Mineralwasser mit. »Zum Verdünnen«, erklärte sie lachend. »Sonst bin ich im Handumdrehen blau. Ich vertrage nicht allzu viel.«

Während des Essens drehte sich das Gespräch recht bunt um diverse Familienthemen. Laura lauschte dem ungezwungenen und quirligen Geschehen amüsiert und ertappte sich dabei, sich hie und da mit einer Bemerkung einzumischen. Da niemand etwas daran auszusetzen zu haben schien, erfuhr sie auf diese Weise eine Menge über die weitere Verwandtschaft der Sternbachs sowie den neuesten Klatsch aus dem Ort.

Während der Gespräche standen die Mädchen irgendwann auf, sammelten die Teller und Schüsseln ein, um sie in die Küche zu tragen. Auch Laura erhob sich und nahm die Bratenplatte mit.

»Gibt es eigentlich noch Nachtisch?«, rief Ricarda, als sie wieder ins Esszimmer zurückkehrte.

»Im Kühlschrank.« – »Schokopudding mit Sahne.« Laura und Margit hatten gleichzeitig gesprochen, sahen sich verblüfft an und lachten.

»Hm, ihr seid euch ja einig.« Ricarda machte auf dem Absatz kehrt, steuerte schnurstracks den Kühlschrank an und entnahm ihm zwei der Schälchen. »Die gehören schon mal mir. Um den Rest dürft ihr euch kloppen.«

»Nichts da!« Flink hatte Margit ihr die Schälchen wieder entwendet und stellte sie auf den Tresen. Dann nahm sie ein Tablett aus dem Regal und reihte alle sechs Schalen darauf. »Laura, tragen Sie … Ach Quatsch, hören wir mal auf, so förmlich zu sein. Wir wechseln jetzt einfach alle zum Du und fertig. Einverstanden?« Ehe Laura antworten konnte, schob Margit ihr das Tablett hin. »Trag bitte den Nachtisch nach drüben, aber pass auf, dass Ricarda die Finger bei sich behält.«

»Okay …«

»Her damit.« Spielerisch tat Ricarda so, als wolle sie sich eine Schale greifen.

»Nope, verboten.« Lachend machte Laura einen Bogen und eilte zum Esstisch zurück. Dort ertappte sie Hans dabei, wie er heimlich Lizzy ein übrig gebliebenes Stück Braten zusteckte.

Mjam, endlich erhört mich mal einer! Mit einem Happs schlang Lizzy den Leckerbissen herunter. *Das ist gut. Gibt's davon noch mehr? Nicht? Wie schade!*

Als Hans Laura sah, zuckte er zusammen und grinste schief.

Laura lächelte verschwörerisch zurück und tat, als habe sie nichts bemerkt.

»Hans, was frisst Lizzy da?« Auch Margit kam jetzt aus der Küche zurück, dicht gefolgt von ihren Töchtern. »Du hast ihr doch nicht etwa irgendwas vom Tisch zurückbehalten und zugesteckt?«

Doch, hat er. Ihr anderen seid ja immer so gemein und gebt mir nichts. War echt lecker, der Braten. Davon könnte ich noch mehr vertragen.

»Ich? Wie kommst du denn darauf?« Hans' Miene war ganz Unschuld.

»Da lag ein Hundekuchen am Boden.« Laura stellte das Tablett auf dem Tisch ab und lächelte Hans erneut zu, woraufhin er fast unmerklich nickte.

»Soso.« Kritisch musterte Margit erst Laura, dann ihren Mann. »Wenn du das sagst. Hans, wir sind übrigens soeben mit Laura alle zum Du übergegangen. So redet es sich doch viel besser.«

»Soll mir recht sein.« Er lächelte Laura warm zu.

Ricarda stand auf und ging an den großen Wohnzimmerschrank. »So, los geht's! Elke, bist du bereit zu verlieren?«

»Wobei soll ich verlieren?« Erstaunt blickte Elke in die Runde. »Hab ich was verpasst?«

»Die Mädchen haben beschlossen, dass heute Monopoly auf dem Plan steht.« Hans schob sein leeres Dessertschälchen von sich.

»Ach je. Wessen Idee war das?«

»Lauras«, antworteten Viola und Ricarda im Chor.

Laura hob abwehrend die Hände. »Ist ja gar nicht wahr. Ich habe nur gesagt, dass ich gut in Monopoly bin, mehr nicht.«

»So eine Ansage ist bei uns immer eine Aufforderung zum Match«, erklärte Ricarda. »Da musst du jetzt durch. Oder willst du einen Rückzieher machen?«

»Kommt gar nicht infrage.« Laura schüttelte den Kopf. »Der Herausforderung stelle ich mich mit links.«

»Wenn das so ist.« Elke erhob sich. »Könnt ihr noch ein Viertelstündchen warten? Dann mache ich uns was Gutes zu trinken.«

Viola hob den Kopf. »Etwa Silvesterpunsch?«

»Au ja.« Ricarda klatschte begeistert wie ein Kind in die Hände.

Laura stutzte. »Silvesterpunsch?«

Margit lachte. »Eierpunsch vom Feinsten. Ursprünglich hat Elke ihn mal zu einer Silvesterparty beigesteuert, aber mittlerweile ist es eher ein Rund-ums-Jahr-Punsch.« Sie senkte die Stimme ein wenig. »Pass auf, das Zeug haut ganz schön rein.«

»Kann ich bestätigen.« Viola grinste breit. »Zwei Tassen davon – und ich bin hinüber.«

Elke drehte sich in der Küchentür um. »Na, dann kriegst du nur eine, Viola. Ein bisschen was muss der Punsch aber schon können, wo wäre denn sonst der Spaß daran? Hast du noch Sahne fürs Häubchen, Margit?«

»Im Kühlschrank.« Margit erhob sich. »Soll ich dir helfen?«

»Nicht nötig. In einer Viertelstunde bin ich fertig.« Elke verschwand in der Küche und rief von dort: »Erzähl Laura mal in der Zwischenzeit, was wir uns für Samstag ausgedacht haben.«

»Für Samstag?« Überrascht blickte Laura Margit an.

Margit nickte. »Ja, stimmt, das hätte ich jetzt beinahe vergessen. Elke erzählte uns, dass die Möbel und Sachen deiner Eltern am Samstag geliefert werden.«

»Ja, das ist richtig.«

»Und sie fand, dass du den ganzen Kram nicht allein durchgehen solltest.«

Lauras Puls beschleunigte sich ein wenig. »Durchgehen?«

»Ja, nun, sicherlich hast du die Sachen schon eine Weile nicht angeschaut, oder?«

Laura schluckte hart. »Noch nie.«

Margit nahm ihre Hand und drückte sie. »Das haben wir uns fast gedacht. Deshalb werden wir alle dir am Samstag helfen. Sogar Patrick nimmt sich ein paar Stunden frei – und Justus natürlich auch. Immerhin wirst du auch ein paar starke Männer benötigen, oder?«

»Das ist …« Ungläubig blickte Laura in die Runde. »Das kann ich doch nicht annehmen. Ihr kennt mich doch überhaupt nicht …«

»Wir kennen dich gut genug«, widersprach Margit, »um zu wissen, dass das eine Mammutaufgabe ist, die du allein nicht bewältigen solltest.«

Laura presste die Lippen kurz zusammen, bevor sie weitersprach. »Danke. Das ist … Ich weiß gar nicht, was sich sagen soll.«

»Platz da auf dem Tisch«, unterbrach Ricarda das Gespräch und ersparte Laura eine Antwort. Sie stellte die Schachtel mit dem Monopolyspiel ab, öffnete sie und entnahm ihr das Spielbrett. »Was du mir sagen könntest, ist, ob du lieber der Schuh sein willst oder der Zylinder. Papa ist immer das Auto und Mama der Fingerhut.

»Ich bitte das Schiff«, rief Elke aus der Küche.

Leicht verwirrt blickte Laura auf die silbernen Spielfiguren, die Ricarda auf das Brett gelegt hatte. Als Viola nach dem Bügeleisen griff, nahm sie das Hundefigürchen, das neben Schuh und Zylinder noch auf dem Brett lag.«

»Gute Wahl.« Beifällig nickte Ricarda. »Patrick nimmt immer die Kanone und Justus den Reiter. Der Hund war bisher immer symbolisch für Lizzy.«

Habe ich da gerade meinen Namen vernommen? Lizzy hatte sich unter Lauras Stuhl zusammengerollt, stand nun aber auf und versuchte, an ihrem Bein hochzuklettern. *Was macht ihr denn? Gibt es da oben was Süßes? Nein, doch nicht? Werde ich dann wenigstens gestreichelt?*

»Darf ich?« Fragend sah Laura Margit an und deutete dabei auf Lizzy.

Margit nickte lächelnd, und Laura nahm die Hündin auf den Schoß.

Huch. Oh, das ist aber schön hier. Gefällt mir ausgezeichnet. Hier kriege ich ja alles mit, sogar wenn ich mich kuschelig zusammenrolle. Ach, Laura, das war aber eine tolle Idee. Wau!

Alle lachten, als Lizzy ein freundliches Bellen ausstieß, das fast wie ein Danke klang. Die Hündin drehte sich umständlich auf Lauras Schoß, bis sie die bequemste Position gefunden hatte, und stieß dann ein zufriedenes Schnauben aus.

So ist es perfekt. Hier bleibe ich.

12. Kapitel

»Ladies and Gentlemen, the Queen of Monopoly.« Ricarda war von ihrem Stuhl aufgestanden und verneigte sich schwungvoll. »Ich ziehe den Hut vor dir.« Die ausholende Bewegung, die sie gleichzeitig zu ihrer Verbeugung vollführte, ließ sie schwanken, weil sie deutlich zu viel Punsch getrunken hatte.

»He, he, immer vorsichtig!« Beherzt griff Hans, der neben ihr saß, zu, damit sie nicht umkippte. »Setz dich wieder, sonst müssen wir dich gleich unter dem Tisch hervorziehen.«

»'tschuldigung.« Grinsend ließ Ricarda sich wieder in ihren Stuhl fallen. »Huch, bisschen schwindelig ist mir.« Sie wandte sich an Laura, die die Geste lachend beobachtet hatte. »Ich muss es noch mal wiederholen: Hut ab. Was du heute geschafft hast, ist noch niemandem zuvor gelungen. Du hast Papa ins Armenhaus geschickt.« Sie kicherte. »Na ja, fast. Er hat nur noch drei Hotels, du dagegen …«

»Ein ganzes Imperium.« Stolz betrachtete Laura die grünen und roten Häuschen, die sich überall auf dem Spielbrett, hauptsächlich aber auf Schlossallee und Parkstraße dicht aneinanderdrängten, sowie die Mensch-ärgere-dich-nicht-Figürchen, die sie irgendwann als Ersatz hinzuzuziehen gezwungen gewesen waren, weil die vorhandenen Häuser und Hotels nicht ausgereicht hatten. »Ich hatte euch gewarnt.«

»Hast du.« Margit nickte ihr schmunzelnd zu.

»Aber noch nie konnte jemand die Drohung wirklich wahr machen«, fügte Hans sichtlich beeindruckt hinzu.

»Leute, ich glaube, ich muss nach Hause.« Viola wollte sich erheben, sackte aber gleich wieder in den Stuhl zurück. »Oh, oh. Vielleicht übernachte ich doch lieber hier am Tisch.«

»Ich habe dir gleich gesagt, du sollst nur einen einzigen Punsch trinken.« Streng, aber mitfühlend musterte Elke sie. »Fahren kannst du jedenfalls nicht mehr.«

»Zu Fuß gehen auch nicht.« Viola hielt sich an der Tischkante fest. »Mir ist schwindelig.«

»Na wunderbar, zwei Schnapsleichen.« Hans schüttelte erheitert den Kopf.

»Drei, fürchte ich.« Laura kraulte gedankenverloren Lizzys Fell. Die Hündin schlief tief und fest auf ihrem Schoß. »Dieser Silvesterpunsch hat es wirklich in sich.«

»Schnaps ist aber keiner drin. Na ja, bis auf das bisschen Cognac.« Elke stand auf und ging um den Tisch herum. »Komm, Viola, am besten bringe ich dich rauf ins Gästezimmer.«

»Hey, und was ist mit mir? Soll ich etwa auf der Couch schlafen?« Auch Ricarda stand auf und nahm ihre Schwester am Arm, damit diese nicht strauchelte.

»Eigentlich hätte Laura im Gästezimmer übernachten sollen.« Kopfschüttelnd räumte Margit das Spiel zusammen. »Ihr Mädchen müsst euch das Bett oben teilen. Groß genug ist es ja. Dann machen wir für Laura ein Lager auf der Couch fertig.«

»In solchen Momenten bereue ich, dass wir die Kinderzimmer neuen Zwecken zugeführt haben.« Hans schmunzelte, stand aber ebenfalls auf. »Ich hole mal Bettzeug.«

»Was sollten wir denn mit den Zimmern, nachdem alle vier aus dem Haus waren?« Margit winkte ab. »Das hier ist doch eine Ausnahmesituation, die rechtfertigt keine vier leer stehenden Zimmer. Außerdem hätte sonst Elke nicht oben einziehen können.«

»Macht euch bitte meinetwegen keine Umstände.« Laura blickte den Schwestern nach, die gemeinsam mit Elke aus dem Zimmer wankten. »Um mich steht es nicht so schlimm wie um die beiden. Ich kann gut noch zu Fuß nach Hause …«

»Vergiss es.« Rigoros schüttelte Margit den Kopf. »Hast du mal aus dem Fenster geschaut?«

»Warum?« Laura richtete ihren Blick auf das große Wohnzimmerfenster, dessen Panoramablick auf den Garten hinausführte. »Oh.«

»Ja genau, oh. Es schneit schon seit zwei Stunden. Da hinaus lasse ich dich jetzt ganz sicher nicht gehen.«

»So, bitte sehr – Laken, Decke, Kopfkissen.« Hans legte ein großes Bündel Bettwäsche auf der Couch ab. »Und eine Zahnbürste.« Diese landete obenauf. »Wo das Gästebad ist, weißt du ja inzwischen. Frische Handtücher liegen bereit, und morgen brauchst du vor neun Uhr nicht im Dienst zu sein.«

»Quatsch, ich bin pünktlich um acht dort.« Dankbar betrachtete Laura das Bündel Bettwäsche.

»Musst du aber nicht.« Er griff nach der Monopoly-Schachtel, die Margit inzwischen wieder verschlossen hatte, und verstaute sie im Schrank. »So einen Spieleabend mit uns muss man erst mal verdauen, wenn man ihn nicht gewöhnt ist.«

Margit lachte herzlich. »Das schaffen ja nicht mal unsere Töchter, und die sind damit aufgewachsen.«

»Die zwei haben bloß zu viel gebechert. Nüchtern würden sie jetzt noch eine Revanche fordern.«

Laura hob erstaunt den Kopf. »Jetzt noch? Es ist fast Mitternacht!«

»Da hast du noch mal Glück gehabt, dass Elke ihren Silvesterpunsch zusammengemixt hat.« Vergnügt zwinkerte Hans ihr zu. »Andernfalls hätten sie wahrscheinlich die Nacht durchgemacht. Ich glaube übrigens, dass Elke es mit dem Cognac diesmal ein bisschen zu gut gemeint hat.«

»Das hat sie auf jeden Fall. Ich hatte nur anderthalb Tassen und komme mir vor, als wäre Watte in meinem Kopf.« Prüfend sah Margit sich um und sammelte dann rasch noch die Punschtassen ein. »Die stelle ich schnell noch in die Spülmaschine, dann muss ich unbedingt ins Bett. Wenn du etwas brauchst,

Laura, fühl dich ganz wie zu Hause. Essen ist im Kühlschrank, Getränke sind in der Vorratskammer. Am besten nimmst du eine Flasche Wasser mit an dein Bett oder vielmehr an die Couch und trinkst jetzt noch ein großes Glas, um den Kater zu vertreiben. Im Spiegelschrank im Gästebad findest du auch eine Packung Aspirin.«

»Danke, das ist, glaube ich, nicht nötig. Wasser wird ausreichen.« Vorsichtig hob Laura Lizzy von ihrem Schoß, die sich daraufhin heftig schüttelte.

Nanu, was ist denn jetzt los? Ach so, ich hab auf deinem Schoß geschlafen. Und was jetzt? Geht noch mal jemand mit mir raus? Ich müsste mal. Wau.

»Oje, musst du noch mal?« Besorgt blickte Laura auf die Hündin hinab.

»Ich gehe schon.« Hans wandte sich zur Tür.

»Nein, nein, das kann ich doch übernehmen. Wenn ich hier schon meine Zelte aufschlagen muss, kann ich mich auch nützlich machen, und vielleicht tut mir ein Schwung frischer Luft jetzt auch noch ganz gut.« Laura ging an ihm vorbei in den Flur, um ihren Mantel anzuziehen.

»Also gut, dann nimm aber den Hausschlüssel mit.« Umstandslos drückte Hans ihr sein Schlüsselbund in die Hand. »Die Leine hängt an der Garderobe. Dreht aber nur eine kleine Runde einmal ums Haus, das muss reichen.«

Laura geht mit mir raus? Das ist aber schön. Bleibt sie etwa heute Nacht hier?

»Schick Lizzy bitte in ihr Körbchen, wenn ihr zurückkommt. Ein Handtuch zum Abtrocknen, falls sie zu viel Schnee abbekommt, liegt hier.« Margit war bereits auf dem Weg zum Schlafzimmer und deutete im Vorbeigehen auf ein mehrfach gefaltetes Handtuch in einem Korb unter der Garderobe. Dann hielt sie kurz inne. »Das war ein wirklich schöner Abend.«

»Ja, das war es.« Laura lächelte ihr zu und dachte kurz daran, dass sie nicht eine Minute lang über den Blog oder sonst etwas, was ihre Arbeit anging, geredet hatten. Es machte ihr gar nichts aus. Mehr noch, sie hatte es bis eben nicht einmal bemerkt, denn sie hatte die Zeit mit den Sternbachs wirklich genossen und am Ende ihre Aktenmappe völlig vergessen.

»Gute Nacht.« Margit verschwand im hinteren Teil des Hauses. »Lasst euch nicht zu sehr einschneien, ihr zwei!«

»Wir beeilen uns«, rief Laura ihr lachend hinterher und spürte ein seltsames Kribbeln und Ziehen in ihrem Inneren. Fast war ihr, als gehöre sie tatsächlich zur Familie. So etwas hatte sie schon seit einer Ewigkeit nicht mehr empfunden, und es fühlte sich unglaublich gut an.

»Gute Nacht, Laura.« Hans nickte ihr lächelnd zu. »Zieh lieber auch noch einen Schal an. Hier, nimm den von Viola.« Er reichte ihr einen langen, flauschigen roten Wollschal, der neben Violas Mantel an einem Haken hing.

»Danke.« Rasch schlang Laura sich den Schal um den Hals und lachte, als Lizzy ungeduldig bellte.

Mach bitte mal ein bisschen schneller, es ist jetzt doch ziemlich dringend. Wau, wau.

»Ja, ja, ich komme doch schon, Süße.« Sie wandte sich noch einmal Hans zu. »Gute Nacht.«

Er nickte nur lächelnd und folgte seiner Frau in den hinteren Bereich des Hauses.

Die winterlich kalte Schneeluft ließ Laura kurz erschaudern, doch dann sog sie sie tief in die Lungen. Ringsum war die Welt bereits von einem dicken weißen Teppich bedeckt, und kurz überlegte Laura, dass es am folgenden Morgen wohl anstrengend werden würde, das Auto freizuräumen.

Lizzy war als Erstes zu einem Strauch gesaust und hatte sich erleichtert, nun führte Laura sie gemächlich zur Straße und nahm dann den Feldweg, der einmal um das Anwesen der Sternbachs herumführte. Große schwere Flocken sanken still um sie herum zur Erde und wurden von der Straßenbeleuchtung ebenso angestrahlt wie von den unzähligen LEDs der

Lichterketten, die am Haus und in den Büschen angebracht waren. Der weiße Schnee glitzerte in dem warmen Licht geheimnisvoll und romantisch.

Erst nachdem Laura eine ganze Weile wie verzaubert dieses Stillleben betrachtet hatte, wurde ihr bewusst, dass sie zum ersten Mal seit einer Ewigkeit keinen Widerwillen gegenüber dem Weihnachtsschmuck empfand. Die Erkenntnis ließ sie für einen Moment innehalten. Eine merkwürdige Gänsehaut legte sich auf ihren Rücken und ihre Arme. Was geschah mit ihr?

**

Elf-Siebzehn saß, sicher vor Lauras Blicken verborgen, in einem hohen Busch schräg neben ihr und warf ein wenig Sternenstaub, den er in einem Samtbeutel bei sich trug, in ihre Richtung, sodass er sich auf die umherstiebenden Schneeflocken legte und diese im Licht der Weihnachtsbeleuchtung besonders schön und geheimnisvoll schimmern ließ. Als sie stehen blieb und sich fasziniert umsah, hielt er inne und verharrte ganz still, um ihre Reaktion zu beobachten. Er freute sich, als er den Anflug eines Lächelns auf ihren Lippen bemerkte. Dann jedoch wandelte sich ihre Miene in einen erstaunten Ausdruck, sie runzelte leicht die Stirn. Jetzt wirkte sie zutiefst bewegt und verwundert.

Vorsichtig griff er noch einmal in den Beutel und warf eine zweite Handvoll Sternenstaub, diesmal so, dass Laura gänzlich davon eingehüllt wurde.

Elf-Siebzehn, bist du das? Nanu, hallo. Was machst du denn hier?

Erschrocken, seinen Namen zu hören, blickte Elf-Siebzehn nach unten, wo Lizzy halb unter dem Busch stand und neugierig zu ihm emporblickte.

»Psst!« Rasch legte er einen Finger an die Lippen. Dann

kletterte er so leise wie nur möglich hinunter zum Boden. »Bleib bitte ganz leise, Lizzy, damit Laura mich nicht bemerkt. Ich glaube zwar nicht, dass sie mich sehen kann – das können nur sehr wenige Menschen und hauptsächlich Kinder –, aber sicher ist sicher.«

Na klar, ich bin ja ganz leise. Lizzy nickte. *Was ist das für ein Glitzerzeug?*

»Das ist Sternenstaub, damit Laura mal so richtig verzaubert wird. Na ja, eigentlich bewirkt der Staub gar nichts, aber er glitzert so schön, findest du nicht auch?« Stolz betrachtete Elf-Siebzehn sein Werk. »Ich bin hergekommen, um nach dem Rechten zu sehen und dich zu fragen, ob es dir bei Laura immer noch so gut gefällt.«

Ja, aber sicher doch. Laura ist sooo lieb. Ich mag sie sehr, sehr, sehr. Lizzy wedelte begeistert mit der Rute. *Heute bleibt sie sogar über Nacht bei uns, ist das nicht schön?*

»Ja.« Elf-Siebzehn nickte lächelnd. »Das war mein Plan. Welch ein Glück, dass er aufgegangen ist. Weißt du, ich habe nämlich ein bisschen am Wetter gedreht. Dafür schulde ich Petrus jetzt einen Gefallen. Mal wieder.« Der Elf gluckste.

Wer ist denn Petrus? Ein Freund von Santa Claus, von dem du mir neulich erzählt hast?

»Gewissermaßen, aber das ist eine lange Geschichte. Das mit dem Schnee hat jedenfalls funktioniert. Obwohl, wenn ich das, was ich durchs Fenster gesehen habe, richtig interpretiere, hätte Laura sowieso nicht mehr nach Hause fahren können, oder? Ich war vorhin mal kurz drinnen, als Elke das Küchenfenster gekippt hatte, und habe sicherheitshalber ein bisschen mehr Cognac in den Punsch geschmuggelt, nur für alle Fälle. Gut, dass Elke die Idee hatte, das Gebräu auszuschenken.«

Warum wolltest du denn so unbedingt, dass Laura hier übernachtet? Neugierig musterte Lizzy den Weihnachtself, der daraufhin geheimnisvoll grinste.

»Wart's ab. Das gehört alles zu einem ganz ausgeklügelten Plan. Auf deine Hilfe dürfen wir weiterhin zählen, hoffe ich?«

Na, klar doch. Sagt mir nur, was ich tun soll.

»Erst mal sei einfach nur du selbst.«

Ich selbst sein? Wie mache ich das denn? Lizzy schnaubte verblüfft.

Elf-Siebzehn lachte. »Tu einfach das, was du immer tust, und sei lieb zu Laura.«

Oh ja, das kann ich gut.

»Sobald wir deine Hilfe benötigen, gebe ich dir rechtzeitig Bescheid.«

Also gut, dann bin ich ja mal gespannt.

»Ich muss jetzt wieder weg, Lizzy, sonst bemerkt Laura doch noch etwas. Bis bald!« Elf-Siebzehn winkte der Hündin noch einmal zu.

Ja, bis bald. Wiff! gab die zurück, und schon war der Elf verschwunden.

***

»Was machst du denn da unter dem Busch, Lizzy?« Laura war so sehr in Gedanken versunken gewesen, dass sie für einen Moment alles um sich herum vergessen hatte. Die Welt kam ihr unwirklich und wie verzaubert vor, fast so, als läge ein Glitzern in der Luft, das nur für sie da war. Doch jetzt hatte sie das helle Bellen und Schnauben der Hündin vernommen und trat näher an den Busch heran. »Ist dort unten irgendwas?«

Wie? Oh, nein, hier ist nichts und niemand. Lizzy kam eilig rückwärts unter dem Busch hervorgekrochen. *Überhaupt gar niemand. Na ja, außer mir natürlich. Wau.* Sie wedelte wieder heftig und sah so treu zu Laura auf, wie es nur Hunde können.

»Du wühlst wohl gerne im frischen Schnee, was?« Erheitert, weil Lizzy etliches von der weißen Pracht im Fell hatte, bückte Laura sich und streichelte ihr das kalte Nass fort.

Ähm, ja, ich glaube schon. Jetzt bemerke ich das Zeug erst so richtig. Eben musste ich so dringend, da ist es mir fast nicht aufgefallen. Schnee heißt das? Ist ziemlich kalt, könnte aber lustig sein. Darf ich das morgen, wenn ich ausgeschlafen habe, mal bei Tageslicht in Augenschein nehmen?

»Das ist dein allererster Schnee, oder?« Amüsiert beobachtete Laura, wie Lizzy an der weißen Pracht schnüffelte und mit einer Pfote darin scharrte. »Vielleicht können wir ja bald mal einen schönen Spaziergang im Schnee machen, was meinst du?«

Au ja, da bin ich dabei. Aber bitte erst, wenn es wieder hell ist.

»Jetzt müssen wir aber langsam wieder ins Haus. Ich bin ziemlich müde und etwas betrunken auch, fürchte ich.«

Betrunken? Was ist das?

»Ich sehe schon Glitzer in der Luft, der aussieht wie Sternenstaub. Das bedeutet, ich muss dringend ins Bett gehen.« Laura lachte über sich selbst. »Na komm, beeilen wir uns.«

Ist mir recht. Ich bin auch ziemlich müde. Lizzy bellte erneut zustimmend.

Schmunzelnd, weil die Hündin tatsächlich auf alles zu antworten schien, was sie sagte, stapfte Laura durch den immer dichter fallenden Schnee zurück zur Haustür.

Dort schüttelte sie sich erst einmal die Flocken vom Mantel und fischte dann das Schlüsselbund aus der Tasche. Sinnierend betrachtete sie es, bevor sie die Tür aufschloss. Hans hatte ihr die Schlüssel so selbstverständlich in die Hand gedrückt, als sei sie eine seiner Töchter. Dabei kannte er sie erst seit wenigen Wochen. Überhaupt brachten ihr die Sternbachs so viel Freundlichkeit und Vertrauen entgegen, dass es ihrem vernarbten Herzen und ihrer Seele guttat.

»Ich werde nachts immer so rührselig«, murmelte sie vor sich hin, während sie die Tür wieder hinter sich schloss, Lizzy die Leine abnahm und die Hündin so gut es ging abtrocknete.

Es war ein merkwürdiges Gefühl, sich in dem fremden Haus zu bewegen. Sie breitete rasch das Bettzeug auf der Couch aus, schnappte sich die Zahnbürste und machte sich bettfertig.

***

Aaaalso gut, ich habe jetzt wirklich ganz brav in meinem Körbchen gelegen und versucht, wieder einzuschlafen. Das ging vorhin auf Lauras Schoß viel besser. Ich kann sie zwar von hier aus hören und riechen, und wenn es hell wäre, würde ich sie auch sehen; aber das ist nicht das Gleiche.

Hm, sie atmet ganz tief und gleichmäßig, also schläft sie wohl schon. Das Geräusch kenne ich von neulich, als ich bei ihr übernachten durfte. Da hatte sie nichts dagegen, dass ich zu ihr ins Bett komme. Wir haben sogar gekuschelt.

Nun liegt sie zwar nicht gerade in einem großen Bett, sondern bloß auf der Couch, aber hey, ich bin doch nur klein und passe da ganz bestimmt mit drauf.

Ich glaube, ich schleiche mich mal zu ihr und gucke, ob bei ihr noch Platz ist. Das hab ich auch mal bei Justus gemacht, als er auf der Couch übernachtet hat. Damals hab ich mich auf seinen Bauch gelegt, das war lustig, weil der sich bei jedem Atemzug auf und ab bewegt hat. Aber gemütlich war es schon.

Mit Laura wird es bestimmt auch so schön. Soll ich mich einfach trauen? Ich müsste schon ein bisschen Schwung holen, um da raufspringen zu können. Soll ich? Soll ich nicht?

»Nun komm schon rauf.« Laura rutschte auf die Seite und klopfte einladend mit der Hand auf den frei gewordenen Platz. »Ich sag's auch nicht weiter.«

Huch, du schläfst ja doch noch nicht. Aber gut, das ist einfach zu verführerisch. Eins, zwei, drei und ... Jau, ich bin oben.

Hach, ist das schön! Genauso muss das sein. Richtig kuschlig-warm. Jetzt kann ich endlich wieder einschlafen, so ganz nah bei Laura. Meiner Laura.

***

Nachdem Laura die flauschige Decke bis zur Nasenspitze hochgezogen und für Lizzy eine gemütliche Kuhle gepolstert hatte, war alles noch eigentümlicher als vorhin, als sie das Gefühl gehabt hatte, von magischem Glitzer umgeben zu sein. Aus dem Obergeschoss waren kurz Schritte zu vernehmen, dann eine Toilettenspülung, danach war es wieder ruhig. Irgendwo im Haus tickte leise eine Uhr vor sich hin; der Geruch der Bettwäsche war ihr fremd, aber nicht unangenehm. Sie fühlte sich warm und … geborgen. Über dieser so lange vergessenen Empfindung schlief sie schließlich ein.

***

Margit hatte mit einem Ohr gelauscht, bis sie die Haustür gehen und Lauras leise Stimme hörte, als sie mit Lizzy sprach. Danach drangen noch kurz Geräusche aus dem Gästebad, dann herrschte Stille.

Zufrieden hatte Margit sich in ihre Kissen gekuschelt, die Decke bis zur Nasenspitze hochgezogen und dem ruhigen Atem ihres Ehemannes gelauscht. Nach wenigen Minuten war sie ebenfalls eingeschlafen. Als sie jetzt auf die Uhr sah, stellte sie fest, dass nicht einmal eine halbe Stunde vergangen war. Ihr Mund war so trocken, dass sie erneut aufgewacht war. Verflixter Silvesterpunsch. Es wäre besser gewesen, den Rat, den sie Laura gegeben hatte, selbst zu befolgen. Sie knipste die Nachttischlampe an und stand leise auf, um sich eine Flasche Wasser aus der Vorratskammer neben der Küche zu holen.

Auf dem Rückweg hielt sie mitten in der Küche inne und schmunzelte, als sie Lizzys leises Schnarchen vernahm. Die winzige Hündin machte aber auch wirklich manchmal allzu drollige Geräusche, wenn sie schlief.

Vorsichtig, um nicht versehentlich Laura zu wecken, schlich Margit zur angelehnten Tür und warf einen Blick ins Wohnzimmer. Das Licht aus der Küche fiel in den Raum, ausreichend, um ihn zu erhellen, jedoch gedämpft genug, um Laura nicht zu stören.

Als Margit Lizzy nicht in ihrem Körbchen entdeckte, trat sie neugierig und ahnungsvoll näher an die Couch heran. Für einen langen Moment blickte sie schweigend auf die hübsche junge Frau mit dem wundervollen roten Haar hinab, die fest und friedlich schlief. Ihre Gesichtszüge waren entspannt und ebenmäßig, auf ihren Lippen lag ein fast unmerkliches Lächeln, das Margit rührte.

Lizzy hatte sich in der Kuhle neben Lauras Bauch zusammengerollt und schien irgendetwas zu träumen, denn neben den leisen Schnarchern waren auch immer wieder lustige Quietschlaute zu vernehmen. Was für Abenteuer sie im Traum wohl erleben mochte? Lauras Hand lag wie selbstverständlich auf Lizzys Rücken.

Das Bild der beiden bewegte Margit und ließ sie ebenfalls lächeln. Sie hatte die junge Frau vom ersten Moment an lieb gewonnen. Nicht nur, aber sicherlich auch, weil Laura ein solch tragisches Schicksal hatte, verspürte Margit das Bedürfnis, sich um sie zu kümmern, ihr ein wenig Familiennähe zu geben. Etwas, was Laura seit ihrem zwölften Lebensjahr nicht mehr erlebt hatte. Margits Herz blutete für das kleine Mädchen, und gleichzeitig empfand sie Hochachtung vor der Frau, die Laura geworden war – stark, selbstbewusst, erfolgreich.

Aber auch einsam und voller Angst, sich jemandem zu öffnen. Margit war nicht blind, sie hatte bereits ganz zu Anfang ihrer Bekanntschaft bemerkt, dass Justus sich zu Laura hingezogen fühlte und umgekehrt. Doch Justus schien nicht – oder noch nicht – daran zu rühren, möglicherweise aus Rücksicht auf Lauras Wünsche. Ihr Sohn war schon immer sehr weitsichtig gewesen, was den Umgang mit anderen Menschen anging. Er mochte einige Fehler haben – nicht zuletzt seine zuweilen schonungslose Offenheit, mit der er seine Ansichten und Meinungen kundtat und die nicht immer einfach zu schlucken war. Doch er besaß Feingefühl, wenn es nottat. Vielleicht, so argwöhnte Margit, als sie Lauras entspanntes Gesicht betrachtete, war es doch so etwas wie Schicksal, dass Laura ausgerechnet zu ihnen gekommen war.

Die junge Frau hatte viele Vorbehalte, sicherlich nicht zuletzt aufgrund schlechter Erfahrungen, doch vielleicht, mit etwas Glück, würde die Mauer, die sie um sich errichtet hatte, bald einstürzen.

Margit ließ ihren Blick von Lauras Gesicht zu Lizzy wandern, die sich so selbstverständlich und vertrauensvoll an Laura kuschelte. Im Schlaf bewegte sich Lauras Hand ein wenig, so als spüre sie die Anwesenheit der Hündin und wollte sie streicheln.

Still zog Margit sich mit ihrer Wasserflasche zurück. Vielleicht, nur vielleicht, begann die Mauer ja bereits zu bröckeln, seit ein kleiner weißer Vierbeiner an ihrem Fundament kratzte.

13. Kapitel

»Du hast sie also niedergemacht?« Angeliques Stimme am anderen Ende der Leitung klang überaus erheitert. »Das hätte ich gerne mit angesehen.«

»Also niedergemacht ist vielleicht der falsche Ausdruck«, schränkte Laura lachend ein. »Aber gut, ja, ich habe haushoch gewonnen.«

»Du hättest die armen Sternbachs warnen sollen.«

»Hab ich doch getan.«

»Dann sind sie selbst schuld.« Angeliques breites Grinsen war ihr auch durchs Telefon deutlich anzuhören. »Ihr scheint ja eine Menge Spaß miteinander gehabt zu haben.«

»Der Abend war sehr schön. Die Sternbachs sind eine nette Familie. Etwas chaotisch vielleicht, aber das sind vermutlich alle großen Familien.«

Nun räusperte Angelique sich. »Ja, wahrscheinlich. Ich kann, wie du weißt, ein Lied davon singen. Meine ist nicht nur chaotisch, sondern komplett durchgeknallt. Einzelne Mitglieder kann man gerade so verkraften, aber sobald sie im Rudel auftreten, besteht äußerste Gefahr für die mentale Gesundheit.«

»Nun übertreib mal nicht so.« Laura kicherte. »Deine Eltern sind doch sehr nett.«

»Ich sag ja, wenn man sie einzeln und nur in homöopathischen Dosen genießt, sind sie ertragbar. Du darfst nur nie anderer Meinung sein als sie.«

»Sag mal, fährst du eigentlich gerade Auto? Es rauscht so bei dir im Hintergrund«, wechselte Laura das Thema.

»Mhm, ja. Mein zweiter Vorname ist Multitasking, das weißt du doch. Und zu irgendwas muss meine Freisprecheinrichtung doch gut sein. Wann genau, sagtest du, kommt der Umzugslaster?«

»Um drei heute Nachmittag, wenn er nicht in irgendeinen Stau gerät. Warum?« Laura hob verblüfft den Kopf, als sie das Knallen einer Autotür vernahm. Sie stellte die Flasche mit Badreiniger, die sie gerade aus dem Putzmittelschränkchen genommen hatte, auf dem Waschbecken des Gästebads ab. Vor der Tür knirschten Schritte auf dem Schotter, dann klopfte es laut. »Moment, warte mal, da ist jemand an der Tür ...« Sie fuhr sich rasch durchs Haar und versuchte damit die fliegenden Strähnen ein wenig zu bändigen, blickte kritisch an sich hinab, entschied, dass es jetzt ohnehin zu spät war, etwas an ihrer Optik zu ändern, und öffnete die Haustür.

»Überraschung.« Mit einem breiten Lächeln steckte Angelique ihr Handy in die Hosentasche und umarmte Laura überschwänglich. »Na, wie findest du das?«

»Angie, was machst du denn hier?« Vollkommen verblüfft, aber glücklich erwiderte Laura die Umarmung und küsste Angelique auf die Wange. »Ich dachte, du musst jetzt jeden Samstag arbeiten.«

»Muss ich auch. Claudia hat mich heute nur weggelassen, weil ich ihr hoch und heilig versprochen habe, dass ich rund um die Uhr telefonisch und per E-Mail oder WhatsApp erreichbar bin. Sie ist eine zehnmal schlimmere Sklaventreiberin als du.« Strahlend blickte Angelique sich im Haus um. »Wow, nobel geht die Welt zugrunde. Du wohnst aber schön hier. Bisschen einsam vielleicht, aber richtig kuschelig.«

»Ich habe mich inzwischen ganz gut eingelebt.«

»Lass dich mal ansehen.« Angelique trat einen Schritt zurück und unterzog Laura einer eingehenden Musterung von Kopf bis Fuß. »Du siehst ein bisschen wirr aus, aber ansonsten hübsch wie immer.«

»Ich war gerade dabei, ein bisschen sauber zu machen.«

»Ich helfe dir gerne, wenn du magst.«

Überrascht ließ Laura ihren Blick über Angeliques schlanken, hochgewachsenen Körper wandern. Ihre Freundin war eins sechsundsiebzig groß und wirkte sehr elegant. Jahrelange Folter in Form von Ballettunterricht führte sie stets lachend als Grund an. Ihr Haar war leicht gelockt, tiefschwarz und reichte ihr bis fast zur Rückenmitte. Die stets unternehmungslustig glitzernden silbergrauen Augen wurden von einer schwarz gerahmten Brille betont, von der Laura sich nicht sicher war, ob ihre Freundin sie wirklich benötigte oder nur chic fand. Angelique hatte die Antwort auf diese Frage selbst Laura bisher verweigert. Heute trug sie schwarze Lederleggins, hohe Stiefel mit Plateau-Absätzen und eine violette Seidenbluse, die ihr so gut stand, dass es fast wirkte, als spiegele sich die Farbe ein wenig in ihren Augen wider. »In dem Aufzug willst du bei mir putzen?«

»Warum nicht?« Vollkommen arglos sah Angelique an sich hinab. »Meinst du, ich ziehe mich zu Hause fürs Großreinemachen extra um? Wozu gibt es Waschmaschinen und Reinigungen? Außerdem habe ich ein Köfferchen mit Ersatzklamotten mitgebracht – für Notfälle.«

»Ich habe gar nicht damit gerechnet ...«

»Deshalb nennt man es ja Überraschung. Und keine Sorge, du hast nicht die geringste Arbeit mit mir. Ich habe mir ein Zimmer in eurem Hotel in der Stadt genommen.« Angelique pfefferte ihre Handtasche auf einen Sessel und drehte sich einmal um sich selbst. »Na los, gib mir etwas zu tun, und dabei erzählst du mir in allen Einzelheiten, was ich unbedingt wissen muss.«

»Warum bist du hier?« Laura ging zum Putzmittelschrank und entnahm ihm einen Staubwedel. »Ich meine, natürlich freue ich mich sehr, dich zu sehen, aber ...«

»Ich kann dich doch nicht mit den Sachen deiner Eltern allein lassen.« Ohne Umstände schnappte Angelique sich den Staubwedel und trat an einen Schrank, um ihn sauber zu fegen.

»Als du mir erzählt hast, was du planst, war mir gleich klar, dass du das nicht ohne Unterstützung tun darfst.«

»Die Sternbachs helfen mir doch alle.«

»Das ist wahnsinnig nett und ungewöhnlich, finde ich, aber sie kennen dich nicht so gut wie ich.«

»Da hast du recht.« Laura kehrte ins Gästebad zurück und ließ die Tür offen, um sich weiterhin mit ihrer Freundin unterhalten zu können. Dass Angelique ihr vollkommen selbstverständlich zur Hand ging und sich davon auch nicht hätte abbringen lassen, war so typisch für sie. Das und ihr fröhliches, unkompliziertes Wesen erinnerten Laura daran, wie sehr sie sie vermisst hatte, auch wenn erst wenige Wochen vergangen waren. »Danke, dass du extra hierher …«

»Sorry, das ist Claudia.« Angeliques Handy hatte einen schrillen Ton von sich gegeben. »WhatsApp, Augenblick.« Unglaublich flink tippte sie mit zwei Daumen eine Antwort auf die Nachricht ihrer Chefin. »Gut, erledigt.« Rasch schob sie das Handy zurück in ihre Hosentasche. »Wo waren wir? Ach so, du brauchst mir nicht zu danken. Das war doch selbstverständlich, dazu sind Freundinnen schließlich da.«

»Ich finde, das ist nicht selbstverständlich. Genauso wenig wie die Tatsache, dass die Sternbachs heute alles stehen und liegen lassen, um mir mit den Möbeln zu helfen.«

»Ich bin ja sehr gespannt auf sie.« Angelique ging zum nächsten Schrank. »Nach allem, was du bisher von ihnen erzählt hast, und wenn ich mir dich jetzt so ansehe … Du siehst glücklich aus.«

»Ich fühle mich hier sehr wohl. Wohler, als ich anfangs erwartet habe.«

»Das ist schön.« Laura hörte, wie die Plateau-Absätze auf den Holzdielen näher klapperten, im nächsten Moment tauchte Angelique in der Tür zum Gästebad auf. »Und was ist jetzt mit diesem Justus?«

Laura, die gerade dabei war, den Spiegel über dem Waschbecken zu polieren, ließ das Tuch langsam sinken. Im ersten Impuls wollte sie abwiegeln und tun, als wüsste sie nicht, was ihre Freundin meinte, doch dazu kannte Angelique sie tatsächlich zu gut. »Ich fürchte, er ist das einzige Problem, das ich im Moment habe.«

»Das fürchtest du also.« Angelique setzte sich auf den heruntergeklappten Toilettendeckel und schlug grazil die Beine übereinander. »Warum?«

»Weil …« Laura seufzte. »Ich bin total bescheuert, oder? Warum fühle ich mich neuerdings immer zu meinen Chefs hingezogen?«

»*Neuerdings* und *immer* finde ich in diesem Zusammenhang ein wenig übertrieben.«

»Nein, überhaupt nicht. Man sollte meinen, dass ich mit Carlo meine Lektion gelernt hätte.«

»Carlo ist ein Arsch.« Mit ernster Miene faltete Angelique die Hände auf ihrem Knie. »Ich wollte erst nichts sagen, aber … Er hat seine Sekretärin, du weißt schon, das Besenkammerluder, befördert. Sie ist jetzt Assistentin der Geschäftsleitung, und gerüchteweise heißt es, sie sei bei ihm eingezogen.«

Beinahe hätte Laura den Lappen fallen gelassen. Ruckartig drehte sie sich zu ihrer Freundin um. »Das ist jetzt nicht wahr, oder?«

»Tut mir leid.«

»Nein, schon gut. Es war richtig, dass du es mir gesagt hast. Also war das wohl kein einmaliger Ausrutscher.«

»Eher nicht, nein.«

Nachdem sie einmal tief ein- und wieder ausgeatmet hatte, drehte Laura sich wieder um und polierte den Spiegel weiter. »Wahrscheinlich wollte er mich loswerden und hat die Sache inszeniert.«

»Würde ihm ähnlichsehen«, bestätigte Angelique. Ihr war anzuhören, wie sehr sie diese Vorgehensweise verachtete. »Wehe, du weinst ihm auch nur eine Träne nach.«

»Keine Sorge, darüber bin ich längst hinweg. Er war nie der Richtige, das weiß ich jetzt.«

»Aber dieser Justus vielleicht.«

»Nein!« Erneut fuhr Laura zu Angelique herum. »Auf gar keinen Fall. Für wie degeneriert hältst du mich denn?«

»Für überhaupt nicht degeneriert. Laura, hast du dich mal über die Sternbachs reden hören? Oder über Justus? Du magst sie, du magst ihn. Er scheint ein guter Typ zu sein, und falls du dir nicht sicher sein solltest, lass mich ihn nachher mal genau unter die Lupe nehmen.«

»Nein.« Abwehrend hob Laura die Hände. »Nein, bitte nicht. Wir sind übereingekommen, dass wir nur Freunde sein wollen, und daran will ich nicht rühren.«

»Dann habt ihr das Thema also sogar schon angesprochen. Und du hast Angst, dass er den Eindruck gewinnt, du hättest es dir anders überlegt?« Angelique schüttelte milde lächelnd den Kopf. »Das hast du doch längst.«

»Nein, habe ich nicht. Ich werde nicht den gleichen Fehler zweimal machen.«

»Schätzchen, aus Fehlern wird man klug, darum ist einer nicht genug. Sagt meine Tante Inge immer, und die ist eine der wenigen Personen aus meiner Familie, die ich wirklich gut leiden kann. Ich muss sie übrigens morgen unbedingt besuchen.«

»Können wir bitte das Thema wechseln?« Gequält verzog Laura die Lippen und versuchte, das unstete Pochen ihres Herzens zu ignorieren.

»Meinetwegen.« Friedfertig lächelte Angelique und erhob sich wieder. In dem Moment klingelte ihr Handy – und damit konnte sich Laura für die nächsten zehn Minuten ausschließlich aufs Putzen konzentrieren.

***

»Wow!« Vollkommen undamenhaft pfiff Ricarda durch die Zähne, als die Möbelpacker ein weiteres Möbelstück aus dem riesigen Lkw hoben. »Eine Frisierkommode aus Urgroßmutters Zeit.« Sie drehte sich zu Laura um, die mit versteinerter Miene dabei zusah, wie Schränke, Kommoden, Betten und Kisten in das Werkstattgebäude getragen wurden. »Die würde ich vom Fleck weg kaufen. Wie viel willst du dafür haben?«

Justus, der gerade einen schweren Umzugskarton von der Ladefläche gewuchtet hatte, stellte ihn vorsichtig auf dem Boden ab. Besorgt musterte er Laura und trat auf sie zu. »Hör nicht auf meine Schwester. Sie macht nur Quatsch.«

»Nein, mache ich nicht. Die Kommode ist wirklich schön, die würde ich sofort nehmen.«

»Die passt doch nicht mal in dein Schlafzimmer.« Viola schnaubte spöttisch und schnappte sich eine kleinere Kiste. »Außerdem hättest du doch nie genügend Geduld, dich davorzusetzen und zu frisieren.«

»Wenn ich so eine Kommode hätte, vielleicht doch.«

»Ignorier sie einfach.« Vorsichtig legte Justus Laura eine Hand auf die Schulter. Er sah ihr an, wie schwer ihr das hier fiel. Sie hatte sich, seit der Lkw eingetroffen war, noch nicht einmal von der Stelle gerührt, stand nur da und starrte auf das Geschehen. Ihre Freundin Angelique, eine hochgewachsene schwarzhaarige Schönheit mit offenbar unerschöpflicher Energie, eilte indessen zwischen Umzugswagen und Werkstatt hin und her, trug hier, schleppte dort, wies die Möbelpacker an, was wo und wie abgestellt werden sollte. Immer wieder hielt sie sich gleichzeitig ihr Handy ans Ohr und telefonierte mit ihrer Vorgesetzten in Köln, die anscheinend ohne ihre Assistentin nicht arbeiten konnte. Mit ihrer schicken großstädtischen Erscheinung und den hohen Plateau-Stiefeln wirkte Angelique vollkommen deplatziert in der eher derben Umgebung, doch das schien ihr nicht einmal aufzufallen – ganz im Gegensatz zu Patrick, der sich schon zum wiederholten Mal über sie mokiert und sie bereits mehrmals ungehalten angefaucht hatte, weil sie ihm beim Hereintragen eines Stuhls oder eines anderen Möbelstücks in die Quere gekommen war. »Laura.« Justus drückte Lauras Schulter leicht, um ihre Aufmerksamkeit auf sich zu lenken. »Geht es dir gut? Du bist ein bisschen blass.«

»Natürlich, alles in Ordnung.« Laura nickte, wirkte dabei aber gleichzeitig sehr verbissen.

»Bist du sicher?«

»Ja.«

»Dann schauspielerst du aber gut.«

»Was?« Verblüfft hob sie den Kopf.

Lächelnd schob er sich näher an sie heran und legte ihr einen Arm um die Schultern. »Du siehst alles andere als glücklich aus, Laura. Vor uns brauchst du dich nicht zu verstellen. Wenn dir das hier nahegeht, darfst du das ruhig zeigen. Ein Pokerface ist nicht nötig.«

»Ich …« Seufzend legte sie den Kopf in den Nacken und blinzelte ein paarmal. »Ehrlich gesagt weiß ich gerade nicht, wie ich mich fühle. Die Möbel und die ganzen Sachen … All das habe ich seit vielen Jahren nicht mehr gesehen. Ich weiß nicht mal mehr, was alles in den Kartons ist.« Sie stockte kurz. »Natürlich kommen Erinnerungen hoch, wenn ich die Möbel sehe, aber im Moment wirkt das alles vollkommen unwirklich auf mich, so als würde es gar nicht passieren oder als ob ich bloß einen Film anschaue.«

Sanft zog Justus sie noch ein wenig enger zu sich heran. »Deshalb sind wir ja hier, damit du das nicht allein durchleben musst. Nett übrigens von deiner Freundin, extra herzukommen. Sie scheint ja alles fest im Griff zu haben.«

Auf Lauras Lippen erschien nun doch ein kleines Lächeln. »Angelique ist ein Ass im Organisieren. Sie kann zehn Sachen gleichzeitig tun, ohne auch nur bei einer den Faden zu verlieren.«

»Sie hat für dich gearbeitet, als du noch bei Callas warst?«

»Ja, sie war meine Assistentin. Ohne sie wäre ich aufgeschmissen gewesen.«

»Das ist deine Nachfolgerin offenbar auch.« Er wies mit dem Kinn auf Angelique, die gerade wieder ins Freie getreten war und nach wie vor – oder vielleicht auch schon wieder – in ihr Smartphone redete und dabei einem der Möbelpacker mit Handzeichen signalisierte, dass er ihr einen der kleineren Kartons reichen sollte. Diesen klemmte sie sich unter den Arm, drehte sich schwungvoll um und rasselte prompt mit Patrick zusammen, der ebenfalls gerade an die Ladefläche getreten war. Der Karton knallte auf den Boden – und auf Patricks Fuß.

»Au, verdammt! Passen Sie doch auf, wohin Sie laufen.«

»Sekunde bitte«, sagte Angelique in ihr Smartphone, dann wandte sie sich Justus' Bruder zu. »Passen Sie selber auf. Und tun Sie nicht so wehleidig, Sie haben Arbeitsschuhe mit Stahlkappen an. Das bisschen Kiste kann also gar nicht wehgetan haben.«

»Meinen Zehen nicht, aber meinem Schienbein.«

»Was meinst du?« Nun sprach sie wieder ins Telefon. »Ja, klar, kann ich dir ausfüllen. Schick es mir per Mail. Ich checke rasch, wie ich hier am besten ins Internet komme, dann hast du alles in einer Stunde zurück.« Sie klickte das Gespräch weg und wandte sich wieder Patrick zu, der die Kiste mittlerweile aufgehoben hatte und leicht rüttelte, um zu prüfen, ob darin etwas zu Bruch gegangen war. »Ihnen gehört das Gebäude hier, nicht wahr?«

Leicht irritiert nickte er. »Ja, es gehört zu meiner Baufirma.« Er drückte Angelique die Kiste in die Arme. »Noch mal Glück gehabt. Da scheint nichts Zerbrechliches drin zu sein.«

»Gut.« Angelique klemmte sich die Kiste unter den linken Arm. »Gibt es hier WLAN?«

»Ja.« Patrick kletterte auf die Ladefläche und zerrte einen großen Karton bis an die Kante.

»Sehr gut. Haben Sie das Passwort im Kopf?«

»Ja.«

Als er nichts weiter sagte, sondern von der Ladefläche sprang und weiter an dem Karton herumzerrte, räusperte Angelique sich vernehmlich. »Ja – und? Wie lautet es?«

»Ja.«

»Wie – ja?« Verständnislos starrte sie ihn an.

Patrick stieß einen ungehaltenen Laut aus. »Das Passwort lautet: Ja.«

»Wie bitte?« Angeliques Augen weiteten sich.

»Sind Sie taub oder schwer von Begriff? Das Passwort lautet Ja. Großes J, kleines A.«

Auf Angeliques Miene breitete sich eine Mischung aus Entsetzen und Ärger aus. »Sind Sie wahnsinnig?«

Patrick hielt inne und drehte sich zu ihr um. »Was?«

»Das ist doch wohl nicht Ihr Ernst, oder? *Ja* ist doch kein WLAN-Passwort. Da können Sie Ihr Netzwerk auch gleich auf öffentlich stellen und die Netzgemeinde einladen, sich über Ihre persönlichen Daten herzumachen.«

»Das ist ja wohl meine Sache.«

»Nein, das ist pure Idiotie.« Angelique stellte die Kiste zurück auf die Ladefläche und gab etwas in ihr Smartphone ein, dann schüttelte sie mit entgeistertem Gesichtsausdruck den Kopf. »Tatsächlich, es funktioniert. Der Mann ist vollkommen irre.« Sie blickte zu Justus hinüber. »Sie sind der ältere Bruder?«

Justus schmunzelte verhalten. »Ja, bin ich.«

»Dann bläuen Sie dem da«, sie wies mit dem Kinn auf Patrick, »ein bisschen Verstand ein. Unglaublich! Ja! Ich werd nicht mehr.« Sie tippte und wischte auf dem Display ihres Smartphones herum. »Aha, da ist die Mail. Wenigstens ist die Verbindung schnell genug.« Sie drehte sich zu Patrick herum. »Wo ist Ihr Büro?«

Patrick funkelte sie ungehalten an. »Was geht Sie das an?«

»Ich benötige einen Drucker, einen Scanner und einen Schreibtisch. Nur kurz.«

»Sie haben mein WLAN-Passwort beleidigt.«

»Das ist kein Passwort, sondern ein Indiz für Ihre geistige Umnachtung.«

»Jetzt halten Sie mal die Luft an!«

»Oh, oh.« Justus ließ Laura los und ging ahnungsvoll auf Patrick zu, dessen finstere Miene verriet, dass er kurz davor war zu explodieren. Er blieb jedoch stehen, als Angelique seinem Bruder eine Hand auf den Arm legte und ihn strahlend anlächelte.

»Nun kommen Sie schon, sagen Sie mir schon, wo Ihr verdammtes Büro ist, dann muss ich Ihnen nicht wehtun.«

»Sie mir?« Patricks Blick wanderte zu ihren schlanken manikürten Fingern, deren Nägel kurz gefeilt und in einem sehr dezenten Altrosaton lackiert waren. »Sie leben gefährlich, wenn Sie so weitermachen.«

»Ich spreche nur aus, was offensichtlich ist, Patrick. Ich darf doch Patrick sagen?«

»Nein, dürfen Sie nicht.«

Angeliques Lächeln intensivierte sich noch eine Spur. »Patrick, Schätzchen, bitte. Wenn ich dieses Formular nicht innerhalb der nächsten halben Stunde zurück an meine Chefin schicke, wird sie ausflippen, und das wollen Sie nicht erleben. Denn ihren Zorn werde ich umgehend auf Sie ableiten, indem ich Ihnen einen meiner Plateau-Absätze gegen die weiche Birne knalle.«

»Sie nennen meine Birne weich?« In Patricks Augen glitzerte es verdächtig. Justus zog sich zurück. Offenbar war sein Bruder nicht ganz so verärgert, wie es zunächst den Anschein gehabt hatte.

»Weich genug, um sich ein WLAN-Passwort auszudenken, das dämlicher nicht sein könnte.« Angelique klimperte kokett mit den Wimpern. »Büro? Richtung?«

Schnaubend wies Patrick nach links. »Drüben im Haupt-
haus. Vorn durch den Eingang, Treppe hoch, erste Tür
rechts.«

»Na bitte, geht doch.« Grinsend hielt sie ihm die geöffnete
Handfläche hin. »Schlüssel.«

»Verdammt.« Mit einem grimmigen Lächeln zog er ein
Schlüsselbund aus der Hosentasche und reichte es ihr.

»Sie wollten mich einmal umsonst laufen lassen.« Angelique
klimperte vielsagend mit den Schlüsseln. »Anfänger.« Sie
wandte sich Justus und Laura zu. »Bin gleich wieder zurück.
Kopf hoch, Laura. Schnapp dir einfach mal eine der Kisten.
Tut gar nicht weh, ich verspreche es dir.« Sie ging mit großen
Schritten zu Laura, küsste sie auf die Wange und zupfte an
einer der roten Locken. »Ist doch bald schon geschafft.« Sie
nickte Justus zu. »Passen Sie auf, dass sie keine Trübsal bläst,
während ich weg bin.«

Ehe Laura oder Justus etwas sagen konnten, wirbelte Angelique um die eigene Achse und entfernte sich mit ausholenden Schritten in Richtung des Gebäudes, in dem sich Patricks
Büro befand.

»Ganz schön heftig, deine Freundin.« Anerkennend grinste
Justus.

Laura hüstelte, dann erschien ein Schmunzeln auf ihren
Lippen. »Vielleicht hätte ich euch warnen sollen. Ich fürchte,
Patrick war kurz davor, sie zu lynchen.«

»Kann schon sein, aber ein bisschen verdient hatte er ihre
Abreibung schon.«

Sie seufzte. »Angelique meint es nicht so.«

»Doch, das glaube ich sehr wohl.« Heiter legte er Laura erneut einen Arm um die Schultern. Es freute ihn, dass sie sich
nicht wehrte.

»Na gut, aber es ist nicht böse gemeint. Sie ist nur …«

»Immer auf eintausend Prozent.«

»Ja.« Laura kicherte. »Mindestens.«

Er zwinkerte ihr zu. »Ich sollte wieder mit anpacken – und du solltest es auch. Anweisung der Tausendprozentigen.«

»Ja.« Sie straffte die Schultern. »Du hast recht … Und Angelique sowieso.« Entschlossen löste sie sich von ihm und ging zur Ladefläche. Angeliques Kiste war inzwischen verschwunden, und so griff Laura einfach nach der nächstbesten.

Justus eilte ihr nach und half ihr, die schwere Fracht vom Lkw herunterzuheben. Gemeinsam trugen sie sie hinüber in den Lagerraum, in dem bereits ein wildes Durcheinander herrschte. Sie stellten den schweren Karton zu einer Ansammlung weiterer Kisten, dann blickte Justus sich um. »Ich schätze, hier muss erst einmal ein System hinein.«

»Das fürchte ich auch.« Stirnrunzelnd ließ Laura ihren Blick über die kreuz und quer abgestellten Möbel wandern, dann griff sie sich kurzerhand einen der Möbelpacker, der gerade an ihr vorbeiging. »Fred? Sie heißen doch Fred, nicht wahr?«

»Jawoll, seit meiner Geburt.« Der bärtige Mann lächelte freundlich. »Was kann ich für Sie tun?«

»Beim Aufräumen helfen.« Sie drehte sich um. »Justus, du bitte auch. Wir sollten die Möbel nach Nutzungsart sortiert aufstellen. Da drüben die Wohnzimmermöbel, hier Betten und Kleiderschränke, den Esstisch …« Sie trat an den schweren rechteckigen Tisch und fuhr mit den Fingerspitzen über die Platte.

Justus trat neben sie. »Ein schönes Stück, massives Kirschholz. Chic und zeitlos. Du könntest ihn bei dir zu Hause aufstellen, zusammen mit den Stühlen. Im Blockhaus würde er sich bestimmt gut machen.«

Sie schluckte hörbar. »Dort gibt es doch schon einen Esstisch.«

»Na und? Den kann Patrick hierher bringen und später anderweitig nutzen.«

»Meinst du?« Sichtlich verunsichert betrachtete sie den Tisch und die Stühle, die daneben abgestellt worden waren.

»Es ist deine Entscheidung.« Er warf einen Blick über die Schulter. »Patrick? Könntest du den Tisch und die Stühle zu Lauras Haus bringen und gegen die dortigen Esstischmöbel austauschen?«

»Sicher kann ich das.« Patrick kam näher und stellte ein längliches, hohes, jedoch sehr flaches Paket ab, auf dem *Vorsicht Glas* vermerkt war.

Laura berührte den Karton kurz. »Das muss Mamas alter Ankleidespiegel sein. Er gehört zu der Frisierkommode.«

Justus musterte sie von der Seite, dann lächelte er und wandte sich erneut an seinen Bruder. Er hatte gesehen, welche Zärtlichkeit und liebevolle Erinnerung in Lauras Blick gelegen hatte. Und auch wenn sie es sich selbst noch nicht eingestehen konnte: Die Sachen im Haus zu haben würde ihr guttun. »Die beiden Teile kommen auch ins Blockhaus.«

»Gut, wenn du das sagst. Dann sollten wir die Sachen aber jetzt gleich hier rausbringen, sonst sind sie eingekeilt.«

»Moment mal, ich habe doch gar nicht …« Laura stockte. »Ihr kriegt die Kommode doch gar nicht die Treppe hoch.«

»Das wollen wir doch mal sehen.« Justus lächelte ihr zu. »Kümmere du dich darum, dass hier aufgeräumt wird, wir übernehmen den Rest.«

***

»Schaut mal, was ich mitgebracht habe!« Etwa eine Dreiviertelstunde später traf Elke ein, an der Leine die aufgeregte Lizzy und auf dem Arm eine große rechteckige Frischhaltebox, durch deren durchsichtige Seitenwände man Kuchen erkennen konnte. »Verpflegung!«

Hallo? Und mich kündigst du nicht an? Ich bin doch viel wichtiger als so ein dummer Kuchen. Obwohl, wenn ihr mir ein, zwei Stückchen abgeben würdet, wäre das eine feine Sache. Wer ist denn hier alles? Oh, alle meine lieben Menschen und noch zwei andere, die ich nicht kenne. Huhu, ich bin Lizzy, und wer seid ihr? Wild wedelnd und fröhlich bellend hüpfte Lizzy zwischen den Sternbachs herum und schnüffelte auch an den Hosenbeinen der beiden Möbelpacker. Als sie Laura erkannte, war jedoch alles andere vergessen. Mit lautem, freudigem Gekläff stürmte die kleine Westie-Dame los. *Laura, Laura, Laura, hallooo! Hach, was freue ich mich, dich zu sehen! Du warst schon so schrecklich lange nicht mehr bei uns zu Besuch. Komm, streichle mich bitte, und lass mich mal Küsschen geben!*

Laura legte rasch den Cutter zur Seite, mit dem sie einen Karton hatte öffnen wollen. Da Lizzy sie so stürmisch begrüßte, ging sie in die Hocke und wuschelte ihr durch das lockige weiße Fell. »Na, du Süße. Du tust ja gerade so, als hätten wir uns eine Ewigkeit nicht gesehen.«

Ist ja auch so. Zwei, drei Tage mindestens. Das ist viiiel zu lange.

»Sie hat dich vermisst.« Elke reichte Laura die Hundeleine. »Übernimmst du mal bitte? Ich habe Kuchen mitgebracht, und im Auto sind Thermoskannen mit Kaffee.« Neugierig warf sie einen Blick ins Innere des Gebäudes, doch von hier draußen war nicht viel zu erkennen. »Seid ihr fleißig? Der Lkw ist ja schon leer.«

»Ja, wir sind jetzt dabei, die Kisten zu sortieren. Leider steht nicht überall drauf, zu welchem Zimmer der Inhalt mal gehört hat.«

»Na, das gibt dir wenigstens die Gelegenheit, gleich mal die Spreu vom Weizen zu trennen.«

Laura zuckte zusammen. Zwar hatte sie genau das vor, doch etwas in ihrem Inneren widersetzte sich noch immer ihrem Willen. »Ich habe ein bisschen Angst«, gab sie schließlich widerstrebend zu.

Sogleich war Elke an ihrer Seite. Sie stellte die Kuchenbox auf einem Hocker ab und nahm Laura in die Arme. »Das kann ich gut verstehen, Kindchen, aber überleg doch mal: Es gibt überhaupt keinen Grund, Angst zu haben. Alles, was du in den Kisten findest, sind Dinge, die dir und deinen Eltern mal gehört haben. Natürlich sind Erinnerungen damit verbunden, aber warum glaubst du, sie könnten dir wehtun?«

»Das glaube ich ja gar nicht. Es ist nur …« Verzagt suchte Laura nach den rechten Worten. »Ich vermisse die beiden so. Noch immer.«

»Das wird sich auch niemals ändern.« Elke strich ihr kurz mit der Rückseite ihres Zeigefingers über die Wange. »Du fürchtest, dass die Erinnerungen dich traurig machen werden. Diese Angst ist ganz normal, aber vielleicht musst du die Trauer auch einmal zulassen. Warum gibst du den Dingen nicht eine Chance? Vielleicht bringen sie dich ja auch zum Lächeln … oder Lachen.«

»Glaubst du?«

»Nur wenn du dich ihnen stellst, kannst du es herausfinden.« Elke rieb die Handflächen aneinander. »Aber zuerst wird gegessen.«

Essen klingt gut. Vielleicht kriege ich ja doch etwas von dem Kuchen? Lizzy reckte die Nase in Richtung der Kuchenbox.

»Halt, nichts da.« Kichernd zog Laura die Hündin zur Seite und nahm sie auf den Arm. »Das ist doch nichts für dich, Süße.«

Ach nein? Ich esse aber Kuchen genauso gerne wie ihr Menschen. Andererseits tausche ich meine Portion auch gerne gegen eine schöne Schmuseeinheit mit dir. Hm, hach, so mag ich das. Wohlige Laute ausstoßend rekelte Lizzy sich in Lauras Armen.

»Da könnte man ja glatt eifersüchtig werden.« Justus tauchte hinter Laura auf und blickte über ihre Schulter auf Lizzy hinab. »Hast du es vielleicht gut, Kleine!«

Ja, hab ich. Lizzy wedelte glückselig mit der Rute.

Laura spürte ein Kribbeln im Nacken, so präsent war ihr seine physische Nähe. Es ärgerte sie und löste in ihr den unwiderstehlichen Drang aus, vor Justus zurückzuweichen, um nicht einen Fehler zu begehen. Gleichzeitig wollte sie sich um keinen Preis der Welt die Blöße geben und ihm zeigen, dass er sie aus dem Gleichgewicht brachte. Deshalb zwang sie sich, ganz ruhig den Kopf zu drehen und ihn anzusehen. Ihr Herz machte einen heftigen Satz in ihrer Brust, als sich ihre Blicke trafen. Sein Gesicht war so nah an ihrem, dass sie seinen Atem warm über ihre Wange streichen spürte. »Ich fürchte, dich kann ich nicht einfach so herumtragen. Dazu bist du ein paar Gramm zu schwer«, versuchte sie einen leichten Ton anzuschlagen.

»Wir können die Rollen auch gerne tauschen, wenn es nur daran scheitern sollte.« In seinen Augen glitzerte es schalkhaft, gleichzeitig berührte er sie jedoch ganz sachte mit der Hand am unteren Bereich ihres Rückens.

Obwohl sie einen Pullover und eine Steppweste trug, ließ sie der kurze Kontakt unwillkürlich erschauern. »Das verstößt gegen unsere Abmachung.«

»Tut es das?« Er näherte sich ihrem Gesicht noch eine Winzigkeit, bis seine Lippen beinahe ihre Wange berührten. »Ja, kann sein.« Seine Stimme war dunkel und rau, und ihre Haut begann so dicht an seinem Mund zu prickeln. Er lächelte. »Du wehrst dich ja gar nicht.«

Sie schluckte gegen das Pochen ihres Herzens an, das bis in ihre Kehle hochstieg. »Nur weil ich dich nicht vor deiner ganzen Familie bloßstellen will.«

»Bloßstellen?«

»Na ja, von einer Frau verprügelt zu werden …«

»Hoppla, du willst zu Gewalt greifen?« Er lachte leise. »Fällt dir sonst nichts ein? Dann scheint meine Strategie erfolgreich zu sein.«

»Also ich störe ja nur ungern eure Knutscherei, aber ihr steht im Weg.« Ricarda kam mit einem zusammenklappbaren Campingtisch herein, dicht gefolgt von Viola, die zwei Klappstühle mitbrachte.

»Entschuldigt.« Erschrocken trat Laura zwei Schritte zur Seite und räusperte sich verlegen. »Wir haben nicht geknutscht.«

»Noch nicht.« Justus grinste siegesgewiss.

»Hör auf damit.« Sie warf ihm einen erbosten Blick zu.

»Keine Chance.« Feixend machte er seiner Mutter Platz, die ebenfalls zwei Klappstühle herbeibrachte.

»Da kommt übrigens Angelique zurück.« Ricarda wies auf den Vorplatz. »Kettet meinen Zwillingsbruder mal lieber vorsichtshalber an, damit er sie nicht massakriert.«

»Wen soll ich massakrieren?« Patrick kam aus dem Lagerraum, in der Hand einen Zollstock, den er flink zusammenklappte. Als er Angelique sah, hielt er inne. »Oh, sie.«

»Entschuldigt bitte, dass es etwas länger gedauert hat.« Angelique kam mit großen Schritten in das Werkstattgebäude und strahlte in die Runde. Als sie Lizzy auf Lauras Arm sah, stieß sie einen entzückten Schrei aus. »Wer ist das denn? Oh, ist die süß!« Sie ging zu Laura und hielt Lizzy ihre Hand hin, um sich beschnuppern zu lassen. »Bist du aber süß«, wiederholte sie und streichelte der Hündin über die Ohren.

»Das ist Lizzy. Sie gehört Margit und Hans.« Laura lachte, als Lizzy sich in ihren Armen wand, um Angelique begrüßen zu können.

Hallo, du, wer bist du denn? Du riechst ein bisschen lustig, so wie Elke, wenn sie Parfüm drauf hat, nur anders. Aber du scheinst total nett zu sein. Ich mag dich.

»Lizzy, das ist meine gute Freundin Angelique.«

Aha, gut.

Angelique lachte, als Lizzy ihr über die Hand schleckte. »Zur Begrüßung ein Handkuss. Wenn Lizzy ein Rüde wäre, würde ich das ja galant nennen. Sie ist wirklich putzig. Noch ganz jung, oder?«

»Knapp acht Monate«, bestätigte Margit, die inzwischen die Thermoskannen aus Elkes Wagen geholt hatte und gerade auf dem Campingtisch abstellte. Kaum waren alle in der Halle versammelt, machte sich die Meute über den Kuchen her und verfiel dabei wieder in heftige Diskussionen über Gott und die Welt. Inzwischen hatte Laura sich schon fast daran gewöhnt, und Angelique kannte solchen Trubel ja ohnehin aus ihrer Familie. Sie war vollkommen in ihrem Element, während sie sich rege am Gespräch beteiligte.

»Laura?«, setzte Angelique jetzt an, während sie immer wieder Lizzy streichelte. »Ich habe mir erlaubt, für Montag einen kleinen Container zu bestellen, in dem du alle Sachen entsorgen kannst, die du nicht mehr brauchst. Ich bin sicher, wenn du erst mal alle diese Kisten durchgesehen hast, wird sich so einiges ansammeln, was wegkann. Und ich habe dir die Nummern von einem Secondhandladen hier im Ort sowie von der Sozialstation per WhatsApp geschickt, nur für den Fall, dass du irgendwas abgeben willst, was noch anderweitig nützlich sein kann.«

»Danke.« Überrascht sah Laura ihre Freundin an. »Du kannst wohl Gedanken lesen.«

»Eine meiner Spezialitäten, das weißt du doch.« Das strahlende, echte Lächeln ihrer Freundin ließ Laura plötzlich erkennen, wie wohl sie sich fühlte. Das Zusammensein mit all diesen Menschen tat ihr gut. Sogar die Tatsache, dass Justus' Arm wie zufällig auf ihrer Stuhllehne lag, störte sie nicht. Seine Finger berührten ganz leicht ihren Rücken und lösten damit ein Kribbeln aus, das sie hätte alarmieren sollen; doch in diesem einen kleinen Moment gönnte sie sich es zu genießen.

»Ach, übrigens.« Mit einem bezeichnenden Blick reichte Angelique Patrick einen zweifach gefalteten Zettel. »Bitte sehr. Gern geschehen.«

Patrick nahm das Blatt stirnrunzelnd entgegen und faltete es auseinander. »Was ist das?«

»Ihr neues WLAN-Passwort.«

Seine Augen weiteten sich. »Was haben Sie getan?«

»Sie vor einer Cyberattacke bewahrt.« Graziös ließ Angelique sich auf einem der Klappstühle nieder und begann, die Pappteller, die Elke gerade auf dem Tisch abgestellt hatte, herumzureichen.

Auf Patricks Stirn erschien eine steile Falte. »Was Sie nicht sagen!«

»Ihre Online-Zugangspasswörter sollten Sie auch mal überdenken.«

Er kräuselte die Lippen. »Warum?«

»Sie sind zu einfach. Nicht ganz so schlimm wie das WLAN-Passwort, aber trotzdem viel zu leicht durchschaubar. Mein zukünftiger Schwager ist IT-Fachmann. Er hat mir ein bisschen was beigebracht. Ich habe Ihnen ein paar Verbesserungsvorschläge notiert.« Sie reichte ihm ein weiteres gefaltetes Blatt.

»Ich dachte, Sie hätten irgendwas für Ihre Chefin erledigt.« Misstrauisch entfaltete er auch das zweite Papier.

»Das habe ich, aber das bedeutet doch nicht, dass ich mich nicht gleichzeitig schnell noch um die paar Kleinigkeiten kümmern konnte.«

»Angelique ist ein Organisations- und Multitasking-Genie«, erklärte Laura.

»Tatsächlich.« Stirnrunzelnd überflog Patrick, was Angelique notiert hatte. »Wie soll ich mir diese komplizierten Passwörter denn jemals merken?«

»Brauchen Sie nicht.« Angelique war inzwischen dabei, in Windeseile eine WhatsApp zu verfassen, offensichtlich wieder für ihre Chefin. »Sie haben Ihre Passwörter doch sowieso alle in dem blauen Notizbuch auf Ihrem Schreibtisch notiert.«

Ringsum starrten alle verblüfft auf Angelique, die ihr Handy soeben zurück in ihre Hosentasche steckte, wo es jedoch gleich wieder piepste, sodass sie es erneut hervorzog und die eingegangene Nachricht aufrief. Dann nickte sie Patrick zu. »Zumindest haben Sie sie nur handschriftlich hinterlegt und nicht auf Ihrer Festplatte gespeichert.« Sie zögerte und musterte ihn misstrauisch. »Sie haben sie doch wohl nicht auf einer Festplatte abgelegt?«

»Nein.« Giftig starrte Patrick sie an. »Für wie blöd halten Sie mich denn?«

»Gemessen an Ihren Passwörtern?« Sie tippte etwas auf ihrem Handy. »Ich verweigere die Aussage.«

Ringsum wurde gelacht.

Angelique erhob sich. »Entschuldigung, ich muss nur kurz …« Sie trat einen Schritt zur Seite und gab der Person am anderen Ende der Leitung Anweisungen.

Elke sah ihr lachend zu. »Also ich weiß nicht, wie es euch geht, aber ich finde, das Mädel ist 'ne Wucht.«

»Wohl eher eine impertinente Nervensäge.« Missmutig faltete Patrick die Blätter wieder zusammen und schob sie in seine Gesäßtasche.

»Ach was!« Elke, die gleich neben ihm saß, gab ihm einen Klaps gegen den Arm. »Ich finde, jemanden wie sie könntest gerade du in deinem Betrieb gut gebrauchen.«

»Alles, bloß das nicht.« Mit entsetzter Miene hob Patrick die Hände.

Wieder wurde ringsum gelacht.

»Justus!«, rief Margit in diesem Moment streng und hob den Zeigefinger. »Du gibst dem Hund doch wohl keinen Schokoladenkuchen.«

»Nur vom hellen Teig, keine Sorge.«

»Schlimm genug.« Margit schüttelte den Kopf. »Kinder, allesamt, ganz gleich, wie alt und angeblich erwachsen sie werden.«

Justus grinste breit. »Wer will denn erwachsen werden?«

»In dieser Familie?« Seine Mutter seufzte theatralisch. »Offenbar niemand.«

14. Kapitel

Den ganzen Nachmittag über hatten sie zusammen weiter Kisten geschleppt und schließlich so in den Lagerraum geschichtet, dass Laura keine Schwierigkeiten mehr haben würde, wenn sie sich in den nächsten Tagen an die schwere Aufgabe machen würde, alles zu sichten und auszusortieren.

Eben hatten sie erneut alle gemeinsam um den Campingtisch auf den Klappstühlen gesessen und gegessen, was sie beim Chinesen bestellt hatten. Laura sah sich in der Runde um und räusperte sich schließlich vernehmlich. Sofort verstummten die Gespräche ringsum. »Ich möchte mich gerne bei euch bedanken, dass ihr euch so viel Arbeit gemacht und mir heute hier geholfen habt.«

»Du brauchst keine große Dankesrede zu schwingen«, brummelte Patrick. »War doch selbstverständlich, dass wir dich mit dem ganzen Kram nicht allein dastehen lassen.«

»Das ist überhaupt nicht selbstverständlich«, widersprach Laura, wurde aber von Hans unterbrochen.

»Doch, bei uns ist es das. Also setz dich wieder, und ruh dich ein bisschen aus.«

Viola glühte noch immer vor Begeisterung. Sie hatte schon allein beim Verstauen der Möbel einen Heidenspaß gehabt. »Ihr hattet ja unglaublich viele wunderschöne Sachen«, schwärmte sie jetzt zum wiederholten Mal. »Dass du das alles so lange verpackt liegen lassen konntest. Ich hätte da schon viel früher drin gewühlt.«

Laura musste schlucken, doch dann lächelte sie wieder. »Ich konnte es einfach nicht. Danke, dass ihr heute da wart und mit mir die erste Hürde genommen habt. Das hat mir ein bisschen die Angst vor dem Rest genommen. Jetzt freue ich mich tatsächlich darauf, in den Kisten zu stöbern und dabei auch in Erinnerungen zu schwelgen.«

»Ich schätze, wir sollten allmählich aufbrechen«, schlug Hans vor. »Es ist schon nach zehn, und wenn ihr morgen euren angekündigten Plätzchenbacktag abhalten wollt, solltet ihr ausgeschlafen sein. Andernfalls fürchte ich, die Rezepte werden euch nicht allzu gut gelingen.«

Alle lachten, und nach und nach erhoben sich die Sternbachs, rückten den Campingtisch und die Stühle zusammen und verabschiedeten sich.

Lizzy, die auf Elkes Schoß geschlafen hatte, jaulte ein bisschen, als sie zum Auto getragen wurde. *Kann ich nicht hierbleiben? Bei Laura? Ich habe mich hier bei ihr so wohlgefühlt. Und ich mag auch ihre Stimme, wenn sie mit mir redet.*

»Nanu, was ist denn mit dir los?« Margit ging zu Elke und nahm ihr die Hündin ab. »Tut dir etwas weh? Hast du zu viele Leckerbissen gefressen?«

Nein, gar nicht. Mir ist nicht schlecht, ich will bloß bei Laura bleiben. Lizzy fiepte und wand sich in Margits Armen, bis die sie auf den Boden setzte und der kleine Hund wie der Blitz zu Laura hinüberschoss.

Margit lächelte leicht. »Da will sich wohl jemand von dir verabschieden, Laura.«

Ja. Wenigstens das. Wau.

Verwundert ging Laura in die Hocke und streichelte Lizzy, woraufhin diese ihr eifrig über die Hand leckte. »Wir sehen uns doch bald wieder, Süße.«

Bist du dir da auch ganz sicher? Es wird nicht mehr so lange dauern wie beim letzten Mal? Kommst du uns morgen besuchen? Wieder jaulte Lizzy leise und sah Laura mit flehendem Hundeblick an.

»Na los, lass dich von deinem Frauchen nach Hause bringen.« Laura streichelte Lizzy noch einmal kurz und gab ihr dann mit einer Handbewegung zu verstehen, dass sie jetzt nach Hause musste.

Sich in ihr Schicksal fügend, tapste Lizzy zu Margit zurück. *Mann, ich bin echt traurig, dass ich von Laura wegmuss! Wuff. Aber wenn es unbedingt sein muss ... Ich bin ja jetzt auch wirklich schon ein bisschen müde.*

»Die Kleine ist ja so was von goldig!« Angelique war neben Laura aufgetaucht und sah Margit und Hans nach, die gemeinsam zu ihrem Auto gingen, die Hündin in ihre Transportbox hoben, kurz winkten und dann einstiegen. »Das trifft auf die gesamte Familie zu, finde ich.«

»Habe ich da richtig gehört, Sie nennen mich ›goldig‹?« Patrick ging an ihr vorbei und warf ihr einen skeptischen Blick zu.

»Sie? Nein.« Angelique lächelte strahlend. »Ausnahmen bestätigen die Regel, das ist doch weithin bekannt.«

Auf Patricks Stirn erschien wieder die steile Falte, und mit einem knappen Nicken sowie einem freundlichen Lächeln in Lauras Richtung, gefolgt von einem »Wir sehen uns«, stieg auch er in seinen Pick-up. Bevor er die Tür schloss, fügte er hinzu: »Die Möbel bringe ich morgen Vormittag zu dir rüber, wenn es dir recht ist.«

»Ja klar, jederzeit.« Laura nickte hastig. »Danke noch mal, das ist sehr nett. Obwohl ich wirklich nicht glaube, dass ihr die Frisierkommode die Treppe raufkriegt.«

»Lass das mal unsere Sorge sein.« Patrick hob kurz die Hand zum Abschied, Augenblicke später fuhr er davon.

»Hinterwäldler.« Seufzend schüttelte Angelique den Kopf. »Schade eigentlich, dabei sieht er ganz passabel aus.«

»Was?« Verblüfft musterte Laura ihre Freundin. »Gefällt er dir etwa?«

»Um Himmels willen, wo denkst du hin?« Angelique lachte herzlich. »So weit kommt's noch! Außerdem habe ich für so was überhaupt keine Zeit. Du andererseits ...« Sie warf einen

Blick über die Schulter, wie um zu prüfen, ob ihnen jemand zuhörte, doch Justus war mit seinen Schwestern noch einmal in den Lagerraum gegangen. »Du hast da einen attraktiven Fisch an der Angel. Dein Justus lässt dich nicht einen Moment aus den Augen.«

»Er ist nicht *mein Justus*.« Laura konnte nicht verhindern, dass ihre Wangen rot wurden. »Ich will so etwas nicht noch einmal erleben, dazu gefällt es mir hier zu gut. Anfangs war ich noch skeptisch, aber der Job als Marketingchefin für zwei Hotels macht richtig Spaß. Das setze ich nicht aufs Spiel, nur weil … meine Hormone verrücktspielen.«

»Bist du sicher, dass es hier nur um Hormone geht?«

»Worum denn sonst?«

Angelique zuckte mit den Achseln. »Na ja, wenn das so wäre, solltest du ihn vielleicht einfach ranlassen. Dann ist hinterher die Luft gereinigt, alle Bedürfnisse befriedigt, und ihr könnt gefahrlos mit eurer Freundschaft, oder wie ihr es nennt, fortfahren.«

»Nein.« Erschrocken starrte Laura ihre Freundin an. »Das geht nicht. Das ist nicht so einfach.«

»Warum denn nicht? Wenn es nur etwas rein Körperliches ist, dürfte es doch nach einer Runde Matratzenmambo erledigt sein.« Angelique grinste breit. »Bei seinem Körperbau vielleicht lieber zwei Runden.«

»Hör auf damit! So etwas könnte ich nie …« Laura schüttelte entschieden den Kopf. »So was kann ich nicht tun.«

»Nein, du *willst* es nicht tun.« Nun wurde Angelique wieder ernst. »Weil du Angst hast, dass es doch nicht nur rein körperlich sein könnte.«

»Ich will davon nichts mehr hören.« Verzweifelt blickte Laura zum dunklen Abendhimmel hinauf, der von unzähligen Sternen erhellt wurde. Die Luft war frostig kalt; ihr Atem bildete weiße Wölkchen vor ihrem Mund. »Es ist einfach falsch und … zu gefährlich. Wenn es wieder schiefgeht …«

»Ich glaube nicht, dass Justus so ein Arsch wie Carlo ist – im Gegenteil. Er ist ein ganz anderes Kaliber.« Angelique legte Laura einen Arm um die Schulter. »Du musst natürlich wissen, was du tust, aber vielleicht solltest du zunächst einmal für dich klären, ob es nicht doch mit einem kurzen Abenteuer getan wäre.«

»Nein.«

»Nein, du willst es nicht versuchen, oder nein, es wäre damit nicht getan?«

»Beides.« Laura seufzte. »Fürchte ich.«

»Er könnte ja auch der Richtige sein.«

»Er ist mein Chef.«

»Und das disqualifiziert ihn als deinen Traummann?« Angelique küsste sie auf die Wange und sprach weiter, bevor Laura etwas erwidern konnte. »Hör zu, ich kann und will mich nicht einmischen, aber so, wie ich es sehe, übertreibst du ein bisschen in deiner Sturheit. Nicht, dass ich es nicht verstehen kann nach dem Desaster mit Carlo, aber …«

»Ich weiß, was ich tue.« Laura verschränkte die Arme vor der Brust. »Oder vielmehr, was ich nicht tun werde.«

Für einen Moment schwieg Angelique, dann musterte sie Laura von der Seite. »Kann es sein, dass da noch mehr dahintersteckt?«

Laura zuckte zusammen. »Was meinst du damit?«

»Na ja, Justus Sternbach kommt gleich mit einer ganzen Sippschaft im Schlepptau. Hast du ihn, hast du sie alle … am Hals, hätte ich beinahe gesagt, aber das erscheint mir nicht die richtige Formulierung zu sein. Soweit ich es beurteilen kann, sind die Sternbachs eine verschworene Gemeinschaft. Nicht ganz leicht zu nehmen, weil hier doch einige Macken aufeinandertreffen, aber insgesamt ziehen sie doch alle an einem Strang. Kann es sein, dass du davor zurückschreckst?«

Laura schwieg, denn sie wollte weder ihre Freundin noch sich selbst belügen.

»Sie mögen dich, und du magst sie.« Hörbar atmete Angelique die kalte Nachtluft ein und streckte sich ausgiebig. »Autsch, ich fürchte, das gibt einen ausgewachsenen Muskelkater.«

»Ich will nicht, dass jemand glaubt, ich wolle mich hier ins gemachte Nest setzen oder so etwas.«

»Niemand glaubt das.«

»Woher willst du das wissen? Ich hatte schon mal etwas mit meinem Vorgesetzten, und alle Welt hat geglaubt, ich hätte nur deshalb meine Beförderung erhalten. Was glaubst du, was sie mir vorwerfen würden, wenn ich mit Justus … Nein.« Entschlossen schüttelte Laura den Kopf. »Das wird nicht geschehen.«

»Wohin willst du hier denn noch befördert werden? Du bist doch schon die Marketingchefin.«

»Du weißt genau, was ich meine.«

»Und was ist mit deinem Herzen?«

»Mein Herz hat Sendepause. Darauf ist sowieso kein Verlass. Bei Carlo habe ich mich schließlich auch geirrt. Wenn mir das jetzt noch einmal passiert … Nein«, wiederholte sie kategorisch. »Ende der Durchsage.«

»Na gut, du musst selbst entscheiden, was gut für dich ist.« Angelique zog sie in ihre Arme und drückte sie kurz an sich. »Ich gebe nur zu bedenken, dass die Sternbachs auch ein anderes Kaliber sind als Carlos' hochnäsige Verwandtschaft. Mit denen wärst du aufgeschmissen gewesen.«

»Und hier wäre ich aufgeschmissen, wenn ich das, was ich jetzt habe, gefährde, indem ich mich zu etwas hinreißen lasse, was ich ziemlich sicher hinterher bereuen werde.«

»Also schön.« Friedfertig drückte Angelique sie noch einmal kurz und zog ihren Autoschlüssel aus ihrer Hosentasche. »Soll ich dich noch bei dir zu Hause absetzen?«

Laura nickte. »Ja, bitte. Ich würde …«

»Nicht nötig, ich bringe dich nach Hause.« Hinter ihnen war Justus aufgetaucht, dicht gefolgt von seinen Schwestern.

»Sie brauchen den Umweg nicht zu machen, Angelique. Fahren Sie ruhig gleich rüber in die Stadt. Das Hotel liegt in der entgegengesetzten Richtung zur Blockhütte, ganz im Gegensatz zu meiner Wohnung, die praktisch um die Ecke ist.«

»Also gut, dann …« Vieldeutig zwinkerte Angelique Laura zu. »Ich rufe dich morgen Vormittag an, bevor ich meine Tante besuche, okay? Gute Nacht.« Sie nickte Justus freundlich zu und winkte Ricarda und Viola, die bereits an Ricardas Wagen standen und darüber debattierten, wer fahren sollte.

Justus betätigte eine Fernbedienung, woraufhin das Rolltor des Werkstattgebäudes sich schloss, dann verriegelte er auch noch den Seiteneingang. Laura sah ihm schweigend zu. Er trug heute einfache Jeans, feste Arbeitsschuhe und ein wattiertes Arbeitshemd in Dunkelgrau. Es bildete einen krassen Unterschied zu seiner üblichen Kleidung. Von Natur aus war er der Typ für Anzug und Krawatte und schien sich darin am wohlsten zu fühlen. Dennoch oder gerade deshalb konnte sie sich dem Reiz, den der Kontrast auf sie ausübte, nur schwer entziehen. Justus war ein Mann mit vielen Gesichtern – zumindest was sein Äußeres anging. Es gab Männer, die selbst in einem Kartoffelsack noch attraktiv wirkten und Ausstrahlung hatten, und er gehörte eindeutig dazu. Ein Grund mehr, beschloss sie, ihn auf Abstand zu halten.

»Also gut, hier.« Ricarda drückte Viola den Autoschlüssel in die Hand. »Aber wehe, du fährst eine Schramme in den Lack, dann setzt es was.«

»Ich fahre in niemandes Lack eine Schramme.« Viola klimperte mit den Schlüsseln und winkte Laura zu. »Mach's gut, bis Montag. Oder kommst du morgen zum großen Backtag?«

»Was, ich?« Laura schüttelte den Kopf. »Nein.« Sie zögerte. »Nein, das ist nichts für mich. Du weißt doch, ich habe mit dem ganzen Weihnachtskram nichts am Hut.«

»Kein Grund, auf göttliches Gebäck zu verzichten«, konstatierte Ricarda. »Aber deine Entscheidung. Man sieht sich.«

Schon saß sie auf dem Beifahrersitz und zog die Tür geräuschvoll zu. »Na komm schon, Schwesterchen! Ich will noch vor Mitternacht im Bett liegen«, hörte Laura sie durch die geöffnete Fahrertür aus dem Inneren ihrer Schwester zurufen. Viola lachte und winkte noch einmal kurz. »Bis dann«, rief sie, und schon wenige Sekunden später brauste der Wagen mit auf dem Schotter knirschenden Reifen davon.

Sobald Laura mit Justus allein vor dem geschlossenen Rolltor stand, breitete sich ein mulmiges Gefühl in ihr aus. Unbehaglich rieb sie sich über die Oberarme. »Es ist ganz schön kalt geworden.«

»Allerdings. Die Wetterfrösche haben für die nächsten Tage Neuschnee gemeldet.« Justus blieb zwei Schritte vor ihr stehen und sah sie unverwandt an. »Das war ein anstrengender Tag heute.«

»Ja.«

»Du hast dich gut geschlagen. Keine Träne weit und breit.«

Laura schluckte. »Innerlich schon.«

Aufmerksam hielt er ihren Blick gefangen. »Warum nur innerlich?«

»Weil …« Sie hob die Schultern. »Ich weiß nicht. Die Tränen wollten nicht raus.«

»Wollten nicht, oder hast du sie nicht gelassen?«

»Sie wollten nicht.«

»Vielleicht ist das ein gutes Zeichen.«

»Wie meinst du das?«, hakte sie erstaunt nach.

»Vielleicht ist es an der Zeit, den positiven Gefühlen etwas mehr Platz einzuräumen und ihnen die Chance zu geben, die Trauer zu verdrängen.«

»Ja, vielleicht.« Laura blickte noch einmal hinauf zu den Sternen. »Vielleicht kann ich das aber gar nicht.«

»Einen Versuch wäre es wert, meinst du nicht? Glaubst du nicht, dass deine Eltern wollten, dass du glücklich bist?«

»Doch, natürlich, aber so einfach ist das nicht.«

Er schwieg einen langen Moment, dann nickte er. »Wir sollten aufbrechen. Es ist schon ziemlich spät.«

»Ja. Es war ein langer Tag. Ich weiß wirklich nicht, wie ich euch allen danken soll.«

»Du hast es schon getan, das reicht.« Er ging zu seinem Wagen, hielt ihr die Beifahrertür auf und schloss sie, als sie sich gesetzt hatte.

Während der kurzen Fahrt zum Blockhaus schwiegen sie, und Laura nahm an, dass er sie nur absetzen würde, doch Justus parkte seinen Wagen hinter ihrem vor dem Haus und stieg mit ihr gemeinsam aus. »Ich würde mir gerne kurz den Treppenaufgang ansehen, wenn es dir recht ist. Patrick hat die Maße natürlich, aber ich will mir die Sache lieber vorher selbst ansehen. Das mit der Kommode wird nicht ganz einfach, da hast du recht, aber es sollte zu schaffen sein.«

»Ihr müsst das wirklich nicht tun.«

»Versprochen ist versprochen.« Er folgte ihr bis zur Haustür. »Das wird schon irgendwie funktionieren.«

»Wie du meinst.« Leicht nervös schloss Laura die Tür auf und trat vor ihm ein. »Ich glaube, ich muss erst einmal den Ofen anmachen.«

»Gute Idee. Das Haus ist zwar gut isoliert, aber es kühlt bei diesem strengen Frost trotzdem irgendwann aus, wenn nicht kontinuierlich geheizt wird. Ich messe nur kurz die Treppe aus und lege mir einen Schlachtplan zurecht, wie wir die Kommode da hinaufbefördern können.«

»Okay.« Froh, ihm für eine kurze Weile entfliehen zu können, stieg Laura in den Keller und brachte den Ofen in Gang. Obwohl es kindisch war, fegte sie danach noch den Boden und sammelte etwas Anmachholz aus der Box in einen kleineren Behälter, den sie sich inzwischen dafür aufgestellt hatte. Sie trödelte und kam sich dabei albern vor, aber sie wusste partout nicht, wie sie sich verhalten sollte.

Als sie schließlich doch wieder nach oben ging, war Justus

gerade dabei, mit einem Zollstock den Bereich rund um den Esstisch zu vermessen. Als er sie sah, klappte er das Messgerät rasch zusammen. »Dein Tisch passt hervorragend hierhin. Er ist etwas größer als dieser, aber wenn du den Läufer hier wegnimmst, wird es schon passen.«

»Ja.« Unsicher sah sie sich um. »Kann ich dir noch etwas anbieten? Einen Tee oder eine heiße Schokolade vielleicht?«

»Möchtest du mir denn etwas anbieten, oder fühlst du dich nur verpflichtet, weil es sich so gehört?« Er trat auf sie zu und zupfte an ihrer warmen Weste, die sie noch nicht abgelegt hatte.

Verlegen zog sie sie aus und hängte sie über einen Stuhl. »Meine Oma Finchen, das war die Mutter meiner Mutter, hatte ein tolles Rezept für heiße Schokolade. Es geht ganz einfach und …«

»Hattest du nicht erzählt, deine Großmutter hieß Ottilie?«

»Das war meine Urgroßmutter. Meine Oma hieß Finchen, also eigentlich Josefine. Die Eltern meines Vaters habe ich nie kennengelernt. Sie sind schon vor meiner Geburt gestorben – bei einem Unfall.«

Mitfühlend verzog Justus das Gesicht. »Das ist tragisch. Und du hast nicht einen anderen lebenden Verwandten?«

»Doch, zwei entfernte Cousinen, aber die leben im Ausland und haben sich nie für mich interessiert. Das Jugendamt hat sie damals ausfindig gemacht, aber keine von ihnen wollte mich aufnehmen.«

»Dann verdienen sie die Bezeichnung Familie nicht.« Sichtlich betroffen schüttelte Justus den Kopf. »Die Hartherzigkeit mancher Menschen begreife ich einfach nicht.«

»Weil du in einer Familie aufgewachsen bist, für die Hilfsbereitschaft eine Selbstverständlichkeit ist. Für meine Eltern war sie das auch, und ganz bestimmt auch für meine Oma. Ich kann mich noch gut an sie erinnern. Aber sonst …« Sie zuckte mit den Achseln. »Schwamm drüber.«

»Nein.« Unvermittelt trat er auf sie zu und umfasste sanft ihre Oberarme. »Nicht, wenn es dich noch immer so sehr belastet. Hast du später noch einmal versucht, Kontakt zu diesen Cousinen aufzunehmen?«

»Nein, wozu? Sie wollten mich nicht, das ist alles, was ich wissen muss.«

Er nickte langsam. »Dafür hast du jetzt Angelique.«

»Ja.«

»Und mich.«

Erschrocken hob sie den Kopf.

Er schmunzelte. »Das war zu vorschnell, oder? Uns. Ich meinte *uns*. Den Sternbach-Clan. Du brauchst nicht in Panik zu verfallen.«

»Das tue ich doch gar nicht.« Ihr Herzschlag hatte sich verdreifacht und strafte ihre Worte Lügen, indem er sich an ihrer Halsschlagader deutlich zeigte. Verräterische Wärme stieg ihr in die Wangen. Unsicher blickte sie hinüber zur Küche. »Es dauert wirklich nicht lange, bis die heiße Schokolade fertig ist.«

»Erst willst du mir Gewalt antun und jetzt vor mir davonlaufen.«

Sie blickte an ihm vorbei. »Das stimmt doch gar nicht.«

»Doch, du vibrierst geradezu vor Anspannung, aus Angst, ich könnte die Situation ausnutzen.« Sie spürte, wie er sie musterte, und konnte seinem Blick schließlich nicht mehr ausweichen.

Ihr stockte der Atem, und ein Schwarm Schmetterlinge flatterte in ihrem Bauch auf. »Du hast versprochen, es nicht zu tun.«

»Habe ich das? Falls dem so sein sollte, muss ich mir wohl jetzt schnell überlegen, ob es das wert ist, das Fegefeuer auf mich zu nehmen, wenn ich dieses Versprechen breche.«

»Ist es nicht.« Sie schluckte hart, kam aber nicht gegen das wilde Pochen ihres Herzens an, das ihr bis in die Kehle stieg. »Es ist spät. Vielleicht solltest du lieber gehen. Nachts irgendwelche übereilten Dinge zu tun ist nie gut.«

»Was hat das mit der Tageszeit zu tun?« Verblüfft legte er den Kopf etwas schräg.

Sie hob die Schultern. »Nachts ist irgendwie alles anders. Ist dir das noch nie aufgefallen? Vielleicht liegt es daran, dass die Welt im Dunkeln liegt oder ... was weiß ich. Die Nacht macht alles unwirklich. Deshalb wäre es besser, wenn ...«

»Das ist ein interessanter Gesichtspunkt«, unterbrach er sie. »Nachts ist alles unwirklich?«

»So fühlt es sich für mich jedenfalls an. Das war schon immer so.«

»Hast du denn schon einmal nachts etwas getan, was du am nächsten Morgen bereuen musstest?«

»Nein, aber die Gefahr ist nachts größer als im Hellen.«

»Aha.« Auf seinen Lippen erschien ein fast unmerkliches Lächeln. »Dann fußt deine Einschätzung also lediglich auf Hörensagen und Fantasie. Vielleicht sollten wir uns das zunutze machen.« Nun lächelte er wirklich.

»Wie meinst du das?« Misstrauisch versuchte sie, vor ihm zurückzuweichen, stieß jedoch nach zwei Schritten gegen den Tisch.

Justus folgte ihr, bis er dicht vor ihr stand und ihre Körper sich leicht berührten. »Wenn du sagst, dass nachts alles unwirklich ist, dann passiert das hier vielleicht in Wahrheit gar nicht.« Er hob die rechte Hand und strich ihr eine Haarsträhne hinters Ohr. Dort, wo er dabei ihre Wange berührte, kribbelte Lauras Haut alarmierend.

»Justus ...« Da sie nicht weiter zurückweichen konnte, blieb sie ruhig stehen und blickte wie gebannt in seine grauen Augen. »Nicht.«

Er hielt dicht vor ihrem Gesicht inne. »Auch nicht, wenn es vollkommen unwirklich ist?«

Sie spürte seinen warmen Atem auf ihrem Gesicht und ein heftiges Ziehen in ihrer Magengrube. Ob er die kurze Distanz geschlossen hatte oder sie, wusste sie nicht, doch im nächsten

Moment lagen ihre Lippen auf seinen, und ein heftiger Stich, gefolgt von einem zehrenden Brennen, schoss durch sie hindurch.

Justus zog sie in seine Arme und ließ seine Rechte in ihr Haar gleiten. Sein Mund war weich und fest zugleich und liebkoste ihren erst sanft, dann immer fordernder.

Obwohl sämtliche Alarmglocken in ihrem Kopf Sturm läuteten, erwiderte sie den Kuss, anfangs noch zögernd, doch bald schon ebenso leidenschaftlich wie er. Ihre Knie schienen sich in eine weiche zitternde Masse verwandelt zu haben, deshalb krallte sie ihre Finger in sein Hemd, um nicht den Halt zu verlieren.

Sie atmeten beide schwer, als sie sich schließlich voneinander lösten. Laura wollte zur Seite treten, doch er hielt sie fest, zog ihren Kopf sanft gegen seine Schulter und wartete, bis sie sich allmählich entspannte. Ihr Herzschlag wollte sich nicht so schnell beruhigen.

»Du hast recht«, raunte er dicht an ihrem Ohr und sandte damit heiße Schauer über ihren Körper. »Vollkommen unwirklich. Überhaupt kein Grund zur Sorge. Morgen ist bestimmt alles wieder ganz normal.« Er strich zärtlich mit den Fingerspitzen über ihren Nacken, trat dann doch einen Schritt zurück und lächelte ihr unbefangen zu. Lediglich an seinem verhangenen Blick erkannte sie, dass ihn der Kuss ebenso beeindruckt hatte wie sie. »Ich muss jetzt los, morgen wird wieder ein langer Tag. Morgens muss ich kurz ins Hotel, später bringe ich dir mit Patrick die Möbel vorbei, und danach muss ich mich beim Backtag blicken lassen.«

»Du backst?« Sie räusperte sich unterdrückt, weil ihre Stimme belegt klang.

»Und wie ich das tue! Stollen und Lebkuchen sind meine Spezialität. Aber naschen kann ich noch besser.« Er löste sich ganz von ihr und ging zur Tür. »Bis morgen, Laura. Schlaf gut.«

»Ja, äh … du auch.« Sie kam sich vollkommen idiotisch vor, weil ihr partout nichts weiter einfallen wollte.

Er lächelte noch einmal. »Diese Unwirklichkeit hat auch etwas für sich – man könnte sich daran gewöhnen, ohne Gefahr zu laufen, dass etwas davon die Wirklichkeit am hellen Tag beeinflusst.«

Ehe sie etwas erwidern konnte, hatte er das Haus verlassen, drehte sich aber noch einmal um, bevor er die Tür ins Schloss zog. »Vergiss nicht, gleich noch Holz auf den Ofen aufzulegen, sonst musst du morgen früh kalt duschen.«

Die Tür schloss sich leise hinter ihm, und Augenblicke später sprang der Motor seines Wagens an.

Laura stand nach wie vor am Esstisch, unfähig, einen klaren Gedanken zu fassen. Schließlich legte sie die Hände an ihre glühenden Wangen und stieß einen verzweifelten Fluch aus. Sie war sich ganz sicher, dass der innere Aufruhr, den sie gerade empfand, auch am hellen Tag nicht weichen würde. Vielleicht niemals wieder.

Sie hatte den gleichen Fehler zum zweiten Mal gemacht – nur mit dem Unterschied, dass diesmal nicht nur ihre Karriere auf dem Spiel stand, sondern auch ihr Herz.

15. Kapitel

Soll ich, soll ich nicht? Die Haustür steht offen, aber eigentlich wollte ich ja nicht mehr weglaufen. Gerade ist Justus reingekommen, um irgendwelche Tüten mit Sachen in die Küche zu bringen. Dort riecht es übrigens total lecker, weil mein Frauchen Margit zusammen mit all den anderen Sternbach-Frauen vorhin angefangen hat zu backen. Was auch immer das ist. Irgendwas mit Plätzchen jedenfalls, und die mag ich doch so gern.

Das Problem ist bloß, dass ich Laura so doll vermisse. Ich hätte gestern bei ihr bleiben sollen. Irgendwie hätte ich mein Frauchen schon dazu überredet, ganz bestimmt. Stattdessen habe ich die ganze Nacht von Laura geträumt und davon, dass ich bei ihr sein will.

Justus hat eben gesagt, dass er gleich weiter zu Patrick fährt und sie von dort wegen irgendwelcher Möbel zu Laura wollen. Wenn ich mich jetzt heimlich rausschleiche und in sein Auto klettere, dann könnte ich also schon ganz bald bei Laura sein. Damit würde ich aber etwas tun, was ich nicht darf, und eigentlich will ich doch ganz brav sein.

Also ... soll ich – oder soll ich nicht?

Ach, wisst ihr was, ich soll! Meine Sehnsucht nach Laura ist viel schlimmer als der Ärger, den ich vielleicht kriege, weil ich ausgebüxt bin. Ich muss nur ganz vorsichtig sein, damit mich niemand bemerkt. Wie praktisch, dass Justus die Autotür offen gelassen hat. Schwups – ich bin drin! Jetzt schnell hinter die Vordersitze klettern, damit er mich nicht gleich bemerkt. Hier liegt eine Jacke, da krieche ich mal drunter. Hm, die riecht nach Justus, sehr angenehm. Und so schön warm. Jetzt heißt es wohl abwarten ...

***

Schon seit dem Moment, als er Laura am Abend zuvor verlassen hatte, schwankte Justus zwischen dem angenehmen Gefühl von Flugzeugen in seinem Bauch, die in Dauerschleife starteten und landeten, und Ärger auf sich selbst, weil er womöglich mit dem Kuss zu viel riskiert hatte. Er hatte sich geschworen, Laura die Entscheidung zu überlassen, und er hätte sich, so schwer es ihm auch gefallen wäre, zurückgezogen, wenn nicht sie am Ende den winzigen Abstand zwischen ihnen überbrückt hätte. Er hatte ihr die Wahl gelassen, wenn auch mit unfairen Mitteln. Trotzdem war seine Sorge groß, dass sie sich nun gänzlich vor ihm verschließen würde. Nicht, weil sie ihn nicht wollte; das leidenschaftliche Aufeinandertreffen ihrer Lippen hatte eine unmissverständliche Sprache gesprochen. Doch sie verteidigte nach wie vor beharrlich ihren Standpunkt, dass eine intime Beziehung zwischen ihnen ausgeschlossen bleiben musste, weil er ihr Chef war.

Aus ihrer Sicht war das nachvollziehbar, und grundsätzlich vertrat er eine ganz ähnliche Auffassung. Er hatte noch niemals etwas mit einer Mitarbeiterin eines der Hotels angefangen. Weder einen Flirt noch etwas Tiefergehendes. Nicht nur, weil es unprofessionell war – da gab er Laura vollkommen recht –, sondern auch, weil er sich nur sehr selten verliebte. Er konnte die Frauen, die sein Herz berührt hatten, an einer Hand abzählen und würde dazu nicht einmal alle Finger benötigen. Und selbst die, die es geschafft hatten, waren mit Laura nicht zu vergleichen. Eine Jugendliebe mit sechzehn, eine mit achtzehn und eine junge Frau – Aline –, mit der er in seinen Zwanzigern etwas mehr als zwei Jahre lang zusammen gewesen war, bis sie sich auseinandergelebt hatten. Danach hatte es nur noch gelegentliche Kurzbeziehungen gegeben, die nie länger als ein paar Wochen gehalten hatten. Nach der Frau fürs Leben hatte er nie bewusst Ausschau gehalten, sondern war davon ausgegangen, dass er sie schon, falls es sie überhaupt gab, zur rechten Zeit finden würde. Er wurde das Gefühl nicht los, dass genau das nun geschehen war, doch leider schleppte diese Frau ein nicht gerade leichtes Päckchen an emotionalen Altlasten mit sich herum, die es ihm schwer machten, zu ihr durchzudringen.

Auch wenn der gestrige Kuss ein zugegebenermaßen wunderschöner Ausrutscher gewesen war, wollte er weiterhin an seiner Strategie festhalten und ihr die Führung überlassen und höchstens mit einigen geeigneten Maßnahmen seinem Glück ein wenig auf die Sprünge helfen.

Dass es nun aufgrund des Kusses für ihn nicht leichter, sondern schwieriger wurde, hatte er seiner Ungeduld zuzuschreiben und dem beinahe unbezwingbaren Bedürfnis, Laura wenigstens einmal ganz kurz nahe zu sein. Es war ihm unglaublich schwergefallen, sich gestern von ihr zu lösen und das Haus zu verlassen, und seitdem sehnte er sich danach, sie erneut halten zu können. Doch jetzt musste er sich erst mal – zumindest für eine Weile – zusammenreißen. Er wollte auf keinen Fall riskieren zu zerstören, was er bereits erreicht hatte.

»Du machst es mir nicht gerade leicht, Laura«, murmelte er vor sich hin, während er seinen Wagen hinter Patricks Pickup her über die Landstraße lenkte. Sie hatten die Frisierkommode, den Esstisch und die Stühle sowie den Spiegel gerade so auf die Ladefläche des Pick-ups bekommen, wenn auch in einer etwas abenteuerlichen Anordnung. Deshalb hoffte er auch, dass ihnen nicht ausgerechnet jetzt eine Polizeistreife über den Weg fuhr. Zwar hatten sie die Fracht gut gesichert, aber allein der hochkant stehende Tisch machte auf den ersten Blick keinen sonderlich vertrauenerweckenden Eindruck.

Wie? Was? Habe ich da Lauras Namen gehört? Sind wir schon da? Wir fahren doch noch. Wuff? Lizzy, die es sich mucksmäuschenstill unter Justus' Jacke bequem gemacht hatte, schreckte hoch und reckte ihre Nase unter dem Jackenärmel hervor.

Justus zuckte zusammen, als er das leise Bellen vernahm, und wäre beinahe auf die Bremse getreten. »Was ...? Lizzy, bist du das?« Er warf einen Blick hinter den Beifahrersitz, wo es jetzt raschelte, und sah die kleine schwarze Nase des Westie-Mädchens, umgeben von weißem Fell, unter dem Ärmel seiner Jacke hervorlugen. »Was machst du denn da? Wie bist du hier hereingekommen?«

Einfach eingestiegen, was dachtest du denn? Sind wir doch noch nicht bei Laura? Wie schade.

Die Jacke bewegte sich, weil Lizzy heftig mit der Rute wedelte.

»Meine Güte, das sind ja ganz neue Touren. Was machst du denn für Sachen? Mama wird sich schon wieder die größten Sorgen machen.«

Ich weiß, tut mir leid. Aber ich will doch so unbedingt zu Laura.

Umständlich fischte Justus sein Handy aus der Hosentasche und aktivierte die Bluetooth-Freisprecheinrichtung. Dann wählte er die Nummer seines Elternhauses.

»Hallo? Justus?« Die Stimme seiner Mutter klang leicht gehetzt. »Tut mir leid, aber was es auch ist, es muss warten. Lizzy ist verschwunden. Anscheinend ist sie ausgebüxt, als du die Backzutaten herein...«

»Schon gut, Mama, beruhige dich«, unterbrach er sie. »Lizzy ist bei mir.«

Für eine Sekunde herrschte am anderen Ende der Leitung Stille. Dann atmete seine Mutter hörbar auf. »Bei dir?«

»Sie muss heimlich in mein Auto geklettert sein. Ich habe sie gerade hinter dem Beifahrersitz gefunden. Sie hat es sich unter meiner Jacke gemütlich gemacht. Anscheinend hatte sie Lust auf eine Spritztour.«

»Oh du liebe Güte, bin ich erleichtert! Augenblick.« Es raschelte, dann hörte er, wie seine Mutter Elke und seinen Schwestern eine Entwarnung zurief. Dann sprach sie wieder ins Telefon. »Du sagst, sie ist einfach in dein Auto gesprungen? Das hat sie doch vorher noch nie getan.«

»Einmal ist immer das erste Mal.«

»Das müssen wir ihr unbedingt wieder abgewöhnen. Ich weiß zwar nicht, wie, aber … Ich habe fast einen Herzanfall erlitten, als ich bemerkte, dass sie schon wieder weggelaufen ist. Erst neulich, als sie zu Laura …« Sie stockte. »Justus?«

»Ja?«

»Du bist doch jetzt auf dem Weg zu Laura, oder?«

»Ja, Patrick fährt direkt vor mir. Wir sind gleich dort.« Er zögerte. »Warum fragst du? Du weißt doch, dass wir ihr die Möbel bringen.«

»Ich weiß nicht. Ich dachte nur eben … Kann es sein, dass sie … Nein, das ist verrückt. Sie ist ein Hund. Solche komplexen Gedanken kann sie nicht haben.«

Er runzelte die Stirn. »Du glaubst, Lizzy will zu Laura und hat mich als Taxi benutzt.«

»Kann so etwas sein? Ich weiß es nicht. Es gibt zwar intelligente Hunde, aber so etwas …«

»Ich glaube eher, dass sie einfach nur neugierig war und deshalb in mein Auto gesprungen ist.«

Nein, nein, Margit hat schon recht. Ich will zu Laura. Aber wie soll ich euch das bloß erklären? Ihr versteht mich ja nicht. Nicht so wie ich euch. Schade eigentlich. Aber vielleicht lernt ihr es ja eines Tages.

»Wie auch immer, ich bin froh, dass Lizzy nichts zugestoßen ist. Kannst du sie nachher wieder zu uns zurückbringen?«

»Klar, kein Problem. Ich muss jetzt Schluss machen, wir sind gerade angekommen, und ich muss mit anpacken.«

»Gut. Grüß Laura von uns, und vielleicht kannst du sie ja überreden, doch nachher noch zum Backen mitzukommen.«

»Mal sehen, was ich ausrichten kann. Bis später.« Er drückte das Gespräch weg, parkte seinen Wagen und drehte sich dann noch einmal zu Lizzy um, die inzwischen auf seiner Jacke saß und erwartungsvoll zu ihm aufsah. »Wir besuchen jetzt Laura.«

Ja, ja, ja, endlich. Wiff! Die Hündin sprang auf und wedelte so heftig mit ihrem Schwänzchen, dass ihr ganzer kleiner Körper bebte.

Justus schmunzelte. »Nun sag bloß, Mama hatte recht, und du bist wirklich nur hier eingestiegen, um Laura zu sehen.«

Endlich hast du es begriffen. Wau, wau. Natürlich ist das so. Nun mach schon die Tür auf, damit ich rauskann.

»Unfassbar.« Lachend stieg er aus, öffnete die Tür auf der hinteren Beifahrerseite und beobachtete in einer Mischung aus Verblüffung und Belustigung, wie Lizzy lossauste, haarscharf an Patrick vorbeiraste und nur Augenblicke später wild bellend an Lauras Haustür auf und ab hüpfte.

»Hey, was ist jetzt los? Woher kommt denn die Kleine?« Verwundert blickte Patrick dem weißen Wirbelwind hinterher. »Hattest du etwa einen blinden Passagier?«

Justus ging lachend zu ihm. »Sieht so aus. Anscheinend wollte Lizzy unbedingt hierher. Sie scheint sich in Laura verliebt zu haben.«

»Womit sie bei dir in guter Gesellschaft ist.«

Justus hüstelte. »Ist das so offensichtlich?«

Patrick zuckte mit den Achseln. »Wenn das ein Geheimnis sein soll, musst du aufhören, sie mit Blicken auszuziehen.«

»Das tue ich doch gar nicht!«

»Dein Pokerface war jedenfalls schon mal bedeutend glaubhafter.«

Seufzend fuhr Justus sich durchs Haar. »Erwähne es bitte nicht. Die Sache ist ein bisschen heikel.«

»Kann ich mir vorstellen. Immerhin arbeitet sie für dich.« Patrick machte sich an den Spanngurten zu schaffen, mit denen er die Möbel auf der Ladefläche gesichert hatte. »Keine Sorge, ich halte mich heraus. Geht mich ja auch nichts an.«

»Danke.«

»Ich schätze aber, bei ihr musst du ziemlich vorsichtig sein. Sie hat Probleme.«

»Ich weiß.«

»Sei nett zu ihr.«

Justus lächelte schief. »Das hatte ich vor.«

Patrick stieß ihn mit dem Ellenbogen an. »So habe ich das nicht gemeint.«

»Schon klar. Ich gehe behutsam vor.«

Mit einem Ruck löste Patrick einen der Gurte. »Viel Glück.«

***

»Verflucht noch mal, nach links.«

»Ich bin schon so weit links, wie es geht.«

»Von mir aus gesehen links!«

»Also rechts. Sag das doch gleich.«

»Vorsicht. Autsch, willst du mich umbringen?«

»Halt einfach fest.«

»Alles noch mal zurück, das geht so nicht.«

»Bist du irre? Ich hieve das Mistding doch nicht noch mal komplett die Stufen runter. Das geht jetzt so, egal wie.«

Kopfschüttelnd und wider Willen fasziniert sah Laura den beiden Männern zu, die bereits seit einer Viertelstunde versuchten, die Kommode über die Wendeltreppe nach oben zu befördern. Sie saß auf der Couch, die sich selig rekelnde Lizzy auf dem Schoß, und schmunzelte vor sich hin. Bereits vor fünf Minuten hatte sie es aufgegeben, den Männern Hilfe anzubieten oder Ratschläge zu erteilen. Eigensinn, gepaart mit einer Überdosis Testosteron, hatte die Führung über die Geschehnisse übernommen, deshalb hielt sie sich lieber zurück.

Als die beiden Brüder eingetroffen waren – zu ihrer höchsten Überraschung in Begleitung einer vollkommen außer Rand und Band geratenen Lizzy –, hatte sie zunächst befürchtet, es könnte zwischen ihr und Justus nach den Geschehnissen des vergangenen Abends seltsam werden. Doch er hatte bisher weder auf den Kuss angespielt noch auch nur den Eindruck erweckt, als habe er dies noch vor. Fast so, als sei der Kuss gar nicht geschehen.

Unwirklich.

Sie knabberte an ihrer Unterlippe. Wenn sie nicht die halbe Nacht deswegen wach gelegen hätte, hätte sie fast annehmen können, dass sie sich alles nur eingebildet hatte. Doch allein bei der Erinnerung an seine Lippen auf ihren erhöhte sich selbst jetzt noch ihr Puls, und in ihrer Magengrube sausten die Schmetterlinge wie betrunken umher.

Auch nachdem die Brüder nach einer weiteren halben Stunde endlich die Kommode in ihr Schlafzimmer verfrachtet, den Spiegel aufgehängt, den Esstisch und die Stühle hereingebracht und die ursprünglich zur Einrichtung gehörende Garnitur auf dem Pick-up verstaut hatten, machte Justus keinerlei Anstalten, ihr auch nur auf Armeslänge nahe zu kommen. Keine Anspielung schlüpfte ihm über die Lippen, nicht einmal ein vielsagendes Zwinkern richtete er an sie.

Laura wusste nicht, ob sie darüber glücklich sein oder sich ärgern sollte. Eigentlich hätte sie dankbar sein müssen, dass er die Sache auf sich beruhen ließ, doch ihr eigensinniges Herz wollte sich damit nicht abfinden. Vergeblich bemühte sie sich, es zur Ordnung zu rufen, während sie den beiden Männern Kaffee anbot und dabei so tat, als sei alles ganz normal.

Sie hatte gerade die Kaffeesahne zurück in den Kühlschrank gestellt, als ihr Handy klingelte. Der Name der Anruferin im Display ließ sie kurz die Stirn runzeln. »Hallo Margit. Vermisst du Lizzy schon? Justus und Patrick sind leider jetzt gerade erst fertig geworden und trinken noch einen Kaffee. Die Pause haben sie sich redlich verdient. Ich dachte schon, sie schaffen es nie, die blöde Kommode nach oben zu bugsieren.«

»He, he, keine Negierung unserer Fähigkeiten!« Patrick grinste schief. »Wir haben uns nur beide fast das Kreuz verbogen, aber es hat geklappt. Hab ich doch gleich gesagt.«

»Genau genommen habe *ich* gesagt, dass das Ding über die Treppe passt«, korrigierte Justus. »Du hattest Zweifel.«

»Zu Recht. Einfach war es jedenfalls nicht, und wenn das Ding irgendwann mal wieder rausmuss, schmeißen wir es am besten einfach aus dem Fenster.«

»Falls es durch das Fenster passt.«

Patrick schnaubte. »Halt bloß die Klappe.«

»Hey, *du* hast das Haus gebaut, nicht ich. Hättest du mal die Fenster größer geplant.«

»Woher sollte ich denn damals wissen, dass dieses Schminkdingsbums hier reinsoll?«

Laura unterdrückte ein Lachen. »Hast du das gehört?«

»Ja, so sind sie, meine Söhne.« Margit klang ebenso belustigt wie stolz. »Aber ich rufe gar nicht wegen Lizzy an. Ich bin froh, dass sie bei dir ist, da kann ihr nichts passieren, und wenn sie sich bei dir wohlfühlt, dann soll sie es ein bisschen genießen. Es geht um etwas anderes: Wir haben hier einen Notfall.«

»Einen Notfall?« Erschrocken richtete Laura sich auf.

Prompt verstummten Justus und Patrick und sahen sie alarmiert an.

»Oh ja, und was für einen! Wir benötigen ganz dringend eine Vorkosterin für unser Gebäck. Außerdem rief mich vorhin Silvia Rosenbaum an, das ist eine gute Freundin, die sich schon seit Jahren mit ihrer Familie sehr für die städtische Sozialstation einsetzt. Dieses Jahr soll von der Station aus zusammen mit dem Sportverein wieder mal ein großes Vorweihnachts-Kinderfest veranstaltet werden. Dafür werden sie ganze Wagenladungen an Plätzchen benötigen. Silvias Tochter Lidia ist normalerweise dafür zuständig, aber sie schafft es diesmal wohl nicht allein. Schließlich ist das eine wahre Mammutaufgabe. Natürlich hab ich ihr unsere Hilfe zugesagt, aber dafür brauche ich unbedingt noch ein paar helfende Hände. Deshalb musst du umgehend herkommen und uns helfen. Sag Justus, er soll schon mal seine Rezepte sichten und sehen, dass er ebenfalls hier aufschlägt. Und Patrick spannen wir als Teigausroller und Plätzchenausstecher ein, dazu reicht sein Talent … Und Schüsseln-Spülen bekommt er auch gerade noch hin. Könnt ihr in einer Viertelstunde hier sein?«

»Ich, äh … eigentlich …« Vollkommen überrumpelt überlegte Laura, was sie sagen sollte. »Ich habe schon seit einer Ewigkeit keine Plätzchen mehr gebacken.«

»Das verlernt man nicht. Außerdem sagen wir dir schon ganz genau, was du tun sollst. Wir brauchen frischen Wind – auch beim Vorkosten. Bis gleich dann.«

Verblüfft starrte Laura auf ihr Smartphone, das einen kurzen Signalton von sich gab, nachdem Margit die Verbindung unterbrochen hatte.

»Lass mich raten, sie hat dich gerade zum Backen zwangsverpflichtet.« Patrick grinste. »Das kann Mama gut. Es ist jedes Jahr das Gleiche. Was plant sie denn jetzt wieder? Eine Weihnachtsplätzchen-Auktion? Oder will sie einen eigenen Stand auf dem Weihnachtsmarkt aufmachen?«

»Nein, irgendwas mit der Sozialstation und dem Sportverein.« Ratlos blickte Laura noch immer auf ihr Mobiltelefon.

»Das Kinderfest.« Justus nickte. »Ja, davon hab ich schon gehört. Ich schätze, dann sollten wir jetzt aufbrechen. Du kommst doch mit, Laura?«

»Ich weiß nicht.« Verunsichert sah sie sich in der Küche um. »Ich kann so gut wie gar nicht backen, und schon gar keine Weihnachtsplätzchen. Ich glaube nicht, dass das etwas für mich ist.«

»Ach, komm schon, gib dir einen Ruck. Es ist doch für einen guten Zweck, und abgesehen davon ist es gefährlich, einer Anordnung unserer Mutter nicht zu folgen. Sie könnte sich bemüßigt fühlen, dich persönlich abzuholen.« Justus sah sich nach Lizzy um, die sich auf der Couch zusammengerollt hatte. »Ich muss sowieso Lizzy wieder mitnehmen, und sie gehorcht bestimmt besser, wenn du dabei bist.«

Laura folgte seinem Blick und lächelte unwillkürlich, als Lizzy den Kopf hob und ausgiebig gähnte. »Ach Quatsch, du übertreibst. Sie liebt Margit doch. Und das ist nicht dein Ernst, oder?«, fügte sie dann irritiert an und zog die Brauen hoch. »Glaubst du wirklich, deine Mutter würde mich persönlich ins Auto schleifen?«

»Das wirst du schon sehen.« Er stellte seine Tasse in die Spüle und klatschte in die Hände. »Lizzy, komm, hopp, auf geht's. Wir müssen dich nach Hause bringen.«

Was, jetzt schon? Wir sind doch noch gar nicht lange hier. Kann ich nicht bei Laura bleiben? Lizzy hob die Ohren, legte den Kopf schräg, machte aber keine Anstalten, sich von der Couch herunterzubewegen.

»Los, hopp, hopp. Laura geht auch mit.«

Ach, tatsächlich? Das ist etwas anderes. Dann bin ich selbstverständlich sofort dabei. Mit einem freudigen Quietschlaut sprang Lizzy auf den Boden, rannte auf Laura zu und umkreiste sie eifrig. *Komm, lass uns zusammen ein Abenteuer erleben.*

»Noch Fragen?« Justus warf Laura einen bedeutsamen Blick zu. »Patrick, fahr schon mal vor. Wir kommen sofort nach. Ich helfe Laura noch schnell, den Ofen aufzufüllen.«

»Aye, aye, Sir.« Patrick salutierte zackig. »Bis gleich.«

16. Kapitel

Kaum standen Laura, Justus und Patrick vor der Haustür der Sternbachs, als diese auch schon aufflog und Elke sie mit ausgebreiteten Armen begrüßte. »Da seid ihr ja endlich. Oh, und Lizzy, du kleine Ausreißerin!« Sie drohte der Hündin in Lauras Armen spielerisch mit dem Zeigefinger. »Böser Hund!« Lachend zog sie Laura an der Schulter ins Haus. »Kommt schnell rein, Kinder, damit es hier drin nicht so kalt wird. Patrick, lauf bitte gleich mal in den Keller, und such nach den Plätzchendosen. Die müssten irgendwo in einem Karton versteckt sein. Ich hoffe, sie reichen aus, sonst musst du nachher noch mal losziehen und irgendwo welche besorgen.« Sie half Laura aus dem Mantel und hängte ihn an die Garderobe. »Justus, du fängst am besten gleich mit deinem Lebkuchenteig an. Deine Mutter will lustige Lebkuchenmänner und Sterne. Wir haben dir extra einen Platz auf der Anrichte reserviert.«

»Hier.« Iris Sternbach kam aus der Küche und drückte Justus eine Schürze in die Arme. »Das ist die männlichste, die wir noch hatten.«

Justus entfaltete die Schürze und lachte. »*In der Küche bin ich der Boss.* Das halte ich für ein Gerücht, zumindest in diesem Haus.«

»Ach, papperlapapp. Nun geh schon an die Arbeit. Laura, für dich haben wir leider nur noch die hier.« Iris drückte auch Laura eine Schürze in die Hand. »Tut mir leid. Ich weiß, dass du es nicht so mit Weihnachtsmotiven hast, aber nimm es bitte sportlich. Mit etwas Fantasie könnten es auch … keine Ahnung, Gartenzwerge sein.«

Misstrauisch faltete Laura die Schürze auseinander. Sie war

über und über mit grinsenden Weihnachtswichteln bedruckt, die Geschenkpakete jonglierten. »Muss das sein?«

»Komm, komm, wir können uns keine langen Pausen leisten.« Resolut zog Iris Laura mit sich in die Küche. »Mädels, seht mal, wer da ist. Schau mal, auf dem Tresen steht ein Teller mit einer Auswahl unserer bisherigen Kreationen. Am besten, du fängst erst einmal mit dem Probieren an. Du hast noch die am wenigsten strapazierten Geschmacksnerven. Wenn irgendwas ganz schrecklich ist, was wir auf keinen Fall außerhalb dieser vier Wände lassen dürfen, sag sofort Bescheid.«

»Aber zieh dir erst mal die Schürze über«, empfahl Margit, die gerade dabei war, mithilfe einer Spritztüte Kringel auf ein Backblech aufzubringen. »Nicht dass du dir im Eifer des Gefechts deine Sachen vollkleckerst.«

»Vorsicht, heiß und fettig!« Viola nahm schwungvoll einen Topf mit geschmolzener Butter vom Herd und trug ihn zur Arbeitsinsel. Dabei wäre sie beinahe mit Laura zusammengestoßen. »Verzeihung, Platz da!« Die flüssige Butter schwappte bedenklich im Topf hin und her.

»Siehst du.« Während Margit den Spritzbeutel, den sie in der Hand hielt, erneut mit Teig füllte, warf sie Laura einen bedeutsamen Blick zu.

Seufzend band Laura sich die kitschige Schürze um und wollte sich dem Teller mit den Plätzchen zuwenden, doch Ricarda drängte sie ab und hielt sie an den Schultern fest. »Stopp, erst ein Selfie, damit uns hinterher jeder glaubt, dass du dieses lächerliche Ding wirklich angezogen hast.« Breit grinsend hielt sie ihren Kopf dicht neben Lauras und ihr Smartphone so weit von sich, dass sie beide gut zu erkennen waren. »Bitte lächeln!«

»Nicht, bitte.« Leicht gequält verzog Laura das Gesicht.

»Ach Mensch, das sieht ja grauenhaft aus«, protestierte Ricarda. »Noch mal. Lächeln!«, befahl sie in militärischem Befehlston, der Laura tatsächlich zum Lachen reizte. »Schon besser.«

»Ich will auch mit drauf.« Viola drängte sich an Lauras andere Seite. »Mach noch ein Bild.«

»Musst du dich nicht um deine geschmolzene Butter kümmern?«

»Nö, die kann warten. Sie soll sowieso erst abkühlen.«

»Na gut, dann aber gleich alle! Los Oma, Elke, Mama. Das kriegen wir hin!« Ricarda lachte und versuchte, alle Frauen irgendwie aufs Bild zu bekommen. Erst beim vierten Versuch glückte es.

»Na toll, und wir bleiben mal wieder außen vor.« Patrick tat beleidigt.

»Hey, das war reine Frauenpower.« Ricarda schob ihr Handy zurück in ihre Gesäßtasche und wandte sich erneut der Arbeitsplatte zu. »Wenn ihr Kerle ein Selfie wollt, macht euch selbst eins.«

»Nichts leichter als das.« Auch Laura wollte sich gerade dem Plätzchenteller widmen, doch ehe sie sich's versah, stand Patrick hinter ihr und hielt ihr sein Smartphone vor die Nase. »Komm schon, Justus, bevor sie abhaut.«

»Na klar.« Schon stand auch Justus an ihrer Seite und fasste sie an den Hüften. Er brachte sein Gesicht dicht neben ihres, und sie spürte seine Wärme. Für einen Moment blieb ihr die Luft weg.

Patrick rückte ebenfalls näher an sie heran. »Cheese!«

Da Justus sie gleichzeitig in die Seite zwickte, zuckte sie zusammen und quietschte empört, musste aber gleichzeitig lachen. »Das ist unfair!«

»Weiß ich«, raunte er in ihr Ohr, ließ sie jedoch gleich wieder los und kehrte zurück zur Anrichte.

»Hm, also ich weiß nicht.« Patrick betrachtete die Fotos, die er kurz hintereinander geschossen hatte. »Diese Schürze ist ja echt grausam.« Grinsend zeigte er Laura eins der Bilder. »Fast schon ein Verbrechen gegen den guten Geschmack, sich damit auf demselben Foto zu befinden. Vielleicht sollte ich es zu Hause retuschieren.«

»Quatsch, sieht doch witzig aus.« Viola blickte über Patricks Schulter und legte dabei ihr Kinn auf seine Schulter, obwohl sie sich dazu auf die Zehenspitzen stellen musste. »Ich find's schön. Das kommt ins Familienalbum.«

»Oh nein, bitte nicht.« Erschrocken wehrte Laura ab.

»Doch, wir haben eins extra für schräge Schnappschüsse.« Ricarda grinste breit. »Und jetzt Mund auf und probieren!« Auffordernd hielt sie Laura einen Keks vor die Lippen.

Ehe sie nachdenken konnte, hatte Laura das Plätzchen bereits im Mund. »Mmh, Mann, ist das lecker«, nuschelte sie und schluckte den Bissen rasch hinunter. »Was ist das?«

»Keine Ahnung.« Ricarda blickte fragend zu Elke. »Die runden mit dem Hagelzucker am Rand?«

»Heidesand.« Elke rückte den Teller mit den Plätzchen wieder näher an Laura heran. »Wenn die gut geworden sind, haben wir Glück, weil das Rezept ganz einfach geht und wir in null Komma nichts eine große Menge herstellen können.«

»Sie schmecken sehr gut.« Verlegen räusperte Laura sich. »Aber ich weiß nicht, ob meine Expertise hier ausreicht. Ich habe keinerlei Erfahrung mit Weihnachtsgebäck.«

»Das macht nichts, dann bist du auch vollkommen unvoreingenommen.« Margit legte ein zweites Backblech mit Backpapier aus und spritzte weitere Kringel darauf. »Das hier wird Spritzgebäck nach einem alten Familienrezept.«

»Ja, nach dem von meiner Mutter«, erklärte Iris mit einem Lächeln. »Es sind Theos Lieblingsplätzchen, und das Erste, was ich nach unserer Hochzeit lernen musste, war, wie man sie backt.«

»Wirklich?« Interessiert betrachtete Laura das zum Backen fertig vorbereitete Backblech. »Als meine Oma Finchen noch lebte, hat sie auch oft Spritzgebäck gemacht. Nicht nur zu Weihnachten.«

»Hast du ihr Rezept noch?« Iris blätterte in einem Backbuch. »Die hier können wir auch noch machen. Schwarz-

Weiß-Gebäck. Etwas aufwendiger, aber trotzdem ganz gut in größeren Mengen herzustellen.«

»Ich weiß nicht, ob das Rezept noch irgendwo ist. Meine Mutter hat vieles gesammelt, und ich glaube, in einer der Bücherkisten sind auch ihre Backbücher.«

»Das wäre doch eine gute Gelegenheit, um in einer Ecke mit dem Durchsehen der Kisten zu beginnen.« Margit lächelte ihr zu. »Die alten Rezepte sind immer so schön nostalgisch, und solche Plätzchen schmecken oft am besten, weil man Erinnerungen damit verknüpft.«

»Mal sehen.« Laura hatte sich zwar vorgenommen, am nächsten Wochenende damit zu beginnen, die eingelagerten Sachen auszusortieren, aber noch fürchtete sie sich davor. Ganz besonders die Erinnerungen, von denen Margit sprach, machten ihr Angst. Rasch griff Laura nach einem sternförmigen Plätzchen und biss hinein. »Hm, Zimtsterne. Die sind auch sehr gut.«

»Oje, bitte lasst mich davon nicht noch eine Portion machen.« Theatralisch rang Viola die Hände. »Der Teig ist immer so schrecklich weich und klebrig, und es dauert ewig, bis ich ihn mit den Förmchen aufs Blech gebracht habe.«

»Wir können doch einfach nur Zimthäufchen mit weißem Guss daraus machen«, schlug Ricarda vor.

»Nein.« Viola schüttelte den Kopf. »Das wäre geflunkert. Hier, Laura, probier lieber die Kokosmakronen. Das Rezept ist einfacher.« Sie drehte sich zu Patrick um. »Stell mal die Musik an. Wir haben extra einen USB-Stick mit Weihnachtsliedern zusammengestellt. Zweihundert Songs oder sogar noch mehr aus aller Welt.«

Erschrocken hob Laura den Kopf, traute sich aber nicht zu protestieren. Sie hasste Weihnachtsmusik.

»Ganz ruhig.« Hinter ihr war Justus aufgetaucht und legte ihr seine Hände auf die Schultern. »Vielleicht hätte ich dich warnen sollen. Das mit der Musik gehört traditionell bei uns zum Plätzchenbacken dazu. Geh einfach raus, wenn es dir zu viel wird.«

***

Sie war nicht vor der Musik geflohen. Tatsächlich hatte ihr die Mischung aus klassischen deutschen und amerikanischen Weihnachtsliedern weniger ausgemacht, als sie befürchtet hatte. Da die Frauen die ganze Zeit fröhlich durcheinandergeschwatzt und auch die Männer sich nicht zurückgehalten hatten, reduzierte sich die Musik auf ein leises Hintergrundgedudel, das in dieser geschäftigen Runde sogar richtig heimelig wirkte.

Es war bereits früher Abend, als Margit die letzten in Folie gewickelten Teigportionen aus dem Kühlschrank nahm, um sie auszurollen. Ricarda und Viola waren inzwischen deutlich stiller geworden, und auch Elke rührte mittlerweile schweigend den farbigen Zuckerguss, mit dem sie die Butterplätzchen verzieren wollte.

»Die Bande ist k. o.« Margit stieß Laura leicht mit dem Ellenbogen an und nahm ihr den Pinsel aus der Hand, mit dem sie gerade Eigelb auf die Plätzchen auf einem Backblech strich. »Es wird Zeit, etwas Herzhaftes zu essen.« Sie drehte sich zu Justus um, der dabei war, Lebkuchensterne und -rauten in Blechdosen zu legen. »Wie wäre es, wenn ihr zwei losfahrt und uns etwas vom Weihnachtsmarkt holt? Reibekuchen, Bratwurst, Pommes und alles, was es sonst noch an ungesundem Zeug dort gibt. Nach all dem Plätzchenteig brauchen wir jetzt dringend etwas Salziges. Nehmt Lizzy mit. Sie soll früh lernen, auch in großen Menschenansammlungen ruhig und brav zu bleiben.«

»Yes, Ma'am.« Geräuschvoll schloss Justus die Keksdose, die er eben mit der letzten Runde bereits abgekühlter Plätzchen gefüllt hatte.

»Aber ich bin hier noch gar nicht fertig«, protestierte Laura, als Margit das Pinseln übernahm.

»Schon gut, den Rest erledige ich.« Margit tätschelte ihren Arm. »Wir haben dich heute ganz schön beansprucht, obwohl du ja eigentlich gar nicht wolltest, nicht wahr? Aber du hast dich gut geschlagen, deshalb bist du hiermit aus dem Frondienst entlassen. Justus, bring bitte auch heiße Maroni für deinen Opa mit.«

»Ist schon notiert.« Justus war bereits hinausgegangen und kam mit Lauras Mantel zurück. »Hier, bitte.« Er half ihr hinein und blickte sich suchend um. »Lizzy? Wo steckst du? Wir machen einen Ausflug.«

Jetzt noch? Lizzy kam durch die Verbindungstür zum Esszimmer und schüttelte sich. Es war offensichtlich, dass sie geschlafen hatte. *Also mal kurz raus müsste ich ja, aber eine größere Tour? Muss das sein?*

»Begeistert sieht sie ja nicht gerade aus«, konstatierte Patrick.

»Wart's ab.« Justus grinste. »Lizzy, wir machen zusammen mit Laura einen kleinen Ausflug auf den Weihnachtsmarkt. Wie findest du das?«

Was ist denn ein Weihnachtsmarkt? Ach, egal, hab ich da richtig gehört? Laura kommt mit uns mit? Wau, das wird toll, dann bin ich auf jeden Fall mit von der Partie. Wo ist meine Leine? Na los, nicht so lahm. Ich dachte, wir sausen gleich los. Lizzy hüpfte bellend auf und ab und ließ wieder einmal mit ihrem enthusiastischen Schwanzwedeln ihren ganzen Körper vibrieren. Sie umrundete Laura, rannte in den Flur und kam sofort wieder zurück, um erneut auffordernd zu bellen.

Justus lachte. »Siehst du?«

»Verblüffend.« Patrick schmunzelte. »Dann mal viel Spaß euch dreien. Aber beeilt euch ein bisschen. Ich leide an Überzuckerung und benötige dringend eine Currywurst. Oder auch zwei. Und ein Bier.«

Während Justus seinen Mantel anzog und sich einen Schal um den Hals wickelte, legte Laura der aufgeregt umhertänzelnden Hündin das Geschirr mit der Leine an. Sie fühlte sich wohl und zufrieden, was ihr geradezu wie ein Wunder erschien. Sie hatte gerade einen ganzen Nachmittag mit Weihnachtsmusik und Plätzchenduft verbracht. War sie jetzt vielleicht sogar mutig genug, diesen Weihnachtsmarkt zu besuchen? Lange würden sie sich dort ja auch nicht aufhalten, sondern nur eine Wagenladung Fast Food besorgen.

»Eigentlich wollte ich heute Abend noch ein bisschen an den neuen Blogartikeln schreiben und ein paar Fotos bearbeiten.« Sie faltete ihre Hände im Schoß, nachdem sie es sich auf dem Beifahrersitz von Justus' Wagen bequem gemacht hatte.

»Das kannst du getrost vergessen. Bis wir heute fertig sind, wirst du total erschlagen sein und definitiv keine Lust mehr haben, dich noch einmal vor den Bildschirm zu setzen.« Justus warf ihr einen kurzen Seitenblick zu. »Oder bist du das jetzt schon, und das war ein Wink mit dem Zaunpfahl, dich nach Hause zu bringen?«

»Nein.« Laura hob die Schultern. »Na gut, ein bisschen erschöpft bin ich schon. Deine Familie gleicht einem Wirbelsturm, und die Überdosis Weihnachten werde ich wohl auch erst einmal verdauen müssen.«

Er lachte. »Wehe, wenn sie losgelassen. Du gewöhnst dich schon noch daran. Aber wenn es dir für heute reicht, kann ich dich wirklich gerne nach Hause fahren. Ich übernehme die volle Verantwortung für die Empörung, die das auslösen wird.«

Laura zögerte. Es war verlockend, sich nach dem lauten Tag in ihr Schneckenhaus zurückzuziehen. Andererseits … »Nein, schon gut. Ich ziehe das jetzt durch.«

»Braves Mädchen, sehr tapfer.«

Sie gluckste. »Ich bin nur so mutig, weil ich einen Zuckerschock habe und wahrscheinlich ohnehin die ganze Nacht nicht werde schlafen können.«

»Also hat es dir ein bisschen Spaß gemacht.«

Sie blickte auf ihre Hände, dann zu ihm. Justus konzentrierte sich jetzt voll aufs Fahren, weil es in der Stadt für einen Sonntagabend erstaunlich belebt zuging. »Ja, ein bisschen.« Sie lächelte. »Es war lustig. Deine Schwestern können ganz schön albern werden, und ich habe seit Jahren nicht mehr so viel Süßes gegessen. Morgen werde ich eine doppelte Yogaeinheit einlegen müssen, um das wieder abzutrainieren oder zumindest mein Gewissen zu beruhigen, dass ich es versucht habe.«

»Ich könnte dir einen anderen Vorschlag unterbreiten, wie du die Kalorien wieder abtrainieren könntest.« Er sah sie erneut ganz kurz an.

Laura spürte eine unnatürliche Hitze in sich aufsteigen. »Justus, nicht …«

»Du könntest morgen früh mit mir joggen gehen.« Ein dritter, diesmal eindeutig schalkhafter Blick traf sie. »Was hast du denn gedacht?«

Sie spürte, wie ihre Wangen sich erwärmten. Verlegen blickte sie aus dem Seitenfenster. »Ich jogge nicht. Oder vielmehr: nicht gerne.«

»Warum nicht?«

Seufzend zupfte sie an ihrem Mantel. »Weil es eine für mich anatomisch ungünstige Sportart ist.«

Schmunzelnd setzte er den Blinker und bog auf einen Parkplatz ein. »Gibt es dafür nicht Sport-BHs?«

Die Wärme auf ihren Wangen steigerte sich noch, und sie ahnte, dass ihre Wangen jetzt dunkelrot leuchteten. »Ja, die gibt es, aber selbst wenn ich mich in so ein Ding einschnüre, fühle ich mich beim Joggen unwohl. Deshalb bleibe ich lieber beim Yoga. Vielleicht sollte ich auch mal das städtische Schwimmbad ausprobieren.«

»Eine gute Idee. Sag mir, wann, und ich schließe mich dir an.«

Die Aussicht, Justus nur im Badeanzug gegenüberzutreten, half nicht gerade dabei, ihre innere Ruhe wiederherzustellen. »Vielleicht, mal sehen.«

»Du kannst auch das Schwimmbad im Hotel oder im Resort benutzen. Hast du inzwischen mal eines der Wellness-Angebote ausprobiert?«

»Wann denn?« Vorsichtig entspannte sie sich wieder, weil das Gespräch auf unverfänglicheres Terrain zurückkehrte. »Ich hatte noch keine Gelegenheit dazu.«

»Dann muss ich wohl allmählich nachhelfen.« Justus parkte den Wagen, stieg aus und half ihr, ganz Gentleman, heraus. Sie holten Lizzy aus ihrer Transportbox und gingen den kurzen Weg zu dem Platz in der Stadtmitte, auf dem alljährlich der Weihnachtsmarkt stattfand. Schon von Weitem blinkten und glitzerten unzählige LEDs an Lichterketten und Girlanden rund um den Markt, den man durch ein großes, mit Tannengrün geschmücktes Rundbogentor betrat.

Stimmengewirr und Gelächter, Kinderlachen und weihnachtliche Musik aus versteckt angebrachten Lautsprechern mischten sich zu einer ganz eigenen, anheimelnden Geräuschkulisse. Kurz hinter dem Torbogen blieb Laura stehen, die Hundeleine fest umklammernd.

Justus hielt neben ihr an. »Alles in Ordnung mit dir?«

»Ich weiß nicht.« Lauras Kehle schnürte sich zu. »Ich kriege irgendwie nicht richtig Luft.«

»Das sind die Nerven. Entspann dich. Es ist bloß ein Weihnachtsmarkt.«

»Ich gehe nicht auf Weihnachtsmärkte.« Wie hatte sie das nur vergessen können?

»Auf diesen hier schon, der ist vollkommen ungefährlich.« Seine Taktik war also, ihre Bedenken einfach nicht ganz ernst zu nehmen und ihnen damit auch für sie den Schrecken zu nehmen. Entschlossen nahm Justus Laura bei der Hand und zog sie einfach mit sich, vorbei an einem alten, wunderschön restaurierten Karussell, auf dem sich Holzpferde und Kutschen im Kreis drehten, während ein Kinderchor vom Band *Morgen, Kinder, wird's was geben* intonierte. Die kleinen Fahrgäste auf den Pferderücken und in den Gondeln strahlten vor Glück; einige von ihnen winkten ihren Eltern zu.

Wenige Meter weiter dudelte *White Christmas* von Bing Crosby aus einer Bude, die Lebkuchenherzen, Zuckerwatte und gebrannte Mandeln anbot.

Unzählige Menschen aller Altersgruppen und verschiedenster Nationalitäten drängten sich vor den Ständen. Am Eingang eines größeren Zeltes hatte sich eine kleine Menschentraube gebildet. In der Mitte des Platzes war eine Bühne aufgebaut, auf der eine Gruppe von Gospelsängerinnen ein Konzert gab.

Es duftete nach frischen Waffeln, Maroni, Bratwurst und Glühwein. Nach einigen weiteren Schritten blieb Laura erneut stehen und sah sich staunend um.

»Stimmt etwas nicht?« Forschend musterte Justus sie. »Du siehst aus, als wärst du auf einem fremden Planeten gelandet.«

»So komme ich mir auch vor. Ich war ...« Sie rieb sich ratlos über die Stirn. »Ich war noch nie auf einem Weihnachtsmarkt.«

»Noch nie?« Verblüfft zog er die Stirn in Falten. »Ich dachte ...«

»Ich habe mich immer von ihnen ferngehalten. Du weißt schon, weil ich Weihnachten und alles, was damit zusammenhängt, nicht ausstehen kann. Aber auch vorher ... Auch als Kind war ich irgendwie nie dort. Ich weiß gar nicht so recht, warum. Meine Eltern haben sich scheinbar nicht viel daraus gemacht, und weshalb hätte ich allein hingehen sollen? Schon gar nicht als Kind in einer Großstadt wie Berlin.«

Justus sah sie völlig konsterniert an. »Das ist dein erster

Weihnachtsmarktbesuch, und du willst nur mal eben schnell was zu essen kaufen? Das kommt überhaupt nicht infrage. So etwas muss man festhalten. Seinen ersten Weihnachtsmarkt sollte man für immer in Erinnerung behalten. Also, ich kaufe dir etwas, was dich an diese Premiere erinnert.«

»Nein, musst du nicht. So ein Unfug. Lass das!«, rief sie ihm nach, doch er war bereits an den Stand mit den gebrannten Mandeln getreten. Dort gab es auch Popcorn; der typische Geruch zog quer über den Platz. Indigniert blickte sie auf Lizzy hinab, die sich auf ihr Hinterteil gesetzt hatte und sich neugierig umsah. »Er hört nicht auf mich.«

Wen meinst du? Justus? Wohin geht er denn? Hier ist ja ganz schön was los. So viele Menschen auf einem Fleck habe ich, glaube ich, noch nie gesehen. Ist ja wirklich aufregend. Hoffentlich tritt niemand auf mich drauf.

»So, hier, bitte sehr, ein Andenken an diesen denkwürdigen Tag.« Breit grinsend kam Justus von dem Stand zurück und hängte Laura ein Lebkuchenherz um den Hals, das etwas größer als seine Hand war.

Misstrauisch drehte sie es so, dass sie lesen konnte, was in rosa Zuckerschrift darauf stand: *Ich mag dich.*

»Danke.« Argwöhnisch musterte sie seine schalkhafte Miene. »Was?«

»*Mein erstes Mal* hatten sie leider nicht.«

»Quatschkopf.«

»Und auf den anderen Herzen stand entweder *Du bist mein Traummann*, was auf dich nicht ganz zutreffen will, oder ...«

»Was oder?« Da sie langsam in Richtung des Standes gegangen waren, sah sie es selbst und schluckte hart.

»Oder *Ich liebe dich.*« Seine Stimme klang dunkel und etwas rau. Er räusperte sich leise und legte ihr sanft eine Hand auf den Rücken. »Komm, lass uns dort hinübergehen, da gibt es Reibekuchen.«

Sie schienen nicht die einzigen Besucher zu sein, die nur hier waren, um etwas zu essen zu kaufen, denn an fast jeder Fressbude standen die Leute an, und viele von ihnen ließen sich ihre Bestellung einpacken. Durch die Wartezeiten hatte Laura ausführlich Gelegenheit, sich umzusehen und auch die Auslagen einiger Stände zu begutachten. Hin und wieder brachte Justus sie mit einer Bemerkung über ein besonders witziges oder kitschiges Ausstellungsstück zum Lachen, und schon bald stellte sich erneut die ungezwungene Kameradschaft zwischen ihnen ein, die sie bereits bei ihrem ersten gemeinsamen Ausflug genossen hatte.

Nach einer halben Stunde hatten sie endlich alles beisammen, inklusive einer Tüte Maroni für Theo. Kopfschüttelnd betrachtete Laura die schweren Tüten voller Essen. Sie hatte sich Lizzys Leine quer über die Brust gebunden, um beide Hände zum Tragen frei zu haben. »Wer soll das alles essen? Ganz zu schweigen davon, dass die Hälfte längst eiskalt ist, bevor wir zurück bei deinen Eltern sind.«

»Du würdest dich wundern. Hast du nicht gestern schon bemerkt, dass meine Familie aus einer Ansammlung von bodenlosen Fässern besteht?« Justus hob die Schultern. »Und was das andere angeht: Dafür gibt es Mikrowellenherde und Öfen. Das Essen ist doch in wenigen Minuten wieder aufgewärmt.«

»Aufgewärmte Fritten sind aber nicht so besonders lecker.«

»Die sind für Patrick, dem ist das egal. Der isst Pommes auch kalt, wenn es sein muss.«

»Wenn du meinst. Ich könnte das nicht. Die werden doch ganz wabbelig und …« Als sie an dem Karussell vorbeigingen, blieb sie wie angewurzelt stehen, denn der Song, der dort soeben anlief, traf sie wie ein Blitz. *If we hold on together.*

»… und was?« Überrascht blieb auch Justus stehen und drehte sich zu ihr um. »Was ist los?« Alarmiert trat er auf sie zu, als er ihren Gesichtsausdruck bemerkte.

»Das Lied.« Sie schluckte. »Können wir …? Ich würde es gerne bis zum Ende anhören.«

»Das Lied?« Er lauschte verwundert. »Kenne ich das? Wenn ja, woher?«

»Aus dem Zeichentrickfilm *In einem Land vor unserer Zeit*.«

»Sagt mir nichts.«

»Da geht es um einen kleinen Dinosaurier, der mit seinen Freunden in ein fernes Land laufen muss, weil seine Heimat von einer Naturkatastrophe zerstört wurde. Sie werden alle von ihren Familien getrennt und müssen sich aufeinander verlassen. Littlefoot, so heißt der kleine Langhals, verliert auch noch seine Mutter und hat dann nur noch seine Großeltern, zu denen er unbedingt zurückwill.« Sie seufzte unterdrückt und beschloss, den Film bald noch einmal anzusehen. »Die Musik zu dem Film ist so wunderschön. *If we hold on together* von Diana Ross.« Sie trat ein paar Schritte auf das Karussell zu und stellte ihre Tüten neben sich ab.

Justus folgte ihr nach einem kurzen Augenblick, stellte seine Tüten neben ihre und trat dicht hinter sie. Sie wehrte ihn nicht ab, als er sie von hinten umarmte und seinen Kopf auf ihrem Scheitel ablegte. »Du bist im Herzen noch immer ein kleines Mädchen.«

»Kann schon sein.« Obwohl sie wusste, dass es ein Fehler war, lehnte sie sich gegen ihn.

Sachte näherte er sich mit dem Mund ihrem Ohr und streifte es schließlich mit den Lippen. »Was da auf dem Lebkuchenherz steht, ist die Wahrheit, weißt du.«

Sie schluckte und kämpfte vergeblich gegen ihren rasenden Puls an. »Ja, ich weiß.«

»Ist es schon spät genug für ein bisschen Unwirklichkeit?«

»Was?« Erschrocken drehte sie ihm den Kopf zu und verspürte prompt einen heißen Stich, als sich ihre Blicke so dicht beieinander begegneten.

»Ich würde dich gerne küssen, aber nur, wenn es schon spät genug ist, dass es in den Bereich des Unwirklichen fällt. Du weißt schon, damit es die Realität nicht tangiert.« Sanft drehte er sie zu sich um und zog sie gerade dicht genug zu sich heran, dass sie trotz ihrer beiden Mäntel die Wärme seines Körpers erahnen konnte. »Also?«

Sie benetzte nervös ihre Lippen, weil sie sich ganz trocken anfühlten. »Was also?«

»Ist es spät genug?«

Das warme Ziehen in ihrem Inneren verstärkte sich mit jedem Atemzug. »Ich ... weiß nicht.«

»Finden wir es heraus?« Seine Stimme war nur noch ein tiefes Raunen, seine Lippen näherten sich ihren, doch ganz kurz, bevor sie sich berührten, hielt er inne. »Es ist deine Entscheidung, Laura.«

Er hatte gut reden. In ihrem Kopf drehten sich die Gedanken wild umeinander, ihr Blutdruck spielte verrückt, und in ihrem Bauch war die Schmetterlingsarmee erwacht und formierte sich zu einem Generalangriff.

Sie hätte fluchen mögen, doch diesmal wusste sie ganz genau, dass sie es war, die die winzige Lücke zwischen ihnen geschlossen hatte.

Justus zog sie in dem Moment an sich, als sie seinen Mund mit ihrem berührte. Unzählige winzige Stromstöße schienen durch sie hindurchzuzucken. Fast meinte sie, das heftige Knistern zwischen ihnen hören zu können. Er küsste sie zärtlich, aber mit einer unter der Oberfläche verborgenen Leidenschaft, die ihre Knie unweigerlich weich werden ließen. Sie umschlang seine Hüften und spürte gleichzeitig eine seiner Hände in ihrem Haar, die andere in ihrem Nacken. Sanft streichelnde Fingerspitzen und dann seine Zunge, die ihre Unterlippe streifte. Doch er drängte sie nicht. Neckte sie nur ein wenig und zog sich dann wieder zurück.

Überwältigt von den Emotionen, die in ihr tobten, löste sie

sich schließlich von ihm. »Wir sollten an das Essen denken.« Der Satz kam ihr vollkommen idiotisch vor, doch Justus nickte nur und lächelte ihr zu. »Du hast recht. Lass uns die hungrige Meute füttern.«

✳✳✳

»Auweia, können wir denn gar nichts tun?« Elfe-Sieben nahm ihre Mütze ab und raufte sich die Haare, als sie die neuesten Ausschläge des Gefühlsradars betrachtete und danach an die Videoleinwand trat, um sich anzusehen, was auf der Erde vor sich ging.

Santa Claus seufzte aus tiefstem Herzen. »Ich fürchte, das können wir nicht. Wir dürfen den Lauf der Welt nicht ändern, höchstens ein paar Details beeinflussen. Aber solche fundamentalen Ereignisse sind leider unaufhaltbar.«

»Aber was, wenn Laura damit überfordert ist?« Umständlich setzte die kleine Elfe ihre Mütze wieder auf und rückte sie zurecht. »Wenn sie vielleicht wegläuft oder … oder … Und dabei sieht sonst gerade alles so vielversprechend aus. Sie verschließt sich nicht mehr so sehr gegenüber Justus, und man merkt, wie gut seine Familie ihr tut. Von der süßen Lizzy ganz zu schweigen. Wenn das alles jetzt durch das böse, ungerechte Schicksal zerstört wird …«

»Das Schicksal kann grausam sein, Elfe-Sieben, da hast du recht.« Hinter ihnen war das Christkind eingetreten. Aufmerksam blickte es ebenfalls auf die Videoübertragung. »Vielleicht sollten wir alle ein bisschen Vertrauen in Laura setzen. Sie hat viel durchgemacht, aber sie besitzt auch eine innere Stärke, die wir nicht unterschätzen sollten«, gab es zu bedenken.

»Ja, aber sie muss sie erst einmal selbst entdecken, und ich fürchte, sie ist noch nicht ganz so weit.« Nachdenklich strich sich der Weihnachtsmann durch den Bart. »Wenn mir doch bloß etwas einfallen würde, wie wir sie mit dieser inneren Kraft in Berührung bringen könnten!«

»Viel Zeit haben wir nicht mehr.« Besorgt ging Elfe-Sieben im Zimmer auf und ab.

»Mir kommt da gerade eine Idee.« Das Christkind setzte sich auf die Lehne des Besuchersessels. »Dazu benötigen wir nur zwei, drei deiner Elfen und vielleicht ein bisschen Hilfe mit dem Wetter.«

»Ich habe Petrus' Gutmütigkeit in letzter Zeit ziemlich überstrapaziert, fürchte ich.« Der Weihnachtsmann verzog beschämt die Lippen. »Vielleicht wird er sauer, wenn ich ihn noch einmal um einen Gefallen bitte.«

»Dann übernehme ich das.« Das Christkind winkte lässig ab. »Ich habe einen guten Draht zu ihm.«

»Was hast du denn überhaupt vor?« Hoffnungsvoll und neugierig zugleich blickte Elfe-Sieben das Christkind an.

»Gar nicht viel. Wir stellen nur ein klein wenig die Weichen, damit sich die Dinge zwischen Laura und Justus beschleunigen.«

»Und du glaubst, das hilft uns bei dieser Katastrophe?« Skeptisch verzog Santa Claus die Lippen und ließ sich auf seinem Schreibtischstuhl nieder.

»Ja, denn wo die Liebe im Spiel ist, breitet sie sich in der Regel schnell und nachhaltig aus. Ein kleines Flämmchen ist doch bereits vorhanden.« Das Christkind lächelte siegessicher. »Jetzt müssen wir nur dafür sorgen, dass es sich zu einem ausgewachsenen Flächenbrand ausweitet.«

***

In den nächsten Tagen ging Laura Justus systematisch aus dem Weg. Da sie beide sehr viel Arbeit hatten, war das nicht weiter schwierig. Ihr war klar, dass sie sich kindisch verhielt, aber sie wusste einfach nicht, wie sie sich ihm gegenüber verhalten sollte. Wenn sie einander doch einmal über den Weg liefen, gab er sich vollkommen neutral, freundlich zwar, jedoch machte er weder eine Andeutung über den Kuss, noch versuchte er, ihr in irgendeiner Weise näherzukommen. Er verhielt sich absolut professionell, ganz wie sie es sich wünschte und von ihm gefordert hatte. Sie war erleichtert, denn dadurch wurde zumindest die Gerüchteküche nicht angeheizt. Überhaupt schienen sich die Mitarbeiter in den Hotels zwar grundsätzlich immer für den neuesten Klatsch und auch die Freuden und Probleme ihrer Kolleginnen und Kollegen zu interessieren, doch heimliches Getuschel hatte sie noch nirgends vernommen, ebenso wenig hatte sie neugierige Blicke oder dergleichen bemerkt.

Sie begann sich wirklich wohlzufühlen in diesem Unternehmen, das so ganz anders war als ihre bisherigen Arbeitsstellen. In den vorigen Firmen war die Belegschaft nur vom Ehrgeiz, die Konkurrenz zu übertrumpfen, sowie von Missgunst bis zu Schadenfreude getrieben gewesen. Zwar hatte Laura auch bei Callas einige oberflächliche Freundschaften geschlossen, abgesehen von Angelique, an der absolut nichts oberflächlich war, doch ein Rest Misstrauen gegenüber ihren Mitarbeitern oder Untergebenen war stets geblieben. Firmen wie *Callas Marketing* glichen Haifischbecken, während ihr die beiden Sternbach-Hotels eher wie ein friedlicher Dorfteich voller Goldfische vorkam. Sie hätte es erst nicht vermutet, doch sie begann allmählich, eine Vorliebe für Goldfische zu entwickeln.

Dies war natürlich noch ein Grund mehr, sich nicht ausgerechnet mit dem Juniorchef einzulassen. Sie wollte ihr Glück nicht herausfordern, denn als solches sah sie ihre neue Stellung inzwischen wirklich an. Das, was sie hier gefunden hatte, durfte sie einfach nicht zerstören, nur weil ihr Herz beschlossen hatte, ihr einen Strich durch die Rechnung zu machen.

Also konzentrierte sie sich wieder voll und ganz auf ihre Aufgaben, konzipierte mehrere voneinander unabhängige Werbekampagnen online und über Printmedien, ließ neue

Flyer und Prospekte layouten und fand darüber hinaus immer mehr Gefallen am Bloggen. Mehrmals war sie bereits losgezogen und hatte Fotos von den Außenanlagen der Hotels gemacht, die Restaurants waren ebenfalls ein Thema, über das sich kreativ berichten ließ. Sie hatte sogar die Küchencrews interviewt und alles mit ein paar witzigen Schnappschüssen kombiniert, die hauptsächlich ein jüngeres Zielpublikum in den sozialen Medien ansprechen würden.

Früher hatte Laura Marketingkampagnen auf dem Papier – oder Computer – geplant und organisiert. Nun war sie zusätzlich auch noch das ausführende Organ. Mädchen für alles, nannte sie es scherzhaft, zumindest auf ihren Bereich bezogen. Sie holte sich zwar professionelle Unterstützung auf den Gebieten, die sie selbst nicht beherrschte, doch lange schon hatte sie nicht mehr so viel praktisch gearbeitet. Der Clou an Karriereleitern war ja, dass man nach und nach all diese kleinen, teilweise zeitraubenden Tätigkeiten an die delegieren konnte, die eine Stufe weiter unten standen. Jetzt erst merkte sie, wie viel Spaß es ihr machte, viele Dinge selbst in die Hand zu nehmen. Sie hatte bisher nur einmal eine professionelle Fotografin kommen lassen, die Bilder für die neuen Broschüren, Flyer und Prospekte sowie den großen Hotelkatalog gemacht hatte. Alle übrigen Fotos schoss sie selbst – oder andere Mitarbeiter, die ihr inzwischen regelmäßig Fotos per E-Mail schickten oder gleich auf den Firmenserver luden.

Es fiel ihr also nicht schwer, für ein paar Tage fast vollständig abzutauchen und in ihrer Arbeit aufzugehen. Auf diese Weise musste Laura über nichts nachdenken, weder über Justus noch über seine laute, chaotische Familie, die ihr allmählich ans Herz wuchs, und auch nicht über Lizzy, die sich stets wie verrückt gebärdete und beinahe vor Freude umbrachte, wenn sie einander begegneten.

Nach dem denkwürdigen Backtag am ersten Advent hatte Laura sich wieder voll und ganz auf ihre weihnachtsfreie Umgebung im Blockhaus sowie ihre grundsätzliche Abneigung gegen alles Weihnachtliche zurückbesonnen. Die überbordenden Dekorationen in den beiden Hotellobbys ignorierte sie inzwischen gekonnt, ebenso wie die ständige weihnachtliche Hintergrundmusik. Nur einmal hatte sie sich regelrecht erschrocken, als nämlich im Hotelaufzug Bing Crosbys *White Christmas* aus dem Lautsprecher gedudelt war und sie, ganz in Gedanken, unwillkürlich mitgesummt hatte. Grund dafür war ganz sicher nur gewesen, dass Viola den Song am Sonntag mindestens fünfmal angeklickt hatte, weil sie ihn so gerne mochte.

Am Mittwochabend nahm Laura sich noch einen Berg Arbeit mit nach Hause und arbeitete von der Couch aus, während im Hintergrund zuerst ihr geliebter Zeichentrickfilm *In einem Land vor unserer Zeit* lief, später dann romantische Hollywoodkomödien. Als sie am folgenden Morgen aufstand, hatte es erneut geschneit.

Wenn sie auch nach wie vor der Vorweihnachtszeit nichts abgewinnen konnte, so musste sie doch zugeben, dass die weiß verhüllte Landschaft und die Schneekrönchen auf dem Zaun sowie auf dem Vogelhäuschen, das sie am Dienstag gekauft hatte und seitdem großzügig mit Sonnenblumenkernen und Fettfutter füllte, romantisch wirkten.

Während sie sich zur Feier des schönen Morgens eine Tasse Schokolade zubereitete, blickte sie durch das Küchenfenster hinaus auf den Weg. Die einzelne Straßenlaterne kurz vor ihrem Grundstück warf ein oranges Licht auf die weiß glitzernde Schneedecke und auf die Spuren, die jemand verursacht hatte, als er zu ihrer Haustür gegangen war.

Laura hielt inne. Wann war jemand an ihrer Haustür gewesen? Heute Nacht etwa? Dem Zustand der Spuren nach konnte es noch nicht allzu lange her sein, sonst wären sie bereits stärker verschneit gewesen. Langsam stellte sie ihre Tasse auf die Anrichte und spürte dem leicht mulmigen Gefühl nach, das sich in ihr ausbreitete. Sie lebte ja recht einsam hier draußen. Hoffentlich gab es hier keine Einbrecherbanden.

Da sie durch das Fenster nichts weiter erkennen konnte, ging sie zur Tür, atmete tief durch und öffnete sie. Sogleich schlug ihr eisige Luft entgegen. Schaudernd sah sie sich um. Tatsächlich führte eine Stiefelspur bis direkt vor ihre Haustür und wieder zurück zur Straße. Männerstiefel, der Größe nach zu urteilen. Als sie ihren Blick etwas nach links schweifen ließ, riss sie verblüfft die Augen auf. Ungläubig ging sie in die Hocke und berührte mit den Fingerspitzen den roten Plastikstiefel, in dem mehrere kleine Päckchen steckten. Am Stiefelschaft war ein Umschlag mit einer Karte befestigt.

Erst jetzt erinnerte sie sich, dass heute der sechste Dezember war – der Nikolaustag. Da der Wind in diesem Moment auffrischte und ihr kalten Schnee ins Gesicht wehte, schnappte sie sich das unverhoffte Geschenk und zog sich ins Haus zurück.

Den Stiefel stellte sie zunächst auf der Anrichte neben ihrer heißen Schokolade ab und beäugte ihn misstrauisch, so, als könne er zuschnappen, wenn sie nicht aufpasste. Sie wusste, dass sie sich albern verhielt, deshalb öffnete sie schließlich den Umschlag und zog die Karte hervor, auf der nicht etwa ein kitschiger Nikolaus oder ein Elch oder dergleichen sie angrinste. Sie musste unwillkürlich lächeln, denn statt der üblichen Weihnachtsmotive blickte ihr Lizzy entgegen, eine rote Mütze auf dem Kopf und einen Wollschal in der gleichen Farbe um den Hals. Kopfschüttelnd klappte sie die Karte auf und erkannte sofort Justus' Handschrift, mit der er ihr schon mehrmals kurze Notizen im Büro hinterlassen hatte.

Liebe Laura,
da du angeblich keine Zeit für die Annehmlichkeiten hast,
die unsere Hotels den Gästen bieten, gebe ich dir für den
heutigen Nikolaustag offiziell frei, jedoch nur unter der
Bedingung, dass du alles, was du in dem Nikolausstie-

fel findest, annimmst. Ausreden gelten nicht, jeder Gut-
schein ist zeitlich auf heute begrenzt. Und damit du kein
schlechtes Gewissen haben musst, will ich mindestens drei
neue Blogartikel über deine Erfahrungen bis zum 20. De-
zember auf unserer Homepage sehen. Fotos sind optional.
Ich wünsche dir einen höchst angenehmen Tag.
Bis später
Justus
PS: Lass Viola nicht warten. Sie hasst Unpünktlichkeit.

Über ihren beschleunigten Herzschlag wollte Laura lieber
nicht nachdenken. Ahnungsvoll zog sie das erste Päckchen
heraus, wickelte das einfache grüne Papier ab und fand eine
Pappschachtel vor, in der sich ein Gutschein über eine einstün-
dige Massage bei Viola verbarg. Im nächsten Päckchen befand
sich ein Gutschein über einen Aufenthalt im Dampfbad oder
alternativ in der Sauna, im übernächsten einer für eine Stunde
Schwimmen, wobei extra vermerkt war, dass sie in dieser Zeit
gänzlich ungestört und sicher vor den Blicken etwaiger Gäste
sein würde.

Kopfschüttelnd öffnete sie die nächste Schachtel, in der ihr
Justus eine handschriftliche Einladung zum Lunch im Restaurant des Resorts verpackt hatte. Außerdem fand sie noch weitere Gutscheine über eine Ruhestunde im Wintergarten und
ein Stück Kuchen zum Kaffee. Ganz unten im Stiefel steckte
eine weitere Karte, diesmal mit einem lächelnden Justus auf der
Vorderseite. Auf der Rückseite stand:

Liebe Laura,
wenn du es bis hierhin geschafft hast, fehlt dir noch eines,
nämlich ein Eindruck von der guten Küche unseres Stadt-
hotels. Deshalb möchte ich dich gerne zu einem Candle-
Light-Dinner einladen, heute Abend um 19.30 Uhr. Ich
hole dich gegen 19 Uhr zu Hause ab.

Keine Widerrede, der Koch freut sich schon auf dich und erwartet einen ausführlichen und hoffentlich positiven Testbericht im Hotelblog.
Bis später
Justus

Inzwischen war die Schokolade kalt, doch Laura trank sie trotzdem in einem Zug leer. Danach lehnte sie sich verwirrt und etwas kraftlos gegen die Anrichte und schüttelte über Justus und auch ein wenig über sich selbst den Kopf. Dieser Mann hatte wirklich Ideen. Eigentlich müsste sie die ganzen Gutscheine in den Ofen werfen, doch er hatte sich wirklich viel Mühe gegeben, den gesamten Tag für sie zu planen. Und er wollte, dass sie Artikel darüber schrieb. Das konnte sie natürlich nur, wenn sie alle Angebote wahrnahm.

»Du glaubst wohl, du bist besonders clever«, murmelte sie verärgert. »Wenn ich nicht einer Anweisung meines Chefs zuwiderhandeln will, muss ich da jetzt wohl durch.«

17. Kapitel

Bisher hatte Laura den Ausdruck immer für übertrieben gehalten, doch sie fühlte sich tatsächlich fast wie neugeboren, als sie gegen halb sechs zu Hause eintraf. Sie war Justus' Gutschein-Zeitplan tapfer gefolgt, hatte sich massieren und verwöhnen lassen, war nach einer gefühlten Ewigkeit endlich wieder einmal geschwommen. Dass Justus ihr den großen Pool zur alleinigen Verfügung überlassen hatte, war ein Genuss gewesen. Keine anzüglichen Blicke, keine störenden Mitschwimmer – sie war ihm tatsächlich für diesen schönen Tag dankbar. Nachdem sie zuletzt das obligatorische Stück Sahnetorte zum Nachmittagskaffee verdrückt hatte, war sie noch eine große Runde spazieren gegangen und hatte dabei einen Abstecher zu dem See gemacht, rund um den die Ferienhauskolonie geplant war. Das Wetter hatte sich zwar von seiner eher trüben Seite gezeigt, dennoch war die verschneite Landschaft zu schön gewesen, um sie nicht wertzuschätzen. Sie hatte Fotos gemacht, auch von den vorherigen Stationen ihres Testlaufs, wie sie den Tag insgeheim nannte. Nun stand ihr noch eine weitere Station bevor – das Candle-Light-Dinner mit dem Mann, der ihr den herrlichen Tag ermöglicht hatte.

Zwar hatte er auch dieses Essen als Test deklariert, doch ihr war klar, dass es mehr sein würde. Vielleicht hatte sie sich diese Suppe sogar selbst eingebrockt, weil es ja ihre Idee gewesen war, romantische Wellness-Wochenenden mit Candle-Light-Dinner als Geschenkpakete anzubieten und gesondert zu bewerben. Die Steilvorlage ging also ganz auf ihr Konto. Lediglich die dazugehörige Nacht in einer der romantischen Suiten fiel aus. Beide Hotels waren bis auf das letzte Zimmer ausgebucht, daran hatte nicht einmal Justus etwas ändern können. Es erleichterte Laura ein wenig, dass die Möglichkeit dazu gar nicht bestand, auch wenn sie natürlich nicht sicher sein konnte, dass er so etwas vorgehabt hätte.

Während sie noch einmal kurz duschte, weil ihr Haar trotz Pflegebehandlung im Hotel noch leicht nach Schwimmbad roch, schalt sie sich eine dumme Gans. Selbst wenn Justus eine Suite gebucht hätte, hätte sie das Angebot einfach nur ablehnen müssen – oder allein wahrnehmen.

Während sie ihre Locken entwirrte und eine spezielle Lockenmousse hineinmassierte, versuchte sie, die Stimme in ihrem Kopf zu ignorieren, die beharrlich fragte, ob es wirklich nur er war, der sich gewisse Dinge wünschte.

Sie brauchte ganze zwanzig Minuten vor ihrem geöffneten Kleiderschrank, bis sie sich für ein dunkelgrünes, knielanges und figurbetontes Wollkleid entschieden hatte, dessen Farbe sowohl zu ihrem Haar als auch zu ihren grünen Augen wunderbar harmonierte, jedoch durch den dezenten Stehkragen brav genug war, um deutlich zu machen, dass sie nicht auf ein Abenteuer aus war. Blickdichte Strumpfhose und hohe dunkle Lederstiefel gaben dem Outfit etwas Freches, ohne aufreizend zu wirken. Angelique hatte sie zu den Stiefeln überredet, die zum Glück nur halbhohe Absätze besaßen, mit denen es sich selbst auf nur dürftig vom Schnee befreiten Wegen einigermaßen gefahrlos laufen ließ.

Zuletzt entschied sie sich noch für einfache rotgoldene Ohrstecker und eine passende Kette mit einem Sternanhänger. Als sie sich im Spiegel betrachtete, nickte sie sich zufrieden zu. Kurz raffte sie ihr Haar im Nacken zusammen, um auszuprobieren, ob es sich hochgesteckt besser machen würde, entschied sich jedoch dagegen.

Sie ließ gerade ihr Handy in die Handtasche gleiten, als es an der Tür klopfte. Ihr Herz schien kurz zu stolpern und schlug dann schneller als vorher weiter. Verärgert warf sie ihrem Spiegelbild im Fenster einen verärgerten Blick zu. »Reiß dich zusammen, du bist doch kein Teenager mehr!« Entschlossen öffnete sie Justus die Tür und ließ ihn ins Haus. »Guten Abend. Ich bin sofort fertig, muss nur noch meinen Mantel anziehen.«

»Hallo Laura.« Zu ihrer Überraschung reichte er ihr einen kleinen Strauß bunter Rosen.

»Danke.« Verunsichert, aber auch ein bisschen entzückt schnupperte sie an den Blüten. »Das wäre aber nicht nötig gewesen.«

»Doch, denn zu einem Dinnerdate gehören unbedingt Blumen, die mit der Schönheit der Dame konkurrieren können.« In seinen Augen glitzerte es fröhlich.

»Hör auf mit dem Quatsch.« Eilig suchte sie in der Küche nach einer passenden Vase, füllte sie mit Wasser und stellte die Blumen hinein.

»Es war nicht als Quatsch gemeint.« Justus war neben der Tür stehen geblieben und half ihr, als sie aus der Küche zurückkehrte, in ihren Mantel.

»Ich weiß. Das macht es aber nicht besser.« Sie hielt inne und lauschte. »Da kommt jemand.«

Justus öffnete die Tür und warf einen Blick nach draußen. »Das ist Patrick. Anscheinend bringt er dir neues Holz.«

»Heute?« Verwundert warf Laura einen Blick durch die Tür und trat dann nach draußen, als der Pick-up neben dem Haus hielt. »Damit hatte ich überhaupt nicht gerechnet.«

»Ich auch nicht.« Justus lachte. »Was ist das denn, Patrick kommt in Begleitung?«

Die Beifahrertür des Pick-ups öffnete sich, und Ricarda stieg aus. Als sie Justus erblickte, verzog sie leicht genervt die Lippen. »Sag nichts. Ich habe eine blöde Wette verloren und muss meinem *kleinen*«, sie betonte das Wort besonders, »Bruder beim Abladen helfen.«

Laura kicherte. »Kleiner Bruder?«

Ricarda grinste schief. »Er ist ganze zwölf Minuten jünger als ich.«

»Nur weil du dich immer und überall vordrängeln musst.« Inzwischen war auch Patrick ausgestiegen und ging um den Wagen herum.

»Das nennt sich Frauenpower.«

Er schnaubte. »Nein, das nennt sich Impertinenz.«

»Halt die Klappe, und lass uns das Holz abladen. Ich will hier nicht festfrieren.« Anstatt jedoch zur Ladefläche zu gehen, trat Ricarda auf Justus und Laura zu. »Kann es sein, dass ihr noch etwas vorhabt? Laura trägt einen Rock oder ein Kleid, du bist frisch rasiert.« Sie feixte. »Ihr habt ein Date.«

»Nein.« Etwas zu schnell schüttelte Laura den Kopf. »Es ist rein beruflich.«

»Halb beruflich«, korrigierte Justus. »Ich führe Laura in unser Hotel aus, damit sie zukünftig noch besser weiß, wofür sie Werbung macht.«

»Soso.« Ricarda nickte mit gekräuselten Lippen. »Deshalb hat sie heute wohl auch den ganzen Tag gewellnesst, wie Viola mir verraten hat. Interessant.« Sie lächelte. »Aber eine gute Idee, wenn ich es mir recht überlege. Vielleicht könntest du mir auch so einen Wellness-Tag zugestehen, damit ich weiß, warum ich tagtäglich die Buchhaltung auf mich nehme.«

»Vergiss es. Du nutzt unser Schwimmbad und die Physioanwendungen doch so schon regelmäßig.«

»Na und?«

Er warf ihr nur einen bezeichnenden Blick zu.

»Na gut.« Sie seufzte theatralisch. »Dann eben nicht. Einen Versuch war es allemal wert.«

»Bist du zum Quatschen hier oder zum Arbeiten?« Patrick hatte bereits die Luke am Haus geöffnet und entriegelte gerade die Ladeklappe, als sein Handy klingelte. »Augenblick.« Er warf einen kurzen Blick auf das Display und runzelte die Stirn. »Sternbach?« Die Furchen auf seiner Stirn vertieften sich. »Ja, Sie haben die richtige Nummer. Patrick Sternbach, das bin ich. Was kann ich für ...?« Seine Miene veränderte sich; Verblüffung zeichnete sich darauf ab. »Äh, ja, natürlich. Ich warte.«

»Stimmt etwas nicht?« Justus ging auf seinen Bruder zu, und auch Ricarda wurde ernst, als sie Patricks verwirrten Gesichtsausdruck sah.

»Ich weiß auch nicht. Moment.« Patrick hob die Hand, weil offenbar am anderen Ende der Leitung erneut gesprochen wurde. Seine Augen weiteten sich. »Klarissa? Was ...?« Er verstummte und lauschte. Seine Miene wandelte sich von überrascht zu erschrocken und zuletzt zu ungläubig. »Das ... kommt ziemlich überraschend.« – »Ja, mir geht es gut. Ich ...« – »Äh ... Ich weiß nicht, was ich sagen soll. Das tut mir ... Okay.« – »Ja, selbstverständlich, wenn es dir so wichtig ist. Aber ... warum?« Er räusperte sich. »Na gut, wie du meinst. Aber das ist eine ziemlich weite Fahrt. Es wird ein bisschen dauern.« – »Ich weiß nicht. Frühestens morgen Vormittag. Das Wetter ist schlecht – und die Autobahnen ...« – »Selbstverständlich fahre ich vorsichtig.« – »Also gut, dann ... bis morgen«, beendete er das Telefonat. Verstört blickte er danach auf sein Handy.

»Patrick, was ist los?« Besorgt berührte Ricarda ihn am Arm. »Wer war das?«

Sichtlich betroffen steckte Patrick das Mobiltelefon in seine Jackentasche und fuhr sich mit der anderen Hand durchs Haar. »Das war Klarissa.«

»Klarissa wer?« Ricarda verzog fragend das Gesicht, dann riss sie verblüfft die Augen auf. »Klarissa Meininger? Deine Ex? Wie lange ist das denn jetzt schon her? Doch eine Ewigkeit. Ich dachte, die ist längst mit einem Millionär verheiratet und jettet um die Welt.«

»Sie ist nicht meine Ex.«

»Doch, ist sie.«

Patrick seufzte. »Das ist zehn Jahre her. Ich war noch keine zwanzig, sie gerade achtzehn geworden. Eine Sommergeschichte.«

»Nach der sie dich sitzen gelassen hat.«

»Sie ist nach Hause zurückgekehrt.«

»Von wo sie zuvor ausgerissen war«, erklärte Ricarda in Lauras Richtung. »Sie hat ein paar Monate im Hotel gejobbt, bis ihre reichen Eltern sie ausfindig gemacht und wieder mit nach Hause genommen haben. War wohl auch besser so. Sie war ja ganz nett, aber auch ein bisschen weltfremd. Was wollte sie denn jetzt so plötzlich nach all der Zeit von dir?«

»Ich bin mir nicht ganz sicher.« Patrick fuhr sich erneut durchs Haar. »Sie will mich sehen, möglichst sofort.«

»Und warum?« Aufmerksam musterte Justus seinen Bruder.

Laura hörte etwas verlegen zu, blieb jedoch still und hielt sich ganz aus der Angelegenheit heraus. Das ging sie schließlich überhaupt nichts an, auch wenn der bestürzte Ausdruck auf Patricks Gesicht ihr ebenfalls Sorgen machte.

»Sie wollte mir den genauen Grund nicht sagen, nur dass es sehr wichtig ist und ich mich beeilen soll.« Patrick schluckte. »Sie scheint sich in einem …« Er verstummte.

»Was?« Ricarda fasste ihn ungeduldig am Arm.

»In einem Hospiz aufzuhalten.«

»Was?« Sowohl Ricarda als auch Justus starrten ihn entsetzt an.

»Eine Schwester dort war zuerst am Telefon. Sie hat mich zu Klarissa durchgestellt.«

»Oh, mein Gott.« Ricarda wurde blass. »Das ist ja … Ich weiß gar nicht, was ich sagen soll. Bist du sicher, dass sie nicht nur dort arbeitet?«

»Es klang nicht so.« Verunsichert sah Patrick sich um. »Ich werde sofort zu ihr fahren. Wenn sie es so eilig hat, muss das ja bedeuten, dass sie …«

»Ich fahre mit dir.« Ricarda wandte sich an Justus. »Können wir deinen Wagen nehmen und den Pick-up hierlassen?«

»Selbstverständlich.« Ohne zu zögern, reichte Justus ihr seinen Autoschlüssel.

»Danke.« Energisch nahm Ricarda ihren Zwillingsbruder bei der Hand. »Los, komm, wir machen uns gleich auf den Weg. Wohin müssen wir?«

»Irgendwo in der Nähe von Hamburg. Sie hat mir den Namen des Ortes genannt, warte.« Patrick zog sein Handy erneut hervor und rief Google Maps auf, gab den Ortsnamen ein und reichte seiner Schwester das Handy. »Hier.«

»Soll ich Mama und Papa Bescheid sagen?« Justus folgte den beiden zum Auto.

»Ich rufe sie von unterwegs an. Kümmerst du dich um das Holz?« Immer noch sichtlich verwirrt und betroffen deutete Patrick auf den hochbeladenen Pick-up.

»Klar, mach dir darüber keine Gedanken. Was ist mit deiner Firma? Muss da jemand Bescheid wissen?«

Patrick schüttelte den Kopf. »Das kann ich auch von unterwegs regeln.«

»Also gut.« Justus klopfte ihm kurz auf die Schulter. »Melde dich, sobald du weißt, was los ist, okay? Oder wenn ihr etwas braucht. Und fahrt wirklich vorsichtig, es ist scheußliches Wetter gemeldet.«

»Ich passe schon auf ihn auf.« Ricarda schwang sich in den Fahrersitz, woraufhin Patrick unwillig knurrte.

»Lass mich ans Steuer.«

»Nein, nicht solange du so durch den Wind bist.«

»Ich bin nicht durch den Wind.«

»Doch, bist du. Steig endlich ein.«

Patrick gehorchte, und kaum hatte er die Tür hinter sich zugezogen, als Ricarda den Wagen auch schon auf die Straße lenkte.

»Tja …« Justus ging zu der Luke am Haus und schloss sie wieder. »Ich schätze, jetzt müssen wir dein Auto nehmen.«

Laura nickte zögernd. »Bist du sicher? Ich meine, das scheint ja irgendwas enorm Wichtiges zu sein, was da passiert ist.«

»Findest du, wir sollten deshalb unser Dinner verschieben?« Lächelnd ging Justus auf sie zu. »So einfach entkommst du mir nicht. Ich kann Patrick im Augenblick nicht helfen. Wenn er etwas braucht, wird er sich melden. Es bringt aber nichts, sich jetzt hinzusetzen und abzuwarten, ob etwas geschieht.«

»Na gut, wie du meinst. Ich hole nur schnell meine Handtasche.« Rasch lief sie auf das Haus zu.

»Wenn du möchtest, kann ich dir die Geschichte von Patrick und Klarissa beim Essen erzählen«, rief er ihr hinterher.

In der Tür blieb Laura stehen und drehte sich zu ihm um. »Das geht mich doch gar nichts an.«

»Bist du überhaupt nicht neugierig?«

Sie zögerte. »Schon, aber ...«

»Dann komm, damit wir nicht zu spät im Restaurant eintreffen. Je eher wir dort sind, desto schneller erfährst du, was damals passiert ist.«

✳✳✳

»Das war ein netter Abend.« Laura spielte am Reißverschluss ihrer Handtasche herum, während Justus ihr Auto langsam über die verschneite Fahrbahn lenkte.

Er warf ihr einen kurzen Blick zu. »Nur nett?«

Sie lachte über seinen empörten Tonfall. »Na gut, das Essen war sensationell.«

»Ebenso wie die Gesellschaft.«

»Ja.«

Überrascht sah er sie erneut an. »Du stimmst mir zu?«

»Warum nicht? Wenn ich etwas anderes behaupten würde, wäre es doch gelogen.«

»Schön, dass wir das geklärt haben.« Angetan von Lauras unverhofftem Eingeständnis, lächelte er ihr zu, konzentrierte sich jedoch sogleich wieder ganz aufs Fahren. »Es ist spiegelglatt. Erst Schnee, dann Regen und jetzt wieder Schnee – das ist keine gute Mischung.«

»Vielleicht hätten wir uns für das Dinner doch einen anderen Tag mit besserem Wetter aussuchen sollen.«

»Auf keinen Fall.« Entschieden schüttelte er den Kopf, setzte den Blinker und bremste ganz vorsichtig die Geschwindigkeit auf Schritttempo herunter, bevor er in den Weg einbog, der zum Blockhaus führte. »Wir sollten uns nur beeilen, das Holz in den Keller zu verfrachten, bevor der Pick-up komplett einschneit. Wahrscheinlich hätten wir das sogar gleich tun sollen, aber dann wäre uns ein unvergesslicher Abend entgangen.«

»Glaubst du, dass das Wetter so schlimm wird, wie sie gemeldet haben?« Besorgt sah Laura sich um, als er den Wagen vor dem Haus parkte.

»Ich fürchte es. Und selbst wenn es nicht mehr schneit, sondern nur regnet, wird es doch im Lauf der Nacht wieder frieren, und dann haben wir morgen ganz sicher Probleme, das Holz abzuladen. Außerdem muss ich ja mit dem Pick-up nachher noch nach Hause fahren.«

»Aber du trägst einen teuren Anzug, den wirst du dir ruinieren.« Zögernd stieg Laura aus dem Wagen und stieß prompt einen kleinen Schrei aus, als sie beinahe ausrutschte.

Auch Justus stieg aus dem Wagen. »Ruinieren wohl nicht, aber in die Reinigung werde ich ihn danach ganz sicher geben müssen.« Lachend arbeitete er sich zu ihr durch und streckte die rechte Hand nach ihr aus. »Komm, ich halte dich fest.«

»Dann fallen wir bloß beide hin.« Sehr vorsichtig trippelte Laura auf das Haus zu und atmete hörbar auf, als sie auf eine dicke Schneeschicht trat, die nicht ganz so rutschig war. »Ich muss mich erst umziehen. In dem Kleid halte ich es hier draußen nicht lange aus.« Sie hangelte sich am Handlauf entlang die drei Stufen zur Tür hoch und schloss auf, dann drehte sie sich zu Justus um. »Ich bin gleich wieder da.«

Justus nickte nur, während er bereits die Luke zum Keller öffnete. Der Schnee lag mittlerweile so hoch, dass seine Schuhe rasch durchnässt wurden, dennoch begann er zügig, das Holz von der Ladefläche des Pick-ups zu heben und in die Box zu werfen. Der Wind hatte sich zu heftigen Böen gesteigert und rauschte in den Wipfeln der Bäume ringsum. Schneeflocken stoben wild um ihn her.

Es dauerte nur wenige Minuten, bis Laura wieder aus dem Haus kam. Sie trug nun eine dicke graue Jogginghose und eine wattierte Winterjacke, deren Kapuze sie über den Kopf gezogen hatte. Mit den festen Wanderstiefeln, die sie nun trug, fiel ihr das Laufen auf dem Schnee sichtlich leichter. »Der Wetterbericht meldet einen Orkan mit Schnee und Eisregen für heute Nacht und morgen.« Sie zog sich Handschuhe über und griff nach zwei Holzscheiten, um sie in die Box zu werfen. »Hoffentlich kommen Patrick und Ricarda gut an. Bei diesem Unwetter ist es bestimmt ganz schrecklich auf der Autobahn.«

»Sie sind beide gute Fahrer und werden, falls nötig, irgendwo Pause machen.« Er griff ebenfalls nach weiteren Scheiten.

»Vielleicht hätten sie doch erst fahren sollen, wenn sich das Wetter etwas beruhigt hat.«

Justus nickte, schüttelte aber gleich darauf den Kopf. »Das hätte Patrick getan, wenn er der Ansicht gewesen wäre, dass ein Tag mehr oder weniger keinen Unterschied macht. Anscheinend steht es aber sehr schlecht um Klarissa – oder es ist irgendetwas anderes Schwerwiegendes vorgefallen, dass sie es so eilig hat, ihn zu sehen.« Er hielt kurz inne. »Ich wäre unter den Umständen auch gefahren. Die beiden waren nur ein paar Monate zusammen, und ich bin ziemlich sicher, dass er schon seit Jahren nicht mehr an sie gedacht hat, aber …«

»Er fühlt sich trotzdem verpflichtet.« Laura beugte sich über die Ladefläche und zog weiteres Holz zu sich heran. »Ich kann das verstehen. Wenn sie in einem Hospiz liegt, muss es ihr sehr schlecht gehen. Vielleicht hat sie nicht mehr viel Zeit.«

»Du fragst dich, was sie ihm wohl zu sagen haben kann, nicht wahr?«

Sie drehte sich zu ihm um. »Du etwa nicht?«

»Doch, aber ich kann mir absolut nicht vorstellen, was es sein könnte. Also muss ich wohl abwarten, bis er es uns erzählt.«

Eine Weile arbeiteten sie schweigend, während der Schnee immer dichter fiel und sich mit eisigem Regen mischte. Auch der Wind nahm stetig zu und heulte Unheil verkündend ums Haus.

Zwar war dies nicht ganz der Ausklang des Abends, den Justus ursprünglich im Sinn gehabt hatte, doch die schweigsame Kameradschaft zwischen ihnen nahm er dennoch als gutes Zeichen. Er musste Geduld haben, das war ihm klar, auch wenn das bedeutete, dass er sich heute bloß die Zehen abfror und morgen seine Schuhe in den Müll werfen konnte. Zumindest hatten sie einen wirklich angenehmen Abend miteinander verbracht, viel geredet, wenn auch diesmal hauptsächlich über ihn und seine Familie. Sein Glück herauszufordern wäre unter diesen Bedingungen sowieso viel zu leichtsinnig gewesen. In dieser Hinsicht gab er sich lieber mit dem berühmten Spatzen in der Hand zufrieden, als auf eine fluchtbereite Taube auf dem Dach zu hoffen.

»Möchtest du noch etwas Warmes trinken, bevor du nach Hause fährst?« Während sie sprach, warf Laura die letzten beiden Holzscheite in die Box und verschloss dann die Luke. »Ich könnte uns einen Kaffee machen – oder Tee ... oder eine heiße Schokolade, falls dir das nicht zu kindisch ist.«

»Warum sollte es?« Aufmerksam musterte er sie. Vielleicht war seine Glückssträhne ja doch noch nicht ganz vorbei. »Für heiße Schokolade ist man nie zu alt. Und sagtest du nicht, dass du ein Rezept von deiner Großmutter hast?«

»Von Oma Finchen, ja. Es geht auch ganz schnell.« Sie schob den Ärmel ihrer Jacke zurück und hielt ihre Armbanduhr ins Licht der Lampe an der Haustür. »Es ist schon ziemlich spät. Bestimmt musst du morgen genauso früh raus wie ich.«

»Früher.« Er lächelte. »Aber aufwärmen würde ich mich trotzdem gerne kurz.«

Laura nickte nur und ging ihm voran ins Haus. Als sie die Jacke auszog, sah er, dass sie zu der Jogginghose das passende Sweatshirt trug. Schlicht und eigentlich wenig sexy, trotzdem fühlte er sich in diesem Moment noch mehr zu ihr hingezogen als den gesamten Abend schon. Vermutlich hatte sie das grüne Kleid gewählt, weil es seriös wirkte, ohne zu ahnen, dass alle Versuche, ihre Reize vor ihm zu verbergen, vergebene Liebesmühe waren. Selbst in ihrem jetzigen Aufzug bewunderte er immer noch ihre aufrechte, stolze Haltung, ganz zu schweigen von den verführerischen Rundungen ihrer Hüften und Brüste, die sich unter dem weichen Stoff allzu deutlich abzeichneten. Sein Körper reagierte unwillkürlich – und brutal – darauf.

Um nicht in Versuchung zu geraten, wandte er sich in Richtung Kellertür. »Ich kümmere mich mal um den Ofen, wenn es dir recht ist.«

»Danke. Die Schokolade ist dann gleich fertig, wenn du zurückkommst.« Laura war bereits auf dicken weißen Wollsocken in die Küche gegangen und stellte die Zutaten für das Heißgetränk auf der Anrichte zusammen.

Sie hatte den Ofen inzwischen gut im Griff, stellte Justus nach einem Blick in die Brennkammer fest. Dort war immer noch eine kleine Schicht Glut vorhanden, sodass er nur frische Scheite auflegen und den Regler an die Temperatur im Pufferspeicher anpassen musste.

Als er ins Erdgeschoss zurückkehrte, hing bereits ein schokoladig-zimtiger Duft im Raum. Schnuppernd ging er in Richtung Küche.

»Setz dich doch bitte schon mal auf die Couch.« Laura war gerade dabei, Sahne in eine hohe Rührschüssel zu gießen. »Ich bin hier gleich so weit.«

Obwohl er sie viel lieber von hinten umarmt und ausprobiert hätte, ob sie sich so weich und anschmiegsam anfühlte, wie sie auf ihn wirkte, gehorchte er. Dabei rief er sich streng zur Ordnung. Es kam gar nicht infrage, dass seine hyperaktive Libido ihm die Tour vermasselte. Er musste Laura die Führung überlassen, und wenn es ihm noch so schwerfiel. Sie zu bedrängen würde alles, was sich zwischen ihnen bisher angebahnt hatte, sofort wieder zerstören. Solange sie nicht bereit war, mehr zuzulassen als Freundschaft, musste er sich gedulden.

Also ging er zum Sofa und setzte sich, stand aber sofort wieder auf und trat an die niedrige Kommode, über der der Fernseher an der Wand hing. Laura hatte offenbar kürzlich DVDs angeschaut. Ein Stapel bunt bedruckter Hüllen lag auf dem Schränkchen. Er nahm sie mit zur Couch, sah sie neugierig eine nach der anderen an und hob grinsend den Kopf, als Laura mit zwei Tassen in den Wohnbereich kam. »Du weißt schon, dass das hier alles Weihnachtsfilme sind?«

Es klirrte leise, als sie die Tassen abstellte, und beinahe wären die Sahnehäubchen über die Tassenränder geschwappt. »Das stimmt doch gar nicht.«

»Na gut, der hier nicht.« Er hielt das Cover des Zeichentrickfilms hoch und legte ihn auf den Tisch. »Aber diese hier …« Er neigte den Kopf ein wenig zur Seite. »*Während du schliefst*, *Selbst ist die Braut* …«

»Ich war schon immer ein Fan von Sandra Bullock«, verteidigte sie sich sichtlich verlegen.

»Und *Die Familie Stone*.« Fächerartig breitete er die Hüllen auf dem Tisch aus.

»Na und? Das sind keine Weihnachtsfilme, sondern romantische Komödien.« Sie zögerte sichtlich, setzte sich dann aber neben ihn, jedoch mit etwas Abstand. »Es ist reiner Zufall, dass sie im Winter oder um die Weihnachtszeit spielen. Und Weihnachten ist da auch gar nicht das Thema, sondern es geht um …«

»Familie.« Er lehnte sich zurück, lockerte seine Krawatte und legte einen Arm locker auf die Rückenlehne hinter ihr. »Ich weiß, ich kenne die Filme.«

»Ach ja?« Auf ihren Wangen erschien eine leichte Röte.

»Bei zwei Schwestern und einer Tante, die allesamt auf solche Schmalzfilme stehen, bleibt das nicht aus.«

»Ricarda steht auf Schmalzfilme?« Um Lauras Lippen zuckte es.

»Sie würde es natürlich niemals zugeben.«

Vorsichtig reichte Laura ihm eine Tasse und drehte ihre eigene dann in den Händen hin und her. »Ich mag diese Filme, weil es da um Frauen geht, die allein sind, auf die eine oder andere Weise, ein bisschen so wie ich, und die ihr persönliches kleines Wunder erleben … und ihren Platz im Leben finden.« Ihre Stimme war immer leiser geworden und erstarb schließlich. Behutsam nippte sie an ihrem Kakao.

Justus tat es ihr gleich, ließ Laura dabei jedoch nicht aus den Augen. »Du bist selbst auf der Suche nach diesem Platz, nicht wahr? Und nach deinem persönlichen Wunder.«

»So ein Unsinn. Ich bin doch nicht in einem Film. Ich weiß sehr genau, dass das wahre Leben nicht so einfach ist wie ein Hollywoodfilm.« Sichtlich verlegen starrte Laura in ihre Tasse.

»Wunder geschehen nicht nur im Film.« Unverwandt betrachtete er ihr Gesicht, den Schwung ihrer Wangenlinie, ihr rotes Haar, das im Schein des Oberlichts noch goldener schimmerte als sonst. In ihm breitete sich ein neues, zehrendes Gefühl aus. »Du musst ihnen aber auch eine Chance geben und sie zulassen, sonst funktioniert die Sache nicht.« Ehe sie etwas erwidern konnte, hob er leicht seine Tasse an und stellte sie dann auf dem Tisch ab. »Das ist die beste heiße Schokolade, die ich je getrunken habe. Erzähl das aber bitte nicht meiner Mutter oder Elke, sonst sind sie tödlich beleidigt.«

»Das Geheimnis liegt in der Muskatnuss. Und man darf nicht zu viel Zimt nehmen. Meine Mutter hat manchmal auch Kardamom hineingetan, aber das ist Geschmackssache.« Laura lehnte sich ebenfalls zurück und trank einen weiteren Schluck. Dadurch blieb ein wenig Sahne an ihrer Oberlippe kleben.

Rasch, damit sie keine Chance hatte, ihm auszuweichen, strich er mit dem Daumen über die Stelle, zog sich jedoch sofort wieder zurück und bemühte sich standhaft, den Stich, den die Berührung mit ihren seidenweichen Lippen in ihm auslöste, zu ignorieren. »Ich sollte jetzt wohl besser fahren.«

»Ja.« Laura zuckte zusammen, als in diesem Moment eine heftige Sturmbö das Haus erfasste. Das Licht flackerte für einen winzigen Moment. Hastig stand sie auf und lief ans Küchenfenster. »Äh, Justus?«

»Was denn?« Neugierig erhob er sich und ging zu ihr. Da er diesmal einfach nicht widerstehen konnte, blieb er ganz dicht hinter ihr stehen und blickte über ihre Schulter nach draußen. »Oha. Da lasse ich das Auto lieber stehen und gehe zu Fuß.«

Eine gefährliche Mischung aus Schnee und Eisregen peitschte vom Himmel; Büsche und Bäume ringsum bogen sich und wurden wild durchgeschüttelt.

»Du willst bei dem Unwetter zu Fuß nach Hause gehen? Bist du verrückt geworden?« Empört drehte Laura sich zu ihm um. »Oder lebensmüde? Vergiss es. Du kannst auf der Couch übernachten.«

»Bist du sicher?« Auch wenn er nichts lieber getan hätte, als sie zu berühren, behielt er seine Hände standhaft bei sich.

Als Laura ihm in die Augen blickte, stockte ihm der Atem. Sie standen einander so nah gegenüber, dass sich ihre Körper leicht berührten. Laura versuchte, sich zurückzuziehen, hatte aber die Anrichte mit der Spüle im Rücken. »Natürlich bin ich sicher. Ich werde dich doch wohl jetzt nicht da hinausschicken.« Sie schluckte und wich seinem Blick aus. »Außerdem sind wir erwachsen, oder etwa nicht? Was ist schon dabei, wenn du auf meiner Couch schläfst?«

»Nichts.«

»Genau.« Sie linste an ihm vorbei, so als schätze sie ab, wie sie am besten vor ihm fliehen könnte. »Ich hole nur schnell ein paar Decken und ein Kissen und …«

»Hast du keine Angst, dass ich die Situation ausnutzen könnte?«

Nun schnellte ihr Blick doch wieder zu ihm hinauf. »Müsste ich das?«

»Nein.« Das hoffte er zumindest, denn im Augenblick rauschte sein Blut gefährlich schnell und heiß durch seine Adern.

»Na bitte.« Er konnte ihren rasenden Puls an ihrer Halsschlagader erkennen. Schon versuchte sie, sich an ihm vorbeizuschieben, doch er hielt sie sanft am Arm fest. »Aber wie sieht es mit dir aus?«

»Mit mir? Was meinst du?« Verblüfft blieb sie stehen.

»Vielleicht hast du ja insgeheim vor, die Situation auszunutzen.«

»Das ist vollkommener …«

»Zum Beispiel weil du dich allein nicht traust, diese Kisten dort durchzusehen.« Er wies mit dem Kinn auf den Stapel Umzugskartons hinter dem Esstisch.

»Was?« Er konnte erkennen, dass er sie vollkommen aus dem Gleichgewicht gebracht hatte. Lächelnd ließ er sie los und ging zu den Kartons hinüber. »Du hast sie einfach hier abgestellt, aber noch nicht ein einziges Mal hineingesehen, nicht wahr?«

»Ich hatte noch keine Zeit.« Seufzend folgte sie ihm. »Na gut, du hast recht, ich habe mich noch nicht getraut.«

»Es wohnen keine Monster darin.« Ohne Umschweife öffnete er die oberste Kiste und blickte hinein. »Vielleicht sollten wir unsere Tassen hierherholen, bevor die Schokolade kalt ist.« Er hob eine Pappschachtel aus dem Karton, in der eine kristallene Kuchenplatte verpackt war. »Etwas altmodisch, aber hübsch. Blütenmuster kommen nie aus der Mode.«

»Ja, äh …« Verunsichert ging Laura zum Couchtisch und kam mit den Tassen zurück.

Währenddessen hatte Justus bereits eine weitere Schachtel auf dem Tisch abgelegt sowie einen Koffer mit einem vollständigen Essbesteck. »Das hier würde ich an deiner Stelle behalten, das ist richtig gute Qualität.«

Laura strich mit den Fingerspitzen über die Gabeln, Messer und Löffel. »Das Set haben sich meine Eltern zu ihrem letzten Hochzeitstag geschenkt. Mama hat das alte Besteck gehasst, weil sich die Gabeln immer so leicht verbogen haben. Sie meinte mal, sie könnte damit ohne Weiteres Uri Geller Konkurrenz machen. Das habe ich damals nicht verstanden, bis sie mal mit mir eine Sendung angeschaut hat, in der er Löffel mit der Kraft seiner Gedanken verbogen hat.« Nachdenklich rieb Laura sich über die Nase. »Ich glaube, irgendwo gibt es sogar ein Foto … Warte mal.« Sie hob zwei Kartons zur Seite und öffnete den, der zuunterst stand. »Hier.« Vorsichtig nahm sie einen Stapel Fotoalben heraus und legte sie auf dem Tisch ab. Sie setzte sich auf einen Stuhl und begann, in den Alben zu blättern. »Da ist es, siehst du?« Lächelnd deutete sie auf das Foto einer Frau, die eine u-förmig verbogene Gabel in die Kamera hielt und dabei übertrieben die Augen verdrehte, so als habe sie dieses Ergebnis mit mentaler Kraft erreicht.

Justus ließ sich auf dem Stuhl neben ihr nieder und betrachtete das Foto der attraktiven Rothaarigen eingehend. »Du siehst ihr sehr ähnlich.«

18. Kapitel

Es war bereits Mitternacht, als sie das letzte Album zuschlugen. Es fühlte sich für Laura irgendwie seltsam und unwirklich an. Seit ihrer Kindheit hatte sie die Fotos ihrer Familie nicht mehr angeschaut, und nun war sie erleichtert und aufgewühlt zugleich. Sie hatte sich davor gefürchtet, die Kartons allein zu öffnen und durchzugehen, da hatte Justus recht gehabt. Seine Anwesenheit hatte ihr Sicherheit gegeben und das Gefühl, nicht gänzlich ohne Halt zu sein. Mit ihm zusammen hatte sie sogar über einige der Schnappschüsse gelacht, hin und wieder ihre Erinnerungen mit ihm geteilt, die die Bilder in ihr wachgerufen hatten, und lustige Geschichten erzählt, die ihr in den Sinn kamen. Zwischendurch war auch ein- oder zweimal eine Träne geflossen, wenn das Vermissen sie zu sehr überwältigt hatte. In diesen Momenten hatte Justus nur kurz ihren Arm gedrückt – eine kleine Geste, die Laura doch so guttat.

Die meiste Zeit hatte er sie einfach reden lassen und nur hin und wieder eine Frage gestellt. Laura wusste, es war gut gewesen, endlich mit jemandem über ihre Eltern, ihr lang verdrängtes Familienleben zu reden. Das hatte sie selbst während ihrer Therapie nur selten getan. Da hatte sie sich mehr auf die Geschehnisse konzentriert, die ihr ebenjene Familie genommen hatten.

Während sie nun Wolldecken und ein Kissen aus dem Obergeschoss holte und dann auf der Couch ausbreitete, wurde sie jedoch das ungute Gefühl nicht los, dass sie sich mit diesem Abend übernommen hatte. Eine unbestimmte Angst lungerte irgendwo in ihrem Hinterkopf, dass sie heute Nacht nicht würde schlafen können.

»Stimmt etwas nicht?« Justus hatte die Tassen sowie die Gläser, aus denen sie später noch etwas Wein getrunken hatten, in die Spülmaschine gestellt und kam gerade wieder ins Wohnzimmer. »Du starrst jetzt schon seit einer Minute auf dieses Kissen.«

»Wirklich?« Erschrocken legte sie besagtes Kissen aus der Hand und wollte nach den gefalteten Decken greifen. Sie erschrak, als Justus ihre Handgelenke umfasste und näher an sie herantrat. »Lass mich – bitte.«

»Du bist ganz blass geworden. Was ist los?«

»Nichts.« Ihr Puls beschleunigte sich. »Gar nichts.«

»Setz dich.« Er zog sie einfach mit sich auf die Couch und legte ihr einen Arm um die Schultern. »Was macht dich plötzlich so fertig?«

Sie schluckte nervös, und die nächsten Worte kamen ihr über die Lippen, bevor sie sie aufhalten konnte. »Ich … weiß nicht mehr, wie ich mich verhalten soll. Du küsst mich, schickst mich einen ganzen Tag auf Wellness-Urlaub, führst mich chic aus. Jetzt hast du dir noch den ganzen alten Kram angehört, den ich von mir gegeben habe. Ich will das alles nicht, weil ich genau weiß, wie falsch es wäre, wenn wir … Du weißt es selbst. Warum tust du das alles? Warum lässt du mich nicht einfach in Ruhe?«

Justus sah sie einen langen Moment schweigend an, bis sie seinen Blick erwiderte. Der Ausdruck in seinen Augen trieb ihren Puls in noch ungesundere Höhen. »Du weißt, warum ich das tue, Laura. Du hast es sogar schriftlich.« Als sie verwirrt die Stirn runzelte, lächelte er. »Auf dem Lebkuchenherz.«

Sie schluckte nervös und hatte das Gefühl, plötzlich keine Luft mehr zu bekommen. »Sag so etwas nicht.«

»Warum nicht?« Er hob die Hand und umfasste sanft ihre Wange. »Es ist die Wahrheit.«

Ihre Haut unter seinen Fingern begann zu glühen und zu prickeln. »Aber eigentlich habe ich Angst.«

»Ich weiß.« Seine Fingerspitzen strichen sachte ihren Hals entlang abwärts.

»Nein, das meine ich nicht.« Sie atmete inzwischen nur noch ganz flach. In ihrem Kopf wirbelten die Gedanken durcheinander. »Ich habe Angst, heute Nacht nicht schlafen zu können. Die ganzen Erinnerungen, die heute Abend hochgespült worden sind, lassen sich nicht mehr einfach abschalten. Es ist zu viel. Ich hätte nicht ...«

»Es war gut, dass du mir endlich von euch erzählt hast.«

»War es das wirklich? Ich weiß nicht, wie ich den Lärm in meinem Kopf ausblenden soll. All die Gedanken an früher, an das, was gewesen ist; an das, was ich nie wieder haben werde ... Das wollte ich immer vermeiden. Ich hätte die ganzen Sachen einfach versteigern lassen sollen.«

»Nein, das hättest du nicht.«

»Es wäre aber einfacher gewesen.«

»Vielleicht, vielleicht auch nicht. Glaubst du nicht, dass du es bereut hättest?«

»Ich bereue, die Sachen hergeholt zu haben. Jetzt lassen sie mich nicht mehr los.«

Justus lächelte leicht. »Sachen können dich nicht festhalten, und die Erinnerungen wärst du auch nicht losgeworden, wenn du die Sachen verkauft hättest.« Zärtlich umfasste er nun ihr Gesicht mit beiden Händen. »Ich weiß, ich sollte dir diesen Vorschlag nicht machen, weil es unprofessionell ist ... bla, bla.« In seinen Augen funkelte es schelmisch. »... du kannst auch ganz einfach Nein sagen.«

»Wozu?« Natürlich wusste sie längst, worauf er anspielte. Seine warmen sanften Hände an ihren Wangen machten sie ganz kribbelig.

»Ich wüsste einen Weg, die Gedanken, die dich so ängstigen, für eine ganze Weile außer Gefecht zu setzen.«

Ihr Atem stockte kurz. »Nennt man das nicht den Teufel mit dem Beelzebub austreiben?«

»Kann sein. Was wäre so schlimm daran?« Seine Lippen näherten sich sehr langsam ihrem Mund.

»Das weißt du genau.«

»Nur mit dem Unterschied, dass es in meinen Augen kein Problem gibt, Laura. Ich will dich, nicht mehr und nicht weniger. Du weißt es schon lange, und soweit ich die Sache beurteilen kann, geht es dir umgekehrt ähnlich.«

»Das habe ich nie bestritten.« Sie erschauerte, als er seine Finger in ihr Haar gleiten ließ. »Aber es wäre ein Fehler.«

»Warum bist du dir dessen so sicher?« Seine Stimme war nur noch ein tiefes Raunen dicht an ihrem Mund.

Ihre Lippen begannen zu prickeln, ihr Herz trommelte wild in ihrer Brust. »Ich weiß es einfach. Wenn es schiefgeht …«

»Aus welchem Grund sollte es schiefgehen? Es könnte doch genauso gut *gerade* gehen.«

Beinahe hätte sie über seine etwas schiefe Wortwahl gelacht. »Du hast gewusst, dass es darauf hinauslaufen würde … heute. Du hast den gesamten Tag bis ins Detail geplant.«

»Nein.« Seine Lippen streiften ganz leicht über ihre. »Das hier konnte ich nicht planen. Es ist allein deine Entscheidung.«

»Wirklich?«

Er lächelte. »Mein Wunsch, deine Entscheidung.«

Laura rang mit sich, doch seine unmittelbare Nähe, sein warmer Atem auf ihrem Gesicht, sein intensiver Blick brachten sie vollkommen durcheinander, sodass sie schließlich den in ihr tobenden Emotionen nachgab und ihre Lippen auf seine presste.

Sogleich gruben sich seine Hände fester in ihr Haar, sein Mund wanderte hungrig über ihren, plünderte rücksichtslos und verwandelte ihren Pulsschlag in einen Wirbelsturm.

Hitze stieg zwischen ihnen auf, und fast meinte sie, ein Knistern zu hören, mit dem Stromstößen ähnliche Stiche durch sie hindurchfuhren. In ihrer Magengrube breitete sich ein sehnliches Brennen aus.

Erschrocken von den überwältigenden Gefühlen, die in ihr tobten, rang sie nach Atem und stieß gleich darauf einen erschrockenen und zugleich erregten Laut aus, als Justus mit der Zunge über ihre Unterlippe strich und gleich darauf beinahe suchend mit ihrer Zungenspitze spielte. Es war wie ein elektrischer Schlag, als sich ihre Zungen zum ersten Mal berührten, und er breitete sich über ihren ganzen Körper aus.

Justus' Atem ging ebenso heftig wie Lauras, als er – ohne den Kontakt zu unterbrechen – von der Couch aufstand, sie hochzog und fest an sich drückte. Eine Hand hatte er noch immer in ihrem Haar vergraben, mit der anderen fuhr er über ihre Schulter hinab, ihren Arm entlang und legte sie schließlich schwer auf ihre Hüfte. Als er sie noch dichter zu sich heranzog, konnte sie seine Erregung deutlich spüren. Die Leidenschaft, die sie in ihm auszulösen schien, ließ auch das sehnsüchtige Pochen in ihrem Inneren ansteigen.

Unbewusst hatte sie ihre Hände um seinen Nacken gelegt und fuhr nun ebenfalls mit einer Hand in sein dichtes braunes Haar. Als er daraufhin seinen Mund von ihrem löste, hätte sie beinahe protestiert.

Außer Atem blickte er ihr in die Augen – mit ernstem dunklem Blick. »Wenn du die Nacht nicht auf der Couch verbringen möchtest, sollten wir jetzt sofort den Schauplatz wechseln. Andernfalls kann ich für nichts garantieren.«

Obgleich seine grauen Augen vor Leidenschaft fast schwarz wirkten, glomm doch ein Funken Schalk darin, der sie lächeln ließ.

Wortlos nahm sie ihn an der Hand und zog ihn mit sich die Wendeltreppe hinauf. Sie hatten kaum die Schwelle zu ihrem Schlafzimmer übertreten, als Justus sie erneut zu sich herumdrehte und an sich zog, diesmal so heftig, dass ihre Körper aufeinanderprallten. Sein Mund eroberte ihren, ihre Zungen trafen zu einem erotischen Tanz aufeinander, der ihr Blut immer heißer durch ihre Adern trieb. Schon nestelte sie an seiner

Krawatte, löste sie und warf sie zu Boden. Sein Jackett folgte nur Augenblicke später.

Justus half ihr, die Knöpfe an seinem Hemd zu öffnen, bis sie es von seinen Schultern streifen konnte. Sie spürte seine Muskeln, als sie mit den Fingerspitzen über die glatte Haut seiner Oberarme fuhr. An seinen Handgelenken angekommen, ließ Laura das Hemd zu Boden gleiten und umfasste den Saum des T-Shirts, das er zum Schutz vor dem kalten Wetter ebenfalls trug, und zog es ihm über den Kopf.

Laura kam kaum dazu, seinen wohlgeformten Oberkörper zu bestaunen, denn Justus hatte sie bereits erneut in seine Arme gezogen, verteilte sanfte, zärtliche Küsse von ihrer Schläfe über ihre Wange hinab bis in ihre Halsbeuge. Gleichzeitig wanderten seine Hände wieder zu ihren Hüften und schoben sich von dort wieder hinauf, unter das Sweatshirt. Sie wünschte, sie hätte sich nicht für den blöden Jogginganzug entschieden, in dem sie sich eigentlich so absolut unsexy fühlte. Doch Justus schien es völlig gleich zu sein, was sie trug, denn das Einzige, was er im Augenblick im Sinn hatte, war, sie möglichst schnell von ihrer Kleidung zu befreien. Ungeduldig schob er Lauras Shirt hoch und half ihr, es loszuwerden. Da sie sich in der Jogginghose nun noch lächerlicher vorkam, zog sie sie ebenfalls aus, zusammen mit den warmen Socken.

Als sie sich aufrichtete, sah sie ihn ganz still dastehen und sie betrachten. Sie trug nur noch schwarze Spitzenunterwäsche und fühlte sich mit einem Mal befangen. Sein Blick wanderte langsam an ihr hinab und wieder herauf und sandte regelrechte Schockwellen durch ihre Adern.

Deutlich sanfter als vorher nahm er sie in die Arme, streichelte ihr Gesicht, küsste sie erst auf den Mund, dann auf das Kinn und ließ seine Lippen danach scheinbar ziellos hinab bis zu ihrem Schlüsselbein gleiten. »Perfekt«, murmelte er rau. »Ich wusste, dass du perfekt bist.«

»Quatsch.« Sie erschauerte, als sein Mund langsam wieder aufwärtswanderte, bis er ihr Ohr erreicht hatte. »Ich bin nicht perfekt.«

»Und wie du das bist!« Der tiefe Ton seiner Stimme vibrierte dicht an ihrer Halsschlagader. Sie stöhnte unterdrückt, als er mit der Zunge über die sehr empfindliche Stelle hinter ihrem Ohr strich. Unwillkürlich klammerte sie sich an ihm fest, grub ihre Finger in seine Schultern und drängte sich an ihn. Prompt reizte er die hochsensible Stelle weiter, bis ihr ganz schwindelig wurde und sie nur noch hektisch und flach atmete. Sie streichelte mit ihren Händen über seinen Rücken, die Seiten, spürte wieder seine festen Muskeln unter glatter, warmer Haut und zugleich die weichen Härchen auf seiner Brust an ihrem Oberkörper.

Er stieß einen tiefen grollenden Ton aus, als sie sich leicht an ihm rieb, um noch mehr von ihm zu spüren. Sie merkte, wie seine Hände sich am Verschluss ihres Spitzenbustiers zu schaffen machten, und im nächsten Moment, wie dessen stützende Wirkung nachließ. Beinahe ehrfürchtig strich Justus die Träger von ihren Schultern und ließ das Kleidungsstück dann achtlos fallen. Er umfasste die weiche Fülle ihrer Brüste mit beiden Händen sanft und begehrlich zugleich. Schwer atmend neigte er sich hinab und hob ihre linke Brust zugleich etwas an, umschloss die Brustwarze mit den Lippen, saugte ganz leicht, bis Laura nach Atem rang, weil ein heißer Strahl der Lust sie durchfuhr.

Justus umkreiste die Brustwarze mit der Zunge, bis sie sich aufrichtete und hart zusammenzog, dann widmete er sich ebenso hingebungsvoll ihrer anderen Brust. Laura wankte leicht. Sie hatte das Gefühl, dass ihre Knie jeden Moment unter ihr nachgeben würden.

»Komm.« Er schob sie zum Bett und ließ sich mit ihr zusammen darauf sinken. Sie hörte, wie er seine Schuhe abstreifte, während seine Lippen bereits erneut ihren Körper erkundeten. Ihre Brüste, ihren Bauch, bis hinab zu ihrem Slip.

Sie half ihm, ihn loszuwerden, und fasste dann nach dem Bund seiner Hose, um den Gürtel zu öffnen. Sie kam jedoch nicht dazu, den Plan in die Tat umzusetzen, denn Justus hatte sich erneut über ihre Brüste gebeugt, reizte die aufgerichteten Spitzen mit der Zunge und strich zugleich mit seiner Hand über die Innenseite ihrer Schenkel nach oben. Ohne zu zögern, glitt er mit einem Finger in sie hinein. Voller Leidenschaft bäumte sie sich stöhnend auf und empfing ihn mit feuchter Hitze.

Er stöhnte ebenfalls und hielt für einen Moment inne, um ihr ins Gesicht zu sehen. »Du bist unglaublich, weißt du das?« Ehe ihr eine Erwiderung einfallen konnte, hatte er seine Lippen auf ihre gepresst, suchte mit seiner Zunge nach ihrer und drängte seinen Körper hart gegen ihren, während er sie weiter reizte.

Laura vergrub eine Hand in seinem Haar, zog ihn noch näher zu sich herunter. Mit der anderen tastete sie erneut nach seinem Gürtel. Er half ihr, ihn zu öffnen, und keuchte lustvoll, als sie seine pralle Härte mit ihrer Hand fest umschloss.

Lustwellen brandeten durch Laura hindurch, das Pochen in ihrer Körpermitte steigerte sich zu wildem, ungezügeltem Verlangen. Hastig löste Justus sich für einen Moment von ihr und befreite sich von seiner Hose. Plötzlich fluchte er. »Verdammt, die Kondome sind in meiner Manteltasche.« Schon wollte er sich abwenden und das Zimmer verlassen, doch Laura erwischte ihn lachend gerade noch am Handgelenk.

»Warte, ich habe welche hier oben.« Sie drehte sich auf den Bauch und robbte über die Matratze zu ihrem Nachtschränkchen. In der obersten Schublade lag das nagelneue Päckchen, an dem sogar noch der Kassenbon klemmte.

Justus war sofort wieder bei ihr, nahm ihr die Schachtel ab und öffnete sie. Dabei fiel sein Blick auf den Bon, und er lachte ebenfalls. »Der ist von heute.« Rasch streifte er sich eines der Kondome über und schob sich wieder neben Laura, hielt sie jedoch auf, als sie sich ihm zuwenden wollte. »Wer von uns hat denn wohl nun heute den Abend genau geplant?« Seine Hand wanderte zwischen ihre Schenkel und tastete sich bis zu ihrer empfindlichsten Stelle vor. Sanft kreisend reizte er sie, bis Laura glaubte, verrückt zu werden. Sie wand und bewegte sich in seinem Rhythmus, kaum fähig, sich auf eine Antwort zu konzentrieren. »Das war … eine … reine … Vorsichtsmaßnahme.«

»Ach ja?« Mit einem Ruck zog er sie auf die Knie.

Sie rang nach Atem und krallte sich erwartungsvoll in die Decke. »Ja, für den Fall, dass … meine … Hormone mit mir durchgehen.«

»Tatsächlich.« Er umfasste ihre Hüften und stieß im nächsten Moment hart und tief in sie.

Laura keuchte, spürte Lust hochbranden. Justus zog sich zurück, drang erneut in sie ein und beugte sich dann über sie. Seinen Mund dicht an ihrem Ohr, raunte er: »Das hier ist mehr als nur ein Aufstand deiner Hormone.« Seine Stimme schien rau über ihre Haut zu streichen, so intensiv spürte sie sie, während sein warmer Atem ihr Ohr streifte.

Justus hielt für einen Moment inne, damit sie sich an ihn gewöhnen konnte, doch das hielt sie kaum aus. Sie drängte sich gegen ihn, bewegte sich fordernd, bis er ihren Rhythmus aufgriff und erst langsam und träge, dann immer schneller zustieß. Während er sich mit der einen Hand neben ihr abstützte, griff er mit der anderen an ihre Brust, umschloss die weiche Fülle, knetete sie gerade so fest, dass es ihre Lust noch steigerte.

Schließlich hielt sie es nicht mehr aus, entzog sich ihm, wandte sich ihm zu und drängte ihn energisch auf die Matratze. Sofort zog er sie auf sich, packte sie bei den Hüften, senkte sie langsam auf sich hinab. Sie richtete sich auf, genoss das Gefühl der Macht, die jetzt in ihrer Hand lag. Langsam und beinahe gemächlich bewegte sie sich auf ihm, bis er sich immer fester an sie klammerte, schließlich eine Hand von ihrer Hüfte löste und stöhnend ihren Kopf zu sich hinabzog, bevor er gierig ihren Mund suchte. Mit Leichtigkeit rollte er sich mit ihr gemeinsam auf der Matratze, bis er schwer und besitzergreifend auf ihr lang. Sie genoss das Gefühl seiner Bewegungen auf sich und seine Härte in sich, während er mit tiefen, immer schneller werdenden Stößen in sie eindrang.

Mit ihrer rechten Hand krallte sie sich in seine Schulter, vergrub ihre linke in seinem Haar, als die Leidenschaft sie in immer ungestümere Wirbel trieb. Laura schloss die Augen, öffnete sie aber gleich wieder, als Justus ihren Namen flüsterte. Sein Blick war dunkel und so intensiv auf ihr Gesicht gerichtet, dass ihr heiß und kalt zugleich wurde. Ihr Herz trommelte hart gegen ihre Rippen, Hitze und Lust mischten sich mit fremden, neuartigen und doch seltsam vertrauten Gefühlen, als sich ihre Lippen erneut in einem unglaublichen Kuss trafen, der nicht endete, bevor er sie ganz nah an den Höhepunkt getrieben hatte. Justus schien zu spüren, dass sie kurz davor war, löste seinen Mund von ihrem und suchte stattdessen den empfindlichen Punkt hinter ihrem Ohr.

Süße, kaum zu ertragende Lust spülte auch noch den letzten zusammenhängenden Gedanken aus ihrem Kopf. Begierig drängte sie sich ihm bei jedem Stoß entgegen, bis sie von dem letzten, unausweichlichen Wirbel erfasst wurde.

Justus eroberte erneut ihre Lippen und erstickte damit ihr hilfloses Keuchen. Augenblicke später kam er ebenfalls zum Orgasmus. Laura konnte spüren, wie die Wellen seiner Lust ihn ergriffen und durchtobten, und wusste, dass ihr Leben gerade eine beängstigende Wende genommen hatte.

**

Justus' rasender Herzschlag beruhigte sich nur langsam. Schwer und beinahe bewegungsunfähig lag er auf Laura, das Gesicht fest in ihre Halsbeuge gedrückt. Er konnte ihren ebenfalls wilden Puls spüren, und das Gefühl ihrer warmen weichen Haut an seiner schuf bisher ungekannte Empfindungen in ihm. Er war überwältigt von den Emotionen, die sich, offenbar ohne dass er sich dessen bewusst gewesen war, in ihm angestaut hatten und nun explosionsartig hervorgebrochen waren.

Laura atmete schwer und unregelmäßig, schlang aber Arme und Beine um ihn, als er doch einen Versuch machte, sich zur Seite zu rollen. Lächelnd küsste er sie in die Halsbeuge. »Wir brauchen einen neuen Superlativ für diesen Abend. Sensationell reicht zur Beschreibung leider nicht aus.«

»Mir fällt keiner ein.« Ihre Stimme schwankte ein wenig, und zuerst dachte er, das sei noch eine Nachwirkung ihres Höhepunkts, doch als er hörte, wie sie schluckte, wurde ihm klar, dass noch etwas anderes sie bewegte. Sie richtete ihren Blick hinauf zur Zimmerdecke. »Was soll denn jetzt werden?«

Er begriff, dass ihr Kopf bereits wieder die Oberhand gewonnen und die überwältigenden Gefühle, die ihn noch immer gefangen hielten, beinahe verdrängt hatte. Wenn er sie nicht davon abhielt, würde sie das, was sie gerade miteinander geteilt hatten, nicht genießen können. »Was wünschst du dir denn?« Vorsichtig schob er sich neben sie, hielt sie aber weiter fest in seinen Armen, um ihr zu vermitteln, dass er sie nah bei sich haben wollte.

»Ich … weiß es nicht. Ich bin zu alt für Märchen und all so was. Daran glaube ich schon lange nicht mehr. In meinem Kopf dreht sich alles nur um die Tatsache, jetzt tatsächlich den gleichen Fehler zum zweiten Mal gemacht zu haben. Ich komme mir so idiotisch vor.«

Justus stützte sich mit dem Arm ab, um ihr besser ins Gesicht sehen zu können. »Ganz gleich, wie du das hier nennen willst, aber ein Fehler war es auf gar keinen Fall.«

»Doch.« Sie schluckte wieder. In ihren Augen glitzerte es verdächtig. »Denn jetzt kann ich nicht mehr hierbleiben.«

»Warum nicht?« Er küsste sie zärtlich. »Niemand schickt dich fort. Im Gegenteil. Wenn es nach mir geht, bleibst du mir so nah wie es nur geht. Ich möchte das, was eben passiert ist, so oft und ausgiebig wie möglich wiederholen!«

»Was sollen denn jetzt die Leute denken?«

Er lächelte leicht. »Dass ich ein Glückspilz bin?«

»Nein, ich meine über mich.«

Sein Lächeln vertiefte sich. »Dass du dir die beste Partie weit und breit geschnappt hast.«

Sie zuckte zusammen und blickte ihn anklagend an. »Exakt. Was, glaubst du, werden sie von mir halten, wenn herauskommt, dass wir … Ich bin gerade erst ein paar Wochen hier und angele mir schon den Juniorchef. Das ist entsetzlich.«

»Nein, das ist wunderbar.« Wieder küsste er sie. »Wenn es dich beruhigt, kann ich eine Verlautbarung an die Pinnwand in der Angestellten-Kaffeeküche hängen, dass nicht du es warst, die sich mich geangelt hat, sondern dass ich dich verführt habe.«

Verärgert runzelte sie die Stirn. »Macht es das etwa besser? Alle werden glauben, ich sei nur hinter deinem Geld her.«

»Bist du das denn?« Spielerisch fuhr er mit dem Zeigefinger verschlungene Spuren über ihre herrlichen Brüste und nahm erfreut zur Kenntnis, dass sich ihre Brustwarzen unwillkürlich wieder aufrichteten.

»Nein, selbstverständlich nicht.« Empört starrte sie erneut zur Decke hoch. »Das weißt du ganz genau.« Sie erstarrte. »Oder glaubst du etwa …?«

Er lachte. »Ich glaube, du grübelst viel zu viel. Dabei hast du mir noch nicht einmal meine Frage beantwortet. Was wünschst du dir? Für dich, für uns?«

Er spürte, wie die Anspannung, die sie erfasst hatte, ein wenig nachließ, doch der gequälte Ausdruck in ihren Augen wich nicht.

»Ich weiß es nicht. Wie gesagt, ich glaube nicht an Märchen oder so …«

»Warum eigentlich nicht? Bist du der Ansicht, du wärst es nicht wert, dass dir etwas Schönes passiert?«

Sie schwieg einen langen Moment. »Wenn du es so ausdrückst, klingt es ziemlich dumm.«

»Das ist es auch. Ich weiß ja nicht, was für ein Idiot der Kerl ist, der dich so mies behandelt hat ...«

»Carlo Callas.«

»Meinetwegen. Dass er dich hat gehen lassen, zeugt schon von seinem geringen Verstand, würde ich sagen, aber ich will mich nicht darüber beschweren. Wenn er nicht so ein Volltrottel wäre, hätte ich dich wahrscheinlich nie kennengelernt, und du wärst jetzt vielleicht schon Frau Callas.«

»Nein.« Sie schüttelte heftig den Kopf. »Das wäre ich nicht. Weder jetzt noch später. Ich dachte, er meint es ernst, ja, aber inzwischen weiß ich, dass ich ihn gar nicht geliebt habe. Ich war wahrscheinlich nur angetan von der Idee ...«

Aufmerksam tastete Justus mit Blicken jeden Zentimeter ihres Gesichts ab und versuchte, ihren Blick einzufangen. »Und wie bist du zu dieser Erkenntnis gelangt?«

Sie seufzte leise. »Das war nicht weiter schwierig. Wie man so schön sagt: Aus den Augen, aus dem Sinn. Ich vermisse ihn nicht, denke nicht mal mehr an ihn. Er geht mir einfach – wie sagt man so schön? – am Hintern vorbei.«

»Einem höchst attraktiven Hintern, möchte ich hinzufügen.« Justus grinste und freute sich, als er sah, dass sie mit einem Lächeln kämpfte. »Was hältst du davon, wenn wir uns einfach ein bisschen Zeit geben, um herauszufinden, was du dir wünschst und wie ich dich davon überzeugen kann, dass wir es auch gemeinsam erreichen werden?«

»Ich ...« Sie biss sich auf die Unterlippe; auf ihren Wangen erschien ein rosiger Schimmer. »Ich weiß, was ich mir wünsche, aber ich will es nicht aussprechen, weil ich fürchte, dass es dann nicht in Erfüllung geht. Es ist wie mit den Sternschnuppen oder den Pusteblumen. Man muss den Wunsch ganz fest denken, aber auf keinen Fall aussprechen.«

Warme Wellen des Glücks durchfluteten ihn. »Du bist im

Herzen wirklich noch ein kleines Mädchen, nicht wahr? Eines, das trotz allem an Wunder glaubt, gib es zu.«

»Nein, ich … ich traue mich nicht mehr, an Wunder zu glauben, Justus.« Der gequälte Ausdruck wurde wieder stärker. »Als ich ein Kind war, hatte ich alles – wirklich alles, und dann wurde es mir von jetzt auf gleich genommen. Noch einmal könnte ich das nicht ertragen. Deshalb habe ich Angst, mich ernsthaft …« Sie stockte, drehte den Kopf zur Seite.

Sanft umfasste Justus ihre Wange und brachte sie dazu, ihn erneut anzusehen. »Was wolltest du sagen?«

Etwas zittrig atmete sie ein. »Ich habe Angst, mich ernsthaft zu verlieben, weil ich fürchte, dass auch das mir wieder genommen wird. Ich war immer ganz allein. Das ist nicht leicht, aber … einfacher, als noch einmal den Verlust zu überstehen. Verstehst du, was ich meine?«

Und wie er sie verstand! Behutsam strich er ihr eine ihrer seidigen, rot glänzenden Locken aus der Stirn. »Du warst nicht immer allein, Laura. Eben hast du selbst gesagt, dass du als Kind glücklich warst. Danach gab es eine Zeit, zugegeben eine viel zu lange Zeit, in der du allein auf dich gestellt sein musstest. Aber wer hat dir eingeredet, dass es für immer so bleiben muss?« Ehe sie etwas erwidern konnte, küsste er sie kurz, aber zärtlich. »Ich kann dir keine Garantie geben, dass von heute an jeder einzelne Tag deines – oder unseres – Lebens eitel Sonnenschein sein wird. Das kann niemand. Aber die Wahrscheinlichkeit, dass dir zweimal das gleiche grausame Schicksal widerfährt, ist statistisch gesehen verschwindend gering.«

Sie zog die Stirn in Falten. »Statistisch gesehen?«

Er lachte leise. »Ja, statistisch gesehen. Natürlich kann jeden Tag etwas Schlimmes geschehen. Mit mir, mit dir, mit denen, die uns am Herzen liegen. Aber wenn wir, nur weil diese Möglichkeit besteht, aufhören, an das Glück zu glauben oder Wundern eine Chance zu geben, müssten wir ein ziemlich einsames und trauriges Leben führen, meinst du nicht? Willst du das?«

»Nein.«

»Würden deine Eltern das für dich wollen?«

»Natürlich nicht.«

»Warum gibst du uns dann nicht eine Chance? Immerhin besteht eine Möglichkeit von fünfzig zu fünfzig, dass alles perfekt wird.«

»Fünfzig zu fünfzig?«

Er lächelte. »Na ja, eher sechzig zu vierzig. Siebzig zu dreißig. Achtzig zu zwan…«

»Schon gut, ich hab's verstanden.« Rasch legte sie ihm einen Finger an die Lippen, lächelte aber endlich richtig. »Du bist ein gnadenloser Optimist, nicht wahr?«

»Worauf du dich verlassen kannst.« Er beugte sich vor und umschloss ihre rechte Brustwarze mit den Lippen, neckte sie mit der Zunge, bis sie sich hart zusammenzog und Laura ein ersticktes Stöhnen ausstieß. Dann warf er ihr einen schelmischen Blick zu. »Und in dieser Rolle möchte ich dir gerne vorschlagen, dass du das Denken für den Rest der Nacht einstellst und mir Gelegenheit gibst, an unserem ganz persönlichen Wunder zu arbeiten.«

»Den Rest der Nacht?« Sie sog scharf die Luft ein, als er seine Hand zwischen ihre Schenkel gleiten ließ und begann, ihre empfindlichste Stelle zu reizen. »Bist du jetzt nicht ein bisschen zu optimistisch? Ich dachte, du musst so schrecklich früh aufstehen.«

»Muss ich auch, aber das ist mir egal.« Lächelnd beobachtete er, wie sich die Röte auf ihren Wangen vertiefte, diesmal jedoch nicht aus Verlegenheit. Ihr Becken zuckte leicht, als er sie weiter erregte, und begann bald, in dem Rhythmus zu kreisen, den er ihr vorgab. Sie schloss die Augen und grub ihre Finger in das zerwühlte Bettlaken. Ihr Anblick erregte auch ihn von Neuem. Er wollte sie kosten, verteilte Küsse auf ihrer weichen Haut, schob sich allmählich weiter nach unten, zog mit Lippen und Zunge eine Spur von ihren Brüsten über ihren Bauch bis hinunter zu ihren Schenkeln. Sanft schob er sie auseinander. Lauras lustvolles Keuchen, als er ihre empfindsamste Stelle mit den Lippen berührte, setzte sein Blut umgehend in Brand. Lächelnd blickte er zu ihr hoch und reizte sie erneut mit der Zunge. Als ihre Blicke sich trafen, löste er sich kurz von ihr. »Ich habe noch so einiges mit dir vor.«

19. Kapitel

Obwohl sie sich Mühe gab, sich zusammenzureißen, konnte sich Laura das glückliche Dauerlächeln den gesamten Freitagvormittag nicht verkneifen. Justus hatte Wort gehalten und ihr die Nacht ihres Lebens beschert. Gerade mal eine knappe Stunde, nachdem sie erschöpft von ihren Liebesspielen eingeschlafen waren, hatte der Wecker gnadenlos geklingelt. Trotzdem fühlte sie sich nicht einmal ansatzweise müde, sondern eher, als stehe sie unter Strom. Allein der Gedanke an die vergangenen wundervollen Stunden trieb ihren Blutdruck jedes Mal aufs Neue in ungeahnte Höhen, sodass sie angestrengt versuchte, sich mit etwas anderem zu befassen.

Doch obwohl sie sich noch nie so lebendig gefühlt hatte und obgleich Justus sich alle Mühe gegeben hatte, ihre Bedenken zu zerstreuen, saß irgendwo in ihrem Kopf dieses impertinente Stimmchen, das ihr Ermahnungen zuwisperte und sie daran erinnerte, dass sie sich in eine prekäre und aus ihrer Sicht unhaltbare Situation gebracht hatte. Wieder einmal.

Doch warum in aller Welt fühlte sich etwas, was so falsch war, dermaßen gut an? Laura traute sich selbst nicht über den Weg, deshalb begann sie irgendwann doch wieder zu grübeln, das Für und Wider abzuwägen, alte Ängste zuzulassen. Am späten Vormittag kam sie schließlich zu dem Ergebnis, dass sie vollkommen irre wurde, wenn sie so weitermachte. Sie musste etwas unternehmen, um diesen grässlichen inneren Aufruhr zum Verstummen zu bringen – genau wie diese nervtötende Stimme, die sie davon zu überzeugen versuchte, dass es am besten war, sich sofort aus dem Staub zu machen.

Sobald ihre Mittagspause angebrochen war, schnappte sie sich ihr privates Handy und wählte Angeliques Nummer.

Es dauerte nicht lange, bis die gut gelaunte Stimme ihrer Freundin an ihr Ohr drang. »Hallo, mein Liebelein, na, wie geht's? Hast du dich schon durch alle Kartons gewühlt?«

»Hallo, Angelique.« Laura räusperte sich umständlich. »Nein, noch nicht durch alle. Aber ich habe mich an die Fotoalben getraut.«

»Na, das ist doch mal eine gute Nachricht.«

»Ja. Hör mal, hast du noch die Liste mit den Adressen der Firmen, an die ich ursprünglich Bewerbungen schicken wollte, bevor ich gleich beim ersten Anlauf den Job im Sternbach zugesagt hatte? Und du meintest doch auch, dass immer noch Angebote für mich reinkommen. Hast du die abgespeichert?«

Es dauerte einen Moment, ehe Angelique antwortete. Laura hörte deutlich das Misstrauen in der Stimme ihrer Freundin. »Klar habe ich die Adressenliste noch. Was willst du denn damit?« Sie hielt inne. »Shit. Du hast mit ihm geschlafen.«

»Was?« Erschrocken zuckte sie zusammen.

»Mit Justus. Du hast mit ihm geschlafen, und jetzt willst du abhauen.«

»Angelique …« Etwas hilflos suchte Laura nach Worten.

»Hör mal, ich mische mich ja nur ungern ein – okay, streich das *ungern* –, aber glaubst du wirklich, das ist der richtige Weg? Willst du jetzt jedes Mal Reißaus nehmen, wenn du mit irgendeinem Mann im Bett warst?«

»Justus ist nicht einfach irgendein Mann.«

»Gut, wenigstens darüber sind wir uns einig.«

»Er ist mein Chef.«

»Na und, verdammt noch mal?« Nun klang Angelique richtig wütend.

»Ich muss mich absichern und … etwas erledigen.« Hilflos schloss Laura die Augen. Wie sollte sie ihrer Freundin erklären, was in ihr vorging, wenn sie sich selbst noch nicht darüber im Klaren war? »Bitte, kannst du mir die Liste mailen? Ich brauche sie dringend.«

»Du brauchst dringend einen kräftigen Schlag auf den Hinterkopf«, fauchte Angelique aufgebracht. »Justus ist ein klasse Typ. Warum siehst du das bloß nicht?«

Laura schluckte hart. »Ich weiß, dass er ein wundervoller Mann ist.«

»Warum dann diese Mätzchen?«

»Das sind keine Mätzchen, Angelique. Ich muss etwas für mich tun. Das ist nicht so einfach am Telefon zu erklären. Es wäre besser, wenn wir uns irgendwann mal treffen, dann erkläre ich es dir.«

»Auf die Story bin ich jetzt schon gespannt.« Angeliques Tonfall war gereizt. Dann seufzte sie. »Also gut, ich maile dir die Liste gleich zu. Aber nur unter Protest, Schatz. Ich bin der Ansicht, dass du einen Fehler machst.«

»Nein, Angelique.« Laura legte den Kopf in den Nacken. »Im Gegenteil. Ich versuche, alles richtig zu machen.«

***

»Oh, oh, was hat sie denn jetzt vor?« Erschrocken verfolgte Elfe-Sieben, was sich auf dem Bildschirm mit Lauras Videostream tat. »Sie wird doch wohl keinen Quatsch machen?«

»Keine Ahnung, was in ihr vorgeht.« Santa Claus blickte von seinem Platz am Schreibtisch ebenfalls zum Bildschirm hinüber und zupfte sich ratlos am Bart. »Sie scheint ein weitaus komplizierterer Fall zu sein, als ich dachte.«

»Und was nun? Die Katastrophe, die gerade auf sie zurollt, ist so schon schlimm genug.« Die Assistentin des Weihnachtsmanns kämpfte mit den Tränen. »Und jetzt noch so etwas. Hoffentlich geht das gut. Es sah doch alles so perfekt aus. Sie hat endlich ihren Gefühlen für Justus nachgegeben, und alles war schön, aber jetzt …«

»Ich weiß, ich weiß.« Santa Claus drückte den Knopf der Gegensprechanlage. »Elfe-Acht, Elf-Zwei, könntet ihr kurz in mein Büro kommen? Ich brauche euch für einen dringenden Kundschafter-Einsatz.«

»Jetzt sofort? Wir sind gerade ziemlich beschäftigt mit dem Auftrag, den du uns heute Morgen gegeben hast«, antwortete Elfe-Acht.

»Tut mir leid, ihr zwei.« Ratlos tippte der Weihnachtsmann mit dem Zeigefinger gegen seine Lippen. »Also gut, bleibt auf euren Posten. Ich frage Elf-Siebzehn, ob er einspringen kann. Ist vielleicht auch besser, weil er die Sprache der Tiere am besten beherrscht und bei der Gelegenheit gleich auch noch mal mit Lizzy reden kann.«

»Aber wie soll Lizzy uns denn helfen?« Elfe-Sieben hatte sich kraftlos in den Besuchersessel sinken lassen. »Ich sehe schon alle unsere Felle davonschwimmen, Santa. Dabei hatten wir alles so schön in die Wege geleitet. Bis hin zum Wetter, damit Justus bei Laura bleiben musste. Und jetzt soll alles umsonst gewesen sein?«

»Wir müssen erst einmal mehr darüber erfahren, was Laura vorhat«, befand der Weihnachtsmann. »Und dann sehen wir weiter. Es bringt nichts, sich jetzt in etwas hineinzusteigern, Elfe-Sieben.«

»Ich steigere mich nicht hinein!« Empört richtete die Elfe sich im Sessel auf. »Ich bin nur besorgt, weil bei Laura einfach nichts glatt laufen will. Es ist wie verhext.«

»Elf-Siebzehn, hast du kurz Zeit?« Santa Claus hatte die Gegensprechanlage erneut betätigt, nur diesmal auf einer anderen Frequenz.

»Ja, klar, ich bin nur gerade dabei, Elf-Vierzehn bei der Inspektion des neuen Schlittens zu helfen«, schnarrte es umgehend aus dem Lautsprecher. »Halt, Rudolph, was machst du denn da? Nicht die Decken anknabbern. Geh zurück zu den anderen Rentieren.« Der Elf räusperte sich. »Entschuldige,

Santa, aber Rudolph steckt seine neugierige rote Nase einfach überall hinein. Ich glaube, er ist auf der Suche nach Keksen, dieses Schleckermaul. Also, was gibt es denn?«

Santa atmete hörbar auf. »Komm bitte in mein Büro. Ich habe einen wichtigen Auftrag für dich. Und für Lizzy.«

»Also geht es um Laura und Justus? Bin schon unterwegs.«

»Was genau hast du denn jetzt vor?« Neugierig beugte Elfe-Sieben sich über den Schreibtisch.

Santa Claus faltete die Hände vor sich auf der Tischplatte. »Erst mal muss Elf-Siebzehn die Lage vor Ort auskundschaften. Und falls tatsächlich alle Stricke reißen sollten, müssen wir zu Plan B übergehen, und zwar so schnell wie möglich.«

Überrascht horchte Elfe-Sieben. »Was ist denn Plan B?«

Der Weihnachtsmann seufzte. »Ich habe keine Ahnung.«

＊

Nachdem sie Angeliques E-Mail erhalten hatte – nur wenige Minuten nach dem Telefonat –, verbrachte Laura den Rest ihrer Mittagspause damit, Bewerbungsunterlagen zusammenzustellen und E-Mails an die Personalabteilungen aller Unternehmen zu schreiben, von denen sie annahm, dass sie dort Chancen auf eine gute Stellung hatte. Als sie damit fertig war, fühlte sie sich seltsam leer und ein wenig zittrig, doch das, was sie sich vorgenommen hatte, kam ihr richtig vor. Sie schloss das Mailprogramm und widmete sich für die nächsten Stunden intensiv der neuen Werbekampagne für die zum Sommer geplanten Aktiv-Kurzurlaubsangebote.

Zwischendurch schweifte sie immer wieder mit ihren Gedanken ab, weil sie an Justus denken musste. Er hatte heute im Resort zu tun, deshalb waren sie am Morgen getrennte Wege gegangen. Ihn jetzt schon zu vermissen kam ihr kindisch vor, doch sie kam gegen die Sehnsucht nicht an. Es zeigte ihr deutlicher als alles andere, dass sie bereits viel tiefer, als sie sich hatte eingestehen wollen, in Gefühle verstrickt war, die sie bislang teils bewusst, teils unbewusst vermieden hatte. Damit umzugehen würde nicht einfach werden, dessen war sie sich sicher. Sie hatte nicht die geringste Ahnung, was sie tun sollte, oder wenigstens, welches Verhalten in so einer Situation angemessen war.

Justus hatte kategorisch ausgeschlossen, dass er irgendetwas geheim halten würde. Selbstverständlich war Laura klar, dass er nicht vorhatte, damit hausieren zu gehen, doch natürlich war er viel zu geradeheraus, um irgendjemandem etwas vorspielen zu wollen. Laura machte sich dementsprechend nach wie vor Sorgen, was man wohl über sie reden würde. Sie glaubte nicht, dass unter den Mitarbeitern des Hotels Missgunst herrschte, doch wenn die nagelneue Marketingchefin schon während der Probezeit etwas mit dem Juniorchef anfing, würde das ganz sicher mit scheelen Blicken betrachtet werden. So war es doch überall, oder etwa nicht? Solche Geschichten waren ein gefundenes Fressen für die Klatschmäuler. Sie war sich nicht sicher, ob sie sich ein ausreichend dickes Fell zulegen können würde, um sich davon nicht irritieren oder beeindrucken zu lassen. Ihre Abwehrmechanismen hatten seit der Sache mit Carlo stark gelitten und waren längst nicht mehr so stabil wie früher.

Als es an der Tür klopfte und diese sich beinahe gleichzeitig öffnete, bevor derjenige, der davorstand, auf Lauras Antwort wartete, schrak sie aus ihren Grübeleien auf. »Elke, hallo. Kann ich etwas …?« Als sie den bekümmerten Blick der älteren Frau sah, sprang sie von ihrem Stuhl auf. »Stimmt etwas nicht?« Rasch ging sie um den Tisch herum und berührte Elke am Arm. »Ist etwas passiert?« In ihr regte sich ein ungutes Gefühl. »Patrick und Ricarda. Ist etwas mit ihnen? Sind sie gut angekommen?«

»Ich … Ja, sind sie.« Elke kämpfte sichtlich mit ihrer Fassung. »Würdest du bitte mitkommen? Es ist etwas … Hans und Margit haben die gesamte Familie zusammengerufen. Wir sollen sie umgehend zu Hause treffen.«

»Ja, aber …« Verwundert schüttelte Laura den Kopf. »Ich gehöre doch gar nicht zur Familie.«

»Sie haben ausdrücklich verlangt, dass du ebenfalls kommst. Bitte, es ist ungeheuer wichtig.«

Lauras Besorgnis steigerte sich zu einem diffusen Unwohlsein. »Also gut, wenn sie es so wollen. Ich schalte nur den Computer aus und fahre dann gleich los. Soll ich dich mitnehmen?«

»Würdest du das tun? Danke. Hans hat mich heute Morgen mit hergenommen, aber er ist ja inzwischen schon zu Hause.«

»Dann komm.« Laura hatte ihre Arbeit rasch gesichert und ließ den Computer herunterfahren. »Beeilen wir uns.«

***

Die Familie war bereits um den Esstisch versammelt, als Elke und Laura eintrafen. Hans stellte gerade einen Laptop auf, Margit hatte den Tisch mit Kaffeetassen gedeckt und trug soeben eine große Kanne herein. »Oh, gut, ihr seid da.« Ihrem Lächeln fehlte heute die Vergnügtheit, die sonst so typisch für sie war. Laura sah ihr an, dass etwas sehr Schwerwiegendes geschehen sein musste. Sie wollte sich etwas abseits ans äußere Ende des Tisches setzen, doch Justus hatte bereits den Stuhl neben sich hervorgezogen und bedeutete ihr, sich zu ihm zu gesellen.

Sie zögerte kurz, bevor sie seiner Aufforderung folgte, und spürte Hitze in ihre Wangen steigen, als er wie selbstverständlich seinen Arm um ihre Schultern legte und sie auf den Mundwinkel küsste. Die Schmetterlingsarmee, die sich vor Kurzem in ihrer Magengegend eingenistet haben musste, wirbelte in ihrem Bauch herum. Zutiefst verlegen sah sie sich um, doch niemand schien von ihnen Notiz zu nehmen. Sie wand sich innerlich, denn selbstverständlich konnte der Familie die Geste nicht entgangen sein, auch wenn kein Wort darüber verloren wurde. Lediglich Viola blickte interessiert zu ihnen hinüber, und als sich ihre Blicke trafen, zwinkerte Justus' Schwester ihr lächelnd zu.

Nachdem Hans den Laptop eingeschaltet hatte, setzte er sich neben seine Frau und räusperte sich, warf ihr dann aber einen Hilfe suchenden Blick zu, woraufhin sie das Wort ergriff.

»Wie ihr inzwischen alle wisst, hat Patrick gestern Abend einen unerwarteten Anruf von Klarissa Meininger erhalten.« Sie hielt kurz inne und schien Mühe zu haben, die Fassung zu bewahren. »Ich erinnere mich noch gut an sie, obwohl es jetzt schon gut zehn Jahre her ist, dass sie im Stadthotel gejobbt hat.« Kurz schloss sie die Augen. »Sie war erst siebzehn, als sie hier ankam. So jung.«

»Ich erinnere mich daran, wie wir alle zusammen ihren achtzehnten Geburtstag gefeiert haben«, warf Viola ein. »An dem Abend sind sie und Patrick, glaube ich, auch zusammengekommen, oder?« Fragend wandte sie sich an Justus, der vage nickte.

»Muss wohl so gewesen sein.«

»Ich mochte sie«, fuhr Margit fort, »auch wenn ich es nicht gut fand, dass sie damals einfach von zu Hause ausgerissen war.« Ihre Stimme schwankte, und diesmal warf sie ihrem Mann einen bittenden Blick zu.

Hans hüstelte umständlich. »Ja, also … sie hat Patrick gestern angerufen und ihn gebeten, so schnell wie möglich zu ihr zu kommen. Sie …« Er musste sich kurz sammeln. »Sie ist sehr schwer krank. Etwas mit ihrer Lunge, dessen Namen ich nicht einmal aussprechen, geschweige denn mir merken kann. Vor einigen Wochen wurde sie vom Krankenhaus in ein Hospiz verlegt, weil …« Er senkte den Blick.

»Sie wird bald sterben«, fuhr nun doch Margit wieder fort. »Offenbar bleiben ihr höchstens noch ein paar Wochen.«

Laura schauderte, weil ihr eine eisige Gänsehaut das Rückgrat hinabkroch. Unwillkürlich zog sie den Kopf zwischen die Schultern und bemühte sich, nicht an ihre Eltern zu denken. Justus verstärkte seinen Griff um ihre Schultern und zog sie dichter an sich, sagte jedoch nichts.

Margit redete indessen weiter: »Nachdem Patrick und Ricarda heute Nacht dort eingetroffen sind und sich ein Hotelzimmer genommen haben, sind sie gleich heute früh zu diesem Hospiz gefahren. Sie waren den gesamten Morgen dort und haben uns vorhin angerufen, um uns alles zu berichten.« Sie deutete auf den Laptop. »Wir werden gleich einen Skype-Anruf von Klarissas Anwältin erhalten, wollen euch aber vorher erklären, worum es geht.« Ihre Stimme wankte und erstarb kurz. Sie presste kurz die Lippen aufeinander, dann sprach sie weiter, ergriff dabei aber die Hand ihres Mannes. »Es ist so.« Ihr Kinn zitterte leicht. »Patrick hat ... Nein, ich muss es andersherum erzählen. Ihr erinnert euch vielleicht noch, was es für einen Aufruhr gab, als Klarissas Eltern sie hier fanden und nach Hause geholt haben.«

»Die sind damals richtig ausgeflippt, oder?« Viola nickte. »Ja, ich erinnere mich.«

»Sie waren außer sich, dass wir ihre Tochter hier haben arbeiten lassen«, erklärte Elke an Laura gewandt. »Man kann es teilweise nachvollziehen, immerhin war Klarissa, als sie hier ankam, noch minderjährig. Aber wir haben schon immer Schülerinnen als Ferienaushilfen beschäftigt, daran ist nichts illegal. Man muss aber vielleicht noch hinzufügen, dass die Meiningers sehr reich und standesbewusst sind. Altes Geld und ein ganzes Konglomerat von Fabriken, die alles Mögliche herstellen, von Plastikschüsseln bis zu Autoersatzteilen. Eine entlaufene Tochter hat sich in ihrem Selbstverständnis nicht gut gemacht, und schon gar nicht Klarissas Techtelmechtel mit Patrick. Er ist heute ein erfolgreicher Jungunternehmer, aber damals ... Nun ja.« Sie hob leicht die Schultern, als sie zu Laura blickte.

»Ich habe Laura von Patricks und Ricardas Vergangenheit erzählt und dass sie auf der Straße gelebt und für Diebesbanden Taschendiebstähle verübt haben.« Justus drückte Lauras Schulter. »Ricarda war immer die Pflegeleichtere von beiden, schon als sie zu uns kamen. Patrick hatte ein ziemlich ausgeprägtes Temperament und war extrem rebellisch, um es mal diplomatisch auszudrücken.«

»Es hat lange gedauert, bis er gelernt hat, seine Aggressionen zu beherrschen und zu kanalisieren«, fügte Hans hinzu. »Aber er hat es geschafft. Wir sind sehr stolz auf ihn.«

»Das sind wir.« Margit verschränkte ihre Finger mit denen ihres Mannes und blinzelte gegen die Tränen an. »Und jetzt haben wir erfahren, dass er … Er ist …«

»Klarissa war schwanger, als ihre Eltern sie von hier weggebracht haben«, übernahm Hans wieder das Wort. »Bloß, dass sie das damals selbst nicht gewusst hat, und als sie es bemerkt und ihren Eltern gestanden hat, haben diese dafür gesorgt, dass Patrick es nicht erfährt. Anscheinend haben sie so lange auf Klarissa eingewirkt, bis sie sich ihrem Willen gebeugt hat.«

»Scheiße!« Viola fuhr entgeistert auf. »Entschuldigung. Patrick hat ein Kind und wusste es all die Jahre nicht?«

»Ja.« Bekümmert blickte Margit auf die Tischplatte, hob aber den Kopf gleich wieder. »Nein, um genau zu sein, sind es zwei.«

»Zwei was?« Justus runzelte die Stirn.

»Zwei Kinder.« Margit wischte sich eine Träne aus dem Augenwinkel. »Zwillinge. Ein Junge und ein Mädchen, genau wie …«

»Genau wie Patrick und Ricarda.« Mit einem ungläubigen Schnauben ließ sich Justus zurück in seinen Stuhl sinken. »Das gibt es doch nicht.«

»Bei der Geburt hat Klarissa Patrick zwar als Vater in die Geburtsurkunden eintragen lassen, aber wohl auch gegen den Willen ihrer Eltern. Was genau in dieser Familie vor sich gegangen ist, kann ich mir kaum vorstellen, aber das tut hier auch nichts zur Sache. Der Punkt ist, dass die Großeltern der Kinder um jeden Preis verhindern wollten, dass Patrick von den beiden erfährt oder womöglich sogar Rechte einfordert. Denn die hat er als leiblicher Vater selbstverständlich.« Margit seufzte. »Ich weiß nicht, wie er reagiert hätte, wenn er damals davon erfahren hätte. Er war, das muss man schon sagen, zu der Zeit ganz sicher noch nicht bereit, Verantwortung für eine Familie zu übernehmen. Aber trotzdem war es ein großes Unrecht, ihm seine Vaterschaft zu verschweigen.«

»Und was soll jetzt werden?« Ratlos blickte Viola ihre Eltern an.

Hans wischte einen imaginären Krümel vom Tisch. »Klarissas Diagnose wurde offenbar schon gestellt, als die Kinder noch klein waren. Sie leidet an einer Erbkrankheit, die aber nur in seltenen Fällen ausbricht, wenn ich das richtig verstanden habe, und auch nur, wenn die betreffende Person bestimmte Marker, oder wie man das nennt, in der DNS aufweist. Bei Klarissa war oder ist das der Fall, bei ihren Kindern wohl nicht, das wurde bereits getestet, als sie noch Säuglinge waren.« Er stockte kurz. »Wie auch immer, sie war von da an ständig auf Hilfe und Unterstützung angewiesen, die ihre Eltern ihr auch gewährten. Das ging so weit, dass die beiden nach und nach gänzlich die Erziehung der Kinder übernommen haben. Als Klarissas Krankheit sich Anfang dieses Jahres stark verschlimmerte, haben die Eltern sie in ein Forschungskrankenhaus gebracht und alle möglichen Dinge mit ihr anstellen lassen. Die Kinder wurden in ein Internat gegeben.«

»Na toll.« Viola verdrehte die Augen.

»Klarissa hat sich dagegen gewehrt, war aber in ihrem Zustand nicht in der Lage, sich gegen ihre Eltern durchzusetzen«, berichtete Margit weiter, was Patrick ihnen wohl sehr detailliert geschildert hatte. »Trotzdem versuchte sie es weiter, doch das führte schließlich zu einem Zerwürfnis, vor allem, weil sie angesichts ihrer nur noch kurzen Lebenszeit wohl begriffen hat, wie sehr sie Patrick unrecht getan hatte. Sie wollte ihn schon vor Monaten kontaktieren, doch anscheinend haben ihre Eltern das unterbunden.«

»Das ist ja eine Frechheit!«, empörte Viola sich. »Wie kann man denn bloß so engstirnig sein?«

»Sie haben nur den aufbrausenden Jungen im Kopf gehabt, der mehr als einmal mit dem Gesetz in Konflikt geraten war.« Elke seufzte bekümmert. »Dass er etwas aus sich gemacht hat, interessiert sie nicht. Er ist ihnen nicht gut genug, das ist wohl der Knackpunkt.«

»Es geht sogar noch weiter«, fuhr Margit fort.

»Was kann denn jetzt noch kommen?« Justus richtete sich auf und nahm seinen Arm von Lauras Schulter, ergriff dafür aber rasch ihre Hand, bevor sie sie vor ihm in Sicherheit bringen konnte.

Hans trommelte mit den Fingern auf die Tischplatte. »Als Klarissas Eltern klar wurde, dass es ihrer Tochter ernst damit ist, Patrick über die Kinder in Kenntnis zu setzen, haben sie das Sorgerecht beantragt und versucht, sie für geschäftsunfähig erklären zu lassen, damit sie hinsichtlich der Kinder nichts mehr unternehmen kann.«

»Nein!« Laura, die bisher entsetzt geschwiegen hatte, fuhr nun ebenfalls auf. »Das ist ja schrecklich! Wie können Eltern denn nur so etwas tun?«

»Weil sie verbohrt sind«, antwortete Hans betrübt. »Klarissa hat sich eine Anwältin genommen, die nun gegen die Eltern vorgeht. Frau Dr. Kessler hat heute Mittag mit Patrick ein Gespräch geführt und will uns gleich ebenfalls erklären, wie die aktuelle Sachlage ist und was wir tun können, um Klarissa zu helfen.«

»Denn dass wir ihr helfen, steht natürlich außer Frage«, ergänzte Margit, nun sichtlich entschlossen. »Immerhin geht es hier um die Mutter unserer Enkelkinder. Ich bin weit davon entfernt, eine Familie auseinanderreißen zu wollen, aber unter diesen Umständen sehe ich nicht ein, wie man diese Leute gewähren lassen kann.« Sie wollte noch weiterreden, doch in diesem Moment erklang ein Signalton am Laptop. Rasch drückte sie ein paar Tasten. »Hallo Patrick.« Obwohl sie sichtlich angespannt war, wurde ihre Miene weich, als sie ihren Sohn auf dem Bildschirm ansah. »Ist alles in Ordnung? Geht es dir gut? Wo ist Ricarda?«

»Oben bei Klarissa.« Offenbar hielt Patrick sich in einem Aufenthaltsraum des Hospizpersonals auf. Zwar wirkte er ruhig, doch es war ihm anzusehen, dass ihn die Nachrichten, die er heute erhalten hatte, sehr aufwühlten. Er drehte den kleinen Tabletcomputer, über den er die Verbindung hergestellt hatte, ein wenig nach rechts, sodass eine mütterlich wirkende Frau um die fünfzig ins Bild gerückt wurde. Sie war schlank, trug ihr dunkelbraunes Haar zu einem schicken glatten Pagenkopf geschnitten und eine dezente randlose Brille. »Das ist Frau Dr. Marianne Kessler, Klarissas Anwältin«, stellte Patrick sie vor. »Ich habe sie gebeten, euch zu erzählen, was sie mir heute erklärt hat.« Er schluckte so hart, dass sein Adamsapfel auf- und abhüpfte, und als er weitersprach, wankte seine Stimme hörbar. »Ich weiß noch nicht, was ich tun werde, und ich will keine Entscheidung treffen, ohne vorher mit euch darüber gesprochen zu haben.«

»Guten Tag, Frau Sternbach, Herr Sternbach«, übernahm die Anwältin das Wort. »Ich würde gerne sagen, dass es mich freut, Ihre Bekanntschaft zu machen, doch unter den gegebenen Umständen halte ich das für unpassend. Leider drängt die Zeit in dieser Angelegenheit, deshalb rede ich nicht lange um den heißen Brei herum. Meine Mandantin, Klarissa Meininger, liegt im Sterben. Ihr bleiben möglicherweise noch drei oder vier Wochen, das ist die zuversichtliche Prognose. Eine ehrliche liegt bei vierzehn Tagen.« Ihr war anzusehen, dass ihr Klarissas Schicksal naheging, doch sie behielt ihren geschäftsmäßigen Ton bei. »Ich hätte Klarissa gerne schon wesentlich früher vertreten, denn dann hätte diese Unterhaltung unter etwas anderen Vorzeichen stattfinden können. Leider war sie nicht in der Lage, die Winkelzüge ihrer Eltern zu durchschauen, bis eine der Schwestern hier im Hospiz ihr berichtet hat, was sie von einem Gespräch der beiden auf dem Flur mitbekommen hat. Derzeit wehren wir uns noch immer gegen den Antrag auf gesetzliche Betreuung mit Einwilligungsvorbehalt, den Herr Meininger für seine Tochter gestellt hat. Klarissas Eltern wollen die vollständige Betreuungsvollmacht über ihre Tochter erhalten. Der Einwilligungsvorbehalt bedeutet, dass Klarissa zusätzlich das Recht genommen wird, sich gegen bestimmte Entscheidungen zu wehren, mit denen sie nicht einverstanden ist. Außerdem wurde von Herrn Meininger auch bereits versucht, seiner Tochter die Geschäftsfähigkeit aberkennen zu lassen.«

»Was einer Entmündigung gleichkäme«, brummte Hans verärgert.

»In weiten Teilen, ja. Eine vollständige Entmündigung gibt es glücklicherweise schon seit Langem nicht mehr«, erklärte die Anwältin. »Dennoch würden Klarissa weitgehend die Hände gebunden, und sämtliche Willenserklärungen, die sie vorsorglich für sich und ihre Kinder verfasst hat, wären hinfällig oder anfechtbar. Auch ihr Testament. Ich tue mein Bestes, dies zu verhindern, um zu gewährleisten, dass ihr Letzter Wille uneingeschränkt in Kraft treten kann.«

»Danke.« Margit wischte sich erneut Tränen aus den Augen. »Was können wir tun, um zu helfen?«

»Dazu komme ich jetzt. Grundsätzlich sind Sie nur mittelbar von den Entwicklungen betroffen, doch Ihr Sohn bestand darauf, Sie in die Entscheidungsfindung einzubeziehen. Das halte ich für sehr sinnvoll, denn was im Falle des Falles auf ihn zukäme, würde sicher Auswirkungen auf Ihre gesamte Familie haben.«

Es entstand eine kleine Pause, als sich die Tür des Aufenthaltsraumes öffnete und Ricarda hinter Patrick auftauchte. Sie wirkte blass, aber gefasst. »Hallo Mama, hallo Papa.« Sie wandte sich an Patrick. »Die Ärzte sind gerade bei ihr. Irgendwas mit dem Sauerstoffgerät. Klarissa möchte, dass du gleich noch mal zu ihr raufgehst.«

Patrick nickte nur schweigend.

Die Anwältin räusperte sich und zog damit die Aufmerksamkeit wieder auf sich. »Die Sachlage sieht folgendermaßen aus, und ich möchte hinzufügen, dass es mir unsagbar leidtut, dass Sie auf diese Weise von der Existenz der beiden Kinder erfahren mussten, Herr Sternbach.« Sie berührte Patrick kurz am Arm, blickte aber gleich wieder in die Kamera. »Herr Patrick Sternbach wurde von Klarissa Meininger in den Geburtsurkunden ihrer beiden Kinder Jessica und Joel als leiblicher Vater angegeben. Selbstverständlich hätte er das Recht, die Vaterschaft anzuzweifeln, doch darüber haben wir im Vorfeld bereits gesprochen und diese Option ausgeschlossen.«

»Wir haben Fotos gesehen«, fügte Ricarda hinzu. »Die beiden sehen Patrick mehr als ähnlich.«

Die Anwältin nickte ernst. »Diesen Punkt können wir also getrost überspringen. Selbstverständlich hat Herr Sternbach auch als nicht ehelicher, jedoch leiblicher Vater Rechte. Meine Mandantin möchte, dass ihm nach ihrem Tod das alleinige Sorgerecht zugesprochen wird, wenn er dem zustimmt. Einen entsprechenden Passus hat sie in ihr Testament aufnehmen lassen. Sollte Herr Sternbach sich einverstanden erklären, wäre ein erster und wichtiger Schritt, dass beide Elternteile gemeinsam eine Sorgeerklärung abgeben. Die Formalien kann ich in die Wege leiten. Leider ist es nun aber so, dass Frau Meiningers Eltern mit allen Mitteln versuchen werden, selbst das Sorgerecht zu erlangen, und es steht zu befürchten, dass sie gerichtlich gegen Herrn Sternbach vorgehen werden, um zu verhindern, dass er seine Rechte wahrnehmen kann.«

»Ungeheuerlich.« Elke schüttelte erbost den Kopf. »Was treibt diese Leute nur an? Angesichts des baldigen Todes ihrer Tochter sollten sie doch bedacht sein, ihre letzten Wünsche zu erfüllen.«

»Das sollte man annehmen«, stimmte die Anwältin zu, »aber die Meiningers sehen das leider etwas anderes. Sie sind der Ansicht, im besten Interesse sowohl ihrer Tochter als auch besonders der Kinder zu handeln, wenn sie sie von ihrem Vater fernhalten. Ich habe mich über Herrn Sternbachs Vergangenheit detailliert informiert, ebenso über Ihre gesamte Familie, und nachdem ich ihn nun persönlich kennenlernen durfte, sehe ich keinen Hinderungsgrund, Klarissas Wunsch durchzusetzen. Natürlich nur, wenn Herr Sternbach mit dieser Vorgehensweise einverstanden ist, die, das muss Ihnen allen bewusst sein, sein Leben von Grund auf verändern wird. Joel und Jessica sind neun Jahre alt und wissen noch nichts von den aktuellen Streitigkeiten.

Es wird für die Kinder ein ebenso großer Schock sein, von ihrem Vater zu erfahren, wie umgekehrt. Außerdem bin ich nicht sicher, inwiefern die Großeltern sich den Kindern gegenüber bereits früher negativ über ihn geäußert haben. Eine Übertragung des Sorgerechts auf Herrn Sternbach würde überdies bedeuten, dass die Kinder aus ihrer gewohnten Umgebung gerissen werden und sich zukünftig mit ihnen vollkommen fremden Menschen arrangieren müssen.

Ich finde diese Situation alles andere als ideal, andererseits muss und will ich die Wünsche meiner Mandantin respektieren, und unter den gegebenen Voraussetzungen glaube ich nicht, dass die Kinder bei Klarissas Eltern in angemessener Obhut aufwachsen würden. Schon gar nicht, wenn diese nur aufgrund von Vorbehalten wegen einiger Jugendsünden Herrn Sternbachs Rechte beschneiden wollen. Materiell gesehen wären die Kinder im Haus ihrer Großeltern gut versorgt, das steht außer Zweifel, aber unter moralischen Gesichtspunkten spreche ich mich strikt dagegen aus.« Sie ließ ihre Worte kurz wirken. »Um Herrn Sternbach eine größtmögliche rechtliche Sicherheit in dieser Angelegenheit zu verschaffen, würde ich einen zwar drastischen, jedoch nicht unüblichen Schritt empfehlen.«

Hans rieb sich übers Kinn. »Ich sehe schon, worauf Sie hinauswollen.«

»Patrick und Klarissa müssen heiraten.« Margit legte beide Hände an ihre Wangen.

Einen kurzen Moment schwieg Patrick. »Ich will das nicht allein entscheiden. Das kann ich gar nicht. Ich weiß nicht, wo mir der Kopf steht, aber die Zeit drängt und …«

Margit erhob sich. »Ich habe unsere Sachen bereits gepackt. Wir fahren noch heute los.« Sie beugte sich vor und berührte den Bildschirm. »Wir sind für dich da, Junge.«

»Danke.« Auf Patricks Gesicht zeichnete sich Erleichterung ab.

»Ich lasse euch in unserem Hotel Zimmer reservieren«, meldete Ricarda sich zu Wort, die mittlerweile neben ihrem Bruder stand und ihren Arm unter seinen geschoben hatte.

»Wir beeilen uns, so gut es bei der Wetterlage geht.« Hans erhob sich ebenfalls. »Vielen Dank für die Zusammenfassung, Frau Dr. Kessler. Alles Weitere besprechen wir persönlich.«

»Gut.« Die Anwältin nickte zustimmend. »Dann sehen wir uns morgen früh hier.«

Nachdem die Skype-Verbindung unterbrochen war, herrschte zunächst tiefes Schweigen im Raum.

Schließlich hüstelte Justus. »Wolltet ihr nicht sofort losfahren?«

»Ja, natürlich.« Margit wandte sich an ihren Mann. »Holst du die Reisetaschen bitte aus dem Schlafzimmer?«

»Meine steht oben auf meinem Bett, die hole ich gleich.« Elke wandte sich an ihre Schwägerin. »Ich begleite euch. Patrick kann jetzt jede Unterstützung brauchen. Viola?«

»Ich bin dabei, aber ich muss erst noch ein paar Sachen packen.«

»Dann fahr zu deiner Wohnung. Wir holen dich gleich ab«, bestimmte Margit, dann wandte sie sich an Justus. »Es wäre gut, wenn du auch dabei wärst, aber …«

»Einer muss sich um die Hotels kümmern.« Justus nickte ernst. »Ich will zur Zeremonie eine Liveschaltung via Skype.«

Margit ging zu ihm und umarmte ihn. »Es ist die beste Lösung, nicht wahr?«

»Die einzig sinnvolle, die mir einfällt.« Justus erwiderte die Umarmung kurz, dann trat er einen Schritt zurück und grinste schief. »Hey, mein kleiner Bruder ist über Nacht zweifacher Vater geworden. Das muss ich zwar erst mal verdauen, aber wie die Anwältin schon sagte: Unter den gegebenen Umständen …«

»Ja.« Auch Margit lächelte, wenn auch betrübt, und wandte sich an Laura. »Kannst du uns einen Gefallen tun? Ich habe Lizzy vorhin in unser Schlafzimmer gesperrt, damit sie hier nicht so herumwuselt. Nicht, dass ich sie nicht lieb habe, und ich hasse es, sie einfach irgendwo einzusperren, aber wir brauchten jetzt doch für eine Weile Ruhe. Wärst du so gut, dich um sie zu kümmern, solange wir weg sind? Ich könnte auch Justus bitten, aber er muss ja dauernd zwischen den Hotels hin- und herpendeln, und außerdem ist seine Wohnung winzig.«

»Und meine Vermieterin sieht Haustiere nicht gerne«, fügte Justus hinzu.

»Selbstverständlich mache ich das.« Laura war noch immer schockiert von dem, was sie gerade erfahren hatte, aber ebenso beeindruckt davon, wie selbstverständlich und spontan die gesamte Familie Patrick zu Hilfe eilte. Gleichzeitig fühlte sie sich fürchterlich fehl am Platz, weil sie doch gar nicht dazugehörte.

»Kann ich sonst noch etwas tun?« Insgeheim hoffte sie auf ein Nein, weil sie sich der Angelegenheit gar nicht gewachsen fühlte.

»Ja.« Margit ergriff ihre Hand. »Es ist entsetzlich viel verlangt, das ist uns bewusst. Du hast dich sicher gewundert, warum wir dich hier dabeihaben wollten. Mal abgesehen davon, dass du und Justus, nun ja …« Sie lächelte leicht. »Ich weiß nicht, wie ich es ausdrücken soll, aber … So, wie die Dinge liegen, werden wir dafür eintreten, dass die Kinder so schnell wie möglich hierher gebracht werden. Patrick wird das aber auf keinen Fall allein stemmen können. Schon unter den besten Voraussetzungen zu erfahren, dass man zwei Kinder hat, ist überwältigend. Was jetzt auf ihn und uns zukommt, ist überhaupt nicht abzusehen. Und da dachten wir … Du bist, glaube ich, die Einzige von uns, die ansatzweise nachfühlen kann, wie es den Kindern gehen mag. Noch haben sie ihre Mutter nicht verloren, aber …« Sie schluckte. »Vielleicht kannst du uns ein wenig helfen, ihnen das Einleben bei uns zu erleichtern.«

»Ich …« Lauras Herz zog sich schmerzhaft zusammen. »Ich weiß nicht, ob ich das kann.«

»Ich hätte dich nicht gefragt, wenn ich nicht der Überzeugung wäre, dass du dazu in der Lage bist. Bitte überleg es dir. Wir wären dir sehr dankbar. Aber scheue dich bitte nicht, abzulehnen, wenn du glaubst, das ist zu viel für dich. Du bist ja erst so kurz hier …« Margit brach ab, weil in diesem Moment Hans mit zwei Reisetaschen aus dem hinteren Bereich des Hauses kam. Gleichzeitig erschien Elke mit einem Köfferchen auf der Treppe, und eine vollkommen außer sich geratene Lizzy schoss zwischen ihnen hindurch und bellte empört.

Endlich darf ich wieder raus aus dem Schlafzimmer. Warum sperrt ihr mich denn bloß ein? Das ist so gemein, wisst ihr das? Wer ist denn hier alles? Oh, fast alle meine geliebten Menschen, wie toll. Jetzt muss ich erst mal alle begrüßen. Oooooh, und Laura, da ist Laura. Wau, wau, wau, meine Laura! Bitte, bitte streichle mich. Oder nimm mich auf den Arm, komm schon, ich bin doch ganz klein und leicht.

Margit lachte, weil die Hündin sich beinahe umbrachte vor Freude, als sie Laura erblickte. »Ich schätze, mit der Wahl der Hundesitterin liegen wir richtig.«

Lizzy sprang wie wild an Laura hoch, bis diese in die Hocke ging und die Kleine auf den Arm nahm.

Jau, supi, ich bin im Himmel. Okay, nur in deinem Arm, aber egal, das ist fast dasselbe. Komm, Küsschen! Schleck.

Auch Laura musste unwillkürlich lachen, als Lizzy ihr freudig übers Kinn leckte und sich fast wie ein Kind an sie kuschelte. »Du bist ja eine kleine Verrückte, was?« Da sie sich ebenso freute, die Hündin zu sehen, vergrub sie kurz ihr Gesicht in deren weichem Fell.

»Wir können aufbrechen.« Hans hatte die Taschen bereits ins Auto verfrachtet und erschien in der Haustür. »Justus, schließt du oder Laura bitte ab, wenn ihr geht? Wir melden uns, sobald wir angekommen sind.«

»Alles klar.« Justus umarmte seine Mutter noch mal, klopfte seinem Vater auf die Schulter und sah ihnen und Elke kurz nach, als sie zum Auto gingen. Dann berührte er Laura leicht an der Schulter. »Ich muss noch mal ins Resort rüber. Hier.« Er drückte ihr einen Schlüssel in die Hand. »Pack Lizzys Sachen ein, ja? Wir sehen und später.« Er küsste sie kurz, aber zärtlich auf die Lippen und war gleich darauf ebenfalls zur Tür hinaus verschwunden. Laura hörte, wie erst der eine, dann der andere Wagen ansprang und davonfuhr. Ratlos blickte sie sich im plötzlich leeren Haus der Sternbachs um. Hatten sie wirklich gerade einer Wildfremden den Hausschlüssel anvertraut?

Nun gut, vielleicht nicht wildfremd, aber trotzdem. Ihre Finger schlossen sich verunsichert um das kalte harte Stück Metall. In ihrer Herzgegend stach und zwickte es beinahe schmerzhaft, und in ihrem Magen schien sich ein riesiger Knoten gebildet zu haben.

Huch, wo sind denn auf einmal alle hin? Und was machen wir beide jetzt? Lizzy wurde wieder etwas unruhig auf Lauras Arm.

Da der Wind immer noch heftig wehte, schloss Laura rasch die Tür und setzte Lizzy auf den Boden. »Tja, dann packen wir wohl am besten mal deine Sachen zusammen.«

Warum das denn? Fragend blickte Lizzy zu ihr hoch.

»Du musst nämlich ein paar Tage bei mir einziehen.«

Echt jetzt? Darf ich? Oh, wie toll! Worauf warten wir denn noch?

Verblüfft sah Laura der Hündin nach, die freudig bellend ins Wohnzimmer rannte und kurz darauf die Decke, die normalerweise in ihrem Körbchen lag, umständlich immer wieder darauf tretend und zwischen ihren Beinen hindurch in den Flur zerrte. »Was machst du denn da? Hilfst du etwa beim Packen?«

Na klar, sonst dauert das viel zu lange. Hechelnd sah Lizzy sie an und wedelte leicht mit der Rute.

Zu dem Piksen und Stechen gesellte sich eine Welle warmer Gefühle. »Bist du so gerne bei mir?«

Wiff, und wie!

Überrascht, dass Lizzy ihr prompt mit einem kurzen Bellen antwortete, bückte Laura sich und streichelte der kleinen Hündin über den Kopf. »Ich mag dich auch sehr gern.« Als sie ins Wohnzimmer ging, um das Körbchen zu holen, fiel ihr Blick auf den Esstisch, auf dem noch immer die Kaffeekanne stand, ebenso wie die Tassen, die niemand angerührt hatte. Selbst der Laptop stand noch dort und war nicht ausgeschaltet worden.

Laura ließ ihn herunterfahren, klappte ihn zu und brachte dann erst einmal das Geschirr zurück in die Küche, leerte die Kanne, spülte sie aus und räumte ein paar Kleinigkeiten auf. Erst danach suchte sie Lizzys Futter, fand es in der Vorratskammer und packte alles, was sie glaubte für die Hündin zu brauchen, in ihr Auto.

20. Kapitel

Zu Hause wuselte Laura absichtlich sehr betriebsam umher, räumte die Hundesachen weg, stellte das Körbchen auf, gab Lizzy Wasser und ein Leckerchen, ging mit ihr kurz spazieren, obwohl der Wind immer noch scharf blies und eiskalten Regen übers Land trieb. Wieder im Blockhaus angekommen, holte sie sich ihren Laptop, stellte ihn auf dem Couchtisch ab, um später noch ein wenig zu arbeiten, und schaltete den Fernseher sehr leise ein, weil ihr die Stille im Haus nicht geheuer war.

Lizzy blieb ihr ständig auf den Fersen, umkreiste sie und ließ sie nicht einen Moment aus den Augen.

Irgendwann gingen Laura die Beschäftigungen aus, sodass sie sich endlich zögernd auf die Couch setzte. Im Fernsehen lief gerade ein Bericht über die schlimmen Wetterverhältnisse in ganz Deutschland und die Schäden, die der Orkan bereits vielerorts angerichtet hatte. Hier in der Gegend war bisher alles weitgehend glimpflich verlaufen, doch je weiter man auf der Karte nach Norden blickte, desto schlimmer wurde es. Die Erkenntnis ließ Laura erneut unruhig werden. Ausgerechnet jetzt fuhren Margit, Hans, Elke und Viola Richtung Hamburg hinauf. Bei diesem Unwetter war das absolut unvernünftig. Aber wie sonst sollten sie zu Patrick gelangen, um ihm beizustehen? Laura bewunderte die bedingungslose Liebe der Eltern zu ihrem Adoptivsohn und die Tatsache, dass sie, ohne zu zögern, zu seiner Hilfe eilten. Dabei fielen ihr Iris und Theo ein. Sie waren heute gar nicht bei dem Familientreffen gewesen, weil sie vor ein paar Tagen zu Verwandten nach Süddeutschland gereist waren. Doch so, wie Laura sie einschätzte, würden sie sich, sobald sie die Neuigkeiten erfuhren, ebenfalls auf den Weg zu Patrick machen. Oder zumindest nach Hause, um alles für die Rückkehr des Enkels und der Familie vorzubereiten.

Auch wenn es bei den Sternbachs beileibe nicht immer friedlich zuging, hielten sie doch alle zusammen wie Pech und Schwefel. Je länger Laura darüber nachdachte, desto deutlicher wurde ihr bewusst, wie allein sie immer gewesen war. Seit dem Tod ihrer Eltern hatte sie niemanden mehr gehabt, der sich so vorbehaltlos um sie gekümmert und ganz und gar loyal hinter sie gestellt hatte. Ihr Herz zog sich wieder schmerzhaft zusammen, in ihrer Kehle bildete sich ein Kloß, der ihr die Luft abschnürte. Sie sehnte sich danach, Teil einer solchen Familie zu sein, zu lieben und geliebt zu werden. Gleichzeitig war sie gefangen in ihrer Furcht, genau das alles wieder zu verlieren, wenn sie ihre Gefühle einmal wirklich zuließ.

Sie saß in einer bitterbösen Zwickmühle, aus der sie keinen Ausweg sah. Sie wollte nicht mehr weglaufen, aber zu bleiben bedeutete ein nicht in Worte zu fassendes Risiko. Es einzugehen war eine Herausforderung, der sie sich nicht gewachsen fühlte.

Laura merke nicht einmal, dass ihr die Tränen über die Wangen liefen. Sie starrte nur wie gebannt auf den Fernsehbildschirm, ohne wirklich etwas wahrzunehmen. In ihrem Kopf formten sich Bilder von schrecklichen Unfällen, vergleichbar mit dem, bei dem ihre Eltern umgekommen waren.

Diese Bilder mischten sich wieder mit anderen: Sie sah sich selbst mit ihren Eltern, als sie noch ein Kind war. Beim Ausflug ins *Phantasialand*, bei einem gemeinsamen Kinobesuch, beim Frühstück oder wie sie mit Barney über eine Wiese im Park tollte. Sie hörte ihre Mutter, wie sie sie ermahnte, endlich ihre Hausaufgaben zu machen, ihren Vater schimpfen, weil mal wieder die falsche Fußballmannschaft das Pokalfinale erreicht hatte. Unzählige winzige Erinnerungsfetzen stürmten auf sie ein und verwoben sich mit der Vorstellung von zwei ihr vollkommen unbekannten neunjährigen Kindern, die schon bald einen ähnlichen Schmerz erleiden würden wie sie selbst damals, an jenem Heiligen Abend vor achtzehn Jahren.

Die Emotionen, die sie überwältigten, waren so schmerzhaft, dass sie sich schließlich auf der Couch zusammenrollte und ihre Knie fest umschlang. Sie machte sich so klein, wie sie nur konnte, nur um dem Schmerz, dem grässlichen Verlustschmerz, keine Angriffsfläche zu bieten. Es half nicht.

Lizzy tappte winselnd vor dem Sofa hin und her, stellte sich auf die Hinterbeine und stupste Laura mehrmals mit ihrer feuchten Nase an, doch Laura konnte es nicht ertragen. Sie drückte ihr Gesicht gegen ihre Knie und kämpfte mit aller Kraft gegen die innerlichen Krämpfe an, die sie zu übermannen drohten.

**

Justus hatte Mühe, sich auf seine Pflichten im Resort zu konzentrieren. Was er über Klarissa, ihr Schicksal und die beiden Kinder erfahren hatte, deren Vater kein geringerer war als sein kleiner Bruder, hatte ihn schockiert und aufgewühlt. Am liebsten wäre er sofort in sein Auto gestiegen und zu Patrick gefahren. Doch er sah ein, dass es besser war, wenn einer aus der Familie vor Ort war und sich um das Geschäft kümmerte. Er war der Juniorchef, und damit fiel das Los nun mal ihm zu. Sosehr er seine Rolle und die Verantwortung, die sie mit sich brachte, auch liebte – heute hätte er sie am liebsten an jemand anderen weitergegeben.

Er hatte sich nicht immer glänzend mit Patrick verstanden. In den ersten Jahren war sein Adoptivbruder mehr als nur eine Herausforderung für den guten Willen gewesen. Patrick hatte vom Tag seiner Ankunft an stets mehr Aufmerksamkeit der Eltern auf sich gezogen als Justus, Viola und Ricarda zusammen. Für Justus als gerade Fünfzehnjährigen war es nicht einfach gewesen, in dieser Situation nicht eifersüchtig zu reagieren und dem zwölfjährigen Satansbraten, den seine Eltern adoptiert hatten, mit Verständnis zu begegnen. Mehr als einmal hatte es blaue Augen und blutige Nasen gegeben. Doch Justus war schon immer ein scharfsichtiger und feinfühliger Mensch gewesen, deshalb hatte er Patricks Manöver irgendwann durchschaut, seine Abwehrmechanismen erkannt und gelernt, sie zu umgehen, zu überwinden und so manches Mal auch gegen ihn zu verwenden. Irgendwann im Lauf dieser schwierigen ersten Jahre waren sie Freunde geworden. Beste Freunde. Brüder.

Patrick nun nicht direkt beistehen zu können, nicht dabei sein zu können, wenn der Bruder die womöglich größte und schwerwiegendste Entscheidung seines gesamten Lebens zu fällen hatte, ging Justus gegen den Strich.

Er versuchte, sich damit zu beruhigen, dass seine Aufgaben hier ebenfalls wichtig für die Familie waren – und für ihn selbst. Das Leben ging manchmal seltsam verschlungene Wege; Freud und Leid lagen oft sehr nah beieinander. Während Patrick mit einer schicksalhaften Entscheidung zu ringen hatte, war Justus seinem Lebensglück begegnet. Zumindest hoffte er, dass das, was zwischen ihm und Laura im Begriff war zu wachsen, sich als das Beste herausstellen würde, was ihm je passiert war. Allerdings fürchtete er, und da war sie wieder, die unerbittliche Schicksalskeule, dass Laura noch ein wenig Zeit brauchte, um sich von ihren Ängsten und ihrer Vergangenheit so weit zu lösen, dass sie sich ihren Gefühlen stellen konnte.

Justus wollte sie auf jedem Schritt in diese Richtung begleiten, deshalb beschloss er gegen halb sechs, Arbeit Arbeit sein zu lassen, gab den Mitarbeitern der Spätschicht letzte Anweisungen und fuhr in die Stadt, um bei Luigi frische Pasta und

Pizzabrot zu besorgen. Mit dem Essen in einer Tüte auf dem Beifahrersitz machte er sich direkt auf den Weg zum Blockhaus.

Schon vom Auto aus sah er, dass nirgendwo Licht brannte. Nur aus dem Wohnzimmerfenster warf das Flimmern des Fernsehbildes bunte Reflexe in die dunkle Nacht. Das war ungewöhnlich zu dieser frühen Stunde. Laura war normalerweise nicht der Typ für frühes Faulenzen an einem Wochentag. Da sie mit Lizzy wohl nicht noch einmal ins Stadthotel gefahren war, hatte er angenommen, dass er sie noch völlig vertieft in ihre Arbeit an ihrem Laptop finden würde. Anscheinend hatte er sich geirrt.

Er trug die Tüte mit dem Essen zur Tür und klopfte, doch drinnen rührte sich nichts. Lediglich Lizzy bellte aufgeregt. Alarmiert ging er zum Küchenfenster und versuchte, etwas im Haus zu erkennen, doch der Winkel war falsch. Also lief er nach links und warf einen Blick durch eines der Wohnzimmerfenster. Nun konnte er Lizzy sehen, die vor der Couch hin und her rannte, immer wieder hochsprang und Laura anstieß, die sich dort halb unter einer Wolldecke verborgen zusammengekauert hatte.

Erschrocken klopfte Justus gegen das Fenster, erreichte jedoch zunächst nur, dass Lizzy erneut laut bellte, zum Fenster rannte, dann aber gleich wieder zu Laura zurückkehrte und an der Couch kratzte.

Justus krampfte sich der Magen zusammen. »Laura!« Erneut pochte er gegen die Fensterscheibe. »Laura, geht es dir gut? Mach die Tür auf!«

Mit einer Mischung aus Erleichterung und Besorgnis sah er, dass sie sich bewegte und den Kopf in seine Richtung drehte. Ihr waidwunder Blick versetzte ihm einen schmerzhaften Stich. »Laura, was ist los? Bist du krank?«

Sie schüttelte mit einem verzweifelten Gesichtsausdruck, den er noch nie an ihr gesehen hatte, den Kopf. Ihre Lippen

formten Worte, und er konnte genau erkennen, was sie sagte:
»Geh weg.«

»Nein.« Er stellte die Tüte mit dem Essen vor der Haustür
ab und rüttelte an der Klinke, doch von außen ließ sie sich
nicht öffnen. Er besaß sogar einen Ersatzschlüssel, doch der
lag in seiner Wohnung. Justus fluchte laut. »Laura, mach auf!«

Wieder bellte nur Lizzy und jaulte dazwischen regelrecht
verzweifelt.

Entschlossen ging Justus um die Hausecke und öffnete die
Luke zum Keller. Kurz warf er einen Blick hinunter zu der
vollen Holzbox, dann hangelte er sich durch die Öffnung in
den Keller hinab. Er landete etwas unsanft auf den Holzscheiten, fluchte noch einmal und kletterte aus der großen Gitterbox. Mehrere Stufen auf einmal nehmend, erklomm er die
Treppe und stieß die Tür zum Erdgeschoss so heftig auf, dass
sie gegen den danebenstehenden Schrank krachte.

*Justus, Justus, Justus, endlich kommt jemand. Bitte hilf mir.
Etwas ist mit meiner Laura. Ich glaube, ihr tut etwas weh,
und ich kann ihr nicht helfen. Normalerweise bringe ich sie
ganz leicht zum Lachen, aber heute nicht. Ich kann machen,
was ich will, sie reagiert nicht. Bitte, bitte, mach was! Wau,
wau.*

Laut und aufgeregt bellend raste Lizzy auf ihn zu, umkreiste ihn und sauste zurück zur Couch.

»Laura, verdammt noch mal, was ist mit dir?« Vollkommen
außer sich vor Sorge packte Justus Laura an der Schulter und
rüttelte sie leicht.

»Lass mich, geh weg. Ich kann nicht … Geh!« Lauras
Stimme klang unnatürlich gepresst, so als könne sie kaum atmen. Sie hatte sich zusammengekauert und zitterte am ganzen
Körper. Nein, sie zitterte nicht, sie schien von Krämpfen ge-
plagt zu werden.

»Ich rufe den Notarzt.« Justus zog sein Handy hervor.

»Nein, nicht. Ich muss nur … Lass mich allein sein.«

»Auf gar keinen Fall.« Da sie offenbar nicht krank war, zumindest nicht körperlich, legte Justus sein Handy auf den Tisch und ging vor dem Sofa in die Hocke. Zärtlich strich er Laura ein paar Locken aus der Stirn. »Was ist passiert?«

»Nichts. Ich will nur ... Ich kann nicht ...« Verzweifelt presste sie ihr Gesicht gegen ihre Knie.

»Komm, komm.« Vorsichtig, jedoch mit Nachdruck löste er ihre Arme, die sie fest um ihre Beine geschlungen hatte. »Setz dich auf, ganz langsam.«

»Nein, bitte nicht.«

»Doch. Du kannst doch gar nicht richtig atmen.«

»Ich will nicht atmen.« Sie wimmerte protestierend, als er sie dazu brachte, sich aufrecht hinzusetzen. »Wenn ich atme, wird es noch schlimmer.«

»Was wird schlimmer? Was fehlt dir?« Eingehend musterte er sie. Ihr Gesicht war blass, jedoch von hektischen roten Stellen übersät. Ihre Atmung ging flach und viel zu schnell. So etwas hatte er schon einmal gesehen, bei seiner Schwester Ricarda. »Du hast eine Panikattacke.«

»Nein.«

»Doch, und zwar eine ausgewachsene. Eigentlich müsstest du wirklich zu einem Arzt.«

»Ich will keinen Arzt.«

Sanft streichelte er ihr über den Rücken. »Versuch, ein bisschen langsamer zu atmen. Hattest du so was früher schon mal?«

»Nein.«

Skeptisch runzelte er die Stirn. »Sicher?«

»Ganz sicher.«

Er glaubte ihr. So hilflos und verzweifelt, wie sie klang, hatte sie Derartiges wohl tatsächlich noch nie erlebt. »Was ist denn passiert?«

Sie antwortete nicht, sondern keuchte nur verzweifelt und wollte sich schon wieder zusammenrollen.

»Nein, nichts da. Bleib sitzen.« Er hielt sie energisch fest, obwohl sie sich wehrte. »Sag mir, was los ist.«

»Ich ... Nichts. Alles. Ich kann das nicht.«

»Was kannst du nicht?«

Laura krampfte ihre Finger in ihre Hose. »Ich habe ... gesagt, dass ich ... helfe. Aber ... ich kann nicht. Ich halte das nicht aus. Es ist so ... Es tut weh. Ich will das nicht. Warum könnt ihr mich nicht alle in Ruhe lassen?«

Justus begriff. Ohne auf ihren erneuten Widerstand zu achten, zog er sie in seine Arme. »Weil wir dich gernhaben, Laura. Du bist nicht allein.«

»Ich will es aber sein. Ich kann das alles nicht aushalten. Diese Kinder ... Ich kann es nicht, verstehst du das nicht?« Ihre Stimme wurde immer lauter und schriller. »Ich kann es nicht, und ich will es auch nicht. Es ist zu schwierig. Es tut zu weh. Lass mich jetzt allein.«

»Den Teufel werde ich tun.« Er presste seine Lippen gegen ihre Schläfe. »Du brauchst Patrick und meinen Eltern nicht zu helfen, wenn es zu schwer für dich ist. Wir sind eine große Familie, wir halten alle zusammen. Wir kriegen das mit den Zwillingen schon irgendwie hin.«

Laura hatte sich in seinen Armen ganz steif gemacht. »Was, wenn ihnen etwas zustößt?«

Leicht verwirrt hob er den Kopf. »Wem soll etwas zustoßen?«

»Deiner Familie. Das Wetter ist so schrecklich, und es ist gefährlich auf der Autobahn – und ...« Sie schluckte hektisch. »Es passieren dauernd schlimme Unfälle.«

»Laura.« Ihm brach beinahe das Herz, als er ihren verzweifelten Blick auffing. »Mein armer Schatz. Niemandem wird irgendetwas zustoßen. Mama hat mir vorhin eine WhatsApp geschickt, dass sie auf halber Strecke eine Pause einlegen, weil da ein langer Baustellenstau ist. Es geht allen gut, Laura. Du musst dir keine Sorgen machen.«

»Ich kann nicht aufhören, an sie zu denken. An meine Eltern, meine ich.« Ihre Stimme zitterte so stark, dass sie stockte und die Hände vors Gesicht schlug. »So viele Erinnerungen, und ich kann sie nicht abstellen. Es kommen immer neue, und alles dreht sich in meinem Kopf. Alles, was ich längst vergessen hatte, ist plötzlich wieder da. Aber ich will das nicht.« Sie schluchzte trocken. »Ich halte das nicht aus, Justus. Es tut zu weh. Ich will hier weg.«

»Nein, willst du nicht.« Er küsste sie noch einmal auf die Schläfe. »Wann hast du das letzte Mal geweint, Laura? Nicht wegen irgendeines Films.« Der Stapel mit den rührseligen Romanzen lag noch immer auf dem Tisch und zuoberst der Zeichentrickfilm. »Sondern um deine Eltern?«

»Ich will nicht mehr um sie weinen.« Nun klang sie geradezu panisch.

»Hast du es überhaupt jemals getan?«

Sie antwortete nicht, sondern rang nach Atem und krümmte sich nach vorn. »Hör auf damit. Ich will nicht, dass es noch schlimmer wird.«

»Vielleicht muss es das aber.« Er rückte dichter an sie heran. »Wenn du es nicht irgendwann herauslässt, macht es dich kaputt.«

»Nein, ich will nicht.«

»Sie hätten nicht gewollt, dass du den Schmerz in dich hineinfrisst.«

»Tue ich nicht.« Sie begann, unkontrolliert zu zittern. »Ich war in Therapie, mehrere Jahre lang.«

»Und dein Therapeut hat dir nie nahegelegt, dich mal ordentlich auszuheulen?« Er streichelte ihr sanft über den Rücken. »Lass es mal raus, Laura. Lass zu, dass es wehtut. Wie soll eine Wunde heilen, die immer bloß fest bandagiert wird, ohne dass du ihr Luft zum Atmen zu gibst?«

»Hör auf.«

»Es ist in Ordnung, traurig zu sein, Laura. Und Angst zu

haben. Ich bin sicher, dass deine Eltern dir das Gleiche sagen würden.«

Der unartikulierte Laut, den sie ausstieß, und das folgende gequälte Schluchzen verursachten ihm geradezu körperliche Schmerzen, doch er wusste instinktiv, dass Laura da jetzt durchmusste – und dass er ihr nicht von der Seite weichen würde, bis sie es überstanden hatte.

***

Noch nie zuvor hatte Laura solche Schmerzen verspürt. Ihr Herz und ihr Magen waren zu einem einzigen stechenden Knoten verkrampft, ein Kloß verengte ihre Kehle, ihre Augen brannten. Eine Gänsehaut breitete sich eisig und heiß zugleich über ihrem gesamten Körper aus, und sie konnte einfach nicht aufhören zu zittern.

Dann begann das Schluchzen. Hart, krampfhaft, quälend. Sie krümmte sich zusammen, versuchte noch immer, es aufzuhalten, doch ihr fehlte die Kraft. Wenn sie allerdings geglaubt hatte, dass es sie erleichtern würde, den Widerstand aufzugeben, hatte sie sich geirrt. Sie hatte noch nie einen Weinkrampf gehabt. Er schüttelte sie durch, ohne dass sie ihm auch nur das Geringste entgegensetzen konnte. Als die Schleusen erst einmal geöffnet waren, brach sie in Justus' Armen zusammen. All die Bilder, die zuvor schon durch ihren Kopf gegeistert waren, wirbelten nun noch wilder, noch unbarmherziger vor ihrem inneren Auge umher. Schmerzen und Erinnerungen, die sie jahrelang in den hintersten Winkel ihres Bewusstseins verbannt hatte, alle seelischen Qualen brachen sich Bahn und flossen aus ihr heraus.

Ihr eigenes lautes, verzweifeltes Schluchzen gellte in ihrem Kopf. Sie schämte sich entsetzlich vor Justus und war ihm doch zugleich dankbar, dass er bei ihr war und sie hielt.

Es dauerte lange, bis der Aufruhr in ihrem Inneren sich

legte, ihre Tränen versiegten und sie ganz allmählich wieder Luft bekam.

»Gut so.« Justus' Stimme brandete sanft und rau zugleich über sie hinweg. »Atme ganz langsam und gleichmäßig ein und aus. Du hast es fast überstanden.«

»Fast?« Ihre Stimme krächzte unnatürlich.

»Ja, fast. Immer schön gleichmäßig atmen.«

Sie fühlte sich schwach und vollkommen leer. Und erleichtert. So als sei ein Felsblock, der auf ihr gelastet hatte, von ihr genommen worden. Sie schluckte versuchsweise, doch auch der Kloß in ihrer Kehle war fast ganz weg. »Das war entsetzlich.«

»Aber gesund.« Justus strich mit dem Daumen über ihre tränennasse Wange. »Das war längst überfällig. Sich dagegen zu wehren macht es noch schlimmer.«

»Danke. Dass du nicht wieder gegangen bist, meine ich.«

»So leicht wirst du mich nicht los, Laura.« Er küsste sie zärtlich auf die Lippen, und sie spürte ein leichtes Vibrieren in der Herzgegend.

»Was machst du eigentlich hier?«

Er lächelte. »Ich hatte uns Essen geholt und eigentlich vor, mit dir noch die eine oder andere Kiste durchzusehen.«

»Ach.«

Ist jetzt wieder alles gut? Das war ja ganz schön erschreckend. Und ich konnte überhaupt nichts tun. Darf ich dich jetzt endlich trösten, Laura? Lizzy stupste Lauras Bein an und stellte sich auf die Hinterbeine.

»Oh, Süße.« Erschrocken beugte Laura sich vor und hob die Hündin auf ihren Schoß. »Tut mir leid, Lizzy. Ich glaube, ich habe dich ganz schön erschreckt.«

Und wie! Aber zum Glück ist Justus gekommen und hat alles wieder in Ordnung gebracht. Ich hoffe zumindest, dass alles wieder gut ist. Schleck. Du schmeckst ganz salzig.

Laura kicherte etwas zittrig, als Lizzy ihr mit der Zunge

über die Wange fuhr. »Schon gut, schon gut, du musst mich nicht waschen.«

»Sie liebt dich abgöttisch.« Justus strich noch einmal über Lauras Wange. »Ich kann sie gut verstehen.«

Laura zuckte erschrocken zusammen, doch ehe sie reagieren konnte, war er bereits aufgestanden und zur Tür gegangen. »Ich schätze, wir müssen das Essen noch mal aufwärmen.«

21. Kapitel

In den folgenden zwei Wochen entwickelte sich eine gewisse Routine zwischen Laura und Justus. Jeden Abend besuchte er sie im Blockhaus, brachte meistens etwas zu essen mit und blieb über Nacht. Auch Lizzy war die meiste Zeit bei Laura, denn Margit und Hans verbrachten zunächst fünf Tage mit Patrick bei Klarissa. Wie von Justus erbeten, wurde die kleine, sehr berührende Trauungszeremonie im Hospiz via Skype übertragen. Erst hatte Laura nicht dabei sein wollen, sich dann aber doch dafür entschieden.

Ihr brach beinahe das Herz, als sie die blasse junge Frau sah, die schrecklich krank aussah und dennoch offenbar so voller Hoffnung zu sein schien, das Richtige für ihre Kinder zu tun.

Die Zwillinge waren bei der Hochzeit nicht anwesend, ebenso wenig Klarissas Eltern. Justus erzählte Laura, dass es mehrmals zu sehr unschönen Auseinandersetzungen gekommen war, als Patrick und seine Eltern versucht hatten, die Meiningers zu einem offenen Gespräch einzuladen. Das war so weit gegangen, dass Klarissas Eltern zuletzt nur noch mit ihren Anwälten gedroht hatten. Marianne Kessler hatte sich jedoch gegen alle Anfeindungen souverän durchgesetzt und die formellen Schritte in die Wege geleitet, die Patrick das Sorgerecht für die Kinder verschaffen würden.

Nur wenige Tage, nachdem Hans, Margit und Elke nach Hause zurückgekehrt waren, hatten sie die Nachricht erhalten, dass Klarissa verstorben sei. Selbstverständlich waren sie erneut in den Norden gereist, um ihrem Sohn und seinen Kindern bei der Beerdigung Halt zu geben. Bei diesem Anlass hatten sie die Zwillinge zum ersten Mal getroffen.

Laura hatte durch Justus alles haarklein erfahren, hielt sich aber so weit wie möglich aus dieser Angelegenheit heraus, weil sie nach wie vor nicht wusste, wie sie mit der Situation umgehen sollte.

Sie war verliebt, daran bestand nicht mehr der mindeste Zweifel. Sie konnte sich einfach nicht dagegen zur Wehr setzen. Justus hatte sich in ihrem Herzen eingenistet und ließ sich nicht mehr daraus vertreiben. Ähnlich tiefe Gefühle hatte sie zuvor noch nie empfunden, deshalb war sie verunsichert und versuchte immer wieder, sich zurückzuziehen, doch das ließ Justus nicht zu. Er schien zu merken, wie sie versuchte, Abstand zu gewinnen, und umging immer wieder geschickt ihre Abwehrmechanismen.

Laura kämpfte mit sich, schrieb beinahe jeden Tag eine neue Bewerbung und stellte sich bis ins kleinste Detail vor, wie die Vorstellungsgespräche bei den großen Firmen ablaufen würden, die sich alle mit Sicherheit um eine Fachkraft wie sie reißen würden. Es fühlte sich merkwürdig an – gut und falsch zugleich. Sie wusste, sie tat das Richtige für sich, aber es war schmerzhaft und so schwierig wie nichts, was sie je zuvor getan hatte.

Da es inzwischen nur noch wenige Tage bis Weihnachten waren und Hans, Margit und Elke noch immer bei Patrick in Hamburg waren, ging es in den Hotels ein wenig drunter und drüber. Justus machte jeden Tag viele Überstunden, Laura ebenfalls, weil sie übergangsweise einige von Elkes Aufgaben übernommen hatte. Ricarda war gleich nach der Beerdigung wieder zurückgekehrt, wenn auch nicht ganz freiwillig, weil sie lieber weiterhin ihrem Bruder beigestanden hätte. Ihre Eltern hatten sie aber gebeten, sich mit Justus gemeinsam um die Hotels zu kümmern; und da andernfalls die Buchhaltung allzu lange brachgelegen hätte, war sie schweren Herzens zu ihren Pflichten zurückgekehrt.

Auch Viola war zurückgekommen, denn ohne sie funktionierte die gesamte Wellness-Abteilung des Resorts nicht richtig, und auch im Stadthotel hatte sie stets alle Fäden fest in der Hand.

So funktionierte der Betrieb in beiden Hotels zwar, wenn auch etwas chaotischer als sonst, doch insgesamt herrschte eine für die Weihnachtszeit ungewöhnlich gedämpfte Stimmung.

Am Freitag vor dem vierten Advent kontrollierte Laura gerade die neuen Werbebanner für diverse Internetseiten, als Lizzy, die bis eben ruhig zu Lauras Füßen geschlafen hatte, unruhig wurde.

Also meine innere Uhr sagt mir, dass es Zeit für einen Spaziergang ist. Laura? Hallo? Gehst du mit mir raus?

Die Hündin schüttelte sich, und das leise Klimpern der Hundemarke an ihrem Halsband riss Laura aus ihren Gedanken. Leicht irritiert blickte sie auf die Wanduhr. »Ach du liebe Zeit, ist es schon wieder fast Mittag? Musst du mal raus, Süße?«

Sag ich doch. Was hast du bloß gemacht, als ich noch nicht jeden Tag hier bei dir im Büro verbracht habe? Ihr Menschen habt ja überhaupt keinen vernünftigen Tagesrhythmus. Alle zwei, drei Stunden an die frische Luft ist doch wohl das Mindeste, was man erwarten kann, oder?

»Na, dann komm mal mit.« Laura erhob sich und griff nach Lizzys Leine, die seit ihrer Ankunft am Morgen neben ihr auf dem Schreibtisch lag. »Wir drehen aber nur eine kleine Runde, es regnet nämlich.«

Von mir aus. Regen finde ich jetzt auch nicht so toll, aber ich muss dringend mal. Lizzy bellte hell und zustimmend.

Mit inzwischen routinierten Handgriffen legte Laura der kleinen Westie-Dame das Geschirr an und warf sich ihren Mantel über. Gerade als sie nach der Türklinke greifen wollte, schwang die Tür auf, und Ricarda kam mit einem Stapel Akten unter dem Arm herein.

»Hallo, Laura.« Justus' Schwester lächelte, als Lizzy bellend um sie herumhüpfte und sie beinahe mit der Leine gefesselt hätte. »Hey, Kleine, nicht so wild.«

Och, du kennst mich doch, ich bin immer so. Wuff! Laura geht mit mir spaziiiieren! Fröhlich hechelnd hüpfte Lizzy auf und ab. *Nun beeil dich mal, Laura!*

»Kann ich dir irgendwie helfen?« Fragend blickte Laura auf die Aktenordner. »Ich wollte zwar gerade mit Lizzy rausgehen, aber ...«

»Nein, schon gut. Hast du deinen Computer noch an? Ich benötige die letzten Abrechnungen der Webdesignerin und eine Aufstellung über die neuen Werbeaktionen. Kann ich mir die aus deinem Account runterladen, oder schickst du sie mir nachher?«

»Bedien dich ruhig.« Vage deutete Laura auf den Computer. »Die Abrechnungen sind im Ordner Dezember und alle Daten zu den Werbeaktionen unter Werbung im jeweils nach Namen und Datum sortierten Verzeichnis.«

»Wunderbar. Ich wünschte, hier wären alle so gut organisiert wie du.« Ricarda verdrehte lächelnd die Augen. »Ich wette, deine Daten habe ich innerhalb von drei Sekunden beisammen. Wenn ich bei Viola irgendwas brauche, muss ich mindestens eine Woche vorher einen Antrag stellen.«

»Ordnung ist das halbe Leben.« Laura lächelte leicht. »Das war einer der Lieblingssprüche meines Vaters. Wahrscheinlich hat er sich einfach in mein Gehirn eingebrannt, und jetzt kann ich nicht mehr anders, als danach zu handeln.« Erst während sie die Worte aussprach, wurde ihr bewusst, wie viel Wahrheit in ihnen lag. Eine leichte Gänsehaut rieselte ihr das Rückgrat hinab.

Menno, wie lange wollt ihr denn noch da herumstehen und quatschen? Ich will raus, raus, raus! Nein, ich will nicht nur, ich muss! Wau!

Da Lizzy wild zu bellen begann und immer wieder zur Tür strebte, hob Laura die Schultern. »Entschuldige, Ricarda, aber die junge Dame hier muss dringend mal nach draußen. Wie gesagt, such dir einfach heraus, was du brauchst. Ich nehme jetzt meine Mittagspause.«

»Alles klar.« Ricarda hatte bereits den Aktenstapel auf dem Tisch abgelegt und sich in Lauras Bürostuhl fallen lassen. Flink wieselten ihre Finger über die Tastatur.

Laura verließ den Raum und rannte praktisch hinter Lizzy her, die es jetzt wirklich eilig zu haben schien.

***

Justus schmunzelte, als er durch das Fenster seines Büros beobachtete, wie Laura im Laufschritt hinter Lizzy über den Mitarbeiterparkplatz rannte. Offenbar hatte die keine Westie-Dame es eilig, zu einer ruhigen Stelle zu gelangen, an der sie ihr Geschäft verrichten konnte. Er folgte den beiden mit dem Blick, bis sie aus seinem Sichtkreis verschwanden, und spürte dabei dem warmen Gefühl nach, das ihn überkam. Automatisch wanderte seine rechte Hand in seine Hosentasche zu der kleinen quadratischen Schachtel, die er seit zwei Tagen mit sich herumtrug. Es war natürlich noch viel zu früh, deren Inhalt der Frau zu überreichen, in die er sich Hals über Kopf und unwiderruflich verliebt hatte. Er mochte zwar ein Mann schneller Entschlüsse sein, doch überstürzen wollte und durfte er in dieser ganz besonderen Angelegenheit nichts. Aber den goldgefassten Brillantring stets bei sich zu tragen gab ihm ein gutes Gefühl.

Kurz zog er die Schachtel hervor und ließ sie aufschnappen, betrachtete das Schmuckstück andächtig und lächelte dabei versonnen. Als das Telefon klingelte, schloss er die Schachtel rasch wieder und ließ sie zurück in seine Hosentasche gleiten. Ein Blick auf das Display seines Telefons ließ ihn leicht die Stirn runzeln. Der Anruf kam aus Lauras Büro. »Hallo?«

»Justus.« Am anderen Ende der Leitung räusperte sich Ricarda etwas umständlich. »Würdest du bitte mal in Lauras Büro kommen? Ich fürchte, wir haben hier ein … ähm, Problem.«

»Was denn für ein Problem? Und was machst du in Lauras Büro? Sie ist doch gerade mit Lizzy spazieren gegangen.« Irritiert trat Justus erneut ans Fenster, doch natürlich war weder von Laura noch von der Hündin etwas zu sehen.

»Sie hat mir erlaubt, ein paar Dateien für die Buchhaltung aus ihrem Account an meinen Arbeitsplatz zu senden.«

»Und wo liegt das Problem?«

Ricarda hüstelte erneut, was ungewöhnlich für sie war, da Justus sie normalerweise nicht als um Antworten verlegen kannte. »Komm bitte kurz rüber, und sieh es dir selbst an.«

Da sie einfach aufgelegt hatte, blieb Justus nichts anderes übrig, als der Aufforderung seiner Schwester zu folgen.

Ricarda saß auf Lauras Bürostuhl und tippte sichtlich nervös mit einem Kugelschreiber auf der Tischplatte herum. Als Justus den Raum betrat, hob sie ruckartig den Kopf. Ihre Miene verriet, dass das, worum es ging, alles andere als angenehm war.

»Also, Schwesterchen, was gibt es so Wichtiges?«

Als er neben sie trat, rollte sie ein Stückchen zur Seite, um ihm Platz zu machen. »Ich fühle mich ein bisschen unwohl bei der Sache«, begann sie zögernd. »Eigentlich hatte ich wirklich nur die Daten für die Buchhaltung herunterladen wollen. Aber dann …«

»Was dann? Mach es doch nicht so spannend.« Allmählich wurde er ungeduldig. Was konnte so schlimm sein, dass Ricarda ein Gesicht wie zehn Tage Regenwetter machte?

»Dann das.« Sie bewegte die Maus, damit der Bildschirmschoner verschwand, und deutete auf einen geöffneten Dateiordner. »Ich dachte, ihr beide seid … du weißt schon, glücklich. Zumindest hatte ich zuletzt diesen Eindruck. Ihr schlaft doch miteinander und so.«

»Und so.« Justus runzelte die Stirn und beugte sich vor, um die Dateinamen in dem Ordner besser lesen zu können. »Das sind Bewerbungen.«

»Fast zwanzig«, bestätigte Ricarda mit Grabesstimme. »Sie hat sie deutschlandweit gestreut. Warum will sie denn auf einmal von hier weg? Es läuft doch alles super. Wir mögen Laura alle. Ich gebe zu, anfangs war ich ein bisschen skeptisch, aber inzwischen habe ich meine Meinung geändert. Vielleicht sollte ich mir das noch mal überlegen, wenn ich mir das hier so ansehe.«

»Sie hat diese Bewerbungen mir gegenüber mit keinem Ton erwähnt.« Wie vor den Kopf gestoßen griff Justus nach der Maus und klickte wahllos eines der Dokumente an. Die enthaltene Bewerbung war hochprofessionell gestaltet und mit einem aktuellen Foto von Laura versehen. »Ich habe keine Ahnung, was das soll.«

Doch, selbstverständlich hatte er eine Ahnung! Laura hatte bis vor Kurzem mehrfach erwähnt, dass sie fortwollte. Doch seit jenem Abend, als sie in seinen Armen zusammengebrochen war, hatte sie kein Wort mehr darüber verloren. Im Gegenteil, er hatte den Eindruck gehabt, dass sie versuchte, sich an den Gedanken zu gewöhnen, dass sie hier ein Zuhause gefunden hatte. Ein Zuhause, eine Familie und ihn. Doch diese Bewerbungen sprachen eine vollkommen andere Sprache. Offenbar plante sie schon seit Wochen ihren Abgang. Den Datumsanzeigen bei den Dateien nach zu folgern, hatte sie seit mehr als zwei Wochen jeden Tag eine Bewerbung erstellt. Das waren beinahe schon lächerlich viele, wenn man bedachte, dass sie vermutlich schon mit der ersten Erfolg haben würde. Die Firmen waren allesamt bekannt und von ausgezeichnetem Ruf in der Marketingbranche. Mit einigen hatte er in der Vergangenheit schon zusammengearbeitet, wenn auch immer nur für kleine Einzelaufträge. Mehr konnten sich die Sternbach-Hotels nicht leisten. Die Liga, in der diese Firmen spielten, lag weit außerhalb von allem, was er und seine Familie Laura hier bieten konnten.

Zorn stieg ihn ihm hoch, vermischt mit abgrundtiefer Enttäuschung und einem messerscharfen Stich mitten ins Herz. Laura wollte fort – von ihm, vom Sternbach, von allem hier, wie es schien.

»Es tut mir leid, Justus.« Ricarda berührte ihn leicht am Arm. »Ich war mir erst nicht sicher, ob ich dir überhaupt davon erzählen soll. Ich bin ja auch nur versehentlich auf diesen Ordner gestoßen. Vielleicht hätte ich gar nichts sagen sollen. Laura wird sicher wütend sein, aber … Ich begreife nicht, warum sie das tut. Sie kann doch nicht so kaltherzig sein und annehmen, dass es uns egal ist, wenn sie einfach so mir nichts, dir nichts wieder weggeht. Ganz zu schweigen von euch beiden. Wie kann sie dir gegenüber so gemein sein? Ich habe wirklich gedacht, sie … mag dich. Nein, um ehrlich zu sein, sah das nach deutlich mehr als *mögen* aus. Aber das hier …« Ratlos blickte Ricarda wieder auf den Bildschirm. »Ich könnte sie erwürgen!«

»Nein, sag nichts darüber zu ihr.« Justus ballte unwillkürlich die Hände zu Fäusten und musste sich zwingen, sich wieder zu entspannen. »Ich werde mit ihr reden.«

»Okay.« Zögernd nickte Ricarda. »Du könntest gleich nach ihrer Mittagspause …«

Da in diesem Moment Justus' Handy klingelte, brach sie ab. Er zog es aus der Tasche seines Jacketts. Auf dem Display sah er, dass die Empfangsdame im Resort ihn sprechen wollte. »Ja, was gibt es, Natalie?«

»Hallo Justus. Hast du kurz Zeit? Wir haben hier eine Lieferung neuer Matratzen erhalten, von denen wir überhaupt nichts wussten. Sollten die nicht erst nach Weihnachten kommen?«

»Matratzen?« Er verzog verärgert die Lippen. »Ja, die sollten sogar erst Anfang Januar geliefert werden. Wie viele sind es?«

»Fünfzehn, sagt der Lkw-Fahrer.«

»Verflucht. Ich bin in zehn Minuten da.« Kopfschüttelnd schob Justus das Handy zurück in seine Tasche. »Ich muss rüber ins Resort.«

»Hab's vernommen.« Ricarda nickte. »Soll ich gleich mal nachforschen, was es mit dieser verfrühten Lieferung auf sich hat?«

»Ja, bitte tu das.« Justus war bereits an der Tür. »Ricarda?«

»Hm?«

»Danke, dass du mir davon erzählt hast.« Er deutete mit dem Kinn auf den Computer. »Ich kümmere mich darum.«

Sie seufzte. »Du bist wütend. Und traurig. Es tut mir so leid.«

»Ja, mir auch.« Missmutig machte er sich auf den Weg.

∗∗∗

»Oje, oje, oje, ich wusste gleich, dass das nicht gut gehen kann!« Elfe-Sieben raufte sich die Haare, sodass ihre Mütze ins Rutschen geriet und ganz schief auf ihrem Kopf saß. »Als hätten wir gerade nicht genug mit unseren anderen Wunscherfüllungen zu tun. Erst die Katastrophe mit Klarissa und den Zwillingen und jetzt auch das noch. Santa, was machen wir denn jetzt? Wenn wir nicht einschreiten, wird das ein ganz furchtbares Weihnachtsfest für Laura und Justus. Nein, für die gesamte Familie!«

»Immer mit der Ruhe, Elfe-Sieben.« Sorgenvoll, jedoch weit weniger aufgeregt zupfte der Weihnachtsmann an seinem Bart herum, während er beobachtete, was auf der Erde vor sich ging. »Ich hatte bereits befürchtet, dass das mit den Bewerbungen noch ein Problem werden könnte.«

»Warum hat Laura die bloß alle geschrieben, Santa?« Verzagt drehte sich die Elfe zu ihm um. »Weshalb will sie so unbedingt von den Sternbachs weg – und von Justus? Sie muss doch spüren, wie sehr er sie liebt und wie gern seine Familie sie hat. Warum will sie das mit aller Gewalt aufgeben?«

»Ich weiß es auch nicht.« Santa Claus seufzte. »Die Menschen sind äußerst komplizierte Wesen, das weißt du doch. Trotzdem dürfen wir die Flinte jetzt nicht ins Korn werfen. Weißt du was, wir rufen die Elfenbrigade zusammen und überlegen uns etwas!«

Die Miene der Elfe hellte sich auf.« Sag bloß, du hast schon einen Plan!«

»Noch nicht ganz. Erst müssen wir noch ein bisschen abwarten. Aber ich habe da so ein Gefühl ...«

»Was für ein Gefühl denn?« Neugierig musterte seine kleine Assistentin ihn.

»Ich glaube, wir sollten jetzt unbedingt Lizzy mit ins Boot holen. Sie hat uns ja bisher schon gut geholfen und sich wunderbar mit Laura angefreundet.«

»Ja, aber offenbar nicht genug.« Traurig ließ die Elfe den Kopf hängen, sodass ihr die schief hängende Mütze jetzt fast zu Boden fiel. Rasch rückte sie sie wieder zurecht. »Sonst würde sie doch nicht alles zurücklassen wollen, um woanders noch mal neu anzufangen.«

»Du hast ganz recht. Das ist es auch, was mir nicht in den Kopf will. Deshalb denke ich, wir sollten ganz dringend mit allen verfügbaren Elfen reden. Sie müssen unbedingt auf Zack sein und ganz schnell reagieren, wenn es sein muss.«

»Aber worauf denn reagieren?« Elfe-Sieben machte große Augen. »Ich verstehe nicht, worauf du hinauswillst.«

Der Weihnachtsmann kräuselte nachdenklich die Lippen. »Das weiß ich selbst noch nicht ganz, aber ich glaube, ich habe wirklich eine Idee. Lauf los, und ruf die Elfen zusammen, wir haben einiges zu tun!«

22. Kapitel

Laura kam sich ein wenig verloren vor, als sie am frühen Abend allein im Blockhaus saß. Sie war auf ihrem Mittagsspaziergang mit Lizzy zufällig Elke und Margit begegnet, die gerade zurückgekehrt und gleich wieder aufgebrochen waren, um Lebensmittel einzukaufen und wichtige Besorgungen zu machen. Von ihnen hatte Laura auch erfahren, dass Patrick mit den Zwillingen bereits am Wochenende eintreffen würde. Die Familie hatte deshalb noch einiges vorzubereiten, um die Kinder in angemessener Weise zu empfangen und willkommen zu heißen.

Schweren Herzens hatte Laura Margits Vorschlag angenommen, Lizzy am Nachmittag wieder nach Hause zu bringen. Es war natürlich gut gemeint, Laura diese angebliche Last wieder abzunehmen, und sicher würde das quirlige Fellknäuel es den Kindern leichter machen, die erste Scheu zu überwinden und einen Verbündeten im Haus zu finden. Doch nun, da Laura in dem stillen einsamen Haus saß, vermisste sie die Hündin ganz schrecklich.

Da Laura nicht genau wusste, wann Justus Feierabend machen würde, setzte sie nur Kaffee auf und legte sich Brot und Eier für ein einfaches Abendessen zurecht. Sie hatte es sich gerade mit ihrem Laptop auf der Couch gemütlich gemacht, um sich über ihren Firmenaccount in das Mailprogramm einzuloggen und noch eine letzte Bewerbung fertigzustellen, als sie überraschend früh den Motor von Justus' SUV vor dem Haus hörte.

***

»Hans, kannst du mal kurz helfen?« Margit stand auf der Treppe ins Obergeschoss und wartete, bis ihr Mann aus dem Keller heraufkam, wo er gerade einen Werkzeugkasten geholt hatte. »Wir wollen den großen Schrank, der in Ricardas altem Zimmer steht, in Elkes Wohnzimmer rübertragen. Es wird ein bisschen eng, aber für den Übergang wird es wohl gehen.«

»Bin schon unterwegs.« Hans trug den Werkzeugkasten hinauf und stellte ihn neben der Tür zu Ricardas ehemaligem Zimmer ab. »Bloß gut, dass Patrick für sich selbst so ein großes Haus gebaut hat. Das hier kann wirklich nur für ein Weilchen funktionieren. Neunjährige haben doch heutzutage lieber ein Zimmer für sich.«

»Das stimmt schon, aber es wird ein paar Wochen dauern, bis Patrick sein Haus umgebaut hat.« Margit sah sich prüfend in dem Raum um, der im Moment als Bügel- und Nähzimmer genutzt wurde. »Solange müssen die Zwillinge sich hier arrangieren. Das wird schon gehen. Und vielleicht hilft es ihnen ja auch, wenn sie sich erst einmal gegenseitig als Rückhalt haben.«

»Hoffen wir es. Joel schien ja ganz verträglich zu sein, aber Jessica wirkte ziemlich abweisend und auf Krawall gebürstet.«

»Kannst du das nicht verstehen?« Margits Miene verzog sich besorgt und voller Mitleid. »Sie reagieren eben sehr unterschiedlich auf den Verlust ihrer Mutter und diese ganze vertrackte Situation. Es muss ganz schrecklich für sie sein, plötzlich aus der gewohnten Umgebung gerissen zu werden. Anfangs war ich ja noch der Meinung, dass es wahrscheinlich besser für sie wäre, wenn sie bei Klarissas Eltern blieben, aber die haben die Kinder ja doch bloß in dieses Nobelinternat geschickt und offenbar gar nicht vor, sich selbst um die beiden zu kümmern. Ich verstehe solche Leute nicht.«

Plötzlich hörten sie ein aufgeregtes Bellen.

»Nanu, was ist denn jetzt wieder los? Lizzy? Was hast du denn?« Verwundert ging Margit zur Treppe, denn das Gebell kam aus dem Erdgeschoss.

Wau, wau, ich muss unbedingt mal raus. Da draußen sind nämlich die Elfen von Santa Claus und wollen mit mir reden. Glaube ich zumindest, weil sie gewunken haben. Durch die Terrassentür hab ich es genau gesehen. Also bitte, bitte, lasst mich mal in den Garten! Lizzy rannte aufgeregt bellend und jaulend im Flur auf und ab.

»Na, so was, musst du etwa noch mal nach draußen? Du warst doch erst vor einer Stunde. Moment, ich bin schon unterwegs.« Rasch stieg Margit die Treppe hinab.

Ja, beeil dich bitte. Es sieht aus, als wäre es etwas ganz schrecklich Wichtiges. Elf-Siebzehn guckt nämlich ganz ernst.

»Ja, ja, Lizzy, ist ja schon gut. Warte, ich mache dir die Terrassentür auf, dann kannst du sofort in den Garten.« Eilig ging Margit ins Wohnzimmer und öffnete die Glasschiebetür.

Wunderbar, endlich. Danke! Wie ein Geschoss stob Lizzy hinaus in den abendlich dunklen Garten.

Kopfschüttelnd blickte Margit ihr nach, verlor sie aber bei den Büschen vor dem Zaun aus den Augen. »Das scheint ja wirklich dringend gewesen zu sein.« Lachend schob Margit die Tür bis auf einen Spalt zu, durch den Lizzy bequem hindurchpasste, und ging zurück ins Obergeschoss.

✳✳✳

Elf-Siebzehn? Wo steckst du denn? Ich hab ganz viel Rabatz gemacht, damit ich so schnell wie nur möglich zu euch rauskann. Hallo? Wo steckt ihr Elfen denn auf einmal? Wuff?

»Hier, Lizzy. Pst!« Elf-Siebzehn, Elf-Zwei und Elfe-Acht traten leise hinter einem kleinen immergrünen Busch hervor. Elf-Siebzehn legte rasch einen Finger an die Lippen, damit die Hündin nicht noch weiter bellte. »Super, dass du so schnell reagiert hast.«

»Und dass deine Menschen dich so schnell rausgelassen haben«, fügte Elfe-Acht hinzu.

Ach, die. Lizzy schnaubte vergnügt. *Die habe ich in dieser Hinsicht ganz gut im Griff. So was lernt man als Hund sehr schnell. Wie soll man denn sonst nach draußen kommen, wenn es mal drückt?*

»Da hast du natürlich recht.« Elf-Siebzehn lachte, wurde aber gleich wieder ernst. »Aber nun hör mir gut zu. Wir haben einen unglaublich wichtigen Auftrag für dich.«

Oh, tatsächlich? Lizzy hob neugierig den Kopf. *Was für ein Auftrag ist das denn?*

»Du musst jetzt sofort – und so schnell du nur kannst – zu Lauras Haus laufen. Elf-Zwei und Elfe-Acht werden dir das Gartentor öffnen und dich begleiten, damit dir auf dem Weg nichts passiert.«

Zu Laura? Warum das denn? Ich meine, ich habe sie zwar total lieb und bin gerne dort, aber sie hat mich doch gerade erst hierher gebracht. Verständnislos blickte Lizzy zwischen den Elfen hin und her.

»Ja, weißt du.« Elf-Siebzehns Miene wurde sehr ernst. »Das ist eine ganz vertrackte und komplizierte Geschichte. Ich versuche, sie dir so einfach und schnell wie nur möglich zu erklären. Hör bitte ganz genau zu!«

***

Justus hatte sich rigoros von seinen Pflichten losgeeist, die ihn andernfalls bis zum späten Abend im Stadthotel aufgehalten hätten. Obwohl er sich inzwischen etwas beruhigt hatte, brodelte es noch immer in ihm. Er wusste beim besten Willen nicht, wie er Laura gegenübertreten, was er zu ihr sagen, wie er sie zum Bleiben überreden konnte. Vielleicht hatte es auch gar keinen Sinn, sie zu überreden. Wenn sie nicht von sich aus bereit war, sich auf ihn und seine Familie einzulassen, wenn sie wirklich noch nicht so weit war, hatte es doch gar keinen Sinn, sie aufhalten zu wollen.

So schwer es ihm auch fiel und sosehr es ihn schmerzte, er musste die Entscheidung ihr überlassen. Wenn sie ihn nicht wollte und alles, was sie hier haben konnte, dann musste er sie ziehen lassen.

Wenn nur nicht diese Wut in ihm kochen würde! Er hatte wirklich geglaubt, sie überzeugt zu haben, dass sie keine Angst davor zu haben brauchte, hier Wurzeln zu schlagen. Er war für sie da gewesen, wollte es auch zukünftig sein. Er kam sich so dumm vor, wenn er daran dachte, dass sie all das offenbar gar nicht wollte – oder annehmen konnte. Vielleicht war zu viel in ihr zerbrochen, vielleicht brauchte sie mehr Zeit, vielleicht musste sie auch nur einfach mit der Nase darauf gestoßen werden, was sie aufs Spiel setzte, wenn sie jetzt die Flucht ergriff. Justus wusste es nicht. Er spürte nur immer wieder Schmerz und Zorn in seinem Herzen aufflackern.

Als er seinen Wagen vor dem Blockhaus parkte, hatte er nach wie vor keine Ahnung, was genau er zu Laura sagen sollte. Im Wohnzimmer und in der Küche brannte Licht; er hörte jedoch nicht Lizzys typisches Gebell, wenn sie jemanden kommen hörte. Ob die Hündin gar nicht hier war? Sein Vater hatte ihm natürlich bereits mitgeteilt, dass er, Margit und Elke am Vormittag zurückgekehrt waren und ab morgen wieder im Hotel zur Verfügung standen. Hatte Laura das vielleicht ebenfalls schon erfahren und nichts Besseres zu tun gehabt, als die Hündin so schnell wie möglich wieder loszuwerden?

Justus wollte nicht ungerecht sein, aber in seinem momentanen Gemütszustand kam er kaum gegen die negativen Gedanken an, die in seinem Kopf herumwirbelten. Dieses Mal hatte er seinen Ersatzschlüssel mitgebracht und hielt sich nicht mit Anklopfen auf. Als er die Tür aufstieß, stellte Laura gerade ihren Laptop auf dem Couchtisch ab, erhob sich und kam lächelnd auf ihn zu.

»Hallo, Justus. Du bist früher, als ich dachte. Ich war mir nicht sicher, wie spät es heute werden würde, deshalb habe ich nur Kaffee gekocht. Wir können uns ein paar einfache Schnittchen machen, falls du Hunger …«

»Was ist mit dir los?«, unterbrach er sie abrupt. Das war nicht gerade der diplomatischste Weg, das Gespräch zu beginnen, aber die Worte waren einfach aus ihm herausgeplatzt, ohne dass er sie aufhalten konnte.

Laura hielt inne und wirkte verblüfft. »Was soll mit mir los sein? Stimmt etwas nicht?«

»Das frage ich dich.« Er schob den Hausschlüssel in die Tasche seines Mantels. »Was stimmt nicht mit dir? Oder mit mir? Mit uns? Warum willst du von hier weg?«

»Was?« Erschrocken riss Laura die Augen auf. »Wer sagt, dass ich wegwill?«

»Du.« Mit ausholenden Schritten ging er zum Laptop und hörte, wie sie einen undefinierbaren Laut ausstieß, als er das Gerät zu sich herumdrehte. »Du selbst sagst das. Allerdings nicht mit vielen Worten mir gegenüber.« Er kniff die Augen zusammen, als er erkannte, woran sie gerade gearbeitet hatte. Mit zorniger Miene drehte er sich zu ihr um. »Was ist das hier? Nummer zwanzig oder schon einundzwanzig?«

Lauras Wangen färbten sich rot. Mit schnellen Schritten eilte sie zum Laptop und schloss die Datei mit der Bewerbung. »Du verstehst das falsch, Justus.«

»Ach? Was ist an einem Ordner voller Bewerbungen bei anderen Unternehmen falsch zu verstehen?«

»Woher«, sie schluckte hektisch, »woher weißt du davon?«

»Ist das nicht egal?«, fuhr er sie grob an, besann sich dann aber und sprach ruhiger weiter. »Ricarda hat die Dateien auf deinem Computer im Hotel gefunden und mir gezeigt.«

»Oh.« Laura senkte den Kopf, hob ihn aber gleich wieder. »Ich kann verstehen, dass du verärgert bist, aber …«

»Verärgert?« Er zog die Stirn in tiefe Falten. »Nein, Laura, ich bin nicht verärgert. Ich bin wütend. Und verletzt. Wann wolltest du mir denn sagen, dass du vorhast, von hier zu verschwinden? Oder wolltest du gar nichts sagen und aus der Ferne kündigen, sobald du dich für eine der Stellen entschieden hast?«

»Nein. Nichts davon wollte ich tun. Du verstehst nicht …« Sie hob sichtlich verlegen die Hände, ließ sie aber gleich wieder sinken.

»Ich verstehe, dass ich mir wohl alles, was zwischen uns ist – oder war –, eingebildet haben muss.«

»Nein, Justus …«

»Und dass du die ganze Zeit schon vorhattest, wieder zu gehen.«

Er konnte hören, wie sie hart schluckte. »Ja, ich hatte vor, wieder von hier zu verschwinden. So schnell und so weit wie nur möglich.«

Er atmete scharf aus, sagte aber nichts.

Laura rang die Hände, ging ein paar Schritte auf und ab. »Du weißt, was mir bei Callas passiert ist – und dass ich diesen Fehler unter keinen Umständen wiederholen wollte.«

»Das mit uns ist kein Fehler, Laura.«

»Lass mich bitte ausreden. Ich hatte Angst. Himmel, die habe ich immer noch – und wie! Du verstehst das nicht, weil du aus einer stabilen Familie kommst und dein Leben lang ein unverbrüchliches soziales Netz um dich herum hattest. All das ist mir genommen worden, als ich zwölf Jahre alt war. Ich bin haltlos ins Nichts gefallen. Ich habe es überlebt, aber ich wusste, das geht nur, wenn ich stark bin und mich einzig und allein auf mich selbst verlasse. Denn so bemüht die Leute um mich herum auch gewesen sein mochten … ich war letztlich doch nur ein Fall von vielen für sie. Ein bedauernswertes Schicksal mehr auf ihrer Liste, sonst nichts. Ich habe mir verboten, mir Dinge wie eine richtige intakte Familie zu wünschen – oder jemanden, der nur für mich da ist. Bei Carlo habe ich insofern eine Ausnahme gemacht, als er auf den ersten Blick so passend wirkte. Passend für den Weg, den ich eingeschlagen hatte. Aber die Sache war von Anfang an zum Scheitern verurteilt, weil ich ihn nicht geliebt habe. Und er mich ebenso wenig.« Sie schluckte wieder, presste kurz die Lippen zusammen. »Trotzdem war es schmerzhaft; so sehr, dass ich nur noch wegwollte. Dann kam ich hierher, und plötzlich warst du da. Und deine Eltern und Geschwister und … Ich war überwältigt. Kannst du nicht verstehen, dass ich gar nicht anders konnte, als erneut die Flucht ergreifen zu wollen?«

»Ja, das kann ich verstehen.« Er trat einen Schritt auf sie zu. »Aber ich weiß auch, dass du in Wahrheit gar nicht fliehen willst.«

»Doch, das will ich. Mehr als alles auf der Welt.« Ihre Augen füllten sich mit Tränen. »Aber ich weiß auch, dass es falsch wäre. Ich weiß, dass ich nicht immer weglaufen kann. Deshalb habe ich die Bewerbungen geschrieben.«

Irritiert musterte er sie. »Wie soll ich das verstehen?«

»Ich habe in den vergangenen Wochen jeden Tag eine Bewerbung geschrieben, seit dem Moment, in dem mir klar wurde, dass ich es anders nicht schaffe, mich zum Bleiben zu zwingen.«

Ungläubig schüttelte er den Kopf. »Du willst dich zum Bleiben zwingen?«

»Ja.« Sie nickte zögernd. »Es ist so etwas wie eine Selbsttherapie. Keine Ahnung, wie ich es sonst nennen soll. Ich habe all diese Bewerbungen geschrieben, ja, aber ich habe sie nicht abgeschickt.« Nervös wich sie seinem Blick aus. »Noch nicht. Der Tag, an dem ich eine davon versende, ist der Tag, an dem ich versagt habe. Ich habe mir jeden Tag genau ausgemalt, wie es wäre, den jeweiligen Posten, auf den ich mich beworben habe, angeboten zu bekommen. Wie es wäre, dort zu arbeiten, das hohe Gehalt zu erhalten, das Ansehen, all das. Und ich habe mich schrecklich dabei gefühlt.«

»Wozu das alles?«

»Weil ich mir nur so klarmachen kann, dass diese Bewerbungen, diese Stellungen bei den anderen Firmen, dieses andere Leben nicht das ist, was ich wirklich will. Solange ich mich so schrecklich schlecht fühle, wenn ich daran denke, von hier wegzugehen, kann ich mich zwingen zu bleiben.«

Justus starrte sie für einen Moment sprachlos an, dann stieg erneut Zorn in ihm hoch. »Weißt du eigentlich, wie kaputt das klingt? Und wie irre? Wenn du dich so sehr zwingen musst, hierzubleiben, solltest du dir ernsthaft überlegen, ob es wirklich das ist, was du willst. Du sagst, du willst nicht das Leben, das dir eine Stellung in einer dieser Marketingfirmen bieten könnte, aber offenbar doch auch das hier nicht.« Er machte eine ausholende Handbewegung. »Sonst müsstest du nicht zu solchen Mitteln greifen. Vielleicht solltest du dir das einmal genau überlegen und darüber nachdenken, was genau es ist, das du willst. Ich bin jedenfalls nicht bereit, mit dir zusammen zu sein, wenn ich mich jeden Tag fragen muss, ob du dich nur zwingst, gute Miene zum bösen Spiel zu machen.«

»Aber so ist es doch nicht ...« Erschrocken sah sie ihn an.

»Doch, genauso fühlt es sich für mich an.« Er griff in seine Hosentasche, zog die Schachtel daraus hervor und knallte sie auf den Couchtisch. »Ich komme mir geradezu lächerlich vor, weißt du das? Ich liebe dich, Laura. Ja, genau, jetzt ist es heraus. An deiner entgeisterten Miene erkenne ich, wie weit entfernt wir in dieser Hinsicht voneinander sind. Ich bin mir ziemlich sicher, dass du auch etwas für mich empfindest, aber wenn diese Gefühle nicht ausreichen und du dich zwingen musst, es mit mir und meiner Familie auszuhalten, wenn du dich nicht für stark genug oder in der Lage fühlst, dich auf mich oder uns einzulassen, dann hat das alles wenig Sinn. Soll ich mich ewig fragen, ob du mir etwas vorspielst? Nein, Laura, das kann und werde ich nicht tun.«

Laura starrte wie gebannt auf die Schachtel. »Was ... ist das?«

»Du weißt, was es ist. Ich wollte dich damit nicht überfallen, keine Sorge. Ich hätte mir noch etwas Zeit gelassen. Mir und dir. Aber unter den gegebenen Umständen sehe ich darin nicht mehr viel Sinn. Nicht, wenn du nicht fähig bist, an dich und an uns zu glauben.«

»Dann ...« Sie atmete hörbar ein und wieder aus. »Dann war es das?«

»Vielleicht. Ich weiß es nicht.« Er verschränkte die Arme vor der Brust. »Du hast über Weihnachten frei.« Er hatte das Gefühl, als reiße er sich gerade selbst das Herz heraus, doch er blieb äußerlich ganz ruhig. »Und du bist noch in der Probezeit, also können wir dein Arbeitsverhältnis jederzeit in beiderseitigem Einvernehmen beenden.«

»Du wirfst mich raus?«

»Ich gebe dir bis auf Weiteres Sonderurlaub. Fahr weg, tu, was du glaubst, tun zu müssen. Aber melde dich erst wieder, wenn du eine Entscheidung getroffen hast.« Er wandte sich zur Tür, drehte sich aber noch einmal um. »Wunder können geschehen, weißt du. Nicht nur in Filmen. Aber nur, wenn du sie auch zulässt. Solange du das nicht kannst, werden wir keine Chance haben, Laura.« Entschlossen, sich nicht ein zweites Mal umzudrehen, verließ er das Blockhaus, zog die Tür energisch ins Schloss und ging mit ausholenden Schritten zu seinem Wagen zurück.

Er atmete erst wieder tief durch, als er bereits fast bei seiner Wohnung angekommen war.

✻✻✻

Ungläubig blickte Laura auf den Punkt, an dem Justus bis eben noch gestanden hatte. Sie hörte, wie sein Wagen davonrollte, konnte aber noch nicht fassen, was gerade passiert war. Hatte er sie wirklich gerade in Zwangsurlaub geschickt und ihr ein Ultimatum gestellt?

Er wollte, dass sie sich entschied? Dass sie irgendwie zu der Frau mutierte, die er sich wünschte? Andernfalls wollte er sie nicht?

»Du kannst mich mal!« Wütend drehte sie sich auf dem Absatz um und stürmte nach oben in ihr Schlafzimmer. Fluchend zerrte sie einen ihrer Koffer aus dem Schrank hervor und begann, wahllos Kleidungsstücke hineinzustopfen. Im Bad sammelte sie alle Utensilien ein, die irgendwo herumlagen und -standen, leerte den Spiegelschrank und packte alles in eine weitere Tasche. Die Zahnbürste, die sie für Justus in den zweiten Zahnputzbecher gestellt hatte, warf sie mit einem Fluch in die Badewanne.

✳✳✳

»Pst, Lizzy, du musst jetzt ganz leise sein und gut aufpassen.« Elfe-Acht kauerte sich hinter ein Gebüsch dicht bei Lauras Blockhaus. »Elf-Zwei gibt uns Bescheid, was zu tun ist.«

Aber warum kann ich nicht einfach zu Laura reingehen? Ich meine, jetzt, wo Justus wieder weggefahren ist, ist sie doch ganz allein zu Hause. Vielleicht ist sie traurig. Ich könnte sie aufheitern. Fragend blickte Lizzy den Weihnachtself an.

»Natürlich könntest du das, aber das ist doch nicht unser Plan. Wir stehen in ständigem Kontakt zu Santa Claus und zu den Engelchen des Christkindes. Die haben, wie du weißt, hier alles im Auge behalten und uns Bericht erstattet. Jetzt haben wir wieder übernommen, und wie es aussieht, ist der schlimmste zu erwartende Fall eingetreten. Justus und Laura haben sich ganz böse gestritten … Moment mal.« Ein kleines Funkgerät in der Manteltasche des Elfs knisterte. »Ja, Elfe-Acht, was gibt es? Kannst du drinnen etwas erkennen?«

»Ja, eine ganze Menge«, kam es aus dem Funkgerät. »Haltet euch bereit. Wie es aussieht, ist Laura gerade beim Packen und wird bestimmt gleich rauskommen, um das Gepäck ins Auto zu bringen.«

»Oje, also ist es wirklich so arg, wie wir befürchtet hatten?«

»Ja, leider. Passt gut auf, dass ihr den richtigen Moment nicht verpasst.«

»Keine Sorge, wir kriegen das schon hin.« Elf-Zwei sah Lizzy traurig an. »Jetzt wird es ernst. Weißt du noch genau, was du tun sollst?«

Ja, selbstverständlich. Lizzy wedelte verunsichert. *Glaubt ihr wirklich, dass wir Laura damit helfen werden? Ich habe ein bisschen Angst.*

»Wir alle, du ganz besonders, müssen so fest, wie es geht, daran glauben, dass alles gut wird. Du bist doch eine kluge Hündin, nicht wahr? Wenn es sein muss, improvisierst du einfach.«

Na, hoffentlich geht das wirklich alles gut.

»Schsch!« Der Elf legte rasch einen Finger an die Lippen, als sich die Tür des Blockhauses öffnete. »Es geht los.«

***

»Ich soll also wegfahren?«, schimpfte Laura vor sich hin, während sie die zwei Koffer nach draußen schleppte und vor ihrem Auto auf den Boden knallte. »Das kannst du haben. Ich bin auf all das hier nicht angewiesen. Und schon gar nicht verwandele ich mich über Nacht in deine Traumfrau, Justus Sternbach.« Sie schloss den Kofferraum auf und wuchtete das Gepäck hinein. Dann rannte sie mit großen Schritten zurück ins Haus, um zwei weitere Taschen zu holen. Eine davon passte noch in den Kofferraum, die andere musste sie auf die Rückbank legen. Ohne die Autotüren zu schließen, eilte sie ein drittes Mal nach drinnen.

Sie schnappte sich ihren Laptop und das Stromkabel und packte beides in eine Umhängetasche. Als ihr Blick auf die kleine Schachtel auf dem Couchtisch fiel, schnürte sich ihr die Kehle zu, und ihr Herz begann wie wild zu pochen. »Du hast sie doch nicht alle, Justus. Ein Ring?« Sie umrundete den Tisch in einem weiten Bogen, so als würden von der Schachtel tödliche Strahlen ausgehen. »Wer von uns beiden ist denn wohl irre? Wir kennen uns erst seit ein paar Wochen und schon … Nein!«

Mit ausholenden Schritten rannte sie erneut nach oben, holte sich einen weiteren Koffer und füllte ihn wahllos mit allen möglichen Gegenständen, von denen sie glaubte, dass sie sie in den nächsten Tagen unbedingt benötigen würde. Zu guter Letzt machte sie noch einen Abstecher in die Küche und stopfte auch ein paar Lebensmittel dazu. »Das muss reichen«, beschloss sie und wischte sich erbost die Tränen von den Wangen. »Den ganzen anderen Krempel kann ich ja später abholen lassen. Wozu gibt es schließlich Umzugsunternehmen?« Sie brachte auch noch das restliche Gepäck und einen Armvoll Jacken und Mäntel zum Auto, warf alles kunterbunt auf die Rückbank und knallte dann alle Wagentüren zu.

Unschlüssig blickte sie auf das Haus. Sie hatte vorhin den Ofen angemacht. Sicherheitshalber ging sie noch einmal hinab in den Keller und prüfte, ob hier nichts passieren konnte. Sie stellte den Regler so ein, dass der Abluftventilator sich frühzeitig abschalten würde, aber vermutlich war das gar nicht nötig, denn wenn sie kein Holz nachlegte, würde der Ofen sowieso früher oder später ganz ausgehen.

Ein wehmütiges Gefühl erfasste sie, als sie sich daran erinnerte, wie sie zum ersten Mal versucht hatte, das Feuer in Gang zu bringen. Prompt musste sie auch wieder an Justus denken, doch diesen Gedanken verbot sie sich. Entschlossen verließ sie den Keller wieder, löschte alle Lichter im Haus und zog schließlich die Tür hinter sich ins Schloss. Den Schlüssel steckte sie in die Jackentasche. Dann klemmte sie sich hinter das Steuer ihres Wagens, ließ den Motor an und fuhr los, ohne sich noch einmal umzublicken.

***

Es war ein seltsames Gefühl, als Laura nur eine knappe Stunde später auf den Parkplatz hinter dem Mehrfamilienhaus in Köln einbog, in dem ihre Wohnung lag. Sie kam sich vor wie in einer anderen Welt. Die Stadt war um diese Uhrzeit hell erleuchtet, mehr noch als gewöhnlich, weil allerorten Weihnachtsschmuck blinkte und glänzte. Die Autos schoben sich Stoßstange an Stoßstange durch die Straßen, sogar hier in der ruhigen Wohngegend war einiges los, denn die Leute suchten verzweifelt nach Parkplätzen, um ihren Feierabend auf dem nahe gelegenen Weihnachtsmarkt zu verbringen oder die verlängerten Öffnungszeiten für ihre letzten Geschenkekäufe auszunutzen.

Laura hatte keine Weihnachtseinkäufe gemacht. Selbstverständlich nicht, denn sie hasste Weihnachten und sah nicht ein, weshalb sie sich diesen Geschenke-Stress antun sollte. Zwar hatte sie in letzter Zeit das ihr bislang unbekannte Bedürfnis verspürt, zumindest etwas für die Sternbachs zu kaufen, aber Himmel, sie waren so viele, und sie hatte überhaupt keine Ahnung von Geschenken. Doch das spielte jetzt ohnehin keine Rolle mehr. Justus hatte sie weggeschickt.

Während der Fahrt hatte Laura mehrmals mit den Tränen kämpfen müssen. Sie wollte nicht weinen. Sie wollte wütend sein. Stinksauer, weil Justus nicht begriff, was in ihr vorging, und weil er nicht einfach verlangen konnte, dass sie sich so mir nichts, dir nichts änderte. Sie hatte es wirklich versucht, aber auf ihre ganz eigene Weise. Sie kannte sich selbst am besten, oder etwa nicht? Also wusste sie auch, wie sie mit sich selbst umgehen musste.

Wusste sie das wirklich? Laura hatte im Augenblick das Gefühl, gar nichts mehr zu wissen. Schön wäre es, wenn sie auch nichts mehr fühlen würde, doch da machte ihr Herz ihr einen hinterhältigen Strich durch die Rechnung. Es tat weh, auf die Rückseite des Hauses zu starren, in dem sie einige Jahre gewohnt hatte und in dem sie einmal gedacht hatte, glücklich und zufrieden zu sein.

Zögernd stieg sie aus dem Wagen und schauderte, als eine kalte Bö sie ergriff und ihr feinen Nieselregen ins Gesicht wehte. Zumindest eines schien sich nicht geändert zu haben: das ungemütliche Vorweihnachtswetter.

Rasch schnappte sie sich ihren Wintermantel von der Rückbank und schlüpfte hinein. Dann zog sie eine der Reisetaschen aus dem Wagen und wollte gerade nach der zweiten greifen, als sich im Fußraum etwas bewegte.

Laura? Sind wir endlich da? Kann ich jetzt aus meinem Versteck herauskommen? Lizzy, die sich unter Lauras grünem Parka verborgen gehalten hatte, streckte ihre Nase in die Luft.

»Was ist das denn?« Laura ließ erschrocken den Henkel der Tasche los und fasste sich an ihr rasendes Herz. »Um Himmels willen, Lizzy, bist du das etwa? Was machst du in meinem Auto? Wie bist du überhaupt hier hineingekommen? Ich hatte dich doch nach Hause gebracht.«

Ach, weißt du, das war einfach, weil die Elfen mir geholfen haben. Aber dir das zu erklären ist mir leider nicht möglich.

Vollkommen entgeistert starrte Laura auf die kleine Westie-Dame, die flink über die Jacke hinwegkletterte, aus dem Auto hüpfte und sie freudig umtänzelte. »Warum in aller Welt hast du dich in meinem Auto versteckt? Was mache ich denn jetzt? Bestimmt suchen sie zu Hause schon alle nach dir und glauben, dass du unter die Räder gekommen bist.«

Oh, hm, ja, stimmt, da könntest du recht haben. Lizzy setzte sich auf ihr Hinterteil und blickte mit großen Augen zu Laura empor. *Das wollte ich eigentlich nicht, und die Elfen haben auch gar nichts darüber gesagt. Aber ich bin ja jetzt bei dir, dann ist doch alles gut, oder nicht?*

Unschlüssig blickte Laura auf ihr Gepäck, dann auf das Haus und schließlich wieder auf die Hündin. »Ich bringe dich heute Abend ganz sicher nicht mehr zurück, dazu bin ich zu erschöpft. Aber ich habe nicht mal etwas zu fressen für dich oder eine Leine oder irgendwas …« Sie blickte auf ihre Armbanduhr. »Mist. Hoffentlich läufst du mir hier jetzt nicht auch noch weg.«

Weshalb sollte ich das denn tun? Ich bin doch so glücklich, in deiner Nähe zu sein. Außerdem habe ich ja einen wichtigen Auftrag vom Weihnachtsmann höchstpersönlich. Auch wenn ich ihn gar nicht kenne, haben die Elfen mir doch versichert, dass er ein ganz schrecklich wichtiger Glücksbote für euch Menschen ist. Also bleibe ich selbstverständlich bei dir. Ich würde mich sowieso nicht trauen, allein hier herumzulaufen. Wie laut es hier ist und so viele Autos, die da vorn auf der Straße fahren! Und es riecht so eigenartig. Gar nicht angenehm nach Bäumen und Gras und Matsch und manchmal auch Schnee wie zu Hause. Hier gefällt es mir, ehrlich gesagt, überhaupt nicht. Lizzy schnaubte und schüttelte sich.

Wider Willen musste Laura lachen. »Also gut, wenn ich das richtig verstanden habe, bleibst du schön bei mir, ja? Dann komm mal mit ins Haus. Ich muss das Auto ausladen und dann rasch zu einem Laden fahren und dir wenigstens etwas Futter besorgen. Aber zuallererst muss ich Margit anrufen, dass sie sich keine Sorgen um dich zu machen braucht.«

***

»Na komm, sie taucht schon wieder auf.« Tröstend streichelte Elke Margit über den Rücken, die nervös am Esstisch saß und immer wieder fahrig aufsprang, um aus dem Fenster zu sehen oder die Terrassentür zu überprüfen. »Bestimmt ist Lizzy bald wieder hier.«

»Ich weiß gar nicht, wie das passieren konnte. Das Gartentor war doch zu!« Verzweifelt knetete Margit ihre Hände.

»Wohin kann sie denn nur verschwunden sein? Ich dachte wirklich, sie wäre rüber zum Blockhaus gelaufen.«

»Das hatte ich ja auch erst vermutet.« Elke zog ihre Schwägerin wieder neben sich auf einen Stuhl. »Wir konnten nicht wissen, dass Laura weggefahren ist. Vielleicht hat Lizzy sie ja auch gesucht, nicht gefunden und stromert jetzt überall herum, um sie zu finden.«

»Lizzy, das freche Ding. Solche Mätzchen hat sie doch am Anfang nicht gemacht. Und wohin ist Laura nur so plötzlich gefahren? Ich dachte, sie würde über Weihnachten hierbleiben. Vor allem jetzt, wo sie und Justus ... du weißt schon. Sie sind zusammen, und da dachte ich ...«

»Wir sind nicht zusammen.« Justus' müde Stimme erklang von der Wohnzimmertür her. Er trat ein und fuhr sich durch sein regennasses Haar. »Tut mir leid, Mama, ich habe Lizzy nirgends finden können.«

»Hoffentlich hat niemand sie mitgenommen.« Besorgt blickte Margit zu ihrem Sohn auf.

»Hier auf dem Land doch nicht«, wandte Elke ein. »Und schon gar nicht so spät am Abend.«

»Aber wo soll sie denn sonst stecken? Himmel, hoffentlich ist sie nicht angefahren worden.«

»Mama, nun mal nicht den Teufel an die Wand.« Justus legte seiner Mutter eine Hand auf die Schulter. »Wir finden sie schon noch.«

»Sie ist doch die letzten Male immer nur weggelaufen, wenn sie zu Laura wollte. Was, wenn sie sie nicht gefunden hat und jetzt verloren durch den Wald irrt?« Margit ergriff Justus' Hand, bevor er sie fortziehen konnte. »Was soll das denn bedeuten, ihr seid nicht zusammen? Ihr wart doch ... ich meine ... ihr habt, ihr seid ...«

»Wir sind überhaupt nichts.« Justus stieß sichtlich kraftlos den Atem aus. »Es ist kompliziert, Mama. Auch wenn das abgedroschen klingt. Ich habe sie weggeschickt.«

»Weggeschickt? Wie in aller Welt kannst du so etwas tun?«
Erschrocken blickte Margit ihn an, und auch Elke musterte
ihren Neffen irritiert.

»Wahrscheinlich ist sie deshalb Hals über Kopf abgereist«,
fuhr Justus fort, ohne die Frage zu beantworten. »Im Haus
fehlten eine Menge Sachen. Sie wird also für eine Weile weg
sein, schätze ich.«

»Warum?«, unterbrach Margit ihn nun überraschend streng.
»Wie kommst du dazu, das Mädchen einfach wegzuschicken? Sie fing gerade an, sich hier heimisch zu fühlen, und ihr
beide ...«

»Wir beide haben keine Chance, solange sie nicht weiß, was
sie will.« Bitter starrte Justus auf die Tischplatte. »Kann sein,
dass ich überreagiert habe, aber nun ist es, wie es ist. Sie hat ...«
Er brach ab.

»Was hat sie?« Auffordernd stieß Elke ihn an. »Nun rede
schon.«

Zögernd erzählte Justus, was früher am Abend vorgefallen
war, und schloss mit den Worten: »Wahrscheinlich war ich zu
hart zu ihr, aber ich war so wütend ...«

»Das ist nur verständlich.« Elke seufzte. »Sie hat es schwer
gehabt und kommt jetzt aus ihrem Teufelskreis nicht heraus.
Du hast versucht, ihr zu helfen, aber das muss sie eben auch
selbst wollen.«

»Sie will ja.« Margit konnte sich mittlerweile nicht mehr auf
dem Stuhl halten und sprang erregt auf. »Ich finde ihren Versuch mit den Bewerbungen zwar ungewöhnlich, aber gar nicht
mal so abwegig.«

»Es ist nicht abwegig, dass sie sich mit aller Macht zwingen
muss, hierzubleiben?« Justus verzog missmutig die Lippen.
»Das kann einfach nicht der richtige Weg sein.« Er hielt inne,
als das Telefon klingelte.

Da das Mobilteil vor Margit auf dem Tisch lag, schnappte
sie es sich fast wie eine Ertrinkende einen Rettungsring. Nach

einem kurzen Blick aufs Display verzog sie überrascht das Gesicht. »Hallo Laura, das ist ja eine Überraschung. Geht es dir gut?« – »Was? Oh, mein Gott!«

***

Vollkommen erschöpft stellte Laura die beiden Körbe mit ihren Einkäufen auf der leeren Anrichte in der Küche ab, sammelte die gekühlten Lebensmittel heraus und packte sie in den Kühlschrank, den sie vor ihrer Fahrt zum Supermarkt noch rasch eingeschaltet hatte. Danach ließ sie einfach alles andere stehen und verzog sich auf die Couch ins Wohnzimmer. Sie machte sich nicht einmal die Mühe, das Laken, mit dem sie das Möbelstück zum Schutz gegen Staub abgedeckt hatte, herunterzunehmen, sondern rollte sich einfach nur noch müde zusammen.

Darf ich zu dir rauf? Lizzy, die ihr auf Schritt und Tritt durch die Wohnung gefolgt war, setzte sich vor sie hin und legte eine Pfote an das Polster der Couch.

»Komm her.« Laura rückte etwas zur Seite und ließ Lizzy zu sich auf das Sofa springen.

Ah, gut, das gefällt mir. Du wirkst so müde und traurig. Ich wünschte, ich könnte dir irgendwie helfen. Umständlich drehte Lizzy sich einmal im Kreis, dann ließ sie sich dicht an Laura gekuschelt nieder und legte den Kopf auf den Pfoten ab.

Verzweifelt sah Laura sich in ihrem Wohnzimmer um, das ihr nach den Wochen im Blockhaus vollkommen fremd und kalt vorkam. Weiße Wände, an denen noch ein paar gerahmte abstrakte Bilder hingen, hellgraue und schwarze Möbel, gerade Linien, keine Schnörkel. Stylish, modern. Sie hatte diesen nüchternen Stil mal sehr gemocht, doch inzwischen wusste sie nicht einmal mehr, was genau ihr daran gefallen hatte.

Überall standen ihre Reisetaschen herum, doch weder verspürte sie die geringste Lust, noch besaß sie die Kraft, sie auszupacken und die Sachen in den Schränken zu verstauen. Das würde sie auch morgen noch tun können. Laura schluckte an einem Kloß, der sich in ihrer Kehle gebildet hatte. »Ich weiß nicht, was ich tun soll, Lizzy. Wie soll es jetzt bloß weitergehen?«

Also ich finde, das Kuscheln hier mit dir ist doch schon mal ein guter Anfang. Was soll man denn auch so spät am Abend noch anderes tun? Ich bin jedenfalls jetzt müde. Lizzy gähnte, legte ihren Kopf aber gleich wieder auf ihre Pfoten. *Vielleicht sollten wir ein Nickerchen machen. Danach fühlst du dich bestimmt wieder besser und guckst hoffentlich auch nicht mehr so traurig. Laura?* Lizzy hob den Kopf und legte ihn schräg. *Hallo? Oh, ich glaube, sie ist schon eingeschlafen. Dann werde ich das jetzt besser auch mal tun.*

Als Laura wieder erwachte, war es kurz vor drei in der Früh. Vollkommen desorientiert blickte sie sich um, bis ihr einfiel, wo sie sich befand und was passiert war. Sofort war der Kloß in ihrem Hals wieder da. Als sie sich bewegte, erwachte auch Lizzy und hob verschlafen den Kopf.

Wo bin ich denn hier? Ach ja, wir sind ja irgendwohin gefahren. Also ich muss sagen, dass mir diese Wohnung gar nicht gefällt. Hier ist alles so kahl und langweilig. Hoffentlich bleiben wir hier nicht so lange.

»Lass mich mal aufstehen, Lizzy.« Umständlich quälte Laura sich in eine sitzende Position.

Was hast du denn jetzt vor? Gehen wir ins Bett?

»Eigentlich müsste ich jetzt noch das Bett beziehen.« Lustlos blickte Laura auf die Reisetaschen und zog eine davon näher zu sich heran. »Aber ich habe keine Lust dazu.«

Wir können doch auch einfach hier auf der Couch weiterschlafen. Ich fand das sehr kuschelig.

»Weißt du was, ich kann jetzt sowieso nicht mehr schlafen! Eigentlich könnte ich anfangen, meine Sachen auszupacken und wegzuräumen. Was getan ist, ist getan.« Sie zuckte innerlich zusammen, als ihr einfiel, dass ihr Vater diese Worte gerne benutzt hatte, wenn er sie dazu aufgefordert hatte, ihr Zimmer aufzuräumen, obwohl sie keine Lust dazu gehabt hatte oder nach einem langen Spieltag müde gewesen war. Warum fielen ihr nur plötzlich alle diese kleinen Details und Redewendungen wieder ein?

Entschlossen, sich nicht irritieren zu lassen, öffnete sie den Reißverschluss der Tasche und wühlte darin. »Klamotten«, murmelte sie vor sich hin. »Die gehören ins Schlafzimmer.« Rasch schob sie die Tasche zur Seite und zog die nächste heran. Sie enthielt ein Sammelsurium an Sachen, die sie im Wohnzimmer des Blockhauses aufbewahrt hatte. Zuoberst lagen die DVDs mit den Filmen, die sie zuletzt angesehen hatte. Auch *In einem Land vor unserer Zeit* war darunter. Ohne weiter nachzudenken, ging sie zum Fernseher, schloss ihn an die Steckdosenleiste an, ebenso wie die anderen Geräte, und legte die DVD in den Player. Sie achtete gar nicht auf den Bildschirm, sondern ließ den Film einfach als Hintergrundberieselung laufen. Die altbekannten Stimmen und Geräusche versetzten sie in eine ruhige, leicht melancholische Stimmung, die aber immer noch besser war als das schmerzhafte Ziehen und Zwicken in ihrem Herzen, das sie unbedingt loswerden wollte.

Sie kehrte zur Couch zurück und begann, den Inhalt der Tasche um sich herum aufzuschichten. Sie teilte die Sachen in Stapel ein, um sie später dort verstauen zu können, wo sie hingehörten. Als sie jedoch einen der Wohnzimmerschränke öffnete, um die DVDs und einige CDs hineinzulegen, zögerte sie. Vielleicht sollte sie diese Sachen lieber näher beim Fernseher aufbewahren. Früher hatte sie zwar ihre DVD-Sammlung immer in dem Schrank gehabt, aber irgendwie kam es ihr falsch vor. Also legte sie die DVDs zurück auf den Couchtisch und griff nach einem Stapel Zeitschriften, von dem sie gar nicht wusste, was sie damit sollte und warum sie sie überhaupt eingepackt hatte. Sie trug sie in die Küche und wollte sie in den Altpapiereimer werfen, doch auch das erschien ihr nicht richtig. Also nahm sie sie ebenfalls wieder mit ins Wohnzimmer und legte sie auf den Boden.

»Vielleicht fange ich erst mal hiermit an.« Sie griff sich den Koffer, in dem sie weitere Einrichtungsgegenstände sowie einige Sachen ihrer Eltern hertransportiert hatte. Sie öffnete ihn, hielt aber gleich inne, als ihr das Foto ins Auge fiel, das von ihr und ihren Eltern im *Phantasialand* geschossen worden war. Es hatte nirgendwo anders mehr hineingepasst, deshalb hatte sie es in diesen Koffer gequetscht. Rigoros schob sie ihn weit zur Seite, denn plötzlich fühlte sie sich seinem Inhalt nicht mehr gewachsen.

Seufzend ließ sie sich wieder auf die Couch sinken.

Sag mal, was machst du denn da? Da wird man ja ganz nervös und konfus, und das mitten in der Nacht. Neugierig und verständnislos beobachtete Lizzy sie vom Sofa aus, auf dem sie sich zusammengerollte hatte. Ihre Ohren zuckten leicht, und schließlich hob sie den Kopf. *Vielleicht kann ich dir ja ein bisschen helfen, wenn du die Taschen auspacken willst. Schlafen kann ich jetzt sowieso nicht, dazu ist das hier zu merkwürdig und aufregend. Lass mal sehen.* Lizzy erhob sich, schüttelte sich und sprang zu Boden. *Was haben wir denn in den ganzen Taschen?*

»Nicht, Lizzy, lass das …« Laura wollte die Hündin schon aufhalten, seufzte dann aber resigniert. »Ach, was soll's! Du kannst ja nichts kaputt machen.«

Hatte ich auch gar nicht vor. Ich schnüffele nur gerade hier an der Tasche, die du so weit weggeschoben hast.

»Ich glaube, ich fange doch lieber mit den Klamotten an.« Laura erhob sich und nahm die kleine Tasche fürs Bad und einen der großen Koffer und trug beides ins Schlafzimmer hinüber. Der Koffer landete auf der Matratze, die wie die Möbel im Wohnzimmer mit einem großen weißen Laken abgedeckt war. Sie hatte diese riesigen Tücher vor ihrer Abreise extra gekauft, um nicht noch groß Staub wischen zu müssen, falls sie einen Mieter für die Wohnung fand. Nie hätte sie damit gerechnet, dass sie nur wenige Wochen nach ihrem Weggang aus Köln wieder hier sitzen würde. Oder vielmehr stehen, denn sie stand unschlüssig vor dem Bett.

Nach einem langen Moment rang sie sich dazu durch, die Kleidungsstücke, die sie mehr oder weniger wahllos zusammengestopft hatte, in verschiedene Haufen auf dem Bett zu sortieren. Dann öffnete sie die verspiegelten Schiebetüren des riesigen Kleiderschranks. Ihre Abendkleider hingen noch darin, die sie nicht hatte mitnehmen wollen und die ihr auch jetzt ein fast schon abfälliges Stirnrunzeln entlockten. Vielleicht hätte sie sie doch in die Kleidersammlung geben sollen. Oder zu einem Secondhandladen bringen. Sie schob sie mit einem Ruck ganz in die hinterste Schrankecke und drehte sich zum Bett um. Es fiel ihr schwer, einen der Kleiderstapel zu nehmen und an seinen Platz im Schrank zu legen. Sie zupfte hier an einem Kragen, schüttelte dort einen Pullover aus. Am Ende ließ sie die Sachen einfach auf dem Bett liegen und kehrte ins Wohnzimmer zurück, um die andere Tasche mit Kleidern zu holen.

Auch diese begann sie erst einmal auszuräumen. Als sie die Hälfte der Kleidungsstücke auf die diversen Stapel auf dem Bett verteilt hatte, fiel ihr ein dunkelgraues Herren-T-Shirt in die Hände. Erschrocken starrte sie es an. Es gehörte Justus, keine Frage. Er hatte es wohl bei einem seiner Besuche bei ihr liegen gelassen, und sie hatte es in ihrer Hast einfach mit gegriffen und eingepackt.

Ehe sie sich davon abhalten konnte, hatte sie bereits ihre Nase in dem glatten Stoff vergraben. Justus' Geruch, diese ganz besondere Mischung aus ihm selbst, seinem Deo und einem Hauch seines Rasierwassers, verursachte ihr eine wohlige Gänsehaut, die aber sofort von einem gemeinen Stich in ihrer

Magengrube abgelöst wurde. Der Kloß in ihrem Hals war nicht nur wieder da, er würgte sie geradezu.

Ohne noch weiter auf die Reisetasche oder die Sachen auf ihrem Bett zu achten, kehrte sie, das T-Shirt fest an ihre Brust gedrückt, ins Wohnzimmer zurück und ließ sich auf die Couch fallen. Auf dem Fernsehbildschirm erlebten Littlefoot und seine Freunde gerade aufregende Abenteuer, doch Laura hatte keinen Blick für ihren geliebten Zeichentrickfilm. Sie hielt das T-Shirt auf dem Schoß fest umklammert und starrte vor sich hin.

Wie viel Zeit vergangen war, wusste sie nicht genau, aber sie wurde aus ihrer dumpfen Versunkenheit gerissen, als sie merkwürdige Geräusche vernahm. Verwundert sah sie sich um. »Lizzy? Was machst du denn da?« Erst jetzt bemerkte sie, dass die kleine Westie-Dame fleißig gewesen war und etliche Gegenstände aus der Reisetasche herausgezerrt und auf dem Fußboden verteilt hatte. Ungläubig betrachtete Laura die Unordnung und wusste nicht, ob sie lachen oder schimpfen sollte. »Du willst mir beim Auspacken helfen, was?«

Na klar. Okay, genau genommen bin ich auf der Suche nach etwas ganz Bestimmtem. Elf-Siebzehn hat mir ein paar Sachen aufgezählt, die du ganz bestimmt mitnehmen wirst. Er ist so ein kluger Weihnachtself! Was der alles weiß! Tja, und jetzt muss ich mindestens eines dieser Dinge unbedingt finden. Das ist aber gar nicht so einfach in diesem Durcheinander. Meine Güte, was du alles in diese Tasche gepackt hast! Wozu brauchst du zum Beispiel das hier?

Laura schluckte hart, als Lizzy ihr eine Klarsichtmappe vor die Füße legte. »Woher hast du die denn?«

Keine Ahnung, die hat zwischen zwei Büchern gesteckt. Du hast die Tasche doch gepackt, nicht ich. Also musst du doch wissen, was du alles hierher mitgeschleppt hast. Oh, warte mal, wenn du all diese ganzen Sachen jetzt hierher gebracht hast, bedeutet das, dass du jetzt hier wohnen willst und nicht mehr zu Hause? Das wäre aber ganz, ganz schlecht, weil es mir hier nicht gefällt und weil ich lieber wieder nach Hause will. Aber ich will auch bei dir sein, Laura. Ich hab dich nämlich lieb und will nicht, dass du hier bist und ich ganz woanders.

Mit einem leisen Fiepen sprang Lizzy zu Laura auf die Couch und versuchte, auf ihren Schoß zu krabbeln. Laura ließ es zu und seufzte traurig, als Lizzy neugierig an dem T-Shirt schnüffelte. »Ja, ich weiß, das gehört Justus.«

Mhm, das rieche ich. Schade, dass er jetzt nicht hier ist.

»Ich muss es ihm zurückgeben, wenn ich dich morgen nach Hause bringe.«

Oh, gut, wir fahren morgen wieder nach Hause. Ich hatte schon befürchtet ... Moment mal, du bringst mich? Bedeutet das, du bleibst dann nicht? Oh nein, das kannst du nicht machen! Ich will, dass du bei mir bleibst. Bitte, bitte. Schnüff.

»Ich weiß, Lizzy.« Lauras Augen brannten, als die Hündin sich winselnd an sie drückte und ihr über die Hände leckte. »Es ist alles so falsch und schwierig und ...« Ihr Blick fiel erneut auf die Klarsichtmappe, in der ein Umschlag mit Fotos steckte. Viola hatte sie ihr neulich gegeben, als Erinnerung an den Sonntag, den sie gemeinsam beim Backen verbracht hatten. Obwohl sie es eigentlich nicht wollte, zog sie die Bilder aus der Hülle heraus und betrachtete sie still. Es waren die Selfies, die sie in der albernen Stimmung gemacht hatten. Auch das, auf dem sie mit Justus und Patrick zu sehen war, hatte Viola dazugelegt. »Damit bist du jetzt auch in unserem Schnappschuss-Album verewigt«, hatte sie breit grinsend erklärt. »Da hinein schaffen es nur echte VIPs – und Familienmitglieder, die das aushalten können.«

»Familienmitglieder.« Laura schüttelte leicht den Kopf und blätterte erneut durch den Stapel Bilder. Es fühlte sich anders an, sie so auf gutem Fotopapier ausgedruckt zu sehen anstatt auf einem Handy-Display. Echter, wahrhaftiger. Auf einem der Fotos zog sie eine Schnute, weil sie ja anfangs gar nicht hatte fotografiert werden wollen.

Je länger sie die Fotos betrachtete, desto eigenartiger fühlte sie sich. »Wir sehen fast aus wie …« Sie hielt inne und blinzelte ein paarmal, weil Tränen ihr den Blick verschleierten.

Wie was? Neugierig schnüffelte Lizzy an den Fotos.

»Schwestern.« Laura erschrak. Sie hatte *Freundinnen* sagen wollen. Wie in aller Welt war ihr das andere Wort herausgerutscht? Und warum fühlte es sich so verdammt richtig an? Sie hatte keine Schwestern, sie war ganz allein. Nicht einmal ihren Bruder hatte sie jemals kennenlernen dürfen, weil er noch vor seiner Geburt hatte sterben müssen.

Ihr Blick wanderte zu dem Foto mit Justus und Patrick.

Sie hatte keinen Bruder.

War sie verrückt?

Rasch legte sie das Bild beiseite, was aber nur dazu führte, dass sie das letzte auf dem Stapel entdeckte: das Foto, auf dem auch Margit, Elke und Iris zu sehen waren – in verrückter Verrenkung, die nötig gewesen war, damit auch wirklich alle Frauen aufs Selfie gepasst hatten.

Ein merkwürdiges, warmes, beängstigendes Gefühl suchte sich seinen Weg aus Lauras Innerem an die Oberfläche. Es tat weh, aber auf eine gute, wichtige Weise. Unbemerkt liefen ihr mittlerweile die Tränen in Strömen über die Wangen.

Ohne dass Laura es bewusst mitbekommen hatte, war Lizzy zu Boden gesprungen und hatte erneut in der Reisetasche gewühlt. Nun sprang sie mit einem Satz zurück auf die Couch und legte ein kleines, in Leder gebundenes, rechteckiges Kästchen in Lauras Schoß, mitten auf Justus' T-Shirt.

Guck mal, endlich habe ich eine von den Sachen gefunden, die Elf-Siebzehn mir aufgezählt hat. Ich hoffe, das ist jetzt richtig so. Keine Ahnung, was das überhaupt ist. Ein eckiges Holzding mit irgendwas drin. Es klappert ganz leicht. Vielleicht Hundekuchen? Aber nein, die würden anders riechen. Mach doch mal auf! Wuff.

Mit einem auffordernden Bellen stupste Lizzy Laura an, die

vollkommen perplex auf das Kästchen starrte. »Wo hast du das denn gefunden? Ich wusste gar nicht, dass ich das auch eingepackt hatte.« Zögernd griff Laura danach; ihre Hände zitterten leicht. Sie hatte die Schachtel neulich nach ihrem Zusammenbruch in einer der Kisten gefunden, sich aber noch nicht weiter damit beschäftigt.

Sehr vorsichtig schob sie den Riegel zurück und klappte den Deckel hoch. Es war eine Halskette. Sie hatte die Form einer kleinen, filigran aus Silber gearbeiteten Waage – dem Sternzeichen ihrer Mutter. Laura sah sofort vor sich, wie die Kette an deren Hals ausgesehen hatte. Es war eine Leidenschaft ihrer Mutter gewesen, jede Woche ihr Horoskop zu lesen. Sie hatte es nie ganz ernst genommen und sich doch immer darüber gefreut, wenn sie wirklich Parallelen zu erlebten Geschehnissen festgestellt hatte. Laura hatte es geliebt, dieses Ritual mit ihr zusammen zu zelebrieren.

»Laura, Schatz, ganz egal, was die Sterne sagen, am Ende entscheiden wir doch immer selbst, was als Nächstes passieren darf und was nicht. Merk dir das. Vieles ist vorherbestimmt, aber nur, wenn wir es auch zulassen. Also mach immer das Allerbeste aus deinem Leben, dann werden die Sterne dir auch den Weg dorthin leuchten.« Es war Laura, als höre sie die Stimme ihrer Mutter ganz deutlich neben sich. »Und falls doch mal ein Schlagloch auf deinem Weg auftauchen sollte – oder sogar mehrere: Lauf drum herum, spring drüber weg oder mal mitten rein. Ein paar blaue Flecke kassieren wir alle auf unserem Weg. Nur anhalten und aufgeben, das darfst du niemals. Versprich mir das.«

Laura erschrak. Plötzlich wusste sie, warum es ihr so vorkam, als spreche ihre Mutter diese Worte direkt zu ihr. Sie hatte es tatsächlich getan, vor vielen Jahren. Laura war gerade zehn Jahre alt gewesen und hatte Angst vor dem Wechsel auf die weiterführende Schule gehabt. Damals hatte sie genau diese Worte zu Laura gesagt. Wie konnte es sein, dass sie sich jetzt, nach all der Zeit, an den genauen Wortlaut erinnerte?

Zärtlich hob Laura das Kettchen aus der Schachtel. »Weil Mama recht hatte.« Sie schniefte. »Verdammt, ich bin so ein blödes, dummes Huhn!«

Was, wie? Ein Huhn? Wie kommst du denn darauf? Verdutzt blickte Lizzy sie an.

»Ich sitze hier und bemitleide mich – und dabei ... Ich bin so ...« Laura fehlten die Worte. »Bescheuert!« Energisch stand sie auf und trat vor den Spiegel, der im Eingangsbereich an der Geraderobe hing, und legte sich die Kette um den Hals. Lizzy war ihr wie immer hinterhergelaufen und wuselte jetzt um ihre Füße herum.

Nein, bist du gar nicht. Du bist lieb! Wau!

»Nein, nicht du, Süße. Ich! Ich bin total kaputt. Kein Wunder, dass Justus ausgerastet ist und mich weggeschickt hat.«

Als sie wieder in ihr ehemaliges Wohnzimmer zurückkam, kam es ihr vor, als sehe sie alles zum ersten Mal und in ganz neuen Farben. In diesem Moment drang die Schlussmelodie des Zeichentrickfilms an ihr Ohr. Diana Ross sang mit ihrer glasklaren Stimme »Don't Lose your way with each passing day ...« Laura lief ein Schauer über den Rücken, doch diesmal war er nicht unangenehm, nicht beängstigend; die Angst war plötzlich verschwunden. »You're come so far, don't throw it away.«

Am liebsten hätte sie sich sofort ins Auto gesetzt und wäre nach Hause gefahren. Kurz zuckte sie zusammen, als sie bemerkte, dass das Blockhaus in den wenigen Wochen viel mehr zu einem Zuhause geworden war, als diese Wohnung es während der letzten Jahre hatte werden können. Aber auch das fühlte sich jetzt nur noch gut an. Doch es war gerade halb fünf in der Früh, und ein kräftiger Wind wehte Regen und Graupel gegen die Fenster. Außerdem hatte sie eine feste Regel, und die würde sie unbedingt einhalten.

»Live believing, dreams are for weaving« Laura erschauerte leicht, als sie die Bedeutung der Worte für ihr eigenes Leben begriff. Leise summte sie mit: »Wonders are whiting to start ...«

Ein warmes Gefühl breitete sich in ihrer Brust aus.

»Lizzy, ich glaube, wir schlafen noch eine Runde, was meinst du?«

Hab nichts dagegen. Lizzy wedelte leicht mit der Rute.

»Noch ist es dunkel und fast Nacht«, erklärte sie der Hündin. »Nachts soll man keine Entscheidungen treffen.« Lauras Herz pochte schneller, hoffnungsvoll. »Warten wir bis zum Tageslicht.«

Worauf sollen wir denn warten?

»Wenn dann immer noch alles genauso ist wie jetzt ...« Laura legte die Fotos und die Schachtel auf den Couchtisch, streckte sich auf der Couch aus und bettete ihren Kopf auf Justus' T-Shirt.

Was dann? Lizzy kroch wieder neben sie und kuschelte sich fest an sie.

»Hold to the truth in your heart ...«

Sanft strich Laura über das Fell der Hündin und schloss mit einem Lächeln die Augen, sagte aber nichts mehr.

23. Kapitel

Am Vormittag des Heiligen Abends ging es bei den Sternbachs hoch her. Heute wurde traditionell von der gesamten Familie der Weihnachtsbaum geschmückt. Es war laut, es wurde gelacht, diesmal sogar noch etwas mehr als sonst. Es war das erste Weihnachtsfest seit Langem, an dem wieder einmal Kinder im Haus waren. Die Zwillinge waren inzwischen eingezogen und versuchten sich einzuleben. Alle gaben sich Mühe, sie von ihrem Verlust und ihrer Trauer um die Mutter abzulenken.

Während Joel mit Feuereifer dabei war, die Kartons mit dem Weihnachtsschmuck zu durchstöbern, hielt sich seine Schwester Jessica sehr zurück und tat nur das, was man ihr auftrug. Im Augenblick war das, Patrick dabei zu helfen, die Kerzen der Lichterkette gleichmäßig über die Äste des über zwei Meter hohen Baumes zu verteilen. Ricarda und Viola gaben immer wieder Anweisungen, die sich – das war ebenfalls schon Tradition – grundsätzlich widersprachen. Margit und Elke sortierten die Weihnachtskugeln nach Farben und beschwerten sich – wie immer – darüber, dass niemand beim Abschmücken des Baumes im vergangenen Jahr daran gedacht hatte, gleich alles farblich sortiert zu verpacken.

Hans saß mit seinen Eltern am Esstisch und kommentierte hier und da das Geschehen, während Theo und Iris einfach nur zusahen und sich an dem Durcheinander erfreuten.

Im Hintergrund lief leise Weihnachtsmusik.

Justus hatte sich etwas abseits in einen Sessel gesetzt und verfolgte das Treiben seiner Familie schweigend. Trotz ihrer Zurückhaltung sah er, dass Jessica immer mehr Vertrauen zu ihrem Vater fasste und beide Kinder begannen, sich in der Familie wohlzufühlen und ihre Plätze zu finden. Normalerweise hätte Justus mitgemischt, doch ihm war heute nicht nach heiterer Weihnachtsvorfreude. Vielmehr haderte er mit sich und seiner harschen Reaktion auf Lauras Erklärung zu den Bewerbungen. Sie war jetzt seit zweieinhalb Tagen fort und hatte sich, abgesehen von dem Anruf wegen Lizzy, nicht mehr gemeldet. Lediglich an seine Mutter hatte sie vorgestern eine kurze WhatsApp gesendet, in der aber nur gestanden hatte, dass sie Lizzy vorerst nicht zurückbringen könne, weil sie zu beschäftigt sei, dies aber bald nachholen würde.

Zu beschäftigt mit was? Er versuchte sich vorzustellen, was sie wohl in Köln treiben mochte. Ob sie nach den Feiertagen herkommen, Lizzy bei seinen Eltern abliefern und ihre Stelle kündigen würde? Im Grunde hatte er ihr das ja fast schon nahegelegt. Er war wütend gewesen, selbstgerecht. Er konnte nicht von ihr verlangen, über Nacht alle Ängste abzuschütteln und ihre Vergangenheit hinter sich zu lassen. Mit dem Kopf wusste er das, doch in seinem Herzen stach noch immer die Überzeugung, dass es keinen Sinn haben würde, sich Hoffnungen auf eine gemeinsame Zukunft zu machen, solange Laura nicht vorbehaltlos bereit dazu war.

Selbstverständlich würde er ihr alle Zeit geben, die sie brauchte. Wenn er sie nicht für immer vertrieben hatte. Falls dem so sein sollte, musste er sich damit abfinden, dass ihre Gefühle nicht so stark gewesen waren, wie er es sich erhofft hatte.

Himmel, am liebsten würde er sofort losfahren und sie zurückholen!

Während er noch überlegte, ob er es wirklich wagen sollte, nach Köln zu fahren, und wie er sich von seiner Familie loseisen könnte, fiel sein Blick auf eines der beiden großen Wohnzimmerfenster und den Feldweg, der nah am Haus vorbeiführte. Draußen hingen die Wolken tief, und laut Wetterbericht würde es im Lauf des Tages noch Schnee- und Graupelschauer geben. Ihm stockte der Atem, denn trotz der unzureichenden Lichtverhältnisse erkannte er die Gestalt, die dort auf dem Weg stand, einen kleinen weißen Hund an der Leine hatte und offenbar schon eine Weile durch das Fenster hereingeschaut hatte.

Justus konnte genau erkennen, wie Laura die Schultern straffte, als sie bemerkte, dass er sie entdeckt hatte. Sie blieb ganz ruhig stehen, sah ihn nur an.

Langsam, sehr langsam erhob Justus sich. Noch wollte er sich keinesfalls dem freudigen, hoffnungsvollen Ziehen in seinem Inneren hingeben. Ohne auf die überraschten Ausrufe und Fragen seiner Familie zu achten, wohin er denn jetzt wolle, verließ er das Wohnzimmer, zog sich seinen Wintermantel über und öffnete die Haustür. Von hier aus konnte er den Feldweg nicht mehr sehen, doch das war auch nicht nötig, denn Laura war bis zum Gartentor gekommen und öffnete es gerade, als er die zwei Treppenstufen vor der Haustür hinabstieg.

Hach, da ist ja Justus. Hallo, hallo, da bin ich wieder. Na, freust du dich, mich zu sehen? Wau! Lizzy stürmte fröhlich bellend auf ihn zu. *Hey, begrüß mich mal. Was ist denn los, du beachtest mich ja überhaupt nicht! Oh, willst du erst Laura Guten Tag sagen? Na gut, dann warte ich, aber nicht zu lange! Ich bin doch total wichtig hier.*

Sein Blick zuckte nur ganz kurz zu der aufgeregt schwanzwedelnden Hündin hinab, doch sofort richtete Justus ihn wieder auf die Frau, die still vor ihm stand. Lauras Wangen waren von der kalten Winterluft leicht gerötet, und beim Ausatmen entstanden kleine Wölkchen vor ihrem Mund.

Da sie weder eine Miene verzog noch sich vom Fleck rührte, ging Justus zögernd auf sie zu und blieb einen Schritt vor ihr stehen. Fragend sah er sie an und versuchte gleichzeitig, seinen rasenden Puls durch puren Willen zur Räson zu bringen. Es gelang ihm nicht.

Ein seltsam flaues Gefühl machte sich in seiner Magengrube breit, als Laura, die noch immer keinen Ton sagte, in die Tasche ihres Wollmantels griff und etwas daraus hervorzog. Er erkannte die kleine Schachtel sofort, noch ehe sie sie ihm auf dem flachen Handteller hinhielt.

Ihr Brustkorb hob und senkte sich etwas zu schnell, dann sah er, wie sie hart schluckte.

Stirnrunzelnd blickte er von ihrem ausdruckslosen Gesicht auf die Schachtel. »Was …?«

»Ja.« Ihre Stimme war leise, aber klar.

Sein Herz zuckte heftig, als ihre Blicke sich erneut begegneten. »Ja?«

Sie nickte nur.

In ihm breitete sich ungläubiges Staunen vermischt mit nie so tief empfundener Freude aus. »Ich habe dich doch noch gar nicht gefragt.«

An Lauras Halsschlagader war ihr wilder Puls deutlich zu erkennen. »Das brauchst du nicht. Oder … wenn du willst, kannst du es tun, die Antwort bleibt dieselbe.« Sie atmete tief und etwas zittrig ein. »Auch wenn es vollkommen irrsinnig ist und alle sagen werden, dass wir den Verstand verloren haben, nach so kurzer …« Sie stieß einen verblüfften Laut aus, als er sie mit einem Ruck an sich zog und küsste.

***

Lauras wilder Herzschlag machte sie beinahe schwindelig, oder war es Justus' Kuss, der die Welt um sie herum in ein wildes Karussell verwandelte? Obwohl sie alles so schön geplant hatte, war es am Ende doch eine große Überwindung gewesen, hierherzukommen und zu tun, was Kopf und Herz – endlich im Einklang miteinander – ihr befahlen. Jetzt spürte sie nur noch Justus' Mund auf ihrem, warm, weich und fest zugleich, und seinen Atem, der über ihre Haut strich. Seufzend schlang sie ihre Arme um seinen Körper und hielt sich an ihm fest.

»Tut mir leid, dass ich dich angeschnauzt und weggeschickt habe«, raunte er gegen ihre Lippen. »Ich hätte das nicht tun sollen. Ich liebe dich.«

»Ich weiß.« Das Blut rauschte in ihren Ohren, und sie bekam kaum noch Luft, so nervös war sie plötzlich. »Ich ... liebe dich auch.« Die Schmetterlingsarmee in ihrem Bauch überschlug sich mehrfach. »Das habe ich noch nie zu jemandem gesagt.« Während sie sprach, wanderte ihr Blick zufällig hinüber zum Haus, und sie erschrak, denn am Küchenfenster standen sämtliche Mitglieder der Familie Sternbach dicht gedrängt und blickten lächelnd zu ihnen heraus. Viola und Elke winkten heftig. »Äh, Justus?« Laura musste unwillkürlich lachen.

»Hm?« Sie musste ihn mit ihrem Lachen überrascht haben, denn er drehte sich sofort um und folgte ihrem Blick. »Oh.« Nun lächelte auch er. »Komm, gehen wir.«

»Wohin?« Verblüfft nahm sie zur Kenntnis, dass er einfach ihre Hand ergriff und sie zum Gartentor zog, es öffnete und sie hindurchschob. »Was hast du vor? Sollten wir nicht reingehen?«

»Nicht jetzt. Die Bande wird noch früh genug alles erfahren.«

Nun wartet doch mal! Was ist denn jetzt los? Ich dachte, wir gehen ins Haus. Jetzt doch nicht? Und was nun? Noch ein Spaziergang? Na gut, aber nur weil ihr es seid. Allmählich wird es mir ein bisschen zu kalt.

Justus lachte, als Lizzy ein paar ungehaltene Laute von sich gab. »Tut mir leid, Kleine, aber wir gehen da jetzt nicht rein.« Er richtete seinen Blick auf Laura. »Erst müssen wir reden.«

Laura verspürte bei seinen Worten und seinem eindringlichen Blick ein Flattern tief in ihrer Magengrube. »Reden?«

»Oh ja.« Er drückte ihre Hand. »Unter anderem.«

Sie legten den Weg bis zum Blockhaus zügig zurück, nicht zuletzt weil Wind aufkam, der einen heftigen Graupelschauer im Gepäck hatte. Sie sprachen nicht, nur das leise Knistern und Rauschen des Niederschlags begleitete ihre Schritte.

Als sie um die lang gezogene Kurve bogen, die auf das Blockhaus zuführte, blieb Justus abrupt stehen. Ungläubig starrte er auf das hell erleuchtete Haus. »Was ist denn hier passiert?«

Laura betrachtete prüfend ihr Werk und war nach wie vor zufrieden mit sich. »Ich habe den alten Weihnachtsschmuck meiner Eltern aus dem Lagerraum geholt. Die Lichterketten funktionieren sogar noch alle, obwohl sie natürlich ziemliche Stromfresser sein dürften. Aber ich wollte einfach ausprobieren, ob ich es aushalten kann, das alles …«

»Liebe Zeit.« Langsam setzte Justus sich wieder in Bewegung. »Steht da eine Weihnachtspyramide im Küchenfenster?«

»Ja, die ist noch von Oma Finchen.«

»Du hasst Weihnachtspyramiden. Und Strohsterne und Glitzergedöns.« Ungläubig betrachtete er beim Näherkommen die geschmückten Fenster. Als er nahe genug war, um ins Haus blicken zu können, hustete er. »Da steht ein geschmückter Weihnachtsbaum.«

Laura seufzte. »Es hat mich einiges an Überwindung gekostet, aber jetzt, wo er dasteht, finde ich ihn sogar sehr hübsch. Ich hatte gar nicht mehr in Erinnerung, wie viel Baumschmuck meine Eltern hatten. Ich fühle mich geborgen und zu Hause, nicht mit Schmerz erfüllt, wenn ich ihn betrachte. Ganz anders, als ich es befürchtet hatte.«

»Warum hast du das Haus geschmückt?« Er hielt sie fest, sodass sie stehen bleiben musste. »Du weißt doch wohl, dass das nicht nötig ist. Ich würde nie von dir verlangen …«

»Ich wollte es.« Sie hob die Schultern. »Ich wollte, nein, ich musste einfach herausfinden, ob ich es kann.«

Nachdenklich musterte er sie. »Und du kannst.«

»Ja.«

»Du warst ganz schön fleißig.«

Sie lachte. »Das ist noch längst nicht alles. Ich war gestern Nachmittag auf dem Weihnachtsmarkt.«

»Du warst was?« Perplex starrte er sie an.

»Auf dem Weihnachtsmarkt. Vorgestern habe ich meine Wohnung in Köln geräumt. Oder vielmehr das, was noch in den Schränken war und was ich hier nicht haben will oder brauchen kann. Das meiste habe ich zu einem Secondhandladen gebracht. Ein paar Sachen habe ich auch bei eBay eingestellt, zum Beispiel alle meine Möbel.«

Justus zog sie zu sich heran und legte ihr die Arme um die Hüften. »Und dann warst du auf dem Weihnachtsmarkt.«

»Ja.«

»Allein.«

»Ganz allein. Es war ein merkwürdiges Gefühl, aber ich hatte doch überhaupt keine Weihnachtsgeschenke für euch und so und ...«

»Du brauchst weder mir noch meiner Familie etwas zu schenken, Laura.«

»Doch. Nein.« Sie lächelte leicht. »Doch. Unbedingt. Erst habe ich nichts gefunden, vor allem für die Zwillinge. Ich kenne die beiden ja noch gar nicht und ... Was schenkt man Kindern, die gerade ihre Mutter verloren haben?« Sie schluckte hart, ihre Miene wurde ernst. »Ich wollte damals nichts haben ... von niemandem. Ich wollte nur meine Familie wieder zurück.«

»Laura ...« Zögernd strich er ihr eine Locke hinters Ohr. »Du musst nicht ...«

»Ich will aber.« Energisch machte sie sich los, nahm ihn bei der Hand und zog ihn zur Haustür. »Am Ende ist mir dann aber doch die richtige Idee gekommen. Hoffe ich jedenfalls. Zumindest passt sie für euch alle, auch für die Kinder.«

»Was denn für eine Idee?«

»Das ist geheim.« Nachdem sie aufgeschlossen hatte, ins Haus getreten war und ihre Schuhe abgestreift hatte, bückte sie sich und nahm Lizzy das Geschirr mit der Leine ab.

Oh, danke. Tja, was mache ich denn jetzt? Ihr scheint mich ja immer noch nicht so richtig zu beachten. Habt wohl wichtige Dinge zu bereden. Na gut, dann verkrümele ich mich eben auf die Couch und schlafe eine Runde. Lizzy schüttelte sich und sauste zur Couch, sprang hinauf und rollte sich auf einem der Kissen zusammen.

»Du hast Geheimnisse?« Schmunzelnd folgte Justus Laura ins Wohnzimmer und hielt sie dort erneut fest.

»Gehört das nicht zu Weihnachten?« Mit pochendem Herzen drehte sie sich zu ihm um. »Ich mag ja ein bisschen aus der Übung sein, aber an die Geheimnisse kann ich mich noch gut erinnern. Meine Mutter hat sie zur Kunstform erhoben.« Sie zögerte kurz, fuhr dann aber fort: »Vielleicht war das einer der Gründe, weshalb ich Weihnachten zu solch einem Hassobjekt habe werden lassen. Es war in meiner Kindheit immer etwas ganz Besonderes. Geheimnisvoll, aufregend … einfach wunderschön. In jenem Jahr sollte ich das größte Geheimnis überhaupt bekommen – meinen kleinen Bruder. Und dann ist mir das alles genommen worden – ausgerechnet an dem Tag, der für mich von klein auf im gesamten Jahr der schönste gewesen ist. Aber du hattest recht: Ich hasse nicht Weihnachten, sondern das, was mir damals passiert ist.«

»Es tut mir sehr leid, dass du all das erleben musstest.« Zärtlich umschloss Justus ihr Gesicht mit den Händen.

»Ich weiß. Allen tut es leid. Jedem, der davon erfährt …« Sie schluckte. »Aber ich schätze, am allermeisten habe ich mir all die Jahre selbst leidgetan, und das muss aufhören.« Sie hielt kurz inne und atmete tief durch. »Ich habe die Bewerbungen gelöscht. Von meinem Laptop und vom Firmenserver. Also nicht nur in den Papierkorb verschoben, verstehst du? Endgültig gelöscht. Sogar einen Datenschredder habe ich drüberlaufen lassen.«

Justus' Augen leuchteten auf, doch seine Miene blieb ernst. »Du willst also bleiben.«

»Ja.«

»Hast du dir das gut überlegt?«

»Nein.« Sie hätte fast über seinen empörten Gesichtsausdruck gelacht. »Wenn ich auf das Durcheinander in meinem Kopf zu hören versuche, werde ich verrückt. Ich habe beschlossen, auf mein Bauchgefühl zu vertrauen.«

»Dein Bauchgefühl.« Er klang skeptisch.

»Und auf mein Herz.« Nun war sie es, die ihre Hand an seine Wange legte. »Darf ich?«

»Was?« Überrascht legte er den Kopf leicht schräg, lehnte sich in ihre Berührung.

»Bleiben.«

Geräuschvoll stieß er die Luft aus, dann lächelte er. »Ich hätte dich zurückgeholt – oder es zumindest versucht. Ich war drauf und dran, nach Köln zu fahren, als ich dich vorhin vor dem Haus sah.«

»Wirklich? Und wenn ich mich gesträubt hätte?«

»Dann hätte ich mit allen Mitteln versucht, dich zu überreden.« Er küsste sie, zunächst nur ganz sanft, doch als sie ihm entgegenkam, presste er seinen Mund fester, leidenschaftlicher auf ihren. Mit flinken Fingern öffnete er ihren Mantel und streifte ihn ihr von den Schultern.

Sie half ihm, auch seinen Mantel auszuziehen. Beide Kleidungsstücke landeten auf dem Fußboden. Laura erschauerte wohlig erregt, als Justus mit den Lippen eine Spur von ihrer Wange zu ihrem Ohr und von dort ihren Hals hinab zog. »Du hättest mich überredet?« Ihre Stimme klang leicht gepresst.

»Mhm.« Justus zupfte an ihrem Pullover, bis er seine Hände darunterschieben und ihre nackte Haut streicheln konnte. »Ich habe mir ein paar sehr gute Argumente zurechtgelegt.«

»Tatsächlich?« Die Stellen, an denen er sie berührte, erhitzten sich, obwohl seine Finger von ihrem Spaziergang noch immer kalt waren. Der Kontrast war erregend. »Welche denn zum Beispiel?«

Überraschend ließ Justus von ihr ab. »Komm mit.« Er nahm sie bei der Hand und zog sie mit sich die Treppe hinauf. Oben angekommen, schob er sie zielstrebig zum Schlafzimmer und schloss die Tür hinter ihnen. Dann grinste er schelmisch. »Ein paar dieser Argumente sind nicht für Lizzys unschuldige Ohren geeignet.«

Laura kicherte, schnappte aber gleich darauf nach Luft, als er sie erneut küsste, diesmal mit noch mehr Leidenschaft als zuvor. Ungeduldig zerrte er an ihren Kleidern, half ihr, sie auszuziehen, und streifte in Windeseile Hemd und Hose ab.

Ehe Laura auch nur einen zusammenhängenden Gedanken in ihrem Kopf formen konnte, lagen sie bereits auf dem Bett. Die Art, wie Justus sie küsste, mit den Händen jede Kurve, jede Stelle ihres Körpers streichelte, hatte beinahe etwas Verzweifeltes, so als wolle er sich vergewissern, dass sie tatsächlich hier war.

Sie spürte seine Erregung, die sich wie elektrischer Strom auf sie übertrug. Hastig zogen sie sich auch noch die letzten Kleidungsstücke vom Körper.

»Wo …?« Justus hielt inne und sah sich um, dann tastete er nach der Nachttischschublade.

»Nein, lass.« Laura bekam kaum Luft, so hart pochte ihr Herz gegen ihre Rippen. »Du brauchst nicht …«

»Sicher nicht?« Überrascht blickte er ihr in die Augen.

»Es kann im Augenblick nichts passieren. Falscher Zeitpunkt.« Sie hatte die Worte kaum ausgesprochen, da lagen seine Lippen schon wieder auf ihrem Mund, suchte seine Zunge ihre. Eine seiner Hände schloss sich sanft und doch besitzergreifend um ihre Brust, mit dem Daumen strich er kreisend über die Spitze, bis sie sich fest zusammenzog und aufrichtete. Laura hatte das Gefühl, als würden von diesem Punkt aus unzählige winzige Blitze durch ihren Körper gesandt. Sie vergrub ihre Hände in seinem Haar, drängte sich ihm entgegen und schlang schließlich ihre Beine um seine Hüften, um ihn so nah wie nur möglich an sich heranzuziehen. Mit einem tiefen Stöhnen nahm er ihre wortlose Einladung an und drang in sie ein.

Für einen langen Moment verharrten sie so, vereint, und blickten einander in die Augen. Laura hatte das Gefühl, als fließe ein heißer Strom durch sie hindurch und direkt zu Justus über. Als er eine Hand unter ihren Hinterkopf legte, um ihn zu stützen, und mit der anderen sachte über ihre Wange streichelte, war ihr, als würde ihr Herz sich in ihrer Brust ausdehnen. Vorsichtig legte sie ihre Hand über seine. »Das ist definitiv ein gutes Argument.«

Auf seinen Lippen erschien ein Lächeln, das sich auch in seinen Augen widerspiegelte. »Du bist ganz sicher, dass du das wirklich willst?«

»Ja.« Atemlos spürte sie, wie er sich in ihr bewegte, erst träge, dann zunehmend fordernd. »Ganz sicher.«

»Du hast die Bewerbungen gelöscht.« Er senkte seine Lippen auf ihre, aber nur kurz. »Also kein Hintertürchen?«

»Sie waren nie als Hintertürchen gedacht.« Sie stöhnte unterdrückt, als er erneut tief in ihr verharrte. Die Muskeln und Nervenenden in ihrem Inneren vibrierten und zuckten ungeduldig. »Sondern als Krücke für mein verkorkstes Herz.«

»Dein Herz ist nicht verkorkst.«

Sie lächelte. »Doch, ist es. Sogar ziemlich übel.«

»Aber du brauchst jetzt keine Krücke mehr?« In seinen Augen funkelte es amüsiert, gleichzeitig begann er, sich wieder zu bewegen, ganz langsam, sodass ihre innere Anspannung immer weiter wuchs.

Sie atmete nur noch ganz flach. »Wenn ich sie nicht wegwerfe, werde ich nie lernen, ohne sie zu gehen.« In ihrem

Inneren pochte und pulsierte es beinahe unerträglich. Entschlossen zog sie Justus' Kopf zu sich herab, küsste ihn hungrig und drängte sich ihm auffordernd entgegen.

Er reagierte sofort, offenbar hielt er die süße Qual ebenfalls nicht mehr länger aus. Die langsamen Bewegungen steigerten sich zu schnellen harten Stößen, die in ihrer Intensität und dem Verlangen und Begehren, das sie vermittelten, Lauras Welt in ihren Grundfesten erschütterten.

Wie in einem wilden Rausch passte sie sich seinem Rhythmus an, verlor sich darin, wurde immer höher und höher emporgewirbelt, bis sie nicht mehr anders konnte, als sich hilflos in die tosende Lust fallen zu lassen. Justus schien den Moment, in dem sie sich ihrem Höhepunkt ergab, genau zu spüren und folgte ihr nur wenig später.

Laura spürte, wie er sich tief in ihr verströmte und wie gleichzeitig die unterschwellige Spannung, die zwischen ihnen geherrscht hatte, sich in ein wohliges Nichts auflöste.

Ihr Herzschlag beruhigte sich nur langsam, ebenso ihr Atem. Sie stöhnte widerwillig, als Justus ein wenig zur Seite rutschte, um ihr mehr Luft zu verschaffen, und hörte ihn leise lachen. »Ich erdrücke dich.«

»Nein, tust du nicht«, sie spürte dem Glücksgefühl nach, das sie in Wellen durchflutete, »und wirst du nie.«

»Gut.« Er küsste sie auf den Mundwinkel, dann grinste er etwas schief. »Das war leider für den Anlass eine nicht gerade überragende Performance meinerseits.«

»Was?« Erstaunt blickte sie ihn an, dann kicherte sie. »So ein Quatsch. Es war genau richtig. Perfekt.«

»Nein, perfekt kriegst du noch.« Er küsste sie erneut. »Bis zum gemeinsamen Familienabendessen und der anschließenden Bescherung haben wir noch eine Menge Zeit.«

»Na gut, da werde ich nicht Nein sagen.« Zufrieden und seit langer Zeit zum ersten Mal bis tief in ihr Herz glücklich, kuschelte sie sich an ihn. »Ich liebe dich.«

In seinen Augen lag ein Strahlen. »Langsam kommst du in Übung.«

»Scheint so.«

Justus' Miene wurde ernst. »Was hat dich umgestimmt?« Forschend tastete sein Blick ihr Gesicht ab.

»Du.« Ihr Lächeln schwand ebenfalls und machte einem entschlossenen Ausdruck Platz. »Du hattest vollkommen recht. Ich hätte nie versuchen dürfen, mich selbst zu zwingen hierzubleiben. Das war dumm.«

»Nein, Laura ...«

»Doch, war es.« Energisch nickte sie. »Ich habe mir selbst etwas vorgemacht. In meinem unendlichen Selbstmitleid habe ich verlernt, auf mein Herz zu hören. Stattdessen habe ich immer und überall die Angst vorgeschoben, dass ich alles wieder verlieren könnte, wenn ich einmal zulasse, wieder zu lieben. Es ist ziemlich anstrengend, so zu leben. Immer habe ich mir meine eigene Familie zurückgewünscht, und weil ich sie nicht haben konnte, habe ich fast alle anderen Menschen, die versucht haben, mir nahezukommen, weit auf Abstand gehalten. Auch euch, und dabei habe ich gar nicht gemerkt, dass ihr im Grunde vom ersten Tag an meine Familie wart. Nicht die, die ich verloren hatte, sondern die, die für mich bestimmt ist und die ich dringend brauche, um nicht noch verkorkster zu werden.« Sie lachte trocken. »Wenn ich nämlich so weitermache, will mich irgendwann niemand mehr.«

Justus strich ihr zärtlich mit den Fingerspitzen über die Wangen und durchs Haar. »Ich werde dich immer wollen, Laura. Ich wusste das schon an dem Tag, als wir uns zum ersten Mal gegenüberstanden. Du warst einfach perfekt. Nein, du bist perfekt. Für mich.«

»Ich bin weit davon entfernt, perfekt zu sein!« Gerührt und amüsiert zugleich schüttelte sie den Kopf. »Aber ich will dir nicht widersprechen, sonst kriege ich den Ring am Ende doch nicht.«

Er lachte. »Und wie du den kriegst!« Er zögerte. »Später. Noch bin ich nicht in der Lage, mich von hier wegzubewegen.«

»Gut, ich will nämlich auch nicht, dass du dich wegbewegst.« Sie hielt kurz inne und wurde wieder ernst. »Es war gut, dass du mich weggeschickt hast. Dadurch blieb mir nichts anderes übrig, als mich mit meiner alten Wohnung und somit auch mit meinem alten Leben auseinanderzusetzen. Ich habe mich dort schrecklich einsam und verlassen gefühlt, so als hätte ich nie wirklich dort gelebt. Vielleicht habe ich das auch nicht. Gewohnt vielleicht, aber das ist etwas vollkommen anderes. Da ist mir klar geworden, dass ich das, was ich mir immer so sehnlichst gewünscht habe, schon längst besitze, seit ich hier bin. Ich habe es nur nicht erkannt, vielleicht weil ich nicht glauben wollte, dass es so einfach sein könnte. Ihr seid einfach perfekt, du und deine Familie. Ihr alle.«

Auf Justus' Lippen erschien ein erheitertes Lächeln. »Wir sind weit davon entfernt, perfekt zu sein«, wiederholte er ihre Worte. »Glaub mir, jeder Einzelne von uns hat ausreichend Fehler, um dich früher oder später in den Wahnsinn zu treiben.«

»Ich weiß.« Zärtlich küsste sie ihn. »Gerade deshalb seid ihr ja so perfekt. Ihr seid eine Familie.«

Justus schüttelte milde tadelnd den Kopf. »*Wir* sind eine Familie.«

Eine Welle von warmen Gefühlen flutete durch Laura hindurch. »Ja, *wir* sind eine Familie.« Sachte fuhr sie mit den Fingerspitzen die Linien seiner Brustmuskeln nach. »Das war es, was mich schließlich aufgerüttelt hat. Ich hatte diese Fotos mitgenommen, eigentlich mehr aus Versehen, weil sie zwischen die anderen Sachen geraten sind, die ich in der Eile in meine Taschen gestopft hatte.«

»Was für Fotos?«

»Die von unserer Backaktion. Du weißt schon, die Selfies.«

»Und was ist an ihnen so besonders?« Aufmerksam musterte er sie.

»Nichts, das ist es ja.« Sie lächelte versonnen bei der Erinnerung an die Erkenntnis, die sie vor wenigen Tagen getroffen hatte. »Ich war mit auf diesen Fotos, und es war so normal, so selbstverständlich. So als hätte ich schon immer dazugehört. Und das habe ich ja auch. Ihr habt mir von Anfang an das Gefühl gegeben, willkommen zu sein, zu euch zu gehören. Ich habe mich bloß nicht getraut, dieses Wunder anzunehmen.« Nach einem kurzen Moment wurde sie wieder ernst. »Es war wirklich wie ein Wunder für mich. Ist es immer noch.«

»Ein Weihnachtswunder?« Er zwinkerte ihr zu. »So wie in den romantischen Schnulzen, die du so gerne anschaust?«

Überrascht runzelte sie die Stirn, dann lachte sie. »Ja, genau so! Und dabei dachte ich, so etwas gäbe es nur im Film oder im Märchen. Wie schön, dass ich mich geirrt habe.«

»Ist dir bewusst, dass wir nicht nur alle nicht perfekt sind, sondern dass nun auch zwei Kinder zu unserer Familie gehören, die ein ähnliches Schicksal wie du erlitten haben? Wirst du damit zurechtkommen?«

Sie dachte für einen Moment nach, fühlte in sich hinein. »Ich weiß noch nicht, wie ich damit umgehen werde. Aber diese schreckliche Panik, die ich neulich hatte, ist irgendwie verraucht. Jetzt fühle ich mich eigentlich nur noch total verunsichert.«

»Tja, damit bist du in guter Gesellschaft. Ich fürchte, so geht es uns allen im Augenblick.«

Laura nickte. »Das ist ja auch eine alles andere als alltägliche Situation. Ich will auf jeden Fall versuchen, damit klarzukommen. Die beiden verdienen es, glücklich zu sein. Sie sollen niemals so enden wie ich.«

Justus schmunzelte. »So verkorkst, meinst du?«

»Genau.«

»Das ist doch ein guter Anfang, finde ich.« Unvermittelt umfasste er eine ihrer Brüste, beugte sich vor und zupfte mit den Lippen leicht an der Brustwarze, sodass sie sich aufrichtete.

Laura sog hörbar die Luft ein. »Was wird das?«

Mit schelmischem Blick sah Justus sie an, während er ihre Brüste weiter zärtlich liebkoste. »Ich würde gerne, passend zum Anlass, noch mal auf die Sache mit der perfekten Performance zurückkommen. Auch wenn es dann noch etwas länger dauern wird, bis du in den Besitz des Rings gelangst.«

Glücklich drängte Laura sich an ihn, drückte ihn rücklings auf die Matratze und schob sich über ihn. »Damit kann ich gut leben.«

»Du weißt aber schon, dass ich damit unsere Wette gewonnen habe?« Mit einem breiten Grinsen sah er zu ihr auf und zwickte sie in die Seite.

»Hey!« Laura zuckte kichernd zusammen. »Unsere Wette?« Verwirrt runzelte sie die Stirn, dann grinste sie ebenfalls. »Stimmt. Die hatte ich ganz vergessen.«

»Du musst deine Wettschulden noch bezahlen.« In Justus' Augen glitzerte es vielsagend. »Einen Kuss, wohin, darfst du dir aussuchen.«

Laura verzog mutwillig die Lippen. »Ganz egal, wohin?«

»Deine Entscheidung. Mein Luxuskörper steht dir zur Verfügung.«

»Das hättest du wohl gerne.« Lachend beugte sie sich zu ihm hinab und verschloss seine Lippen mit einem zärtlichen Kuss. »Andererseits …« Ganz langsam schob sie sich an ihm hinab. »Du hast gesagt, du spielst gerne mit gezinkten Karten und tust alles, um zu erreichen, was du willst.«

»Habe ich, ja.« Noch immer amüsiert beobachtete er sie, sog aber erregt die Luft ein, als sie mit den Lippen eine Spur von Küssen über seine Brust und seinen Bauch zog.

Sie kroch noch ein wenig weiter nach unten. »Vielleicht sollte ich das auch mal versuchen.«

✳✳✳

Mit einem letzten prüfenden Blick auf die Bildschirme an der Videowand verließ Santa Claus sein Büro. »Das ist ja gerade noch mal gut gegangen.«

Das Christkind, das auf einer kurzen Stippvisite bei ihm hereingeschaut hatte, folgte ihm mit einem zustimmenden Nicken. »Das kannst du laut sagen. Dieses Jahr war aber auch wirklich der Wurm in den Wunscherfüllungen. Ganz zu schweigen von unserem kleinen Projekt, Weihnachtshasser zu Weihnachtsliebhabern zu machen. Ich hätte nicht gedacht, dass das so kompliziert und aufwendig werden würde. Aber wenn ich mir die Ergebnisse so anschaue, können wir wirklich zufrieden sein, findest du nicht auch?«

Der Weihnachtsmann lächelte breit. »Und wie ich das finde! Vor allem diese wunderbare Wende bei Laura und Justus freut mich.«

»Oh ja, das ist, denke ich, einer unserer größten Erfolge dieses Jahr«, stimmte das Christkind zu. »Ein richtiges kleines Weihnachtswunder, genauso, wie es sein soll. Und dieses süße kleine Westie-Mädchen hat es mir besonders angetan.«

»Mir ebenfalls.« Santa Claus ging neben dem Christkind her hinaus in den großen Hof, auf dem bereits sein Schlitten stand und von den Elfen gerade eifrig mit Säcken voller Geschenke befüllt wurde. Die Rentiere waren auch schon angespannt und scharrten ungeduldig mit den Hufen. »Sie hat uns wunderbar geholfen und alles so gemacht, wie meine Elfen es mit ihr abgesprochen hatten.«

»Du kannst wirklich stolz auf deine fellnasigen Helferlein sein.« Das Christkind klopfte dem Weihnachtsmann anerkennend auf die Schulter. »Wahrscheinlich hätte Laura es auch ohne Lizzy geschafft, sich für ihr neues Leben zu entscheiden, aber so, wie es jetzt ist, ging es nicht nur schneller, sondern fühlt sich auch viel weihnachtlicher und schöner an.«

»Ganz meine Meinung«, stimmte der Weihnachtsmann zu. »Jetzt muss ich mich aber allmählich auf den Weg machen, sonst schaffe ich meine Reise um die Welt nicht in der zur Verfügung stehenden Zeit.«

»Mir geht es ganz genauso. Ich wollte eigentlich auch nur vorbeikommen, um dir für die gute Zusammenarbeit zu danken«, das Christkind lächelte huldvoll, »und dir eine schöne Reise zu wünschen.«

»Die wünsche ich dir auch, liebes Christkind.«

»Also dann, bis bald!«, und schon war das Christkind verschwunden.

Behände schwang Santa Claus sich auf den Schlitten und sah sich suchend um. Als er seine Frau bemerkte, die in der Tür erschienen war, lächelte er breit und warf ihr eine Kusshand zu. »Da bist du ja. Na, was sagst du zu unseren diesjährigen Erfolgen? Wir haben wieder einige Menschen mehr sehr glücklich gemacht, Weihnachtswünsche erfüllt und sogar für das eine oder andere Weihnachtswunder gesorgt. Das ist doch ein guter Schnitt, meinst du nicht auch?«

»Ganz hervorragend.« Santas Frau nickte zustimmend und trat an den Schlitten heran, um die Rentiere zu streicheln. »Hast du jetzt auch wirklich alles? Nichts vergessen?«

»Ich habe alles … außer meiner diesjährigen Reiseroute.« Suchend sah Santa Claus sich um. »Elfe-Sieben wollte sie mir doch ausdrucken, weil mein Handy nicht überall Empfang hat und die Navigations-App dann nicht richtig funktioniert. »Wo steckt meine Assistentin denn bloß auf einmal?«

»Hier bin ich, Santa, entschuldige bitte!« Völlig außer Atem kam Elfe-Sieben um das Haus herumgelaufen und schwenkte einen Schnellhefter durch die Luft. »Hier ist deine ausgedruckte Route.«

»Woher kommst du denn jetzt?« Überrascht musterte Santa sie.

»Ach, also ich … ähm.« Die Elfe grinste schief. »Ich hatte noch etwas sehr Wichtiges zu erledigen.«

»Ach ja?« Santas Frau sah sie neugierig an. »Was denn?«

Elfe-Sieben knabberte verlegen in ihrer Unterlippe. »Na ja, also das ist ein kleines Projekt, das ich kürzlich begonnen habe. Santa, du erinnerst dich doch noch, nicht wahr? Es ist nichts Schlimmes, keine Sorge, aber ich möchte erst darüber sprechen, wenn feststeht, ob es auch funktioniert.«

»Du hast ein Weihnachtsgeheimnis?« Santa Claus lachte. »Da bin ich ja gespannt. Kriegst du das allein hin? Falls du Hilfe benötigst ...«

»Elfe-Acht hilft mir schon. Sie zieht für mich ein paar Erkundigungen ein, und wenn alles klappt, erzähle ich dir bei deiner Rückkehr davon. In Ordnung?«

Der Weihnachtsmann schmunzelte über die eifrige Miene seiner kleinen Assistentin. »Mir soll es recht sein. Ich habe jetzt sowieso keine Zeit mehr.« Er schnalzte laut. »Auf geht's, ihr Rentiere. Machen wir uns auf den Weg! Hohoho!« Und schon schwang sich der Schlitten in die Lüfte, zog einen großen Boden am Firmament und verschwand in der Ferne.

24. Kapitel

»Nun warte doch mal! Warum hast du es denn plötzlich so eilig?« Atemlos hastete Laura hinter Justus her auf das Haus seiner Eltern zu. Lizzy hüpfte fröhlich an der Leine neben ihr her, und beinahe wäre Laura die große Geschenktüte aus der Hand gerutscht, die sie mitgebracht hatte.

An der Gartenpforte blieb Justus stehen, nahm ihr die Tüte ab und ergriff mit der anderen Hand die ihre. »Nervös?«

»Ja, irgendwie schon.« Sie folgte ihm zögernd und schloss das Törchen hinter sich. Dann betrachtete sie den glitzernden Brillantring, der irgendwann im Laufe des Nachmittags doch noch seinen Weg an ihren Ringfinger gefunden hatte. »Was, wenn sie uns für verrückt erklären?«

»Das werden sie nicht. Und falls doch, sind wir ja bei ihnen in guter Gesellschaft. Na, komm schon.« Justus grinste breit. »Sie sind jetzt auch deine Familie. Da musst du durch. Mit etwas Glück sind sie alle so sehr mit den Vorbereitungen fürs Essen beschäftigt, dass sie uns gar nicht bemerken.«

»Ist das dein Ernst?«

»Nicht wirklich.« Er lachte, als die Haustür aufflog. »Und es hat sich auch soeben erledigt.«

»Da seid ihr ja!« Elke kam eilig die Stufen herab und auf sie zu. »Wir wollten schon eine Vermisstenmeldung aufgeben. Ihr kommt gerade rechtzeitig, um beim Tischdecken zu helfen. Ich hätte dich ja auf dem Handy angerufen, Justus, aber deine Mutter hat es mir strikt untersagt. Sie meinte, ihr wollt bestimmt nicht gestört werden bei … na, was auch immer ihr den ganzen Tag getrieben habt.« Sie zwinkerte vergnügt. Als ihr Blick auf Lauras Hand fiel, stieß sie einen kleinen Schrei aus. »Das gibt es ja nicht. Was ist das denn?« Sie schnappte sich die Hand und betrachtete den Ring eingehend. »Du meine Güte, das ist ja unglaublich toll. Margit! Hans! MARGIT! Sie zerrte Laura einfach mit sich zum Haus. Justus folgte ihnen lachend.

»Margit, wo steckst du denn? Hans, komm sofort her!«

Auf ihr drängendes Rufen hin kam nun Margit tatsächlich zur Tür gelaufen, dicht gefolgt von ihrem Mann. »Um Himmels willen, was ist denn passiert? Ist jemand gestürzt? Brauchen wir einen Notarzt?«

»Notarzt, so ein Unsinn.« Elke zog Laura mit sich die Stufen hinauf und hielt ihrer Schwägerin die Hand mit dem Ring vor die Nase. »Schau dir mal diesen Klunker an! Ich dachte gerade, ich sehe nicht richtig. Dein Sohn hat sich verlobt.«

»Was?« Erstaunt musterte Margit kurz den Ring, dann breitete sich ein Strahlen auf ihrem Gesicht aus. Umstandslos zog sie die verlegene und vollkommen perplexe Laura in eine feste Umarmung. »Oh, mein Gott, ist das schön. Und noch dazu an Weihnachten. Ich freue mich so, mein liebes Kind.« Sie küsste Laura auf die Wange. »Das ist einfach wunderbar.« Abrupt ließ sie Laura los, als Justus neben ihr auftauchte. »Komm her, du alter Schwerenöter.« Margit zog auch ihren Sohn in eine liebevolle Umarmung. »Du hast uns ja kein Wort davon gesagt, dass du gleich Nägel mit Köpfen machen willst. Ich weiß gar nicht, wie ich das finden soll.«

Justus räusperte sich. »Eigentlich war das auch etwas anders gedacht, aber manchmal will es das Schicksal eben so.«

»Das hätte ich jetzt nicht besser formulieren können.« Elke wischte sich ein Tränchen aus dem Augenwinkel und umarmte Laura ebenfalls. Dann wandte sie sich an ihren Bruder. »Na, was ist denn, Hans? Willst du dich als Familienoberhaupt nicht auch mal äußern?«

»Ich komme doch gar nicht zu Wort.« Schmunzelnd klopfte er seinem Sohn auf die Schulter. »Gut gemacht, Junge.

Wenn man ein Goldstück findet, schnappt man es sich und behält es.« Er lächelte Laura zu. »Kein Grund, rot zu werden, Kindchen. Ich hatte mir schon so etwas gedacht, als ich von eurem Streit neulich erfahren habe. Besondere Situationen erfordern manchmal schnelles und entschlossenes Handeln.« Er zog sie kurz, aber herzlich an sich. »Willkommen in der Familie.«

»Was geht denn hier draußen vor?« Iris kam aus dem Wohnzimmer, aus dem weitere Stimmen, Weihnachtsmusik und Gelächter drangen. »Habt ihr die Weihnachtsfeier etwa nach draußen verlegt? Dazu ist es doch viel zu kalt und ungemütlich.«

»Nichts haben wir verlegt, Mutti. Schau mal.« Diesmal griff Margit nach Lauras Hand und hielt sie ihrer Schwiegermutter vors Gesicht.

»Nein! Oh, wie schön!« Laura schnappte nach Luft, als nun auch Iris sie überschwänglich an sich zog und auf beide Wangen küsste. »Komm mal mit rein, Kindchen, das müssen die anderen unbedingt auch gleich erfahren.«

Hey, wau, wau! Was soll denn das? Erst beachtet mich niemand, und jetzt werde ich einfach hin und her gezerrt. So geht das aber nicht. Nein, wirklich nicht. Ich protestiere aufs Schärfste!

Als Lizzy laut und aufgeregt bellte, verstummten alle und blickten auf sie hinab. Margit fing sich als Erste. »Ach du liebes bisschen. Du arme Kleine, dich haben wir ja ganz übersehen.«

Ja, anscheinend. Gemeinheit! Brummelnd schüttelte Lizzy sich.

»Tut mir leid, uns allen. Komm mal her.« Rasch ging Margit in die Hocke und zog die Hündin an sich. Nachdem sie sie kurz gekrault hatte, hob sie sie auf den Arm. »So, jetzt nehmen wir dich mit ins Wohnzimmer, und dort bekommst du ein schönes Leckerchen.«

Na gut, da könnte ich mit mir reden lassen. Küsschen!

Margit gluckste, als Lizzy ihr übers Kinn leckte, und eilte den anderen voran ins Wohnzimmer.

Laura blieb etwas zurück – jetzt, da niemand sie mehr am Handgelenk hinter sich herzerrte, und zog langsam und bedächtig ihren Mantel aus. Obwohl sie sich bereits gedacht hatte, dass alle sich für sie freuen würden, war ihr die geballte Aufmerksamkeit doch fast schon wieder peinlich.

»Na, willst du Zeit schinden?« Grinsend hängte Justus seinen Mantel neben ihren. »Das wird dir nicht lange glücken. Wenn wir da jetzt nicht sofort reingehen, kommen sie uns holen.«

»Ich weiß.« Laura lächelte. »Sie sind schon alle ziemlich verrückt, oder?«

»Zu verrückt?« Er hob leicht die Augenbrauen.

»Nein.« Sie straffte entschlossen die Schultern. »Genau richtig.«

Kaum hatten sie das Wohnzimmer betreten, als Viola und Ricarda sich auch schon auf sie stürzten, den Ring bewundern und alles im Detail wissen wollten. Auch Theo trat näher, nachdem Iris ihn über den Familienzuwachs in Kenntnis gesetzt hatte, und Patrick gesellte sich zu Justus, um ihm zu gratulieren. Es herrschte ein buntes Stimmengewirr und Durcheinander, in dem das Klingeln an der Haustür beinahe untergegangen wäre, wenn Lizzy nicht bellend in den Flur gerannt wäre.

»Ach du liebe Zeit, das sind sicher meine Eltern.« Margit seufzte und verdrehte leicht die Augen. »Damit wäre das sternbachsche Weihnachtschaos perfekt. Entschuldigt mich.«

»Warte, ich gebe dir Schützenhilfe«, bot Elke sofort an, doch Hans hielt sie zurück. »Lass mal, ich gehe schon. Justus, bring bitte etwas Ordnung in die Bagage. Wir wollen gleich essen, aber der Tisch ist noch immer nicht fertig gedeckt.«

»Zu Befehl, Sir.« Lachend salutierte Justus und wandte sich an Patrick. »Komm, lass uns das erledigen. Die kriegen das heute nicht mehr auf die Reihe.« Er deutete auf Ricarda, Viola,

Elke und Iris, die sich im Kreis um Laura geschart hatten und ihr beinahe die Finger ausrissen, weil sie alle gleichzeitig den Ring sehen wollten. »Frauen halt.«

Elke drehte sich ruckartig zu ihm herum. »Das habe ich genau gehört, Freundchen. Sieh dich bloß vor!« Sie nahm Viola am Arm. »Komm, wir kümmern uns um den Kartoffelsalat, sonst schmuggeln die Männer noch irgendwelche Zutaten hinein, die uns die Tränen in die Augen treiben.«

»Hey, das habe ich nur ein einziges Mal gemacht!«, protestierte Patrick.

»Ja, aber erfolgreich.« Elke stieß ihn kräftig mit der Hand vor die Brust. »Chilipulver und Wasabi!« Sie drehte sich zu Laura um. »Wir sind alle beinahe vom Stuhl gefallen, Patrick eingeschlossen.«

»Genau genommen ging es mir am Ende am schlimmsten, weil ich so viel von dem Zeug gegessen habe, um euch zu beeindrucken.« Patrick grinste schief.

»Eeeecht? Hast du wirklich Chilipulver in den Kartoffelsalat getan?« Die ungläubige Jungenstimme ließ alle Anwesenden überrascht verstummen. Joel, der bis eben mit seiner Schwester vor dem Fernseher gesessen und einen alten Weihnachtsfilm angesehen hatte, war unbemerkt aufgestanden und näher gekommen. Laura sah den Jungen nun zum ersten Mal. Er war ebenso braunhaarig wie sein Vater und hatte auch dessen graue Augen geerbt. Die Ähnlichkeit war nicht zu übersehen. Der Junge wirkte etwas blass und übernächtigt, aber insgesamt recht aufgeräumt. Seine Schwester Jessica hingegen zog einen Flunsch und tat, als höre sie nicht hin. Auch sie besaß die gleiche Augen- und Haarfarbe. Ihre Locken waren im Nacken zu einem einfachen Zopf zusammengebunden. Ihre Miene wie auch ihre Körperhaltung signalisierten Abwehr und Verschlossenheit.

Patrick räusperte sich. »Ähm, ja, da war ich dreizehn oder vierzehn. Das ist aber nichts, worauf man stolz sein sollte.«

»Und was man auch nicht nachzumachen braucht«, fügte Ricarda streng hinzu und fixierte erst Joel, dann Jessica, die daraufhin noch abweisender dreinblickte, jedoch kein Wort sagte. »Noch mal will ich so ein Feuerwerk nicht in meiner Kehle erleben.«

»Also los, her mit dem Kartoffelsalat«, forderte Justus erneut. »Ricarda, du übernimmst die Würstchen. Und misch nicht wieder die vegetarischen mit den anderen, sonst flippt Oma Vera wieder aus.« Mit ausgebreiteten Armen scheuchte er seine Geschwister in die Küche.

Laura warf einen Blick auf den Fernseher, dann auf Joel und seine Schwester. Jetzt, wo sie sich mit den Zwillingen in einem Raum befand, kam ihr ihre anfängliche Panik vollkommen überzogen vor. Langsam ging sie zur Couch und setzte sich; Joel kehrte ebenfalls zu seinem Sitzplatz zurück und ließ sich in die Polster fallen.

»Was guckt ihr denn da?«

»Ist doch egal.« Ein fast schon feindseliger Blick aus Jessicas Augen traf sie.

»Nein, ist es nicht. Ich habe nämlich seit einer Ewigkeit keinen Weihnachtsfilm mehr gesehen.«

»Was ist denn bei dir eine Ewigkeit?« Neugierig musterte Joel sie.

»So etwas mehr als achtzehn Jahre. Das ist doppelt so lange, wie ihr auf der Welt seid.«

»Boah.« Beeindruckt starrte der Junge sie an. »Warum das denn?«

»Weil ich, als ich zwölf Jahre alt war, beschlossen habe, dass ich Weihnachten für immer hassen will.«

»Für immer?« Nun hob Jessica doch mit leisem Interesse den Kopf.

»Ja, für immer. Das ist mir allerdings nicht ganz geglückt.« Laura warf einen kurzen Blick über die Schulter und sah, dass Justus noch immer an der Küchentür stand und sie beobachtete. Als ihre Blicke sich trafen, lächelte er ihr ermutigend zu. »Seit ganz kurzer Zeit fange ich langsam wieder an, Weihnachten doch zu mögen.«

»Ich mag Weihnachten gern.« Joel nahm eines der Sofakissen auf den Schoß und spielte daran herum. »Aber dieses Jahr ist es nicht schön, weil unsere Mama gestorben ist und wir traurig sind.«

»Ich bin gar nicht traurig«, fauchte Jessica ihn erbost an.

»Biste wohl.« Der Junge wandte sich mit wichtiger Miene an Laura. »Jessi ist total böse, weil wir jetzt hier wohnen müssen und nicht mehr bei Oma und Opa. Obwohl wir da auch nicht gewohnt haben, sondern im Internat, und überhaupt lieber bei Mama gewesen wären. Aber das ging ja nicht, weil sie so arg krank war und dann gestorben ist.« Er schniefte leise.

»Lass mich in Ruhe.« Jessica verschränkte die Arme vor der Brust und drehte den Kopf zur Seite.

»Sie ist immer so, wenn sie traurig ist«, erklärte Joel. »So böse.«

»Wirklich?« Laura musterte das Mädchen eingehend. »Weißt du was, Joel?« Sie sprach betont nur ihn an und tat, als sei Jessica nicht da. »Das kann ich gut verstehen. Ich war auch mal so wütend wie sie.«

»Warum denn?«

»Weil …« Sie schluckte und atmete gegen das plötzliche Herzklopfen an. »Weißt du, als ich zwölf war, sind meine Eltern und mein kleiner Bruder, der noch gar nicht geboren war, bei einem Autounfall gestorben.«

»Boah, echt?« Entgeistert starrte der Junge sie an. »Bist du dann auch zu anderen Leuten gekommen, so wie wir?«

»Ja, aber ich hatte es nicht so gut wie ihr. Ich hatte nämlich gar keine Familie mehr. Jedenfalls keine, die mich lieb hatte und bei der ich wohnen konnte. Ich bin ins Kinderheim gekommen.«

»Ins Kinderheim, echt?« Jessica sah sie mit großen Augen an. Laura nickte ernst. »Ja, ins Kinderheim. Das war zwar nicht so schlimm, wie ihr es euch vielleicht jetzt vorstellt, aber richtig schön war es auch nicht.«

»Ich will nicht ins Kinderheim.« Joel schüttelte sich. »Das doofe Internat hat mir auch nicht gefallen.«

»Ja, weil du nachts immer geweint hast und die Erzieherin geschimpft hat.« Jessica löste ihre fest verschränkten Arme etwas, und Laura meinte, auf dem Gesicht des Mädchens so etwas wie Mitgefühl für ihren Bruder ablesen zu können.

»Sie hat geschimpft?« Fragend sah sie Joel an.

»Ja, weil ich Heimweh hatte, und sie hat gemeint, dass das albern wäre.«

Innerlich schüttelte Laura den Kopf über diese Erzieherin. »Ich hatte damals auch ganz schreckliches Heimweh.«

»Patrick hat gesagt, dass jetzt hier unser Zuhause ist.« Joel sah sich in dem geschmückten Wohnzimmer um. »Und dass er unser Papa ist. Wir hatten noch nie einen Papa.«

»Oma und Opa sagen, er taugt nichts.« Das Mädchen spielte nun ebenfalls mit einem Sofakissen herum.

»Bestimmt haben sie es nicht so gemeint.« Hilflos drehte Laura sich zu Justus um, doch der war inzwischen in der Küche verschwunden, aus der ein lautes Stimmengewirr, kleine Zankereien und Gelächter drangen.

»Doch.« Jessica nickte mit Nachdruck. »Sie haben gesagt, er ist nicht gut genug für Mama und böse, und deshalb ist es gut, wenn wir ihn nicht sehen und kennen. Und jetzt müssen wir bei ihm wohnen. Ich will nicht bei einem bösen Vater wohnen.«

»Patrick ...« Laura schluckte. »Euer Vater ist nicht böse. Er wusste nicht, dass es euch überhaupt gibt, und muss sich jetzt erst an den Gedanken gewöhnen, genau wie ihr. Wahrscheinlich kennen eure Großeltern ihn einfach nicht gut genug und haben deshalb ein voreiliges Urteil über ihn gefällt.«

»Ich finde ihn nett.« Joel knautschte sein Kissen und strich es wieder glatt.

»Du findest doch jeden nett«, brauste Jessica auf.

»Gar nicht wahr!«

»Wohl wahr.«

»Blöde Kuh!«

»Kinder, es ist Weihnachten!« Unbemerkt war Elke näher gekommen. »Da wird nicht gestritten.«

»Wieso?« Abschätzend blickte Jessica zu ihr hoch. »Ihr streitet doch auch andauernd alle.«

Elke hüstelte. »Stimmt, aber nur weil wir das tun, bedeutet das noch nicht, dass es auch gut und richtig ist.« Sie machte eine auffordernde Geste. »Kommt jetzt, geht in die Küche, und wascht euch die Hände – und dann setzt euch schon mal an den Tisch. Laura, Margits Eltern bringen gerade ihre Sachen rauf ins Gästezimmer. Du kennst sie ja noch nicht ...« Sie hob die Schultern. »Einfach tief durchatmen und die Ruhe behalten, okay?« Damit nahm sie Joel, der sich bereitwillig erhoben hatte, bei den Schultern und schob ihn in Richtung Küche.

Etwas befremdet sah Laura ihr nach, blickte dann aber zu Jessica, die keine Anstalten machte, ihrem Bruder zu folgen. »Glaubst du denn auch, dass dein Vater böse ist? Du hast ihn doch jetzt schon ein paar Tage lang kennenlernen können.«

Jessica zögerte, dann zuckte sie mit den Achseln. »Nö, böse nicht. Aber auch kein richtiger Vater. Die sind anders.«

»Wie denn anders?«

»Weiß auch nicht. Nicht so wie Patrick.« Ein erneutes Achselzucken folgte ihren Worten.

»Vielleicht liegt das nur daran, dass er gar nicht weiß, wie man ein Vater ist. Er hatte ja gar keine Zeit zum Üben, wo er doch gar nichts von euch wusste.«

»Muss man so was üben?« Auf dem Gesicht des Mädchens zeichnete sich Verblüffung ab.

Laura lächelte leicht. »Ja, ganz bestimmt. Schau mal, er hat doch bisher nie Kinder gehabt, und schon gar keine, die schon so groß sind wie ihr. Woher soll er denn wissen, wie er sich verhalten soll? Erwachsene können das nicht einfach so, nur weil sie erwachsen sind. Vielleicht solltest du ihm eine Chance geben, sich zu bewähren.«

»Na ja, eigentlich ist er ganz okay, glaube ich.« Zögernd erhob Jessica sich nun auch und ging in die Küche, um sich die Hände zu waschen. »Ich habe Hunger.«

»Unser Stichwort«, rief Ricarda, die soeben mit einer großen Platte voller dampfender Würstchen hereinkam. Dicht gefolgt von Patrick mit einer kleineren Platte – offenbar die vegetarischen Würstchen. Viola und Justus trugen Schüsseln von enormen Ausmaßen herein, in denen sich der Kartoffelsalat befand. Elke war ebenfalls noch einmal in die Küche geeilt und brachte ein Tablett mit verschiedenen Getränkeflaschen.

Im selben Moment betrat Margit den Raum. »Fernseher aus!«, befahl sie, ohne auch nur einen Blick in Richtung des Bildschirms zu werfen.

Eilig schnappte Laura sich die Fernbedienung und schaltete das Gerät aus.

»Ach, Mensch, dann kriegen wir doch das Ende gar nicht mit«, rief Viola.

»Das ist doch eine DVD, die kannst du später noch so oft anschauen, bis du viereckige Augen hast«, rügte Theo milde lächelnd. »Jedes Jahr der gleiche Sermon. Wer hatte eigentlich damals die Idee, am Nachmittag des Heiligen Abends dusselige Weihnachtsfilme anzuschauen?«

»Du, mein Guter.« Iris hakte sich bei ihm ein und führte ihn lächelnd zu seinem Platz. »Je größer diese Familie wurde, desto sinnvoller schien es uns, die Bande irgendwie bis zum Essen und der Bescherung ruhigzustellen. Du hast doch damals Hans den ersten Videorekorder geschenkt, genau zu diesem Zweck. Heute ist es eben ein DVD-Player. Das Prinzip wurde lediglich der heutigen Zeit angepasst.«

Ringsum wurde gelacht.

»Hier geht es ja schon lustig zu«, erklang in diesem Moment eine weibliche Stimme von der Tür her. Eine elegante grauhaarige Dame im silbernen Abendkostüm trat ein, dicht gefolgt von einem hochgewachsenen, sehr schlanken, weißhaarigen Mann. An den Gesichtszügen war zu erkennen, dass es sich um Margits Eltern handelte. »Das ist ja nett. Nein, bitte Kinder, bleibt sitzen. Ich will nicht, dass ihr mir die Kleider zerknittert.« Ganz selbstverständlich begaben sich die beiden zu den ihnen offenbar angestammten Plätzen am Tisch. Margits Vater rückte seiner Frau, ganz Gentleman, den Stuhl zurecht, bevor er sich setzte.

»Entschuldigt, dass wir so spät hier angekommen sind.« Margits Vater nahm die bereitliegende Serviette und entfaltete sie, um sich eine Ecke in den Hemdkragen zu stecken. »Es war ein fürchterlicher Stau auf der Autobahn, weil die Streufahrzeuge nicht mit ihrer Arbeit fertig wurden.«

Automatisch wanderten die Blicke aller Anwesenden zu den Fenstern. Obgleich es mittlerweile dunkel war, konnte man deutlich dichtes Schneetreiben erkennen.

Margit lächelte. »Weiße Weihnachten.«

»Ja, entsetzlich.« Ihre Mutter verzog missbilligend die Lippen und verscheuchte damit das Lächeln von den Lippen ihrer Tochter. »Wie ich sehe, haben wir heute einen Gast, den Armin und ich noch nicht kennen.« Ihr Blick war an Laura hängen geblieben. »Ich dachte, dies sei eine intime Familienfeier. Ist das nicht die Frau, die ihr kürzlich als Marketingchefin eingestellt habt? Ich habe ihr Bild auf der Internetseite gesehen. Haltet ihr es nicht für ein wenig unpassend, sie ausgerechnet am Heiligen Abend einzuladen? Nichts für ungut, Frau Stahlhoff.« Sie lächelte Laura schmal zu. »Aber wir legen nun mal großen Wert auf die Einhaltung alter Familientraditionen.«

»Das tun wir auch.« Ehe seine Eltern antworten konnten, ergriff Justus das Wort. Er saß neben Laura und hatte ihre Hand ergriffen. Demonstrativ hielt er sie so, dass der Ring deutlich zu erkennen war. »Laura gehört zur Familie, Oma Vera. Sie ist meine ... Wir sind verlobt.«

»Wie bitte?« Vera starrte ihn verblüfft an. »Ja, seid ihr denn von allen guten Geistern verlassen? Ihr könnt euch doch höchstens ein paar Wochen kennen. Da verlobt man sich doch nicht!«

»Warum nicht?« Diesmal war es Hans, der antwortete. »Findest du nicht, dass das allein die Sache von Justus und Laura ist?«

Armin hüstelte empört. »Natürlich, von dir habe ich keine andere Reaktion erwartet. Du hast damals unsere Tochter ja auch gegen unseren Willen und guten Ratschlag geheiratet.«

»Und es nie bereut.« Hans warf Margit einen warmherzigen Blick zu, woraufhin die etwas konsterniert seufzte.

»Du vielleicht nicht.« Vera kräuselte missbilligend die Lippen. »Aber die ...«

»Hör auf damit, Mutter.« Margit schüttelte den Kopf. »Auch ich habe mein Jawort nie bereut. Findet euch doch endlich damit ab. Oder schluckt eure ätzenden Kommentare wenigstens bis nach den Feiertagen hinunter. Ihr verderbt nur allen die Laune und gebt den Kindern ein schlechtes Beispiel.«

Vera und Armin blickten zu den Zwillingen, die mit betretenen und verunsicherten Mienen dasaßen. Veras Miene war zu entnehmen, dass sie noch lange nicht fertig war. »Das ist auch so eine Sache, dir wir absolut nicht nachvollziehen können. Patrick, du hast doch nicht wirklich diese wildfremde Person einfach so geheiratet?«

Ringsum wurde es ganz still.

»Mutter, also wirklich!« Margit wollte sich schon wütend erheben, doch Patrick, der neben ihr saß, legte ihr beschwichtigend eine Hand auf den Arm. »Schon gut, Mama. Oma Vera

ist mal wieder in Höchstform.« Er wandte sich an seine Großmutter. »Doch, ich habe Klarissa geheiratet.«

»Und jetzt bist du Witwer und hast zwei Kinder am Hals,
die vielleicht gar nicht von dir sind.« Armin verschränkte die
Arme vor der Brust.

»Ich bitte dich!« Empört funkelte Margit ihren Vater an.
»Sieh dir die beiden doch mal an. Sie sind Patrick wie aus dem
Gesicht geschnitten. Und selbst wenn sie das nicht wären …«

»Was ich für Klarissa und die Kinder getan habe, ist allein
meine Sache«, unterbrach Patrick sie. »Es war ihr Wunsch und
Letzter Wille, dass die Kinder bei mir leben.«

»Ungeheuerlich.« Vera seufzte abgrundtief. »Aber diese Familie war ja schon immer ein einziges Chaos. Dass sich das
jetzt rächt und auf die nächste Generation überträgt, ist ja
überhaupt kein Wunder.«

»Na, habe ich dir zu viel versprochen?«, raunte Justus Laura
zu, die einigermaßen verwundert dem Disput folgte.

»Ist das immer so, wenn die beiden hier sind?«, raunte sie
zurück.

»Ach, das ist noch gar nichts. Warte, bis Elke ein paar Tassen
von ihrem Silvesterpunsch ausgeschenkt hat. Dann geht es erst
so richtig rund. Oma Vera kann ziemlich laut werden, wenn
sie in Fahrt kommt.«

»Oje.« Laura zog den Kopf zwischen die Schultern.

»Keine Sorge, ich sichere dir einen Platz in der ersten Reihe.«
Grinsend küsste er sie auf den Mundwinkel.

»Also ich bitte dich doch sehr!« Vera fixierte Justus streng.
»Muss das sein?«

»Was meinst du?« Er tat vollkommen unschuldig, was seine
Großmutter noch mehr verärgerte.

»Na diese Knutscherei am Esstisch. Das gehört sich nicht.«

»Warum denn nicht?« Justus grinste. »Im Übrigen war das
nur ein winziges Küsschen, keine Knutscherei. Das hier ist
Knutscherei.« Ehe Laura reagieren konnte, hatte er sie zu sich

herangezogen. Sie stieß einen überraschten Laut aus, als er sie fest und mit eindeutig zu viel Leidenschaft küsste. Als sie Violas und Ricardas Kichern vernahm, dann auch noch Margits amüsiertes Lachen und das dezente Hüsteln von Iris und Theo, spürte sie, wie ihr Inneres von warmen Glücksgefühlen überflutet wurde. Zärtlich erwiderte sie den Kuss, löste sich dann aber entschlossen von Justus. »Genug jetzt«, flüsterte sie. »Sonst eskaliert die Sache noch vor der Bescherung.«

Wieder wurde gelacht.

Justus nickte ihr lächelnd zu und wandte sich dann wieder an seine Großmutter. »Na, ist der Unterschied jetzt deutlich geworden?«

Vera schnaubte empört. »Ich denke, es wäre besser, wenn wir jetzt essen. Sind das da die vegetarischen Würstchen?«

»Wo ist eigentlich Lizzy?« Erst jetzt wurde Laura bewusst, dass sie die kleine Westie-Dame schon eine ganze Weile nicht mehr gesehen hatte.

»Ja, stimmt, wo steckt sie?« Auch Margit merkte auf und sah sich um.

»Meinst du dieses kleine schmutzige Fellbündel?« Armin räusperte sich ungehalten. »Ich habe es oben in Elkes Wohnung eingesperrt. Das Viech ist uns dauernd zwischen den Füßen herumgerannt. Ihr wollt den Hund doch nicht etwa beim Essen hier herumlaufen lassen? Das ist entsetzlich unhygienisch.«

»Ach herrje!« Margit sprang erschrocken auf und lief zur Tür. »Die arme Kleine!«

Hans schüttelte missbilligend den Kopf. »Also wirklich, Armin, du kannst doch den armen Hund nicht einfach oben einsperren.«

Aus dem Flur waren erst Schritte auf der Treppe, dann ein freudiges Jaulen zu vernehmen. Nur Augenblicke später kam Lizzy wie ein Wirbelwind ins Zimmer geschossen und bellte anklagend.

Das war ja jetzt echt total gemein! Sperren die mich einfach oben in Elkes Zimmer. Was soll ich denn da? Und überhaupt, ich muss doch alle hier begrüßen, und es riecht nach Essen, da muss ich doch dabei sein. Wau! Wiff! Wuff! Wie ein Derwisch sauste die kleine Hündin um den Tisch herum, sprang wie ein Springbällchen auf und ab und quietschte und bellte.

»Ist ja gut, Lizzy, beruhige dich.« Laura bückte sich und hielt die Hündin auf, als diese an ihr vorbeirannte. »Mach brav *Sitz*. Es ist ja alles gut.«

Oh, meine Laura! Na gut, dann setze ich mich eben. Aber ich bin eigentlich noch nicht mit Begrüßen fertig. Ach, macht ja nichts, das kann ich ja später noch nachholen.

»Die ist so süß.« Joel hatte sich zu Lizzy hinabgebeugt. »Darf ich sie streicheln?«

»Na klar.« Margit nickte.

»Doch nicht beim Essen!« Empört schüttelte Vera den Kopf.

»Vera, bitte.« Iris schien sich bemüßigt zu fühlen, ein erneutes Aufflammen des Streits im Keim zu ersticken. »Lass den Jungen doch. Ein bisschen Hundestreicheln hat noch keinem Kind geschadet, eher im Gegenteil.«

»Aber bei Tisch …«

»Auch bei Tisch ist es nicht so schlimm. Nun sei bitte nicht päpstlicher als der Papst.«

Mh, ja, streicheln mag ich sehr! Freudig mit der Rute wedelnd rekelte Lizzy sich unter Joels streichelnden Händen, dann tapste sie zu Jessica. *Und du? Magst du auch mal?*

»Sie möchte, dass du sie auch begrüßt.« Laura blickte das Mädchen lächelnd an. Nur zu, sie beißt nicht.«

Nee, tu ich nicht. Warum auch?

»Die ist niedlich.« Offenbar konnte selbst die verschlossene Jessica der freundlichen Westie-Dame nicht widerstehen und streichelte ihr sanft über den Kopf. »Total weich.«

Oh, das fühlt sich gut an! Euch beide mag ich. Lizzy leckte Jessica über den Handrücken, und das Mädchen kicherte unterdrückt.

»Ih!«

»So, genug.« Hans klatschte in die Hände. »Egal, was jetzt noch kommt, es wird erst mal gegessen.«

Laura atmete insgeheim auf, als sich tatsächlich alle an diese Aufforderung hielten. Still und unauffällig, so hoffte sie zumindest, beobachtete sie nacheinander die einzelnen Familienmitglieder, und Wellen der Zuneigung erfassten sie. Dies war jetzt ihre Familie. Obwohl es sich neu und ungewohnt anfühlte, war ihr, als würde sie schon ewig dazugehören. Die Sternbachs waren ein chaotischer Haufen, doch inzwischen war sie sich ganz sicher, dass sie ihren Eltern gefallen hätten.

Etwas wehmütig dachte sie an ihre Kindertage zurück. Was vergangen war, war vergangen und würde niemals wiederkehren. Doch sie wollte sich nicht mehr selbst bemitleiden. Nicht, wenn sie umgeben war von wundervollen Menschen, die sie so unvoreingenommen und selbstverständlich in ihren Familienkreis aufgenommen hatten. Nicht, wenn neben ihr ein Mann saß, der ihr Herz schon beim kleinsten Blick höherschlagen ließ und von dem sie wusste, dass er immer zu ihr stehen und für sie da sein würde.

»Du bist so still geworden. Stimmt etwas nicht?« Justus stieß sie sanft mit dem Ellenbogen an.

Überrascht tauchte Laura aus ihren Betrachtungen auf und blickte verblüfft auf ihren Teller, den sie geleert hatte, ohne es überhaupt richtig zu bemerken.

»Oder langweilen wir dich bereits?« Er grinste schalkhaft. »Keine Sorge, Runde zwei wird nicht lange auf sich warten lassen.«

»Langweilen? Nein, keinesfalls!« Lächelnd schüttelte sie den Kopf. »Ich war nur in Gedanken versunken.«

»Das habe ich gemerkt. Hoffentlich waren sie nicht allzu traurig.«

»Nein, nur ein wenig melancholisch. Ist schon wieder vorbei.«

»Sicher?« Forschend blickte er in ihre Augen.

»Ja, ganz sicher.«

»Will noch jemand einen Nachschlag?« Fragend blickte Margit in die Runde. Als Antwort erklang ein vielstimmiges Ächzen und Stöhnen, woraufhin sie zufrieden nickte. »Gut. Laura, Joel, Jessica, Sklavendienst. Abräumen. Die anderen haben schon alle beim Auftragen geholfen.«

»Selbstverständlich.« Eilfertig begann Laura, die Teller einzusammeln und aufeinanderzustapeln.

»Ich helfe auch mit.« Iris stellte die Schüsseln zusammen. »Theo, du auch.«

»Bin ja schon dabei.« Eifrig stand Theo auf und holte ein Tablett aus der Küche.

Laura staunte über die so vollkommen unterschiedlichen Charaktere der beiden Großelternpaare. Während Hans' Eltern ganz selbstverständlich mit anfassten, schienen Vera und Armin zu erwarten, dass man sie von vorne bis hinten bediente. Scheinbar hatte auch niemand Lust, sie mit in die typischen Aufräumaktivitäten einzubeziehen.

Laura stand noch mit den Zwillingen an der Spülmaschine und räumte das Geschirr hinein, als sie aus dem Wohnzimmer geschäftige Schritte, Rumpeln, Knistern und Gelächter vernahm. Offenbar wurde die kurze Pause genutzt, um alles für die Bescherung vorzubereiten. Zwar hatten die Geschenke – ganze Berge davon – bereits unter und um den Weihnachtsbaum herum verteilt gelegen, doch nun schienen sie noch einmal neu angeordnet zu werden.

Sie hatten gerade die letzten Teller eingeräumt und die Spülmaschinentür geschlossen, als irgendwo ein helles Glöckchen erklang.

Joel und Jessica blickten einander fragend und verunsichert an, jedoch gleichzeitig mit einem Funken Vorfreude, der Lauras Herz erwärmte.

Die Küchentür öffnete sich einen Spalt weit, und Hans

streckte den Kopf herein. »Na, was ist, ihr drei? Wollt ihr nicht hereinkommen? Ohne euch kann die Bescherung nicht beginnen.«

Wieder blickten die Zwillinge einander an, dann stürmten sie wie auf Kommando los. Hans konnte gerade noch die Tür weit genug öffnen, damit die beiden hindurchpassten.

Laura folgte etwas langsamer, denn plötzlich war sie von einer seltsam nervösen Vorfreude ergriffen. Es war neunzehn Jahre her, seit sie eine Bescherung im Familienkreis erlebt hatte. Und selbst damals war die Familie bei Weitem nicht so groß und bunt gewesen.

Hans legte ihr einen Arm um die Schultern. »Na komm, auf dass die Schlacht beginnen möge.« Er zwinkerte vergnügt.

Justus hatte ihr einen Platz neben sich auf der Couch frei gehalten und zog sie fest an sich. »Kannst du singen?«

»Was?« Irritiert sah sie ihn an.

Betont laut räusperte Hans sich. »Wer kennt ein Gedicht?« Fragend blickte er in die Runde. »Natürlich niemand, wie immer.«

Ringsum wurde gelacht.

Margit griff nach der Fernbedienung der Stereoanlage und schaltete die dezente Hintergrundweihnachtsmusik auf Pause. »Ich hoffe, ihr habt nicht so viel gegessen, dass ihr jetzt keinen Ton mehr herausbekommt. *O du fröhliche.*« Sie nickte Theo zu, der daraufhin eine Mundharmonika aus der Hosentasche zog und das Weihnachtslied anstimmte.

Laura staunte, als nach wenigen Augenblicken Margit und Hans, dann Patrick und Justus und schließlich auch Viola und Ricarda zu singen begannen. Auch Iris stimmte mit ein, wohingegen Vera und Armin nur vornehm dasaßen und keine Miene verzogen.

»Wer nicht mitsingt, kriegt keine Geschenke.« Hans sah die Zwillinge auffordernd an.

Joel kicherte, Jessica verzog überrascht die Lippen. »Echt jetzt?«

»So ist es Tradition bei uns.«

»Weihnachtshasser sind von der Regel ausgeschlossen«, raunte Justus ihr zu.

»Ich bin kein ...« Laura schluckte. »Du liebe Zeit, ich glaube, ich kenne die Texte überhaupt nicht mehr. Wir haben nie vor der Bescherung gesungen. Nur im Gottesdienst, aber das waren hauptsächlich Kirchenlieder.«

»Kein Problem.« Von irgendwoher brachte Margit einen Stapel abgegriffene Liederhefte zutage und verteilte sie an alle. »Unsere Bande kennt auch nur immer jeweils die erste Strophe der Lieder auswendig. Da haben wir vorgesorgt.«

Etwas unsicher nahm Laura eines der Hefte entgegen.

»*Alle Jahre wieder*«, kündigte Theo nun an. »Und danach *Am Weihnachtsbaume die Lichter brennen*. Und wehe, Ricarda singt wieder absichtlich schief.«

Kichernd und glucksend warteten alle, bis Theo die ersten Töne angestimmt hatte, und setzten dann mit dem Gesang ein.

Laura blätterte etwas fahrig in dem Notenheft, fand die Texte und versuchte dann, leise mitzusingen. Es machte mehr Spaß, als sie gedacht hatte, und sie spürte, wie Justus die ganze Zeit sachte ihre Schulter und ihren Oberarm streichelte und ihr damit Sicherheit und Geborgenheit vermittelte.

Die Gesangsrunde dauerte über eine halbe Stunde, immer wieder unterbrochen von viel Gelächter und Gefrotzel. Zum Abschluss sangen sie *Stille Nacht*, und dieses Mal beteiligten sich sogar Armin und Vera.

Schließlich klatschten alle fröhlich in die Hände, Margit schaltete die Hintergrundmusik wieder ein und winkte die Zwillinge zu sich. »Ich würde sagen, ihr beide fangt mal an. Eure Namen stehen auf den jeweiligen Paketen.«

Das ließen sich die beiden nicht zweimal sagen. Neugierig

beäugten sie die Geschenkestapel, bis sie die Päckchen fanden, die für sie bestimmt waren. Ein großes Geknister und Geraschel begann, als sie das Geschenkpapier aufrissen. Lächelnd beobachtete Margit die beiden, dann griff sie nach dem nächstbesten Paket und reichte es Viola. »Das ist für dich ... und das«, sie nahm das nächste in die Hand und gab es an Hans weiter, »für dich.«

Während Margit die Geschenke verteilte, beobachtete Laura erst die Zwillinge, dann Patrick, der den beiden schweigend und nachdenklich zusah. Was er wohl gerade empfinden mochte? Seine Gefühle ließen sich nicht leicht von seinem Gesicht ablesen. Wahrscheinlich fragte er sich, wie sein Leben mit den Kindern zukünftig aussehen würde. Er hatte großes Glück, dass seine Familie ihm zur Seite stand und ihm tatkräftig helfen würde, mit der Situation fertigzuwerden.

Auch sie gehörte nun zu dieser Familie, und je länger sie darüber nachdachte, desto entschlossener wurde sie, dass sie das Ihre dazu beitragen würde, um den Zwillingen zu helfen, sich in ihrem neuen Leben zurechtzufinden.

»Möchtest du deine Geschenke nicht auch verteilen?«, riss Justus sie aus ihren Gedanken. »Tu es besser jetzt. Wenn Elke gleich mit ihrem Punsch anfängt, wird es garantiert wieder chaotisch.«

»Glaubst du?« Unsicher sah sie ihn an.

»Ja. Außerdem bin ich neugierig, was du dir für uns ausgedacht hast.«

»Also gut.« Sie beugte sich vor und zog die Geschenktüte zu sich heran, die Justus einfach zu den anderen Paketen gestellt hatte.

»Alle mal aufgepasst!«, rief Justus. »Laura hat Geschenke für uns.«

Sofort wurde es still, und alle Augen richteten sich auf sie.

Laura errötete. »Äh, ja. Nichts Großes. Ich bin ja irgendwie nicht so richtig in Übung ...«

»Darauf kommt es doch überhaupt nicht an.« Margit lächelte ihr warm zu. »Du hättest uns überhaupt nichts schenken müssen.«

»Ich wollte es aber. Also …« Laura griff in die Tüte. »Lizzy?«

Was, wie? Ja, hier bin ich!

Es raschelte, und Lizzy streckte die Nase aus einem Haufen buntem Geschenkpapier heraus, in dem sie gerade neugierig geschnüffelt hatte.

»Hier, bitte sehr. Du sollst schließlich nicht leer ausgehen.« Unter Gelächter überreichte Laura der Hündin einen großen Kauknochen.

Oh, mjam, das ist aber toll. Das riesige Ding ist ganz allein für mich? Wedelnd kam Lizzy näher, schnappte sich den Knochen und trug ihn hocherhobenen Hauptes einmal um den Baum herum. Dann ließ sie sich zu Lauras Füßen nieder und legte den Kopf schnaufend auf dem Kauknochen ab. *Den esse ich später. Von den ganzen heimlich zugesteckten Würstchenstücken ist mein Magen noch ganz voll.*

»Sie ist satt«, konstatierte Margit. »Kein Wunder, nachdem ihr ihr alle vorhin dauernd Leckerchen vom Tisch gegeben habt.«

Ringsum wurde gelacht.

Laura zog einen Stoffbeutel aus der Tüte und entnahm ihm einen Stapel Strohsterne und eine Lichterkette. Die Sterne händigte sie nach und nach an die Familienmitglieder aus. Sogar an Vera und Armin hatte sie gedacht.

»Die sind aber hübsch!« Entzückt drehte Elke ihren etwas mehr als handgroßen Stern in den Händen. Und da ist ja ein Kettchen mit meinem Namen dran!«

Laura nickte. »Ja, an jedem Stern steht der Name des Besitzers. Ich habe für uns alle Sterne und hier eine Lichterkette, an der man sie als Dekoration befestigen kann. Ich wollte etwas für die ganze Familie, und da dachte ich, das hier wäre eine schöne Sache für alle. Die Kette kann man verlängern, falls, nun ja, die Familie sich vergrößert.« Was sie vorerst verschwieg, war die Tatsache, dass sie einen ganzen Karton voll Strohsterne erworben hatte. Immerhin hatte Justus drei Geschwister, und wer wusste schon, wie viele neue Familienmitglieder in den nächsten Jahren bei den Sternbachs begrüßt werden würden.

»Was für eine wundervolle Idee!« Margit strahlte, und auch die anderen lächelten gerührt. »So etwas Schönes ist unserer Bande noch nie eingefallen. Danke, Laura.«

Auch die anderen bedankten sich herzlich bei ihr. Sogar die Zwillinge schienen sich über die Sterne zu freuen. Justus schlang liebevoll seine Arme um sie. »Gut gemacht. Von wegen, du bist aus der Übung.«

»Doch, bin ich. Aber ich habe noch etwas hier, auch für die Familie.«

»Noch mehr Geschenke?« Hans räusperte sich. »Jetzt verwöhnst du uns aber.«

»Nein, gar nicht.« Laura zog ein großes, in Leder gebundenes Ringbuch hervor. »Mir ist nur eingefallen, dass ihr, als wir neulich alle zusammen gebacken haben, viele eigene Rezepte wild auf Zetteln notiert hattet. Wir könnten sie hier drin sammeln, dann sind sie an einem Ort und können nicht verloren gehen.«

»Oh, wie toll!« Margit lachte begeistert. »So etwas wollte ich schon immer mal anlegen.«

Elke nickte zustimmend. »Da kommt mein Punschrezept hinein. Ich kenne es zwar auswendig, aber nachfolgende Generationen sollen schließlich auch noch lernen, wie man ihn zubereitet.«

»Ich habe das Buch schon in verschiedene Themengebiete unterteilt und mir erlaubt, das Rezept für die heiße Schokolade, so wie meine Oma Finchen sie immer gemacht hat, hineinzuschreiben. Und ihr Rezept für Spritzgebäck. Ich habe es in einem von Mamas Backbüchern entdeckt und im Original in das Ringbuch eingeklebt.« Laura reichte Margit das Buch, das sie mit leuchtenden Augen entgegennahm.

»Jetzt bist aber du dran, Laura. Natürlich haben wir für dich auch ein Geschenk!«, ergänzte Hans schließlich.

Margit nickte eifrig zustimmend und tauchte in die Unmengen von Geschenkpapier und noch ungeöffneten Paketen ab und zog ein kleines flaches Päckchen hervor, das in buntem Weihnachtspapier eingepackt war. Lächelnd überreichte sie es Laura.

Neugierig betrachtete Laura es von allen Seiten, dann blickte sie überrascht in die Runde, weil plötzlich alle wieder still geworden waren. Es schien, als wüsste jeder, was in dem Päckchen verborgen war. Sie konnte sich beim besten Willen nicht vorstellen, was die Sternbachs ihr schenken wollten.

Sehr vorsichtig entfernte sie das Papier und legte eine einfache Pappschachtel frei. Als sie sie öffnete, runzelte sie verwundert die Stirn. Eine nagelneue Hundeleine lag darin, sonst nichts.

Margit beugte sich vor und legte ihr eine Hand auf den Arm. »Das ist nur ein symbolisches Geschenk, weißt du, weil wir das richtige nicht in ein Paket packen konnten. Ich glaube jedenfalls nicht, dass es ihr gefallen hätte, selbst wenn wir Luftlöcher in den Karton gebohrt hätten.«

»Sie?« Entgeistert starrte Laura Margit an.

»Ja.« Justus' Mutter lächelte ihr warm zu. »Lizzy. Wir möchten sie dir gerne schenken.«

Laura schluckte. »Nein. Oh Gott!«

»Sie scheint sich vom ersten Moment an unsterblich in dich verliebt zu haben«, fuhr Margit fort. »Natürlich werden wir sie hier vermissen, aber ich bin ganz sicher, dass sie sich dich längst als Frauchen ausgesucht hat. Lange bevor wir es überhaupt bemerkt haben. Deshalb soll sie dir gehören.«

»Margit …« Tränen stiegen Laura in die Augen. »Ich weiß gar nicht, was ich sagen soll. Lizzy?«

Ja, hier bin ich doch. Ihr redet gerade über mich, aber so ganz weiß ich nicht, was los ist. Hab nicht genau aufgepasst, weil ich ein bisschen müde bin. Huch! Die Hündin zappelte ein wenig, als Laura sie auf ihren Schoß hob. *Was denn jetzt? Oh, ich werde geknuddelt? Wie schöööön. Und noch dazu von meiner Laura! Haaach, das ist toll! Aber warum weinst du denn jetzt? Stimmt etwas nicht? Komm, ich lecke dir die Tränen weg. Die schmecken ganz salzig. Bitte nicht traurig sein.*

Schniefend presste Laura ihr Gesicht in Lizzys Fell und konnte sich kaum beruhigen.

»Hey.« Sanft zog Justus Laura in seine Arme. »Ist ja schon gut. Wir wollten dich nicht zum Weinen bringen.«

Laura lachte unter Tränen. »Du hast selbst mal gesagt, dass Tränen gesund sind.« Sie wischte sich über die Augen, doch sie flossen sogleich wieder über. »Außerdem sind das Glückstränen, die tun nicht weh.« Sie schluckte. »Oder nur ein bisschen.« Sie wandte sich an Margit. »Danke. Für alles.«

»Gern geschehen.« Margit tätschelte kurz Lauras Hand. »Ich weiß, dass Lizzy es gut bei dir haben wird. Ebenso wie mein Sohn. Ich freue mich sehr für euch.«

»Also, um noch mal auf dieses Thema zurückzukommen«, mischte Vera sich ein. »Haltet ihr das wirklich für gut, dass euer Sohn einfach so mir nichts, dir nichts diese Fremde heiraten will? Oder sind Sie etwa schwanger, Frau Stahlhoff?«

»Was?« Verdutzt hob Laura den Kopf. »Nein, ich bin nicht schwanger. Wie kommen Sie denn darauf?«

»Hätte doch sein können. Es wäre nicht das erste Mal, dass eine Frau versucht, sich auf diese Weise ins gemachte Nest zu setzen.«

Margit seufzte ungehalten. »Mutter, hör endlich auf damit. Niemand setzt sich in irgendein gemachtes Nest, auch Laura nicht. Außerdem ist sie keine Fremde für uns. Sie ist ein Mitglied dieser Familie. Sie war es vom ersten Tag an, als sie hier ankam, und wird es immer sein. Ist das so schwer zu verstehen?«

»Ich bereite uns mal einen Topf Punsch zu.« Elke erhob sich und strebte der Küche zu.

»Jetzt geht es so richtig los.« Justus legte Laura zärtlich eine Hand an die Wange und küsste sie, während sich zwischen Margit, Hans und den Großeltern ein neuerliches Streitgespräch entspann, Viola und Ricarda weitere Geschenke auspackten und Patrick sich zu den Zwillingen auf den Boden setzte und ihnen half, die hölzernen Nachtlichter in Form von Vogelhäuschen zusammenzubauen, die er selbst für sie vorbereitet hatte. »Glaubst du, das hältst du auf Dauer aus?«

Glücklich blickte Laura sich in dem Familiendurcheinander um und fühlte sich auf wunderbare Weise als Teil davon. Nicht einmal Vera war sie böse. Mit einem Lächeln drehte sie ihren Ring ein wenig hin und her und sah zu, wie er im Licht der Weihnachtsbaumkerzen schimmerte und glitzerte. »Ja, Justus, das halte ich ganz sicher aus – für immer!«

25. Kapitel

Nachspiel

»Ich kann kaum glauben, dass ich den Antrag eines Mannes angenommen habe, dessen Wohnung ich bisher noch nie betreten habe.« Laura lag dicht an Justus gekuschelt im Bett und blickte lächelnd hinaus in den anbrechenden Weihnachtsmorgen. Es schneite wieder leicht, und einige Schneewehen hatten es sogar bis auf den Fenstersims geschafft, sodass der untere Rand des Fensters von einer dicken, weichen weißen Schicht bedeckt war, ebenso wie das Dachfenster über ihnen.

Justus hatte einen Arm unter ihren Nacken geschoben, mit dem anderen hielt er sie fest umschlungen. Auch er blickte versonnen aus dem Fenster ins allmählich zunehmende Tageslicht. Auf ihre Worte hin lachte er leise. »Fürchtest du, ich könnte dort ein paar Leichen horten? Keine Sorge, dazu ist das Apartment zu klein.« Er drehte sich leicht und angelte nach seinem Handy, das er am Abend zuvor auf dem Nachtschränkchen abgelegt hatte. Rasch klickte und wischte er sich zur Bildergalerie durch und hielt ihr das Display schließlich vor die Nase.

Sie kicherte. »Das ist ja höchstens ein Schuhkarton.«

»Ich bin eben anspruchslos, zumindest was meine Wohnsituation anbelangt. Viel wichtiger als das *Wie* ist mir das *Mit Wem.*« Zärtlich küsste er sie auf die Schläfe.

»Dort ziehen wir schon mal nicht ein.« Grinsend drehte sie ihm den Kopf zu. »Da kriegt man ja Platzangst.«

»Können wir auch gar nicht. Die Vermieterin mag keine Hunde. Die Haltung ist dort streng verboten.«

Was, wie? Hunde sind dort verboten? Lizzy hob alarmiert

den Kopf. Sie hatte sich irgendwann in der Nacht ans Fußende gestohlen und dort zusammengerollt. *Das geht ja schon mal gar nicht. Können wir nicht hierbleiben? Ich finde dieses Haus sehr gemütlich.*

Laura gluckste erheitert. »Es scheint, als fände Lizzy das überhaupt nicht gut.«

Sehr gut, du wirst immer besser darin, meine Sprache zu verstehen. Hach, ich bin ja so überglücklich, weil Laura jetzt mein Frauchen ist und Justus mein Herrchen. Das Leben ist einfach wunderschön!

»Ist es auch nicht, aber bisher war es nie ein Problem.« Justus bewegte den Fuß leicht und lachte, als Lizzy über seine Zehen leckte. »Wir könnten vorerst hierbleiben.«

»Vorerst?«

Er nickte und wurde wieder ernst. »Ja, bis Patrick uns ein Haus nach unseren Wünschen und Vorstellungen gebaut hat.«

Überrascht hob Laura den Kopf ein wenig. »Du willst, dass dein Bruder uns ein Haus baut?«

»Wer sonst? Er ist sehr gut in seinem Job. Zwar wird er in den kommenden zwei Jahren eine Menge mit den Häusern für unseren Ferienpark zu tun haben, aber sicher wird er einen Auftrag mehr nicht ablehnen. Immerhin hat er jetzt zwei Mäulerchen zu stopfen.«

»Es wird nicht leicht für ihn werden. Die Kinder sind traumatisiert, und ich fürchte, ihre Großeltern haben Patrick nicht in einem besonders rosigen Licht gezeichnet.«

»Den Verdacht hege ich auch. Es wird eine schwierige Zeit auf ihn zukommen. Auf uns alle, aber wir werden es schon schaffen, wenn wir alle zusammenhalten.«

»*If we hold on together*«, summte Laura leise vor sich hin und lächelte wieder. »Ja, wir werden es schon schaffen, alle zusammen.«

»Du bist eine hoffnungslose Romantikerin, weißt du das?« Zärtlich zog Justus sie an sich und küsste sie.

»Weil ich ein wundervolles Lied aus einem uralten Zeichentrickfilm zitiere?« Sie lachte. »Ja, kann sein. Aber das ist mir egal. Wo das Lied recht hat, hat es recht. Außerdem passt eine hoffnungsvolle Romantikerin doch perfekt zu einem grenzenlosen Optimisten, wie du einer bist.«

»Auch wieder wahr.«

Ähm, also ... hallo? So langsam könntet ihr mich mal kurz nach draußen lassen. Ich müsste mal dringend. Ist ja auch schon hell und alles. Lizzy sprang auf die Füße und schüttelte sich demonstrativ. *Na los, wuff, wuff. Beeilung bitte.*

Lachend setzten Laura und Justus sich auf. »Ich schätze, das war es mit dem kuscheligen Weihnachtsmorgen im Bett.« Laura schwang die Beine über die Bettkante. »Ich komme ja schon, Lizzy. Ich muss mich nur rasch anziehen.«

»Zieh nicht zu viel an, dann können wir nachher ins Bett zurückkehren und hier frühstücken ... und so weiter.« Schelmisch blinzelte Justus ihr zu.

Grinsend schüttelte Laura den Kopf. »Du bist unersättlich.«

»Hatte ich dir das bisher verschwiegen?«

»Ja, aber ich hatte es mir schon fast gedacht.« Kurz trat Laura ans Fenster. »Ich muss unbedingt noch Angelique anrufen und ihr alles berichten. Und vielleicht können wir später einen schönen Spaziergang durch den Schnee machen ... und einen Schneemann bauen. Ich habe auch schon sehr, sehr lange keinen Schneemann mehr gebaut!«

»An mir soll es nicht liegen.« Auch Justus hatte sich erhoben. »Umso wichtiger ist es nämlich hinterher, dich wieder ordentlich aufzuwärmen.«

»Schwerenöter!« Kichernd drehte sie sich zu ihm um.

»Mit Vergnügen. Dann bereite ich wohl besser mal Frühstück vor, während du Madame Lizzy hinausbegleitest.«

Eine halbe Stunde später saßen sie gemütlich am Esstisch bei Kaffee und aufgebackenen Brötchen. Laura hatte ihr Ta-

blet aufgestellt und gerade eine Seite mit Fotos von Block-
häusern aufgerufen, als ein Signalton verriet, dass auf ihrer
Firmen-E-Mail-Adresse eine Nachricht eingegangen war.

»Nanu?« Stirnrunzelnd wechselte sie zur E-Mail-App.
»Wer schreibt mir denn am Feiertag?«

»Bestimmt nur Werbung.« Justus trank einen Schluck von
seinem Kaffee. »Blätter noch mal zu dem zweistöckigen Haus
mit den versetzten Giebeln. Das sieht gut aus, und die Innen-
treppe ist breit genug, um diese verdammte Frisierkommode
hinaufzuschaffen. Falls wir sie jemals wieder hier herausbe-
kommen.« Er grinste Laura an.

»Ja, gleich. Moment mal. Das ist keine Werbung. Da schreibt
mir jemand … ein Joshua Hayden.«

»Der mehrfache Paralympics-Sieger?« Überrascht hob Justus den Kopf.

Laura hielt inne. »Kennst du den?«

»Nicht persönlich, aber ich verfolge die Olympischen Spiele
regelmäßig im Fernsehen, und auch die Paralympics. Als Teenager habe ich auch mal eine Weile versucht, für Olympia fit zu
werden, aber es hat nie ganz gereicht.«

»Ach.« Laura versuchte, dieses überraschende Detail mit
ihrem Bild von Justus in Einklang zu bringen.

»Keine große Sache. Das war nur eine Phase, die so zwei
Jahre lang anhielt. Danach habe ich eingesehen, dass ich den
Sport doch lieber nur als Privatvergnügen ausübe. Was will
der Typ denn von dir? Hoffentlich nicht dich als Marke-
tingfrau engagieren. Da hätte ich nämlich schwer was dagegen.«

Sie lachte. »Marketing für einen Sportler? Das wäre zwar
ein spannendes Feld, aber ehrlich gesagt mag ich meinen derzeitigen Job zu gerne, um noch mal zu wechseln.«

»Er ist sowieso seit ein paar Jahren aus dem aktiven Kader
raus, soweit ich weiß. Was schreibt er denn nun?« Erwartungsvoll blickte Justus sie an.

Laura wandte sich wieder der E-Mail-App zu und klickte die Nachricht an. »Ach du liebe Zeit, das ist aber viel Text.« Sie überflog die ersten Zeilen, hielt inne, schluckte hart.

»Was ist denn? Alarmiert rückte Justus näher zu ihr heran, doch sie hob nur abwehrend die Hand und las atemlos weiter. Heiße und kalte Schauer rannen ihr Rückgrat hinab.

»Das … kann … nicht … Ich glaube es nicht. Oh, mein Gott.« Ohne dass sie es verhindern konnte, rannen ihr die Tränen über die Wangen.

»Laura, was ist denn los?« Erschrocken rückte Justus dicht neben sie und legte ihr einen Arm um die Schultern. »Ist etwas Schlimmes passiert?«

»Nein.« Sie schniefte und rieb sich über die Augen. »Nein, nichts Schlimmes. Nur noch ein … Weihnachtswunder. Hier, lies selbst.« Sie drehte das Tablet so, dass Justus die E-Mail sehen konnte.

Sehr geehrte Frau Stahlhoff,

mein Name ist Joshua Hayden. Möglicherweise (vielleicht auch nicht) kennen Sie mich dem Namen nach. Bis vor drei Jahren war ich im deutschen Paralympics-Leichtathletik-Team aktiv und durfte auch einige Erfolge verzeichnen. Inzwischen habe ich mich aus der Sportszene zurückgezogen und konzentriere mich voll und ganz auf mein Studium der Chirurgie und Sportmedizin.
Sicher werden Sie sich wundern, dass ich Sie anschreibe, und ich hoffe sehr, dass ich bei Ihnen auch tatsächlich an der richtigen Adresse bin. Mir sind vor ein paar Tagen beim Surfen im Internet einige alte Zeitungsberichte begegnet, die mich an meine Kindheit erinnert haben. Sie sind mir im Zusammenhang mit Recherchen bezüglich einer Studienarbeit in die Finger gefallen. In diesen Berichten ging es um einen Autounfall.

Als ich einige Zeit später auf der Suche nach einem schönen Hotel war, in dem ich für meine Eltern einen Wellness-Aufenthalt zu ihrem dreißigsten Hochzeitstag buchen möchte, bin ich auf der Internetseite des Wellness-Resorts Sternbach gelandet. Dort habe das Foto von Ihnen entdeckt und die frappierende Ähnlichkeit mit einem Mädchen aus den Zeitungsartikeln erkannt. Nach weiteren Nachforschungen konnte ich dann auch eine Namensgleichheit feststellen. Deshalb gehe ich davon aus, dass Sie tatsächlich das Mädchen von damals sind, das vor achtzehn Jahren bei einem Unglück am Heiligen Abend seine Eltern verloren hat. Das ist eine furchtbare Tragödie und tut mir unsagbar leid. Ich hoffe sehr, dass Sie inzwischen trotzdem ein glückliches und zufriedenes Leben führen. Der berufliche Erfolg ist ja nach allem, was ich über Sie im Netz finden konnte, zumindest vorhanden. Dazu gratuliere ich Ihnen.

Nun, der Grund, weshalb ich mich bei Ihnen melde. Ich bin Ihnen zu ungeheurem Dank verpflichtet, auch wenn Sie gar nichts davon wissen. Als ich neun Jahre alt war, habe ich bei einem schweren Unfall meinen linken Fuß verloren. Er musste bis zur Hälfte meiner Wade amputiert werden. Danach war ich für eine Weile an den Rollstuhl gefesselt und, wie Sie sich sicher vorstellen können, seelisch am Ende. Ein Junge von neun Jahren, der schon immer gerne herumgetobt ist und viel Sport getrieben hat, war plötzlich rund um die Uhr auf Hilfe angewiesen und konnte nicht aus dem verdammten Rollstuhl aufstehen. Oder zumindest nicht ohne Krücken.

Meine Eltern und Geschwister haben viel für mich getan, mir geholfen, wo sie nur konnten, doch aus meinem seelischen Loch waren sie nicht imstande, mich herauszuholen. Ein Dreivierteljahr später, kurz nach Weihnachten, haben meine Eltern mich dann zu einem Tierheim gebracht und mir erlaubt, einen Hund auszusuchen. Sie erhofften sich davon wohl einen heilsamen Einfluss. Als wir dort ankamen, war aber nicht ich es, der sich einen Hund aussuchte, nein, es war gerade andersherum. Eine Mitarbeiterin kam gerade mit einem hübschen Beagle an der Leine an uns vorbei, um mit ihm einen Spaziergang zu machen. Der Hund rannte geradewegs auf mich zu, sprang an mir hoch und mir sogar auf den Schoß. Wie wir dann erfuhren, war er gerade erst seit wenigen Tagen im Tierheim, nachdem seine Besitzer bei einem Unfall ums Leben gekommen waren. Ich weiß noch, dass die Tierpflegerin ganz betroffen war, weil sie den Hund einem weinenden, verzweifelten Mädchen von zwölf Jahren hatten wegnehmen müssen, das nun ganz allein auf der Welt war und alles verloren hatte.

Der Name des Hundes war Barney.

Ich kann mir nicht einmal ansatzweise vorstellen, wie sehr Sie damals gelitten haben müssen, liebe Frau Stahlhoff. Die Eltern zu verlieren, noch dazu als Kind, ist schrecklich. Dass man Ihnen dann aber auch noch Ihren vierbeinigen Begleiter nehmen musste, an dem Sie ganz gewiss sehr gehangen haben, tut mir in der Seele weh. Ich weiß nicht, ob Sie je erfahren haben, was aus Barney geworden ist. Wie schon erwähnt, bin ich Ihnen zu großem Dank verpflichtet, und das tut mir unter den gegebenen Umständen regelrecht weh. Denn Ihr Verlust war meine Rettung. Barney hat geschafft, was ein ganzes Team von Ärzten und Psychologen nicht erreicht hat. Ich kehrte ins Leben zurück, schöpfte wieder Mut und Lebensfreude. An meinem bisherigen Lebensweg und meinen Erfolgen können Sie ablesen, dass ich bereits viel erreicht habe, und ich bin sehr stolz darauf.

Ich lernte wieder laufen – mithilfe einer erstklassigen Prothese –, trieb Sport, hatte wieder Spaß am Leben. Und

überall war Barney mit dabei. Er durfte bei uns ein lan-
ges, glückliches Hundeleben führen und verließ uns erst
im stolzen Alter von fünfzehn Jahren ganz friedlich über
Nacht.
Ich hoffe, Sie empfinden es nicht als vermessen, dass ich
Ihnen schreibe. Es war mir einfach ein Bedürfnis, Ihnen
dies mitzuteilen, denn auch wenn inzwischen so viele
Jahre vergangen sind, könnte ich mir doch vorstellen, dass
es auch für Sie wichtig ist, mit den Dingen abzuschließen,
die geschehen sind. Nichts verursacht einen so nagenden
Schmerz wie die Ungewissheit. Seien Sie bitte versichert,
dass es Barney immer gut ging, er wahnsinnig geliebt und
für mich zu einem treuen Begleiter wurde. Ich glaube, er
hat Sie anfangs sehr vermisst. Er war gerade in der ers-
ten Zeit sehr anhänglich, wollte immer in meinem Bett
schlafen, und vermutlich hat er Sie gesucht, so kam es uns
zumindest vor. Doch er war glücklich bei uns, und wir
waren glücklich mit ihm. Ich vermisse ihn noch heute.
Im Anhang dieser E-Mail sende ich Ihnen ein paar Fotos
von uns mit Barney. Ich hoffe, Sie haben Freude daran.
Wenn Sie möchten, kann ich Ihnen auch noch weitere
schicken.

Mit herzlichen Grüßen
Joshua Hayden

Als Laura die drei angehängten Bilder öffnete, begannen die
Tränen erneut zu fließen. »Barney.« Ihre Kehle hatte sich ver-
engt und machte es ihr schwer zu atmen. »Mein Barney.«

»Komm her.« Justus zog sie fest in seine Arme und hielt sie,
während sie weinte.

»Ich habe mich immer gefragt, was aus ihm geworden sein
mag.« Sie schluckte krampfhaft. Ganz allmählich ließen der
erste Schock und Schmerz nach und machten einem neuen

Gefühl Platz: innerem Frieden. »Immer habe ich gehofft, dass er in eine nette Familie vermittelt wurde. Ich habe ihn so schrecklich vermisst – all die Jahre.«

Hey, was ist denn los? Warum weinst du denn? Lizzy kam näher und stellte sich auf die Hinterbeine, die Vorderpfoten auf Lauras Oberschenkel.

Laura lächelte unter Tränen, löste sich ein wenig von Justus und hob die Hündin auf den Schoß. »Ist schon gut, Süße. Ich bin nicht traurig. Nur total durch den Wind.«

Bist du sicher? Ich mag es nicht, wenn du weinst. Da habe ich immer Angst, dass ich dir nicht helfen kann. Komm, ich schlecke dir die Tränen weg. Mit einem leisen Fiepen reckte Lizzy sich und fuhr Laura mit der Zunge über die Wange.

Gerührt drückte Laura Lizzy einen Kuss auf den Kopf. Dann warf sie erneut einen Blick auf die E-Mail. »Vielleicht sollten wir Joshua Hayden und seine Eltern mal hierher einladen.«

»Wenn du möchtest, werden wir das tun.«

»Ja, irgendwie fühlt es sich wichtig für mich an.«

»Dann schreib ihm zurück. Bestimmt freut er sich darüber.«

»Ja.« Sie betrachtete noch einmal die Fotos von ihrem Barney mit Joshua und seiner Familie und blinzelte schon wieder heftig. Diesmal jedoch waren es keine Tränen der Trauer oder Verzweiflung. Sie fühlte sich, als würde genau jetzt, in diesem Moment, ein letztes Kapitel ihrer Vergangenheit zugeschlagen. Gleichzeitig öffnete sich ein neues, aufregendes, das ihr eine wunderbare Zukunft versprach.

Du weinst ja schon wieder! Das geht so nicht. Bitte, bitte, lächle wieder. Für mich, ja? Lizzy stellte sich auf die Hinterbeine, trampelte mit den Vorderpfoten leicht gegen Lauras Brust, wedelte heftig mit der Rute und leckte ihr übers Kinn.

»Sie will dich trösten.« Justus wuschelte der Hündin sanft durchs Fell.

Laura kicherte unter Tränen. »Das kann sie gut.«

»Es war richtig, dass Mama sie dir geschenkt hat. Lizzy hat dir vom ersten Moment an gehört.« Justus lächelte leicht. »Genau wie ich.«

»Ja.« Trotz der weiter fließenden Tränen lehnte Laura sich glücklich an ihn. »Ihr seid meine beiden Weihnachtswunder.«

***

»Das war also dein kleines Projekt, Elfe-Sieben?« Anerkennend klopfte Santa Claus der Elfe auf die Schulter. Er war gerade vor einer halben Stunde von seiner Reise um die Welt zurückgekehrt und hatte eigentlich nur kurz einen Blick in sein Büro werfen wollen. Als er seine Assistentin jedoch vor dem letzten noch eingeschalteten Bildschirm der Videowand stehen sah, war er geblieben und hatte den Ereignissen auf der Erde ebenfalls zugesehen. »Respekt, meine Liebe, das hätte ich selbst nicht besser hinbekommen können.«

»Es war ein bisschen knifflig«, gab die Elfe grinsend zu. »Aber es hat auch Spaß gemacht … und es hat sich so was von gelohnt. Es ist schön, die Menschen glücklich zu machen. Eigentlich immer, aber zu Weihnachten ganz besonders.

»Da hast du recht«, stimmte der Weihnachtsmann ihr zu. »Und noch dazu haben wir mit unserem Plan, so viele Weihnachtshasser wie nur möglich zu Weihnachtsliebhabern zu machen, einen riesigen Erfolg gehabt. Selbst Laura konnten wir umstimmen, das allein ist schon ein kleines Wunder. Ich hoffe, diese Erfolgswelle wird sich auch in den kommenden Jahren fortsetzen.«

»Ganz bestimmt.« Elfe-Sieben machte ein siegessicheres Gesicht. »Wenn wir hier alle fest zusammenhalten, können wir das schaffen – und noch vielen, vielen Menschen ihre Weihnachtswünsche erfüllen. Auch solche komplizierten Fälle wie dieses Jahr meistern wir dann mit links.«

»Nun mal aber nicht den Teufel an die Wand, sonst stehen mir noch die Haare zu Berge.« Santa Claus hob lachend die Hände. »So schwierig und kompliziert wie dieses Jahr wird es doch wohl im nächsten Jahr ganz sicher nicht werden.«

»Das kann man nie wissen«, orakelte Elfe-Sieben mit einem schelmischen Lächeln. »Du weißt doch, bei den Menschen muss man auf alles gefasst sein.«

Oma Finchens heiße Schokolade

Zutaten (ca. 4 Tassen/Gläser):

250 ml Milch
150 ml Sahne
75 g gehackte Schokolade, zartbitter (oder nach Geschmack Vollmilch oder weiß)
1 Vanilleschote, aufgeschlitzt
2 TL Zucker
1 Prise Salz
Gewürze nach Geschmack: Zimt, Muskat, ggf. Kardamom
Variante: etwas Rum oder Amaretto hinzufügen

Zum Verzieren:

geschlagene Sahne
Schokoraspel oder Kakaopulver

Zubereitung:

Die Milch mit der Prise Salz, der Sahne, Schokolade, Vanilleschote und Zucker in einen Topf geben und unter Rühren langsam erhitzen. Warten, bis die Schokolade sich vollständig aufgelöst hat und das Ganze cremig geworden ist. Nach Geschmack die Gewürze hinzufügen.
In Tassen oder hohe Gläser füllen, mit geschlagener Sahne, Schokoraspeln und/oder Kakaopulver verzieren.

Elkes Rund-ums-Jahr-Silvesterpunsch

Zutaten (ca. 8 Gläser):

1 Flasche Eierlikör
500 ml Weißwein, am besten lieblichen
500 ml Orangensaft
1-2 Päckchen Vanillezucker
2 cl Weinbrand

Zum Verzieren:

125 ml Sahne
Zimt

Zubereitung:

Den Eierlikör mit dem Weißwein, dem Orangensaft, Weinbrand und Vanillezucker in einem Topf verrühren und erwärmen. Nicht kochen!
Sahne aufschlagen.
Den Punsch in Gläser füllen und heiß mit Sahnehäubchen und Zimtpulver bestreut servieren.

Petra Schier
Kleiner Streuner – große Liebe

Originalausgabe

Pünktlich zum ersten Schnee bekommt der kleine Streuner ein warmes Zuhause und einen Namen. „Socke" gefällt ihm ganz wunderbar. Es passt zu seinen weißen Pfötchen. Er wohnt jetzt bei André und darf jeden Tag mit ihm zur Arbeit fahren und dort Eva sehen. Sie ist nun Sockes neues Frauchen. Warum sie allerdings nicht auch bei ihm und André einzieht, versteht Socke nicht ganz, aber das scheint so ein Menschending zu sein. Das will Socke unbedingt lösen – am besten noch vor Weihnachten.

ISBN: 978-3-95649-751-3

9,99 € (D)

Annie England Noblin
Sitz, Platz, Plätzchen

Übergewichtig, niederge-
schlagen und nicht mehr
der Jüngste – Brydies neuer Mitbewohner, der Mops
Teddy Roosevelt, bringt ihr
Leben ganz schön durch-
einander. Als würden eine
anstrengende Scheidung und
ein plötzlicher Umzug nicht
schon genügen. Doch dann
hat Brydie eine Idee: Warum
nicht ihre Backkünste mit ihrem neu erworbenen Wissen
über Hunde kombinieren
und ein Café für Hund und
Herrchen eröffnen? Sie will
ganz neu anfangen und sich vielleicht
sogar irgendwann noch einmal verlieben …

ISBN: 978-3-95649-836-7
9,99 € (D)

Georgie Crawley

**Die Queen und ich –
aus dem Leben eines königlichen Corgis**

Kurz vor Weihnachten geht Corgi Henry mit seiner Familie im winterlichen London spazieren – und findet sich plötzlich im Privatpark des Buckingham Palace wieder. Die Angestellten der Queen halten den kleinen Hund für ein Mitglied des königlichen Corgi-Rudels, und ehe Henry sich's versieht, wird er zu seinem eigenen Körbchen im royalen Palast geführt. Doch Henry vermisst seine Familie und setzt alles daran, an Weihnachten wieder zu Hause zu sein.

ISBN: 978-3-95649-834-3

9,99 € (D)

Tanja Janz
Dünenwinter und Lichterglanz

Die Hiobsbotschaft erreicht
Alida kurz vor Weihnachten:
Ihre TV-Sendung »Wohnex-
pertin« wird eingestellt. Alida
ist geschockt. Ausgerechnet
jetzt! In ihrer Verzweiflung
schreibt sie einen Wunschzettel an den Weihnachtsmann,
an dessen Erfüllung sie aber
selbst nicht glaubt.

Und dann stirbt auch noch
ihre Großmutter. In deren
Nachlass findet Alida gehei-
me Liebesbriefe und ein Foto
ihrer Oma als junge Frau mit
einem unbekannten Mann,

ISBN: 978-3-95649-839-8
9,99 € (D)

aufgenommen vor einem Pfahlbau in St. Peter-Ording. Alida macht
sich auf den Weg, um den Mann zu finden. Noch ahnt sie nicht, dass
der Küstenort einige Überraschungen für sie bereithält.